Zu diesem Buch

Johannes Tralow, geboren am 2. August 1882 in Lübeck, war nach mehrjährigem Volontariat als Kaufmann im Nahen Osten Chefredakteur des «Lübecker Tageblatts», 1910 Direktor des Berliner Theater-Verlags, ab 1914 Regisseur und Theaterleiter, nach 1933 freier Schriftsteller, 1945 Oberster Richter der 1. Spruchkammer in Starnberg, 1951 bis 1960 Präsident des PEN-Zentrums Ost und West. Er schrieb vor allem historische Romane. Zu seinen Hauptwerken zählen: «Kain, der Heiland» (1911), «König Neuhoff» (1929), «Gewalt aus der Erde» (1933), «Schwarze Orchideen» (1939), «Roxelane» (1942; rowohlt jahrhundert Bd. 40009), «Boykott» (1950), «Malchatun» (1952), «Aufstand der Männer» (1953), «Der Eunuch» (1956), «Kepler und der Kaiser» (1961) und «Mohammed» (1967). Johannes Tralow starb am 27. Februar 1968 in Berlin (Ost).

Johannes Tralow

Irene von Trapezunt

Roman

Rowohlt

Veröffentlicht im Rowohlt Taschenbuch Verlag GmbH,
Reinbek bei Hamburg, Juni 1991

Umschlaggestaltung Walter Hellmann
(Ausschnitt aus dem Gemälde «Die große Odaliske»
von Jean-Auguste-Dominique Ingres, 1814.
Paris, Musée du Louvre)
Gesamtherstellung Clausen & Bosse, Leck
Printed in Germany
1680-ISBN 3 499 12930 2

Erstes Buch

I

Es war Ostern und der erste April.

Byzanz errechnete die Zahl dieses Jahres mit 6961 Jahren nach der Erschaffung der Welt, Rom mit 1453 nach der Geburt des Herrn.

Und dieses Jahr war, wie alle fühlten, ein Jahr der Entscheidung.

Mit gleicher Pracht aber wie immer wurde auch dieses Mal die heilige Ostermesse in der Hagia Sophia von Konstantinopel gefeiert.

Nun war sie beendet.

Irene erhob sich von ihren Knien.

Die eine allgemeine Gefühlswoge, die hier im Gotteshaus und in dieser Stunde jeden Zweifel unter sich begrub, hatte auch das Mädchen ergriffen.

Wiederum empfand Irene die kindliche Frömmigkeit, die Geheimnisse nicht ergründen will, sondern vor ihnen erschauert. Fast glücklich fühlte sie sich. Denn nun war sie nicht mehr abgesondert und war nicht mehr allein.

Nur noch tief unten lauerte in ihrer Seele eine verscheuchte Furcht vorm Erwachen und zitterte leise.

Während des Gebetes für den Isapostolos, den Apostelgleichen, hatte Irene das Geheimnis eines Gottkaisers zu erleben geglaubt, dessen perlenbehangene und funkelnde Priesterbinde einst auch ihre eigenen Vorfahren getragen hatten.

Zu einer Zeit hatten ihre Ahnen über Byzanz geherrscht, da das elfhundertjährige Reich noch die erste christliche Macht auf Erden gewesen war.

Heute umwand das Diadem die gefurchte Stirn eines Mannes aus anderem Geschlecht: Konstantin der Elfte aus dem Hause der Paläologen trug jetzt die Krone.

Es kam nie auf das Geschlecht an und nie auf die Stirn.

Durch einen mystischen Schöpfungsakt verwandelte die heilige Krone den sündigen Menschen in Gott. Und mochte das Reich auch kaum noch aus dem Weihsprengel dieser einen Stadt Konstantinopel bestehen, so galt der gekrönte Kaiser doch allen Christen von Illyrien bis Persien und vom Nil bis zu den Küsten des Eismeeres als der Stellvertreter Christi auf Erden, als Kosmokrator, als Weltherrscher, dem dieses ganze blühende Erdenrund gehöre.

Daran änderte nichts, daß die irdische Klugheit Konstantins versucht hatte, das Henotikon – die Vereinigung der griechischen Kirche mit der Papstkirche – ausrufen zu lassen. Den Umstand gar, daß sich der Legat Isidor mit der Purpurschleppe des römischen Kardinals im kirchlichen Gefolge befand, rechneten die Byzantiner geringer als nichts.

Für sie stand der Patriarch von Konstantinopel immer noch als der ökumenische, als der allgemeine «Patriarch des Erdkreises» am Altar. In diesem Gottesstaat bedeutete irdische Klugheit wenig.

Gegen die Türken, die man stündlich vor den Mauern erwarten durfte, verließ man sich mehr auf die Gebete der Mönche, mehr auf das hochheilige Bild der Panagia hodegetria, der abwehrenden Jungfrau, als auf Waffen oder gar auf die Hilfe abendländischer Barbaren.

Zwischen Konstantins nüchterner Politik und den schönklingenden Worten, von denen sein Volk nicht lassen konnte, ging ein offener Riß. Und das war auch die Ursache, warum der gedrängten Menge im Dom die Ganzrechtgläubigen fehlten.

Diese Unbeirrbaren verwarfen selbst den Schein einer Annäherung an Rom und waren in und vor dem Kloster des Pantokrator beim Mönch Gennadios zu finden.

Gennadios aber hatte die Hagia Sophia mit dem Bann belegt. Weil sie durch die römischen Greuel des Kardinallegaten entweiht worden sei, hatte er das getan.

Vorerst bestand die päpstliche Hilfe also nur darin, das äußerste Bollwerk der Christenheit gesprengt, das apostolische Volk von Byzanz am Vorabend seiner Schlacht in zwei feindliche Lager geteilt zu haben.

«Christ ist erstanden!» klang es mit silbernen Kastratenstimmen von den Emporen. «Er ist in Wahrheit erstanden!» brauste es von unten gewaltig zurück.

Und mit dem letzten, krönenden «Kyrie eleison!», mit dem das «Heilig, heilig, heilig!» des Trishagion, des göttlichen Dreiklangs, sich rundete, drang noch einmal bergeversetzende Zuversicht in alle Herzen.

Auch in diesem unwiderstehlichen Raum, an dessen Wänden Throntiere und Engel sich riesenhaft im Licht der schwebenden Kuppel verloren, war zuletzt nur das Unwirkliche wirklich. Auch Irene umarmte und wurde umarmt, auch sie tauschte schwesterlich Küsse mit Menschen, die sie nie gesehen hatte, auch sie vergoß Tränen der Liebe zu allen Geschöpfen.

Wie hätte, wo wallende Bärte feucht erglänzten, sie, die Sechzehnjährige, nicht weinen sollen?

Siebenmal hatten die Araber Konstantinopel belagert, und Ejub, der Fahnenträger des Propheten, war vor den Mauern gefallen.

Das war vor Jahrhunderten gewesen.

Zweimal hatten die Türken es später berannt.

Immer vergebens.

Denn – jetzt wußten die Beter es wieder! – Konstantinopel konnte nicht fallen. Die doppelte Mauer, die so vielen Barbarenstürmen getrotzt hatte, würde auch dieses Mal widerstehen, weil mit dem Fall der Apostelstadt, der heiligen Stadt, die Welt untergehen mußte!

Selbst die Ungläubigen hatten es schließlich geglaubt. Sogar viele Türken glaubten daran. Und in der Hagia Sophia war heute alles gläubig.

Von einem Schwarm weißer Engel – weißseidener, bartloser Eunuchen – unter den Achseln gehalten und umschwebt, begaben sich der Basileus und die Basilissa, der Kaiser und die Kaiserin, zum Altar. Jeden feierlichen Regierungsakt mußte eine Kaiserin durch ihre Gegenwart billigen. Jedes Gesetz bedurfte ihrer Gewährung. Immer sollte eine Kaiserin sein.

Zur Rechten des verwitweten Konstantin schritt daher als regierende Augusta dessen Mutter: Helena Dragases.

Zum Tisch des Herrn aber traten die Göttlichen, weil jede Urkunde und jedes Symbol einer verliehenen Würde, wenn sie der höchsten Weihe nicht entbehren sollte, vom Altar genommen werden mußte.

Auf einen Wink des Parakömomenos, des Ersten Verschnittenen und Obersthofmeisters, lösten sich nun aus der gold- und silberübersäten höfischen Farbenpracht Gruppen von Männern in rosen- und hyazinthenfarbenen Gewändern.

Die erste Gruppe bestand aus dem Megas Dukas, dem Großherzog, und dem Heteriarchen, dem Generalkapitän der Leibwache. Sie geleiteten beide mit einem Gefolge von Kammerherren den Johannes Longus aus der edlen genuesischen Familie der Giustiniani.

Dem Giustiniani sollte der Lohn für Taten werden, die er für Byzanz noch zu vollbringen haben würde. Doch die

Zeit und des Genuesers großer kriegerischer Name rechtfertigten dieses Vorgreifen.

Mit einem der beiden Geleitsherren, dem Großherzog Lukas Notaras, war Irene übrigens verwandt. Als Mann ihrer Tante Eudoxia Melissenos war Notaras ihr Onkel, und sie wohnte im Gynaeceum, im Frauenhaus seines Palastes.

Auch den Johannes Giustiniani – oder den Kir Johannes nach der Art, wie die Byzantiner ihre Herren benannten – hatte Irene schon beim Onkel gesehen. Denn der ließ sie an manchem teilnehmen und vertraute ihr, dem Kinde, vieles, was er mit seiner Frau nicht besprach. Notaras schätzte an Irene die kühle und kühne Besonnenheit ihrer Vorfahren, die nach seiner Behauptung in dem jungen Mädchen noch einmal aufgelebt sei.

Jetzt aber trat Giustiniani vor.

Er wußte um seine stattliche Männlichkeit und war überzeugt, daß die Narben seinem schwarzbärtigen Gesicht erst die rechte Würde geben. Denn Krieger war er, und nicht aus staatsmännischer Erwägung, höchstens aus Erwerbssinn war er in schwangerer Stunde nach Konstantinopel gekommen. Im Grunde hatte der Zufall alles gefügt: Als das Auslaufverbot für Schiffe erlassen worden war, hatten seine Dromonen gerade im Hafen geankert.

Immerhin wäre es Giustiniani nicht schwergefallen, sich jedem Streit zu entziehen.

Zwischen seiner Vaterstadt und Sultan Mohammed gab es – im Gegensatz zu Venedig – keinerlei Unstimmigkeiten. Und dabei war das neutrale Genua sehr nahe. Wenige hundert Meter gegenüber dem verödeten Hafen von Konstantinopel wehte am anderen Ufer des Goldenen Horns über dem mastenwimmelnden Galata das rote Kreuz Genuas.

Galata war genuesisch.

Und von dort wurde der befruchtende Handel um das verarmte Konstantinopel herumgeführt.

Dennoch war Giustiniani beredet worden, gleich anderen Ausländern an der Entscheidung teilzunehmen.

So hatte der venezianische Bailo drei schwerbewaffnete Kauffahrtei-Galeassen seiner Stadt zur Verteidigung Konstantinopels zurückbehalten, und der arogonesische Konsul hatte die anwesenden Katalanen aufgeboten.

Alle zusammen waren das gegen siebenhundert Mann. Doch diese Siebenhundert waren die ganze und einzige Hilfe, mit der das Abendland nach so vielen Jahren der Verhandlungen, so vielen päpstlichen Bullen und Kreuzzugspredigten sein eigenes auf Tod und Leben bestürmtes Bollwerk verstärkte.

Vor allem die Deutschen unter ihrem Kaiser Friedrich dem Dritten, dem Habsburger, hätten bei einer einfachen Überlegung ohne Wenn und Aber wissen können, daß der Fall Konstantinopels gerade für Deutschland mehrhundertjährige, höchst grausame Türkenkriege zur Folge haben mußte.

Aber – von den Millionen Deutschen nahm nur ein einziger an der Verteidigung teil.

Einer unter siebenhundert.

Außerdem hatten die Griechen selbst ebenfalls noch fünftausend und einige hundert Kämpfer zusammengebracht. Irenes Onkel, Lukas Notaras, kommandierte sie.

Aber zehn von den zwölf Hauptposten auf den Mauern sollten trotzdem von «Franken» befehligt werden – nur zwei von Griechen. Und das war keineswegs eine Neuerung. Denn selbst in seiner größten Zeit hatte Byzanz es nicht verschmäht, seine Krieger mit der durch byzantinische Taktik geschulten Rauflust der Barbaren zu gewinnen.

Heute freilich waren die Fremden ihnen selbst in rein militärischer Hinsicht überlegen.

Herren aus edlen und edelsten Dynastengeschlechtern und den Senatorenfamilien Genuas und Venedigs befanden sich unter diesen fremden Verteidigern. Der Konsul Aragons war ebenfalls dabei und schließlich für den wichtigen Posten des Obersten Feuerwerkers jener einzige Deutsche, ein Mann namens Grant, Johannes Grant.

Sie alle warteten auf Bestallung und Dank in der Hohen Kirche der Hagia Sophia und von einem göttlichen Kaiser.

Denn gleichsam schon unter den Kanonen Sultan Mohammeds blieb Byzanz doch, was es immer gewesen war. Kein Anspruch wurde jemals aufgegeben, und eine Würde wurde nie eingezogen, sondern höchstens verwandelt. Wirkliche Ämter gab es nur noch wenige – Würden und Würdenträger übergenug, und stets bekam jeder zu seinem Amt auch einen Titel, der ihm seinen Rang in dieser bis ins kleinste und letzte peinlichst geordneten Welt anwies.

Die Byzantiner sahen nicht ein, warum sich ihr Reich von übernationaler Kultur je hätte ändern sollen. Hatte es doch zu allen Zeiten genug ausländische, ja selbst ungläubige Fürsten gegeben, die für einen vom Kaiser verliehenen Titel und eine byzantinische Prinzessin zu den größten Zugeständnissen bereit gewesen waren.

Was sich elfhundert Jahre bewährt hatte, sollte bleiben!

Und wie vor elfhundert Jahren nahm der Patriarch von der Altardecke den weißen, goldverbrämten Mantel eines Patriziers. Der Kaiser berührte den Mantel. Und der Parakömomenos gab ihn den Vestiaren, den Ankleidern, die den knienden Giustiniani damit umhüllten.

Die goldene Bulle nahm der Kaiser selbst vom Altar und reichte sie dem Genueser, der noch etwas unsicher in der neu erlernten Proskynese zu Füßen des Kaisers verharrte.

Dafür wurde Giustiniani dann aber von Eunuchen aufgerichtet als Protostrator und Fürst von Lemnos.

Für ihn, den Abendländer, war der künftige Besitz einer schönen Insel in der Ägäis die Hauptsache.

Der Titel des Protostrator machte ihn eigentlich zum Obersten Bereiter des heiligen Marstalls. Doch dieser Name hatte längst seinen Sinn verloren und wurde mit dem dadurch gegebenen Rang meist einem verdienten General verliehen, wie der Titel des Protovestiarios, des Oberstankleiders, dem Reichsschatzmeister, der des Großherzogs heute nach der Gewohnheit dem Großadmiral zukamen. Und wenn es auch einen Großlogotheten, einen Großkanzler, gab, so war er doch tatsächlich nicht mehr der Ministerpräsident, wie er es hätte sein sollen, ebensowenig wie der Magister officii es war oder wie sonst die Titel des Amtes jemals gelautet hatten – sondern heute übte mit seinen verschiedenen anderen Ämtern der Großherzog Lukas Notaras auch dieses einflußreichste Amt von allen aus, das des Ersten Ministers.

In ähnlicher Weise wie Giustiniani wurden mit Abstufungen die anderen Kommandanten geehrt, um sich dann je nach ihrem neuen Rang als «Euer Lauterkeit», «Euer Vortrefflichkeit» oder gar «Euer Herrlichkeit» zu erheben. Und erst nachdem das geschehen war, trennten sich die «beiden Teile Gottes»: Kaiser und Patriarch.

Seine Heiligkeit begab sich mit seinem geistlichen Hofstaat in das Patriarcheion, das mit der Hagia Sophia verbunden war, während die Majestäten sich zurückzogen, bis im Nartex, im Vorhof, der Zug gebildet sein würde, der sie durch die ganze Stadt zum heiligen Palast nach den Blachernen zurückzuführen hatte. Noch einmal sollte kaiserliches Schaugepränge die Stadt erfüllen. Noch einmal sollte die heilige Majestät allen denen sich zeigen, die in der Kirche keinen Platz mehr gefunden hatten und nun die Wege säumten.

II

Konstantinopels breite Hauptstraße trug den Namen «die Meza». Nichts gab es im Osten und Westen, was auf ihr nicht zu kaufen gewesen wäre.

Sie begann beim Alten, beim Großen Palast mit der gewaltigen Freitreppe zum Meer. Nach dem erzenen Standbild des löwenbekämpfenden Stiers hatten die Franken ihn den Stier-Löwen-Palast, den Bukuleone, genannt. Heute freilich war dieser heilige Palast so verfallen, daß ihn schon kein Paläologe mehr bewohnt hatte.

Doch die Meza war älter als die Paläologen. Und so nahm sie denn beim Bukuleone ihren Anfang und führte an dem Platz der einst so berühmten Bäder des Zeuxippos vorüber, fünf Kilometer weit bis Blachernen.

Und immer noch war sie die erste Kaufstraße der Welt.

Bei dem unzerstörbaren Sinn der Byzantiner für jeden wirklichen Wert ballten sich hier die Erzeugnisse eines Kunsthandwerks, das Überlieferung mit Phantasie verband und das auszuführen verstand, was es entwarf, wie denn Konstantinopel darin unerreicht war, daß in dieser Stadt jedes Ding – mochte es sein, was es wollte – durch den Geschmack seines Verfertigers einen besonderen Reiz bekam.

Schmuck mit den Juwelen Indiens und Ceylons, Arbeiten in Elfenbein und in Bernstein, jede Tasse, jedes Glas, jeder Löffel ein Kunstwerk der Keramik, der Glasbläserei oder des Edelschmieds, die zartesten Gewebe, die kostbarsten Brokate, Handschriften auf purpurnen Pergamenten mit Miniaturen, theologische und philosophische Schriften, von deren Themen im Abendland kaum einer träumte – das alles wurde auf der Meza ebenso unbefangen angeboten wie auf den Märkten des übrigen Europas Töpfe und Teller oder, wenn es hoch kam, flandrische Tuche aus Gent.

Verärgerte Barbaren, kamen sie nun aus dem mißgünstigen Westen oder aus den puritanischen Schulen des Islams, behaupteten zwar, Konstantinopel pendele zwischen Kloster und Bordell, wie denn der Ruf, die lasterhafteste Stadt zweier Erdteile zu sein, gerade an der heiligen Stadt mit Zähigkeit haftete.

Hier aber sah man, daß sie auch noch etwas anderes kannte als heilige Kasteiungen und die Befriedigung selbst überspitzter Lüste.

Sportgerät gab es hier, das anderswo völlig unbekannt war. Denn einer der Pole, um die wenigstens die höheren Schichten der Gesellschaft mit Leidenschaft kreisten, war für beide Geschlechter der Sport: Jagd, Reiten, Bogenschießen, Schwimmen und das geliebte Polo, bei dem man auf hurtigen Turkmanenpferden dem gepunzten Lederball nachjagte.

Vergoldetes Sattelzeug, Gebißstangen, Steigbügel in eingelegter Arbeit und Übungswaffen von gleicher Schönheit fehlten darum nicht, bis die handfesteren Gewerke schließlich zum Großen Palast hin in das Reich der Duftmeister und Kosmetiker übergingen. – Um den heiligen Sitz der Herrschaft – wenn er auch nur ein ehemaliger war – sollten nichts als Wohlgerüche sein.

So war es gewesen – so war es noch. Nur daß sich in die Reihe der Paläste und stattlichen Bürgerhäuser mit der Zeit recht armselige Hütten eingeschlichen hatten und daß von anderen Häusern der Marmor und der Stuck abgebröckelt waren. Diese verwahrlosten Gebäude umschlossen nicht mehr die fürstliche Hofhaltung eines senatorialen Geschlechts oder die behagliche Wohllebigkeit eines großen Zunftmeisters. Mietskasernen für Volk ohne Verantwortungsgefühl waren sie geworden. Und das kämpfte mit seinem Schmutz gegen die einstige Herrlichkeit und siegte.

Hatte es auch zu allen Zeiten nur eine sehr begrenzte Aufenthaltserlaubnis gegeben – wem es einmal gelungen war, in Konstantinopel zu wohnen, der war mit Kindern und Kindeskindern durch keinen kaiserlichen Befehl zu vertreiben. Vor den Gesetzen mußte selbst der allmächtige Kaiser sich beugen.

Er mußte noch mehr.

An Leute, die es nötig hatten, mußte er Brot und Wein unentgeltlich austeilen lassen, und für Unterhaltung hatte er obendrein, wenn auch nicht mehr durch Wagenrennen, die zu kostspielig geworden waren, so doch wenigstens durch Theateraufführungen bei freiem Eintritt zu sorgen, durch Kirchenfeiern und Prozessionen oder, wie heute, durch Schauspiele, an denen er selbst in der Hauptrolle mitwirken mußte.

Der Vizegott von Byzanz war kein Gott, der immer nur

Opfer verlangte, sondern er mußte selbst opfern. Er hatte es nicht so leicht wie seine ärmeren Untertanen. Arbeitsgewinne sollten nach christlicher Lehre den Schwachen zufließen und nicht den Starken. Und viele von den Schwachen wünschten sich die Zukunft gar nicht anders als die bequeme Gegenwart.

Wenn auch niemand müßig gehen durfte, so war das bißchen an Arbeit, das die städtischen Ämter den kleinen Leuten vermittelte, doch leicht zu bewältigen. Dauer, Beschaffenheit des Orts und Art der Arbeit waren wie das ganze Leben auf das genaueste vorgeschrieben in diesem Gott geweihten und oft dem Teufel verfallenden Staat. Den meisten blieb kaum etwas anderes übrig als fromme Ergebung unter der Fürsorge der Behörden.

Was hätten sie wohl sonst tun können?

Rohstoffe wurden zugewiesen und ihre Verarbeitungsweise ebenso verordnet wie die Preise. Nicht nur die Seide war dem Kaiser vorbehalten – fast alle anderen Fabrikationen unterlagen ebenfalls Monopolen, Zollerschwernissen und gewinnabschöpfenden Steuern.

Während Konstantinopel unter solchen Umständen zusehen mußte, wie die genuesischen Raubameisen in Galata den ganzen Handel an sich rissen und dabei fett wurden, erstickte es selbst an lähmender Überorganisation.

An Alltagen sah die Meza darum recht unterschiedlich aus.

Heute jedoch war sie eitel Pracht.

Selbst der Ärmste hatte irgendeinen Teppich oder einen Fetzen Brokat, den er zum Fenster hinaushängen konnte. Die Sonne verlieh auch dem ältesten Lappen noch Glanz, und nicht alles, was draußenhing, war nur ein Lappen.

Es fehlte nicht an ererbtem Reichtum in Konstantinopel.

War es auch schwer geworden, neuen Reichtum zu erwerben, so gab es doch immer noch die fürstlichen Nachkommen der großen Kaufherren und Landbarone von einst.

Deren Häuser quollen jetzt über von den erlesensten Teppichen des Orients und von riesigen Bahnen der kostbarsten Gewirke. Schmuckbehangene und juwelenübersäte Heiligenbilder wurden ausgestellt. Blumen füllten auch noch die ärmlichsten Fenster. Aus den Toren der Paläste aber ergossen sich die Blüten in lodernden Strömen.

Die ganze Straße war ein einziges Flimmern von Silber und Gold, ein Gefunkel und ein Leuchten von lachenden Farben. Selbst den Schmutz der Straßenmitte machten sterbende Blumen zu einem Pfad für wandelnde Götter.

Die Straßenmitte wurde von Bürgermiliz frei gehalten.

Auf den höher gelegenen Fußsteigen jedoch schob und drängte aus allen Gassen und Häusern das Volk ohne Unterschied der Partei.

Was aber verursachte in Konstantinopel Parteiung?

Vor allem doch die Theologie!

Überall in Konstantinopel treffe man Leute, die von unbegreiflichen Dingen reden – hatte einmal ein Bischof früherer Zeiten geschrieben. Erkundige man sich, wie viele Obolen man zu zahlen habe, antworten die Leute mit Betrachtungen über Geborenes und Ungeborenes. Frage man nach dem Preis eines Brotes, so meine einer, der Vater sei größer als der Sohn. Und erkundige man sich nach einem Bad, gleich heiße es, der Sohn sei aus dem Nichts erschaffen.

So war es einst gewesen.

Heute war es die Partei der Henotiker, die um des Reiches willen zur Kirchenvereinigung mit Rom bereit war, und ihr gegenüber die Partei der starren Orthodoxen, deren Führung die Mönche hatten.

Die Meza freilich vereinigte beide.

Obwohl etwas kleinlaut, ließen sich die Henotiker ebenso auf ihr blicken wie die Orthodoxen. Gar die Frauen hätten ohne Ansehen der Partei es als Raub an sich erachtet, das Fest nicht feiern zu dürfen.

Alle waren sie da: die Alten, weil man – wie sie sagten –

das junge Volk nicht sich selbst überlassen könne – und die Jungen, um zu sehen und gesehen zu werden.

Sie alle hatten ihre besten Kleider angezogen, und die Frauen hatten ihre hochragenden Hutkapuzen aufgesetzt, deren geschwungene Ränder ihnen zu Schippen tief in die Stirn fielen, um sich dann als wellige Rahmen für Locken und Gesichter bis auf die Schultern zu senken. Aus den hochgeschlossenen Kleidern kippten die Hemden als schlohweiße Umlegekragen und verbreiteten angenehme Gefühle vom Gebadetsein der Trägerinnen und von frischer Wäsche. Die halbärmeligen Mäntel aber mit den eingefärbten Russenpelzen öffneten sich vorn in gewölbten Aufschlägen, damit die Ansehnlichkeit der eigentlichen Kleider nicht der Bewunderung entgehe.

Die Strümpfe und die Stelzschuhe mit hohen Stöckeln unter Sohlen und Hacken wurden zwar durch die langen Frauengewänder völlig bedeckt, doch zum Glück lag immer genügend Schmutz auf der Straße, der ein mäßiges Heben der Röcke rechtfertigte. Ein niedlicher, kostbar beschuhter Fuß wurde denn auch gern gesehen und gern gezeigt. Die Beine dagegen waren ein wohl zu bewahrendes Geheimnis. Selbst unwillentlicht gewährt, hätte ein Blick auf sie einer verheirateten Frau bösen Leumund, einem ledigen Mädchen aber die Rute eingetragen. Das Röckeraffen in Konstantinopel war eben eine Kunst, die gelernt sein wollte!

Überhaupt waren im Laufe der Jahrhunderte die weiblichen Kleidungsstücke immer zahlreicher geworden, immer verhüllender die Falten, immer steifer die Brokate.

Um die geschätzte Männlichkeit stand es nicht anders. Vor allem wollte auch sie möglichst groß erscheinen, was sie – da ihr Stelzstiefel versagt waren – mittels der Kopfbedeckung zu erzielen sich mühte.

So trugen die Männer denn ausgesteifte Hauben, und zwar goldgestreifte und pelzverbrämte, die sich nach oben zur Kürbisgestalt erweiterten, oder hochragende Mützen mit weitausladenden Aufschlägen in Form eines Schiffes oder auch oben melonenförmig gerundete, beturbante Zylinder.

Turbane waren in letzter Zeit große Mode. Sogar den Kaiser hatte man schon im gestreiften Turban gesehen.

Das Scaramangium, der gold- oder silberdurchwirkte männliche Leibrock, ging seiner Herkunft nach auf die Hunnen und noch weiter auf die Mandarinenroben Chinas zurück und fiel wie der Mantel bis auf die Stiefel.

Die Stiefel freilich mußten zu sehen sein. Denn sie zeigten den Rang an.

Nicht jeder hatte das Recht auf schwarze Stiefel, und rote anzuziehen wäre Majestätsverbrechen gewesen.

Rote Stiefel kamen dem Kaiser zu und den Kaiserinnen, die sie ihrerseits wiederum mit eingestickten Engelsflügeln aus Perlen trugen.

Außerdem waren nur noch die Despoten zu Purpurschuhen berechtigt, die kaiserlichen Prinzen, die irgendeinen Restteil des Reichs als Sebastokratoren, als verehrte Herrscher, selbständig regierten, und ferner noch der ihnen ranggleiche Patriarch.

Aber ob rote, schwarze, blaue oder was für Stiefel immer – mehr zeigten auch die Männer nicht von ihren Beinen, und von ihren Gesichtern gaben sie nur das preis, was der Bart nicht bedeckte. Rasieren war allein den verehrten Eunuchen erlaubt, den Engeln, und der Franke erweckte ebenso durch sein nacktes Kinn wie durch seine unanständig eng anliegende Kleidung Ablehnung und Spott.

Man war mit der Zeit sehr prüde geworden im gottesfürchtigen Byzanz.

Aber gerade darum übte der kaiserliche Zug eine solche Anziehungskraft aus!

Bei den zeremonialen Hoftrachten, die von den Herren und Damen nur bei feierlichen Anlässen getragen wurden, galt noch der Körper, herrschte noch die heiter beschwingte Gelöstheit der Antike.

Was sonst verpönt war – bei höfischen Auftritten war es

geheiligt. Alle Formen einer Clamys, eines Chitons, einer Tunika, einer Toga waren zu finden und alle Farben des Regenbogens. Jeder hatte sein Insignum, sein vergoldetes Schwert, seine elfenbeinerne Tafel, sein farbiges Quadrat im Ornat oder was sonst seine Amtsauszeichnung war. Unter den Stirnstreifen und Binden aber kam auch das Haupthaar wieder zu Ehren.

Pagen gingen in engen Strumpfhosen und ganz kurzen, knappen Röcken. Auch Soldaten und soldatische Würden durften ihre Beine zeigen, sogar nackt, wenn es sein mußte, und nur durch Beinschienen gemildert.

Und dann die Damen des heiligen Palastes!

Auch sie trugen ihre Sandalen aus weißglänzendem Leder an den unbekleideten rosigen Füßen. Und zu ihren Gunsten entäußerte sich selbst der Seidenbrokat seiner Starre, wurde weich, wurde dienstbar. Eng schmiegten sich den Körpern die Goldkasacks an, aus denen der silberne Sturz fließender Schleppgewänder zur Erde fiel. Aus den Scheitellocken jedoch entsprangen weiße Schleierkaskaden, schäumten über die Rücken und verrieselten in den Schleppen.

Nicht ohne Grund galten die byzantinischen Damen im Osten und Westen für kostbare Wesen. Enthaltsamkeit, täglicher Sport, Masseure, Pfleger für Füße und Hände, Haar- und Schminkkünstler hoher Grade sorgten dafür, daß jede, die diese anspruchsvolle Kleidung zu tragen berufen war, ihr auch entsprach.

So durften diese Mädchen und Frauen ihre silberumspülten Beine ahnen lassen; denn alles, was am rechten Platz und zur rechten Zeit geschah, war unantastbar.

An unzähligen Kirchenwänden sah man die palatinischen Damen denn auch abgebildet, mit Heiligenscheinen über den Köpfen, bis weithin zum längst barbarisierten Ravenna im Lande Italien erblickte man sie so in den Mosaiken.

Jetzt aber sollte der Kaiser kommen, und alles fieberte in Erwartung des Zuges.

Überall sang es und erklangen asiatische Lauten und griechische Zithern und Flöten.

Auch ihre kunstvollen Orgeln hatten die Leute auf die Straße gestellt. In den Kirchen allerdings wurden Orgeln als profane Instrumente nicht geduldet.

Doch warum hätten die Menschen gerade Kirchenlieder spielen sollen? Offenbar kam es ihnen auf ganz etwas anderes an; denn jeder versuchte den andern mit musikalischem Lärm zu überbieten. Gespielt und gesungen wurden dabei die neuesten Schlager aus jenen Gaststätten, wo der Genuß der Getränke durch Tanz und Gesang gewürzt wurde. Man sang Liebeslieder oder auch Lieder voll eines bitteren Spotts.

Diese Hauptstädter hatten nun einmal ihr loses Maul, und im Laufe der Jahrhunderte war keiner geboren worden, der es ihnen gestopft hätte.

Nicht einmal der große Justinian hatte das zu seiner Zeit gewagt, obwohl es ihn manchmal hart angekommen sein mochte, daß die Leute mit frechster Eindeutigkeit die etwas allzu stürmische Vergangenheit seiner geliebten Theodora besungen hatten, während von ihm selbst doch kein Gesetz ohne die ausdrückliche Zustimmung dieser selben Augusta herausgegeben worden war und er sie «Unsere Uns von Gott verliehene Himmlische Gemahlin» genannt hatte.

Doch diesen Preis des Gewährenlassens mußte jeder Kaiser für seine Göttlichkeit zahlen, und bis jetzt war jeder weise genug gewesen, es zu tun. Auch in der Antike war dem Pathos der Tragödie stets das Satyrspiel gefolgt.

Majestätsbeleidigungsprozesse kannte man daher nicht in Byzanz. Und gab es auch keine Volksversammlungen mehr, und war auch der Senat bedeutungslos geworden – das Bänkellied und der Witz waren geblieben, um die Regierenden über die Volksstimmung jederzeit höchst unverblümt unterrichten zu können.

Doch beim Volk läuft dem Thron immer das Bett den Rang ab. Am allerliebsten aber beschäftigt es sich mit kaiserlichen Betten. Und so zielten denn Spott und Lied zur Zeit hauptsächlich auf Konstantins Schwägerin, die Kaiserinwitwe seines Bruders und Vorgängers Johannes.

Diese Augusta Maria war väterlicherseits ebenfalls eine Tante Irenes, wie sie eine Prinzessin von Trapezunt, und das Volk sagte ihr nach, sie unterhalte mit ihrem flotten Bruder Alexander etwas mehr als rein geschwisterliche Beziehungen. Dennoch war bei aller Möncherei der Geist von Byzanz der Antike noch nahe genug, um die Entrüstung nicht allzu groß werden zu lassen und den beiden die Zurückgezogenheit am Meer zu gönnen, die sie gemeinsam genossen.

Weit schärfer wandte sich der Witz gegen Konstantins römische Politik, und das Lied auf den Kardinallegaten verbarg kaum noch den Haß. Sogar die Henotiker sangen es in ihrer Enttäuschung über die ausgebliebene Hilfe.

Denn auf der Meza vertrieb sich die öffentliche Meinung die Zeit, und die Straße hatte Platz für alle.

Als sie angelegt worden war, hatte man in der Stadt über eine Million Einwohner gezählt. Jetzt teilten sich – wenn Konstantinopel damit auch immer noch die größte Stadt Europas war – nur mehr hundertfünfzigtausend in den gleichen Raum. Und hatte sich vom Hippodrom außer der uralten Schlangensäule kaum etwas erhalten, so war eben jetzt statt des Hippodroms die Meza das Forum geworden.

Heute dachte niemand an Unglücksfälle, Erdbeben, Pest und Steuern, höchstens an die Türken. Aber die hatten schon oft gedroht, und herausgekommen war nie etwas dabei. Heute wollte man sehen, hören und sich vernehmen lassen: Dame und Sklavin, Herr und Knecht, Gelehrte und Ungelehrte, Ehrbare und Nichtehrbare. Auch Fremde gafften: Franken, Ägypter und ähnliches Volk. Leute aus Galata waren auf Besuch herübergekommen. Selbst Türken trieben sich hier und da noch herum. Und gar die hübschen Liebesmädchen hätten nicht den geringsten Grund gehabt, fernzubleiben. Sie zahlten ihre Steuern wie alle andern und entbehrten keineswegs jeglicher Achtung. Eine milde Kirche hielt die Hand über sie wie über Verwaiste, und die Bürgerlichkeit nahm sie gern wieder auf, wenn sich die Damen zur Ruhe setzen oder einen braven Mann heiraten wollten.

Falls es dem Schicksal nicht gefiel, sie nach dem großen Beispiel der Kaiserin Theodora noch weit mehr zu erhöhen! Denn der Frau war in Byzanz nichts unmöglich.

In den Bädern des Zeuxippos hatte Trojas Helena und vor dem städtischen Bordell eine marmorne Aphrodite gestanden.

In Byzanz war Schönheit immer zugleich auch Adel.

Und alles das sang, summte, zwitscherte, lachte und wurde belacht. Die ganze Meza war ein einziger Rummelplatz. Scherzworte flogen hin und her, Bekanntschaften wurden geschlossen. Flüche waren seltener.

Dafür wurde wacker geküßt.

Denn heute war Ostern!

III

Auf der Galerie über den fünf Toren der Hagia Sophia stand Irene. Tante Eudoxia hatte ihr diesen Platz anweisen lassen, bis man sie holen würde.

Die Tante selbst hatte keine Zeit für sie. Als Zoste patriciae, als Obersthofmeisterin, hatte Eudoxia Melissenos in der Nähe der Kaiserin zu verbleiben, und so konnte sie sich um die Enkelin ihres Bruders nicht kümmern. Eigentlich war Irene nämlich ihre Großnichte, nur schätzte Kira Eudoxia es ebensowenig wie jede andere Dame, als Großtante angesprochen zu werden.

Die übrigen vornehmen Mädchen jedoch, unter denen sich noch andere Verwandte des regierenden Kaiserhauses befanden, wußten, daß dieser Tag so etwas wie Irenes Ehrentag werden sollte. Was der Vater nie unangefochten besessen hatte – die Anerkennung seiner Geburtsrechte –, der Tochter wollte Konstantinopel sie aus freien Stücken gewähren.

Vor allem aber wußten die Damen, daß Irene unter den kaiserlichen Prinzessinnen einen Rang erhalten würde, der ihrer hohen Bestimmung entspräche. Und dieses Wissen war es, was die jungen Mädchen und deren Begleitungen achtungsvolle Zurückhaltung beobachten ließ.

Für Irene bedeutete das alles wenig.

Sie war überzeugt, daß niemand sie mit Würden bekleiden könne, die fünf Jahrhunderte ihr gegeben hatten. Für Irene war Stolz etwas Selbstverständliches.

Denn sie war eine Komnenin.

Und außerdem erkannte sie auch, daß sie den guten Willen des heiligen Palastes weit weniger ihrem Recht als dem Reichtum des Fürsten Manuel Melissenos verdanke, dessen einzige Enkelin von seiner verstorbenen einzigen Tochter sie war.

Die Melissenos hatten ihren ungeheuren Reichtum ursprünglich durch Handel begründet, was in Byzanz, wo der regierende Kaiser zugleich auch der einzige Seidenkaufmann war, gewiß keine Schmälerung des Ansehens bedeutete.

Später hatte dann jeder, so weit seine Macht nur reichte, sich aus dem verfallenden Weltreich einen Fetzen zum eigenen Gebrauch herausgeschnitten, wofür Irenes väterliches Geschlecht das beste Beispiel war: Nach ihrer Vertreibung aus Konstantinopel hatten die Komnenen ihr Kaisertum in Trapezunt am Schwarzen Meer wieder aufgerichtet und damit aus einer ehemaligen Provinz ein neues, unabhängiges Reich begründet. Und auf ähnliche Weise war die Familie von Irenes Mutter in die Reihe der regierenden Häuser eingetreten.

So besaßen die Melissenos Herrschaften im Peloponnes. Am Schwarzen Meer aber gehörten ihnen die Stadt und das Fürstentum Önäum.

Irenes Großvater Manuel Melissenos war Besitzer der überaus reichen Alaungruben und zugleich Fürst von Önäum.

Nur dem Namen nach war er Lehensträger des Kaiserreichs Trapezunt, wo ein Onkel Irenes als Großkomnenos regierte.

Mit diesem Onkel, dem Kaiser Kalojohannes – dem schönen Johannes –, verband sich der Begriff von Scheußlichkeiten, wie sie immer wieder den Glanz der Komnenen blutig verdunkelten, Scheußlichkeiten, die alle Welt kannte und die dennoch weder Patriarchen noch Bischöfe abhielten, in den ehrerbietigsten Ausdrücken um diesen Thronräuber und Vatermörder zu werben.

Jedermann kannte auch den Roman von Irenes Vater Michael Komnenos und von ihrer Mutter Anastasia Melissenos.

Aus Machthunger war Kaiser Kalojohannes zum Vatermörder geworden.

Alexis der Vierte von Trapezunt, Irenes Großvater, hatte ihm zu lange gelebt. Und Kalojohannes, der Sohn, war der Mann nicht, vor irgendeiner Schändlichkeit zurückzuschrekken. Die eigene Mutter hatte er einer sündhaften Liebe geziehen, um dadurch mit einem Schlage gegen den Vater als Hahnrei, gegen die Mutter als Hure und gegen seinen jüngsten Bruder Michael als Bastard vorgehen zu können.

In jedem Fall war die Schamlosigkeit des Sohnes größer als das mütterliche Verbrechen und die Behauptung, Irenes Vater sei nicht Kaiser Alexis' Sohn gewesen, obendrein eine Lüge.

Denn gerade während des ganzen Jahres vor Michaels Geburt hatte sich der Liebhaber der Kaiserin auf Gesandtschaft in Rom befunden, was für Kalojohannes kein Hindernis gewesen war, den Würdenträger zu töten und die eigenen Eltern gefangenzusetzen.

Nur das Volk von Trapezunt hatte damals das regierende Kaiserpaar noch gerettet und Kalojohannes zur Flucht nach Georgien gezwungen.

Vier Jahre später jedoch, nachdem sich die Seele seiner Mutter bereits auf natürliche Weise vom Leibe getrennt hatte, war er zurückgekehrt und hatte dem Vater die Mörder ins Zelt geschickt.

Seines Bruders Michael war der neue Kaiser dagegen nicht habhaft geworden.

Damals war Irenes Vater zwölf Jahre alt gewesen. Mit wenigen Leuten hatte er sich ins Hochgebirge werfen und zum tzanischen Stamm seiner Amme Arka flüchten können.

Hierdurch war die Lage für Kalojohannes recht schwierig geworden. Bis zu den Tzanen hatte er den Bruder unmöglich verfolgen können!

Schon an sich hatten diese Leute keinen guten Ruf.

Nach der Behauptung der Trapezuntier gehörten die Tzanen natürlich zum Reich. Wenn man die Trapezuntier reden ließ, gehörte eben alles und jeder zu ihrem Reich. Aus andern Gründen war es in Zeiten, als sich Konstantinopel und Trapezunt noch mit Schriftstücken bekriegt hatten, am Bosporus guter Ton gewesen, die Konkurrenz-Kaiser von Trapezunt als Häuptlinge der Tzanen herabzuwürdigen.

Mit Hinblick auf Irenes Vater hatte Kaiser Kalojohannes sehr bedauert, nicht so ein Häuptling zu sein. Dann hätte er den Bruder wenigstens in seiner Gewalt gehabt.

Doch jetzt!

Rauben hatte er ihn nicht können.

Was nur zu rauben war, raubten die Tzanen selbst.

Außerdem hielten sie etwas auf Gastfreundschaft.

Nicht einmal ein Mörder war für den Flüchtigen zu dingen gewesen, weil die Prinzenamme Arka einer viel zu weit verzweigten Sippe der verwegensten Totschläger angehörte, die allesamt mit Rücksicht auf die Tochter, Schwester, Tante oder Base den Knaben nicht nur verteidigt, sondern auch mit ewiger Blutrache an den Mördern gerächt hätten.

Es hatte sich also keiner gefunden, der tollkühn genug

gewesen wäre, sich für einen diskreten Auftrag dieser Art herzugeben. Und darum war der junge Prinz auch im Besitz seiner Freiheit und seines Lebens geblieben, bis ihn dann bei einem ersten Ausflug in die große Welt das Geschick ereilt hatte.

Das war in Önäum gewesen.

Kaum war nämlich Anastasia, die Erbtochter von Önäum, des jungen Komnenen ansichtig geworden, als sie sich schon in ihn verliebt und ihres Vaters Einwilligung zur Heirat begehrt hatte.

Nach allem mußte Prinz Michael damals auch ein stattlicher Bursche gewesen sein, dem das rauhe Leben im Hochgebirge gut bekommen war. Mit ganz kurzen Röckchen und nackten Schenkeln liefen die Leute beiderlei Geschlechts dort herum und ernährten sich außer von dem, was ein paar Ziegen abwarfen, nur noch von Wegelagerei und ähnlich unsicherem Erwerb.

Reich wurden sie jedenfalls nicht dabei.

Und der Prinz war nicht reicher gewesen als seine Beschützer.

Sein kostbarster Besitz war sein Komnenenstolz gewesen. Dann hatte ihm nur noch sein Rock gehört, sein Schwert, sein Schießzeug und ein paar Opanken.

Der Tochter hatte Fürst Manuel trotzdem nichts abschlagen können. Überdies war er ein Melissenos, also reich genug, um eine kleine Armee so lange zu besolden, wie man sie brauchen würde. Er hatte also nicht eingesehen, warum Michael als sein Schwiegersohn nicht ebensogut wie Kalojohannes Großkomnenos und Kaiser im goldenen Trapezunt hätte sein sollen.

Und vielleicht wäre auch alles so gekommen, wie man sich das in Önäum so schön gedacht hatte, wenn es nicht ein kleines Zwischenspiel mit der Pest gegeben hätte, nur ein kleines und mit wenigen Opfern; aber unter den wenigen waren das junge Fürstenpaar, Michael Komnenos und Anastasia Melissenos, gewesen.

Ein Liebesroman und ein Traum von Herrschaft hatten

ein vorzeitiges Ende gefunden. Zurückgeblieben war ein Mann in den besten Jahren als Großvater eines kleinen Mädchens.

Nun hätte Fürst Manuel sich wohl noch glücklich fühlen können, daß ihm von der Tochter wenigstens eine Enkelin geblieben war. Aber er hatte Anastasia zu sehr geliebt, um nicht durch den Anblick ihres Kindes immer wieder schmerzlich an sie erinnert zu werden.

So war Irene denn nach Konstantinopel gekommen, um dort zu dem erzogen zu werden, wozu das Schicksal sie bestimmt zu haben schien: zu einer byzantinischen Prinzessin.

Und jetzt stand sie auf der Galerie, und ihr Blick schweifte vom Rundbogen aus abwärts über die draußen brodelnde Menge hin, und sie hörte das Brausen und Jubeln.

Wie lange würden diese Leute wohl noch brausen und jubeln? fragte der Blick.

Und nicht einmal das wußte Irene, ob sie es den Leuten da unten wünschen sollte. Denn ihre geschärften Sinne nahmen neben Festfreude und Leichtsinn auch ebenso viele Zeichen des Zornes wahr. Über die Ursache dieses Zornes aber war sie keinen Augenblick im Zweifel; denn sie kannte den Mönch Gennadios vom Kloster Pantokrator.

Sie hatte den wohlberedten, schriftgewandten Mann bereits gekannt, als er noch Erster Palastrichter gewesen war und sich Georg Scholarios genannt hatte. Infolgedessen war sie auch Zeugin seines Übertritts zur Orthodoxie geworden. Vorher, auf dem Konzil zu Florenz, hatte er noch dreimal für das Henotikon gesprochen.

Wie hätte Irene das alles nicht wissen sollen! Gennadios gehörte zu den alten Freunden ihres Onkels Notaras.

Aber mit dem Onkel, dessen überlegener Weltkenntnis sie viel verdankte, fühlte sie nicht mehr wie sonst. Und auch er ging ihr, dem kleinen Mädchen, jetzt gern aus dem Weg. Er täuschte sich nämlich durchaus nicht in ihr!

Sie war zu sehr die Tochter eines Herrschergeschlechts

mit dem sicheren Blick für Menschen und Zusammenhänge und durchschaute sehr wohl, daß die brennende Leidenschaft des Onkels für die griechisch-katholische Orthodoxie sich nicht zuletzt an der Schmälerung seines Oberbefehls durch den römisch-katholischen Giustiniani entzündet hatte. Irene hätte Notaras schütteln mögen, daß er im Augenblick der höchsten Gefahr, die er wie kein anderer kannte, die allgemeine Abwehr durch einen Streit schwächte, der auch später ausgefochten werden konnte. Seine Goldbarren hätte sie aus ihm herausschütteln mögen, die er hortete, obwohl er wußte, daß der Kaiser arm, die Staatskasse leer und die Stadtmauern höchst schadhaft waren.

Er war wohl ein kluger und auch ein tapferer Mann. Aber sonst war er wie alle die andern Archonten, diese «Nobilissimi», «Fiorentissimi» und «Clarissimi»: sich von seinen Schätzen zu trennen – das vermochte er nicht.

Irene merkte auf.

Wie ein einhelliges Atmen kam es jetzt aus der Tiefe. So plötzlich legte sich das Summen und Brausen.

Damit wußte Irene, daß sich unter ihr die drei Mitteltore öffneten, die kaiserlichen, um den Zug der heiligen Majestäten herauszulassen. Sie selbst hatte noch Zeit.

Was ihr auch alles bevorstehen mochte, so war sie vorläufig nur eine junge Dame aus großem Hause, die bei Hofe vorgestellt werden sollte. Nicht mehr für lange würde das so bleiben. Aber an diesem Morgen gehörte sie noch immer zu denen, die sich, wenn auch in Goldkarossen, so doch ganz an das Ende des Zuges anschlossen.

Und nun standen die Tore offen.

Mit himmelstürmendem Jubel setzte das Heer der Glokken ein, und auch die Orgeln der Straße vertauschten die weltliche Musik mit den Hymnen.

Gleich goldroten Feuerbränden quollen mit den Klängen der Hörner und Trompeten die prachtvollen Garden ins Frühlingslicht: goldene Panzer und blutrot umbuschte

Helme aus Gold, die Schwerter entblößt oder die furchtbaren Doppeläxte auf den Schultern.

Zwischen Reihen von Pagen folgten Cubiculare, Truchsesse, Vestiare mit den Nomophylaxen, den Professoren der Universität, den Fürsten der Rhetorik, den Konsuln der Philosophie, oder wie sonst ihre Titel lauteten, mit den «sehr diskreten» Advokaten und Notaren, den Waisenpflegern und den Vorstehern der Spitäler. Rot, gelb, grün – jedem seine Farbe, seinen Kleidschnitt, seinen Rang.

Vertreter der Geistlichkeit schlossen sich unter Führung des Syncellus, des Kultusministers, an: die Archimandriten, Ekklasiarchen, Bischöfe und Metropoliten – in himmelblauen Mänteln mit Brustkreuz und roten und weißen Längsstreifen die Mönche.

Rosenrote und hyazinthenfarbene Gewänder bezeichneten die hohen Tone, die hohen Beamten: den Quästor des heiligen Palastes, die Grafen der heiligen Wohltätigkeit und der Privatgüter der heiligen Majestät, die Magistri officii et scrinorum.

Der Domestikos, der Kriegsminister, mit dem Stratopedarchos und den Stratarchen, dem Feldmarschall und den Generälen, brachten mit ihren goldenen, rubinenübersäten Rüstungen eine Unterbrechung.

Schon brannte der gewaltige Wurm in allen Farben, unter einem Himmel, der blau war wie die kaiserliche Farbe von Byzanz.

Die Gruppen wurden durch Zuruf begrüßt, auch einzelne Männer wurden derart im guten wie im bösen ausgezeichnet. Man warf mit Blumen, man klatschte Beifall, und der Witz tobte sich aus. Schneidende Tubatöne kämpften sich durch das Lachen und Schreien.

Vor allem dem Mann inmitten der Logotheten, dem Großherzog Lukas Notaras, lärmte die Menge zu.

Irene sah und hörte genau, wie sich die öffentliche Meinung für ihren Oheim abmühte und die Kehlen rauhte.

Es werde einiges gekostet haben, dachte sie kühl, doch das meiste sei echt: Notaras sei wirklich beliebt.

Alles aber, was auf dem Platz an der Kirche geschah, pflanzte sich bis auf die Meza fort und mit geringen Abweichungen über die fünf Kilometer der Meza hinweg.

Jetzt zeigten die Kammerherren mit dem Großtschausch, dem Hofmarschall, die Nähe der heiligen Majestät an, und dann brach, von den goldenen Liktorenbündeln der Silentiarii, der Schweigengebietenden, umsäumt, leuchtender Schnee aus dem Tempel ins Sonnenlicht: Die Eunuchen erschienen.

Im Laufe der Jahrhunderte waren viele von ihnen siegreiche Feldherren, große Minister und im Gegensatz zu Rom auch Patriarchen und Fackeln der Kirche gewesen. Sie, die verzichtet hatten, waren – weder durch Frauen noch Kinder gebunden – die festesten Stützen des Throns und des Staats und nicht minder der Kirche wie der Armee. Es war billig, daß ihnen nicht nur der engere Dienst um die Majestäten vorbehalten war, sondern sehr oft auch höchste Ämter und Heereskommandos anvertraut wurden und daß sie bei gleichem Rang den Vortritt vor den Unverkürzten genossen.

Die Spatharien und Spatharokandidaten, die Schwertträger, begannen den Reigen. Die Rektoren, Deuteras, Papias folgten aufsteigend nach ihrem Rang.

Schon setzten nach altem Brauch die Milizen und die nächste Umgebung der allerheiligsten Majestät mit Sprechchören ein:

«Heil dem Basileus, dem Immersiegreichen, dem Gottgeliebten, Gottgeschützten!»

Auf einem Schimmel ritt der Statthalter Gottes auf Erden.

Immer trug ein Schimmel den Kaiser, und stets mußten noch drei andere wohlgesattelte, aber ungerittene bereit sein, seitdem einmal vor Jahrhunderten eine Frau dem Kaiser zugeschrien hatte, er reite ein gestohlenes Pferd!

Die Frau hatte recht gehabt, und in Byzanz war das Recht Gottes Stimme auf Erden.

Darum mußte von da ab der heilige Marstall stets vier

Gäule bei kaiserlichen Ausritten bereitstellen, um den Basileus vor einer Wiederholung der peinlichen Lage seines längst verstorbenen Vorgängers zu bewahren.

Der Parakömomenos, der Erste Verschnittene und Obersthofmeister, hielt den Schimmel des Kaisers am rechten Zügel – ein anderer Eunuche, der Protospatharios, der Oberstschwertträger, schritt lenkend zur linken Seite des Tieres.

So erschien inmitten einer weißen Lawine der sehr reinen und verehrten Kastraten Kaiser Konstantin im Torgang des Doms.

Er war im starren Ornat.

Aber an diesem einen Tag im Jahr trug er statt der Krone einen Rosenkranz in den dunkelblonden Locken.

«Langes Leben dir, dessen Hände die Welt halten und wägen!» erklang es.

Auch das ernste Gesicht des Kaisers war lockenumrahmt durch den Bart. Unter der kräftigen Nase wölbte er sich und wurde nur der Unterlippe nicht Herr, die das Rotbraun des Bartes eigenwillig durchdrang. Die Stirn verdeckte der Kranz. Die Augen waren eher zur Heiterkeit als zur Sorge geschaffen. Es war das Leben, das die Augen dieses Mannes in den Dreißigern ernst gemacht hatte.

In seiner Despotie Mistra im Peloponnes, wo er denn auch in der schönen Kirche der Pantanassa zum Kaiser gekrönt worden war, hatte Konstantin sich zuzeiten bewährt, allerdings immer nur so lange, bis ihm Sultan Murad entgegengetreten war, dieser gewaltige Herrscher und geistreiche Mann von letzter menschlicher Überlegenheit.

Doch Murad ist tot, dachte Irene, und Konstantin ist ein tüchtiger Mann. Eher gut als schlimm, eher klug als dumm. Gott wird ihn erleuchten. Gott muß ihn erleuchten!

«Laß den Mut des Gottesvolks wachsen! Zweiter David! Sehr weiser Held des Glaubens! Der als Panzer Christum trägt …!»

Immer feuriger erhob sich die Hymne.

Aber über das, was sie nun sah, erbleichte Irene.

Sie wußte nicht, ob Leichtsinn oder Böswilligkeit es zugelassen hatten. Gewiß: über einen Papstvertreter stand nichts im Zeremonial. Man konnte ihn hinstellen, wohin man wollte. Und ritterlich mochte es von Konstantin gewesen sein, dem Kardinallegaten den Platz an seiner Linken anzuweisen. Nur klug war es nicht gewesen.

Denn dieser Platz gebührte dem Patriarchen!

Und dann verletzte Kardinal Isidor noch ein anderes Vorrecht des Herrn der Hohen Kirche von Konstantinopel, indem er auf einer weißen Eselin ritt wie die, auf der Christus in Jerusalem eingezogen war. Ein Kardinal tat das, ein Römling, ein Ketzer!

«Sohn Gottes, bewahre ihn, unsern Kaiser! Sohn Gottes, erleuchte ihn, unsern Herrn! Sohn Gottes, regiere mit ihm, unserem ...»

In die Lobpreisung schrillte ein Pfiff.

Selbst die Henotiker empörten sich. Aber die Orthodoxen waren nicht mehr zu halten!

«Nieder mit Isidor!» brüllte es. «Nieder mit dem Kardinal, dem Abtrünnigen, dem Ketzer!»

Nur die Person des Kaisers, den man nicht treffen wollte, schützte den Mann an seiner Seite vor Steinen. Doch das war zu sehen, daß für die nächste Stunde ein bitteres Gassenlaufen bevorstand.

Immerhin hatte der Beschimpfte Schlimmeres erlebt.

Daß er Archimandrit im Kloster des heiligen Dmitri zu Konstantinopel und dann Koadjutor des Erzbischofs von Illyrien gewesen war, lag schon lange zurück. Bei Irenes Ankunft am Bosporus hatte er schon den Patriarchenstuhl zu Moskau bestiegen und der Gruppe griechischer Kleriker angehört, die der Vereinigung mit Rom mehr als je wohlwollend gegenüberstand.

In Florenz war Isidor für das Henotikon eingetreten.

Ohne die ihm zugedachte Kardinalserhebung abzuwarten, war er sofort nach dem Konzilsbeschluß mit seinem russischen Klerus nach Moskau aufgebrochen, um dort in der Kirche des Kreml die frohe Botschaft von der Einigkeit aller Christen zu verkündigen. Und in der ersten Aufwallung hatte sich auch alles mit Freudentränen in den Armen gelegen.

Doch dann hatte sich die Orthodoxie von ihrem ersten Schreck erholt: Im Streit mit dem Moskauer Großfürsten war Isidor ins Gefängnis geworfen und verurteilt worden, bei lebendigem Atem verbrannt zu werden.

Schon war der Scheiterhaufen geschichtet gewesen, schon hatte man Isidor zur Mordstätte schleifen wollen – da war seinen Freunden in letzter Stunde seine Entführung gelungen!

Nach dieser Flucht hatte der Papst ihn als seinen Vertreter und in der Hoffnung nach Konstantinopel geschickt, daß die Ehrfurcht vor den Schicksalen des Märtyrers dort auch die letzten Widerstände tilgen würde.

Wie diese Ehrfurcht aussah, erfuhr Isidor jetzt.

«Nieder mit Isidor, dem Abtrünnigen, dem Verfluchten!» spie es ihn aus der Menge an.

Und Irenes grüne Augen verschleierten sich aus Scham über die Schänder und für den Beschämten.

«Siehe, da kommt der Morgenstern! Der Lichtbringer gehet auf!» kämpfte der rhythmische Jubel immer noch nach der Vorschrift gegen die Massen an.

Und auch der Papst hatte gewußt, wer nach Konstantinopel zu senden gewesen war:

Trotz seines Quastenhuts und des roten Kleids war der Geschmähte kein überheblicher Kardinal, kein stolzer, purpurner Priesterfürst, sondern ein schlichter Mann von unerschütterlicher Sanftmut.

Ohne Unterschied segnete er beide: die Jubelnden und die Schmähenden. Mit einer schüchternen, demütigen Gebärde tat er das, aber unbeirrbar.

Einmal entfesselt, waren jedoch den Leuten von Konstantinopel die Mäuler auf keine Weise zu stopfen, und wenn sie bei Gelegenheiten wie dieser zu Steinen griffen, richtete man auch mit Blutbädern nichts gegen sie aus.

Es gab nur eins: nicht sehen, nicht hören, nicht fühlen. Starr ausgerichtet den Blick, ritt der Kaiser voran.

«Laß den Mut des Gottesvolks wachsen, Apostelgleicher! Herr unserer Stadt! Zweiter David!» hielten die Getreuen noch durch.

Doch nun brach mit Pfeifen und Johlen der Sturm los.

«Lieber den Turban!» heulte es. «Lieber den türkischen Turban als den römischen Hut! Als die römische Mitra! Als den Papst! Als die Kardinäle!»

«Lieber als die Hure von Babylon Sultan Mohammed!» übergellte eine schrille Stimme den Chor.

Die feinen Mädchen um Irene hielten sich die Ohren zu. Und auch sie selbst war von der Fensterbank aufgestanden, auf der sie gesessen hatte. Irene wußte sofort, was die landesverräterischen Schreie bedeuteten. Sie waren der neue Schlachtruf der Orthodoxen und also auch der ihres Onkels Notaras.

Allmählich verlor sich der Lärm.

Aber er verebbte nicht und flammte ständig von neuem wieder auf. Er verzog sich nur von der Kirche.

Denn die gleißende Schlange mußte voran – zur Schmach oder zur Verherrlichung, gleichviel: vorwärts mußte sie.

Neue Gestalten entströmten den Toren, neue Farben, neue Gesänge. Tubastöße kündigten den Hof der Augusta an.

Unmittelbar hinter Tante Eudoxias sechsfach bespannter Goldkarosse kam sie selbst, Konstantins Mutter, Helena Dragases, und bei ihrem Anblick verwandelte der Aufruhr sich in Begeisterung. Der Jubel wurde echt und allgemein.

«Glorie des Purpurs! Freude der Welt!» rief es. «Gotterwählte, sei willkommen!»

Kein Fluch und keine Verwünschung mischten sich in die Chöre. Als Letztes hatte Augusta Helena diese Menschen vor Bürgerkrieg, die Krone vor dem Zugriff der Brüder bewahrt, um dann ihren fähigsten Sohn damit zu krönen.

Und dieselben Leute, die eben noch die Türken lieber gewollt hatten als Rom, verherrlichten jetzt die Kaiserin, die Mutter als das Sinnbild der Dynastie, des Reichs und des Lebens.

Obwohl ihre Zeit gekommen war, konnte Irene sich nicht losreißen. Der Triumph der Augusta ging sie mehr an als jede andere. Denn sie selbst sollte Konstantins Mutter ablösen.

Sobald erst feststehen würde, daß Sultan Mohammed auf die Belagerung, zu der er sich anscheinend anschickte, verzichtete oder nach dem Abschlagen auch dieses Sturms wie so vieler anderer vor ihm, sollte sie selbst als Konstantins dritte Gattin Kaiserin sein wie die Umbrauste da unten.

«Chaire, Basilissa, Despoina, Augusta, Chaire!»

Ein Orkan von Jubel riß sich aus silbernen Orgeln, aus Tubageleucht und aus allen, allen Kehlen!

In einem Sturm von Blumen schwebte die rotbeschuhte Göttin auf einer weißen Engelswolke gralsgleich dahin.

Von den Reinen wurde ihre Sänfte getragen, von den Engeln, die sich nach dem Evangelium des Matthäus um des Himmelreichs willen verschnitten hatten.

Und dies Schweben verdrängte alle Sorgen. Dies Brausen und Blumengestöber überwältigte jedes Herz.

Auch Irenes Herz wurde überwältigt.

Und sie begriff, warum Konstantin, der ihr Zugedachte, so viele Jahre mit Gesandtschaften und Waffen um diesen goldenen Schatten gekämpft hatte.

Nur ein Schatten des Einst, als die Pagen noch nach Tausenden, der Hofstaat nach Zehntausenden zählte, war all dieser Glanz!

Trotz ihrer Ergriffenheit und ihrer Jugend sah und hörte Irene durch alle Formen und alle Worte die Wahrheit. Und die war diese: Über ein Jahrtausend hatte Byzanz, viel geschmäht und unbedankt, dem übrigen Europa als Bollwerk gegen immer neue Völkerstürme aus Asien gedient.

Und nun war es nicht mehr das Byzanz Justinians.

In Wirklichkeit verdankte der elfte Konstantin das Diadem nicht so sehr göttlicher Gnadenwahl als dem Schiedsspruch eines Sultans, des angerufenen – von ihm selbst angerufenen – Richters über ihn und die streitenden Brüder.

Sultan Murad hatte dem Kaiser die Krone verliehen, der Vater desselben Mohammed, der eben jetzt ferndonnernd heraufzog gegen Konstantins herrliche Stadt.

IV

Eine ganze Weile hörte man nichts als unverfälschten Trapezuntier Dialekt.

Er bestand aus einem zerschlissenen Griechisch mit reichlichen Zusätzen aus fränkischen und allen möglichen orientalischen Sprachen. Ein liebenswürdiges, aber hoffnungsloses Gemisch war dieses Trapezuntisch, und es wurde dadurch nicht reiner, daß man es bis zum Euphrat, ja noch in Indien hören konnte. In Trapezunt selbst aber sprach man es in den besten Familien, und die dortigen Reichschronikenschreiber führten in ihm ihre Annalen.

Es war daher auch unerheblich, daß Tante Eudoxia diese weichen, einschmeichelnden Töne für unerträglich barbarisch erklärt hatte.

Daraus machte sich Amme Arka nicht das geringste.

Sie sprach ihr Trapezuntisch mit dem unerschütterlichen Bewußtsein, ihr Herzchen, ihre Irina, in einem vorbildlichen Griechisch zu erziehen und, wenn es sich ergebe, sie mit eben diesen Lauten auf das wirksamste zurechtzuweisen.

Das letzte geschah durchaus nicht selten, und gerade jetzt war Dame Arka wieder dabei.

«Du bist ein böses und gottloses Mädchen», schalt sie Irene aus. «Was soll das nun wieder heißen, daß du sprichst: ‹Am liebsten würde ich gar nicht heiraten›? Und das sagst du, obwohl du Kaiserin werden sollst?! Du hättest Strafe verdient, das hättest du! Aber da sie dich heute trotz deinem störrischen Sinn zur Sebasta gemacht haben, so geht das leider nicht mehr, weil es dem Ansehen schaden könnte, das eine Sebasta haben muß, auch wenn sie nur ein törichtes Mädchen ist wie du!»

Arkas bedrohliches Aussehen bewirkte, daß Irene ihren neuen Rang plötzlich zu schätzen begann.

Wenn eine Sebasta sogar auf die Amme Eindruck machte – wie würde da ihre Tante, die Zoste patriciae, erst einlenken!

Und daran lag Irene wirklich etwas.

Mit Arka mochte es noch angehen. Die schlug wenigstens selbst und schickte die Mägde vorher hinaus, während die zarter besaitete Tante dies Geschäft ausschließlich dem Grammatikos, dem Eunuchen und Hofmeister der herrschaftlichen Kinder, überließ.

Ihren Unterricht hatte Irene nämlich mit den Knaben gemeinsam, und wenn auch die Lehrer je nachdem, was gelehrt wurde, wechselten – der Grammatikos war immer zugegen und strafte hinterher nicht nur Faulheit, sondern auch Schabernack und kecke Antworten, was sich gerade für Irene oft genug schon recht schmerzhaft ausgewirkt hatte.

Manches Mal freilich waren der jungen Dame auch schon Bedenken gekommen, wie es sich wohl mit der stets gepredigten Sittsamkeit vertrage, große Mädchen in solchen Fällen genau wie Jungen zu entblößen – ihre Kräfte hatte sie dennoch nicht durch Auflehnung gegen etwas vergeudet, was nun einmal als so selbstverständlich galt, daß kein Mensch mehr darüber nachdachte. Zu viel wußte Irene bereits um die Widersprüche dieser schnöden Welt, und trotz aller Züchtigungen bereute sie es nicht, dasselbe und wahrscheinlich sehr viel mehr als ihre Vettern gelernt zu haben.

Natürlich befriedigte sie darum der Gedanke nicht weniger, daß die Zeit der Ruten für sie nun vorüber sei und daß kein Schulzimmer mehr von ihrem Wehgeschrei widerhallen werde, jetzt, da sie die roten Schuhe trage.

Und Irene trug die roten Schuhe!

Eine Prinzessin aus dem regierenden Hause, eine Nichte Konstantins, hatte sie ihr übergestreift, und nun war Irene eine Sebasta, eine zu verehrende Herrscherin. Den gleichen Rang wie Konstantins Brüder im Peloponnes hatte sie jetzt und wie der Patriarch, sie, die Despoina Irene mit den roten Schuhen. «Despoina» – so feierlich-altertümlich hatte man sie angeredet!

Da man es jedoch mit dem Hof in Trapezunt nicht gern hatte verderben wollen, war sie allerdings nicht in ihrer Eigenschaft als komnenische Prinzessin, sondern in der einer Erbfürstin von Önäum zur Sebasta und damit zur weitaus Ranghöchsten im Palast Notaras gemacht worden. Nicht einmal ihre Tante konnte es mehr mit ihr aufnehmen – von ihrem Onkel Notaras oder ihren jungen Vettern ganz zu schweigen.

Ein Übelstand war jedoch bei allem, und der wog in Irenes Augen die wohltätigen Folgen ihrer Erhöhung bedenklich auf.

Irene war jetzt nämlich Braut.

Sosehr ihr das aber auch mißfiel, so gab sie darum die damit verknüpften Vorteile keineswegs preis.

Das sollte Dame Arka sogleich erleben.

Im geheimen hatte sich Irene längst über jede Erziehung erhoben, und in demselben Augenblick, da Arka die Rute notgedrungen aus der Hand legen mußte, sah die Gute sich mit Erstaunen einer großen Dame und sehr überlegenen jungen Herrin gegenüber.

«Ich kann mich nur über dich wundern», meinte Irene gelassen, «denn bis jetzt hast du dich ganz allein für Trapezunt begeistert und dagegen für Konstantinopel nichts als Verachtung gezeigt. Einen alten auseinandergefallenen Steinhaufen hast du es genannt, eine Ruinenstadt, und die Paläologen waren für dich nie etwas anderes als Thronräuber und Usurpatoren.»

Mit einem so kühlen Spott gab Irene das von sich, daß Arka Mitleid mit sich selbst bekam.

Und das Schändlichste sei es doch, dachte sie, einer alten

Frau Worte vorzuhalten, die sie selbst gebraucht habe und hinterher, wenn alles ganz anders geworden sei, nicht gut ableugnen könne.

«Aber Kind, wenn er dich doch heiraten will ...»

Weiter kam Arka freilich nicht, obwohl sie vom Volk der Tzanen war. Und die Tzanen standen im Ruf, sich keineswegs leicht zu ergeben!

Die starken Backenknochen, das hervorstoßende Kinn, eine niedrige, aber breite Stirn und eine Nase wie ein Balken gaben der Amme trotz der pfiffigen Augen und trotz der gesitteten Kleidung etwas Gewalttätiges.

Mit nackten Beinen wie ihre Landsleute im Gebirge lief Arka zwar nicht mehr herum. War ihre schwarze Tunika auch nur halblang, so wurde sie doch nach unten bis zu den Knöcheln durch lange, enge, ebenfalls schwarze Hosen und weiße Socken, oben durch eine Schulternhaube ergänzt, die sich mit wenig Erfolg bemühte, die Fülle der grauen Haare zu bändigen und dem Gesicht durch einen eingenähten weißen Streifen ein frommes Aussehen zu verleihen.

Daß eine solche Frau leichter zu überrumpeln als zu schlagen sei, wußte Irene aus Erfahrung.

«Als wenn es etwas änderte, daß er mich heiraten will», lachte sie nur gerade. «Ich werde nicht die erste Komnenin sein, die einen Paläologen heiratet. Meine Tante Maria zum Beispiel ...»

Und etwas Besseres als die Erwähnung der Kaiserin Maria konnte der Amme gar nicht widerfahren.

«Nenne den Namen nicht», unterbrach sie mit Heftigkeit, «und nicht den Namen ihres Bruders! Es gibt Dinge, die so schlimm sind, daß du sie überhaupt nicht wissen darfst. Solche Dinge tun sie! Und wenn die Maria, die Unzüchtige, auch Witwe eines Kaisers und Augusta ist und beide auch Komnenen sind! Glaube mir, Irina, Herzchen, sie sind schlecht. Haben sie sich jemals um mein Söhnchen, deinen Vater, gekümmert oder um dich? Und sind doch deines Vaters rechte Geschwister! Aber wenn du jetzt den Kaiser heiratest ...»

«Was das schon ist!» meinte Irene ungerührt. «Erst hat Konstantin die Theodoro gehabt, die Tocco, weil sie Arta und Janina erben sollte. Und als Theodora dann starb, war es eine Gattelusio, und nun soll ich daran glauben, obwohl die frommen Leute sagen, daß es eine Schande sei, zum drittenmal zu heiraten. Und wenn er eine andere nähme, wärest du die erste, das zu behaupten. Leugne es nicht, Arka, ich glaube dir doch nicht, so wenig wie ich glaube, er nehme mich nur, weil ich eine Komnenin bin. Er denkt nicht daran! Weil meine Mutter eine Melissena war und ich vom Großvater nicht nur Önäum, sondern auch das viele Geld bekommen werde – deswegen will er mich heiraten!»

«Aber Kind», versuchte Frau Arka noch einmal gegen so viel Wirklichkeitssinn sich aufzulehnen.

«Wenn man eine gewußt hätte, die reicher gewesen wäre und die er leichter hätte haben können, so trüge ich nicht die roten Schuhe!» übertrumpfte Irene sie jedoch. «Oder hast du den ganzen Schacher vergessen? Erst wollte er Murads Witwe heiraten, Sultana Mara, die Serbin. Von Mutterseite ist die Sultana freilich ebenfalls eine Komnenin. Aber die sollte es in Wirklichkeit nur darum sein, weil sich Konstantin etwas von der Verwandtschaft mit Mohammed versprach. Dann dachte man an meine Kusine Katharina. Wie man sagt, ist sie ebenso schön wie Kaiser Kalojohannes und ebenso fromm, wie ihr Vater blutig. Eine Georgierin stand auch noch auf der Liste, bis dann schließlich der Domestikos mich vorschlug und Großvater Melissenos seinen Segen gab. Aber warum schlug der Domestikos mich vor? Doch nur, um meinem Onkel Notaras einen Streich zu spielen!»

Nun wußte Arka sehr genau, wie gern der Großherzog Notaras eine Verbindung zwischen seinem Ältesten und seiner Nichte zustande gebracht hätte. Doch die Heirat ihrer Irene mit einem Nichtregierenden – und sei es ein Notaras – wäre der Amme immer als Schmach erschienen.

Die Kaiser aber, dachte sie, müsse man nehmen, wie man sie kriege, so dick gesät seien sie nun eben nicht, und daher dürfe man Konstantin schon manches nachsehen.

Die Hauptsache sei doch, daß er Kaiser sei.

Immer dachte Arka an ihre große Zeit als Prinzenamme im goldenen Trapezunt. Dorthin, wo der Wein wild in den Wäldern wachse, gingen ihre Gedanken, wo die Obstzweige unter ihren Lasten brechen, wo die Schluchten dunkelgrün seien und die Quellen durch Myrte und Lorbeer fließen.

Was galt Arka die Meza in Konstantinopel!

Sie wußte eine Straße am Meer, auf der man unter schattigen Ulmen alle Schätze Indiens und Chinas bewundern konnte.

Zwei feste Burgen beschützten diesen Basar und den Hafen. In der einen Burg hausten die Venezianer, die andere deckte die Warenlager Genuas.

Und jäh hinauf stieg der gewachsene Fels mit der Stadt, der kirchenbesäten, kuppelbewölbten, mit den engen Straßen und hohen Häusern und dem armdicken Efeu auf Mauern und Zinnen.

Fels auf Fels getürmt ragte über der Stadt die Kaiserburg.

Ihre riesigen Saalfenster ließen Seewind und Meerglanz herein. Über Marmor schritten die Füße, und an den Wänden erhoben sich die leuchtenden Gestalten von Heiligen, Kaisern, Engeln und Prinzen. Immer gehörten Kaiser und Kaiserinnen, Prinzen und Prinzessinnen zur himmlischen Familie.

Nie konnte Arka die Bäder vergessen, und auf die Bibliotheken tat sie sich schon deswegen besonders viel zugute, weil sie Geschriebenes nicht zu lesen verstand.

Die Turmpyramide aber erglänzte als ein Wahrzeichen der Schiffer bis weit, weit aufs Meer hinaus unter einem Belag von reinem Gold. – In Trapezunt sah man nichts von Verfall. Kaum bargen die Mauern die Menschen.

Und wenn man jenseits der Tore noch oberhalb der Palastburg sich unter den Bäumen des Gebirges zwischen schön gekleideten Menschen erging, vorbei an Poloplatz, Theater und Zirkus – dann sah man, wohin das Auge auch schweifte, immer das segenbringende Meer. Und immer glitt der Blick über Vorstädte und Dörfer, in denen es von der Überfülle der Fremden wimmelte. Nicht mehr fassen hatte Trapezunt sie können.

Mit einem Gefolge von Eunuchen, Hofbeamten und Sklaven war Arka einst hier mit ihrem Söhnchen, ihrem Michael, gegangen, das Ziel aller Blicke und von jedermann bewundert.

Immer wieder liefen ihre Gedanken hierher zurück, und dies Denken und die Sorge für Irene, des geliebten Michael geliebte Tochter – das bedeutete ihr, der das eigene Kind gestorben war, das ganze Leben.

Es erschien ihr als eine Selbstverständlichkeit, daß kein anderer als nur ein Kaiser ihr Töchterchen heiraten dürfe.

Und so sprach sie denn wie ein Barde ihres Stammes von der Hochzeit einer byzantinischen Kaiserin, von der Herrlichkeit des goldenen Bettes. Vom dritten Erwachen der Göttlichen sprach sie und vom feierlichen Zug zum heiligen Bad mit Tüchern, Düften, Ölen und den drei roten perlenbesäten Äpfeln, Symbolen der purpurnen Nächte erster Empfängnis.

Irene aber sagte etwas anderes.

«Ich mag nicht», sagte Irene.

Ein furchtbarer Verdacht erfüllte Arkas armes, altes Herz. Und es war nicht das erstemal, daß sie ihn hatte.

Doch jede Sünde war sie bereit auf sich zu nehmen, jede Sünde, nur daß ihr Töchterchen sich nicht fortwerfe.

«Heirate nur den Kaiser», sagte sie voll geheimer Verheißung, «und wisse, daß ich immer bei dir sein und dir alles verschaffen werde, was du begehrst. Und sollte es», fuhr sie tief hernieder gebeugt und mit scheuem Flüstern fort, «der junge Nikephoros sein ...»

«Nikephoros?»

Irene konnte sich nicht entschließen, sie zu verstehen.

«Nun ja», nickte Arka ungeduldig, «Nikephoros Notaras! Du weißt, daß der alte Fuchs», womit sie den Großherzog Vater meinte, «gern einverstanden gewesen wäre, wenn ihr euch geheiratet hättet. Und du weißt auch, daß der Jüngling in dich verliebt ist und, seit die Geschichte mit dem Kaiser spielt, wie verstört herumläuft.»

«Dieser dumme Junge und ich?» empörte sich Irene. «Und darum verdrehst du die Augen, als habest du einen Frosch verschluckt? Aber Arka!»

«Er ist fünf Jahre älter als du», verteidigte sich die gekränkte Arka.

«An Verstand könnte ich seine Großmutter sein», erklärte aber Irene.

Was der Verstand wohl mit der Liebe zu tun habe, seufzte Arka in sich hinein. Sie, wenn sie die Irina, das Herzchen, das Töchterchen, wäre ... Aber ob Nikephoros oder ein anderer, bliebe sich gleich.

«Ja, wenn es der Nikephoros nicht ist, wer ist es dann?» fragte Arka voll Eifer.

«Keiner.»

«Keiner?»

«Nein.»

«Willst du denn in ein Kloster gehen?»

«Auch nicht.»

«Auch nicht in ein Kloster?»

«Nein.»

«Und heiraten auch nicht?»

«Nein.»

Arka hielt sich für eine erfahrene und gescheite Frau, und in der Tat gab es auch wenig in ihrem Bereich, was sie nicht hätte erfassen können. Dies gehörte zu dem wenigen: Nicht in ein Kloster gehen und auch nicht heiraten wollen.

«Mädchen müssen heiraten», rettete sie sich jetzt mit Festigkeit in die Welt der Tatsachen. «Sie müssen heiraten und Kinder kriegen. Du aber willst immer alles anders haben, als es ist, und ich will dir sagen, was du bist: Du bist nur ungezogen, das ist alles. Doch ziehe du nur die roten Schuhe wieder aus», drohte sie, «und ich ...»

... verhaue dir doch noch den Hintern, hatte sie sagen wollen.

Dazu aber kam sie nicht mehr. Irene sprang auf.

«Verstehst du denn nicht, daß ich mir aus Heiraten und Kinderkriegen nichts mache?» funkelte sie Arka an. «Ja, wenn ich eine Kaufmannstochter wäre oder die Frau eines Steuermanns! Solche Frauen können ruhig heiraten und Kinder kriegen. Solche Leute sind sicher unter dem Gesetz. Aber in unseren Familien, wo man die Missetäter nicht immer bestrafen kann – da hört das Gesetz auf. Sieh dir doch nur die Geschichte meines Geschlechts an! Kindermord, Elternmord, geblendete Augen und Verstümmelungen, Greuel über Greuel – das ist die Geschichte meiner Familie! Hast du meinen Vater schon vergessen? – Und warum das alles? Wegen ein bißchen Eitelkeit und Macht. Ich sage nicht, daß ich die Männer hasse. Nicht einmal hassen kann man sie. So wenig lohnt es sich um sie.»

«Und ich habe es immer gesagt», meinte Arka bekümmert, «du liest zuviel.»

«Ich weiß überhaupt nur einen Mann, um den es sich gelohnt hätte ...»

«Und wer ist das?» erkundigte sich Arka in einem Ton, als sei sie entschlossen, diesen Mann unverzüglich herbeizuschaffen.

«Er lebt nicht mehr», dämpfte Irene Arkas Eifer. «Es war Sultan Murad. Wem als Sieger und Herrscher seine Tulpen und Freunde mehr gelten als die Macht, so viel mehr, daß er zweimal freiwillig auf Thron und Herrschaft verzichtet – das ist ein Mensch. Und dann ist da vielleicht noch einer», sann Irene, «doch den kennst du nicht. Er hieß Sulla.»

«Ist der vielleicht auch tot?» erkundigte sich Arka voll Mißtrauen.

«Ja, Arka», lachte Irene, «schon viele, viele hundert Jahre!»

«Was willst du mit all diesen toten Männern?» vertrat Arka daraufhin die reine Vernunft. «Zu einer Liebschaft – die Mutter Gottes verzeih mir die Sünde – sind die nun nicht mehr zu gebrauchen. Ich meine natürlich», verbesserte sie sich rasch, «falls du erst verheiratet sein solltest!

Und heiraten mußt du. Seit du die roten Schuhe trägst, mußt du es. Du bist verlobt, mein Kind. Vergiß das nicht! Und übrigens hast du mir noch gar nichts davon erzählt, wie es war.»

«Du ließest mich ja nicht ausreden», beklagte sich Irene.

Aber damit drang sie bei Arka nicht durch.

«Wie konnte ich!» empörte die sich noch nachträglich. «Da du doch Dinge sagtest, die jeder Vernunft ermangelten!»

Doch jetzt schien Irene einzusehen, daß die Tatsachen stärker seien als sie selbst und daß sie Konstantin doch wohl noch werde nehmen müssen.

Jedenfalls erklärte sie sich bereit, alles genau zu berichten, wenn Arka nur diesen Schwarm von Leuten aus dem Vorzimmer schicken wolle, die alle nur darauf warteten, ihre Dienste bei der jungen Sebasta anzubringen.

Arka tat es nicht gern.

Einmal hielt sie besonders beim An- und Auskleiden für eine Despina und nun gar künftige Augusta großen Personalaufwand für unerläßlich, und dann liebte sie es auch, sich den Untertänigen gegenüber als die eigentliche Gebieterin zu fühlen, die alle anweise und alles leite. «Wer soll dich denn baden?» fragte sie mit gerunzelten Brauen.

«Du!» sagte Irene, als sei eine solche Herabwürdigung Arkas das Selbstverständlichste von der Welt. «Du sollst mich ausziehen, sollst mich baden, kämmen, zu Bett bringen. Ich habe genug von Menschen heute, ich will nur noch dich! Geh, Mama Arka, schick sie alle weg, es ist auch schon spät, und ich will mit dir allein sein.»

Diesem Zureden gegenüber erwies sich Arka als nicht stark genug. Wenn Irina, das Herzchen, «Mama Arka» sagte, konnte die alte Dame nie widerstehen.

V

Arka schickte also jedermann ins Bett und war nun in den Räumen der jungen Herrin und in deren Ankleideraum mit Irene allein.

Dies Zimmer wirkte mehr durch Weiträumigkeit und durch die künstlerische Gediegenheit seiner Ausstattung als durch die Zahl der Möbel.

Den marmornen Fußboden machte ein großer Teppich zu einer bunten Frühlingswiese. Vergoldete Löwenklauen versanken darin und trugen den Liegestuhl mit sonnengelben Bezügen, während die runde Perlmutterplatte des Tisches auf einer Schlangensäule ruhte und ein schön gearbeiteter Atlas, dem der Künstler weder die Muskeln noch irgendeinen andern Beweis seiner Männlichkeit versagt hatte, den Standspiegel hielt.

In diesem Gemach des Entkleidens und Schmückens – so sehr Mädchenzimmer es auch sein mochte – herrschte noch die Unbefangenheit der Antike. Betpult und Ikone befanden sich in einem besonderen Raum.

Jetzt öffnete Arka ihrer Kirina das Kleid.

Den Goldkasack vom Vormittag hatte Irene allerdings nicht mehr an. Sowohl in den Kirchen wie in den kaiserlichen Palästen gab es für die Hofgesellschaft Umkleideräume, die jederzeit einen Wechsel der Ornate gestatteten. Und da man beim Kaiser und der Kaiserin nach der Sitte der Alten statt im Sitzen noch im Liegen aß, so war Irenes Brokat einer fließenden lichten Hülle mit weiten, offen von den Schultern hängenden Ärmeln gewichen.

Eben hatte Arka ihrer Prinzessin den faltigen Gürtel in der blauen, kaiserlichen Farbe abgenommen, und nun löste sie ihr die Schnüre auf der Schulter.

«Wie war es», fragte sie dabei noch einmal. «Haben die Vögel in den Juwelenbäumen gezwitschert, haben die erzenen Löwen gebrüllt, und wurde der Thron während der Proskynese bis unter die Kuppel des Saales entrückt?»

«Aber Arka!» lächelte Irene. «Mit solchen Theaterkünsten würde man sich doch nur lächerlich machen. Früher hat es das wohl gegeben. Aber selbst damals wurde das doch nur den Barbaren gezeigt. Auf die machte man damit Eindruck.»

Arka schluckte ein wenig. Auch auf sie würde so etwas Eindruck gemacht haben, dachte sie, und die Kinder seien heutzutage doch schrecklich naseweis.

Aber jedenfalls begann Irene jetzt zu erzählen, wodurch Arka schließlich erfuhr, daß ein Hofempfang in Konstantinopel sich im Grunde auch nicht viel anders abspielte als in Trapezunt.

Bereits in den Vorhöfen schieden sich die Geschlechter.

Die Damen stiegen zwischen einem Spalier der Kaiseringarde die breite Treppe zum Triklinium der Majestät hinan, um dort dem Range nach eingelassen zu werden.

Und etwas Beklemmendes habe es schon, meinte sogar Irene, wenn man durch die eherne Pforte eintrete und sich auf einmal, durch die ganze Länge des Riesenraumes getrennt, der Erhabenen gegenüber sehe.

Von ihrem Großen Dienst umstanden, sitze sie auf erhöhtem Thron und rühre sich nicht, grüße nicht, danke nicht und sei stumm.

Überhaupt alles sei stumm, auch die Silentiarii, die sich aber wenigstens doch bewegen, weil sie die Eintretenden bis an die Stufen des Thrones geleiten müssen.

«Drei rote Kreise sind in den weißen Marmor eingelassen», fuhr Irene fort, «und innerhalb jedes dieser Kreise muß man in die Proskynese versinken: Kniefall, den rechten Arm an die Stirn heben, mit dem Ärmel das Antlitz verhüllen und den Kopf zur Erde neigen. Du weißt, daß ich das kann; ich habe das oft genug geübt. Aber obwohl ich mir sagte, daß dort oben die Helena Dragases aus Makedonien sitze, meine künftige Frau Schwiegermutter, und daß an ihrer Seite Tante Eudoxia stehe – so wurden mir die Knie doch ein wenig weich bei all dieser Feierlichkeit. Das kannst du mir glauben!»

Arka hatte gar nichts dagegen, daß Irene die Knie weich geworden waren. Vielmehr dankte sie dem heiligen Philippus von Trapezunt mit erhobener Stimme und dem heiligen Eugenios nicht minder. Endlich sei Irene, die Ungeratene, doch gezwungen gewesen, ihren vorlauten Mund zu halten!

«Das hätte ich müssen!» lachte Irene aber nur. «Wenn ich eine andere gewesen wäre, hätte ich mich mit abermals drei tiefen Venerationen lautlos an die Wand zurückziehen müssen. Doch du vergißt, daß ich Sebasta werden sollte. Das Dekret hatte zwar der Kaiser gegeben, doch Treue mußte ich bei den Knien der Kaiserin schwören. So ganz ohne Reden ging es also bei mir nicht ab, und bis ich meine roten Schuhe anhatte, war allerhand verlesen und gesagt worden. Auch von mir!»

«Immer mußt du das letzte Wort behalten!» ärgerte sich Arka.

Irene lachte nur noch mehr und stieg dabei aus ihrem Kleid. Und jetzt stand sie da im Hemd und in der Hose – im ärmellosen Hemd und in einer engen, langen weißen Hose.

Unter ihrem Staatsgewand waren Irenes Beine noch mit silbernen Stoffstreifen umwunden gewesen; aber aus diesen Wickelgamaschen früherer Zeiten hatten sich für den Tagesgebrauch im Laufe der Jahrhunderte Hosen herausgebildet. Auch Irene trug sie wie jede erwachsene Dame, und ihre roten Stiefel mit den perlenbestickten weichen Schäften hoben sich von dem weißen Byssus ihres Beinkleides besonders wirkungsvoll ab.

Denn vom Hemd konnte man nicht mehr gut sprechen. Das zog ihr Arka eben über den Kopf.

Und wie es an der Familientafel zugegangen sei, begehrte die Amme zu wissen.

Nun ja, Irenes Platz sei neben der Kaiserin gewesen, weit über dem der Tante Eudoxia! Und an der Herrentafel habe ihm der des Kardinals entsprochen …

«Er sei verdammt!» wünschte Arka mit allen Gebärden

echt tzanischen Abscheus. Und sie müsse sich doch sehr wundern, daß Niedriggeborenen im heiligen Palast gestattet sei, sich neben dem göttlichen Kaiser niederzulassen.

«Sie betrachten den Isidor als einen Fürsten», bedeutete ihr Irene, «und haben ihn nach dem Rang des Patriarchen behandelt. Als Vertreter des Papstes, begreifst du?»

Arka begriff offenbar nicht und holte tief Atem.

«Ich weiß, ich weiß!» schüttelte sich Irene vor Vergnügen. «Auch der Papst soll verdammt sein.»

«Ich, wenn ich dagewesen wäre», drohte Arka.

«Lieber nicht», wehrte Irene ab. «Weißt du auch, daß es ein Gesetz gibt, wonach jeder sein Leben verwirkt hat, der an der kaiserlichen Tafel eine Speise auf den Boden fallen läßt?»

«Und wenn es ein Brösel Brot wäre?» ängstigte sich Arka.

«Und wenn es ein Brösel Brot wäre!» bestätigte Irene.

Und sie hätte nicht das kleinste Stück Brot abbrocken können, versicherte Arka voll Grauen, weil sie immer hätte fürchten müssen, der Bissen – und nun gar Fleisch oder Fisch – würde ihr herunterfallen.

«Ja aber», erläuterte Irene das neckische Gesetz, das tatsächlich bestand, «wer so etwas Schreckliches wahrnimmt, dessen Augen werden geblendet. Und so kommt es, daß noch niemand eines solchen Verstoßes wegen zum Tode geführt wurde.»

Arka atmete auf.

«Halt still!» befahl sie desto strenger, um ihr Erschrecken vergessen zu machen. «Wie soll ich dir das Brustband aufmachen, wenn du so zappelst?»

Folgsam hielt Irene den Atem an. Arka jedoch zog die Rückenverschnürung aus der handbreiten Seide und befreite damit Irenes Brüste, die – so hart und so steil wie sie waren – einer Fesselung gar nicht erst bedurft hätten.

Mit Bedauern hörte Arka, daß die berühmten Fruchtkörbe aus reinem Gold, die man wegen ihrer Schwere auf Räder hatte stellen müssen, auch nicht mehr an die Tafeln gerollt worden seien, und tröstete sich nur halb über das, was ihrem Töchterchen künftig entgehen würde, mit ihrem Stolz auf Trapezunts Schatzkammer, die solche und andere Herrlichkeiten immer noch barg.

Nach der Speisenfolge fragte sie dagegen überhaupt nicht. Denn daß es russischen Kaviar, Fische, eingemachte Gemüse und ebensolches Fleisch, dazu Früchte in Fülle und alles Erdenkliche an Weinen und Obstsäften gegeben habe, verstand sich für sie von selbst. Sie, die Arka, hatte das alle Tage, und mehr als essen könne der Mensch nicht, nicht einmal jetzt in Zeiten der Bedrängnisse, die erfahrungsgemäß die Eßlust schärfen. Außerdem handele es sich für das Töchterchen auch gar nicht darum, so viel, sondern so wenig wie möglich zu essen und zu trinken.

Jetzt streifte Arka dem Kind nur noch die Schuhe und die Hose ab, und dann stand es wieder so nackend da, wie es von der Mutter gekommen war.

In der ganzen Welt waren die Trapezunter Prinzessinnen wegen ihrer Schönheit berühmt. Von den Höfen der Gläubigen und Ungläubigen wurden sie gleicherweise begehrt. Und dieser Umstand war allmählich zu einem wichtigen Mittel der trapezuntischen Politik geworden.

Goldblond wie ihre vielbesungene Kusine Despina Katon oder Katharina von Trapezunt war Irene allerdings nicht. Sie war im Gegenteil so schwarz wie nur möglich, und selbst ihre blanke Haut schimmerte noch in den satten Tönen des Elfenbeins.

Wie aus Ebenholz und Elfenbein war Irene.

Und schlank war sie auch – doch von einer Schlankheit, die nichts Eckiges hatte.

Zart bogen die hoch ansetzenden Waden sich zu den Knien, sanft rundeten sich die anschwellenden Schenkel empor, denen dann fest und kühn der nach hinten ausschwingende Bogen entstieg, um sich ebenso leicht wieder in den schmalen Hüften zu fangen.

Anmutig entwickelten sich aus diesem Engpaß der Hüften Oberkörper, Schultern und Brust, und auf gestrecktem, schmalem Hals schwebte der breitgestirnte Kopf mit Augen unter den kräftigen schwarzen Brauen, die zwischen Grau, Grün und zuweilen Tiefblau seltsam schwelten.

Um ein weniges war die Nase noch immer gebogen, war die Unterlippe für eine Athene etwas zu sehr betont; dafür aber lag auf der Oberlippe die Ahnung eines Flaums, ein zärtlicher Hauch der blauschwarzen Haare, die diesen Körper urwüchsig beherrschten.

Die Fülle des Haupthaars freilich war jetzt zu Flechten bezwungen, und in solcher Gestalt flutete sie gleich gebändigten Tieren über des Mädchens aufblühendes Fleisch.

Arka tat einen tiefen Atemzug.

Und Konstantin werde viel Freude an ihrem Töchterchen haben, seufzte sie mit der eifersüchtigen Mißgunst einer Mutter.

Irene hörte es und fühlte sich auf einmal nackt. Auch vor Arka fühlte sie so. «Du sollst das nicht sagen!» wehrte sie sich und ergriff einen Mantel. «Ich will das nicht hören!»

Aber Arka ließ sich nicht abschütteln.

«Was habt ihr miteinander gesprochen, du und der Kaiser?» wollte sie wissen.

«Wenn du so sprichst, daß ich mich schämen muß», erklärte Irene, «dann sage ich überhaupt nichts mehr.»

Damit tauchte sie ihre Finger in eine Schale mit duftendem Fett. Denn trotz ihrer Jugend und ihrer rot durchpulsten Wangen hätte es sich für sie nicht geschickt, ungeschminkt in der Öffentlichkeit zu erscheinen. Fast wie unbekleidet wäre sie dann gewesen.

So wischte sie denn jetzt das Kohol von ihren langen, tiefschwarzen Wimpern, das Blau von den Lidern und das Rot aus ihrem Gesicht.

«Begleite mich lieber ins Bad», meinte sie dabei. «Bevor du mich knetest, möchte ich noch ein paar Runden schwimmen.»

«Wie? Mitten in der Nacht?»

Arka gebrauchte noch verschiedene andere Ausflüchte, und tatsächlich mußte das Bad des Gynaeceums jetzt völlig verlassen sein, und auch die Feuer würden kaum noch brennen.

«Was bist du nur für ein Hasenfuß!» lachte Irene jedoch. «Vor welchem Gespenst hast du nun wieder Angst? Vor der Schlange Ninmah oder ...»

Arka schwor, nicht die geringste Angst zu haben, vor keiner Schlange und überhaupt vor gar nichts! Doch die Zähne klapperten ihr, als sie mit einer Öllampe durch die verlassenen Gänge, durch den Heißluft- und den Dampfraum mußte und Irene ihr dann obendrein ins Dunkel entschwamm.

Jeder Laut hatte für Arka einen höchst zweideutigen, schaudererregenden Widerhall.

VI

Irina, das Herzchen, lachte noch über Arkas Gespensterfurcht, als sie bereits wieder im Ankleideraum auf den ausgebreiteten Laken ihres Liegestuhls lag.

«Du bist ein böses Kind!» beteuerte Arka und bearbeitete Irenes Beine mit rachsüchtigem Nachdruck. «Höchst voreilig war es von mir, auf die Rute zu verzichten. Und es wäre jetzt die beste Gelegenheit, sie dir zu geben», fügte sie noch hinzu.

«Du!» drohte Irene aber. «Ich zieh meine roten Stiefel an! Und dann hast du auf die Knie zu fallen! Ich bin eine Sebasta!»

«Bah!» heuchelte Arka eine erhabene Gleichgültigkeit, die sie keineswegs empfand. «Du bist jetzt eine Sebasta, das ist freilich wahr. Aber denke einmal gefälligst an Sultan Mohammed! Der war bereits Statthalter in Magnesia, als ihm, da er nicht hören wollte, sein Vater Murad einen Lehrer und dem Lehrer einen Stock gab. Was meinst du wohl, was dann geschah?»

Alle Welt kannte diese und andere Geschichten von Mohammed. Der junge Sultan hätte auch dann, wenn er jetzt nicht gerade Konstantinopel bedrohte, jedermanns Neugier erweckt. Denn seine Schicksale waren als die des Sohnes eines ungewöhnlichen Vaters ebenfalls ganz ungewöhnlich gewesen!

Wie aber hätten die Völker Sultan Murad so leicht vergessen können? Die Byzantiner konnten es nicht, und zwei ihrer bekanntesten Schriftsteller – Michael Dukas und der fürstliche Laonikos Chalcondylas aus Athen – hatten ihn in ihren Nachrufen sogar einen «sanftmütigen Mann von vortrefflichen Sitten» und einen «gerechten und billigen Mann» genannt.

In Wirklichkeit war er freilich noch weit mehr gewesen: Aus Schmerz über den Tod seines ältesten Sohnes hatte dieser große Herrscher es vor nun neun Jahren fertiggebracht, der Macht zu entsagen! – Und bei dieser Gelegenheit war Mohammed dann als Vierzehnjähriger auf den Thron gelangt.

Zum erstenmal und nicht für lange!

Die Ungarn hatten nämlich nur den Thronverzicht abgewartet, um den Friedensvertrag zu brechen, und so war es mit Murads Muße in Magnesia und zugleich auch mit Mohammeds junger Herrlichkeit schnell vorbei gewesen, ein doppeltes Opfer, das sich immerhin für die Türken gelohnt hatte. Denn nach Murads Sieg bei Warna hatten die Leichen der Ungarn sowie die ihrer großmäuligen Kreuzritterfreunde aus dem Westen in hohen Haufen das Schlachtfeld bedeckt, und König Wladislaw war mit dem Kardinallegaten Julius Cesarine unter denen gewesen, die ihren Eidbruch mit dem Tode hatten besiegeln müssen.

Sultan Murad aber hatte den Sieg mit der Gelassenheit eines Weisen getragen und sich nach der Sicherung der osmanischen Grenzen sofort wieder ins Privatleben zurückgezogen.

Dieser zweite Thronverzicht war bei den Janitscharen jedoch auf Widerstand gestoßen. Bald hatten Adrianopels Kaufhallen gebrannt – wie denn Brände immer den Unwillen der Janitscharen bezeichneten! –, und Schagin, der Oberste Verschnittene, hatte sein Leben eben noch in die Gegenwart seines jungen Herrn zu flüchten vermocht.

Mit Mohammeds Herrschaft war es indessen wiederum zu Ende gewesen.

Als der junge Sultan eines Abends von der Jagd ins Serail zurückgekehrt war, hatte er seinen Vater dort schon vorgefunden. Von den alten Wesiren und Generalen war Murad gerufen worden, und der Sohn hatte nun an Stelle des Vaters nach Magnesia gehen müssen.

Und in Magnesia war auch Arkas Geschichte mit dem Stock und dem Lehrer geschehen.

Der große Chodscha, der Sultanslehrer Mollah Kurani, hatte sich seinem hohen Zögling mit dem väterlichen Auftrag angekündigt und – als der Prinz ihm ins Gesicht gelacht hatte – auch sogleich den Stock gebraucht.

Das war die Geschichte, und weil sie eine so erbauliche Lehre für Irene zu enthalten schien, gefiel sie gerade der Arka so gut. Auf alle Fälle wurde sie nicht müde, sie bei jeder Gelegenheit anzuführen.

Doch natürlich konnte Arka ebensowenig vergessen, daß Mohammed erst beim Tode Murads endgültig zum Thron gelangt war, woraus die öffentliche Meinung dann die Überzeugung geschöpft hatte, Mohammed sei ein schwächlicher Herrscher, ein haltloser Jüngling, von dem Konstantinopel nichts zu befürchten habe.

Daran erinnerte Irene jetzt nichtsnutzigerweise. Denn Arka empörte sich wie die meisten Menschen, deren starke Seite folgerichtiges Denken nicht ist, über nichts so sehr, als wenn man sie eines Mangels an Logik überführte.

«Da aus Mohammed nach deiner Meinung ebensowenig wie aus mir etwas geworden ist», forderte Irene sie heraus, «so möchte ich nur wissen, welchen Nutzen du dir eigentlich von Stöcken und Birken für die Jugend versprichst?»

«Du bist ein naseweises Ding!» grollte Arka.

«Au!» schrie Irene. «Drück doch nicht so!»

Und in der Tat bohrte Arka unter dem Vorgeben einer

wohltätigen Massage ihre beiden Daumen mit aller Macht in Irenes Bauch ein.

«Das tust du nur, weil du nichts zu antworten weißt», klagte Irene.

Doch Arka zankte weiter.

«Du wirst natürlich behaupten, daß Mohammed ein großer Sultan sei», schalt sie. «Wenn du nicht anders sprechen kannst als alle erfahrenen Leute, die es wissen müssen, dann bist du nicht glücklich. Bist du eigentlich noch rechtgläubig? Eine kaiserliche Prinzessin? Ich an deiner Stelle würde mich schämen!»

«Ach», sagte Irene und drehte sich herum, weil jetzt ihre Rückseite an der Reihe war.

Sie hatte Arka wohl necken, sich aber nicht mit ihr streiten wollen. Denn wozu sie mit ihr über Tatsachen reden sollte, denen die Amme ja doch nur Wunschträume und Scheltworte entgegensetzen würde – das sah Irene nicht ein.

Irene hatte oft an Mohammed gedacht.

War er haltlos, weil er als Knabe zweimal vor dem Vater gewichen war, einem Vater, dem die Wesire angehangen, Herr und Volk zugejauchzt hatten?

Daß Mohammeds Rückzug nach Magnesia kein freiwilliger gewesen war, glaubte sie zu wissen.

Es gab nämlich ein Ereignis in ihrem Leben, von dem sie zu niemandem sprach: Irene kannte Mohammed!

Gleich nach dessen zweiter Absetzung hatte sie ihn in Konstantinopel getroffen, und obwohl die Begegnung bereits acht Jahre zurücklag, erinnerte sie sich ihrer noch so gut, als sei sie erst gestern erfolgt.

Gerade die Hälfte der Zahl ihrer jetzigen Jahre hatte ihr Leben gezählt. Mit acht Jahren war sie von Önäum nach Konstantinopel gekommen. Der heutige Protovestiarios und damalige Kammerherr Phranza hatte sich einmal wieder als Allerweltsgesandter Konstantins im Pontus befunden, und ihm hatte ihr Großvater sie anvertraut. Denn Phranza war kein Fremder gewesen. Noch heute gehörte er zum Kreis ihres Onkels Notaras.

Selbstverständlich hätte Arka ihre Irene nie auch nur bis zum nächsten Dorf allein reisen lassen, was die Dame jedoch nicht gehindert hatte, auf dem Schwarzen Meer gründlich seekrank zu werden. Und gerade die noch nicht überwundenen Folgen der Seekrankheit waren die Ursache gewesen, daß sie nicht so wie sonst die Ansprüche der kaiserlichen Komnenen und ihrer Despina unerbittlich gegen jedermann hatte verfechten können.

Ohne Arkas tätige Mitwirkung war der Empfang für Irene denn auch nicht so sehr glanzvoll ausgefallen. Um die Wahrheit zu sagen: Irenes erster Eintritt in Konstantinopel war durch allerlei Mißstände mit dem Makel der Kümmerlichkeit behaftet gewesen.

Einmal hatte der Segler, statt in Konstantinopel vor Anker zu gehen, der Bequemlichkeit halber in Galata vertäut. Und dabei hatte Konstantinopel doch immer noch seine großen Lagerhäuser, die man auf Pfählen weit ins Wasser hinausgebaut hatte und die sich schon deshalb so gut zur Entfaltung prunkvollen Zeremonials eigneten, weil sie ohnehin meistens leer standen.

Als dann aber die hohe Reisende mit ihrem Gefolge glücklich am Steg ausgebootet worden war, hatte das Lagerhaus sich weder mit Sänften noch Wagen, geschweige gar mit irgendwelchen Leuten von Ansehen gefüllt. Vielmehr waren die Zollbeamten und ähnliche Menschen noch weggelaufen, um den glänzenden Reiterzug des jungen Sultans Mohammed zu sehen.

Gerade zum zweitenmal hatte Mohammed nämlich der Freuden des Herrschens entsagen und wieder ein Untertan werden müssen und sich nun hier in Konstantinopel nach Smyrna einschiffen wollen. Und da war es geschehen.

Arkas Eifersucht und Irenes Ball hatten alles bewirkt.

Arkas Eifersucht hatte immer darüber gewacht, daß beileibe kein anderer Mensch außer ihr sich um Irene kümmere, weswegen das Kind jetzt auch völlig sich selbst und dem Ball überlassen gewesen war. Hingebungsvoll hatte es mit ihm gespielt.

Erst durch einen allgemeinen Aufschrei war die arme Arka, die den Meeresgöttern schon so viel geopfert hatte, jetzt, noch ganz grün im Gesicht, Zeugin des Schrecklichen geworden.

Unmittelbar unter den Hufen eines steigenden Falben hatte sich das Kind Irina wohlgemut nach dem entsprungenen Ball gebückt. Im gleichen Augenblick aber war der jugendliche Reiter auch schon aus dem Sattel gewesen, und ohne seinem Pferd auch nur einen Blick zu gönnen, hatte er sich niedergebeugt und den Ball dessen kleiner Besitzerin überreicht.

Ein Augenblick nur war das gewesen. Doch in diesem Augenblick des Gegenüberstehens, Gesicht zu Gesicht und Auge in Auge, hatten sich Mohammeds Züge fest in Irene eingegraben. – Nichts hatte sie seither vergessen: die scharf gebogene Nase nicht und nicht den geschwungenen und doch wieder verkniffenen Mund, der um ein Lächeln bemüht gewesen war und sich doch nur trotzig und verächtlich nach unten gebogen hatte. Dies alles war ihr ebenso unvergeßlich geblieben wie die blaugrauen Augen.

«Seht her», hatte der junge Mann oder große Junge zu den feinen Herren seiner Umgebung gesagt, zu Türken und Byzantinern, «ganz unnütz bin ich nicht. Einem Kind den Ball aufzuheben – dazu tauge ich noch.» Daß er einer kaiserlichen Prinzessin diesen Dienst erwiesen hatte, dessen war sich der Prinz und abgesetzte Thronherr offenbar gar nicht bewußt gewesen.

Bevor Phranza, der alle und jeden kannte und sofort herbeigeeilt war, ihn darauf hätte aufmerksam machen können, war Mohammed schon mit einem Winken seiner Hand weitergeritten.

Erst später war Tante Eudoxia dann mit Sänften, Maultieren und Pferden, mit den Sklaven, Offizieren, Eunuchen und Ehrendamen ihres fürstlichen Haushalts eingetroffen.

Ihr Zug hatte durch den des Sultans einen Aufenthalt erlitten.

Mehr war nicht geschehen, und von diesem wenigen sprach Arka nicht gern. Es erinnerte sie zu sehr an eine Nachlässigkeit, deren sie sich immer noch schuldig fühlte.

Um so mehr, und besonders in letzter Zeit, dachte Irene daran. Sie konnte sich vorstellen, wie Mohammed, der Zucht seines Chodscha entronnen, tulpenköpfend und voll Ungeduld die väterlichen Gärten von Magnesia durcheilt hatte, um dann, als die Nachricht von Murads Tod gekommen war, sich in der gleichen Minute des nächsten Pferdes zu bemächtigen und nur hinter sich zu rufen: «Wer mich lieb hat, folge mir nach!»

Ein einziges Jagen war sein Ritt nach Adrianopel gewesen, und Irene befürchtete sehr, daß so kein haltloser Jüngling handle, der darauf warte, von andern zu erfahren, was er wolle.

Freilich hatte Irene auch nicht das durchlöcherte Gedächtnis der «erfahrenen Leute», die Tatsachen schon deswegen nicht aneinanderreihen können, weil sie alles, was nicht unmittelbar ihre eigene Person betrifft, kaum wahrgenommen, auch gleich wieder vergessen. Ihr aber gaben Mohammeds erste Regierungshandlungen genug zu denken, und nichts vergaß sie, mochte es sie scheinbar auch noch so wenig angehen.

Daß Mohammed seinem strengen Chodscha Mollah Kurani die Wesirswürde angetragen hatte, bewies ihr, daß er einen Mann von unabhängigem Geist zu schätzen wisse. Was freilich das gelehrte Rauhbein nicht an einer Ablehnug gehindert hatte.

Mollah Kurani machte keine höfischen Zugeständnisse. Er dachte nicht daran, vor seinem Sultan die Erde zu küssen, und begrüßte ihn nach wie vor mit alttürkischem Handschlag und einem «Ich grüße dich» des aufrechten Mannes.

Auch die näheren Umstände der Thronbesteigung beschäftigten Irene immer wieder.

Schahin, der Obersthofmeister und Erste Verschnittene, hatte nicht mehr für sein Leben zu fürchten brauchen und bei Mohammeds dritter Einsetzung dem Throne zunächst gestanden.

Der Großwesir Chalil dagegen und andere Nachkommen von Mitstreitern Osmans waren weit abseits geblieben, weil keiner von ihnen geglaubt hatte, Gutes von einem Fürsten erwarten zu können, der zweimal durch sie vom Thron gestoßen worden war.

Besonders der Großwesir hatte alles zu fürchten gehabt.

Mohammed verdächtigte Chalil nämlich, die Janitscharen aufgestachelt zu haben. Und jedenfalls hatte sein Vetter Chalil ihn zu jener merkwürdigen Jagd beredet, nach deren Beendigung Murad schon im Serail gewesen war.

Nun jedoch, nach dem Tode des Vaters, hatte es niemanden mehr gegeben, der dem Sohn den Thron hätte verwehren können.

Tiefes Schweigen war um Mohammed gewesen, und lange Zeit hatte der neue Herrscher ernsten Gesichts so verharrt, um sich dann erst an den Kapu Aga Schahin zu wenden. «Warum stehen meine Wesire und Paschas entfernt?» waren seine Worte gewesen. «Rufe sie und sage Chalil, daß er den Platz seines Amtes einnehme. Ischak Pascha aber bestatte als Beglerbey Anatoliens des Vaters Leiche zu Brussa.»

Damit waren Chalil als Großwesir bestätigt und Ischak Pascha mit der zweitwichtigsten Statthalterschaft belehnt worden.

Die Byzantiner freilich wußten auch hierfür eine Deutung.

Mohammed habe es nicht gewagt, gegen Nachkommen der Gefährten seines Ahnherrn vorzugehen, sagten sie, gegen Chalil nicht, den Tschendereli, in dessen Familie das Großwesirat erblich sei, nicht gegen die Michaeloghlu, die Nachkommen des griechischen Burgherrn Köse Michael, oder gegen die des Ewrenos, des griechischen Verteidigers von Brussa, nicht gegen die der fünf Söhne des Timurtasch, des Eisenstein, ersten Beglerbeys des Reiches, und nicht gegen andere verdiente Paschas und Beys Sultan Murads.

Irene aber dachte an Mohammeds trotzig verächtlichen Zug um den Mund. Ihr schien die unerwartete Gnade des Jünglings eher aus klugem Abwartenkönnen als aus milder Gesinnung zu fließen.

Milde Gesinnung war es gerade nicht gewesen, die seiner Stiefmutter, der Prinzessin von Sinope, widerfahren war.

Auch sie hatte einen Sohn von Sultan Murad gehabt, und Mohammeds Mutter war nur eine Sklavin gewesen.

Während die Sultana ihrem Stiefsohn nun im Thronsaal ihr Beileid bezeigt hatte, war ihrem Sohn, dem im Purpur geborenen Prinzen und Bruder des Herrschers, im Bade ein Unfall begegnet.

Irenes Onkel Notaras erfuhr vieles, und so war ihm auch bekannt geworden, daß Ali Bey, ein Ewrenos, sich zu der Mordtat hergegeben und am folgenden Tage Mohammeds Belohnung in Gestalt seines eigenen Todes erhalten habe.

Und ebenfalls nur einen einzigen Tag hatte Mohammed den Tränen seiner Stiefmutter freien Lauf gewährt. Denn dann war die Sultanswitwe und die Mutter, die ihren Sohn beweint hatte, zur neuen Ehe mit Ischak Pascha gezwungen worden.

Das war in Wahrheit Sultan Mohammeds Milde, wenn er glaubte, keine Rücksicht nehmen zu müssen.

Im Interesse des Staates und seiner Herrschaft schien er Irene gegenüber zu allem bereit zu sein – sogar zur Milde.

Denn da er im Augenblick seiner Thronbesteigung einen Krieg im Norden nicht wünschen konnte, hatte er Sultana Mara, seine andere Stiefmutter, mit der ihn eine gute Freundschaft verband, im Genuß einer reichen Witwenausstattung zu König Georg Brankowitsch von Serbien, ihrem Vater, ehrenvoll entlassen.

Mohammed schien wirklich warten zu können.

VII

Der Krieg war denn auch nicht im Norden, sondern an einer anderen Stelle entbrannt.

Im Vertrauen auf Mohammeds angebliche Untüchtigkeit hatte ihn dessen Onkel, der Fürst von Karaman, begonnen – und Abtretungen von Gebieten und einer karamanischen Prinzessin hatten sein schnelles Ende bezeichnet.

Und dann war das Zwingschloß des Boghaskesen, des Schlundabschneiders, gebaut worden, das alle Schiffe, die den Bosporus durchsegeln wollten, Mohammeds Zoll unterwarf. Der Bau war bereits vor fast einem Jahr der Auftakt zum Krieg mit Byzanz gewesen, und demnach bezweifelten die meisten selbst heute noch, daß es Mohammed ernst damit sei, gegen das unbezwingliche Konstantinopel vorzugehen. Doch Irene wußte durch ihren Onkel zu viel über den jungen Mann, um sich nicht zu fürchten.

Wer erinnerte sich heute noch des ungarischen Stückgießers Orban? Weil man mit ihm geknausert hatte, war er aus Konstantinopel zu Mohammed entwichen, der ihn nun mit Lohn und Geschenken überhäufte.

Jetzt stand vor dem hohen Palast zu Adrianopel, der Dschihannuma, der Weltschau, eine Kanone, die fünfzig Paar Ochsen kaum von der Stelle bewegten und zu deren Bedienung siebenhundert Mann bestimmt waren.

Steinkugeln von zwölf Zentnern schoß die Mauernzerschmetternde eine Meile weit aus ihrem Rohr, und Irene konnte nicht glauben, daß der Sultan sie lediglich seiner Lust wegen hatte gießen lassen.

Sie sah ihn vielmehr vor sich, wie er Nacht für Nacht nur mit zwei Vertrauten Adrianopel verkleidet durchstreife, um in den Schenken, auf den Gassen, bei Freudenmädchen und Märchenerzählern die Stimmung des Volkes und der Janitscharen über seine Absichten auf Konstantinopel zu erkunden. Gar nicht geraten sei es, und ein Dolchstoß solle dem Vernehmen nach die Antwort sein, wenn sich jemand erkühne, ihn bei solchen Anlässen zu erkennen.

Mohammed war jung und konnte doch nicht schlafen.

Warum konnte der junge Sultan nicht schlafen? Und woran dachte er, was tat er, wenn er nicht schlafen konnte?

Eines Nachts tat er dieses:

Er ließ Chalil rufen.

Der Großwesir sagte selbst, er habe nichts so sehr gewünscht, als daß Sultan Murad noch leben möge oder daß wenigstens er, Chalil Pascha Tschendereli, seinem alten Herrscher im Tode vorangegangen wäre. Denn er habe geglaubt, jetzt sei die Stunde gekommen, da er mit seinem Kopf für die zweimalige Entthronung des jungen Sultans werde bezahlen müssen.

Eine goldgefüllte Schüssel nahm er mit sich und stellte sie vor Mohammeds Füße. Der saß aufrecht in seinem Bett.

«Mein Vetter», fragte Mohammed «was soll das?»

«Es ist nicht mein Gut, sondern das deine», erwiderte Chalil.

«Ich bedarf dessen nicht», sagte Mohammed. «Sieh hier mein Bett», fuhr er dann fort, «schlaflos habe ich mich in ihm gewälzt. Ich ermahne dich: Laß dich durch Gold und Silber nicht erweichen. Denn ich will nur das eine: daß du mir zu Konstantinopel verhelfest – das will ich!»

Und in dieser Nacht wie in anderen Nächten arbeitete er, bis der Morgen die Kerzen fahl machte über den Plänen der Belagerung.

Chalil hatte Notaras es wissen lassen, damit der Kaiser alles daransetzte, Mohammed zu begütigen. Chalil sah mit Recht in Byzanz keine Gefahr, wohl aber eine für seinen jungen Herrscher in einem mißglückten Angriff auf Konstantinopel. Was Murad, der Retter des Reichs in dessen gefährlichsten Stunden, sich hatte erlauben dürfen, nämlich Konstantinopel anzugreifen und doch nicht zu nehmen – das war dem Sohne verwehrt. Was Mohammed angriff, mußte er auch erobern.

Und Irene sah trotz ihrer Jugend klar genug, um mit Schrecken alle Folgen einer Eroberung zu überblicken.

Eine Welt würde weggewischt werden, die mehr war als

eine einzelne Stadt, eine Welt, der sie selbst mit allen ihren Freunden und Verwandten angehörte. Kein Volk würde es mehr geben, das sich zankte und betete, das zu den Mönchen lief oder zu den Astrologen und weisen Frauen, das im Theater klatschte und auf den Straßen musizierte, keinen Kaiser und keine Kaiserin, weder Villen am Meer noch Statuen und Bilder, und die Bücher würden verbrannt werden.

Wenn sie an das Aufhören alles dessen dachte, was sie umgab – dann wollte sie lieber Konstantins Frau werden. Alles wollte sie lieber als diese Vernichtung.

«Ich will Konstantin heiraten», sagte sie, als könnte sie durch diesen Entschluß das Schicksal beschwören.

«Irina, mein Täubchen», wurde Arka zärtlich, «was ist dir?»

«Ich habe Angst.»

«Wovor? Hat mein Kindchen nicht mich, und werde ich es nicht immer beschützen, ich, deine Mama Arka? Wovor hast du Angst?»

«Vor Mohammed!»

«Bah!» meinte Arka verächtlich. «Der wird meinem Täubchen nichts tun. Was seinem Vater nicht gelang, wird auch ihm nicht gelingen. Mein Herzchen wird Kaiserin werden, und du wirst sehen: Sultan Mohammed wird Gesandte schicken mit vielen und schönen Geschenken!»

Und dann sprach sie, wovon alle sprachen, wenn die Rede auf die Türken kam – von der letzten Belagerung unter Murad.

Sie lag schon dreißig Jahre zurück und war erfolgt, weil Byzanz Murads Onkel und Nebenbuhler, Sultan Mustafa, unterstützt hatte. Heute aber stärkte die Erinnerung den Mut der Bedrohten, und auch Arka erbaute sich an dem, was die alten Leute erzählten.

Aus Asien und Europa waren bereits die Fledderer dem türkischen Heer zugelaufen, um die schöne Leiche zu plündern, Vieh- und Sklavenhändler und Trödler – alle lüstern auf die Reitpferde und Lasttiere, die Knaben, die Mädchen, den Hausrat.

Besonders aber hatten sich, wie ihnen gebührte, die Derwische hervorgetan und sich als ihren Beuteanteil die Klostermädchen versprechen lassen.

An der Spitze von fünfhundert Derwischen war der Größte unter den Nachkommen des Propheten erschienen: Seid Buchari.

Bereits seinen Schwager, Sultan Bajesid, dessen Schwester seine Frau geworden war, hatte der Seid mit dem Schwert umgürtet, und seinem Großneffen Murad hatte er bei der Thronbesteigung denselben Dienst erwiesen.

Von den Derwischen war der Gesang vor den Mauern erklungen:

«Wo ist euer Gott, ihr finsteren Griechen? Und wo euer Christ? Wo sind eure Heiligen, die euch helfen sollen? Morgen werden wir die Stadt einnehmen und euch als unsere Sklaven wegführen. Mit euern Weibern und Kindern werden unsere Tapferen ihre Lust haben vor euren Augen. Eure Nonnen aber werden wir beschlafen, wir, die wir Derwische sind und dem Herrn dienen. So ist es! So wahr spricht der Prophet. Bei unserem Glauben!»

Der große Seid aber hatte die Bücher in seinem Zelt aufgeschlagen und die erste Stunde nach Mittag des vierundzwanzigsten August zum Sturm bestimmt.

Da war von allen gekämpft worden, die in der Stadt gewesen waren, von Ephoren und Soldaten, Archonten und Mönchen, Weibern und Kindern.

«Christos und Panagia!» hatte man gerufen, Christus und die Jungfrau! Und vor diesen heiligen Namen war der Feind gewichen. Seid Buchari jedoch hatte nachher versichert, eine stattliche, veilchenfarbene Frauensperson sei unverletzlich im Gemenge herumgewandelt und habe die Herzen der Moslems mit Schrecken erfüllt.

Panagia hodegetria!

Die Mutter des Herrn, die abwehrende Jungfrau, hatte die Stadt gerettet.

Mit größtem Behagen verweilte Arka bei der Schilderung des abgeblitzten heiligen Onkels. Und eigentlich sei der natürlich gar kein heiliger Mann, sondern nur ein ungläubiger Heide gewesen, sagte sie, und genau so werde es den Belagerern wieder ergehen!

Nur dachte Irene, wie so oft, ganz anders als die Leute, die es wissen mußten. So erinnerte sie sich gerade jetzt, warum Murad in Wirklichkeit die Belagerung aufgehoben hatte. Sein vierzehnjähriger Bruder war in Kleinasien gegen ihn aufgestanden, und den zu bekämpfen war für ihn viel wichtiger gewesen, als Konstantinopel zu nehmen.

Doch Irene sagte es nicht. Arka war gar zu siegesgewiß, als daß Irene die gute Dame hätte kränken mögen. Außerdem fürchtete sie, die Amme könne vergessen, daß sie jetzt eine Sebasta vor sich habe, und ihr Herzchen am Ende doch noch verprügeln.

«Ich freue mich schon darauf», lachte Arka, «wie der Mohammed, dieser aufgeblasene Bengel, davonlaufen wird, wie unsere Tapferen seine Zelte verbrennen und fette Beute machen werden. Falls er nämlich kommen sollte, dein Mohammed! Aber ich glaube es nicht. Der ist viel zu feige dazu. Und die heilige Jungfrau ...»

«Still, Arka! Hörst du denn nicht?!»

In ihrem Eifer hatte Arka tatsächlich nichts vernommen.

Doch jetzt war kein Zweifel: Hornstöße und einzelne Schreie ... Eine Feuersbrunst? Ein anschwellendes Summen und Brausen.

Und nun schrie eine Stimme durch die Gänge des Frauenhauses:

«Sie sind da ...!» schrie die Stimme.

Im Hof rasselte es von Gewappneten.

«Die Türken sind da! Mohammed rückt heran!»

Es war entschieden.

Fast als Erlösung empfand Irene die Entscheidung.

«Komm», sagte sie und ergriff einen Mantel.

«Wohin?» stammelte Arka.

«Sehen!» sagte Irene. «Oder willst du, daß ich den Kopf unter die Decke stecken soll, da er kommt? Vergiß nicht, daß ich Kaiserin werden soll in Konstantinopel!»

«Doch nicht so!» entgegnete aber Arka und hielt dem Mädchen auch schon die Hose hin. «Die Nächte sind immer noch kühl. Und es ist unanständig, nur mit einem Mantel und sonst nackend aufs Dach zu steigen. Ich will das nicht. Denn wenn ein Wind weht», schalt sie.

Sie war blaß. Und doch war Arka von ihren heimatlichen Bergen her an Kämpfe gewöhnt.

Nur eins war keine Frage mehr: Sie gehorchte trotz allem, wenn Irene befahl.

Auf der Stiege zum Dach trafen Arka und Irene den jüngsten Notaras.

«Was wollen Sie denn hier, Kir Marko?» fragte Arka mit der strengen Überlegenheit, die sie selbst einem jungen Herrn gegenüber nicht aufgab. «Hier im Gynaeceum?»

Denn mit seinen vierzehn Jahren war Marko immerhin schon ein junger Herr, und nach den Anschauungen von Arkas Stamm, bei dem selbst die Dreizehnjährigen Waffen führten, hätte er jetzt ganz woanders sein sollen als im Frauenhaus.

«Laß ihn!» sagte aber Irene. «Er will zu mir. Nicht wahr, Marko, du willst zu mir?»

Sie waren beide Schulkameraden, Irene und Marko, und das begründete eine Vertraulichkeit zwischen ihnen, von der Arka ausgeschlossen war. Aber diese Vertraulichkeit hinderte nicht, daß Marko seine Mitschülerin als eine Macht ansah, die er jetzt anrief. Und doch war Irene nur zwei Jahre älter als er.

«Wo ist dein Vater?» fragte sie schnell.

«Am Hafen.»

Natürlich war der Großherzog am Hafen. Dort kommandierte er, und dort war sein Platz.

«Und die Brüder?»

«Sind mit ihm. Sie lachten mich aus. Und ich sei noch zu klein, sagten sie. Sie verhöhnten mich, Irina! Bitte, sprich du mit dem Vater!»

Marko war ein auffallend hübscher Junge mit den

schwarzen Haaren und den blauen Augen der Melissenos. Von einer geradezu mädchenhaften Zartheit war er, und Irene konnte die Familie schon verstehen, die ihn nicht hinauslassen wollte.

Aber sein Vertrauen rührte sie, und dann hatte sie auch eine Vorliebe für ihn.

«Komm!» sagte sie und stieg hinan.

Nur einige wenige Mägde und auch einige adelige Damen waren im Dachturm. Aber alle wichen ehrerbietig zurück, als die Sebasta erschien.

Wie lange noch, mußte Irene denken, wie lange wohl noch ein Unterschied sein werde zwischen Herrin und Dienerin, zwischen Freien und Sklaven?

Ein Blick über die große Stadt freilich beruhigte, dieser Blick über die zahllosen Paläste und Kirchen bis zur doppelten theodosianischen Mauer mit der ununterbrochenen Kette von achteckigen und runden Türmen.

Von Meer zu Meer reichte die Mauer – vom Marmarameer bis zum Goldenen Horn, und im Rücken wogte der Bosporus. Nur westwärts voraus, jenseits der Mauer, war festes Land.

Und war Mohammed.

Doch die Mauer gab Mut.

Wer wußte denn auch, daß von zwei Mönchen, die sich zuletzt noch den Auftrag zu den Befestigungsarbeiten verschafft hatten, nur Scheinbauten ausgeführt und die erhaltenen Dukaten vergraben worden waren? Notaras wußte davon. Doch die Betrüger waren Orthodoxe, und so hatte der Minister geglaubt, die Angelegenheit vertuschen zu müssen.

Über den Anblick, der sich ihr bot, vergaß es Irene.

Endlos stieg zu ihren Füßen das Meer von Häusern aus dem Grau des Morgens. Unbeirrbar und unerschütterlich schien alles, und nur der Lärm war ein anderer, war brausender als sonst vor dem Erwachen der Erdteile scheidenden Stadt.

Mohammeds leichte Vortruppen waren wie Mückenschwärme und nicht zu fürchten.

Doch noch war die Sonne nicht über dem Horizont, und so sah Irene die festlichen Fackeln, die des Sultans Kommen ankündigten: Feuer in jedem Dorf, in jedem Gehöft, das ganze Land brannte, Flammen und Rauch, so weit ihre Augen sahen.

Waren auch in den letzten Wochen alle erreichbaren Vorräte und mit ihnen der Großteil der Landbevölkerung in die Stadt geschafft worden – viele waren doch geblieben, weil sie ihre Häuser nicht den Dieben hatten überlassen wollen und weil sie Mohammeds wohlberechnetes Abwarten als Unentschlossenheit ausgelegt hatten. Alle diese Menschen waren nun verloren.

Mit trockenen, angstgeweiteten Augen sah Irene die drohende Wolke über der brennenden Erde wachsen, als solle der Himmel die Greuel nicht schauen.

Ihr lebhafter Geist ließ sie fast leibhaftig sehen, was die meisten aus ihren Gedanken zu verdrängen sich mühten. Irene konnte nicht anders, sie mußte es denken und sehen. Denn es waren Menschen wie sie, die litten und starben.

Leichen von Greisen und Greisinnen sah sie, und was als Sklave noch Nutzen versprach und im Kampf nicht erschlagen war, das lag oder stand zusammengekoppelt oder an Bäume gefesselt.

Jetzt geschah in aller Wirklichkeit, was die Derwische vor einunddreißig Jahren gesungen hatten:

«Unsere Tapferen werden an euern Frauen und Töchtern ihre Lust haben vor euern Augen.»

Irene sah nackte Brüste und die Kleider zerfetzt …

Sie schloß die Lider.

Und nun sah sie Mohammeds Antlitz in der feurigen Wolke. Mit seinem Lächeln voll Trotz und Verachtung sah sie ihn.

Sie wandte den Kopf.

«Ich will mit deinem Vater reden, mein Marko», sagte sie, «daß er dich auf die Mauer lasse.»

VIII

Neunundfünfzig Tage lagen zwischen jener Nacht der Rauchfahnen und dieser andern des feurigen Halbmonds.

Denn wie ein Riesentier und ein leuchtender Mond umschlang das türkische Heer die Stadt. Und das Lager brenne, hatte man geschrien, als Irene hinaufgeeilt war, um sich zu überzeugen.

Wiederum stand sie jetzt im Ausguck des Daches, und Arka stand neben ihr und betete laut.

Sie hatte manchen Grund, es zu tun.

Allzu vieles war in diesen Tagen geschehen, seit von Mohammeds Rennern und Brennern der Stadt die Totenfakkeln angesteckt worden waren und Irene ihrem jungen Vetter Marko einen Platz auf der Mauer versprochen hatte.

Mit sechzigfacher Übermacht waren die Türken vor Konstantinopel gerückt, und inmitten einer zahlreichen Artillerie hatte die große Kanone des Ungarn Orban siebenmal an jedem Tag gegen das Tor des heiligen Romanos gedonnert. Ihren Schöpfer und Meister hatte die Ungefüge zwar zerrissen, sie selbst aber war wieder geflickt worden.

Am neunzehnten April war dann die Seeschlacht entbrannt.

Fünf mit Kriegsmaterial ansegelnde Schiffe hatten unmittelbar vor der belagerten Stadt den Kampf mit vierhundert türkischen Fahrzeugen zu bestehen gehabt.

Bald waren die abgeschossenen Pfeile auf dem Wasser zu einer ernsten Hemmung für die Ruder der Angreifer geworden. So zahlreich waren sie gewesen. Aber auch die Töpfe mit dem unlöschbaren griechischen Feuer hatten sich immer wieder ins Meer entleert. Auf diese Weise waren die Angegriffenen nicht überwunden worden, obwohl der zuschauende Mohammed voll Wut und Grimm seinem Pferde die Sporen gegeben und sich zu Roß in die brennenden Wogen gestürzt hatte.

Mitten durch lodernde türkische Galeeren waren die christlichen Schiffe vor dem auffrischenden Wind vollzählig ins Goldene Horn gelangt. Und hinter ihnen hatte sich sofort wieder die eiserne Kette über die Bucht gespannt.

Querüber, vom Fischtor Konstantinopels bis zum Fischertor Galatas, reichte die Kette, und im Diwan des Sultans hatte niemand gewußt, wie man des Hindernisses Herr werden könne.

Nur dem vielbelesenen Mohammed war eingefallen, daß vierzehn Jahre zuvor die Venezianer im Krieg gegen Mailand ihre Schiffe von der Etsch über die Alpen in den Gardasee geschafft hatten.

Dies Beispiel war denn auch nachgeahmt worden.

Mit Umgehung des genuesischen Galata hatte Mohammed auf der ganzen zweistündigen Weglänge von Beschiktasch am Bosporus bis ins Innere des Goldenen Horns eine hölzerne Dielenbahn legen und in einer einzigen Nacht achtzig seiner Schiffe auf den eingefetteten Bohlen bis unter Konstantinopels Hafenmauern schleppen lassen.

Da seinen Schiffen der Zutritt zu Wasser verwehrt worden war, so hatten sie sich ihn über Land hin erzwungen.

Wie bei einer Parade waren die Fahrzeuge mit Trommel- und Trompetenschall zum Schrecken der Verteidiger durch die Täler und über die Hügel angezogen gekommen: die Lotsen am Bug, die Steuerleute auf dem Heck und die Segel entfaltet, um beim Schleppen auch den Nordost noch zu nützen.

Alle Versuche, die Bucht von dieser türkischen Pest wieder zu befreien, waren gescheitert.

In sieben Wochen einer rastlosen Belagerung war der Ring um die Stadt nur immer noch enger geworden. Und wie Mohammeds Flotte unmittelbar vor dem Stadthafen Konstantinopels – so stand das türkische Heer auf der Landseite schon in den Gräben.

Vier von den Türmen der theodosianischen Mauer waren zusammengestürzt, und am Tor des heiligen Romanos, wo Giustiniani kommandierte und der Kaiser vornehmlich zu kämpfen pflegte, war eine riesige Bresche geschossen worden.

Sturmreif erschien seit einer Woche den Türken die Stadt.

Am zweiundzwanzigsten Mai hatten sie bereits, wie es der Koran vor jedem Stürmen befahl, zur Übergabe auffordern lassen.

Notaras hatte Sorge getragen, niemanden über den Inhalt der Verhandlungen etwas erfahren zu lassen. Und doch hatte man keinen Geringeren als den Prinzen Isfendiaroghli geschickt, einen Bruder jener Prinzessin von Sinope und Sultana, deren Sohn Mohammed hatte ermorden lassen.

Soweit die Unterredungen Konstantinopel betroffen hatten, waren sie übrigens gescheitert.

Zu Tribut und Pfortendienst war Kaiser Konstantin bereit gewesen, nicht aber zur Übergabe.

Der Ablehnung war dann die alte Drohung gefolgt, die Byzanz gegen Adrianopel ständig bereithielt.

Denn seit dem Untergang Sultan Suleimans hatten dessen Bruder Kasim, dessen Schwester Fatima und Orkhan, Suleimans Sohn, in Konstantinopel gelebt, wo man es sich von den Sultanen Adrianopels stets teuer hatte bezahlen lassen, daß die gefährlichen Prinzen in einer hochfürstlichen Haft gehalten worden waren.

Kasim und Orkhan waren inzwischen freilich gestorben. Aber der letzte hatte aus seiner Ehe mit einer byzantinischen Prinzessin einen Sohn hinterlassen, der wie sein Großvater ebenfalls Suleiman hieß. Und diesen Suleiman hatte man gedroht jetzt als Thronnebenbuhler gegen Mohammed freizulassen, eine Drohung, die vom Sultan damit beantwortet worden war, daß er den Generalsturm auf den neunundzwanzigsten Mai festgesetzt hatte.

Auch wenn Irene es nicht gewußt hätte, würde ihr das beim Anblick der zahllosen Lichter klargeworden sein.

Denn Lichter waren es und keine Brände, die das dunkle Konstantinopel mit leuchtendem Jubel umgaben.

Es war die Donanma, die Illumination vor dem Sturm.

Auf allen Schiffen und Zelten brannten Lampen und

Fackeln. Von den Ufern des Bosporus, von den Höhen hinter Galata, von der Tiefe des Hafens, von den Blachernen bis zum Goldenen Tor, die ganze Linie des Belagerungsdammes entlang brannten Freudenfeuer wie zu einem bevorstehenden Fest.

Bis nach Skutari und zum asiatischen Ufer drang der Schein. Mit aller Deutlichkeit sah Irene die vertraute Küste mit Dörfern, Feldern und Hainen. Fernab vom Krieg lag sie da, jenseits des Meers – ein Bild des Friedens.

Hier aber, im Wirbel des Geschehens, erhob sich aus Finsternis und Glanz ein Brausen.

Dem Kyrie eleison und den Psalmen der Stadt antwortete es von draußen wie anrollende Meeresbrandung, eine Brandung, in der es aus Lautenklängen und Liedern und dem «La illah illallah» stürmte und sang: Es ist kein Gott als Gott!

«Kyrie eleison!» berannte Arka den Himmel mit ihrem Gebet. «Kyrie eleison! Wende, o Herr, deine gerechte Drohung von uns ab und erlöse uns aus den Händen unserer Feinde!»

Irene aber fühlte Mohammed näher als je, und es fröstelte sie.

Da fiel ein Schatten auf die Frauen. Es war Markos Schatten.

«Warum bist du nicht am Hafen, wo dein Platz ist?» wunderte sich Irene.

«Mein Dienst beginnt erst in einer Stunde», wurde ihr erklärt. «Wir dürfen alle abwechselnd noch einmal nach Hause, bevor es beginnt.»

«Du sahst die Mutter?»

«Ich sah sie. Aber ich suchte auch dich. Um – – um Abschied zu nehmen – – und – dann schickte man mich auch.»

«Wer schickte dich?»

«Einige, die es gut meinen mit der Stadt», wich Marko aus. «Du mußt mit dem Vater reden. Giustiniani hat Kanonen für das Romanostor verlangt. Und wie alle sagen, die etwas davon verstehen, hat er sie nötiger als wir am Hafen. Aber der Vater will sie nicht hergeben.»

«Und nun schicken dich deine Freunde zu mir ...?»

«Es sind auch deine Freunde, Irene», unterbrach sie ihr Schulkamerad, denn diese Tage hatten ihn über sich selbst hinausgehoben. «Theophilos Paläologos und Demetrios Kantacuczen, die Stratopedarchen, schicken mich. Auch Phranza, der Protovestiarios, und Kardinal Isidor lassen dich bitten.»

«Selbst der Kardinal?»

«Ja, Irene, selbst der Kardinal.»

«Aber das sind Männer, die sich beständig der kaiserlichen Nähe erfreuen. Warum wenden sie sich nicht an die heilige Majestät?»

«Der Kaiser will sich nicht einmischen. Er möchte Giustiniani nicht erzürnen und ebensowenig den Vater. Aber Majestät meinen ...»

Da hielt Arkas sich nicht länger!

«Was meint Seine heilige Majestät?» mischte sie sich ein.

Der Kaiser meint, überschlugen Irenes Gedanken blitzschnell die Lage ...

«Ich glaube», sagte sie laut und nicht ohne Bitterkeit, «die Herren irren sich in mir. Ich bin wohl die letzte, auf die dein Vater hören wird.»

«Alle sind überzeugt, du müssest es versuchen», bat Marko. «Ein Streit der Feldherren am Vorabend der Entscheidung, sagen sie –»

Für Arka war das kein Grund.

«Und nun soll meine Despina zu den Männern gehen?» empörte sie sich mit größter Geläufigkeit. «Despina Irene, eine Panhypersebasta, eine überallhöchstzuverehrende Kirina und fast schon apostelgleiche Majestät soll sich wie ein schlechtes Weibsbild unter die Soldaten mischen, wie eine Niedriggeborene, eine Sklavin? Ich kann mich nur über Sie wundern, Kir Marko, daß Sie so etwas denken. Nur weil sich die Männer wieder einmal streiten, soll meine Irina ... Ich werde das niemals zugeben. Niemals, junger Herr!»

«Laß uns gehen, Marko», war alles, was Irene darauf sagte.

«Du gehst nicht», plusterte sich Arka aber auf. «Ich erlaube das nicht!» erklärte sie, ohne zu bedenken, wie sehr sich in diesen wenigen Wochen ihr Verhältnis zu Irene bereits verändert hatte. «Es ist überhaupt eine Schande, wenn du zu einem Manne gehst. Das Schändlichste aber ist es, zu einem Manne zu gehen, der im Rang tief unter dir steht. Wenn du den Großherzog durchaus sprechen willst, so laß ihn zu dir kommen.»

Irene unterdrückte eine Bemerkung, die doch keinen Zweck gehabt hätte.

Arka war nun einmal eine arge Tyrannin. Aber sie war auch die Frau, der Irenes Vater vermutlich sein Leben verdankte und die Irene aus ihrem eigenen nie fortdenken konnte.

«Du hast recht, Arka», ließ Irene sich daher zur Diplomatie herab. «Du bist meine liebe Mama, und du hast immer recht.»

«Das kenn ich», meinte Arka jedoch mit ihrem bewährten Mißtrauen. «Wenn du so sprichst, dann willst du mich zu etwas verlocken, was ich nicht dulden darf. Du bist ein schlimmes Mädchen, Irina. Ich habe es dir immer gesagt!»

«Aber nein, meine Arka!» schmeichelte Irene. «Du hast wirklich recht. Nur ist dies nicht die Stunde, den Rang zu betonen. Denn du willst doch, daß ich Kaiserin werde?»

«Natürlich will ich. Und du sollst es auch werden! Gerade darum ...»

«Wie kann ich», gab Irene schnell zu bedenken, «wenn die Stadt erobert wird?»

«Sie wird nicht!» trotzte Arka jeder Überrumpelung. «Du bist zu jung und weißt es nicht. Oder wenn du es weißt, dann glaubst du es nicht. Sage mir nichts dagegen! Du glaubst nicht, daß ein Engel vom Himmel einem armen, niedrigen Mann an der Säule Konstantins des Großen ein Schwert reichen wird. Und mit diesem Schwert werden die Türken nicht nur aus Europa und Kleinasien, sondern bis an die persische Grenze vertrieben werden. – Du natürlich möchtest das alles wieder einmal viel besser wissen!» schloß sie mit zorniger Strenge.

«Durchaus nicht, Arkina, Liebe!» begütigte sie Irene. «Dennoch darf ich mich keines Versäumnisses schuldig machen. Das mußt du doch einsehen?»

«Es ist eine alte Prophezeiung», beharrte Arka voll Eigensinn. «Und wenn du auch noch so sanfte Augen machst, so täuschest du mich doch nicht! Du bist ungläubig durch und durch, und die lieben Heiligen mögen dir verzeihen. Und wenn du durchaus gehen willst, störrisch wie du bist, so gehe ich mit! Und wir werden eine schwarze Sänfte nehmen, und du wirst einen Schleier vorbinden wie ich. Ich will nicht, daß die Männer uns erkennen und Schlechtes von uns reden.»

Mit dem Schleier und der Sänfte bekam Arka ihren Willen. Doch daß Irene ihre roten Stiefel anbehielt, sollte sich noch als überaus zweckmäßig erweisen.

Selbst in dieser Nacht noch, da es um das Leben oder Sterben des alten Reiches ging, beugte sich alles vor den roten Stiefeln der Sebasta.

Nicht nur bis zum Mehltor drang Irene denn auch vor, sondern selbst bis zur Tür der Wachtstube, von der aus Notaras die Verteidigung des Hafens leitete.

Dort allerdings gab es einen Halt.

Ihr Anbeter und Vetter Nikephoros bedeutete ihr, daß sein Vater nicht allein sei.

Er tat es mit Wahrung des ganzen Abstandes, durch den sich der Ärmste von ihr getrennt wußte, und mit aller Ehrerbietung.

«Ich muß deinen Vater trotzdem sprechen», erklärte Irene. «Wer ist bei ihm?»

«Der Protostrator Giustiniani», sagte Nikephoros und zuckte vielsagend die Achseln.

Und da hörte Irene auch schon die streitenden Stimmen der Männer.

«Die Mauer am Romanostor ist ganz zerschossen», rief Giustiniani wütend, «wissen Sie, was das heißt?!»

Der große Mann war in höchster Erregung, was auch kein Wunder war. Alle Erwartungen hatte Giustiniani mehr als erfüllt, so sehr, daß ihm von Mohammed zu zwei Malen Briefe mit weitgehenden Anerbietungen an Geld, Leben und Würden gesandt worden waren, nur damit er die Sache der Griechen und Konstantinopels verlasse.

Es war vergebens gewesen.

Um so mehr empörte es den Bewährten, der alle Opfer gebracht hatte, jetzt von einem Griechen mit kühler Schulmeisterei behandelt zu werden.

«Was zerschossen ist, kann man wieder aufbauen», meinte Notaras gelassen. «Sie haben noch zwei Stunden Zeit bis zum Sturm, Exzellenz.»

«Es ist wieder aufgebaut!» schrie Giustiniani. «Soweit es überhaupt möglich war, ist alles wieder aufgebaut! Einen neuen Wall habe ich mit Faschinen errichtet und mich dahinter in einem Graben verschanzt. Genügt Ihnen das nicht, Exzellenz? Was mich anlangt, so habe ich noch keinen Griechen kennengelernt, der mir das in einer Zeit von wenigen Stunden nachgemacht hätte. Immer von neuem haben meine Landsleute und ich die Mauern, die wir verteidigen, auch wieder zusammengeflickt. Mit unseren eigenen Händen und unserem eigenen Geld haben wir das getan, da ihr Herren Griechen euch selbst dafür noch bezahlen laßt, daß man für euch sein Leben einsetzt!»

«Es gibt Gesetze, Protostrator ...»

«Jawohl! Gesetze und Verordnungen, Kataster und Steuern! Damit habt ihr euer verkrüppeltes Reich vollends zugrunde gerichtet. Für Ihre Parteifreunde aber gibt es keine Gesetze! Ihre Mönchsfreunde, Don Lukas Notaras, machten es umgekehrt. Die zahlten nicht wie wir – die nahmen! Sie sehen, ich bin unterrichtet.»

«Mir scheint, daß diese Angelegenheiten kaum zu Ihren Kompetenzen gehören dürften, Protostrator», versteckte Notaras seine Wut hinter eisiger Kälte.

Doch an Giustiniani kam er damit nicht heran.

«Mit derselben Logik könnte ich sagen, Don Lukas», feuerte der Italiener zurück, «es gehöre nicht zu Sultan Mohammeds Kompetenzen, Konstantinopel anzugreifen. Aber er greift an. Mit Sonnenaufgang wird er angreifen! Und ich sage Ihnen trotz aller Kompetenzen, daß Ihre hochwürdigen Freunde – Manuel Giagari und Neophytus von Rhodos hießen sie ja wohl –, daß Ihre hochwürdigen Freunde des Kaisers Geld keineswegs auf die Mauern verwandt, sondern in die eigenen ehrwürdigen Taschen gesteckt haben!»

In diesem Augenblick haßte Notaras Giustiniani mehr als je.

Und auch sonst haßte er bereits nichts so sehr wie diesen Fremden. Schon die lemnische Herrschaft neidete er dem andern.

Zwar hieß Notaras Großherzog, doch das war nur ein Titel wie etwa der eines Emir al umera, eines Großfürst-Wesirs bei den Nachkommen Dschingis-Khans. Notaras war ein hochbetitelter Beamter – nichts weiter. Denn man konnte Megas Dux, Großherzog, sein und doch weniger als ein Herzog bedeuten, dessen Amt wie das Lemnos des Giustiniani eine erbliche Herrschaft war.

Und dann würde Notaras alles mit Konstantinopel verlieren, während Giustiniani nur das Leben zu behalten brauchte, um überall der reiche und vornehme Herr aus Genua zu bleiben, der sich einen verarmten Notaras noch jederzeit als Schulmeister oder Bibliothekar würde leisten können. Selbst sein Lemnos vermöchte er sich nach des Großherzogs Meinung für jeden Fall noch durch ein Abkommen mit Mohammed zu sichern.

Glühend beneidete Notaras den Gegner, am meisten aber um Kriegsruhm und Ruf eines unbestechlichen Mannes.

Und nun solle er noch hingehen und diesem gespreizten Pfau, wie der Minister den Gehaßten bei sich nannte, die eigenen Kanonen übergeben? Nur weil ein Angriff von der Hafenseite nicht zu befürchten sei?

Wahrscheinlich würde Mohammeds Hauptangriff nicht

am Hafen erfolgen, sehr wahrscheinlich würden die Verteidiger des Romanostors unter Giustiniani die Hauptlast zu tragen haben. Das aber zuzugeben wäre für Notaras das Eingeständnis gewesen, einen minder gefährlichen Platz zu kommandieren.

Ungeharnischt, doch voll Haß standen sich die beiden Männer gegenüber.

Giustiniani befand sich noch in einem kurzen, ziemlich verdreckten italienischen Wams. Er war auf Notaras' Bescheid grimmig vom Romanostor hergebraust, wo er selbst mit geschanzt hatte.

Notaras trug eine lange, zobelbesetzte Scaramangia wie im tiefsten Frieden. Die Teile eines weniger prunkhaften als kräftigen Panzers in der Ecke jedoch – Beinschienen, Halsberge, Krebs und Helm – deuteten an, daß Notaras im Ernstfall nicht zurückzustehen gedenke.

Sonst waren nur rohe Tische und Bänke im Raum und nichts, was das Auge erfreut hätte.

Notaras trat an eine Schießscharte. «Sehen Sie selbst», bedeutete er Giustiniani.

Doch der lehnte ab.

«Ich brauche nichts zu sehen», sagte er. «Unsere Schiffe decken die Hafeneinfahrt. Wie sollte ich das nicht wissen? Meine eigenen Dromonen werden den ersten Angriff auszuhalten haben. Vielleicht ist das für Sie nur noch ein Grund mehr, mit mir um die paar Kanonen zu feilschen, die ich für den Platz brauche, wo auch Ihr Kaiser kämpft.»

Giustiniani trat dicht an Notaras heran. Die Männer sahen das Weiße in ihren Augen. «Wie ist das», glühte Giustiniani, «soll der Kaiser fallen? Soll Konstantinopel fallen?!»

«Soll das eine Beleidigung sein, Exzellenz?»

«Beleidigung?!» höhnte Giustiniani. «Ich weiß, daß ich Sie nicht beleidigen kann. Einen Feind seines Vaterlandes und einen Verräter kann man nicht beleidigen!»

«Sie sind ein Narr, Kir Johannes», sagte Notaras und wandte seinem Gegner den Rücken.

«Freilich bin ich ein Narr», schäumte der andere. «Nur ein Narr kann für euch verrottete Gesellschaft, die Gott gezeichnet hat, Gut und Blut wagen! Denn wenn ein Engel vom Himmel stiege – euch ist nicht zu helfen! Wollt ihr denn überhaupt Hilfe? Der Kaiser vielleicht. Aber ist Ihnen, Exzellenz, der Türke nicht lieber als die Kirchenvereinigung? Ich kann Ihnen sagen, was Sie wollen, Lukas Notaras: Konstantin tot oder gefangen – Mohammed Herr von Byzanz. Sollte Sie das schrecken? Durchaus nicht! Sie werden regieren. Immer wieder regieren! Das ist es, was Ihnen der Sultan versprach! Sie sind ein tüchtiger Mann, Lukas Notaras. Mag Konstantinopel fallen oder nicht – Sie gewinnen in jedem Fall!»

Nach diesen Worten konnte von Verhandeln keine Rede mehr sein. Nur noch ein Herausstürmen gab es des Johannes Longus aus dem edlen Hause der genuesischen Giustiniani. Und so blindwütig verhielt er sich dabei, daß er die fahlbleichen Gesichter um sich herum nicht sah und nicht einmal die Dame bemerkte, die er beinahe überrannt hätte.

Doch die Dame ließ sich durch nichts von ihrem Vorhaben abbringen. «Laß mich», sagte Irene zu ihrem Vetter Nikephoros, «oder soll ich glauben, daß Giustiniani die Wahrheit sprach?»

Dann zog sie die offengebliebene Tür hinter sich zu und stand nun im Gemach ihres Onkels.

«Geben Sie Giustiniani die Kanonen!»

Sie sagte es nicht laut, aber bestimmt.

Sie hatte bitten und überreden wollen, doch jetzt befahl sie.

«Darf ich fragen, mit welchem Recht du eigentlich hier bist, meine teure Nichte?»

«Mit dem Recht einer Sebasta, mit dem Recht von Konstantins Braut und der künftigen Kaiserin.»

Es war nicht gut getan, ihm das vorzuhalten. Denn in seinen Plänen war Irene einmal das Mittel gewesen, durch das sein Haus in die Reihe der regierenden Familien hatte eintreten sollen.

«Eine künftige Kaiserin», wiederholte Notaras denn auch mit hinterhältiger Dehnung. «Immerhin künftigen. Und jetzt will ich Nikephoros rufen, damit er dich heimbringt.»

Sie vertrat ihm den Weg.

«Bemühen Sie sich nicht», widersprach sie. «Die Mauer kann keinen Kämpfer entbehren.»

«Viel weniger eine Kanone», ergänzte Notaras.

«Gewiß nicht, Oheim, zumal nicht die Mauer am Romanostor», parierte Irene. «Und Sie wagen ein großes Spiel, wenn Sie Giustiniani die Geschütze versagen. Noch ist es Zeit. Es ist die allerhöchste Zeit!»

«Heute spielen wir alle groß, meine Liebe», meinte Notaras. «Auch du bist im Spiel, ob du willst oder nicht. Dein Giustiniani ist ein aufgeblasener Tropf, der es sich gar nicht anders vorstellen kann, als Mittelpunkt jedes Geschehens zu sein. Nach seiner Meinung denkt Mohammed an nichts anderes als an ihn und das Romanostor. Ich dagegen glaube zu wissen ...»

«Vom Großwesir?» warf Irene ein.

«Gleichviel von wem; aber ich weiß ...»

«Also doch von Chalil ...»

«Ich weiß, daß der Hauptangriff hier an der Hafenmauer erfolgen wird. Blick hinaus, mein Kind, hier wird deine Krone verteidigt werden. Von mir und nicht von Giustiniani!»

Irene sah hinaus. Von der Schießscharte aus konnte sie fast den ganzen Stadthafen von Konstantinopel überblikken. Ebenso wie schräg gegenüber der Hafen von Galata war er mit Molen gegen die Reede des Goldenen Horns abgegrenzt.

Im Eingang aber ankerten Giustinianis drei Kampfschiffe, und es war nicht zu bezweifeln, daß ihr Herr an Bord und nicht am Romanostor gewesen wäre, wenn er an den Hauptangriff von der Hafenseite her geglaubt hätte.

Elf andere Schiffe schlossen sich an, darunter die drei venezianischen Galeazzen, ein spanisches und das französische Schiff des Comte de Boulaisse, der auch schon seinen Streit mit den Griechen gehabt hatte.

Jenseits der Molen lagen als leuchtender Kranz die türkischen Schiffe. Pechflammen loderten auf den Decks, Laternen glitzerten von den Rahen.

Irenes junge Augen konnten recht gut erkennen, wie die Männer der Besatzungen sich für den Kampf putzten, sich die Köpfe rasieren ließen, wie sie tanzten und sangen.

Der nächste Tag sollte ihnen den Tod bringen oder das Glück. An eine Fortdauer ihrer bescheideneren Daseinsformen dachten sie mit keinem Gedanken, weil sie ja entschlossen waren, sich auszuzeichnen und Beute zu gewinnen: Großstadtmädchen mit gepflegter weißer Haut, schöne Knaben, prächtigen Schmuck, erlesene Gewänder und dazu womöglich ein Timar oder gar ein Siamet, ein kleines oder großes Lehen.

Was ihnen auch beschieden sein mochte – sie wollten es als stattliche Männer empfangen: irdische Wohlfahrt oder Allahs Paradies. Und ihre Herzen stimmten sie mit Liedern zum Fest.

Zum Gezirp der klingenden Därme erschollen ihre Stimmen im Rihawi, in der Tonart des Sieges. Aber auch das Uschak fehlte nicht, die Weise des Liebeslieds.

Finster, stumm und verhalten kauerte indes die bedrohte christliche Stadt.

An den apostelgleichen Kaiser mußte Irene denken. Band sie auch kein körperliches Gefühl an ihn, so konnte sie dem Manne, dem sie gehören sollte, doch nicht ihre Achtung versagen.

Kein Jubel war um die heilige Majestät gewesen, sondern nur der tiefe Ernst entscheidender Stunden, als der Kaiser und seine Umgebung heute in der Hagia Sophia mit den Sakramenten versehen worden waren. Dann hatte Konstantin kurze Zeit am bosporonischen Gestade unterhalb Bukuleone verweilt und alle, die bei ihm gewesen waren, um Verzeihung für jedes Unrecht gebeten, das er ihnen etwa zugefügt habe.

Den Männern waren bei seinen Worten die Tränen gekommen, und alle hatten geschworen, ihre Pflicht zu tun. Zuletzt war der Kaiser noch in den Sattel gestiegen, um die Mauern zu umreiten und ein letztes Mal vor dem Sturm die Verteidiger zu ermuntern.

Mit dem Abschlagen des Generalsturms wäre die Gefahr auch vorüber gewesen. Denn dann hätte Mohammed seine Janitscharen nicht mehr zur Fortsetzung der Belagerung vermögen können.

Aber Irene wußte auch, daß der Ausgang der Schlacht höchst ungewiß war. Wie ungewiß – das merkte sie erst jetzt.

Aus dem toten Winkel des Turms trat nämlich im Hafenwasser ein Boot in ihr Blickfeld. Den Dromonen Giustinianis strebte es zu, und in dem Boot erkannte Irene den Leibpagen des Feldherrn. Sie wußte, daß dieser Page seinen Herrn sonst nie verließ.

Was der junge Mann wohl bei den Schiffen wolle? mußte sie plötzlich denken. Und ob Giustiniani dessen, was ihm als griechischer Undank erscheinen mußte, nun endlich müde sei und nur noch den eigenen Rückzug zu sichern trachte?

Sie erschauerte und stöhnte.

Nicht nur um ihre Krone, sondern um alles, was sie mit Hirn, Haut und Haaren war, würde gekämpft werden.

Auch ihr galt ja die Begierde der Männer dort auf den türkischen Schiffen wie jedem Mädchen, wie jeder Frau, deren Jugend und körperliche Beschaffenheit sie männlicher Lust empfahlen.

«Geben Sie die Kanonen her, mein Oheim», bat sie. «Geben Sie dem Kaiser die Geschütze, wenn Sie Giustiniani sie verweigern. Sie haben ein Haus und darin eine Frau. Sie haben Söhne. Von mir will ich nicht reden, obwohl Sie mich früher oft Ihrer Gespräche würdigten. Aber wer steht Ihnen dafür, daß eine stürmende Soldateska Ihre Abmachungen mit dem Prinzen Isfendiaroghli achten wird?»

Kein Ton konnte durch die Tür dringen. So leise war das

Gespräch. Auch Notaras flüsterte nur durch zusammengebissene Zähne.

«Isfendiaroghli ...», fragte er.

«Ja», bekräftigte Irene. «Fragen Sie mich nicht, woher ich es weiß; aber ich weiß, daß Sie sich der Gnade des Sultans empfahlen und sich verpflichteten, keinen Mann und keine Feldschlange von den Hafenmauern abziehen zu lassen. Doch noch ist es Zeit», fuhr sie fort, «noch können Sie alles vergessen und wieder ein treuer Untertan der apostelgleichen Majestät werden ...»

«Ich werde den Hund schinden lassen, das werde ich, den Hund, der ...»

«... der Sie verriet?» bäumte sich nun auch Irene auf. «Wünschen Sie sich nicht, den Namen zu erfahren, und achten Sie lieber auf Ihre eigene Haut. Nicht an Ihnen ist es, zu drohen, Exzellenz, Sie sind gefährdeter, als Sie denken.»

Aber was Notaras auch sein mochte – feige war er nicht.

«Du scheinst dich sehr sicher als Sebasta zu fühlen», sagte er. «Und doch könnte es geschehen, daß ich mich keinen Deut um deine rote Schuhe kümmerte, junge Hoheit.»

«Auch nicht um den Kaiser?»

«Auch nicht um den Kaiser. Man wird mich kämpfen sehen, das wird man, und das wird alle meine Verleumder widerlegen. Auch dich. Noch habe ich meine Hand über dir. Und darum tätest du gut, du gingest jetzt und kröchest ins Bett, wo kleine Mädchen hingehören, wenn es Nacht ist und Männer sich anschicken zu sterben.»

IX

Mit vierzehn Jahren hatte Eudoxia Notaras geheiratet und es seitdem mit ihren gesellschaftlichen und ehelichen Pflichten stets sehr ernst genommen.

Das Ergebnis bestand denn auch in sechs Söhnen, von denen Nikephoros der älteste und Marko der jüngste waren, wie in der Stellung einer Zoste patriciae, um die sich Eudoxia ebenfalls erst hatte bemühen müssen. Denn in Konstantinopel fehlte es keineswegs an kaiserlichen Prinzessinnen und Damen aus andern regierenden Häusern, für die das Amt und die Machtstellung einer Obersthofmeisterin viel Verlockendes hatten. Für Eudoxia aber war das um so mehr der Fall gewesen, weil sie immer gewußt hatte, wie sehr Kir Lukas' Neigung von ihrer Brauchbarkeit abhing.

Die höchste weibliche Hofwürde ergänzte aber des Großherzogs eigene Stellung zu gut, als daß er nicht hätte wünschen sollen, sie mit seiner Gattin besetzt zu sehen.

So vollkommen hatten daher allerlei Geschäftigkeiten Eudoxias Tage erfüllt, daß sie erst jetzt bei einer drohenden Katastrophe und erst als Sechsunddreißigjährige merkte, wie wenig sie doch in all ihren Ehejahren Mutter gewesen war.

«Wenn dies Schreckliche vorübergeht und die Jungen mir wiederkommen», sagte sie, «will ich nur noch ihre Mutter sein. Glaubst du, daß sie mich dann lieben werden, Irina? Glaubst du das? Bitte, sag, daß du es glaubst!»

«Aber die Jungen lieben Sie doch, Tante!»

«Sie kennen mich ja kaum», wehrte Tante Eudoxia ab. «Ich bin eine arge Sünderin. Ja, das bin ich! Und ich kann der Panagia und den lieben Heiligen nie genug dafür danken, daß meine Jungen geworden sind, wie sie sind. Ich selbst habe keinen Teil daran. Und auch an dir habe ich keinen Teil, Irina. Verzeih mir, mein Kind, meine Irina! Verzeih mir!»

Die Not der Stunde, die diese große Dame zu ihrer Nichte getrieben hatte, zerknirschte sie nun.

Jedenfalls hätten ihre Sklavinnen und Dienerinnen und ihre adeligen Ehrenfräulein aus der Klientel der Notaras und Melissenos sich sehr gewundert, sie so vor Irene zu sehen, mit dem Gesicht auf den Knien der jungen Sebasta.

Zwar gab es Herrinnen von einem grausameren Willen als dem der Eudoxia Melissenos. Aber, daß keine Lust sie je getrieben hatte, den Strafvollstreckungen an ihren Mädchen beizuwohnen, war, wie so vieles, auch wieder von Nachteil: Auf diese Weise besaß sie nämlich überhaupt keine Vorstellung von den Auswirkungen ihrer oft so gelassen hingesprochenen Urteile.

Auch Irene hätte es wegen ihres nächtlichen Entweichens schlecht gehen können, wenn sie als Sebasta der Tante nicht entzogen gewesen wäre. Eudoxias Vorwürfe jedoch waren bereits an Arkas eiserner Abwehr gescheitert.

Niemand habe das Recht, ihrem Herzchen Vorhaltungen zu machen, war Arka überzeugt, ausgenommen natürlich Dame Arka! Und wenn Ihre Hoheit geruhe, sich höchstselbst von dem Pflichteifer ihrer Soldaten zu überzeugen, hatte Frau Arka laut geäußert, so gehe das keinen Untertanen etwas an.

Daß aber Tante Eudoxia zu den Untertanen gehöre, war von der kriegerischen Dame aus Tzanien anzudeuten durchaus nicht unterlassen worden. Und überhaupt war der Tante nichts übriggeblieben, als vor der Amme den Rückzug anzutreten, was ihren Zusammenbruch nicht unwesentlich beschleunigt haben mochte.

Eudoxia Notaras war noch immer eine anziehende Frau und gleicherweise geschickt, das Begehren eines Mannes zu erwecken, wie es in ihren weichen Armen zu stillen, vorausgesetzt natürlich, daß dieser Mann ihr eigener war. Denn göttliche Grenzen – oder was sie als solche ansah – durch fleischliche Leidenschaften zu verrücken war nicht ihre Sache.

Daß Kir Lukas Notaras unter diesen Umständen seinem Ruf als vorbildlicher Ehemann keine allzu großen Opfer zu bringen brauche, war darum auch die allgemeine Überzeugung, die Eudoxia für gewöhnlich vollkommen teilte.

Aber heute hielt Gott Gericht.

Kurz vor Morgengrauen war Irene wieder im Palast gewesen, in größerer Sorge als je. Zwar zweifelte sie nicht, daß Notaras sich bei einem Angriff verteidigen werde. Auch war sie sich darüber klar, daß eine Anklage gegen ihn angesichts der Kürze der Zeit und bei den nicht ganz vollgültigen Beweisen keinen Erfolg gehabt hätte. Es war getan, was hatte getan werden können. Aber der Gedanke, daß der Erste Minister seine Vorkehrungen für die Möglichkeit eines Unterliegens getroffen habe, erstickte sie fast.

Kurz nach ihrer Rückkehr hatte die Tante ihr noch das Obersthofmeisterinnenamt zur Verfügung gestellt, und das von dem Tage ab, da Irene Kaiserin sein würde.

Jetzt dachte Eudoxia nicht mehr an so irdische Dinge.

Denn mit Tagesanbruch um fünf Uhr hatte der Sturm mit Hörnern, Trompeten und Paukenschlag und immer wieder Pauken und Schlachtengeheul auf der ganzen Belagerungslinie begonnen.

Leitern zerbrachen auf Leitern, Kugeln zerschellten an Kugeln, schwarzer Pulverdampf deckte die Stadt und die Sonne.

Mohammed ritt von einer seiner Truppen zur anderen. Bald nannte er sie Söhne des Islams, seine Waffengefährten und liebe Brüder – bald schrie er sie an als Schakale und räudige Hunde. Und im Rücken der Rekruten, die als erste vorangeschickt wurden, standen Tschausche mit eisernen Ruten und Ochsenziemern, um die Flüchtenden wieder gegen die Mauern zu treiben.

Auch Konstantin saß zu Pferde und begeisterte die Verteidiger, wo er sich zeigte, um so mehr, als er keineswegs hinten blieb, sondern sich, wo es nur irgend darauf ankam, in Person den Angreifern stellte. Irene aber verzweifelte fast darüber, daß sie nichts von dem wußte, was draußen geschah. Dort hätte sie sein mögen, wo Konstantin war, bei Giustiniani und selbst bei Notaras, wenn es nicht anders hätte sein können, und nun mußte sie hier ihre Tante trösten, deren kühle und scheinbar so unerschütterliche Ausgeglichenheit Weinkrämpfen und uferlosen Selbstanklagen gewichen war.

Nichts hörte sie von der Vielfalt des Schlachtenlärms als ein Brausen und durch das Brausen die Pauken.

Immer wieder die Pauken.

Beim bedrängenden Schall ihrer Pauken bestürmten die Türken Städte, eroberten sie Länder, und der Sultan verneigte sich mit gekreuzten Armen ehrfurchtsvoll vor den Fahnen, wenn zu den Gebetszeiten die Pauken aufrauschten.

Mit Häuten bespannte eherne Kessel waren die Herrschaftszeichen der Steppe gewesen. Sie waren der Mund der Wüste und kündeten Mongolensturm. Der Laut zahlloser Rosse, deren Hufe die Erde schlugen, war in ihnen. Aufreizend erklang dieser Laut und trieb die Menschen wie mit Keulen in eine unwiderstehliche Verzauberung.

Und diese Pauken, die lebendige Männer blind die Todesmauern anrennen machten, riefen auch nach Irene.

Sie fühlte es tief und erregend. Sie mußte an sich halten, um nicht wie Eudoxia zu schreien und nicht laute Gebete zu plärren wie Arka. Zwischen einer alten Frau und einer Mutter von Söhnen war sie nach diesen ersten zwei Stunden der Schlacht das einzige Feste, und sie mußte es bleiben.

Und doch hätte auch sie sich gern in einen großen, alles erfüllenden Schrei geflüchtet, der in ihr saß und heraus wollte. Um einem irren Verlangen zu entgehen, das ihr immer beklemmender bis in die Kehle stieg, hätte sie das gewollt, dem Verlangen, die Mauer möge erstiegen werden und alles eingehen in das Entsetzen, das auch von ihr nichts übriglassen würde, keine Sebasta und nicht einmal ein Mädchen Irene, sondern höchstens eine nackte, geschändete Sklavin. Dann wieder jagte das Bild des bitterbösen Jungen Mohammed durch ihre Gesichte, der einem kleinen Mädchen, das sie selbst war, den Ball aufhob.

Es war die höchste Zeit, daß etwas geschah. Selbst das Schreckliche mußte noch eine Erlösung sein.

Und schrecklich genug war das Gekreisch der Mägde, die Mauern am Romanostor seien gefallen und die Türken in der Stadt.

In einer Kammer fand Irene dann den Pagen. Sinnlos vor Angst lag er in einer Ecke, das Gesicht auf dem Boden, die Hände gekrümmt, als wollten sie sich in die Fliesen graben.

Es ekelte Irene vor diesem Stück Mensch, das ihr keiner mehr zu sein schien und sich hier verkroch, während Bürger, Mönche und Eunuchen mannhaft neben erprobten Soldaten auf den bestürmten Mauern ausharrten. Es ekelte sie vor sich selbst, als sie dem Ausreißer jetzt ins Gesicht trat. Aus Notwehr tat sie das, und die Berührung ekelte sie. Denn auch sie befand sich auf der Flucht.

Doch gerade dorthin, wovor dieser da geflohen war, dahin drängte es sie. Sie hatte genug vom Plärren, Schreien und Schluchzen. Sie flüchtete in die Tat, in irgendein Tun. Sie wollte nicht warten, nicht das Schicksal erwarten. Allen um sie herum galt ihr Tritt in dieses heulende Gesicht.

Der Page aber sah auf. Irene erkannte ihn.

Er war ein Edelknabe aus einer Familie, die den Melissenos anhing, und er hatte, ein halbes Kind noch, ihr bei Ausritten oft den Steigbügel gehalten.

«Steh auf, du!» herrschte sie ihn an. «Sag, wie es am Romanostor steht!»

«Oh, Gott», stöhnte der Junge, «Giustiniani …»

«Laß Gott beiseite. Und wenn Giustiniani gefallen ist …»

«Er ist geflohen!»

«Geflohen? – Giustiniani geflohen? Das lügst du dir nur zurecht.»

«Nein», schrie der Page, «ich weiß es ganz genau! Ich war Kir Demetrios zugeteilt, dem Domestikos Paläologos, und stand in der Nähe des Prinzen. – Ganz dicht beim Kaiser stand ich! Ich hab es gesehen – ich hab es gehört!»

Irene schüttelte den kreischenden Jungen. Auch sie schrie.

«Was war mit Giustiniani?» schrie sie den Jungen an.

«Er bekam einen Pfeil in den Schenkel.»

«Weiter!»

«Er kroch vom Wall, wo sie die Türken erwarteten …»

«Um sich verbinden zu lassen. Weiter!»

«Nicht um sich verbinden zu lassen», rief der Page. «Er riß sich den Pfeil heraus und befahl, ihn aufs Pferd zu heben. Zu einem Verband ließ er sich keine Zeit. Er wollte aufs Pferd. Nichts als aufs Pferd! Ich sah sein Blut am Sattel herunterlaufen. Auch die heilige Majestät sah es. ‹Wohin, wohin?› rief der Kaiser ...»

«Wohin?» rief jetzt auch Irene.

«Giustiniani drehte sich um. Der Wind stand mir zu, und ich hörte jedes Wort ...»

«Was hörtest du?»

«Er gehe dorthin, sagte Giustiniani, wohin der Teufel und Notaras den Türken den Weg noch nicht eröffnet haben. Und dann preschte er mit einigen seiner Leute davon. Ihnen nachzublicken war aber keine Zeit. Plötzlich standen sie auf den Faschinen, die Türken. Und ...»

«Du ranntest und ranntest! Doch hör das!» Der Page hatte gehört.

«Würde die große Kanone noch schießen, wenn sie das Romanostor hätten?» fragte Irene. «Mag Giustiniani geflohen sein. Am Romanostor kämpfen der heilige Kaiser und die Panagia. Hin zu ihm und der Jungfrau!»

Mochte Giustiniani es satt haben! Irene dachte an den Mann, der zu den Dromonen gerudert war. Die würden jetzt durchbrechen und sich mit Giustiniani an Bord nach Galata retten. Kein Zweifel: Giustiniani war es überdrüssig gewesen, sich länger für Leute zu opfern, die ihm ein paar Kanonen für einen Kampf verweigert hatten, der nicht sein, sondern deren eigener Kampf war. Giustiniani war aus Genua, und Genua war neutral. Darauf hatte er sich ganz zuletzt noch besonnen.

Doch der Kaiser kämpfte. Am Romanostor kämpfte er.

Wie viele Mitstreiter mochten ihm beim Anblick von Giustinianis Flucht entwichen sein! Leute mit den schönsten Titeln. Aber es gab auch genug andere, die das mehr als elfhundertjährige christliche Reich nicht überleben wollten. Und daß Konstantin zu ihnen gehörte, sagte Irene ihr Herz. Zu ihm wollte sie. Lieber wollte sie am Romanostor sterben als ihr Schicksal erwarten hier unter den Weibern. Nur daß die Weiber sie keinen Schritt allein gehen ließen! Arka war da, und Eudoxia war da. Eudoxia suchte Schutz, und Arka suchte Führung, wie sie alle Schutz oder Führung oder beides suchten, die Edelfräulein und Dienerinnen, soweit sie sich nicht verkrochen hatten oder zu Asylen geflohen waren, die keine mehr sein konnten, zu den Altären, die bereits wankten.

Auf der Meza aber wurde Irene von ihren Frauen abgedrängt. Ein Strom gehetzter, schreiender, schwitzender, kreischender Menschen nahm das kleine Häuflein auf, riß es auseinander, sog es ein.

Frauen waren das mit ihren Kindern, Nonnen mit ihren Heiligenbildern; aber auch Greise, Mönche und viele andere, denen man es ansah, daß sie von den Mauern kamen oder doch dort hätten sein können.

Fast alle wollten zum Hafen, um sich auf die Schiffe und mit ihnen nach Galata zu flüchten.

Viele enge Straßen führen zum Hafen hinab. Aber bald waren alle die Gassen menschenverstopft. So gab es Rückstrom und Wirbel und Stauung, daß sich die Menschen wie Schollen beim Eisgang schichteten.

Endlich aber teilte sich der Strom in Ströme, und die Füße folgten dem Drang, der sie gerade einfing. Denn jedes Wollen war unmöglich geworden. Alle waren nur willenlose Teile eines sich windenden, um sich schlagenden Tieres. Auch die roten Stiefel der Sebasta mußten sich über die Leiber der Niedergesunkenen hinweg den Ausweg erstreiten. Niemand achtete ihrer.

Zu den Entronnenen jedoch, denen die Flucht in die Hagia Sophia gelang, gehörte mit ihrer Tante und Arka auch Irene. Ihre Kleider waren zerrissen, ihre Haare hingen wirr und in Strähnen um ihren Kopf. Aber vorerst war sie geborgen, war sie nicht mehr Leib vom Leib eines angstgepeitschten Ungetüms, das sich wälzte. Sie konnte wieder denken.

Aber das Denken tat weh, und vor allem wäre sie am liebsten dem Denken entflohen.

Immer mehr füllte sich der Dom mit Betern. Auch die

Orthodoxen fanden zu ihm zurück, nachdem sie ihn so lange gemieden hatten.

Welch eine Menschenfalle! drängte es sich Irene auf, als sie die beiden Frauen, die an ihr hingen, durch die Kirche steuerte. Welch einen Sklavenspeicher fänden die Türken hier vor, ungeheuer und bis zum Bersten gefüllt!

Ihr Verstand sagte ihr, wie nahe die Möglichkeit liege, vor der sich ihr gefühlsbeherrschtes Gehirn dennoch als vor einer unerträglichen Lästerung verschloß, als vor einem schändlichen und verbrecherischen Gedanken.

Denn nach der Prophezeiung würden die Türken ja nur bis zur Säule des heiligen Konstantin vordringen, um dann verjagt zu werden.

Durch die Beter auf den Fliesen suchte Irene den Weg.

Bußpsalmen sangen die Menschen und rangen mit Gott.

Und plötzlich fühlte sich das Mädchen allen Schändlichkeiten und allen Verbrechen zum Trotz doch wieder von der frechen Frage bedrängt, warum eigentlich die Menschen Gott so bestürmen, wenn dessen Wille schon unwiderruflich feststehe? Warum sie ihm dann nicht vielmehr dankten?

Ihre Lähmung wich, und mit quälender Klarheit erkannte Irene, daß jedes andere Gebet und jede Buße Zweifel bedeute an Ihm.

Doch die Menschen zerrissen sich vor dem Herrn. Mit Gelübde und Opfer suchten sie Ihn zu verlocken, dessen Wille doch unwandelbar sei. Sie gelobten ihr Gut und sich selbst, und um den Handel unwiderruflich und ehrlich zu machen, zahlten viele auch bar, opferten vor den Altären ihr irdisches Teil, ihre Scham, ihre Schmerzen, ihr Ich. Die große Stunde war da, und auf einmal schien es allen, als könnten den zürnenden Gott nur blutige Opfer versöhnen.

Irgendeine hatte begonnen – irgendeiner. Schluchzen und Schreie steckten an, liefen durch die Reihen wie ein Brand.

Ort und Stunde heiligten alles. Ängstlich Verhülltes wurde nackt.

An Kasteiungen gewöhnte Nonnen und junge Novizen

nahmen ihre Knotenstricke, rissen sich die Gewänder herunter – je vollkommener die Preisgabe des Leibes, um so himmlischer die Demütigung und die Scham –, geißelten und ließen sich geißeln, Striemen und Wunden lobten den Herrn.

Mönche und Nonnen ergriff es; aber auch Laien, Mädchen, Frauen und Männer.

Bußwerkzeuge mit eingeflochtenen eisernen Haken, mit Ketten erschienen.

Nackte Rücken und Lenden krümmten sich, und unter den pfeifenden, klatschenden Hieben wurden Gebete zu Kreischen und Brüllen. Und wie das Meer die Ströme, so nahm der Gesang alle Schmerzen und jede Scham in sich auf. Schreie und Geheul flossen in das qualendurchströmte Singen von Schuld, Vergänglichkeit und Reue.

Büßerinnen und Büßer, auch Männer, die das Schwert hätten führen können, peitschten sich so in die gewisse Zuversicht hinein, mit den Wunden ihres zuckenden Fleisches die Stadt weit sicherer zu erretten, als es die Kämpfer auf den Mauern jemals vermöchten.

Dennoch war es immer dasselbe. Immer hatten diese Menschen ihrem Gott als letztes und hehrstes Opfer nur den faden Geruch von Angstschweiß und Blut, nur den Anblick von Zerstörung zu bieten.

Halb betäubt war Irene, als sie endlich den verschwiegenen Beichtstuhl erreichte, in den sie Eudoxia und Arka hineinzog. Denn von dort führte eine schmale Holztreppe, die sie kannte, zur Empore und zur Fensternische, von der aus sie Ostern noch den kaiserlichen Zug vom Nartex durch die Stadt hatte ziehen sehen.

Die drei Frauen waren allein. Zu wenige wußten um diese heimliche Zuflucht. Und trotzdem wäre der bergende Winkel bald nicht mehr von ihnen erreicht worden, hätte Irene gezaudert.

Ein anderes Schauspiel als der Prachtrausch vor zwei Monaten bot sich ihr jetzt.

Sie aber hatte die letzte Begegnung des Notaras mit Giustiniani erlebt, und alles Beten, so inbrünstig es sein mochte, erfüllte sie nur mit Bitterkeit.

Steil und unnahbar ragten vor ihr die riesenhaften Mosaiken der Heiligen, der Tiere und der Engel.

Da kam ein Gesicht über Irene.

Langsam löste sich die Gestalt des Erzengels aus der Wand. Von einem göttlichen Licht umkleidet, trat er hervor, ein Bote Gottes und Seines heiligen Willens.

Und der Engel hob seine kristallene Stimme:

So spricht der Herr, unser Gott! – Ich will Eine Herde, wie ich Ein Hirte bin. Liebet euch, wie ich sterbend euch liebte. Verbrüdert euch mit denen, die an mich glauben wie ihr, und ihr werdet gerettet sein.

Eine Weile verharrte der Engel im Glanz dieser Verheißung und schaute hernieder.

Doch schon reckten sich ihm Fäuste entgegen, und der Speichel flog gegen seine Gewänder aus Licht.

Lieber den Türken als den römischen Hut! schrie es, gellte es, röhrte es.

Da erlosch das Licht, und das himmlische Lächeln erstarb ... und als Irene die Augen öffnete, war wieder das Bild eines Engels da in düsterem, glitzerndem Prunk und aus Steinen.

Die Steine aber wankten um Konstantinopel.

Zwar schlug der Kaiser mit seinen wenigen Männern tapfer den Hauptangriff auf das Romanostor ab. Durch das Holzreifentor, das zu einem Ausfall geöffnet worden war, drangen dafür fünfzig Turbane herein.

Wenn die nun auch zurückgeworfen wurden, so erscholl doch sogleich vom Hafen her der Ruf, daß die Türken in der Stadt seien.

Es war, als habe man nur darauf gewartet, ihn ausstoßen zu können. Auch bis zum Romanostor drang er.

Mancher Verteidiger erlag diesem Ruf, und die Reihen um Konstantin wurden lichter.

«Oh, Giustiniani!» gedachte der Kaiser jetzt reuevoll seiner Schwäche vom vorigen Tag. «Hätte ich doch jetzt dich und die Kanonen bei mir!»

Lieber der Türke als der römische Hut!

Langsam verglomm in Irene das Gesicht des Engels.

Es war das Schreckliche für sie, daß sie Giustiniani vollkommen verstand und doch nichts so mit allen Schmerzen wünschte wie die Rettung der Stadt und dieses Volks, das sich selbst verloren hatte und doch bei aller Blindheit der Erbe des elfhundertjährigen christlichen Reichs und einer unvergleichlichen Kultur war.

Immer dichter füllten die Menschen den Raum.

Und wiederum vom Hafen kam diese neue Welle.

Die Prophezeiung trieb die Menschen und nicht die Überlegung.

Mochte die Hagia Sophia auch durch Kardinal Isidor, der jetzt am Tiertor seine Pflicht tat, entweiht sein – die Prophezeiung setzte dem Vordringen der Türken Konstantins Säule als Ziel. Nach den Worten der Prophezeiung war das Heiligtum die bergende Arche. Jetzt wurden die Tore geschlossen und verrammelt.

Irene stöhnte.

Sie glaubte an keine Arche. Sie hörte die Sintflut mit Pauken und Dröhnen unwiderstehlich heranrauschen und war sich bewußt, daß die Flut der gierigen Hände bald auch sie und das, was sie liebte, verschlungen haben würde …

Es war der Riese Hassan aus Ulubad, der das Romanostor anging. Mit der Linken hielt er den Schild über den Kopf, mit der Rechten packte er den Säbel.

So klomm er mit dreißig den Faschinenwall hinan.

Pfeile zischten. Steine prasselten.

Die dreißig fielen.

Hassan blieb.

Er winkte, und Janitscharen stürzten ihm zu.

Auch sie fielen zuckend, polternd, krachend hinab.

Immer wieder rief, schrie, brüllte Hassan. Immer wieder starben stürmende Männer, bis auch der Riese erlag.

Unfähig sich zu erheben, hielt er kniend und klammernd über sich noch den Schild.

Ein Stein entriß ihm das eherne Becken. Ein Pfeil durchbohrte sein Hirn. Dumpf aufschlagend rasselte Hassan als letzter der Seinen hinab.

Neue kamen.

Häufiger wurden die Kopfbünde auf dem Wall. An der Stelle von Steinen und Pfeilen begannen Schwerter und Lanzen ihr Werk. Messer, Hände, Zähne stachen, drosselten, bissen.

Und der Tod raste.

Viele starben vor den Augen der apostelgleichen Majestät.

Theophilos Paläologos starb, der Prinz und Stratopedarchos. Don Francesco Toledo starb, der Kastilianer und Strator. Kir Johannes der Dalmatiner starb, der Heteriarch.

Viele starben. Andere flohen.

Da rief der Kaiser etwas.

«Ich will lieber sterben als leben!» rief er und warf sich in den dichtesten Haufen der Türken.

Sogleich war er umringt.

Wie ein Ameisenwimmeln war es, und es war kein Isapostolos, kein göttlicher Kaiser mehr da.

Nur eine menschliche Stimme erscholl aus dem Knäuel.

«Ist denn kein Christ da», durchdrang die Stimme das Pauken und Röhren und den Zweiklang von Eisen und Stahl, «ein Christ, der mich tötet?!»

Dann verhallte auch die Stimme.

Das war Konstantin Dragases, der siebente Paläologe, der elfte Konstantin, der letzte Kaiser des mehr als elfhundertjährigen Christenreichs.

Als er starb, waren die Türken schon in der Stadt.

Hinweg über die Leiche des deutschen Geschützmeisters Johannes Grant, der an der Pforte Kaligaria kommandiert hatte, waren sie eingedrungen.

X

Irene trat an das Rundbogenfenster und horchte über die Domfreiheit und über die Stadt hin.

Dieses allmähliche Schweigen der Pauken ängstigte sie mehr als alles andere.

Wenn der Sturm abgeschlagen worden wäre, hätte sie doch – wie stets bisher – das Siegesgeschrei und den Jubel in den Straßen vernehmen müssen. Doch sie hörte nur unbestimmte Geräusche und wenige Schüsse, und die ließen eher einzelne Straßenkämpfe vermuten, die nur noch ein Abschlachten sein konnten.

Irene wartete voll Angst.

Und dann sah sie:

Von den Seidenfabriken des Bukuleone her kamen die ersten dünnen Haufen der Türken!

Es waren Asaben. Ledige, nicht stehende Truppen wie die beneideten und befeindeten Janitscharen, sondern leichtes Fußvolk, ausgehobene Miliz, die nur um Beute und auf Kriegsdauer diente.

Zuerst und vor den Kerntruppen der besoldeten Berufssoldaten wurden sie eingesetzt, und nun waren sie als erste hier, wo der Gewinn unermeßlich sein mußte. Gut und Menschen hatte Mohammed preisgegeben und nur die Gebäude sich vorbehalten.

Doch zu ihrem Ärger blieben die Asaben nicht allein. Denn schon gesellten sich Akindschi zu ihnen, verwegene Burschen mit Geier- und Adlerflügeln auf Helmen und Schilden. Sie dienten unter ähnlichen Bedingungen wie die Asaben und waren die gefürchtete leichte Reiterei der Osmanen. Stets folgten sie als ihrem Erbgeneral einem Michaeloghlu, dessen Ahnherr bereits mit Osman geritten war.

Sultan Mohammeds Renner und Brenner lauerten vor den Toren der Hagia Sophia.

Vorerst freilich nahmen sie Deckung und beobachteten aus sicherer Entfernung.

Mit Bitterkeit vernahm Irene die Beter und Büßer, die hinter verrammelten Toren ihr Schicksal erwarteten.

Renner und Brenner gegen Beter und Büßer!

Die Beutehunde da draußen hatten ganz recht: Mit zwei oder drei Kanonen und mit Bogen- und Flintenschützen hinter jeder Brüstung mußte das Heiligtum zu einer schwer einnehmbaren Festung werden. Große Blutopfer würde ihre Erstürmung gekostet haben!

Aber die Beter und Büßer hätten es für Vermessenheit und Lästerung des Höchsten gehalten, irgend etwas von sich selbst und nicht alles von Ihm zu erwarten.

Sie dachten nicht daran, bei der Verteidigung ihrer Freiheit zu sterben und ihr Leben so teuer wie möglich zu verkaufen.

Lieber schrien sie zu Gott, lieber vergossen sie ihr Blut unter der Geißel.

Plötzlich spürte Irene fremden Atem in ihrem Nacken. Sie fuhr herum und blickte in Arkas Gesicht.

Doch die Amme sah an ihr vorüber. Mit gierigen Augen starrte sie auf die unschlüssigen feindlichen Haufen.

Mochte sie auch eine gute Christin sein, wenigstens so, wie sie es verstand – so war sie doch mehr noch eine Frau aus tzanischem Stamm.

Solange sie den Feind nur gehört hatte, war ihr das große Byzanz wie eine unübersehbare Maschine vorgekommen, in deren Getriebe sie sich verfangen hatte. Jetzt aber sah sie mit ihren eigenen Augen die Räuber, die nach ihrem Herzchen, ihrer Irina, Verlangen trugen, und die Hagia Sophia war wohl groß, aber doch nicht viel größer als ein tzanisches Dorf oder die letzte Bergschanze eines Stammes.

Jetzt betete sie nicht mehr.

Jetzt hatte sie nur den einen Wunsch, viel und gründlich zu töten, ehe sie selbst getötet würde.

«Komm!» befahl sie Irene. «Hilf mir!»

Das sprach Arka.

Tante Eudoxia jedoch verdoppelte ihre Gebete, um die

göttlichen Blitze wegen des Frevels, den ihre Augen sahen, von den Häuptern der Schuldigen abzuwenden.

Und doch verehrte Arka die lieben Heiligen sehr. Die ließen mit sich reden – so glaubte sie jedenfalls – und waren nicht wie Gott selbst, der ihr stets als ein recht ungemütlicher und im Grunde auch launischer alter Herr erschienen war. Aber was die lieben, süßen Heiligen dagegen haben sollten, statt von den Heiden zerschlagen zu werden, lieber selbst unter dem Gesindel etwas aufzuräumen – das sah sie nicht ein.

Gewiß hätte sie Felsen vorgezogen, um sie mit Hebebalken aus dem Erdreich zu stemmen und über den Abgrund auf die Köpfe der Verdammten zu stürzen.

Freilich hätte das mehr den Gewohnheiten von Arkas Volk entsprochen.

Doch hier gab es keinen Abgrund, sondern die hohe Westwand der Hagia Sophia und Rundfenster unmittelbar über dem Haupteingang, durch den die Türken eindringen mußten, wenn sie den Honig mit den Waben ausnehmen wollten.

Und ebensowenig gab es Felsen. Nur Heilige standen herum. Die aber in Massen! In den verschiedensten Größen standen sie da, und nicht alle waren festgemauert, weil man sie hin und wieder zu Prozessionen gebraucht hatte.

Arka hätte sagen können, daß die lieben Heiligen ohnehin verloren sein würden, wenn sie erst den Eingedrungenen zu Gesicht gekommen wären. Der Islam verwerfe ja alle Bildwerke von Menschenhand! Und auch Byzanz habe bilderstürmerische Kaiser gehabt, was ein großer Greuel gewesen sei. Erst Gott habe die Frevler weggenommen und die Heiligen wieder in ihre Rechte gesetzt.

Das alles hätte Arka sagen können. Aber sie tat es deswegen nicht, weil sie ausschließlich und mit verbissener Freude nur an die Schädel der Hurensöhne dachte, die sie mit den Standbildern zu Brei schmeißen wollte.

«Pack du den Kopf», herrschte Arka Irene an, «ich stemm mich hier unter, und so kriegen wir sie!»

Auf diese Weise gelangte die zentnerschwere Helena, des heiligen Konstantin heilige Mutter, denn auch wirklich bis auf den Rand der Fensterluke. Sie von dort herunterzukippen würde dann nicht mehr schwer sein. Und überhaupt eröffnete die Helena, wie ihr das als Kaisermutter zukam, nur den Reigen. Andere Heilige hatten ihr zu folgen.

Denn nicht nur Arka packte zu – auch Irene tat es. Immer von neuem. Das Gefühl, nur nicht denken, nur etwas tun zu müssen, erfüllte sie ganz. Irene war zerrauft, schmutzig, zerschunden, in Schweiß gebadet.

Mit jedem Anpacken, mit jedem sehnenzerrenden Heben floh sie immer weiter fort von sich selbst.

Dann aber war es soweit.

Die Beutegierigen hatten sich zu ihrem Erstaunen überzeugt, wie unverteidigt das Heiligtum war, und die ersten Beile bissen in die Tür. So stark war das Gedränge davor, daß fast ein Handgemenge zwischen Asaben und Akindschi entstanden wäre.

«Jetzt!» sagten Irene und Arka wie aus einem Munde.

Und nun stemmten und stemmten sie.

Schöne, bunte Heilige verschwanden; aber auch solche, deren Stein jede Nachhilfe durch Farbe verschmähte.

Es krachte und schrie.

Ohnmächtige Pfeile suchten sich am Himmel zu rächen.

Die beiden Frauen trafen sie nicht.

Aber über die Erschlagenen drangen die Sieger dennoch in die Hagia Sophia.

Die Stunde war da.

Keine Verheißung hatte sie abwenden können, und die beiden Frauen hatten es auch nicht gekonnt. Allein nicht.

Und sie waren die einzigen gewesen, die gekämpft hatten!

Alle Träume der Räuber überbot der erbrochene Raum.

Nur zuzugreifen brauchten die Männer des Schwerts, und sie hatten Allahs Paradies schon auf Erden. Denn alles gehörte ihnen.

Alle Güter und Menschen hatte Mohammed preisgegeben. Und vollgestopft mit Menschen und Kostbarkeiten war der Dom. Nicht nur mit Kirchengut, sondern auch mit dem Besitz der Laien, der Vornehmsten, der Reichsten. Wo hätte er nach deren Meinung sicherer sein sollen als in der Hagia Sophia, an deren Kuppel geschrieben stand, daß Gott selbst seine Hand über sie halten werde immerdar!

Jetzt aber waren die Herren des elfhundertjährigen Christenreichs, die Bewohner der Erdteile scheidenden Stadt, trotzdem Haustiere und Sklaven geworden. Nur noch auf das eine warteten sie: in irgendwelche Ställe getrieben zu werden, die man ihnen noch bestimmen würde.

Kaum eine Hand regte sich zum verspäteten Widerstand, und nur wenige wurden erschlagen.

Diese Menschen hatten mit Gott gerungen und waren nun zermürbt. Sie hatten an eine Prophezeiung geglaubt und sahen nun, daß sie falschen Propheten gefolgt waren. Und darüber hatten sie den Mut zu sich selbst verloren. Vom Gipfel der Selbstüberhebung, wo der Mensch zum Vertrauten und Günstling Gottes wird, waren sie in die äußersten Tiefen menschlicher Erniedrigung gestürzt.

Die Sieger aber waren wie Dürstende, die sich plötzlich in einen See köstlicher Getränke versetzt sahen und sich nun mühen mußten, nicht unterzugehen.

Worauf einer nur die Hand legte – auf einen Mann, eine Frau, auf ein Kind – es gehörte ihm. Der Schmuck der Heiligen, die kostbaren Altardecken, die Kelche und Becken – alles gehörte jedem, der sich die Mühe nahm, es zu nehmen.

Und alles würde für jeden zu barem Geld werden, wenn es das war, was er begehrte. Die Sklavenhändler und Aufkäufer warteten nur darauf, es ihnen zu geben.

Zuerst bleckten sich die Plünderer wohl noch wie knurrende Hunde an, die sich die Knochen nicht gönnen. Allmählich aber kam dann doch Methode in das Angstkreischen und Lachen, in das Gewimmel und Getümmel.

Männer wurden mit Stricken, Weiber mit ihren Gürteln zwei und zwei zusammengebunden, ohne Rücksicht auf Alter und Stand, der Archimandrit mit seinem Türhüter, die Nonne mit dem Mönch, die Frau mit ihrer Magd. Den Schmuck stopften die Schinder in ihre Kleider, oder sie behängten sich mit den Juwelen, stülpten sich goldene Gefäße auf die Köpfe. Die Akindschi wieder waren besonders auf Meßgewänder und Altardecken aus, um sie ihren Pferden als Schabracken auf die Rücken zu legen.

Die Hagia Sophia wurde zu einem Stall, und der Mist fiel auf die marmornen Fliesen, deren Wellenlinien zu den vier Toren der Kirche gleich den vier Paradiesflüssen hinausströmten.

Roßkrippen wurden die Altäre.

Sie wurden zu Kneiptafeln, und sie wurden zu Betten der Unzucht. Wohl warteten die Sklavenaufkäufer auf schöne Knaben und Mädchen, auf Frauen und Jungfrauen. Wer jedoch sollte die Brüste und Lenden vor allen genießen, wenn nicht der Sieger!

Behaarte Fäuste griffen nach dem Byssus und den Brokaten, nach Leinen und Seiden, zerrten und rissen die Gewänder herunter oder rafften sie hinauf, und auf den Altären der Heiligen opferten sie die entblößten Beterinnen ihrer durch Kampf und Blut geschärften Gier.

Bei der Eroberung von Konstantinopel wurden mehr Menschen ins Leben gerufen als draus vertrieben.

Und nun erst die Janitscharen hinzukamen, hub der Tanz erst recht an.

Daß sie die Nachlese halten sollten, leuchtete ihnen eigentlich nicht ein. Doch darauf erkannten sie, daß es hier keine Vor- und keine Nachlese gebe, sondern daß genug für alle da sei, und immer neue Lust rann, der Beute entpreßt, aus der Kelter.

Eines riesigen Kruzifixes hatten sich die Janitscharen bemächtigt, und auf dem erneuerten sie jetzt die Keuzigung.

Nicht aber mit Hammer und Nägeln! Auch floß kein Tropfen Blut! Weil nämlich ein schönes Mädchen gekreuzigt wurde, und etwas, das hinterher nur um so besser zu gebrauchen war, eines bloßen Scherzes wegen zu verderben – das hätten die Herren für reine Verschwendung erachtet. Vielmehr wurden ihr die Füße abgestützt und mit breiten Stolen, die nicht verletzten, die Arme an die Balken gebunden. Auf das Kreuz steckte man dann noch eine weiße Janitscharenketsche, den hohen Zylinder mit hinten herabwallendem Tuch – und die Vorstellung konnte beginnen.

So erlitt das Mädchen die Marter der Scham.

Während man das Kreuz mit Schellen und Plärren durch die Kirche trug, wand sie sich in völliger Nacktheit vor aller Augen am Holz.

In kostbaren Meßgewändern und Hauben riefen die witzigen Krieger den Griechen dabei zu, vor der so sanft Gekreuzigten niederzufallen und das holde Fleisch anzubeten.

Der Spaß gefiel.

Und man möge jeden Altar mit so einer gekreuzigten Göttin schmücken! schrie es.

Und dabei sah man sich auch schon nach anderen Mädchen um, denen die gleiche Ehre widerfahren sollte.

Irene aber fühlte sich nackt mit der Nackten, und zugleich überfiel sie der Gedanke, daß diese selben Janitscharen Söhne christlicher Eltern seien und Mütter über ihren Wiegen das Zeichen des Kreuzes gemacht haben.

Doch jetzt stockte ihr Herzschlag. Denn einige der Ministranten hatten, des Umzugs müde, gerade begonnen, den Beichtstuhl zu erbrechen, der die Treppe zum Versteck der Frauen verbarg.

Der Schrecken lähmte Irene, und in ihrem Herzen bat sie Arka alle Überheblichkeiten ab, die sie ihr gegenüber in den letzten Wochen gehegt hatte. Denn Arka war nicht überwältigt! Einem steinernen heiligen Laurentius hatte sie seinen eisernen Marterrost entrissen, und mit dieser Waffe stand sie als eine Tzanenfrau auf der Treppe, völlig bereit, ihren letzten Kampf für ihr Herzchen, für ihre Irina, zu kämpfen.

Arka dachte mit keinem Gedanken daran, daß es anders sein könne, ebensowenig wie sie daran zweifelte, daß die Plünderer Teufel und Hurensöhne seien, die sie am liebsten lebendig auf den glühenden Rost gelegt hätte, wenn ihr der liebe Gott dies Vergnügen vergönnt haben würde.

Doch der liebe Gott hatte ihr diese Lust um ihrer Sünden willen nun einmal versagt, und so schlug sie denn wenigstens zu mit dem Rost, bis ein Beilhieb sie niederschmetterte.

Ganz schnell war alles gegangen. Nur noch einen einzigen gräßlichen Schrei hörte Irene. Und sie wußte es nicht, daß dieser Schrei aus ihr selbst gekommen war.

Sie untersuchte nicht, sie sah nicht; aber sie fühlte, daß Arka tot war. Ihre Heimat, ihre Zuflucht, ihr starker Schutz – alles war nun dahin. Und sie wünschte sich als ihr bestes Los nur das eine: zu sterben, wie Arka gestorben war.

«Ging es denn nicht auch anders?» fragte eine mürrische Stimme. «Für die da gibt uns kein Mensch einen Asper mehr.»

«'s ist nur 'ne Alte», kam es zurück. «Aber hier! Was haben wir denn hier?»

Dabei fühlte Irene sich hochgerissen und sah in ein bärtiges Gesicht, das aus einer frischen Wunde blutete.

«Wenn man das da wäscht, gibt man uns schon noch was dafür», sagte das Gesicht, und das schien den andern beiden – denn es waren insgesamt drei Männer – zur Genugtuung zu gereichen.

«Tante Eudoxia ...! Tante ...!» wurde Irene wieder ein kleines Mädchen.

Doch Tante Eudoxia hörte sie nicht.

Die beugte sich über die Brüstung und schrie immer nur: «Hier! Hier!» in die Kirche hinunter.

Und Tante Eudoxia hatte auch einen triftigen Grund, ihre Nichte ohne Antwort zu lassen!

Unten im Kirchenraum stand nämlich ein Tschausch und rief den Namen Notaras aus. Mitglieder der Familie Notaras sollten sich melden.

Dann aber wurde Irene selbst vor den Sultansboten geschleppt, der mit einigen Solaks aus Mohammeds Leibgarde erschienen war.

Hochmütig standen die Hartschiere da, auf den Köpfen die goldenen Uskufs mit den wallenden Federn. Indes sie innerlich vor Neid barsten, gaben sie sich die größte Mühe, auf Plünderung und Plünderer mit der Verachtung von verdienten und wohlbestallten Veteranen hinabzusehen.

Der Tschausch jedoch fragte, und dieses Mal gab Tante Eudoxia auch Antwort.

Worauf den drei Janitscharen bedeutet wurde, daß der Schatz ihre Ansprüche auf Tante und Nichte mit zweitausend Aspern ablösen würde.

Es war alles wie ein Wunder.

Nur daß Arka oben auf der Treppe in ihrem Blut lag.

Und mittlerweile war es auch hoher Mittag geworden.

Da erblickte Irene plötzlich Ihn auf dem sonnenüberschäumten Nartex. Als Kind hatte sie ihn gesehen und dann nie wieder vergessen.

Von seinen Wesiren und Hofwürden glanzvoll umgeben, saß er in stählerner Rüstung, die blitzenden Reiheragraffen am Turban, auf seinem reich gezäumten Falben und schaute.

Es war Irenes Junge vom Hafen, mit derselben trotzigen Falte um den Mund. Es waren dieselben Augen.

Mohammed allein saß zu Pferde – die andern waren schon abgesessen.

Ein leichter Druck seiner Schenkel, und der arabische Hengst tänzelte über die Schwelle.

Nicht sofort löschte die Gegenwart des Herrn den Tumult.

Habgier und Wollust, Angst und Verzweiflung hielten die Menschen zu fest gepackt, und nicht alle sahen ihn, wie er durch das Hauptportal einritt in den unvergänglichen Dom mit den hundertundsieben Säulen.

Säulen aus Porphyr, Granit, Serpentin und Marmor in allen Farben. Rosenfarbener Marmor von Synada, grüner von Lakonien, blauer von Libyen, schwarzer Marmor und weißer vom Bosporus.

Die acht Porphyrsäulen aus dem Sonnentempel des Aurelian, die acht grünen aus dem Dianentempel zu Ephesus, die Säulen aus dem Tempel des Zeus zu Cyzikus, Säulen von Alexandrien, Troas, Athen und den Cykladen.

Allmählich wurde es ruhiger.

Mohammeds Blick blieb an den luftigen Galerien und Gewölben hängen, an den vielüberlebensgroßen Bildern der Apostel, der Evangelisten und der Jungfrau, alles Mosaiken aus farbigem und vergoldetem Glas.

Immer höher stieg sein Blick, bis er im kühnen Flug des Baumeisters mit der gewölbten Kuppel hoch in den Lüften schwebte.

Und Mohammed las:

«Gott hat sie gegründet», las er, «und sie wird nicht erschüttert werden. Gott wird ihr beistehen im Morgenrot.»

Fast alle hatten unterdessen den Herrscher bemerkt.

Gerade aber vor den Hufen von Mohammeds Pferd werkte ein Piade, ein Pionier. Der hörte nichts, weil er hackte, und sah nicht, weil er nur Augen für den kostbaren Bodenbelag hatte, den er einem zahlenden Liebhaber verhandeln wollte. Mohammed runzelte die Brauen. Doch der Ärmste merkte es nicht.

Und nun geschah es ganz so, wie Irene es schon einmal gesehen hatte. Mit einem Satz war Mohammed aus dem Sattel. Aber statt einen Kinderball aufzuheben, ließ er seine Keule auf den Rücken des Emsigen niedersausen.

«Die Schätze der Stadt und alle Bewohner habe ich euch gegeben», rief er. «Doch die Gebäude sind mein!»

Als Mohammed weiterschritt, war der Zusammengebrochene schon halb tot vor die Tür geworfen. Und jetzt wußten auch die letzten, daß der Herrscher erschienen war.

Mit einem herrischen Wink erstickte er den Gruß des «langen Lebens». Er war der Sieger und brauchte nicht mit Leutseligkeit um seine Soldaten zu buhlen.

Kein Auge hatte er für Jammer und Frohlocken.

Gerade auf den Hochaltar ging er zu. Und vor jedem seiner Schritte wich auf beiden Seiten wie abebbende Flut die Zerstörung.

Malmende Pferde wurden vom Futter gezerrt, nackte

Mädchen von den Altären gerissen, und die Bechernden zogen sich scheu hinter die Säulen zurück.

Immer weiter ging Mohammed.

Nicht am Hochaltar machte er halt, wie jeder bisher. Mit einem Satz brachte er den Hochaltar unter seine Füße. Auf dem Altar stand er nun, und er stand allein.

In einer vollkommenen Stille stand er da.

«Weise mir die Richtung, Chatib», sagte er durch den hallenden Raum.

Der Geistliche wies die Richtung nach Mekka, und der Teppichausbreiter legte den Gebetsteppich vor die Füße des Herrn.

Gelassen wandte Mohammed sein Antlitz nach der heiligen Stadt Mekka in Arabien, fiel nieder und berührte mit der Stirne den Boden.

«Es gibt keinen Gott als Gott. Und Mohammed ist sein Prophet.»

Alle, die an Allah glaubten, beteten des Sultans Gebet.

Als Mohammed dann geendet hatte, erhob sich ein neuer Kaiser.

Der Eroberer hieß er von dieser Stunde an, Mohammed der Zweite, der Padischah, der Kaiser zweier Erdteile und zweier Meere.

Und auch den Dom hatte das Gebet des Padischahs von neuem geheiligt.

Nur – war die Hagia Sophia jetzt eine Moschee.

XI

«Irene –?»

«Tante Eudoxia?»

«Fehlen noch viele von unseren Leuten?»

«Nur noch einige, liebe Tante.»

«Die Mädchen sind alle wieder da?»

«Fast alle», sagte Irene, und die Dame möge sich nicht aufregen, bat sie.

Es sei schrecklich, seufzte aber Eudoxia, und man müsse darauf schauen, wie die Lücken der Hofhaltung wieder aufgefüllt werden könnten bei diesen Zeiten. Denn sie ertrage nun einmal keine Unordnung und keine Minderung des Aufwandes, die ja unfehlbar das Ansehen der Notaras beeinträchtigen müsse! Und so seien denn die Unregelmäßigkeiten der letzten Tage für eine verantwortungsbewußte Frau wie sie, die Tante, bei weitem zuviel gewesen.

Dabei schüttelte es Tante Eudoxia vor Grauen, und sie erwartete auch schon deswegen das Mitleid aller Wohlmeinenden, weil sie in den goldbordierten Kissen ihres silbernen Bettes liegen mußte und Irene ihr ein wassergekühltes Tuch auf die Stirn legte.

Die Nichte wünschte sich freilich, die Tante möge nicht so viel reden. Denn so schwer waren deren Kopfschmerzen wieder nicht, daß Irene die Worte der Erkrankten etwa nicht hätte ernst zu nehmen brauchen. Das leichte Fieber – wenn es ein Fieber war – löste höchstens die Zunge, und was Überlegung und Selbstzucht der hohen Dame sonst verschlossen hielten, flatterte nun wie freigelassene krause und manchmal gar struppige Vögel mißtönend heraus.

Gleich einem unbeherrschten Bürgerweib schwätzte die Zoste patriciae.

«Sind Sie denn nicht froh, Tante», versuchte Irene sie zu beschwichtigen, «daß Sie Ihren Gatten und alle Ihre Söhne wiederhaben ...?» Weiter jedoch kam Irene nicht.

Es war, als werde die hochmögende Dame in unziemlicher Weise an eine längst bezahlte Läpperschuld erinnert.

«Gewiß», unterbrach die Tante ungeduldig, «wir müssen dem Herrn danken. Aber du weißt doch auch, Irene, wie inbrünstig ich gebetet habe! Die lieben Heiligen konnten ja gar nicht anders, sie mußten mir beistehen, und nun hat Gott alles zum Besten gefügt.»

Zum Besten gefügt!

Bitter quoll es in Irene empor. Ihre dunkel umränderten Augen sprachen nicht nur von Nachtwachen und Krankendienst.

Dennoch erwiderte Irene nichts, und sogar die Tante empfand schließlich die Anklage dieses Schweigens.

«Wie du mich nur wieder ansiehst!» lehnte sie sich auf und verbarg ihr Gesicht in den Kissen. «Als habe ich etwas gesagt, was sich nicht gehöre, sitzest du da. Und ich will doch nur meine Kinder. Nichts als meine Kinder will ich und meinen Mann. Alles andere ist mir gleichgültig!»

Dabei gelang es der Tante, mit jedem Wort zusehends an trotziger Festigkeit und einer aufgetünchten Würde zu gewinnen. Irene aber war beidem unzugänglich: dieser Festigkeit und dieser Art Würde.

Das Leben der Frau da vor ihr, ergriff es Irene, der Frau, die nichts als ihre Kinder wolle, sei in dem dahingesunkenen Kaisertum wie in einer über allem kostbaren Schale beschlossen gewesen, und keinen Augenblick hätte und habe sich Eudoxia bedacht, jeden Sohn und jede Tochter einer anderen Mutter um dieses Kaisertums willen mit ein paar großartigen Worten in den Tod oder die Sklaverei zu schikken!

Nun aber, da das Reich dahin sei, dessen Herrlichkeit sie wie kaum eine andere genossen habe, denke sie mit keinem Gedanken an die Opfer und nicht einmal mehr an die Greuel in der Hagia Sophia, diesem Schauwunder der Erde, nicht an das Geißeln und Schänden, nicht an die Marter und Wollüste des vor Gott und dem Teufel sich windenden Fleisches.

«Das Ende meines Volkes ist beschlossen», hatte der Prophet Amos geweissagt, «und an jenem Tage werden die Gewölbe des Tempels heulen!»

Eudoxia Melissenos hatte die Gewölbe des christlichen Tempels von den Bachanalien der Sieger und dem Jammer der Entehrten mit eigenen Ohren heulen hören, zürnte Irene – aber das alles sei für sie nur noch fremdes Schicksal, das sie selbst nicht mehr bedrohe und das sie darum auch nichts angehe.

Nichts mache es ihr aus, daß und wie die Häupter der Ersten dem Sultan vor die Füße gerollt seien.

Mohammeds Vetter Suleiman hatte sich vom Turm gestürzt. Die Köpfe der Archonten aber, der vornehmsten Hof- und Staatswürdenträger, der großen, altadeligen Grundherren, waren um je tausend Aspern den Erbeutern abgekauft worden.

Nur Konstantin war nicht aufzufinden gewesen, und Mohammed hatte schon gedacht, der Herrscher sei wie so viele nach Galata oder aufs hohe Meer entkommen.

Schließlich jedoch war der Leichnam unter einem Haufen Erschlagener an den roten Schuhen mit den eingestickten goldenen Adlern erkannt worden, und nun prangte auch der Kopf des letzten apostelgleichen Kaisers auf dem Augusteon an der justinianischen Säule.

Vom Kardinal Isidor und dem Protovestiar Phranza wußte Irene, daß sie in die Sklaverei abgeführt werden sollten. Schon schickten die türkischen Schiffe sich an, nach ihren europäischen und asiatischen Heimathäfen zurückzusegeln.

Bis zum Untersinken waren die Schiffe mit Kostbarkeiten an Kleidern, Gold, Silber und Erz, mit Büchern und Sklaven, Priestern und Laien, Nonnen und Mönchen beladen.

Und auch die Zelte des Lagers konnten die Beute kaum fassen.

Als Eß- und Trinkgeschirr dienten die heiligen Gefäße. In Wagenlasten wurden die Bücher nach Osten und Westen verschleppt. Für ein einziges Geldstück waren zehn Bände Platon, Aristoteles oder der großen Theologen feil. Von den Evangelien rissen Mohammeds Soldaten das Gold, und mit den köstlichen Miniaturen beheizten sie ihre Suppenkessel.

Das alles wußte Irene von den Hofleuten und Dienern des Hauses. Soweit nämlich das Gesinde und die Herren und Damen, die Knaben und Mädchen des Ehrendienstes nicht hatten entfliehen können, waren sie von Mohammed wieder freigekauft und ihrem Gebieter zurückgesandt worden. In den großherzoglichen Palast selbst jedoch hatte der Sultan obendrein eine Schutzwache legen lassen.

Im allgemeinen Untergang blieb demnach allein das

Haus des Lukas Notaras unversehrt wie mitten im Frieden. Und von allen Gedanken war gerade dieser der schrecklichste für Irene.

Denn es war Seltsames geschehen.

Unmittelbar nach dem Gebet in der Hagia Sophia war Notaras dem Sultan vorgeführt und nach einem geheimen Gespräch von Mohammed in Gnaden entlassen worden.

Hinterher freilich hatte der Sultan die Liste aller Archonten gehabt, nämlich aller Männer, die nicht nur dem Titel nach, sondern wirklich Byzanz durch ihren Besitz regiert hatten. Sie unter dem Wust der vielen Betitelten herauszufinden wäre für den Nichteingeweihten so schnell nicht möglich gewesen. Und auf eben diese Archonten war es Mohammed vor allen andern angekommen! Nicht nur besiegt – auch ohne Führung sollte das griechische Volk sein! Oder – wie Mohammed es ansah – von den ewig intrigierenden großen Familien befreit. Und ohne griechische Führung war nun das Volk – außer der Führung des Notaras.

«Wir behalten alles: unsere Güter, unsere Ämter und Würden, einfach alles!» erklärte Eudoxia stolz. «Und an das mit den Archonten mußt du nicht immer denken. Das ging nun einmal nicht anders, dein Onkel mußte es tun. Du wirst das noch einmal einsehen und ihm dafür danken ...»

«Ich?» fuhr Irene mit allen Anzeichen des Hasses und Abscheus auf.

«Du mußt nicht gleich schreien», verwies ihr die Tante dies Gebaren, um dann mit einem Ton, der Überlegenheit ausdrücken sollte, einzulenken: «Deinen Kummer kann ich freilich begreifen. Du kannst nun nicht mehr Konstantins Frau werden. Aber deswegen bekümmere dich nicht! Laß deinen Onkel nur machen. Kaiser Mohammed ist jung, und sein Glaube erlaubt ihm mehrere Frauen –»

Irene antwortete nicht mehr.

«Die Archonten» hatte Eudoxia die Männer genannt, die für sie und durch ihren Mann entweder schon gestorben waren oder im Gefängnis noch ihres Schicksals harrten. Fast alle waren sie nahe Verwandte oder doch wenigstens

Mitglieder von Tante Eudoxias engstem Bekannten- und Freundeskreise gewesen, und sonst hatte die Dame daher auch nur deren Vornamen oder noch vertraulichere Bezeichnungen in ihren Gesprächen gebraucht.

Als «Kaiser Mohammed» war der Sieger von der letzten Zoste patriciae betitelt worden.

«... und du wärest nicht die erste byzantinische Prinzessin, die in das Haus der Osmanen heiratete ...», hörte Irene ihre Tante noch sagen und dann alle verwandtschaftlichen Verbindungen mit einer so unfehlbaren Kenntnis aufzählen, wie sie wenige besaßen.

Das galt von der Vergangenheit, während es sich bei den Eheverhältnissen des gegenwärtig regierenden Sultans um Staatsangelegenheiten und nahe Tagesereignisse handelte, die Mohammeds Völker mitgefeiert hatten und die natürlich jedermann kannte.

Drei Jahre war es ja erst her, daß Murad seinen Sohn und Thronfolger mit der turkmenischen Prinzessin von Sulkadr verheiratet hatte, und ein Jahr später, nach Murads Tode und Beendigung des karamanischen Kriegs, war Mohammeds Kusine, die Prinzessin von Karaman, die Frau des zur Herrschaft aufgestiegenen Sultans geworden.

Eine Byzantinerin fehlte Mohammed also noch. Und doch hatten osmanische Sultane und Prinzen immer wieder Prinzessinen aus den kaiserlichen Häusern und auch Damen aus andern vornehmen Geschlechtern von Konstantinopel geheiratet.

Aber obwohl der junge Mohammed weit besser als der ältere Konstantin Irenes Jahren entsprochen hätte, so graute ihr dennoch vor Mohammeds Bett.

Durch keine Regung ihres Fleisches hatte sie sich jemals mit Konstantin verbunden gefühlt. Aber daß sein nackter Leichnam unbestattet unter den Leichen lag, konnte sie nicht verwinden und nicht, daß die toten Augen des Kaisers nun von der Säule starrten.

Eine Welt versank ihr.

Wer würde künftig noch von Griechenland und Italien

reden, von Rom und Athen, wie Konstantin es oft getan hatte, um den Mut und den Stolz der Romäer von Byzanz zu erwecken? – Die Wiege von Mohammeds Ahnen stand weder in Rom noch in Athen, weder in Ägypten, Persien oder China, sondern in der namenlosen Steppe. Oft hatte Irene Mohammed in ihren Gedanken gesehen, zweimal mit leiblichen Augen: am Hafen und in der Hagia Sophia. Und jetzt weilte er mit ihr unter dem gleichen Dach.

Sultan Mohammed befand sich im Palaste Notaras.

Bis auf die Straße war ihm Kir Lukas mit allem Gefolge, das er nur hatte auftreiben können, entgegengekommen, um sich ihm zu Füßen zu werfen. Und dann hatte der Herrscher die Schwelle seines neuen Untertans überschritten.

Auch hier in dieses Zimmer der Hausfrau konnte er jeden Augenblick eintreten.

Gerade vollendete Tante Eudoxia ihren Bericht von allen Verwandtschaftsgraden, die Mohammed mit den Kantakuczenen, den Paläologen, den Komnenen und den Patrizierhäusern der Tunteres und Philantropenos seit jener Prinzessin Theodora Kantakuczena verband, die 1346 den sechzigjährigen Orkhan, den zweiten Herrscher der Dynastie, geheiratet hatte. Murad der Erste war noch der Sohn eines griechischen Schloßfräuleins gewesen; aber der erste Mohammed und der zweite Murad waren bereits einer Paläologin und einer Komnenin entsprossen. Und da sich sowohl die Melissenos wie die Notaras mit fast allen diesen kaiserlichen und nichtkaiserlichen Häusern verbunden hatten, errechnete sich Eudoxia nun stolz den Grad ihrer Zugehörigkeit zur Herrscherfamilie der osmanischen Türken.

Und ob die Tante denn keine Scham empfinde? fragte sich Irene verzweifelt. Ob in der großen Dame denn die letzte Erinnerung daran erloschen sei, daß sie noch vor Tagen jede Verwandtschaft abgeleugnet und Mohammed einen barbarischen Hordenführer genannt habe? Ob nichts denn bleibe im Gedächtnis solcher Geschöpfe? Das fragte sich Irene und kam immer wieder zu derselben Antwort, daß es – wie man sehe – Menschen gleich ihrer Tante Eudoxia nicht nur in aller Wirklichkeit gebe, sondern daß gerade sie die vielen seien, die im Bewußtsein ihrer Menge jede andere Gesinnung als die ihrer eigenen Gemeinheit verdammen.

Und in dem Augenblick, da Irene von dieser neuen Erkenntnis überwältigt wurde, verlor sie Arka noch einmal. Der einzige Mensch, den sie je gehabt habe – so erschien es Irene jetzt –, sei Arka gewesen.

Aber Arka war tot.

Irene faßte es nicht.

Auf den Fliesen der Hagia Sophia war die Tante mit eigenen Füßen durch menschliches Blut geschritten. Durch die Lachen vom Blut der Gegeißelten, der Zertretenen und Erschlagenen und durch Arkas zornmütiges Blut. Aber es war, als habe Eudoxia Melissenos zugleich mit den besudelten Schuhen von den nun wieder duftgebadeten Füßen auch ihrem verhärteten Gehirn jede unerwünschte Erinnerung abgestreift.

Glut stieg auf in Irene.

Es war ein unbekanntes Gefühl, das sie überkam.

Ohne jede Folgerichtigkeit und ganz neu war dieses urplötzlich aufgeilende Haßgefühl gegen Mohammed.

Denn sie haßte Mohammed, weil sein Erscheinen sie zwang, die Menschen genauso zu verachten wie er.

XII

Es gab einen tieferen Grund dafür, daß Mohammed seinen Großwesir mitgebracht hatte. Dieser Grund war jedoch durchaus nicht in der Achtung des Sultans vor der hohen Würde seines Stellvertreters zu suchen.

Gegen jedes Herkommen mischte Mohammed sich nämlich selbst in alle Einzelheiten der Regierung, und so besaß Chalil trotz großer Fähigkeiten schon lange nicht mehr alle Vollmachten seiner ungewöhnlichen Vorfahren.

Immerhin war der stattliche Mann mit dem bartumrandeten, lebensbejahenden Gesicht Mohammeds richtiger Vetter. Chalils Mutter war eine Schwester Murads des Zweiten, und schon der Vorfahre Kara Chalil Tschendereli, der Schwarze Chalil und dritte Großwesir des Reiches, war mit dem Dynastiegründer Osman verschwägert gewesen.

Mit jenem Schwarzen Chalil war das Großwesir-Amt an die Tschendereli gekommen.

Als erster freilich hatten Alaeddin, Osmans zweitältester Sohn, als zweiter Osmans ältester Enkel, der Thronfolger Suleiman, das höchste Amt bekleidet. Aber vom Schwarzen Chalil ab vererbte es sich im Hause der Tschendereli.

Der heutige Chalil war nun der Urenkel des Schwarzen, und dies war der Grund seines Hierseins:

Bei der ersten Begegnung des Notaras mit Mohammed hatte der Sultan Kir Lukas mit Vorwürfen empfangen.

«Das sind also die Folgen deiner Weigerung, die Stadt zu übergeben!» war Mohammeds Rede gewesen. «Sieh sie dir an, die Haufen der Erschlagenen. Zähle die Versklavten.»

Es würde völlig genügt haben, wenn Notaras auf sein Abkommen mit dem Prinzen Isfendiaroghli hingewiesen hätte. Aber das vermochte der Mann nicht über sich, weil er nie einen neben sich dulden konnte und deswegen schon in diesem ersten Augenblick seines Übertritts den Großwesir als Nebenbuhler empfunden hatte.

Eine schwerwiegende Antwort war ihm auf diese Weise entschlüpft. Weder Kaiser Konstantin noch er selbst, hatte Notaras gemeint, würden mit dem Befehl, die Stadt zu übergeben, durchgedrungen sein, da der heilige Palast Briefe empfangen habe, daß Mohammed die Belagerung bald würde aufheben müssen.

Nichts hatte diese Worte zurückrufen können. Sofort war Mohammeds Verdacht auf seinen Vetter Chalil gefallen, der dem Unternehmen stets widerraten hatte. Und nun mußte der Pascha zugegen sein, weil Mohammed die Männer zusammen vor seinen Augen haben wollte: Chalil und Notaras. Er wollte dahinterkommen, wo die Wahrheit wohl aufhöre und die Verleumdung beginne.

Unversehrt war der Palast des Notaras, wie Notaras der einzige war, der in seinem Haus hatte bleiben dürfen. Alle andern, soweit sie nicht in Sklaverei geraten waren, hatten die Stadt verlassen müssen, waren nach Galata verwiesen worden oder hatten sich versteckt.

Und mit dem Hause Notaras hatte Mohammed wahrlich kein armes Haus verschont!

Der ganze Wohlstand der Familie und ein Teil des ungeheuren Reichtums der Melissenos vereinigte sich in diesem einen Palast.

Jetzt führte der Großherzog seinen hohen und gefährlichen Gönner durch die Räume, durch die Zimmer, die Säle, die Bäder – und er umging auch die Schatzkammer nicht.

Und das war kein kleines Wagnis.

Denn der großherzogliche Schatz konnte schon die Begehrlichkeit eines Menschen reizen, der wie Mohammed nur zu nehmen brauchte, um zu besitzen.

Schon die Rüst- und Kleiderkammern konnten wegen der Verarbeitung fast aller Gegenstände mit Edelmetallen und echten Steinen wahre Schatzkammern genannt werden.

Der eigentliche Schatz aber barg das Vielfache von dem an Gold- und Silberbarren, an geprägter Münze, an Prunkgefäßen, Männer- und Frauenschmuck und an ungefaßten Juwelen, was der heilige Schatz des Kaisers in den letzten beiden Generationen jemals besessen hatte.

Als Mohammed Erstaunen äußerte, versank Notaras inmitten des Gewölbes vor ihm in der Proskynese.

«Alles dies», sagte er höfisch, «habe ich Deiner Majestät aufbewahrt.»

«Und wer», fragte Mohammed, «hat die Stadt in meine Hände gegeben?»

«Gott», meinte Notaras.

«Nun gut», erklärte Mohammed, «so verdanke ich Gott auch diese Schätze. Doch du darfst sie behalten», fügte er hinzu. «Ich schenke sie dir.»

Chalil war zu sehr auf seiner Hut, um etwas zu äußern. Aber er dachte, daß Mohammed die Stadt wohl kaum bekommen hätte, wenn das Gold der reichen Leute wie des Notaras rechtzeitig in Soldaten und Kanonen verwandelt worden wäre.

Erst bei der Unterredung zu dreien hinter den verschlossenen und bewachten Türen von Kir Lukas' Arbeitszimmer nahm der Pascha das Wort, während der Kaiser sich aufs Zuhören beschränkte.

Denn ein Kaiser saß da mit seinem Ersten Minister und einem andern, der es werden wollte. Wenigstens Minister wollte Notaras werden. Damit hätte er sich fürs erste begnügt.

Seit gestern ließ Mohammed sich als Majestät anreden, um damit auszudrücken, daß er entschlossen sei, den Anspruch der christlichen Kosmokratoren auf Weltherrschaft für sein Haus mit größerer Kraft zu erneuern.

Der Ahnherr Osman war noch vor hundertundfünfzig Jahren ein kleiner Bey am bithynischen Olymp und Lehensträger der seldschukischen Sultane von Ikonium gewesen. Seinen Nachfolgern hatte man schon den Titel von Emiren einräumen müssen, bis dann Bajesid Jilderim, dem Blitz, durch einen ägyptischen Berat, ein Diplom des Titular-Kalifen, die königliche Sultanswürde verliehen worden war.

Jetzt aber saß ein Kaiser da, und vor dem hielt der Großwesir seinen Vortrag.

«Zweierlei ist es, Lukas Notaras», begann Chalil, «was Seine Majestät, unsern erhabenen Herrn, Ihre Mitarbeit wünschen läßt. Es soll immer ein Kaiser in Islambol sein, sagt unser Herr. Und wenn Seine Majestät sagt, eine Sache möge so oder so sein, so ist sie so und nicht anders, als er befahl. Den Komnenen, den Kantakuczenen und Paläologen ist daher kraft seines Schwertes und Erbrechts das Haus Osman gefolgt. Konstantin der Ungläubige fiel, und Mohammed der Zweite, dessen Tage Allah verlängern möge, bestieg in Islambol, der Mutter der Welt, der erdteilescheidenden Stadt, den Thron der Kaiser.»

Notaras nickte Zustimmung. «Daß der kaiserliche Thron nicht verwaiste, sondern vielmehr jede andere irdische Herrschaft hinfort überstrahlen wird wie die Morgenröte die Nacht – das erfüllt niemanden mit größerer Genugtuung als mich», bog er sich.

«Wir wissen Ihre Treue zu schätzen, Kir Lukas», lächelte Chalil nicht ohne Spott; denn in Wirklichkeit fand er, sein sonst so kluger Geschäftsfreund habe gehandelt wie ein Narr. «Als das Einfachste erschiene es mir nun», fuhr er fort, «den Ersten Diener des gefallenen Kaisers als Wesir der Kuppel in den großherrlichen Diwan zu übernehmen. Der kaiserliche Minister Konstantins bliebe auf diese Weise auch Kaiser Mohammeds Minister, und alles nähme seinen Weg wie zuvor.»

Gerade das hatte Notaras vorgeschwebt. In einem Großreich hatte er der Entscheidende sein wollen.

Aber wie so vielen Staatsmännern war es auch ihm nicht gegeben, sich in die Seele des Volkes und gar eines fremden Volkes einzufühlen. Und so konnte es denn geschehen, daß der gepflegte Chalil mit einer einzigen Bewegung seiner Hände alle die Hoffnungen wegwischte, den Lohn so vieler Diplomatie oder des Verrats – denn was es in Wirklichkeit war, wußte Notaras selbst nicht.

«Leider verbietet der Glaube diesen Ausweg», bemerkte Chalil nämlich wie nebenbei, «ein Unbeschnittener kann nicht über Gläubige herrschen. Aber auch Ihre Beschneidung würde nicht zum Ziel führen, da unsere christlichen Rajahs, auf die es in diesem Falle ankäme, sich einem Bekenner des Islams und gar einem Überläufer versagen würden. Wenn Sie also dem Kaiser dienen wollen, müssen Sie Christ bleiben, Exzellenz.»

«Von meinem Übertritt zum Islam war nie die Rede», erwiderte der Großherzog karg.

Dabei mußte Notaras seine Wut verbeißen. Denn was er auch sein mochte, so war er doch ein Christ von einem so unerschütterlichen Glauben, daß er ihn niemals verleugnet hätte.

Er begann zu ahnen, daß es noch keineswegs ausgemacht sei, ob Konstantinopels Fall seine Möglichkeiten erweitert habe, und daß es vielleicht doch besser gewesen wäre, sich Chalils Freundschaft noch eine Weile zu erhalten. Alles kam nun darauf an, ob Mohammed bereit sein würde, seinen vielen christlichen Untertanen in Gestalt eines christlichen Wesirs ein Zugeständnis zu machen.

Auf diese eine Karte hatte Notaras sich selbst und alles, was ihm gehörte, gesetzt. Auf Mohammed hatte er gesetzt, von dessen Freigeistigkeit ihm sichere Nachrichten gekommen waren.

Doch immer noch blieb Mohammed stumm.

«Von einer Annahme des Islams durch Sie kann nicht die Rede sein», bestätigte Chalil, «es sei denn, alle Griechen hätten zugleich mit Ihnen das Heil gesucht. Zwang aber auf die Gewissen auszuüben ist Barbarenart. Der Koran verwirft solchen Zwang. Und dem erhabenen Gemüt unseres kaiserlichen Herrn liegt es fern. Der Unterworfene, so er ungläubig bleibt, zahle seinen Charadsch nach der Schrift und gehe in Frieden seinen Verrichtungen nach. Unser Padischah ist ein Kaiser der Milde. Denn so spricht der Prophet: ‹Siehe sie, die da glauben, die Christen und Johanneschristen, und wer immer an Allah glaubt und an den Jüngsten Tag und das Rechte tut, die haben ihren Lohn beim Herrn, und Furcht kommt nicht über sie, und nicht werden sie traurig sein.›»

Nach diesen Worten des Korans ziemte sich eine Pause.

Fieberhaft arbeitete indes des Notaras Gehirn.

Wenn es Chalil gelingen sollte, dachte er, ihn vom Diwan fernzuhalten, von diesem für ihn so neuen Kampffeld, das er bald zu beherrschen sich getraut hätte, so müsse er die Macht eben auf andere Weise erringen.

Und das war auch möglich. Denn der Koran schützte die Andersgläubigen, und so hatten die osmanischen Herrscher von ihren christlichen Untertanen immer nur Steuern erhoben und sich sonst um deren Tun und Lassen wenig gekümmert. Das gewöhnliche Leben der Christen war weitergegangen, und ihre geistlichen Gerichte hatten allmählich sogar die bürgerlichen Rechtshändel der Kirchenangehörigen geschlichtet.

Für die Moslems war das etwas ganz Selbstverständliches gewesen. Sie erkannten überhaupt kein anderes Gesetz an als den Koran, und die Richter, die ihn auslegten und Recht sprachen, waren Ulema, waren Geistliche.

Mit dem Fall von Konstantinopel nun hatte Mohammed die Eroberungen seiner Vorfahren gekrönt. Fast das ganze ehemalige Ostrom war in seinem Besitz, und wenn Bajesid sich den Sultanstitel hatte verleihen lassen, so nahm Mohammed den eines Padischahs und Kaisers als Nachfolger seiner christlichen Vorgänger auf. Er allerdings würde ein wirklicher Kaiser sein, wo die Herren von Byzanz es zuletzt nur noch dem Namen nach gewesen waren.

Notaras hatte also seit langem mit Recht erkannt, welch eine Macht dem Mann zufallen müßte, dem es gelänge, die Hohe Kirche von Konstantinopel in seine Hände zu bringen.

Die Kirche war die einzige noch übrige Rechtsquelle des alten Herrschertitels. Ihr eine gesicherte Stellung zu geben lag daher in Mohammeds Politik. Denn nach seinem Willen sollte sich der Übergang von Herrschaft und Titel so reibungslos wie nur möglich vollziehen. Daher traf es sich gut für Notaras, daß gerade in diesem seltenen Augenblick die Kirche völlig herrenlos war.

Die Henotiker waren wirklich und endgültig geschlagen. Das Versagen des Abendlandes hatte den Bruch mit dem päpstlichen Westrom besiegelt. Und so war denn Konstantinopel für die östliche Christenheit wieder das unbestrittene, alleinige Haupt.

Doch kein apostelgleicher Kaiser würde je wieder die heilige Kirche regieren. Seine Rechte hätten dem Notaras als christlichem Wesir zufallen müssen, da Mohammed sie als Moslem selbst niemals würde ausüben können.

Nicht einmal ein Patriarch war vorhanden.

Der alte war nach Italien geflohen und konnte nicht wiederkehren. Auch die Griechen wollten ihn nicht mehr.

«Alle kämpfen die Schlachten des Padischahs», sagte Chalil jetzt, «mit dem Schwert oder am Amboß oder auf dem Acker. Denn nur die Söhne Allahs dürfen das Schwert führen, und die Christen dienen dem erhabenen Kaiser auf ihre Weise, wenn sie geben, was ihnen auferlegt ist, und ihren Gewerken mit Fleiß und Geschicklichkeit nachgehen. Es soll ihnen nicht an Kirchen fehlen, in denen sie Gott dienen und ihre Ehen schließen können nach ihrer Gewohnheit. Ihre Streitigkeiten aber, die sie untereinander haben, sollen den Kadi nichts angehen ...»

Danach würde der Vertreter der griechischen Kirche zugleich auch oberster Christenrichter und der wahre Herr über Millionen von Menschen sein.

Eine große Macht schob Chalil für den, der sie aufheben konnte, vor sich her. Und Notaras wollte Macht.

Immer trieb ihn der Gedanke an Giustiniani. Gierig machte ihn dieser Gedanke.

Wenn Konstantinopel auch gefallen war – Giustiniani hatte mit seinen Schiffen die hohe See gewonnen. Er war reich. Er würde Söldner werben und sich im Besitz des ihm verliehenen Lemnos behaupten.

Nach menschlichem Ermessen müßte ihm das glücken. Der Kampf um Konstantinopel hatte die Schwäche der türkischen Flotte zu sehr enthüllt.

Mohammed würde vielleicht noch froh sein, wenn es Giustiniani gefiele, sich mit ihm zu vergleichen und für einen günstigen Handelsvertrag Tribut zu bezahlen.

Unerträglich war dem Notaras die Vorstellung von der eigenen Entmachtung und von dem gleichzeitigen Aufstieg seines beneideten Feindes in die Reihe der europäischen Fürsten.

Für die Erlangung der Macht war Notaras daher zu jedem Opfer bereit.

«Da Eure Hoheit», setzte er zu einem letzten Versuch an und gab im gleichen Atemzuge dem Großwesir die Anrede, die dem Stellvertreter einer kaiserlichen Majestät nach byzantinischem Recht gebührte, «da Eure Hoheit die Gnade hatten, meine geringen Dienste für Seine Majestät als wünschenswert hinzustellen, so sehe ich außer einer andern doch immer nur diese eine Möglichkeit: Seine Majestät beehren mich, der ich nichts bin als der Staub seiner Füße, allen Widerständen zum Trotz mit einem Sitz in seinem Diwan ...»

«... oder, Exzellenz?» drängte Chalil mit mehr Eifer, als er hatte zeigen wollen.

«Die andere Möglichkeit ist kein ‹Oder›, Hoheit. Sie würde sich nach einer kaiserlichen Entscheidung über mein Wesirat ganz von selbst ergeben.»

Dabei lächelte Notaras dunkel.

Er dachte nicht daran, seine letzte Chance preiszugeben. Die wollte er ergreifen. Mit oder ohne Zustimmung Mohammeds.

In Erwartung der Entscheidung blickten Chalil und Notaras jetzt auf den Kaiser.

Und der Kaiser erhob sich auch.

Doch dann sahen Notaras und Chalil – beide verwundert – sich gegenseitig in die Augen.

Keine Entscheidung erfolgte.

«Wir wollen zu Kira Eudoxia gehen», war alles, was von Mohammeds Lippen kam.

Und dann ging er.

XIII

Das Schlafzimmer der Kira Eudoxia war mehr ein Saal als ein Zimmer.

Mitten im Raum stand das breite silberne Bett.

Fünf Meter hinter dem Kopfende nahmen vier Ehrendamen in Zweimeterabständen fast die ganze Saalbreite ein, während Irene zu Häupten der Tante stand, als der Kapu Aga Schahin die Annäherung Seiner Majestät meldete.

Unmittelbar darauf trat der Kaiser mit Notaras ein und erkundigte sich nach dem Befinden seiner erlauchten Frau Base. Denn seine Base sei sie, fügte er noch hinzu, sonst wäre ihm ja auch der Eintritt verwehrt gewesen, um nicht ihren Harem oder ihr Gynaeceum, wie man hierorts ja sage, durch eine Unziemlichkeit zu entweihen.

Und wie er sich selbst einen Vetter und Neffen der hohen Frau nannte, stellte er auch Chalil Pascha als einen Verwandten vor. Bei Schahin Aga dagegen, einem geborenen Georgier, war mit dem besten Willen von keiner Verwandtschaft zu reden. Dafür aber bedurfte er als Eunuche auch keiner Beschönigung für seine Anwesenheit.

Im Verlauf dieser Einführungen zeigte sich Mohammed in der Genealogie mindestens ebenso bewandert wie die Zoste patriciae selbst, doch flocht er sein Wissen immer auf eine Weise ein, daß er stets wie ein Schüler Kira Eudoxias erschien.

Und sie sei untröstlich, behauptete die Herrin zwischendurch, daß sie Seine Majestät nicht in der gehörigen Form habe empfangen können. Aber sie sei eben krank und liege darnieder.

Dabei saß sie ganz preislich und spitzenumsäumt in ihrem Bett. Und was der vergangene Tag und die Anstrengungen des Gebets an Spuren in ihrem immer noch hübschen Gesicht hinterlassen haben mochten, hatten die Künste des Schminkens längst in Jugendfrische verwandelt.

Und sie könne es nicht glauben, sagte sie, daß sie in ihrer Unwürdigkeit mit Seiner Majestät verwandt sein solle.

«Wir sind hier, glaube ich, alle ein wenig verwandt», entgegnete Mohammed, wobei er Irene ansah, «und trotzdem ich weiß», fuhr er fort, «daß Euer Erlaucht nicht geruhten, einer Tochter das Leben zu geben, so möchte ich in dieser jungen Dame dennoch ebenfalls eine Verwandte von uns vermuten?»

Nicht ohne Beunruhigung hatte Irene der unvermeidlichen Vorstellung entgegengesehen. Zu leicht hätte Mohammed Konstantins Braut zur Kriegsbeute erklären können, und darum hatte sie auch auf die roten Stiefel und das Gefolge einer Sebasta verzichtet.

Ob Konstantins Brüder ihre Titel festhalten würden,

wußte sie nicht. Sie jedenfalls war der Meinung, daß mit dem heiligen Reich auch ihr Rang dahin sei.

Doch als sie sich jetzt aus der Proskynese wieder erhob, konnte sie nicht umhin, ihren Onkel, trotz aller Unstimmigkeit zwischen ihnen, fragend anzusehen.

Ob dieser bescheidene junge Mann der hochmütige Junge vom Hafen, der herrische Beter aus der Hagia Sophia sei, fragte ihr Blick.

Den curulischen Sessel hatte Mohammed verschmäht und sich in gebotener Ehrfurcht vor der liebwerten Verwandten, wie er sagte, auf Tante Eudoxias Bettrand niedergelassen. Und was er auch von Irene wissen mochte, so gab er doch nichts davon zu erkennen.

Eine Komnenin sei die Despina Irene, eine Nichte seines Freundes Kalojohannes von Trapezunt? schien Mohammed vielmehr zu erstaunen. Und dazu die Erbfürstin von Önäum? Da bitte er die hohe Angehörige zweier befreundeter Höfe doch sehr, sich mit allen ihren Wünschen immer nur an ihn zu wenden. Sie werde ihn jederzeit dienstwillig finden.

Auch ein Gespräch über ihre Kusine Katharina von Trapezunt hatte Irene noch zu bestehen. Aber sie konnte dem Sultan nicht sagen, ob die berühmte Schönheit, wie das Gerücht wollte, den Usun Hassan, den Herrn der Turkmanen vom Weißen Hammel in Diarbekr, nun heiraten werde oder nicht.

Keineswegs durch die nichtssagenden Worte fühlte sich Irene zu dem Mann, der da vor ihr saß, hingezogen. Es war der Ton seiner Worte, der das bewirkte.

Seine blaugrauen Augen verlockten sie, so klug und sanft blickten die Augen. Und es war schwer zu begreifen, daß dies der Brudermörder und Eroberer, daß dieser artige junge Mann der Zögling des bärbeißigen Chodscha Mollah Kurani sein solle.

Nur seinen Mund konnte sie schlecht erkennen. Ein Schnurrbart schattete die Winkel, und etwas in ihr raunte ihr zu: Alles Lüge, alles Lüge, sieh dir den Mund an!

Verwirrend funkelten von den drei Reiheragraffen des kaiserlichen Turbans die Diamanten.

Und nun öffnete sich die Tür, und Schahin Aga führte Tante Eudoxias und Kir Lukas' Söhne herein, Irenes Vettern.

Dem Sultan zu Ehren hatten alle die Scaramangia der Erwachsenen angelegt. Nur Marko trug die kurze, eng anliegende Pagentracht, die dem Knaben noch erlaubt war.

Mohammed selbst hatte den Wunsch geäußert, die jungen Leute zu sehen, und für jeden hatte er ein leutseliges Wort, als sie ihm die Hand küssen durften.

Nur ganz zuletzt zu Marko äußerte er nichts.

«Ich verbürge mich dafür, daß Kira Eudoxia und Ihre Söhne», sagte er zu Notaras, «im Pfortendienst ihren Weg machen sollen. Und wenn du mich liebhast, Schahin», wandte er sich dann an den Obersthofmeister, «so hast auch du ein Auge darauf. Überlege also, was in dieser Sache geschehen kann.»

Irene sah Schahins bartloses Eunuchengesicht zu einem gewinnenden Lächeln erstarren. Daß er dabei Marko mit demselben fachmännischen Blick abtastete, den die Ischtoghlan, die Pagen der inneren Kammer, so gut kannten – das verstand sie nicht, sich zu deuten.

Gänzlich unbekannt war ihr die Knabenliebe freilich nicht. Schließlich war sie eine Griechin. Und die Griechen warfen den Türken genauso wie die Türken den Griechen vor, die Knabenliebe aufgebracht zu haben.

In dieser Hinsicht war es seit dem Altertum das gleiche geblieben, nur daß sich damals Perser und Griechen gegenseitig die Urheberschaft zugeschoben hatten.

Auch war Irene genug mit der Geschichte ihres Kulturkreises befaßt worden, als daß ihr die tieferen Ursachen des Schlachtenruhms der thebanischen Jünglingsschar der Liebenden und der makedonischen Unsterblichen verborgen geblieben wären. Weniger wußte sie davon, daß gleichgeschlechtliche Verbindungen, die vom Koran und der Bibel gleicherweise verdammt wurden, bei den Türken nach dem

Vorbild der Antike ebenfalls schon zu einer staatlichen Einrichtung geworden waren, und zwar in den Ischtoghlan der Inneren Kammer, dieses Pflanzbeetes künftiger Staatsmänner und Generale.

Was sie von den Andersgläubigen erfahren hatte, verdankte sie eben in der Hauptsache ihrem Onkel Notaras, und der war nicht nur ein kirchenfrommer, sondern auch sittenstrenger Mann mit ebenso falschen wie eisernen Vorstellungen von der Schonungsbedürftigkeit jungfräulicher Gemüter.

Dem Großherzog selbst allerdings entgingen die Möglichkeiten nicht, die sich daraus ergaben, daß der junge Kaiser die Jünglinge seinem Ersten Verschnittenen empfahl. Und dem Notaras galt als tiefste Schmach, was andere in seiner Lage als Selbstverständlichkeit, wenn nicht Gunst, hingenommen hätten.

Andere in seiner Lage!

Zum erstenmal sah Notaras seine Lage, wie sie war. Hell beleuchtet sah er sie. Und es war wie ein Blitz, der ihm das Dunkel zerriß.

Notaras wartete – wartete …

Doch kein Donner folgte dem Blitz.

Aufatmend verschloß sich Notaras dem eben erst entschleierten Bild und verwies sich sein Mißtrauen, das ihn jetzt wieder ungerecht dünkte.

Es war auch wirklich nur ein wohlerzogener junger Mann da, der einen Krankenbesuch machte.

Mit einer Geste liebevoller Verehrung beugte sich Mohammed gerade zu Tante Eudoxia hinüber und bat sie, sich zu schonen.

«Ich werde Ihnen meinen Leibarzt senden», sagte er, und es klang fast jungenhaft. «Wahrscheinlich stört es Sie ebensowenig wie mich, daß er ein Perser ist, in den Augen meiner Ulema also ein Ketzer. Dagegen empfiehlt ihn sein großes Verständnis für Frauenleiden. Von der Migräne bis zum Steinschnitt ist er auf allen Gebieten ein Meister in ihrer Bekämpfung.»

Eudoxia strömte über von Dank.

«Ich hoffe, Sie brauchen nur seine Pülverchen und nicht seine Messer», wehrte Mohammed sich lachend. «Jedenfalls möchte ich nichts unterlassen wissen, was der Gesundheit und dem Glück eines Lebens dienen kann, das mir so teuer ist wie das Ihre, liebe Tante.» Abschiedgrüßend erhob sich der Kaiser, und außer Tante Eudoxia, die nun einmal im Bett liegenbleiben mußte, versank alles um ihn herum.

Als er dann gegangen war, lag großer Glanz auf dem Hause Notaras. Fast zwei Stunden hatte Seine Majestät in ihm zuzubringen geruht.

XIV

Pededari miküned ber Kassri Kaissar ankebut
Bumi nöbet misened ber Künbedi Elfrasiab.

«Jetzt aber wird weben die Spinne ihr Netz vor den Türen,
Und die Eule wird klagen durch Efrasiabs Kaisergemächer.»

Es war Mohammed gewesen, der diese Verse des Dichters gesprochen hatte.

Nach seinem Besuch bei Notaras und seinem Krankenbesuch bei Eudoxia war Mohammed, bevor er sich nach den Blachernen begeben hatte, erst einmal durch den größten Teil der Stadt geritten.

Einsam hatte die Kaiserliche dagelegen.

Nur hier und da war noch von wenigen Plünderern in den leeren Straßen um die letzte Beute gerauft worden.

Scheu hatten sich diese Nachzügler bei Annäherung des Herrschers an die Wände gedrückt.

Im heiligen Palast zu den Blachernen aber waren nicht armselige Nachzügler, sondern die ersten Paschas und Beys des Reichs, die großen Aga des Hofes und des Heeres am Werk gewesen.

Sie hatten ihre Arbeit gründlich getan.

Und als des Eroberers hallende Tritte die Stille der geplünderten Säle zerrissen hatten, waren die Verse des persischen Dichters nicht zu Unrecht von seinen Lippen geflossen. Denn bald würden in Wahrheit die Spinnen mit ihren Netzen die Türen verschließen und Eulen in den Kaisergemächern vergangene Größe beklagen.

Schon hatte Mohammed an einer anderen Stelle den Neubau eines Serails befohlen. Nicht einmal dem Siegesmahl sollten die verwüsteten Räume mehr dienen. Die heiligen Paläste sollten vergehen. Und nur einige ihrer Prunkfassaden waren würdig befunden worden, den Hintergrund der Feier zu bestreiten.

Hier, auf einer Terrasse im Freien, zechte Mohammed.

Er zechte bei Sonnenuntergang mit dem Blick auf das Goldene Horn und die rot angehauchten Hügel der galatesischen Landschaft. Und er zechte bei Fackelschein in der linden Nacht.

Zwar verbot der Koran den Wein, doch das hielt Mohammed für kein Hindernis. Denn seit Bajesid Jilderim, von den Fittichen vieler Siege emporgetragen, ein Trinker geworden war, hatten die Kellermeister des Serails stets auch noch andere Getränke als nur Obstsäfte und Limonaden zu betreuen gehabt.

Und wenn Trinken ein Laster war, so war es – den Frommen zum Trost – selbst in diesem Fall noch ein Laster christlichen Ursprungs.

Die Tochter des Königs Lazar von Serbien hatte es ihrem Gatten Bajesid beigebracht, und diese Sultana war auch im Harem Christin geblieben. Sie also hatte nicht gesündigt, wenn sie trank, und bei Bajesid war es in einem hingegangen, weil ja schon die Ehe mit einer unbekehrten Christin dem Koran widersprochen hatte. Was war es da auf ein bißchen Weintrinken noch angekommen?

Überhaupt hatten Bajesid Jilderim und sein Großwesir Ali Pascha Tschendereli den neuen Lebensstil gefunden: Bajesid den Wein und der Wesir die Verschwendung und die Knaben. Mohammeds Urgroßvater und Chalils Großvater waren das gewesen.

Mohammed und Chalil, der Urenkel und der Enkel, setzten nun fort, was die Väter begonnen hatten.

Außer dem Sultan und seinem Wesir lagen und hockten noch viele andere hinter den Tischen. Auch Mohammeds weltgewandter Freund Saganos Pascha, der griechische Renegat, war zugegen, derselbe Mann, der vor nun acht Jahren des fünfzehnjährigen Mohammeds wegen in die Verbannung hatte gehen müssen.

Heute allerdings war Saganos gerade darum ein um so wichtigerer Mann. Mohammed hatte ihm seine Schwester zur Frau gegeben, und der Pascha war auch jetzt wieder mit einem wichtigen Auftrag betraut worden: Nur ein paar Stunden hatte er sich abringen können, weil er drüben in Galata mit den Genuesern die Kapitulation verhandelte.

Nun Mohammed Konstantinopel hatte, dachte er nicht daran, auf Kanonenschußweite ein unabhängiges genuesisches Galata neben seiner neuen Hauptstadt zu dulden.

Natürlich war auch Schahin da.

Um die Person des Herrschers zu sein, gehörte zu Schahin Agas Obersthofmeisteramt. Aber das blasse Eunuchengesicht des vierzigjährigen Georgiers wäre in jedem Fall beim Festmahl anzutreffen gewesen. Denn Mohammed vergaß nicht leicht erwiesene Anhänglichkeit, vergaß sie ebensowenig wie nachgewiesene Untreue.

Schahin war treu erfunden worden – Chalil weniger. Und so hatte Chalil Pascha Ursache genug, alles aufzubieten, um sich wieder in Gunst zu bringen.

Wenn der Wein die Zungen löste, war viel zu gewinnen.

Alle dachten so. Zum mindesten, daß ein Rausch zu gewinnen sei, dachten sie und handelten danach.

Denn es war eine gewählte Gesellschaft von Männern, die es mit den Geboten des Korans nicht allzu genau nahmen. Aber sonst waren sie gute Moslems. Nur einer war es nicht, und dieser eine gehörte auch nicht hierher. Es war Hohn, daß er – noch dazu in Mohammeds nächster Nähe –

mit am Tisch saß. Denn gestern noch hatte er für ein christliches Byzanz und gegen Mohammed gekämpft.

Nicht einmal sein abgründiger Haß gegen die Waffengefährten von gestern verband ihn dem Sultan. Mohammed nämlich haßte die Griechen keineswegs, während der Fremde – es war ein Franzose – sich mit ihnen und ihren nach seiner Meinung so törichten Überheblichkeiten Monate lang hatte herumärgern müssen. Und nachdem sie nun auch noch das, wofür er, der Comte de Boulaisse, sich geschlagen hatte, er, der sich einer Verwandtschaft mit den Königen Frankreichs rühmte – nachdem sie auch noch Konstantinopel verloren hatten, verabscheute er nichts so sehr auf dieser Welt wie die Griechen.

Warum der Graf nach dem Osten gekommen war, hatte niemand genau zu sagen gewußt. Wahrscheinlich aber war er derselben Versuchung erlegen wie Giustiniani.

Den blauen Wogen der Ägäis entstiegen verschiedene schöne, sonnenbestrahlte Inseln, die so gut wie herrenlos waren. Und es war in der Tat nicht einzusehen, warum immer nur die Tocchi, die Crespi, die Gattelusii oder ein Giustiniani – mochte er sich dreist einen Abkömmling Kaiser Justinians nennen –, warum immer nur Genueser und Venezianer diese Inseln bekommen und warum nicht auch einmal für einen französischen Grafen ein paar abfallen sollten.

Giustiniani und der Comte de Boulaisse waren dann allerdings durch die Ereignisse aus Beutefahrern zu Verteidigern desselben christlichen Reiches geworden, dem sie so gerne einige seiner überflüssigen Anhängsel genommen hätten. Und so wäre auch um den Grafen weiter kein Geheimnis gewesen, wenn nicht die Anwesenheit seiner schönen Tochter an Bord der gräflichen Galeere seinerzeit den hochgeborenen Wunsch hätten vermuten lassen, die junge Dame mit dem damals noch unverlobten Konstantin zu verbinden.

Ob und welche Verhandlungen freilich zwischen Boulaisse und dem heiligen Palast gepflogen worden waren, hatte niemals jemand ergründen können. Nur daß der Graf allein durch die Not und seine christliche Ehre, nicht aber aus Griechenfreundschaft zum Verteidiger geworden war, wußte jedermann.

Und nun hatte die Tochter zum zweitenmal seinem Schicksal eine Wendung ins Besondere gegeben.

Mit dem väterlichen Schiff war sie nach Galata entkommen, wo Saganos Pascha mit ihr wegen des Lösegelds für den Grafen in Verhandlungen getreten war.

Saganos hatte durchaus nichts gegen Geld, und wenn dem Großherrn nicht zufällig das Bild der jungen Französin vor Augen gekommen wäre, hätte Boulaisse jetzt vermutlich schon Decksplanken und das freie Meer unter den Füßen gehabt.

Doch da war eben das Medaillon mit dem Porträt der schönen Komtesse gewesen! Lachend hatte der Pascha es mit einer frechen Lust an dem vom Islam verbotenen Bildwerk seinem kaiserlichen Schwager gezeigt und dadurch in Mohammed den Gedanken entzündet, die Tochter gegen den Vater einzutauschen.

Mohammed hatte es durchaus nur gnädig gemeint. Sehr erstaunt war er gewesen, beim Grafen auf Widerstand zu stoßen. Wie ein Wundertier war ihm der Mann vorgekommen. Spielerisch hatte er darum so lange seine Angebote erhöht, bis sowohl Schahin wie andere fanden, die Eroberung habe den Eroberer toll gemacht. Und tatsächlich hatte Mohammed sich allein aus Neugier, wie weit des Grafen Halsstarrigkeit wohl gehen möge, zu der unmäßigen Herablassung bereit gefunden, eine Heirat mit der jungen Gräfin vorzuschlagen.

Wenn Mohammed jedoch toll war, so war es Boulaisse nicht weniger.

Für einen Kriegsgefangenen, den ein Wink der kaiserlichen Hand um den Kopf bringen konnte, war es mehr als kühn, dem Gebieter das Mädchen zu verweigern. Doch aus Boulaisses Vorstellungen von einer christlichen und besonderen französischen Ehre, von einem französischen Grafen überhaupt und einem Verwandten des Hauses von Frankreich, Überheblichkeiten, die denen der Byzantiner oder Türken nicht nachstanden, ergab sich diese Tollkühnheit ganz von selbst.

Und Mohammed wiederum war – wenn er dabei nur gelegentlich zubeißen konnte – nicht ohne Humor. Darum schenkte er seinem verhinderten Schwiegervater denn auch jetzt, statt ihn köpfen zu lassen, eigenhändig den Becher voll.

Eine Nacht ohne Mond hatte sich bereits auf die Stadt gesenkt, und die Fackeln leuchteten den nachgedunkelten Kalkstein der Mauern und Säulen nur ungewiß an. Wie eine Wand umgab die Finsternis den hell erleuchteten Raum, und das Gelage vollzog sich in einer Abgeschiedenheit, die jeglicher Verbindung mit einer anderen Welt zu entbehren schien.

Seltsam glomm der plumpe Becher mit den eingeschnittenen Runen im unruhigen Licht. Aus einem einzigen Stück Bernstein war das Gefäß; aber weit mehr als nur einen einzigen Tropfen vergoß Mohammeds großzügige Rechte beim Füllen.

Er war eben auch schon nicht mehr ganz nüchtern.

Dabei stellte der Kaiser dann das Ergebnis des bisherigen Gespräches fest:

«Du willst deine Tochter also nicht in einen Harem geben, sagst du? Weißt du überhaupt, was ein Harem ist? Kennst du den Harem meines kaiserlichen Serails in der Dschihannuma, in der Weltschau zu Adrianopel?» prahlte die Majestät. «Du kennst ihn nicht; denn sonst würdest du dich nicht so albern benehmen.»

Boulaisse war gleichfalls stark angetrunken, und die Haare seines blonden Schnurrbarts sträubten sich.

«Sie vergessen mein erlauchtes Blut, Sire! Mein Blut, mit dem sich das der königlichen Valois mischt!»

«Heißen so eure Krals?» stellte sich Mohammed unwissend. «Du mußt schon entschuldigen, Monseigneur. Jetzt haben wir ja nicht mehr so viele Franzosen hier. Aber vor sechzig Jahren hättest du da sein sollen! Grafen von Nevers, de la Marche, von Bar und von Eu – alles Vettern eurer Krals – hatten wir hier. Ein Connetable war auch dabei, Admirale und Marschälle, man brauchte nur zu wählen, wozu man sie zu verwenden gedachte: als Stallburschen oder Ofenheizer. Denn weil sie den Ungarn hatten helfen wollen und dem Kaiser Sigismund, so waren sie bei Nikopolis unsere Sklaven geworden. – Genau wie Monseigneur», genoß er seine Bosheit. «Genau so! – Allah verlängere Ihr Leben, Boulaisse Bey.»

Es war klar, daß die Annäherung der beiden Herren auf diese Weise ihre Schwierigkeiten hatte. Aber leicht wollte es Mohammed dem Grafen nicht machen, falls der etwa nur um den Preis hatte feilschen wollen.

«Wozu will Deine Majestät etwas am Sklaventum des Besiegten ändern?» wagte sich nun auch noch Chalil hervor. «Um eines Mädchens willen?»

«Ich weiß, du bist mehr für Knaben», lachte Mohammed zurück. «Schon aus Ahnenverehrung. Da doch bereits dein Großvater sich in dieser Richtung bemühte.»

«Immerhin lebte ich nicht, wenn Vater und Großvater allzu einseitig verfahren wären», parierte Chalil.

Worauf Mohammed lachte und Chalil gewonnen hatte.

Nur an ganz Selbstverständliches, dem sich beide geneigt zeigten, war gerührt worden. Und überdies befand sich an all diesen Tischen kein einziger Unberufener. Boulaisse zählte natürlich nicht mit, während von den sonst Anwesenden keiner dem andern wegen Übertretung des Korans etwas vorzuwerfen hatte.

Seine Majestät lebte und ließ leben. Sogar Chalil lebte immer noch. Doch der Harem sei ebenfalls eine Wiege des Reichs, ließ sich jetzt der Kislar Aga eifersüchtig vernehmen, der Präfekt der schwarzen Eunuchen, der nichts mit den Pagen zu tun hatte, dafür jedoch dem Haremsdienst vorstand. Man dürfe den Harem nicht über die Ischtoghlan, die Pagen, vernachlässigen, meinte er darum auch.

Die Herren hatten alle schon reichlich getrunken, sonst

würden sie nicht über Frauen gesprochen haben und schon gar nicht in aller Öffentlichkeit! Gegen jedes Gebot des Anstands war das. Frauen sollten umhegte, kostbare Blumen und dem Geschwätz der Männer entzogen sein.

Boulaisse freilich, der es als fränkischer Barbar tun durfte, sprach unbedenklich von seiner Tochter, und dabei erwähnte er den Unterschied der Glaubensbekenntnisse zwischen dem Mädchen und dem neuen Kaiser.

«Bah!» machte Mohammed aber nur. «Soll sie Christin bleiben! Soll sie sich ihre Patres mitbringen und Psalmen singen, so wie sie mag. Darüber ärgern sich höchstens meine Ulema, nicht ich. Sollen sich die Ehrwürdigen ärgern!»

Doch Boulaisse hörte kaum hin, weil sein frischer Haß ihn sofort von der Religion auf die Griechen kommen ließ.

Christen seien gut, sagte er, und Moslems könnten es vielleicht sein, ließ er sich einzugestehen herbei. Aber die Griechen seien weder Christen noch Moslems – sie seien des Teufels. Wie jedoch verfahre Mohammed? Erst lasse er sich wohl die Liste dieser teuflischen Archonten von Notaras ausliefern, der auch nicht besser sei. Aber warum tue Mohammed das, wenn er dann doch die meisten verschone? Weder heidnisch noch christlich sei das! Solchen Leuten gehören die Köpfe herunter! Allen!

Nun saß freilich des Boulaisse Kopf um keinen Deut fester als die Köpfe der Archonten, so daß er wohl Ursache zu weiser Vorsicht gehabt hätte. In seinem Verhalten schien er sich freilich mehr auf den Schutzengel der Betrunkenen und Narren zu verlassen. Und damit behielt er auch recht: Mohammed ließ den Ungläubigen schwatzen.

Allerdings geschah das vor allem, weil eben acht auserwählte Ischtoghlan aus dem Dunkel zum Schwerttanz antraten und Chalil gleichzeitig den Namen des Notaras aufgriff, der ihm seiner Rache reif zu sein schien.

Indessen begann der Tanz mit den Schwestern und erweckte trotz aller Freigeisterei der Tafelgesellschaft hier und da einige Beklemmung.

Diese Leute, die sich fragten, ob der Tanz der Ischtoghlan nicht heidnischer Greuel sei, wußten eben nicht viel von den Giebelfriesen altgriechischer verfallener Tempel und nichts von den zwar heidnischen, aber dennoch erfreulichen Vasenbildern, denen ein schöngeistiger Kapuoghli des Obersthofmeisteramtes die Motive des Tanzes entlehnt hatte. Mohammed dagegen hatte für alle Wissenschaften etwas übrig.

Für ihn bedeutete der Reigen, der in besonders eindrucksvollen Bildern erstarrte, um dann, wiederbelebt, neuem Verharren entgegenzufließen, in der Hauptsache eine historische Erinnerung, freilich auch das nur, soweit er über die Tatsache hinwegzublicken vermochte, daß die tanzenden Jünglinge unbekleidet waren.

Nur die Häupter deckten erzene Helme, während ihre Schwerter aus Holz waren. Seit ein Serbe Murad den Ersten nach dessen Sieg auf dem Amselfelde gemeuchelt hatte, war es verboten, dem Sultan mit blanken Waffen zu nahen.

Doch die Schwerter spielten keine Rolle, als Chalil nun begann. Weniger von den Tänzen als von den Tänzern pries er seinem kaiserlichen Vetter Einzelheiten, wobei er dann vergleichsweise seine Vermutungen über die körperliche Beschaffenheit des jungen Marko Notaras einfließen lassen konnte.

Chalil war für seine Person keineswegs unempfänglich für Kunst. Aber seinen jungen Vetter kannte er zu gut, um es nicht vorzuziehen, in Verbindung mit dem Tanz fast ausschließlich bei greifbaren Einzelheiten zu verweilen.

«Ich möchte wetten», sagte er, «daß der junge Marko weit schmaler in den Hüften ist als der Beste von diesen hier. Daß er sie alle an Schulterbreite übertrifft, haben wir gesehen. Und was den Beckenansatz betrifft ...» Er gab ein Schnalzen des Entzückens von sich, das seine Eindrücke wiedergeben sollte, wo die Sprache versage.

«Man müßte sich einmal überzeugen ...», kam es träumerisch von Mohammeds Lippen.

Auch Schahin Aga war dieser Meinung und schlug vor,

den jungen Marko Notaras der Einfachheit halber gleich unter die Pagen einzureihen. Und das war ein amtlicher Vorschlag. Denn wie dem Kislar Aga, dem Mädchen-Aga, der Haremsdienst, so unterstand ihm, dem Präfekten der weißen Eunuchen, unter anderem auch die Pagerie.

Doch jetzt war es plötzlich Chalil, der widersprach.

«Wo denken Sie hin, Schahin», lächelte er. «Unser neuer Freund Lukas Notaras, der Vater jenes vortrefflichen Knaben, kennt die besonderen Bewandtnisse Ihrer Ischtoghlan sehr genau. Schon über die bloße Zumutung, sein Junge möge sich wie etwa diese andern dort vor Seiner Majestät ausziehen, würde der Brave zum Igel werden.»

Auch auf Schahins Einwurf, daß jedes Begehren der Majestät den Untertan ehre, beharrte Chalil.

«Soweit ich unterrichtet bin», sagte er, «ist der gute Lukas in bezug auf seine Jungen prüde wie ein Jüngferchen, das noch nicht geküßt hat.»

Nur einer kümmerte sich nicht im geringsten um die Wendung in der Unterhaltung: Boulaisse.

Und er bleibe dabei, wetterte er, das Fräulein von Boulaisse sei von den «Erlauchten», «Höchstlauteren» und «Überausberedten» – oder wie sonst alle diese verrückten Titel im heiligen Palast gelautet haben – tödlich gekränkt worden, und wer um ihre Hand anhalte, habe sie zuvor an diesen Schurken zu rächen!

Doch Chalil wollte das kaiserliche Interesse auch weiterhin dem jungen Marko gesichert wissen.

«Wirklich, Graf?» spöttelte er darum. «Hat Konstantin Ihre Tochter nicht gewollt?»

«Herr!» fuhr Boulaisse mit um so größerer Wut auf, als er jetzt erst merkte, welche Blöße er sich gegeben hatte.

«Laß ihn», gebot Mohammed dem Chalil. «Wer redet von seiner Tochter?»

«Er selbst, wenn ich nicht irre», meinte Chalil.

«Ich denke, es war von dem jungen Notaras die Rede», sagte Mohammed und ließ Wein durch seine Kehle rinnen, «von dem jüngsten», fügte er noch hinzu und stellte den

Becher so bestimmt auf den Tisch, daß die Eingeweihten wußten, woran sie waren.

Dank Chalil hatte der junge Marko im Gelüste Mohammeds dem Mädchen den Rang abgewonnen.

«Und ich bin sicher», erklärte Schahin Aga, «daß Kir Lukas sich geehrt fühlen wird, Deiner Majestät den Sohn zuführen zu dürfen.» Außer Chalil dachte keiner mehr klar. Doch deswegen, daß Chalils Warnung etwa befolgt werden möge, war sie ja auch keineswegs gegeben worden.

Warum hatte Notaras gleich bei der ersten Unterredung mit der Majestät Argwohn gegen Chalil erweckt? Jetzt sollte er es büßen. Chalil, der den Geschäftsfreund genauer kannte als alle anderen, sah seine Rache auf dem besten Wege und hüllte sich von jetzt ab in Schweigen.

«Du bist überzeugt?» wandte sich Mohammed gerade an Schahin. «Ich habe mit Lukas nämlich noch einiges vor, mußt du wissen.»

«Der Ungläubige wird vor Entzücken außer sich sein», versicherte der Eunuch.

«Es ist gut», nickte Mohammed großspurig und betrunken, «und ich will die Ergebenheit dessen kennen, den ich zu erhöhen die Absicht habe. – Geh also, Schahin, dem Notaras meine Gnade zu verkünden, und bringe mir den Knaben.»

«Hören ist gehorchen», gab Schahin zur Antwort und rief sein Gefolge.«

XV

Daß der Vater Gennadios und der Großekklesiarch, daß ein Kantakuczen, und viele Leute von Bedeutung im Palast waren, hatte Irene gewußt – das hätte ihr alter Grammatikos ihr nicht erst zu sagen brauchen.

Jeder, der nur irgendeinen Freund bei den Notaras hatte, flüchtete zu ihm. Wer außer Lukas Notaras, dem Günstling des Eroberers, hätte in diesen Tagen auch Schutz gewähren können! Und wo es genügte, Grieche zu sein, um Aufnahme zu finden, war der Mönch Gennadios vom Kloster des Pantokrator natürlich der vornehmste Ehrengast.

Zwar befanden sich unter den Anwesenden auch Erzpriester. Aber alle beugten sich willig der Persönlichkeit des beredten Mönches, der als ein Georgeos Kourtesios geboren war, sich als Erster Richter des heiligen Palastes Georgeos Scholarios genannt hatte und jetzt den Klosternamen Gennadios trug.

«Der ehrwürdige Vater Gennadios ist ebenfalls anwesend», sagte also Irenes alter Lehrer. «Auch Seine Ehrwürden lassen Eure überallhöchstzuverehrende kaiserliche Hoheit um die Gnade bitten, die erlauchte Kira Eudoxia schonend vorbereiten zu wollen.»

Er machte eine Pause, doch nur, um den eigentlichen Vortrag damit einzuleiten.

Irene kannte das. Wenn es jemanden gab, der den Grammatikos Chrysostomos kannte, so war das Irene. Und doch erstaunte sie wieder einmal über den Lehrer ihrer Kinderjahre und fragte sich, unter was für einem Glassturz der die Eroberung wohl überstanden haben mochte? Unzerknittert und von fleckenloser Reinheit wie stets war sein weißseidenes Gewand sowie die hohe ausgesteifte weiße Kürbishaube, die er dazu trug. Ebenso fehlte am Gürtel der Fächer nicht, der ihm als Eunuchen zukam, wenn er kein Schwert trug.

Es schien unmöglich, bei diesem weißhaarigen gepflegten Wesen mit den kühlblickenden Augen im bartlosen Gesicht auf die Formen zu verzichten, die er mit solcher Unbeirrbarkeit verkörperte, als könne keine Eroberung ihnen je etwas anhaben.

So entging Irene der mißbilligende Blick keineswegs, mit dem der alte Hofmeister ihre Füße streifte, die ihm ohne Campagia, ohne die ihr zustehenden roten Schaftstiefel, wie nackt erscheinen mochten. Wenigstens die Anrede gab sie ihm darum, die er als Nomophylax beanspruchen konnte, wozu er schon vor vielen Jahren ehrenhalber ernannt worden war.

«Eure Rechtliebenheit», sagte sie und verfiel trotz ihrer Beklemmung unwillkürlich in den reinen, aber etwas umständlichen Stil, wie sie ihn gelernt hatte, «Eure Rechtliebenheit teilten mir noch nichts über die neuen Verwicklungen mit, die Kira Eudoxias Seelenruhe zu bedrohen scheinen.»

Es fehlte nicht viel, und Chrysostomos hätte trotz des reinen Stils vernehmlich geseufzt. Immer hatte er es als seine Aufgabe betrachtet, die jugendliche Voreiligkeit bei seinen Zöglingen zu zügeln. Und das Ergebnis war offenbar nur, daß ihn die Sebasta bei einer so wichtigen Unterredung unterbrach! Aber natürlich, dachte er erbittert, der stete vertrauliche Umgang mit einer Barbarin wie jener Frau Arka – der Gott ihre Sünden verzeihen möge – habe nie etwas Besseres erwarten lassen.

«Falls Euer überallhöchstzuverehrende Hoheit zu hören geruhen», sagte er dann auch mit unverkennbarem Tadel, «so möchte ich mir untertänigst gestatten, hierzu eine Erklärung abzugeben.»

Die Reihe, einen Seufzer zu unterdrücken, war jetzt an Irene. Aber sie wußte auch, daß ihr allein Ergebung und niemals Ungeduld etwas helfen würde.

«Seine hohe Exzellenz, Kir Lukas, haben mit der erlauchten Kira Eudoxia – alle Heiligen wollen die Höchstreine beschützen – sechs Söhne gezeugt, meiner Niedrigkeit hochgeborene Schüler», konnte Chrysostomos somit ungehindert ausführen, «was ebenso bedacht sein wollte wie die Zahl der Jahre einer ehelichen, gottwohlgefälligen, völligen Übereinstimmung. Andererseits erfordern die Maßnahmen Seiner Hoheit des Sultans von Adrianopel ungewöhnliche Opfer. Seine hohe Exzellenz, der Großherzog, haben sich denn auch entschlossen, eins der größten zu bringen, wenn es erlaubt ist, das Verlassen der Welt und das Eingehen in ein höheres, heiligeres Leben ein Opfer zu nennen ...»

Irene unterbrach nicht mehr. Sie war zu sehr überrascht. Der Onkel wollte Geistlicher werden, wohl gar Mönch? Denn nur so waren des Chrysostomos Worte doch zu verstehen.

«Es läßt sich noch nicht überblicken, wer von der heiligen Familie unseres apostelgleichen Kaisers die Umwälzung überlebt hat», sagte Chrysostomos in seiner abgeklärten Sachlichkeit.

Irene freilich konnte nachfühlen, was ihn diese Worte kosteten. Denn der alte Herr war wie sein kaum vor einem Jahr verstorbener Freund, der berühmte Schriftsteller Plethon, stets ein Parteigänger der Paläologen gewesen.

«Aber wer die Überlebenden auch immer sein mögen», fuhr er dennoch gemessen fort, «so würde doch niemand und selbst ein Porphyrognet und Sebastos nicht das geringste an der Tatsache ändern, daß die Hoheit des Sultans von Adrianopel entschlossen ist, das christliche Reich der Romäer von Konstantinopel eingehen zu lassen. Gott hat es zugelassen, und so wird in kommender Zeit kein Kaiser mehr sein. – Demnach brauchen die Gläubigen unserer heiligen Kirche einen neuen Mittelpunkt, ein Haupt, das für sie denkt, einen Stab, auf den sie sich stützen können auf ihrem Weg durch die Wüste des Heidentums, die vor ihnen liegt.»

Jetzt begann Irene zu begreifen, wohin der Machthunger ihren Onkel getrieben hatte.

«Der Kaiser ist tot», wiederholte Chrysostomos, «und für lange Zeit wird keiner mehr sein, wenn ich auch, obwohl unwürdig, dennoch der gewissen Zuversicht bin, daß dereinst ein Kaiser wiederkehren wird in all seinem Gottesglanz. Der Patriarch des Erdkreises aber ist zu den Ketzern nach Italien geflohen. Sein Stuhl ist umgestürzt. – Doch diesen Stuhl können wir wieder aufrichten. Einen Patriarchen können wir kraft Gottes Gnadenwahl, die immer unter uns ist, wählen. Und der Gotterwählte wird sein – entweder vor aller Augen und im Licht oder in Katakomben und Kerkern. Immer wird er seine Herde weiden, nie wird Gottes heilige Kirche ohne Hirte sein.»

«Und statt Kaiser und Patriarch, statt der beiden Teile Gottes, wird nur noch ein Teil Gottes auf Erden sein: der Patriarch!»

Irene hatte verstanden.

«Eure überallhöchstzuverehrende Hoheit haben es in der Fülle Ihrer bewunderungswürdigen Weisheit erkannt», bestätigte Chrysostomos und setzte nüchtern hinzu: »Der Patriarch wird künftig eine große Macht sein, Hoheit Despina Irene, größer als je bisher – –»

«Und aus diesem Grunde will mein Onkel Patriarch werden!» überholte Irene ihren alten Lehrer.

«Wenn kaiserliche Hoheit mir die untertänige Bemerkung erlauben, so ist er es schon so gut wie geworden.»

«Unmöglich!» rief Irene und trotzte damit allen Geboten ihrer guten Erziehung.

Glücklicherweise war der Ehrennomophylax Chrysostomos noch da. Er widersprach in einer Weise, die den vornehmen Ton wiederherstellte. Und jeder Christ, führte er aus, könnte zum Patriarchen gewählt und eingesetzt werden, wenn er nur bereit sei, die etwa fehlenden Gelübde abzulegen und die Weihen zu empfangen.

«Aber wer will meinen Onkel wählen?» fragte Irene.

«Erzpriester und Volk», war die Antwort. Und was in dieser Stunde des Verhängnisses an Geweihten und Ungeweihten sich noch in Konstantinopel befinde, weile größtenteils im Palaste Notaras.

«Ohne jede Ordnung und jedes Recht ist dies Verfahren!» protestierte Irene.

Chrysostomos jedoch berief sich auf die Anwesenheit des Großekklesiarchen der Hohen Kirche von Konstantinopel, der die Wahl leiten wolle.

Irene stutzte.

Zur Zeit war Sylvester Syropoulos Großekklesiarch. Er war mehr als nur ein kirchlicher Großwürdenträger. Seine Schriften wurden gelesen, und seine Gelehrsamkeit war über jeden Zweifel erhaben.

Wenn selbst der also …, überlegte Irene.

«Und Vater Gennadios?» fragte sie dann.

«Seine Ehrwürden sprachen auf das wärmste für die

Wahl Seiner hohen Exzellenz, bei dem allein Schutz und Heil zu finden sei», lautete des Grammatikos Auskunft.

Auch Gennadios? Irene begriff es nicht. Und ob der vielgereiste Mann, der das Morgen- und Abendland kenne, der Wohlberedte, Weltkundige denn nicht dasselbe sehe wie sie, nicht sehe, daß Notaras auf der Jagd nach der Macht im Begriff sei, einen Sturz zu tun, in den er leicht sein ganzes Haus und mehr mit hinabreißen könne?

Gennadios, das geistliche Haupt der Orthodoxen, war jetzt, da es nur noch Orthodoxe gab, der gegebene Kandidat für den Patriarchenstuhl – falls man den Inhaber einer kirchlichen Würde nicht vorziehen sollte. Denn Gennadios war nicht einmal Igumenos, Abt seines Klosters, sondern ein einfacher Mönch. Aber er hatte das Ansehen. Und daß er trotzdem für Notaras gesprochen hatte, gab Irene zu denken. Wenn es um die Macht ging, glaubte sie – so jung sie war – nicht mehr an Freundschaft.

«Und nun soll ich hingehen und soll meine Tante zum Kloster bereden, damit ihr Mann Patriarch werden kann?» fragte Irene.

«Es gibt Klöster unter dem Patronat der Notaras und solche unter dem Patronat der Melissenos», meinte Chrysostomos. «Ihre Erlaucht könnte sich das Kloster wählen, was ihr das liebste sei, das zu Hiereia vielleicht. Es würde vollkommen genügen, wenn Ihre Erlaucht sich dort oder anderswo einen Palast errichten ließe, um darin als fürstliche Nonne Hof zu halten wie bisher. Die Gunst Seiner Hoheit des Sultans von Adrianopel würde ihr dabei keineswegs fehlen.»

«Sie meinen, Mohammed würde auch künftig seiner ‹Tante› aus einem Scheffel Erbsen Krankenbesuche machen? Wenn ihn die Laune ankommen sollte, wird er es sicher tun; aber sie wird ihn nur dann ankommen, wenn alles mit seiner Bewilligung geschah. Ich frage Sie, Nomophylax Chrysostomos: Hat mein Oheim die Einwilligung des Sultans, die Patriarchatswahl vornehmen zu lassen? Hat er die Einwilligung Mohammeds, die Wahl annehmen zu dürfen, falls sie auf ihn fallen sollte?»

Chrysostomos wehrte sich mit einem Lächeln.

«Im Reiche des Geistigen und viel mehr noch des Geistlichen gelte keine irdische Macht», sagte er, «Ihre Hoheit möge das wohl bedenken ...»

«Euer Rechtliebenheit vergessen», zerschnitt ihm Irene die Rede, «daß Sie selbst das Patriarchat eine größere Macht nannten als je. Eine höchst weltliche, wirksame Macht, wenn ich Sie recht verstanden habe. Euer Rechtliebenheit und die andern Väter und Herren begehen immer wieder den Fehler, Mohammed für einen jungen Menschen zu halten, mit dem man Verstecken spielen könne. Ich bin selbst jung, so verstehe ich den Sultan vielleicht besser. Und ich sage Ihnen: Wer meinem Oheim sein Vorhaben anriet, ja wer ihn nur auf seiner Bahn weiterschreiten ließ, hat ein großes Verbrechen begangen.»

Während Chrysostomos ans Fenster getreten war, hatte Irene voll Eifer in den Lärm der Berittenen hineingesprochen.

Jetzt zeigte der Grammatikos mit überlegener Geste nach unten.

«Kennen Euer kaiserliche Hoheit Schahin Aga?» fragte er. «Soeben ritten Seine Exzellenz in den Hof ein.»

Mohammed schien in der Tat Notaras mit Ehren überhäufen zu wollen. Denn ob betrunken oder nicht betrunken – daß er nicht irgendeinen Kapudschi, einen Kämmerer, sondern einen Aga des Inneren Dienstes, und nun gar den Kapu Aga selbst geschickt hatte, den höchsten Würdenträger seiner nächsten Umgebung – das war eine Ehrung, wie sie sich kaum ein regierendes Haupt, geschweige denn ein Untertan hätte erhoffen dürfen.

Dieser Beweis kaiserlicher Gnade paßte nicht recht zu der Drohung, die Irene in Mohammed erblicken wollte.

Um seine Wahl nicht zu gefährden, habe Notaras nicht warten können, sagte Chrysostomos, und von keinem der Väter sei dem Großherzog widerraten worden. Jetzt, nach dem Tode des Kaisers, gelte Notaras eben als das Haupt aller Griechen.

«Gleichviel», entschied Irene, «ich will mit ihm reden. Führen Sie mich zu meinem Oheim.»

«Vor allen Männern wollen Hoheit mit ihm reden?» entsetzte sich Chrysostomos.

«Gerade vor ihnen!» unterbrach ihn Irene, die sich ihrer letzten Unterredung mit Notaras am Hafen erinnerte. Dieses Mal wollte sie Zeugen! Und an das Mißfallen ihres Lehrers dachte sie dabei überhaupt nicht. Der Gedanke, daß die Zeit noch gar nicht so lange zurücklag, da sie Furcht vor ihm empfunden hatte, wäre ihr nur abgeschmackt vorgekommen.

Anders stand es mit Chrysostomos. Widerwillig mußte er sich zur Einsicht bequemen, daß selbst ein so junger Mann wie Mohammed vielleicht einige Beachtung verdiene und daß seine frühere Schülerin wohl auch von einem weit härteren Willen besessen sei, als er jemals in ihr vermutet habe.

Nur noch Mantel und Schleier hatte Irene sich reichen lassen. Dann war sie, weit ausschreitend, mit ihm ins Männerhaus hinübergegangen.

Um Schahin noch anzutreffen, kam sie dennoch bereits zu spät.

Dessen Besuch war überhaupt nur kurz gewesen.

Denn so beeilt hatte sich Irene, daß sie nicht einmal Zeit gefunden hatte, ihren Schleier vorzubinden.

Das tat sie erst jetzt, während sie auf den Stufen zum Versammlungsraum vor Schahin in den Schatten eines Treppenabsatzes entwich.

Und von dort aus sah sie alles: sah sie den verstörten Kapu Aga mit seiner Ehrenbegleitung an tief sich verneigenden Menschen vorüber die Treppe hinunterschreiten, bemerkte sie die große Verwirrung der Zurückbleibenden, und noch im Hinaufgehen erfuhr sie, warum Sultan Mohammeds Obersthofmeister gekommen war.

In aller Eile setzte sie ihren Weg fort. Kaum vermochte Chrysostomos ihr zu folgen.

Aber selbst in der allgemeinen Erregung machte man der Sebasta beflissen den Weg frei, und jetzt stand sie in dem Raum, der, statt die Wahl des Notaras zu erleben, Schahins Botschaft vernommen hatte.

Von den Heiligenbildern im körperlosen Schmuckstil früherer Zeiten bis zur Leibhaftigkeit zeitgenössischer Künstler waren hier alle Wandlungen byzantinischer Kirchenkunst vertreten, dieser bewunderungswürdigen Kunst mit ihrem Sinn für zurückhaltende und zugleich kräftige Farben, für das Geistige und für Anmut.

Doch in diesem Augenblick empfand Irene dies Glitzern von Farben und Gold nur wie das Schuppengeleucht eines prächtigen, aber gefährlichen Tiers.

An der einen Schmalseite befand sich in einer Art Kathisma, einer Loge, schon wie zur Huldigung errichtet, ein erhöhter Stuhl, und um ihn herum standen Sessel.

Niemand jedoch saß, außer einem alten Erzpriester, der, von Schwäche übermannt, niedergesunken war.

Die andern standen.

Bleich und betreten umringten sie Notaras und dessen Söhne.

Ohne sich zu besinnen, ging Irene den Großherzog an.

«Worauf warten Sie, Onkel», fragte sie hastig. «Der Weg bis zu den Blachernen und zurück ist nicht weit. Wenn Sie noch lange zaudern, finden Sultan Mohammeds Leute Sie noch hier.»

Die einzige Frau im Saal war Irene. Doch selbst ein so unerwartetes Ereignis wie das Eindringen einer Dame in diese Versammlung konnte nach dem, was geschehen war, niemand mehr erschüttern. Außerdem hatte Lukas Notaras mit seiner Nichte bereits seine Erfahrungen gemacht, und das erwähnte er jetzt. Aber er tat es mehr, um sich selbst Haltung zu geben, als um irgend jemand zu überzeugen.

Es handelte sich hier nicht um die Unziemlichkeit eines jungen Mädchens. Es handelte sich um die Köpfe der Anwesenden.

Das Mädchen hatte nur das Wort gesprochen, das in allen gewesen war: Flucht. Und hier und da wandten sich bereits einige in einer Weise, die unauffällig sein sollte, dem Ausgang zu.

Vollends in den Vorräumen wurde es leer.

Wer konnte wissen, ob Mohammed die väterlichen Rechte des Lukas Notaras achten würde? Und wie leicht konnte sein Zorn dann an den Köpfen aller, die er vorfinden würde, Sättigung suchen!

Auch fanden manche, Notaras hätte in der allgemeinen Not das kleine Opfer wohl bringen können. Wenn das, was der Sultan verlangt habe, nicht überhaupt weit eher eine Ehre als ein Opfer heißen müsse. Welchen Standpunkt man indes auch einnehmen wolle, so sei in diesen Tagen doch so Ungeheuerliches geschehen, daß irgendeine selbstsüchtige Empfindelei jede Berechtigung verloren habe. Der alte Notaras solle sich doch nichts einbilden! Sein Junge sei ebensowenig vom Heiligen Geist erzeugt wie die Söhne anderer Väter.

Notaras merkte wohl, was um ihn herum vorging, und sein Rasen machte alles nur schlimmer.

«Da siehst du dein Werk!» schrie er Irene an. «Unheil zu erregen, bist du gekommen! Was mischst du dich schamlos in Dinge, die dir zu wissen als Mädchen nicht ziemt!»

Aber auch Irene bäumte sich auf.

«Es geht nicht nur um Sie, mein Onkel», erwiderte sie. «Meine Vettern sind nicht weniger im Spiel ...»

«Deine Vettern können für sich selbst sorgen! Die brauchen dich nicht!»

«Alle hier sind im Spiel», ließ Irene sich nicht beirren, «und nicht weniger meine Tante. Kira Eudoxia aber liegt krank darnieder. Und wenn Sie mich zu ihr senden wollten, um ihr das Kloster einzureden, so tauge ich wohl auch, um vor Ihnen und diesen ehrwürdigen Herren zu sprechen, von denen mich mehr als einer kennt, wie ich sie kenne.»

Einen Augenblick verschlug diese Festigkeit dem Großherzog die Rede.

«Sie nennen mich schamlos?» konnte Irene darum fortfahren. «Es ist wahr, ich kenne Mohammeds Begehren. Aber ich kenne auch Ihre Antwort. Und sie macht mich stolz auf Sie, diese Antwort, mein Onkel: Lieber, als daß Sie Marko hergeben, solle Ihnen der Sultan den Henker schicken, ließen Sie ihm sagen. Nur vergessen Sie bitte nicht, daß der Henker Sie hier nicht mehr antreffen darf! Sie nicht, und meine Vettern auch nicht mehr!»

«Und überhaupt niemanden», mischte sich da eine Stimme ein.

Es war der Vater Gennadios, der das sagte, und eine mächtigere Stütze als ihn konnte Irene nicht finden.

Gennadios war nicht immer das Haupt der Orthodoxen gewesen. Als Kaiser Johannes' Freund und des letzten Konstantin hatte er in Ferrara und Florenz noch für das Henotikon geredet. Erst durch die Beschwörungen des Erzbischofs Markos Eugenikos von Ephesus, des großen Rebellen, der auf dem Konzil zu Florenz als einziger die Unterschrift verweigert hatte, war Gennadios zur Umkehr bewogen worden.

Aber gerade im Wissen um die eigene Schwäche bestand des Gennadios Stärke. Denn daß er Tatmenschen wie dem sterbenden Erzbischof oder Lukas Notaras nicht widerstanden hatte und nie würde widerstehen können – davon war er selbst am tiefsten durchdrungen.

Nun jedoch fühlte er sich sicher. Jetzt konnte er sich auf den Boden der gegebenen Tatsachen stellen, und das tat er um so lieber, als er auch in diesem Fall wieder dafür gesorgt hatte, daß die Tatsachen seinen Wünschen nicht völlig widersprachen.

«Niemanden dürfen die Boten der Majestät hier finden», wiederholte er. «Und dann haben die Worte der erlauchten Despina auch Zweifel an der Rechtmäßigkeit unseres Vorhabens in mir erweckt.»

Nicht als Beistand empfand Irene des Gennadios Eintreten für sie, weit eher als Verrat an Notaras. Auch waren keineswegs alle der Meinung des Mönchs. Es gab noch genug, die in ihrem Entschluß, einen Patriarchen zu wählen, nicht wankten. Zu auffällig hatte Mohammed Notaras begünstigt, als daß diese Männer es zum mindesten nicht hätten für möglich halten sollen, der Großherzog wisse auch in diesem Fall, wie weit er sich ungestraft vorwagen könne.

Notaras selbst aber stand auf seiner letzten Planke und kämpfte um das, was ihm mehr galt als irgendein Leben.

«Das sagst du, Georgeos?» wandte er sich gegen den Freund. «Eines unreifen Mädchens wegen sagst du das? Soll sie wieder einmal auf ihre roten Schuhe pochen dürfen? Hier gibt es künftig keine roten Schuhe mehr als allein die des Patriarchen! Konstantin ist tot und hat keine Erbin. Soll ein Mädchen, das man in Trapezunt nicht will, in Konstantinopel überall den vorlauten Mund auftun dürfen? Hier, wo man ihr nur aus Gnade zu leben erlaubte und sie nicht das geringste Recht hat?»

«Kein Recht?» rief Irene.

Diese Stunde hatte ihr den Onkel wieder nähergebracht, aber die letzten Worte waren mehr, als sie ertragen konnte.

«Mein Recht hängt nicht an den roten Schuhen, die ich abgestreift habe», fuhr sie fort. «Das goldene Zeitalter der Komnenen gibt mir mein Recht. Fünfhundert Jahre geben mir das Recht, für Byzanz zu leben, mich um seine Menschen zu sorgen und, wenn es nötig ist, für sie zu sterben. Meinst du, ich könnte das nicht wie du? Vergiß dich nicht, Lukas Notaras! Ob ich eine Sebasta bin oder nicht – ich bleibe, was ich von Anbeginn war, eine Komnena!»

Ohne zu überlegen, hatte Irene leidenschaftlich hinausgeschleudert, was sie bewegte. Dennoch hätte sie nichts Besseres sagen können, um Eindruck auf diese Männer zu machen. Denn alle hatten sie kaum noch etwas außer ihrem hochmütigen Erinnern.

Nur Notaras beugte sich nicht.

«Ein wenig lange her ist es», spottete er, «seit man dem Andronikos, dem letzten unserer Kaiser aus deiner Sippe, im Hippodrom den Garaus machte. Wenn das dein ganzes Recht ist ...!» Damit zeigte er ihr seinen Rücken und sprach hinfort nur noch zu den Männern, zu den Priestern und

Laien, die noch geblieben waren. Er wollte sich die Macht nicht entreißen lassen, von Gennadios nicht, von Irene nicht und von keinem: «Entschließt euch!» rüttelte er seine Parteigänger auf. «Dies ist nicht der Augenblick, Umstände zu machen. Das Mädchen hat recht. Die Zeit drängt. Aber wenn ihr mich zum Patriarchen wählt, bin ich unantastbar, und ihr seid es mit mir. Alles andere wird sich finden.»

Große Begeisterung erweckte Notaras nicht.

Doch die einzige, die sich widersetzte, war immer wieder das Mädchen.

«Unantastbar?» warf sie ihm entgegen. «Du sprichst von Andronikos Komnenos und nennst nichts von ihm als sein Sterben. ‹Nichts gibt es, was ein Herrscher nicht verändern könnte›, sagte Andronikos, ‹kein Übel, dessen Heilung über seine Kraft geht!› Und darüber verlor mein Ahne das Diadem und das Leben. Wer aber wird Mohammed das Leben nehmen oder ihn entthronen, wenn ihm einfallen sollte, über Rechte hinwegzugehen, die euch unantastbar dünken? Glauben die Väter und Herren, der Sultan werde eine Wahl billigen, die er nicht befahl? Oder er werde über Millionen seiner Untertanen ein Haupt setzen lassen, ohne sich darum zu bekümmern, wer dieses Haupt sei? Und glauben die Herren immer noch an des Sultans Gunst für Notaras?»

Sie konnte nicht weiter …

Alle sprachen jetzt durcheinander.

Irene aber ergriff Markos Hand.

«Marko!» bat sie. «Der Sand rinnt! Schnell! Zum Hafen! Nach Galata! Sprich mit deinem Vater.»

Sie bettelte, sie flehte.

«Er ist mein Vater», sagte Marko jedoch und entzog ihr die Hand.

«Ihr Männer!» rief sie, und vor diesem Schrei der Verzweiflung verstummten die andern.

«Was sprichst du uns von Mohammed?» kam ihr Notaras aber blitzschnell zuvor. «Weil er ein paar Worte mit dir zu wechseln nicht umhinkonnte, behauptest du, ihn zu kennen?!»

«Ja», sagte sie, und obwohl sie es gar nicht mehr laut sagte, hörten sie es alle, und keiner hielt es in diesem Augenblick für unmöglich, daß Gott ebensogut durch sie reden könne wie aus einer alten Prophezeiung oder aus einem aus den Evangelien herausgestochenen Spruch. «Ich kenne Mohammed», sagte sie. «Ich dachte ihn, ich träumte ihn, und so erkannte ich ihn. Er ist wie Andronikos, nur daß er alle Macht hat. Und er ist jung, während des Andronikos Jugend schon vorbei war. Wie kann Mohammed dir vergeben, Onkel? Ganz gleich, was ihm auch an Marko liegen mag, so kann er dir doch nicht vergeben. Um das zu können, müßte man wohl sehr alt sein. Er aber ist jung und würde glauben, zum drittenmal vom Thron zu steigen, wenn er es täte.»

Sie sah Notaras und sah dessen Söhne.

Trotzig verlegen standen die jungen Leute da. Nur Markos Gesicht sah sie nicht. Doch sie fühlte, daß er weinte, weil ihm alles nur seinetwegen über die andern gekommen schien.

«Ihr – Männer ...», hauchte sie und fühlte ihre Knie nicht mehr.

Zu viel war in diesen beiden Tagen geschehen: Konstantins Ende, der Sturz der Heiligen, Arkas Tod und nun dieses. Sie wollte noch etwas sagen; aber sie konnte nicht mehr. Auch ihre Jugend versagte sich jetzt ihrem Willen.

«Ich bin nur ein Mädchen ...», war alles, was Irene mit einer unendlichen Sehnsucht nach Arka noch herausbrachte.

Sie schwankte und fühlte sich von fremden Armen gehalten.

Wie unter den Trümmern eines Welteinsturzes lag sie unter einem hemmungslosen Schluchzen begraben. Es war ihre Welt, die Griechenlands und Roms, Konstantins Welt war es, deren letzte, bergende Schanze mit dem Hause Notaras fiel.

Und Arka war tot. Und der Großvater Melissenos ferner als je.

Nur ein fremder Mann, der Großekklesiarch, hielt sie, damit sie nicht falle.

«Gott setzt uns allen die Stunde», sagte der, «achten wir darauf, daß sie uns bereit finde.»

Er sagte es, weil Janitscharen eindrangen, und Lärm von unten bewies, daß der Palast abgeriegelt wurde.

Dieses Mal hatte Mohammed nicht seinen Kapu Aga entsandt. Wie die Dinge jetzt lagen, konnte ein einfacher Dscheri Süridschi, ein alter Veteran von einem Leutnant, das Geschäft besorgen.

«Wer ist hier Lukas Notaras?» fragte der Offizier, daß es hallte, und nannte außerdem noch die Namen der sechs Söhne.

Nach Mohammeds Besuch am Morgen hatte Kir Lukas nicht mehr an eine Verhaftung geglaubt und glaubte auch jetzt noch nicht, daß es der Sultan selbst sei, der Hand an ihn legen lasse. Er dachte an Chalil und verlangte den Hatti Scherif zu sehen, da er, Notaras, nach den Worten des Großherrn unter dem Majestätssiegel selbst stehen solle und unter keinem andern.

Statt aller Antwort gab der Dscheri Süridschi jedoch ein Kommando.

Die Mauer der Janitscharen öffnete sich, und hervor trat ein Mann mit einem dem Ende zu breit verlaufenden Krummschwert auf der Schulter.

Beim Anblick dieses Mannes raffte Irene sich auf.

Der Augenblick war da, von dem ihr Beschützer gesprochen hatte, und der Augenblick fand sie ungestützt und auf ihren eigenen Füßen. Stumm fand er sie und ohne eine Träne.

Zu nah war ihr das Grauen, nun sie das, was sie geahnt hatte, mit Augen sah:

Zweimal hatte Mohammed gesandt.

Das erste Mal Schahin Aga, seinen Kapu.

Das zweite Mal seinen Henker.

Und der wartete nun.

XVI

Alles andere geschah noch in der gleichen Nacht.

Auch der Comte de Boulaisse bekam seinen Willen.

Der Rest der Archonten, deren Liste Notaras ausgeliefert hatte, verlor zu gleicher Zeit wie er selbst seinen Kopf, er selbst mit seinen fünf ältesten Söhnen.

Mohammed aber nahm, was zu nehmen war: das Fräulein de Boulaisse in den Harem – den jungen Marko Notaras zu den Pagen.

Und am nächsten Morgen schlug er in dem einzigen ungeplünderten Palast von Konstantinopel sein Hoflager auf, in dem des geköpften Großherzogs.

Nur das Gynaeceum ließ er unversehrt. Sich an Frauen zu vergreifen hätte dem Koran widersprochen und Mohammed einen schlechten Namen bereitet.

Doch die Griechen wußten trotzdem, woran sie sich fortab zu halten hatten.

Einst war ein Senator ausgepeitscht worden, weil er es vorgezogen hatte, statt einer Gerichtsladung einer Einladung des göttlichen Kaisers zum Essen zu folgen. Mochten einzelne Handlungen auch, zumal wenn es um die Krone gegangen war, mit zeitweiligem Erfolg dem christlichen und menschlichen Grundsatz, daß Recht vor Macht gehe, widersprochen haben – im alltäglichen war bei den apostelgleichen Kosmokratoren von Byzanz die unumschränkte Kaiserherrschaft eine Herrschaft des Rechts gewesen und einer Milde nach dem Verständnis der Zeiten. Der Krönungseid hatte das Gelübde enthalten, mit der Todesstrafe sparsam umzugehen, und Johann Kalos Komnenos hatte sie vorübergehend gänzlich beseitigt. Jetzt aber glaubten es die Griechen mit Händen greifen zu können, was aus ihrem Rechtsstaat geworden sei.

Dreifach hatte Mohammed vor der Eroberung den Erfolg beschworen. «Wolle den Sieg!» hatte er gerufen. «Schäme dich der Niederlage! Folge dem Führer!» Und hinzugefügt hatte er noch: «Dann wird dir nichts unmöglich sein!»

Unter diesem jungen Sultan würde es heißen: Es gibt keinen Kaiser außer Ihm und kein Recht außer Seinem Willen.

Am Morgen des ersten Juni hatten die Tschausche diesen kaiserlichen Willen mit der aufgehenden Sonne verkündet.

Alle Bewohner der Stadt, die nicht rechtens Sklaven geworden seien, war ausgerufen worden, sollen frei und unbelästigt in ihre Häuser zurückkehren und dort nach ihren Gewohnheiten leben wie bisher. An Stelle des entflohenen Patriarchen aber solle ein neuer nach alter Sitte und Ordnung gewählt und geweiht werden.

In der Apostelkirche war denn auch die Patriarchenwahl erfolgt, und nun brauchte der neue Herr der griechischen Kirche nur noch von Mohammed bestätigt zu werden.

Es war alles so gekommen, wie es Irene vorausgesagt hatte: Mohammed ließ seine kaiserlichen Rechte nicht rosten.

Nach alter Sitte und Ordnung, dachte sie bitter, aber auch nicht ohne Bewunderung. Alles müsse Mohammeds Zwecken dienen, sogar die Ordnung.

Irenes eigene Welt war freilich zertrümmert, und sie selbst war nur noch ein losgerissenes Brett auf dem Meer, ein Spiel der Stürme und Wogen. So wenigstens empfand sie sich selbst.

Und doch war sie immer noch voll von einer kühlen und zugleich leidenschaftlichen Anteilnahme an allem, was sich begab! Mit ihrem ganzen Herzen hing sie am Vergangenen, an Hellas und dem ewigen Rom, denen sie gleicherweise entsprossen war, und aus der Tiefe ihres Wesens verabscheute sie die Gewalt, die das alles gestürzt hatte. Und nun sah sie, wie diese Gewalt alte und heilige Zusammenhänge gebrauchte, um den Neubau zu errichten und ihn fester zu fügen als alles, was vor ihm gewesen war, diese neue, bilderstürmerische Welt!

Eben zog Georgeos Scholastikos, als Mönch Gennadios genannt, in den Ehrenhof ein.

Zwar fehlten der Erste Hofkaplan und der Großdomestikos, und auch der Metropolit von Heraklea, der ihm zur

Linken hätte gehen sollen, war nicht da. Dafür aber empfingen ihn Leibwachen, Taschnegire und Tschausche.

An Stelle des verhafteten Großwesirs aber bekleidete Saganos Pascha den neuen Patriarchen mit einer Kapanidscha, einem fürstlichen Ehrenpelz von großer Kostbarkeit.

Und dann wurde Seine Heiligkeit mit allen Erzpriestern und allen anwesenden andern Klerikern feierlich in den Palast geleitet.

Vor Irenes eigenen Augen gingen türkisches und byzantinisches Zeremonial miteinander eine Ehe ein. Und das, was heute der Augenblick ergebe – mußte sie denken –, werde künftig als ehrwürdiger Brauch gelten.

Das Seitenportal verschlang den ganzen heiligen Haufen, und für eine Weile zeigten sich auf dem Hof nur noch die vorgeschriebenen Wachen.

«Jetzt ist Seine Heiligkeit bestätigt!» rief Chrysostomos. «Hören Euer Hoheit, was sie singen?»

Und in der Tat drangen aus dem Männerpalast die vorgeschriebenen Klänge des Chors «Viele Jahre, o Herr!», desselben Chors, der schon so manches Jahrhundert nach jeder Patriarcheneinsetzung gesungen worden war.

«Wissen Euer Hoheit auch, daß Seine Heiligkeit mit Majestät speisen werden?» fuhr der Nomophylax ganz überwältigt fort.

Auch für ihn, den Unbeirrbaren, war trotz aller nächtlicher Greuel und nur durch die gewohnten Zeremonien aus dem Sultan von Adrianopel bereits eine kaiserliche Majestät geworden.

«Der Kaiser hat ein Diplom versprochen», triumphierte er weiter, «daß niemand Seine Heiligkeit belästige und störe und daß unser Herr mit den ihm untergebenen Erzpriestern und Geistlichen für alle Zeiten von Steuern und Abgaben frei seien.»

Und es sei zum Stöhnen, dachte Irene, mit welcher Geschicklichkeit Mohammed vorgehe, der Heuchler, der Mörder.

Sie aber war auf ihre Knie gesunken.

Sie betete.

«Süße Mutter Gottes», betete sie. «Heilige Irene … heilige … heilige …»

Herz und Hirn antworteten nicht.

Sie hielt inne.

Nur leere Töne kamen aus ihrem Mund. Mundopfer waren diese Töne und keine Gebete.

Sie warf sich mit dem Gesicht auf den Boden.

Nichts half es ihr.

Und nichts werde ihr so schwer wie ein Gebet, klagte sie sich an.

In Wirklichkeit aber war es der tote Notaras, der ihren Gedanken die Flucht in den Himmel verlegte.

Auch er hatte vor seinem Sterben gebetet, und dieses war ihr von seinem Gebet erzählt worden:

Als der Henker mit den Gefangenen beim Gelage erschienen sei, habe er dem Onkel und fünf Vettern geboten, auf den Stufen zur Terrasse zu warten, und allein den Jüngling Marko zum Sultan geführt.

Mit dem Todesbefehl für die andern sei der Schwertmann zurückgekehrt, und in diesem Augenblick habe Lukas Notaras alle Würde, die jemals in ihm gewesen sei, wieder auf sich versammelt und alle Kräfte der Seele und des Geistes in sich erhöht.

«Gerecht bist du, o Herr!» habe er die Ermahnung an seine Söhne geschlossen, ihr Leben nicht durch Verleugnung Christi zu erkaufen, sondern sterbend in ihrem Glauben zu verharren.

Vor des Vaters Augen seien die Häupter der blühenden Söhne gefallen, und Notaras habe das Knirschen der Halswirbel hören müssen.

Ihm selbst jedoch sei für die Zeit eines Gebets Aufschub gewährt worden. In der nahen Kapelle des Archiropietos aber, des nicht von Menschenhand geformten Jungfrauenbildes, habe er es verrichtet.

Und von diesem Gebet eines Sterbenden, von einem Gebet, das sie nicht kannte, war Irene noch immer erfüllt.

Ob Notaras wohl des Giustiniani gedacht habe, überlegte sie, dem er nicht einen Zipfel der Macht habe lassen wollen, und ob ihm wohl das Teuflische der Macht um der Macht willen klargeworden sei vor seinem Ende? Wie ein verzauberter Drache erschien ihr die Gewalt, ein Drache, der sich, einmal ins Leben gerufen, aus Kot und Sumpf mit unechtem Blinken flammenspeiend erhebe. Niemand bändige die erweckte Gewalt, am wenigsten der, dessen Beschwörung sie heraufrief. Des Drachen Fraß aber sei der Mensch und alles, was Menschen erschaffen.

Eben noch hatte Irene den Zauberwurm leibhaftig zu erblicken geglaubt. Dort unten auf dem Hof habe er sich gezeigt, drüben im Männerhaus, überall sei er. Jeden Widerstand erdrücke er in seinen abgezirkelten, unentrinnbaren Ringen. Und mit bleckenden Zähnen und peitschendem Schweif überlagere er das Leben – das menschliche Leben.

Um des Notaras Gesicht vor dem Sterben rang Irene, um eine Antwort auf die Frage, warum die Allgewalt Gottes eine irdische zulasse, die nicht ihr Abglanz, nicht den Sphären der reinen Verklärung entflossen sei.

Notaras habe die Antwort gekannt! betete sie sich unermüdlich vor. Denn nach seiner letzten Andacht hatte auch Notaras den Schwertstreich empfangen, und sein Rumpf war auf die kopflosen Leiber der Söhne gefallen.

Ganz durchdrungen war Irene nun davon, daß unter dem Blitzen des Schwertes jede Erkenntnis in dem reuigen Sünder gewesen sei. Und wie sie so gleich Jakob mit dem Engel des Herrn rang, verrann ihr die Zeit.

Doch keinen Augenblick hatte der Engel sie bei all diesem Ringen über die Erde erheben können. Immer hatte ihre Seele den Leib gefühlt.

Rasch und wach erhob sie sich daher, sowie sie Kommandos und Waffengeklirr aus dem Hof jetzt herauflärmen hörte.

Im Glanz der Junisonne brannten alle Farben. Prunkende Kirchengewänder vermengten sich mit den Staatskleidern des Serails.

Zuletzt erschien mit einem silbernen Perlenzepter, wie er den Patriarchen stets von allen Kaisern verliehen worden war, Gennadios im Glanz seiner neuen Würde.

Zur Seite aber schritt, ihn in den Hof geleitend, Mohammed selbst. Schon setzte sich der Zug der Hofstaaten in Bewegung, das Ehrengeleit des bestätigten Kirchenherrn. Dem Gennadios wurde indes ein erlesenes Pferd mit weißer Schabracke aus dem kaiserlichen Marstall vorgeführt, und auf dem ritt er nun, huldreich entlassen und von zwei Imrachor, zwei Stallmeistern des Kaisers, geführt, in Begleitung aller Großwürden aus dem Palast.

Nur der Patriarch ritt. Alle andern gingen zu Fuß. Zur Apostelkirche ritt er, dem neuen Sitz des Patriarchats.

Irenes scharfe Augen aber saugten sich an Mohammed fest. Nach der Nacht der Trunkenheit und des Grauens hatte sie ein verwüstetes Antlitz erwartet, das alles Menschlichen bar sei. Oder auch reue- und gramdurchfurchte Züge. Von alledem sah sie nichts.

Was sie sah, war das frische und straffe Gesicht eines jungen Mannes. Und nichts als Wohlwollen und Gescheitheit waren von diesem Gesicht zu lesen.

Bis die Heiligkeit des Patriarchen das Straßentor durchschritten hatte, verweilte Mohammed auf den Stufen, und noch immer lag ihm ein Lächeln wie nach anregendem Freundesgespräch um Mund und Augen, als er sich dann inmitten seiner weißen Eunuchen ins Haus begab.

Doch Irene zog es immer wieder ans Fenster. Tagelang beobachtete sie den Hof, der in seiner Geschäftigkeit alles Geschehen widerspiegelte. Vieles erfuhr sie auch durch Chrysostomos, der aus dem Amt eines Jugenderziehers ohne viel Worte in das des Kammerherrn einer Prinzessin hinübergewechselt war.

Und das war in diesem Fall durchaus kein leichtes Amt.

Denn mit allem, was das Gynaeceum betraf, wandte sich jedermann jetzt an Irene. Tante Eudoxia war an einem Nervenfieber nämlich wirklich erkrankt. Und daraus ergab sich auch für Chrysostomos eine starke Belastung.

Dennoch gelang es dem alten Hofmeister, nach Irenes Angaben einen brauchbaren Nachrichtendienst einzurichten, und durch den erfuhr die Herrin von der neuen Ordnung in Galata, dessen Bewohner einen Freibrief bekamen, aber aus genuesischen Bürgern und Schutzgenossen allesamt türkische Untertanen wurden, von der Rückberufung der geflohenen Konstantinopolitaner, dem Auftrieb von Maurern und Kalkbrennern zur Wiederherstellung der Festungsmauern und zum Ausbau der Stadt und von dem Ausheben neuer Familien aus entfernten Gegenden des türkischen Reichs, um die Erneute wieder zu füllen.

Für Irene selbst freilich war eine andere Meldung noch wichtiger.

Es bestätigte sich, daß Mohammed aus der Beute auch eine große Zahl vornehmer Griechinnen mit nach Adrianopel zu nehmen gedenke, und es wäre allerdings seltsam gewesen, wenn die Eroberung der Weltstadt und eines ehemaligen Weltreichs sich in der Zusammensetzung des kaiserlichen Harems nicht ebenfalls ausgewirkt hätte. Der neue Gebietszuwachs und vor allem die neue Stellung verlangten das.

Immerhin hatte Irene erwartet, daß Tante Eudoxias ernste Erkrankung die Dame von der Maßnahme ausschließen würde, bis Chrysostomos eines Nachmittags den ehrengeachteten Herrn Chisr Hamil meldete, gewissermaßen einen Kollegen von sich selbst; denn Chisr war wie er verschnitten.

Allerdings war Chisrs Hautfarbe etwas dunkler.

Dieser Sohn Abessiniens, das vorwiegend den Haremsdienst stellte, war ein recht gebildeter Herr, der das reine und schöne Griechisch, wie es stets unter den Paläologen gepflegt worden war, vollkommen beherrschte. Er beglaubigte sich als Beauftragter Seiner Exzellenz des Kislar Aga und als Ehreneunuche für die erlauchte Kira Eudoxia.

Die hohe Dame sollte also doch mit nach Adrianopel, wenn auch offenbar in einer Form, die ihr fast jede Freiheit lassen würde.

Vielleicht hatte der Kislar Aga von ihrer ehemaligen Stellung als Zoste patriciae eine zu große Meinung, um sie nicht wenigstens in den Haremsregistern führen zu wollen – vielleicht sollte die Einweisung auch nur die Versorgung für die Witwe eines allzu kühnen Untertanen bedeuten.

Jedenfalls war die Dame zu krank, um für die ihr widerfahrene Ehre danken zu können. So tat es Irene für sie.

Irenes Anfrage aber, ob ihre eigene Freiheit in irgendeiner Weise beschränkt sei, begegnete nur erstauntem Lächeln und den hochgezogenen Augenbrauen einer höflichen Verwunderung.

Ihrer Hoheit Despina Irene stehe es als Mitglied eines neutralen, ja befreundeten Hauses selbstverständlich frei, ihre Schritte zu lenken, wohin es ihr beliebe. Und ob sie nun nach Trapezunt oder nach Önäum sich zurückzuziehen oder in Islambol zu bleiben geruhe – immer könne Ihre Hoheit des freundwilligen Beistandes Seiner Majestät gewiß sein.

Es tat Irene etwas weh, ihr Byzanz, ihre geliebte Anthusa, die Blühende, das heilige Konstantinopel aus türkischem Mund jetzt «Islambol», Fülle des Islams, nennen zu hören. Aber die Frage ihre Gehens oder Bleibens war schnell gelöst.

Ihre Tante brauche sie, erklärte sie Seiner Achtbarkeit. Und so gehe sie mit ihr nach Adrianopel.

XVII

Es durften keine Glocken im Lande des Islams erschallen, und so wurde auch Kira Eudoxia ohne Glockengeläut begraben.

Dennoch war es für das Dorf Mesene ein ganz großes Begräbnis, wie denn ein Begräbnis nicht gering sein konnte, zu dem der Patriarch des Erdkreises in eigener Person erschienen war.

Nur kurze Zeit nach seiner Stuhlbesteigung geschah das.

Siebzehn Tage nachdem Georgeos Scholarios bestätigt worden war, hatte Mohammed mit den vielen Tausenden seiner Hofhaltung Konstantinopel wieder verlassen und sich nach Adrianopel begeben. Kira Eudoxia jedoch war wegen ihrer Krankheit bereits in Mesene zurückgeblieben.

Dort war sie nach einigen Wochen gestorben, und Seine Heiligkeit hatte es sich nicht nehmen lassen, der Witwe seines langjährigen Freundes und Gönners die letzte Ehre zu erweisen.

Trotz der Nähe von Konstantinopel gehörte Mesene schon länger zum türkischen Besitz; und daher war es vom Krieg wohl verschont geblieben; aber sämtliche Einwohner bekannten sich dennoch zur griechischen Kirche, und alt und jung war nun auf den Beinen, um den heiligen Patriarchen in der Kirche des Dorfklosters zu sehen. Denn wie jedes richtige und gute Dorf hatte Mesene sein Kloster. Nicht der geringste Teil aller Griechen lebte in Klöstern.

Nur im alten Herrenhaus, das noch aus byzantinischer Zeit stammte, waren mit Chisr Hamil noch einige andere Bekenner Allahs geblieben. In Abwesenheit des türkischen Saims, der zur Zeit mit seinen Leuten die Kriegsdienste leistete, für die ihm das Siamet verliehen worden war, hatte Chisr das Haus für Kira Eudoxia und deren Begleitung beschlagnahmt.

«Ich habe Euer Achtbarkeit zu mir gebeten», sagt Chisr nun und würdigte Chrysostomos dabei der gleichen Anrede, die ihm selbst zukam, «weil ich Ihre Anteilnahme an Despina Irenes Schicksal kenne. Und so möchte ich denn, bevor ich die Despina um eine Unterredung bitte, vor allem erst einmal Ihre Meinung hören.»

Und dann hielt er einen Vortrag darüber, wie sehr sich alles durch Kira Eudoxias Ableben geändert habe.

In der Tat hatten Tante Eudoxias reichliche Reise- und Tagegelder auch Irenes Unterhalt mit bestritten, wie es das «Schleier- und Pantoffelgeld» ebenfalls getan hätte, das der Witwe des Notaras in Adrianopel sicher gewesen wäre. Irene selbst aber war für das Serail amtlich nicht vorhanden, und Chisr erklärte sich nun, um die Despina aus augenblicklicher Verlegenheit zu befreien, bereit, die Übertragung der Bewilligungen von Eudoxia auf Irene zu befürworten und vorläufig zu bevorschussen.

Bei Chrysostomos stieß er dabei jedoch durchaus nicht auf uneingeschränkte Zustimmung. Als echter Byzantiner dachte Chrysostomos bei jeder Sache zuerst an die Rechtsfolgen und fürchtete, wenn sie erst einmal Geld vom Harem genommen habe, sehr für die Freiheit seiner jungen Herrin.

Damit war der Kammerherr Ihrer Hoheit den geheimsten Gedanken seines Kollegen von der dunkleren Hautfarbe auch so nahe wie nur möglich gekommen: Chisr wünschte nichts so sehr, als Irene für den kaiserlichen Harem zu gewinnen. Und dieses Ziel verfolgte er, obwohl er unabhängig genug in seinem Urteil war, um dem allgemeinen Ruf von der Schönheit trapezuntischer Prinzessinnen nicht zu erliegen. Es war Irene selbst, die es ihm angetan hatte. Denn so zurückhaltend er sonst auch über Frauen denken mochte – von Irene war Chisr geradezu wie bezaubert.

Fast körperlich fühlte der Abessinier die Leidenschaften, die sich hinter Irenes Verstand verbargen. Ihre kühle Selbstbeherrschung konnte den Erfahrenen nicht beirren. Er hatte genug von ihrem Mund und ihren Nüstern erspäht, um wegen kleiner Abweichungen von starren Schönheitsregeln etwa das Erregende eines Körpers zu übersehen, der ihm tiefster Hingabe fähig zu sein schien, wenn sich erst die Seele erschlossen haben würde. Nach Chisrs Meinung sei Irene darum auch zur höchsten Erfüllung bestimmt, die einem Weibe beschieden sein könne, nämlich der, von Mohammed erkannt zu werden; aber nicht nur in ihrem Leibe, sondern auch in ihrer Seele. Nüchtern und ohne Verblendung versuchte er der jungen Herrin in der Stille den Weg zu ebnen, wobei er die eine große Schwierigkeit keineswegs übersah: Mohammed war Gewaltmensch auch bei den Frauen, während der Komnenin kein Kaiserglanz und nicht einmal der Erfolg eines Mannes etwas anzuhaben vermochte.

Ohne Auftrag, mit Gefahr seines Kopfes und der Uneigennützigkeit des Künstlers dem Werk gegenüber verfolgte er dennoch seinen Plan. Was nicht hinderte, daß dem Eunuchen gleichwohl auch das Vertrauen der Bewunderten und durch ihre Hilfe dermaleinst eine Stellung vorschwebte, die seinen Fähigkeiten besser entsprechen würden, als seine gegenwärtigen Lebensumstände es taten.

Chisr glaubte an Irene, und er glaubte an sich. Einstweilen hörte er höflich des Chrysostomos Einwände an, auf die er gefaßt gewesen war.

Zweifellos seien die Melissenos reich, entgegnete er dann. Aber der riesige Grundstücksbesitz der Familie in Islambol sei dort inzwischen durch das Recht der Eroberung an Mohammed gefallen. Ausdrücklich habe der Padischah sich die Häuser vorbehalten, und Seine Achtbarkeit möge das Angebot des Harems darum als eine billige Entschädigung durch Seine Majestät betrachten ...

«Ihre Hoheit ist Erbfürstin von Önäum», meinte Chrysostomos verschlossen.

Chisr verbarg seine Gedanken über die Festigkeit gegenwärtiger Verhältnisse kaum unter einem durchsichtigen Lächeln.

«Gewiß», sagte er nur, «das ist sie.»

«Meine Despina kann nicht in Verlegenheit geraten», fuhr Chrysostomos fort. «Jeder Bankier wird es sich zur Ehre anrechnen, Ihrer Hoheit mit einem angemessenen Vorschuß zu dienen.»

«Ich könnte auf die augenblickliche wirtschaftliche Zerrüttung hinweisen», meinte Chisr, um jedoch sogleich seinem Kollegen zuvorzukommen: «Aber zweifellos wird sich das alles binnen kurzem regeln. Immerhin», dehnte er dann die Silben, «ist die allgemeine Lage eine andere geworden, und Euer Achtbarkeit sollten – je eher, je besser – damit rechnen, daß es mit den Hofhaltungen Ihrer großen Familien bald endgültig vorbei sein dürfte ...»

Fast zuviel hatte Chisr schon gesagt!

Dafür sah er jetzt aber auch mit Genugtuung, wie sich des Chrysostomos Mienen verdüsterten. Chisr hatte einen langen Weg vor sich. Und der erste Schritt war, die Despina Irene überhaupt einmal dem Harem irgendwie zu verbinden, wobei Chrysostomos behilflich oder auch recht hinderlich sein konnte. Da aber der Unterhalt des alten Hofmeisters künftig völlig von Irene abhängen würde, hielt Chisr es für recht vorteilhaft, ihm deren Zukunft so unsicher wie nur möglich erscheinen zu lassen.

«Dagegen liegt es auf der Hand –», schob er darum auch erst nach einer Weile dem Bekümmerten die Rettungsplanke hin, «daß die kaiserlichen Ämter einen erhöhten Bedarf an unterrichteten und fähigen Männern haben werden. – Zum Beispiel das griechische Sekretariat Seiner Majestät ...», ließ er dann noch fallen.

«Und Sie glauben, daß ich als griechischer Sekretär ...?» schnappte Chrysostomos zu.

«... ganz entschieden in Frage kämen!» vollendete Chisr, ohne zu zaudern. «Ein Mann von Eurer Achtbarkeit Fähigkeiten! – Immerhin werden Sie begreifen ...», gab er zur Beruhigung gleich darauf zu bedenken, «welche Bedeutung einer Empfehlung des Harems in einem solchen Fall zukäme?»

Chrysostomos begann zu begreifen.

Jedenfalls widersprach er nicht mehr.

Doch dann seufzte er.

«Sie vergessen Seine Heiligkeit, mein lieber Chisr Hamil», sagte er auf einmal ganz menschlich und ohne jede Steifheit. «Wird der Patriarch der Despina nicht jederzeit eine Zuflucht bei sich anbieten?»

Jetzt war es an Chisr Hamil, zu verstummen, und in der Tat geschah noch am gleichen Tage das, was die beiden Herren so befürchtet hatten.

«Du solltest mehr Vertrauen zu mir haben», sagte Georgeos Scholarios milde. «In Abwesenheit deines Großvaters halte ich mich für berechtigt, ja verpflichtet, mich deiner anzunehmen, und bei deinem klaren Blick solltest du doch eigentlich verstehen, daß ich mir deiner Zukunft wegen Sorgen machen muß.»

In Wahrheit traute Irene Scholarios nur zu, ihre Angelegenheit in jedem Fall auf eine Weise zu schlichten, die sein Ansehen als das eines frommen und hilfreichen Mannes erhöhen würde.

Diese Unterredung fand in einem Raum statt, in dem nichts auf den türkischen Hausherrn hinwies. Ein einfacher Tisch und einige strohgeflochtene Stühle waren alles, was er an Möbeln aufwies. Nur der zierliche rote Bodenbelag und die bis zur halben Höhe blau gekachelten Wände sprachen von einer reicheren Vergangenheit.

Einfach, wie seine Umgebung war, trug sich auch der Patriarch. Außer dem Brustkreuz auf dem fließenden weißen Gewand war er ohne Schmuck.

Er war ein gepflegter, stattlicher Fünfziger von den angenehmsten Manieren. Wie ein leichter Puder lag das erste Ergrauen auf seinem braunen, langen Haupthaar und seinem Bart. Keinen Unterschied erblickte Irene zwischen dem Patriarchen und dem Richter des heiligen Palastes, den sie als Kind kennengelernt hatte, oder dem Mönch Gennadios, der dann später so häufig bei Lukas Notaras zu Gast gewesen war.

Für sie war der Mann dreier Schicksale, der da vor ihr saß, noch immer derselbe Kir Georgeos, mit dem sich so gut hatte plaudern lassen, und sie empfand nicht die geringste Scheu, ihm zu sagen, was sie dachte.

«Wenn ich jetzt ganz allein stehe, Heiliger Vater», meinte sie, «so ist das doch wohl nicht zum geringsten Teil auch Ihre Schuld.»

Scholarios war überrascht und betreten.

«Meine Schuld?» lächelte er ungläubig, als fasse er die Ungeheuerlichkeit der Beschuldigung nicht.

«Ich sagte: Ihre Schuld, Heiligkeit», beharrte Irene aber. «Oder sollten Sie darin nicht klarer als die andern gesehen haben, welchem unvermeidlichen Ende Lukas Notaras entgegenging, als er Mohammed zu überlisten versuchte?»

Es bedeutete viel, daß Scholarios überhaupt Rede stand. Aber er und Notaras hatten schon an dem Kinde Irene so viel Vergnügen gehabt und es, wenn auch halb im Scherz, stets als vollberechtigt behandelt. Und nun war aus dem Scherz Ernst geworden, und Scholarios kam gar nicht auf den Gedanken, der ehemaligen Kaiserbraut eine Antwort zu verweigern.

Er versuchte lediglich, der Unerbittlichen auszuweichen. «Wir können nur planen», sagte er, «das Ende steht immer in Gottes Hand.»

«Da Sie über ein zulängliches Gehirn verfügen, stand das Ende auch ein wenig in Eurer Heiligkeit Hand oder Kopf», schnitt ihm das Mädchen aber den Rückzug ab. «Und selbst wenn ich anerkenne», fuhr sie sogleich fort, «daß Sie allein, Georgeos Scholarios, für den Patriarchenstuhl in Frage kamen, so dürfen Sie es mir doch nicht verargen, wenn ich ihn mit dem Auslöschen einer ganzen Familie teuer bezahlt finde.»

«Wenn ich dich recht verstehe, mein Kind», zauderte Scholarios, «hätte ich die Ansprüche deines Onkels bekämpfen sollen?»

«Ja, das hätten Sie sollen!» rief Irene.

«Das sagst du, die du doch besser als irgend jemand sonst die alte Freundschaft kennst, die Notaras und mich verband?» wunderte sich Scholarios.

Doch Irene wandte sich ab.

Nicht einmal den Mut, für sich einzutreten, habe er, dachte sie erbittert. Und er hätte sagen können, daß in einer Zeit wie dieser das Leben eines Mannes und einer Familie nur leicht wiege. Vieles hätte er sagen, aber niemals von Freundschaft sprechen dürfen, wo es ihm nur um die Macht gegangen sei.

«Sie belieben, mir auszuweichen, Kir Georgeos», erneuerte sie mit sanfter Stimme ihren Angriff. «Und Sie wissen doch sehr gut, daß Ihre Erhebung mit einem lebenden Notaras als Wesir der Kuppel oder auch nur als einfachen Vertrauensmann Mohammeds ohne Amt kaum den Schatten einer Macht in Ihren Händen gelassen hätte. Deswegen ließen Sie den Verblendeten gewähren», stieß Irene nun vor. «Denn jetzt gibt es keinen Notaras mehr. Jetzt sind Eure Heiligkeit Patriarch. Und Sie sind es jetzt nicht nur dem Namen nach!»

Schonungslos sprach sie aus, was Scholarios nicht einmal im Selbstgespräch zugegeben hätte.

Er nahm den Ausdruck eines Schwergekränkten an, der in christlicher Milde verzeiht. Freilich wußte er dabei sehr genau, daß nichts ihn stärker mache als diese Milde.

«So also siehst du mich?» fragte er voll aufrichtigem Mitleid mit sich selbst. «Mir ist das alles ganz fremd.»

«Dann leugnen Sie wohl auch, was Sie dem Henotikon so aufsässig machte?» hielt sie ihn jedoch fest. «Sie und Notaras kannten die Gefahren der Stunde. Aber wenn Konstantin fiel und mit ihm das heilige Reich ...»

«Wäre es nicht besser, abzubrechen, Irene?» schlug er vor.

Irene aber stieß diese Frage heftig zurück.

«Nein!» schrie sie. «Hören Sie, Heiligkeit! Ich will es sagen, und Sie sollen es hören! Haben Sie nie – niemals und mit keinem Gedanken, in keiner Stunde Ihres Lebens je daran gedacht, daß mit Konstantins Tod eine Macht ohne Herrn sein würde?»

«Ich glaube, du tust uns Unrecht», meinte Scholarios nach einer kurzen vorsichtigen Pause. «Ihm tust du Unrecht und mir.»

Er schien ganz ruhig; aber er war es nicht.

«Tat ich Ihnen Unrecht, weil ich Sie und Notaras die beiden Totengräber von Byzanz nannte?» fragte Irene kalt. «Gennadios und Notaras – Notaras und Gennadios. So heißen sie. Und statt des heiligen Reiches haben wir nun einen Patriarchen, dem kein Kaiser und kein Minister etwas mehr vorzuschreiben haben. Dafür mußte Konstantinopel fallen, fielen Konstantin und zuletzt auch Notaras.»

Immer schwerer wurde es Scholarios, seine weltmännische Gelassenheit zu bewahren.

«Du bist jung», versuchte er sich aufzulehnen. «Nur Jugend kann so hart sein und so unbedingt, so ...»

«Ungerecht?» unterbrach ihn Irenes Spott.

«Ja, ungerecht!» bestätigte Kir Georgeos und enthüllte durch eine an ihm ungewohnte Heftigkeit seine Schwäche. «Ich schwöre dir auf das Evangelium, wenn ich je geahnt hätte ...»

«Sie brauchten nichts zu ahnen, Kir Georgeos. Wenn Sie die Lider nicht willentlich über Augen gesenkt hätten, denen es Gott gab, das Kommende zu schauen – so hätten Sie die Folgen von allem, was Sie und Notaras taten, stets im voraus berechnen können!»

Scholarios erwiderte nichts mehr.

Schamlos zeigten seine geheimsten Begierden plötzlich sich nackt. Furcht ergriff ihn, Zusammenhänge und eigene Schuld zu entdecken, wo er nichts hatte wahrhaben wollen als das einwandfreie Verhalten eines Freundes und eines Dieners des ewigen Gottes.

Doch dieses Mädchen sei schrecklich! konnte er im letzten Augenblick gerade noch denken und sich durch eine Oberflächlichkeit lästigen Erkenntnissen entziehen.

Worauf er sein Allzumenschliches in eine Würde hüllte, in der er sich wieder unangreifbar und wieder als redlicher Mann fühlen konnte.

«Du sagtest es, meine Tochter», zerbrach er gewandt eine Stille, die bedeutungsvoll zu werden drohte, «die Stadt Konstantinopel fiel. Was hilft jetzt das Fragen? Der Herr ließ es zu, und wir müssen uns beugen. Auch du mußt dich beugen, mein Kind. Islambol nennen jetzt die Türken die Stadt, und unser Konstantinopel ist klein geworden. Aber es ist vorhanden. Heute ist das alte Byzanz am Fanar zu finden. Es ist eine Stadt in der Stadt, eine Stadt mit ihren eigenen Toren und einem Diplom des Sultans, das uns Griechen jede Sicherheit gibt. Diesem Byzanz gilt es alles zu retten, was vom alten Glanz noch übrigblieb. Um das Patriarcheion, seinen geheiligten Mittelpunkt, müssen die großen Familien sich scharen. Dort ist Hellas und Rom, und dort ist Christos, dessen Gnade wir alle bedürfen. Auch du bedarfst ihrer, mein Kind. Auch dir bietet die Kirche ein Asyl und einen neuen Beginn. Durch mich ruft sie dich, einzugehen in das Haus deiner Väter, mag es auch kleiner geworden sein, als es zu der Zeit war, da die glorreichen Komnenen den Osten und Westen regierten.»

Irenes Angriff war ins Leere gestoßen. Befriedigt hielt er inne. Wieder einmal war er sich der Macht seiner Rede eitel bewußt.

Es lag ihm viel daran, die Mitglieder des hohen Adels und vor allem der ehemals kaiserlichen Familien allmählich an seinem Hof zu versammeln.

Viele waren in Sklaverei gefallen, und sie zu befreien, mußte man günstige Gelegenheiten abwarten.

Anderen war die Flucht gelungen. Ragusa war voll von Trägern alter oder glänzender Namen, voll von Hochadeligen, Künstlern und Gelehrten, deren gemeinsames Ziel die italienischen Fürstenhöfe waren.

Die letzte regierende Augusta Helena Dragases war zu ihrem Schwiegersohn, dem König von Georgien, entkommen, und ihr hatte sich Irenes Tante, Maria Komnena, angeschlossen, die Kaiserinwitwe von Konstantins älterem Bruder Johannes.

In alle Winde hatten sich die Paläologen und Kantakuczenen zerstreut. Im Peloponnes versuchten Konstantins Brüder zwar immer noch, ihre fürstlichen Herrschaften zu halten, und in Trapezunt regierte scheinbar unangefochten das Haus der Komnenen. Aber gerade nach Trapezunt konnte sich Irene nicht wenden.

Um so mehr wünschte Scholarios ihre Rückkehr nach Konstantinopel ins Stadtviertel des Fanars, des Leuchtturms. Und wenn man sich auf ihre Eigenschaft als Prinzessin eines neutralen Hauses berufe, dachte er, so könne man ihr vielleicht noch den Palast der Notaras wiederverschaffen, der nicht weit vom Viertel des Fanars liege.

Jedenfalls sah er keinen Grund, sich wegen Vergangenem und Unabänderlichem zu entzweien. Dazu war ihm auch Irene seit ihrer Kindheit viel zu vertraut und er viel zu gewohnt, ihr jede Absonderlichkeit, die sie vorbringen mochte, mit väterlichem Wohlwollen nachzusehen. So war er denn sehr überrascht, daß Irene sein Anerbieten ablehnte.

«Das bedaure ich sehr», meinte er. «Aber natürlich kannst du auf mich rechnen, wenn du zu deinem Großvater nach Önäum willst. Er ist dein nächster Verwandter und unterhält freundschaftliche Beziehungen zum Sultan. Ich zweifle nicht, daß Mohammed selbst deine Reise fördern wird.»

«Aber ich zweifle, daß ich ihn darum bitten werde», sagte Irene. Scholarios strähnte mit der Hand von unten herauf seinen Bart, was er gern tat, wenn er einen Zweifel ausdrükken wollte.

«Wir müssen nun einmal mit ihm rechnen, Irene», gab er ihr zu bedenken. «Und ich hielte es für besser, wenn du ihn um seine Zustimmung bätest. Aber wie du willst. Irgendeine Schiffsverbindung würde sich von Galata aus schon finden lassen.»

«Ich gehe nicht nach Önäum», war alles, was Irene erwiderte.

«Nicht?» – Auf Ungewöhnliches war Seine Heiligkeit bei Irene zwar immer gefaßt; aber wenn sie nicht nach Konstantinopel und nicht nach Önäum wollte – was hatte sie dann vor? – «Nach Trapezunt kannst du auf keinen Fall», erklärte er ihr. «Du kennst doch den Standpunkt deines Onkels Kalojohannes dir gegenüber. Und dein Onkel ist in Trapezunt nun einmal der Kaiser.»

Irene beugte sich vor, um in des Patriarchen Augen zu lesen, ob er alles, was er sage, auch meine?

«Kaiser Kalojohannes!» wiederholte sie dann, und wie sie das sagte, war jede Silbe ein Auslöschen dieses Namens und Titels. «Fügen Sie noch hinzu: Erbfürstin von Önäum. Was ich dann ja wohl genauso wäre, wie mein Onkel ein

Kaiser. Aber haben Sie sich nie die Frage vorgelegt, Heiligkeit, wie lange Mohammed dieses Kaiserreich Trapezunt noch dulden wird? Ein Jahr? Zwei Jahre? Da der Sultan sich zuerst mit den Paläologen in Peloponnes beschäftigen dürfte, könnte es auch noch etwas länger dauern. Doch daß glückwünschende Gesandtschaften und Tribute den Sultan nicht abhalten werden zu tun, was er als notwendig empfindet – das vorauszusehen birgt für einen Geist Ihres Ranges, wenn er sehen will, keine Schwierigkeiten. Mohammed wird seine Zeit abwarten, wie er sie bei seinem Vetter Chalil Tschendereli abgewartet hat. In Konstantinopel verhaftet, verlor der Großwesir hier in Mesene seinen einst so gescheiten Kopf.»

Diese kühle Folgerichtigkeit bereitete Scholarios nur neues Unbehagen. Er hatte Irene nicht Logik gelehrt, damit sie davon auch Gebrauch mache! «Wer bist du eigentlich?» empörte er sich. «Bist du überhaupt noch ein Mädchen?!»

«Fragen Sie mich das, weil ich ausspreche, was unvermeidlich ist? Jeder könnte sehen, was ich sehe. Aber da heckt, wie Sie berichteten, mein Onkel in Trapezunt Bündnisse aus mit dem Papst, mit dem karamanischen Emir, mit unserm Verwandten Usun Hassan von Diarbekr und Gott weiß wem, hockt über Heeresregistern, denen die Heere fehlen, und obwohl seine wirklichen Streitkräfte kaum an des Sultans Jagdgefolge heranreichen, ist er sicher wegen des leisesten Zweifels an seinem künftigen Sieg aus ganzer Seele entrüstet. Dieser Unverstand ist die sichere Katastrophe! Bei einem Bergsturz, wie wir ihn erleben, versteifen sich alle nur auf das eine Wunder, das den Berg gerade vor dem eigenen Garten, dem eigenen Haus aufhalten soll. Und das nennen sie dann Glauben und rühmen sich dessen noch!«

«Verwirfst du den Glauben und das Wunder?»

«Ich halte es für das größte Wunder, daß Gott den Menschen Verstand gab, wenn man sieht, welch schlechten Gebrauch sie davon machen», erklärte sie unnachgiebig. «Aber nicht umsonst bin ich Ihre und Ihres Freundes Notaras

Schülerin, will ich hoffen. So weiß ich dann wenigstens, daß ich niemals in Önäum regieren werde. Zu meinem Großvater würde ich freilich trotz allem gehen, wenn der mich nur wollte!» begann ihre Stimme leise zu zittern. «Doch was soll ich bei ihm? Schon als ich noch ein kleines Kind war, hat er mich nicht sehen mögen. Würde das jetzt anders sein, nachdem ich größer und, wie man sagt, meiner Mutter sehr ähnlich geworden bin? Er wird mich nicht wollen. – Sie müssen übrigens nicht denken, daß es mir leichtgefallen sei, auf Önäum zu verzichten. Jetzt bin ich dazu entschlossen. Möge der alte Mann in Frieden sterben.» Um ihre Bewegung zu verbergen, senkte Irene den Kopf. Scholarios aber begrüßte aufrichtig dieses erste Zeichen von Schwäche und legte ihr mit einem warmen Gefühl seine Hand auf den Scheitel.

«Du bist nicht allein», murmelte er. «Glaube mir, Irene, du bist es nicht.»

Da richtete sie sich auf, und nun sah er zu seinem Bedauern ein tränenloses Gesicht.

«Sie wollen mir wohl», sagte sie leise. «Ich weiß es.»

«Dann stelle dich unter meinen Schutz», redete er ihr zu. «Ich kenne keinen stärkeren für dich.»

«Ich kenne einen stärkeren», gab sie zurück.

Und dabei verlor sich ihr Blick in eine Ferne, in die er ihr nicht zu folgen vermochte.

«Natürlich!» beeilte er sich ihr beizupflichten. «In Gottes Hut sind wir geborgen. – Aber …», fuhr er fort, «wo sollte Gottes Hut dir wohl näher sein, mein Kind, als bei mir, der ich, obwohl unwürdig, Seine Berufung und Weihen empfing?»

«Vielleicht dort, wo man sich nicht so sicher berufen weiß und doch um Gott ringt», antwortete Irene.

Und daß ein einziges kleines Mädchen einem so viel Unangenehmes sagen könne, seufzte er ärgerlich in sich hinein – das habe er sich doch nicht gedacht!

«In ein Kloster möchtest du?» fragte er denn auch so trokken wie nur möglich.

An sich freilich wäre gegen ein Kloster nichts einzuwenden gewesen. Jeder achte oder zehnte griechische Mensch befand sich in einem Kloster. Und die Kämpfe der Heiligen untereinander waren dem Volk stets wichtiger gewesen als der Kampf gegen die unheiligen Mohammedaner. Auch Scholarios hatte seine Zuflucht im Kloster gesucht. Jedermann dachte bei der geringsten Schwierigkeit eben an ein Kloster. Warum sollte der Despina Irene daher eine Einrichtung verschlossen bleiben, die auch aus dem Palastrichter Scholarios einst einen Mönch Gennadios gemacht hatte?

Dennoch horchte er bei Irenes Antwort auf.

«Man kann es auch ein Kloster nennen», meinte sie nämlich.

«Du gedenkst also nicht, dich zu binden, und willst nur deinen Aufenthalt in einem Kloster nehmen?» fiel er sofort ein.

Denn bei diesem Gedanken empfand Scholarios eine große Erleichterung. Er war durchaus nicht sicher, wie Mohammed es aufnehmen würde, wenn er, der Patriarch, den Klostereintritt eines Mädchens aus regierendem Hause begünstigte. Und außerdem war keineswegs abzusehen, ob dieses Mädchen nicht noch auf eine andere Weise gebraucht werden könnte, bei der Klostergelübde nur hinderlich wären. In diesem Augenblick hätte sich Seine Heiligkeit der Patriarch vielleicht sogar mit Chisr Hamil, dem Haremseunuchen, überraschend gut verstanden.

«Ich kann dein Vorhaben nur billigen«, fuhr er auch schon fort, ohne Irene Zeit zu Einwendungen zu lassen. «Es mag Leute geben, die mich tadeln würden, daß ich dir von einer endgültigen Bindung ebenfalls abrate. Natürlich scheint gerade sie am ehesten einen gottseligen Wandel auf Erden zu gewährleisten. Dennoch wiederhole ich: Ich rate dir ab! Du bist noch zu jung! Und es hieße vielleicht Gottes Absichten vorgreifen ...»

«Sie mißverstanden mich, Heiligkeit», erklärte da aber Irene. «Ich will wirklich ins Kloster gehen. Ich will alles tun, was Nonnen tun, und alles leiden, was sie leiden.»

«Nonne werden ...?» Scholarios verstummte.

Es sei schwer, sich mit Gewalt zu widersetzen, ärgerte er sich, einmal wegen des störrischen Sinns seines Schützlings und dann auch wegen des Anstoßes, den die Gläubigen an seinem Widerstreben nehmen könnten. Am besten sei es daher, zu gewähren und zu warten.

Zwar hatten sich in vielen berühmten Klöstern Konstantinopels Türken niedergelassen; aber immer noch gab es Nonnen genug. Denn da bei der Eroberung nur Derwische sie zu Sklavinnen hatten machen dürfen, so waren manche übriggeblieben, die ihre Freiheit, wenn vielleicht auch nicht immer ihre Jungfräulichkeit, gerettet hatten. Scholarios nahm sich vor, mit der Igumena, der Äbtissin des Klosters der Allerheiligsten Jungfrau, zu reden. Er schätzte die Dame und zweifelte nicht daran, daß sie ihm helfen werde, das trotzige Mädchen der Welt zu erhalten.

Leider widersetzte sich Irene auch diesem Vorschlag.

Es half ihm nichts, sie an den prächtigen Klosterpalast im Norden der Kirche gleichen Namens zu erinnern, nichts, sie über die milde, vielfach gelockerte geistliche Haft, wie auch darüber zu beruhigen, daß bei diesen Damen aus den besten Familien von barbarischen Kasteiungen keine Rede sein könne und sich alles mit bloßen Gebetsübungen schlichte.

«Glauben Sie wirklich», fragte Irene voll Verachtung, «daß ich mich Gott nur mit den Lippen darbringen und ihn um das Opfer meines Leibes betrügen wolle?»

Hierauf etwas zu erwidern war für einen Kirchenfürsten nicht leicht. Zum Überfluß merkte Scholarios auch noch, wie beängstigend nahe ihm, der niemals Familie gehabt hatte, dieses Mädchen im Grunde doch stand.

Er selbst war nur der Gelegenheitsmönch eines vornehmen Klosters für gelehrte Männer gewesen. Und nun sollte er Irene einer harten Klosterzucht überlassen, auf die er stets nur überheblich hinabgeschaut hatte? Grobe Hände sollten sich an dieses gepflegte, damenhafte Wesen wagen dürfen, das er väterlich liebte?

«Doch nicht ein strenges Kloster ...?» wagte er schließlich die Frage.

«Ich schrieb bereits an die Grauen Büßerinnen in Kartuza», erklärte Irene.

«Nein!» rief Scholarios und erhob sich heftig. Er trat an das Fenster. «Niemals!» wiederholte er. Seine Heiligkeit glaubte Grund genug für sein Nein zu haben.

Es gab Klöster mit mehr oder weniger leichten Regeln, und wenn es Irene eingefallen wäre, ein Kloster härtester Richtung zu wählen, so hätte sich der Freund ihrer Kinderjahre doch immer nur auf Einwendungen beschränkt.

Aber die Grauen Büßerinnen von Kartuza!

Man hatte sie im Verdacht, daß kein Bischof ihre wahren Regeln jemals gesehen habe und auch keine Synode. Ophitischer Greuel bezichtigte man sie. Die ketzerische Gnosis im Geheimkult zu verehren, warf man ihnen vor. Man ging ihnen mehr aus dem Wege, als daß man sie duldete. Und auch das tat man eben nur, weil diese hartgesottenen Frauen ihrer grausamen Klosterzucht wegen dem Volk als Heilige galten.

Aber nie konnte ein Mann wie Scholarios, dem die gute Form ebenso Religion war wie der Glaube an Christos, nie konnte dieser Mann zugeben, daß ein Mädchen seiner engeren Kreise, eine Blüte der höchsten, jemals gekannten Kultur, daß eine kaiserliche Prinzessin ...

Der Klang leiser Worte ließ den Ausbruch der Empörung versiegen. Kaum wahrnehmbar hatte ihn Irene gefragt, ob er alles glaube, was er lehre? Ob er an Gott, an die Göttlichkeit Christi und an die Dreieinigkeit des göttlichen Wesens glaube?

«Ob ich ...?» erstarrte Scholarios.

«Ja», wiederholte Irene, «denken Sie nur, Heiligkeit, wie furchtbar es wäre, wenn Sie alles glaubten, was die Kirche zu glauben gebietet, und nun danach zu handeln versuchten! Könnten Sie das, ohne Gott je gesehen zu haben?»

«Was redest du?»

«Ich kann es nicht», fuhr sie, ohne seine Frage zu beachten, fort. «Ich muß Ihn sehen. Ich muß Gott sehen, wenn ich noch glauben soll.»

«Welch eine Vermessenheit!»

Es lag eher Verwunderung, ja Bewunderung als Unwillen in diesem Ausruf. Und gar mit Schelten etwas ausrichten zu wollen – auf den Gedanken kam er gar nicht erst.

Irene dagegen kannte des Scholarios Standpunkt sehr genau, und sie hätte ihn gern geteilt.

«Vermessenheit», wiederholte sie fast zustimmend, «das hätte ich früher auch gesagt. Aber gilt das, was früher war, heute noch? Nach allem, was geschah? Was Gott geschehen ließ?»

«Du solltest dich demütigen», riet Scholarios. «Du solltest alles denen überlassen, die dazu bestellt sind, es zu wissen.»

«Euch Priestern also?» fragte Irene. «Und was tut ihr? Überlaßt ihr es nicht auch wieder andern? Den Kirchenvätern? Den Aposteln? Und schließlich weiß es keiner!»

«Wenn du Gott suchen willst, so suche ihn im Gebet.»

«Ich habe gebetet», versicherte sie ihm. «So wie man mich zu beten lehrte, habe ich gebetet. Aber es hat nichts geholfen.»

Sie war keineswegs aufsässig, eher voll Sanftmut. Aber gerade daran erkannte Scholarios ihre Hartnäckigkeit.

Eine Welle von Erbitterung überflutete ihn wider seinen Willen.

«Und nun willst du Ihn bei den Grauen Büßerinnen finden, die nichts Besseres wissen, als jene, die sich vergingen, nackt und mit dem Rücken nach außen an Kreuze zu binden? Glaubst du wirklich, daß Gott dir erscheinen wird, wenn du so seinem Dienst beiwohnen mußt, um nachher gepeitscht zu werden?»

«Sie sagen, man müsse Gott alles opfern, auch die Scham», meinte Irene. «Und die zuerst! Aber wie kann ich sagen, daß ein Weg zum Ziele führe oder nicht, bevor ich ihn ging?»

«Doch ein anderes weißt du von diesem Weg: daß du ihn nie wieder zurückgehen kannst. Daran denke!»

Doch Irene schüttelte nur den Kopf.

«Was mich auch erwartet», sagte sie, «ich will nicht zurück. Was nützen Gebete, wenn jedermann nur daran denkt, daß er Macht gewinne über den andern? Auch Mohammed betete, wie es sein Glaube ihm vorschreibt, in der Richtung nach Mekka. Aber er tat es nach Einbruch und Mord und den Altar der Hagia Sophia unter seinen Füßen.»

«Ohne Macht keine Ordnung», erklärte Scholarios, «und ich muß mich sehr wundern, daß ich einer Tochter von Kaisern das sagen muß.»

«Sie wissen besser als ich, Heiligkeit», wehrte sich Irene, «daß die Macht der apostelgleichen Kaiser das Recht war. Wider das Recht vermochten sie nichts. Was aber ist Mohammeds neue Ordnung? Der Stiel zu einem zermalmenden Hammer, der Griff zu einem mordenden Schwert. Hinter Mohammeds Ordnung drohen Willkür und nackte Gewalt.»

«Und was findest du in Kartuza? Marter des Leibes und eine seelenbeugende, grausame Zucht. Und glaube mir: Diese finsteren Nonnen sind nicht so beschaffen, dir das Geringste zu erlassen.»

«Sei es so. Aber ich will lieber Gewalt erleiden als sie üben.»

«Immer übst du sie», lächelte Scholarios traurig und wissend. «Ohne Sklaven gäbe es keine Tyrannen. Stets waren die Sklaven zuerst da, ehe sich ein Tyrann für sie fand.»

Irenes Jugend wußte ihm keine Antwort mehr.

Scholarios aber fühlte, daß sein Anteil am Tode des Notaras ihm den Weg zu ihrem Vertrauen sperrte.

Er seufzte. «Es ist also dein letztes Wort?» fragte er. «Du willst zu den Büßerinnen?»

«Ja», nickte sie, «nach Kartuza.»

«Dann höre auch mich», erwiderte er mit einem festen Entschluß. «Du bist nicht mündig. Und solange dein Großvater Melissenos nichts entschieden hat, übernehme ich, der Patriarch, nach den Gesetzen unserer heiligen Kirche über dich die Vormundschaft. – Du wirst nicht gehen, mein Kind», fügte er milder hinzu.

Dennoch schien es ungewiß, ob sie ihn überhaupt gehört habe.

Mit offenen Augen sah sie ihn auf eine Weise an, als sei er überhaupt nicht vorhanden.

Erst nach einer Weile bewegten sich ihre Lippen.

«Ich hörte Sie, heiliger Vater», sagten die Lippen.

Dann hoben sich, wie von fremden Händen gelenkt, ihre Arme, kreuzten sich über der jungen Brust, und so versank sie in der Proskynese.

Als Herrn aller Griechen erkannte sie den Patriarchen damit an.

Doch als Seine Heiligkeit sie aufheben wollte, entschwand sie nach rückwärts.

Dann war Scholarios allein.

Er war keineswegs beruhigt.

Seine Blicke schweiften wie seine Gedanken.

Schließlich löste er sich vom Fenster und öffnete die Tür. «Bardanes», sagte er.

Ein Kleriker erschien.

«Despina Irene darf das Haus nicht verlassen», ordnete Scholarios an. «Zuverlässige Leute aus unserer Schutzwache haben alle Ausgänge im Auge zu behalten.»

«Und wenn Ihre Hoheit dennoch versuchen sollte ...»

«... ist sie zu hindern. Sie sorgen selbst dafür, daß es mit aller Rücksicht und der gebührenden Ehrerbietung geschehe.»

Eine heiße, körperliche Scham fühlte Irene in sich aufsteigen.

Kein Mensch außer ihr war im Raum, und doch war es ihr, als schauten unzählige Augen ihr zu, wie sie sich auszog.

Es geschah langsam.

Jedes Abstreifen und Gleitenlassen war ein Abschiednehmen.

Nie wieder werde sie Kleider wie diese tragen, war sie überzeugt.

Irene hatte nach Kartuza geschrieben; aber nichts Geschriebenes und nichts Gesprochenes hatte sie als Antwort erhalten.

Nur eine bettelnde Pilgerin war in den Hof gekommen, und die hatte als fromme Gegengabe für das Almosen der Prinzessin einen verschnürten Sack hinterlassen, der so lumpig anzuschauen gewesen war, daß man ihn der Herrin kaum hatte bringen mögen.

Im Sack aber waren ein graues Hemd aus grobem Nessel, ein eiserner Stachelgürtel und eine Rute gewesen.

Auch einer Despina hatte Kartuza nichts anderes zu bieten gehabt. Und jetzt lagen Hemd, Gürtel und Rute bereit.

Den Gürtel nahm Irene zuerst, und mit ihm in der Hand trat sie vor den Spiegel, den noch der byzantinische Vorbesitzer aus unterlegten Glasplatten in die Wand eingelassen hatte.

In Kartuza gab es keine Spiegel, und so betrachtete sie sich ernsthaft und zum letztenmal, als sei sie ein Opfertier, das der verzehrenden Flamme würdig befunden werden müsse.

Sie zwang sich dazu, es zu tun.

Denn das, was Scholarios vom Festbinden auf die Kreuze gesagt hatte, war nicht ohne Eindruck auf sie geblieben.

So also, wie sie jetzt dastand, würde sie vor aller Augen auf die erlösende Buße warten müssen, dachte sie. Und sie ließ ihren Stolz knirschen, ihre Scham sich empören und stählte daran ihren Willen. Des Scholarios Wort von den Sklaven fiel ihr ein.

Und noch einmal verhärtete sie sich gegen den, den sie nicht hatte widerlegen können.

Im Harren auf Gottes Gesicht wolle sie die Sklavin der Unerbittlichen werden, gelobte sie sich, wolle sie ihren Nacken unter die Füße der Grauen beugen und sich zu jeder Selbstentäußerung vor ihnen willig erfinden lassen.

Hastig legte sie sich den Gürtel um und riß ihn zusammen.

Im jähen Schmerz verzerrte sich ihr Gesicht. Doch ein Lächeln der Verachtung besiegte jede Verzerrung. Und dann hakte sie Glied um Glied enger den eisernen Gurt.

Und nun starrten nur noch zwei schmerzgeweitete Augen sie an. Aber unbewegt blieb ihr Gesicht.

Sie warf die Kutte über sich, verhüllte ihren Kopf mit dem Sack, nahm die Rute …

Am andern Morgen war Irene verschwunden.

Niemand hatte die Despina gesehen.

Zweites Buch

XVIII

«Lobet im Himmel den Herrn; lobet ihn in der Höhe!
Lobet ihn, all seine Engel; lobet ihn, all sein Heer!
Halleluja!»

Es war die Nacht des Karfreitags, und in der Krypta sang die Gemeinde der Bogomilen von Kartuza sich in den Zustand hinein, da zur Befreiung der Seele der Leib dem Chaos anheimfallen sollte. Chaos sollte zu Chaos und Geist zu Geist gelangen, um so das geistverklärte Fleisch mit Gott zu versöhnen.

Aber nur an einer Stätte der Eingeweihten konnte dies Wunder geschehen, und auch dort nur – so wurde in der Krypta gelehrt – durch Hingabe an die Wollust. Erst müsse das Chaos im Fleisch gedemütigt werden, ehe die Seele als befreiter Äon sich im Anschauen Christi emporschwingen könne in den Strahlenglanz des Pleroma.

«Hallelujah! Lobet ihn, Sonne und Mond! Lobet ihn, leuchtende Sterne!

Lobet ihn, ihr Himmel allüberall; alles, was Odem hat, lobe den Herrn!»

Dumpf brauste der Psalm.

Man sang ihn, um bald nicht mehr nur singen zu müssen, sondern auch zu tanzen, wie man tanzen würde, um bald nicht mehr nur tanzen zu müssen, sondern um in wahlloser Verschlingung der Leiber alle Begierden aus sich herauszulassen.

Noch freilich brauste der Psalm wie eine stete, mächtige Dünung. Noch hatten die Leiber sich nicht erhitzt. Noch erschauerten viele vor der Heiligkeit und der Kühle dieser unterirdischen Kirche.

Zu diesen vielen gehörte Irene nicht.

Zu groß war ihr Entsetzen vor dem, was ihr geschah und noch geschehen sollte, als daß sie die feuchte Kühle der Krypta auf ihrer Haut gespürt hätte. Sie sah mehr, als daß sie fühlte. An ihrer Kutte sah sie, daß sie nackt war. Denn ihre Kutte lag auf dem Altar und am Fuß des Kreuzes, an das man sie gebunden hatte.

Der Äbtissin-Mantel lag unter der Kutte, und so sah sie ihn nicht. Aber er lag da, und es war wirklich ihr Mantel. Als Igumena von Kartuza hatte sie ihn getragen.

Rechtgläubig nannte sich das Kloster von Kartuza, und des besaß auch genug eifrige Nonnen, die genauso an diese Rechtgläubigkeit glaubten wie das Kirchenvolk im allgemeinen. Zwar fehlten die Heiligenbilder in der Klosterkirche, als befinde man sich noch in der Zeit der Ikonoklasten, der bilderstürmerischen Kaiser von einst. Dafür hingen dann aber Geißeln und Ruten, oft noch mit einem feuchten Glanz, an den kahlen Wänden und erweckten tiefere Schauer als die schönsten Ikonen.

Auch bischöfliche Visitationen würden, falls sie sich überhaupt jemals in dieses Kloster gewagt hätten, nichts anderes als einen Schirm von Rechtgläubigkeit und Buße gefunden haben, hinter dem sich die Häresie verbarg.

Und Ketzerei hätte die Kirche genannt, was den heimlich Verbundenen, den entflammmten Mystikerinnen unter den Nonnen, als Gotteserkenntnis galt und Erlösung vom Fleisch.

Denn das Mysterium war ewig.

Wie es der Antike von verschollenen Kulturen überkommen war, so hatte sie es in der Gnosis dem Christentum weitergegeben. Was den Eleusinischen Mysterien die olympischen Götter gewesen waren, das waren den Gnostikern die Lehren der Kirche: nur der Schleier vor dem Bilde einer Wahrheit, die zu erblicken einzig den Entflammten vergönnt sei. Erkennen wollten sie Gott, und in ihrem Erkenntnisdrang schreckten sie vor keiner Gewalttat zurück. Im Beben der Welten und im fressenden Feuer wollten sie Gott erobern. Ringen wollten sie mit ihm wie Jakob mit dem Engel des Herrn am Bach. Und lau erschien es ihnen, auf das Kommen Gottes im Säuseln eines leisen Windes zu warten.

Der Wege waren viele, die von den Gnostikern als Wege zu Gott gepriesen wurden. Wohin diese Lehren im letzten aber auch führten – alle begannen sie mit der Philosophie und endeten in einem Kult, alle Lehren errichteten neue Bilder statt der gestürzten.

Auch Kartuza besaß Lehre und Kult, und beide waren die der thrakischen Bogomilen.

Diese Leute hatten Byzanz einst viel zu schaffen gemacht, bis dann ihr damaliges Haupt Basilios vom Kaiser Alexander Komnenos verbrannt worden war. Und das war die Ursache einer geheimen Teilnahme der Eingeweihten an Irene gewesen: Irene war die Nachkommin des Verfolgers, und Triumph war es, die Tochter der Cäsaren der Lehre gewonnen zu haben, Triumph, sie jetzt im Kult zu opfern.

Denn wie sich Kartuzas Lehre im Laufe der Jahrhunderte auch mit andern gekreuzt haben mochte, so nannte sie doch immer noch den Priester Bogomil – den Gottesfreund – ihren Stifter und Basilios, den der Komnene auf den Scheiterhaufen geschickt hatte, ihren Märtyrer.

Irene hatte also mit Leichtigkeit alle Weihen erlangt, die sich sonst den Gläubigen erst im reiferen Alter und nach einem schweren Opfer erschlossen: Beim Mann verfielen zuvor die Hoden, bei der Frau verfiel eine Brust dem Messer.

Die Komnenin aber hatte weder zu opfern noch zu warten gehabt. Eine der verschlossenen Türen nach der andern war willig vor ihr aufgetan worden, bis Irene dann im höchsten Stande der Gnade die Lehre selbst hatte vernehmen dürfen.

Und aus dem Pleroma, der Fülle und dem Urlicht Gottselbst, lautete die Geheimlehre von Kartuza, gleitet – das feindliche Chaos zu gewinnen und zu vergöttlichen – als ein Strahl Gottes Sophia.

Sophia aber stürzt, von Grauen ergriffen, in den Abgrund des Stoffes, der ihr – der Stoff dem Geist! – schänderisch Gewalt antut, so daß sie Satanaël gebiert.

Und Sophia hört auf, Gottselbst zu sein. In seine Gegenwart kann sie nicht mehr zurück, nicht mehr zurück zur Sophia Gottes, die sie einst selbst war und deren geschwächter Abglanz sie nur noch ist. Mit ungeheuren leidvollen Mühen rettet sie sich in die mittlere Sphäre. Und nun erschaut sie Satanaël, wie er mit dem von ihr empfangenen göttlichen Odem in wilder Schöpfungswollust zum Demiurgos, zum Baumeister und Schöpfer einer niederen Welt und des Menschen wird.

Feindlich zerrissen in sich ist von Anbeginn dieser Mensch. Dennoch bleibt er der Erkenntnis geöffnet, und Sophia schickt sie ihm in Gestalt einer Schlange.

Nachdem aber der Mensch erst vom Baum der Erkenntnis gegessen, kann Satanaël nie mehr in ihm die Gottessehnsucht ersticken.

Da rast der Schöpfer – schuf er den Menschen doch, mit ihm das Pleroma dem Chaos zu unterwerfen, wie er selbst, er, Satanaël, sein Dasein der Gewalt des Stoffes verdankt – und rachsüchtig belegt er mit dem Fluch der Arbeit und des Sterbens sein abtrünniges Geschöpf.

Sterblich geworden, ist der Mensch zur Selbsterhaltung zu schwach, und auch Sophia kann ihn vom Stoff nicht mehr lösen, der auch ihr noch vom Sturz in den Abgrund anhaftet.

Immer mehr verglimmen daher die Äonen im Fleisch, die hinabgesunkenen Funken des göttlichen Lichtes – in immer mächtigeren Wellen legt sich dagegen bei jeder neuen Geburt das finstere und träge Chaos über die von ihrem Schöpfer Verfluchten.

Da erbarmt sich das göttliche Urlicht.

Selbst im fernsten fleischverstrickten Äon ist Es noch Gott, und, seiner eigenen Gefangenschaft müde, sendet Es als seinen zweiten Strahl aus sich selbst Christos, den anderen Sohn.

Und nochmals schwebt das göttliche Licht hinab. In Wandlungen geschieht das, um Satanaël zu täuschen. Als Ophiomorphos, als Schlangengestaltiger, betritt Christos die mittlere Sphäre, und auf Erden wird er als Jesus von Nazareth Mensch.

Zu spät erfährt es Satanaël, und er beschließt, um den Preis seiner Schöpfung Christos sich selbst zu gewinnen.

Auf einen hohen Berg führt er des Menschen Sohn, ihm die Gewalt seiner Werke zu zeigen, und spricht: «Falle nieder vor mir auf dein Angesicht und bete mich an – und dies alles ist dein!»

Um ihrer Seelen willen aber, die von Gott sind, wendet Christos sich zu den Geschöpfen, daß er den Stoff im Schmerz überwinde und so die Menschen erlöse.

Überall in den Dörfern und Städten saßen als fleißige Kleinbauern und Handwerker die Anhänger dieser Lehre und galten jedem für rechtgläubige Männer und Frauen von besonders reinem Wandel.

Und diese einfachen Leute scheuten keine Mühe und auch keine Gefahr, um ihrer Lehre insgeheim neue Bekenner zu gewinnen, einer Lehre, die von ihnen von Kind zu Kindeskindern durch Jahrhunderte bewahrt worden und so beschaffen war, um selbst auf ein Mädchen wie Irene einen tiefen Eindruck zu machen.

Auf die Frage aller Fragen: wie Gott, der allmächtige Schöpfer Himmels und der Erden, Tod und Sünde, Unrecht und Gewalt zulassen könne – hatte die Kirche Irene nie eine Antwort gegeben; denn die Bitte des Vaterunsers «Und führe uns nicht in Versuchung» war für eine so feurige Seele keine gewesen.

Die Bogomilen dagegen hielten diese Antwort bereit: Gott, das Pleroma, war eben nicht allmächtig – zwei Throne standen, wie es schon Zarathustra gelehrt hatte, nicht einer –, und der dramatische Gegensatz Gottes zum Chaos war das Leben.

Und auch auf die zweite aller Fragen: was Sünde sei – hatten die Bogomilen eine Antwort.

Es gab zwei Throne; aber nur eine Sünde: die Sünde wider den Heiligen Geist, die Christos darum auch die Sünde genannt hatte, die nicht vergeben werden könne.

Das Chaos zu vergöttlichen, waren die Äonen aus dem Lichtmeer Gottes hinabgeschwebt, ihre Vergewaltigung durch das Fleisch war die Sünde, weil es, wenn man ihm den Willen ließ, immer nur seine Wiedervereinigung mit dem Chaos wollen konnte. Dieser Mißbrauch – die Unterjochung des Geistes durch das von ihm dem Chaos entrissene Fleisch – galt den Bogomilen von Kartuza als die Sünde, von der sie wußten.

Aber je näher zu Gott, je näher der Sünde.

Daß die Eingeweihten sich ihre Bestätigungen noch aus der Schrift holen zu müssen glaubten, brachte ihre philosophischen Bilder in allzu nahe Berührung mit den Unberechenbarkeiten des Gewordenen. In ihrer Unzufriedenheit mit matten Symbolen beschworen sie aus dem Bodensatz der Jahrtausende das Längstversunkene. Das Verlangen nach der Unmittelbarkeit des Göttlichen machte ihre Sinnbilder wieder sinnlich.

War Christos nicht niedergefahren zur Hölle und am dritten Tag auferstanden von den Toten? So wollten die

Eingeweihten in den Nächten des Karfreitags auch ihre Höllenfahrten begehen, um von ihnen nach Christi Vorbild verklärt wieder aufzusteigen zum Tag.

Nicht umsonst feierten sie ihren Kult unter der Kirche und in der Krypta. Vielleicht war hier schon eine Kultstätte der Großen Mutter gewesen, überragt von einem Kreuz wie dem, das Irene umschlang, einem Kreuz mit vier gleichlangen Armen, unter dem die Mutter-Göttin in Vorzeiten um das Meer herum und auf den Inseln verehrt worden war. Geheimnisvoll war ja stets die Anziehung solcher Stätten von uralter Weihe, und nicht selten wandelten sie das Neue nach ihren unvergänglichen Zeichen.

Den kartuzanischen Bogomilen lösten jedenfalls keine Harmonien die Dissonanzen. Dieser Gotteskämpfer Opfer waren in aller Wirklichkeit blutig, und ihre Wollust war ohne Erbarmen.

Nicht einmal Gott anzurufen, wagte Irene.

Die Scham, unter der sie sich krümmte, der Schmerz, der kommen würde, und vor dem, ihn demütig zu empfangen, ihre Hüllen hatten fallen müssen – Scham und Schmerz sollten ja Anrufungen Gottes sein! Und was Irene seit ihrem Noviziat erleiden sehen und selbst erlitten hatte – das hatte ihren Frauenkörper auch wirklich nicht nur an der Oberfläche, sondern in den Tiefen des Geschlechts ergriffen: Zunächst war jeder ihrer klaren Gedanken vom entfesselten Trieb überbraust worden.

Ertränken aber hatten diese Wogen ihre kühlen Überlegungen nicht können! Sehr bald waren die überstürmten aus dem Gischt wieder emporgetaucht.

Und nun hörte sie einen Namen. Nicht Gott, die Kreatur rief. Und es war nicht der Name Gottes, den Irene hörte. «Gennadios!» rief es in ihr.

Nur wenig hatte Gennadios von Kartuza geahnt, fast nichts. Aber für ihn war es genug gewesen, um zu bezweifeln, daß Gott ihr bei der Preisgabe ihres Leibes erscheinen würde.

Sie hinwieder hatte ihren Verstand mit der trotzigen Frage verleugnet, wie sie wohl von einem Weg, bevor sie ihn gegangen sei, sagen könne, ob er zum Ziele führe oder nicht? Sie selbst, die es für das größte Wunder erklärt hatte, daß Gott dem Menschen Verstand gegeben habe, da man doch sehe, welch schlechten Gebrauch er davon mache – sie selbst hatte das ihr verliehene Pfund vergraben, hatte ihrem Verstand mißtraut, hatte den zu begehenden Weg nicht zuvor prüfend überschauen wollen, sondern sich blindlings allen Fallstricken eines Gefühls hingegeben.

Und nachdem dann von ihr – unbarmherzig, wie sie gegen sich selbst war – als lüsterne Neugier entlarvt worden war, was sie sich zuerst als Gottsuche hatte einreden wollen – da war es schon zu spät gewesen, und sie hatte erkennen müssen, daß die Tore von Kartuza – mochte sie die Gelübde nun ablegen oder nicht – sich ihr nie mehr öffnen würden, um das Kloster nach ihrem freien Willen wieder zu verlassen.

Unter diesem Zwang schon war sie Igumena geworden und damit für die Sekte deren Haupt und das irdische Abbild der gefallenen Sophia.

Jetzt aber hatte eine jener jähen Wandlungen sie gestürzt, wie sie Kartuza nach dem Ablauf einiger Jahre immer von neuem zu erschüttern pflegten, und das, obwohl Irene mit äußerster Klugheit vorgegangen war und nur mit Nachdruck auf das Verdienstliche des Gebets und des Forschens in den heiligen Büchern hingewiesen hatte. Doch dieses Mal waren gerade die Sanften und Gefügigen, die von keiner Krypta unter ihrer Kirche etwas wußten, die lautesten Ruferinnen gewesen, weil sie das Lesen für überaus gefährlich gehalten und sich Anspruch auf Stachelgürtel und Rutenstreiche nicht hatten verkürzen lassen wollen. Von den eingeweihten Nonnen waren diese Stimmen nur gelenkt worden. Nichts bedeutete es denen, ob eine Äbtissin allzu nachsichtig war oder zu streng. Den Eingeweihten hatte nur gedeucht, daß für ihre irdische Sophia die Zeit gekommen sei, sich des Fleisches zu begeben, um sich zu größerem Nutzen für die Gläubigen einer höheren Sphäre zu vermählen.

Denn eine Igumena überlebte ihre Absetzung selten.

Dafür betete dann das Volk an ihrem Grabe und ließ sich den frommen Glauben nicht nehmen, daß einem solchen Gebet, reinen Herzens verrichtet, eine besondere Heilskraft innewohne und jedes begehrte Wunder bewirke.

Es müsse furchtbar sein, hatte Irene zu Gennadios gesagt, alles zu glauben, was die Kirche zu glauben gebiete, und danach nun zu handeln. Sie hatte nicht glauben können, aber durch das Halten der Gebote Gott zwingen wollen, sich ihr zu zeigen. Und dies eine mußte man denen in Kartuza lassen, daß sie in der Nachfolge des Herrn bis zur letzten, sinnfälligen Gleichung gingen. So hing denn Irene um der Erneuerung von Christi Marter willen vor aller Augen am Kreuz. Sie aber sah nichts als eine graue Wand, das Holz, an dem sie hing, und die Stricke, die ihre Arme zerschnitten. Gott schien ferner als je. Und wie könne er denn auch kommen! schrie es aus ihrer tiefsten Not. Wenn schon der Ton durch des Bildners Hand beseelt werde, um wieviel mehr sei nicht der menschliche Leib ein Gedanke Gottes und seine Zerfleischung Sünde wider Ihn!

In dem, was ihr als Befreiung zugedacht war, sah Irene keinen Sinn. Und da sie längst nicht mehr zu denen gehörte, die Gottes Nähe zu fühlen wähnten, wenn sie sich schäumend unter der Geißel wanden – so sah sie sich vom Chaos gleicherweise verlassen wie von Gott.

Schwarz vor Alter war das Kreuz. Schlank und bleich und vom Gesang umtönt hing Irene in ihren Stricken. Doch kaum, daß sie sich bewegte, als auch schon das Singen ins Wanken geriet. Kreischend stießen einige der Andächtigen ihre ersten Schreie aus.

Dennoch war nichts geschehen, als daß sich der Körper eines jungen Weibes in seinen Fesseln gewunden hatte. Ein Kopf war nach hinten gesunken, und ein Stöhnen hatte sich der angstverschnürten Kehle entrungen.

Aber Opfer und Opferer waren schon verschmolzen und nicht mehr zu trennen. Wie ein bloßgelegtes Gehirn lenkte der Frauenkörper jede Regung der Menge. Jedes Lichtgeflacker auf Irenes Haut, jedes Zucken eines ihrer Muskeln streiften den Betern eine Kette nach der andern ab, machte Gezähmtes in ihnen wild, Gebundenes wieder frei.

Es hatte das begonnen, was die Bogomilen ihre Erwekkung nannten. Immer häufiger würden von nun an unbeherrschte Worte und Laute aus diesen Menschen fahren, immer stärker würde aus ihrem Singen der Tanztakt stampfen und unter Heulen und Klatschen schließlich der Tanz.

Unter dem Klatschen der Hände und der Geißel würden sie ihn tanzen.

Und wenn dann die Geißel erst den roten Zauber aus Irenes Adern peitschte, dann würde der Anblick ihres Blutes genügen, um die Tanzenden aus ihren Kleidern und durch jede Wollust zu jagen, bis kein Phallus mehr triumphierte.

Nur die Altarnische sah Irene mit ihren leiblichen Augen, sonst nichts. Die Stricke wehrten ihr, hinter sich zu schauen, dafür durchstürmten die Gedanken sie um so heftiger. Für Augenblicke vergaß sie darüber sogar, daß sich über ihrem irdischen Teil die Pranke schon erhoben hatte, um jeden Schmerz, den zu erleiden sie fähig war, ihrem schreienden, zuckenden Fleisch zu entreißen.

Doch ob für Augenblicke vergessen oder nicht, blieb diese schreckliche Gewißheit dennoch in ihr und verwirrte ihr ganzes Denken. Wehren konnte sie sich nicht. Die Gedanken kamen, wie die Gedanken es wollten.

Gedanken und Bilder ...

Jetzt tauchte der Gott-Erneuerer Bacchos in ihr auf, auch er ans Kreuz geschlagen wie Christos, auch er in Verklärung wiedererstanden ...

Bild legte sich über Bild, ein Gedanke überzuckte den andern.

Und was war das? War das noch Bacchos oder war es Epiphanes oder war sie es selbst?

Es war Epiphanes! Die Gläubigen des Karpokrates hatten auch schon getrachtet, sich durch die Entfesselung des Geschlechts von der Begierde zu lösen, und als der Knabe Epiphanes daran gestorben war – vielleicht an gleicher Kreuzesmarter –, da hatte man ihm einen Tempel errichtet ...

Einen schönen, sonnenbeschienenen Tempel – summte es in ihr – Sonne und Licht – um dann in Tubatönen aus ihr zu fahren: Wie Sonnenlicht aus Gewölk strahlte Zarathustras Zwei-Thronen-Gedanke in diese Welt, von Mani ergriffen, mit den Gedanken des heiligen Paulus den Paulicianern und von diesen den Bogomilen vererbt ... O Gott! Lieber Gott! kam sie plötzlich wieder zum Bewußtsein ihrer selbst, einen guten Vater im Himmel müßte man haben wie einst als kleines Mädchen, der einem mit seinen warmen, großen Händen die Lider verschlösse.

Aber wegen der Schlange ging das doch nicht! Und die Schlange war da, wenn Moses auch jedes Abbild verboten hatte. Trotzdem hatte der Mann vom Sinai, als glühende Schlangen des Zweifels in seine Gemeinde gefallen waren, das eherne Abbild der Schlange errichtet. Er selbst hatte es tun müssen und mit seinen eigenen Händen. Denn die Erkenntnis hatte sich stärker erwiesen als sein Gesetz. Und wer nun zum Schlangenbild aufgesehen und sich damit für die Erkenntnis entschieden hatte – der war fürder gefeit durch alle Gedankenbrände gegangen.

Gegen alle Gedankenbrände, alle Schmerzbrände gefeit – wie schön – doch jetzt? Wo war Ophiomorphos, der Schlangengestaltige aus der dritten Sphäre – seid klug wie die Schlangen und sanft wie die Tauben –, wo war Christos? Warum zeigte er sich nicht?

Dumpf wie Hufsturm der Rosse wirbelte es herauf: Ein Reiterheer einbrüstiger Amazonen – immer mehr – Indien, Persien und das älteste Afrika feierten Sabbat in ihrem armen Kopf.

Diesen Laut zahlloser Rosse, deren Hufe die Erde schlugen, hatte sie übrigens schon einmal vernommen. Irgendwo war das gewesen. Jawohl! Als die Gottesstadt bestürmt worden war, hatte sie dies Pauken vernommen. In Konstantinopel war das gewesen! Und das war es: Sie hörte in Wahrheit die Pauken, in denen alle Rosse der Steppe waren. Jetzt, in diesem Augenblick! Und nun sah sie auch wieder Mohammeds Antlitz über Wolken von Rauch und mit Satanaëls Lächeln um seinen Lippen ... Jetzt sah sie es – unmittelbar war es vor ihr – und alles in ihr erhob sich zur Abwehr ...

«Maria, heilige Mutter Gottes, erbarme dich mein!!» schrie es aus ihr. Wie das Kind nach der Mutter schreit, so schrie sie, als müsse sie die Allerheiligste herrufen vom äußersten Rande der Welt.

Und niemanden gab es unter der Menge, der diesen Schrei nicht gehört hätte. Denn in der Krypta von Kartuza war kein Singen mehr, und nach Tanzen sah es auch nicht mehr aus. Nur noch ein Horchen und Raunen war da. Die Pauken aber dröhnten nicht mehr von draußen herein. Gerade eben war ihr Wirbel mit einem jähen Abschlag zerrissen, und es waren wirkliche Pauken gewesen, die man gehört hatte, Mohammeds Pauken, Pauken des Sultans.

Doch nun durchschnitt ein stählerner Trompetenstoß das Schweigen der Grollenden, und da sich das zum zweitenmal begab, so bestand demnach kein Zweifel mehr, daß die Nonnen sich entschließen mußten, ob sie den Leuten des Sultans ihr Kloster öffnen wollten oder nicht.

Diese Männer da draußen warteten herrisch.

Sie hatten eine Botschaft für die Despina.

Der Gekreuzigten letzter Gedanke aber war, warum Gott ihr denn gerade den Teufel sende, sie zu erlösen.

Und es gab Leute in der Gemeinde, die bereit waren, ihr Leben dafür zu lassen, allen Teufeln die Zähne zu zeigen. Vor allen andern drängten einige Kastraten und Einbrüstige dazu.

So eine Nonne war es auch, die jetzt die schwere Geißel am Fußende des Kreuzes ergriff. Eiserne Haken waren in die Riemen geflochten. Und man solle ein Ende machen!

rief die Nonne. Durch die Wohltat des Sterbens werde Irene jeder Schmach überhoben.

Doch mitten im weitausholenden Schwung ihres Armes wurde die Begeisterte von den Angsterfüllten gepackt und vom Altar geschleudert. Denn mit der Unterbrechung war auch der Bann gebrochen, und die frommen Fieber verebbten ein wenig.

Kaiserliche Beamte standen draußen. Das war kein Scherz! Und viele erinnerten sich auf einmal, daß sie Kinder hatten und nur ein einziges Leben.

Denn wessen Mohammed fähig war, wenn er zürnte, das wußte man aus dem Beispiel aller Länder, wo osmanische Heere in den letzten Jahren gestritten hatten. Es war dem Padischah nie darauf angekommen, ganze Bevölkerungen verschleppen und Besatzungen, die sich nicht hatten ergeben wollen, bis auf den letzten Mann niedermachen zu lassen.

Und so waren die Bogomilen wohl sehr bereit, sich dem Bischof zu widersetzen und selbst dem Patriarchen; aber mit dem Eroberer mochten die meisten von ihnen nicht gern im Bösen zu tun haben. Mit dem nicht!

Man war wieder recht nüchtern geworden. Und möge Irene auch den Namen der Maria angerufen haben, was den Bogomilen ein Greuel war, so sei das doch nur in einer vorübergehenden Verwirrung des Geistes geschehen, entschied die Mehrheit, und ein großes Mitleid quoll auf in den Männern und Frauen mit der armen jungen Nonne, die eine Prinzessin sein solle und so sichtlich verhindert werde, eine Heilige zu werden.

Ganz sanft – wie es die Eile nur zuließ – nahm man Irene vom Kreuz.

Aber die Krypta gab ihre Beute darum nicht preis.

XIX

Wegen seiner vielen Klöster nannten die Bulgaren das Rhodopen-Gebirge «Despoto Planina» – geistliche Berge –, und auf der Mittelmeerneige dieser Scheide zwischen Makedonien und Thrakien lag Kartuza.

In einer Höhe von achtzehnhundert Metern stieß dort ein überhängender Fels in die Windung einer der vielen Schluchten hinein. Sturzwasser hatten sich um den Fuß dieses Felsens einen Weg gebissen und stürmten nun etwa zweihundert Meter unterhalb der Platte zu Tal.

Oben aber schwebte das Kloster.

Und wie der Felsen selbst, so entsprang auch wieder die Kirche unmittelbar dem Berg. In die steile Gebirgswand hatte man die düstere Basilika ohne Kuppel und Türme hineingebrochen, und nun glotzte sie über alle andern Bauwerke hinweg voll drohender Abwehr, als sei sie bis zum letzten zur Verteidigung des Geheimnisses entschlossen, über dem sie errichtet worden war. Und das war das Geheimnis der Krypta, der nicht von Menschenhänden Errichteten, dieser vom Sternfeuer der Erde gewölbten, göttlich erschaffenen heiligen Grotte.

Welche Gefühle die Gläubigen aber auch beim Anblick des schwebenden Klosters bewegen mochten – für einen Krieger wie den Janitscharen Baldsch hatte das Heiligtum nichts Einladendes. Und so war es ihm denn nicht zu verdenken, wenn er jetzt mißmutig seinen wie mit Mehl bestäubten Schnauzbart strich.

Daß die Pferde und Saumtiere beim Schluchteingang hatten zurückbleiben müssen, machte ihm allerdings nichts aus. Als Janitschar war er einer dieser berühmten Infanteristen, die sich am liebsten auf sich selbst und ihre eigenen Beine verließen, und ursprünglich war Baldsch sogar mit seiner Person und seinen beiden Putzern die gesamte Begleitmannschaft gewesen. Denn wo im Reiche des Padischahs ein Janitschar seine genagelten Stiefel hinsetzte, da erwuchs sonst ganz von selbst der Respekt.

Zuerst hatte sich, abgesehen von einiger Seekrankheit, auch alles ganz friedlich angelassen. Von Trapezunt am Schwarzen Meer waren der Herr Bevollmächtigte und der ihm zugeteilte Soldat mit einer Zwischenlandung in Stambul und von dort wieder bis Seres zu Schiff gereist. In Seres aber, wo es für Baldsch mit dem Beschützen Seiner Achtbarkeit erst so richtig den Anfang hätte nehmen sollen, hatten sich die Behörden gleich recht bedenklich gezeigt, und das Ende vom Lied war, daß man einen Beritt von diesen windigen Akindschi, diesen disziplinlosen Gelegenheitssoldaten, unter Baldschs Kommando gestellt hatte. Wenigstens war das Baldschs Meinung von seinen Untergebenen.

Sie auch nur zu befehligen, dünkte er sich fast schon zu vornehm; denn diese leichten Reiter gehörten keinem militärischen Mönchsorden an wie die Janitscharen, die bei ihrer Gründung den Segen des großen Derwischs Hadschi Begtasch erhalten hatten, und die Stellung eines Mumdschi, eines Gefreiten, bei den Janitscharen schien Baldsch wesentlich großartiger zu sein als die eines Obersten bei den Akindschi.

Er jedoch, Baldsch, war Mumdschi mit der begründeten Aussicht, es noch einmal zum Kiaja Dscheri oder wenigstens zum Sulajar, zum Korporal, zu bringen.

Und nun grinsten die Akindschi mit Genuß und voll von vorweggenommener Schadenfreude.

Dabei hatte das Gesindel nicht einmal unrecht, grimmte Baldsch in sich hinein, nämlich dann nicht, wenn es diesen verrückten Klosterweibern etwa einfallen solle, einem kaiserlichen Abgesandten ernstlich ihr Tor zu sperren. Natürlich könne man das Kloster umgehen und von oben angreifen. Aber dazu brauche man, wie klar zu ersehen, ein Geschütz, und daß es einem von Sultan Murads Veteranen zur ewigen Schande gereiche, solche erhabenen Kriegsmaschinen gegen toll gewordene Weibsbilder anzufordern – das sei mindestens ebenso klar. Also werde er ohne weitere Zurüstungen unverzüglich angreifen und zusehen müssen, wie es komme, dachte Baldsch, und wenn er allein das Tor angehen solle! Sultan Mohammed, dem Sohn, werde es dann obliegen, die Autorität wieder herzustellen und einen Soldaten seines Vaters zu rächen.

Dieser künftigen Notwendigkeit wurde Sultan Mohammed jedoch enthoben, weil gerade jetzt der Herr Kommissar eine sehr richtige Bemerkung machen konnte.

«Sie öffnen!» sagte Chisr Aga, der Bevollmächtigte des kaiserlichen Harems, zu dem griechischen Kleriker Bardanes aus dem Sekretariat des Patriarcheion.

Seit kaiserlicher Dienst beide in Konstantinopel zusammengeführt hatte, waren sie Tag für Tag beisammen gewesen, und dabei hatten sie feststellen können, daß sich vor mehr als acht Jahren ihre Wege bereits einmal flüchtig gekreuzt hatten, und zwar beim Begräbnis der Großherzogin Notaras, deren Ehreneunuche Chisr damals gewesen war.

Es war viel in diesen acht Jahren geschehen, und Kaiser Mohammed hatte sich rechtschaffen getummelt, um seinen Titel eines immer siegreichen Padischahs durch neue Tatsachen zu erhärten.

Alles war ihm allerdings nicht geglückt. Seinen Sturm auf Belgrad hatten der Bettelmönch Capistran und der ungarische Graf Hunyadi abgeschlagen, und in Albanien herrschte noch immer Georg Kastriota, nachdem er vor nunmehr achtzehn Jahren als Skanderbeg den türkischen Fahnen den Rücken gekehrt und Albanien Sultan Murad entrissen hatte. Dafür aber war Serbien unter Mohammed ein türkisches Sandschak geworden, dem Peloponnes war es nicht anders ergangen – weiland Kaiser Konstantins Brüder hatten ihn räumen müssen –, und in Kleinasien waren die genuesischen Besitzungen, ferner das Emirat von Kastemuni und schließlich das Kaiserreich Trapezunt erobert worden, dasselbe Trapezunt, von dem diese Gesandtschaft ausgegangen war.

Daß der minderjährige Sohn und Thronerbe des verstorbenen Großkomnenen Kalojohannes beiseite geschoben worden war, hatte das Unheil von diesem byzantinischen

Staatsgebilde nicht abwenden können, nicht einmal die Ehe von Kaiser Davids Nichte Katharina von Trapezunt mit Usun Hassan, dem Sultan der Turkmanen vom Weißen Hammel, dem mächtigen Herrn von Armenien und des Irak. Zwar war die ebenso fromme wie schöne Prinzessin mit einem ganzen Troß von christlichen Priestern nach Diarbekr abgereist und dort auch gleich zu einem solchen Einfluß auf ihren Mann gelangt, daß er sich bei Mohammed für Trapezunt verwendet hatte.

Doch diese Verwendung war in so anmaßender Form erfolgt, daß der junge osmanische Kaiser dadurch nur um so mehr gereizt worden war. Außerdem hatte Mohammed sich auch schon längst klargemacht, wen das Schicksal ihm als seinen Hauptgegner erweckt habe. Und das sei kein anderer als Usun Hassan, war Mohammed überzeugt, und früher oder später werde er sich mit ihm messen müssen. Beide machten Ansprüche auf das Erbe von Byzanz, wie beide mit byzantinischen Herrscherhäusern versippt waren: Mohammed mit denen von Konstantinopel – Usun Hassan aber war der Nachkomme und der Ehemann von Komneninnen aus Trapezunt. Und wenn es jetzt noch nicht zu der großen kriegerischen Auseinandersetzung gekommen war, so hatte das nur daran gelegen, daß Usun Hassan in dem, was er als seine Gebiete ansah, vorerst einige Aufräumungsarbeiten sowie auch noch seinen Krieg gegen Persien hatte hinter sich bringen wollen.

Der Aufschub war mit Trapezunt bezahlt worden: Statt gepanzerter Heere hatte Usun Hassan seine erlauchte Mutter, Sara Chatun, zur Friedensvermittlung an Mohammed gesandt.

Alles übrige war vom Großwesir Mahmud Pascha fast spielerisch gelöst worden, wie für ihn das ganze Leben nichts zu sein schien als ein heiteres Spiel, das er immer gewann.

Dieser strahlende junge Nachfolger des geköpften Chalil Tschendereli war der Sohn einer trapezuntischen Griechin und eines serbischen Vaters und mit aller Welt auf eine selten vorteilhafte Weise verwandt. So hatte es sich seinerzeit in Serbien als nützlich erwiesen, daß der Anführer der aufsässigen Bojaren sein Bruder war. Im Peloponnes wieder hatte die Schwägerschaft mit Mahmud Pascha einem feindlichen Heerführer die Übergabe einer wichtigen Festung erleichtert. In Rom gar war einer der aussichtsreichen Anwärter auf die päpstliche Tiara, war der berühmte Schriftsteller und Kardinal Bessarion aus Trapezunt sein leiblicher Vetter, und in Trapezunt selbst lebte ein anderer, nicht minder fruchtbarer Schriftsteller, zu dem der Großwesir in demselben Verwandtschaftsverhältnis stand. Kein Geringerer war das als Georg Amyrutzes, zufällig auch noch geschäftsführender Minister und Protovestiarios Kaiser Davids.

Schon darum hatten die Verhandlungen keine großen Schwierigkeiten bereitet, und zu so günstigen Umständen war dann noch der andere gekommen, daß bereits eine ähnliche Kapitulation mit Demetrios Paläologos, dem jüngsten Bruder des gefallenen Kaisers Konstantin, vorgelegen hatte. Der Despot Demetrios war ebenfalls mit Ruhesitz und Apanage abgefunden worden, und so hatte man in Trapezunt kaum mehr zu tun gehabt, als in einem gleichlautenden Formular die Namen zu ändern.

Außer einer Rente in bar hatte danach Kaiser David für sich und seine Familie einige Dörfer im Strumatal und den Burgsitz Dragota in Seres bekommen.

Soweit war alles sehr einfach gewesen.

Die Schwierigkeit war erst durch die Verschwägerungsklausel des Vertrages entstanden und auch da nur durch eine unvorhergesehene Entschließung Mohammeds.

Der Despot Demetrios war nämlich Vater einer Tochter. Mohammed hatte sie zwar noch nie gesehen, doch vertragsmäßig war sie ihm zugesprochen worden. Und da David nach der Abmachung auf gleichem Fuß wie Demetrios behandelt werden sollte, so hatte es sich von selbst ergeben, daß über die Kaisertochter ebenso verfügt worden war wie über die Tochter des Despoten. Nicht einmal die

Namen hatte man ändern müssen; denn beide Prinzessinnen, die Paläologin sowohl wie die Komnenin, hießen Anna.

Überhaupt waren alle Verantwortlichen sehr mit sich zufrieden gewesen, als Mohammed plötzlich die Anna Komnena nach einer kurzen Unterredung mit ihr wegen Rothaarigkeit abgelehnt und eine andere trapezuntische Prinzessin als Ersatz verlangt hatte. Eine andere Prinzessin des komnenischen Hauses war aber so schnell nicht aufzutreiben gewesen. Kaiser David jedenfalls besaß außer jener Anna nur noch Söhne.

In dieser Verlegenheit hatte es sich nun besonders glücklich gefügt, daß Chisr Aga zwecks Übernahme von Beutemädchen gerade in Trapezunt gewesen war. Er hatte an Despina Irene erinnert und Kaiser David diesen Ausweg viel zu sehr begrüßt, um auf den böswilligen Zweifel an Irenes Echtheit irgendwie zurückzukommen.

Zum Glück hatte auch Mohammed selbst der Entschwundenen – der einstmals Erwählten des letzten Konstantins – sich noch recht gut entsonnen, und so war schließlich nur übriggeblieben, Irenes Aufenthalt zu ermitteln und sie herbeizuschaffen.

Mit beidem war Chisr Aga beauftragt worden, und da er sich sofort nach Konstantinopel und ins Patriarcheion begeben hatte, so war anfangs alles ganz leicht gewesen.

Denn dort hatte Gennadios gleich nach Irenes Verschwinden eine Geheimakte anlegen lassen, und wenn der Patriarch selbst auch schon vor vier Jahren müde und enttäuscht von seinem Sitz gestiegen war, so hatte sein zweiter Nachfolger Joasaph die Rechte der Kirche mit nicht geringerem Eifer wahrgenommen. Seine Heiligkeit war sehr damit einverstanden gewesen, die Prinzessin mit Hilfe des Padischahs dem ketzerischen Kloster zu entreißen, um auf diese Weise noch nachträglich dem Befehl eines früheren Patriarchen Geltung zu verschaffen. Und um jedem Einwand von vornherein begegnen zu können, waren alle etwaigen Gelübde Irenes feierlich für null und nichtig erklärt und der Ekklesiarch Bardanes in dieser Angelegenheit zum Vertreter der Kirchenregierung ernannt worden.

Diese Vorgänge hatten die zwei noch jüngeren, wenn auch sonst sehr unähnlichen Männer zu Reisegefährten gemacht: den dunkelhäutigen, bartlosen Eunuchen und den bärtigen, langhaarigen Kleriker, und beide bewegte nun die Erwartung, was die Zeit wohl aus dem seltenen Mädchen gemacht haben mochte.

Die Verhandlungen mit den störrischen Klosterfrauen waren allerdings einstweilen noch ein Hin und Her. Auf keinen Fall wollten sie Chisr Aga und die Begleitmannschaft in die Klausur einlassen, und da Baldsch seine Leute aus Sicherheitsgründen ebenfalls beieinanderzuhalten wünschte, so einigte man sich schließlich auf einen Vorhof, in dem sonst die Gaben der Gläubigen entgegengenommen wurden. Der offene Hof selbst war noch profan; aber die Lauben gehörten schon zur Klausur.

Zwei durchgehende Stufen führten zu den einfachen romanischen Bogen dieser Lauben hinan, während zwei weitere Stufen nur im mittleren Flachbogen von doppelter Breite zu einem steinernen Podest anstiegen, von dem aus sich die jeweilige Igumena bei besonderen Anlässen dem Volk zu zeigen pflegte.

Als Chisr Aga mit seinen Begleitern den Hof betrat, war die Mittelerhöhung noch leer; aber an Pfeilern und Wänden klebte bereits eine Wolke von Nonnen.

Alle waren sie verschleiert, und Schleier und Kutten flossen so ineinander, daß sie dem Auge als etwas unteilbar Graues und Furchtbares erschienen und die also Umhüllten nicht mehr menschlichen Wesen mit eigenen Schicksalen glichen.

An die äschyleischen Erinnyen mußte Bardanes denken, an die entthronten Urmütter der Erde, die immer die tathelle Götterwelt der Antike bedroht hatten.

Und jetzt begann die Wolke sich zu winden, und aus dem Klosterinnern floß ihr eine andere entgegen.

In eine Gestalt, die keine Gestalt war – so verwischt waren die Umrisse –, verlief das Herangleitende nach oben und verklumpte mit dem, was schon dagewesen war. Nur die hohe Spitze, aus der es wie ein unheimlicher Fruchtfaden züngelte, schwankte weiter zum gemauerten Hochsitz, bis die Männer nun einen Stuhl erkannten, der getragen wurde, und in dem Stuhl ein Etwas in Schleier und Mantel. Und der Mantel war schwarz. Der züngelnde Fruchtfaden aber war eine zur Krücke gewundene grüne Schlange.

Es war der Schlangenstab von Kartuza, der sich jetzt mit der Gestalt auf die Steine senkte, indes die Stuhlträgerinnen wie ein grauer Nebel mit der Wolke verschmolzen.

Nach dem Stab zu urteilen, mußte also das, was da mit einem freien Raum um sich herum auf der Erhöhung saß, die Igumena selbst, und die wieder mußte Despina Irene sein.

In dieser Hinsicht war die Auskunft der Nonnen genau. Von einer Absetzung war nicht die Rede gewesen.

Hatte Irene ihrer Schwäche wegen getragen werden müssen, so war es mit allen Zeichen einer Ehrfurcht geschehen, die ketten und behalten wollte. Und wie jetzt die Wolke der Nonnen zusammensank, weil die Schleier dort, wo die Stirnen sein mußten, den Boden berührten, schien es nahezu unmöglich, etwas zu tun wie das, wozu die Männer gekommen waren. Wie konnte man eine Igumena, die so verehrt wurde, ihrem Kloster wegnehmen wollen!

Eine feindliche Stille entstand denn auch, nachdem sich die Nonnen erhoben hatten. Aber Chisr ließ sich dadurch nicht beirren. Mit geziemenden Worten brachte er die Bitte vor, Irene möge sich, der Form zu genügen, entschleiern, damit er versichert sei, auch wirklich mit der Despina zu reden, an die sein Auftrag sich richte.

Niemand sah ihm seine Beklommenheit an, und doch war er voll Sorge.

Acht, fast neun Jahre waren eine lange Zeit, dreiundzwanzig Jahre mußte Irene jetzt alt sein, und wenn sie auch nicht zu jenen Frauen des Ostens gehörte, die schnell verblühten, so konnte ihr das Kloster doch untilgbare Spuren hinterlassen haben.

Dann aber wären alle seine Bemühungen umsonst gewesen. Und weil er sich nicht damit abfinden konnte, in seiner jetzigen, nicht sehr bedeutungsvollen Stellung zu bleiben, so wünschte er nichts so sehr als einen Erfolg. Der Jagd nach hübschen Mädchen, der seine Kollegen so ausdauernd oblagen, war er allmählich müde geworden. An schönen Frauen fehlte es dem kaiserlichen Harem keineswegs – dafür sorgten schon die vielen Kriege –, und des Padischahs Begehren zu wecken war dabei nicht einmal sehr schwer.

Nur vor jeder seelischen Bindung war der sonst so Unersättliche auf seiner Hut, was nicht nur von den Mädchen einer Nacht galt, die er meist nach flüchtiger Ergötzung verschenkte, sondern auch von seinen rechtmäßigen Sultaninnen und selbst von den durch seine besondere Huld begünstigten Damen. Auf jede hätte er mit einem spöttischen Wort und einer großen Gelassenheit sofort verzichtet, wenn ihr etwa eingefallen wäre, seine Macht genauso mit ihm teilen zu wollen wie sein Lager.

Mit der Suche nach einer Frau, die sich einen Platz in Mohammeds Gedanken erobern sollte, hatte Chisr also das schier Unmögliche unternommen, und wie ein Narr kam er sich vor, da er jetzt vor der Verhüllten stand.

In diesem Augenblick erschien sie ihm viel ferner als seine längst verjährten Erinnerungen, und er begriff nicht, was er von einer Lebendigbegrabenen habe hoffen können, die sicher längst aufgehört habe, eine Frau zu sein.

Aber was unsinnig begonnen worden war, mußte besonnen zu Ende geführt werden. Ein wahrheitsgetreuer Bericht würde die Schlappe mindern. Dem Padischah brauchte die Dame dann gar nicht erst zugeführt zu werden, und vielleicht würde Chisr, wenn er sonst nichts zu beanstanden haben würde, sie einfach da lassen, wo sie war.

So weit gingen seine Vollmachten immerhin. Und glücklicherweise bedurfte es auch nicht erst eines weiteren lästigen Aufschubs. Die Entscheidung konnte noch in diesem Hof gefällt werden. Gleich würde man sehen.

Schon lief leichtes Erzittern über die Ungestalt, und aus dem zurückgleitenden Mantel brachen zwei Hände.

Damit aber verschwanden Berichte und Entscheidungen aus Chisrs Gedanken, vergaß er sich selbst. Von nun ab sah er.

Nicht klein waren die Hände, doch rankenhaft schmal, mit langen, überschlanken Fingern. Es waren beredte Hände, nur freilich in einer Sprache, die dem Irdischen abgewandt schien. Den Mittelfinger der Rechten durchschnitt ein eiserner Ring in Gestalt einer Dornenkrone; in der linken Armbeuge aber lehnte der Stab und deutete mit der Krümmung nach innen die Herrschaft über das Kloster an.

Es war die Rechte mit dem Zeichen des Leids, die von dem bleichen Antlitz den Schleier zurückschlug …

Unbeweglich war das Gesicht und wie aus einem Sarge beschworen. Aber die Augen, die dunkelumschatteten, lebten!

Nichts sah Chisr als diese Augen in diesem Tod. Nie hatte er etwas Ähnliches gesehen, auch damals nicht, als Despina Irene noch lebte. Denn so überfiel es ihn. Anders konnte er sie nicht denken, wie sie da vor ihm saß und das schwelende Graugrün dieser Augen ihn festhielt.

Ob ihre Lippen sich bewegten, nahm er nicht wahr. Er hörte nur, und was er hörte, bewegte ihn tief.

«Chisr Aga», hatte Irene gesagt.

Nach acht Jahren hatte sie sich seiner erinnert und seinen Namen genannt. Und durch den Laut seines Namens in ihrem Munde fühlte er sich aufgerufen, und nun war er fest entschlossen, auch nicht das geringste von den kaiserlichen Befehlen nachzulassen!

Wenn irgendeine Frau in Mohammed den Menschen zu wecken vermochte, so war es nach Chisrs Überzeugung dieses Mädchen, das als ein Wunder über alles Begreifen heute der Kindheit näher stand als vor Jahren, einer Kindheit aus der Weisheit. Immer schon hatte Chisr Irene erahnt; jetzt aber war er in seinem Glauben an sie nicht mehr zu erschüttern.

«Irena, Despoina panhypersebasta!» begann er seine griechische Ansprache voll Schwung und gebrauchte dabei sogar das hymnische «Despoina», «Euer überallhöchstzuverehrende kaiserliche Hoheit, Fürstin Irena!»

Von den Nonnen her wehte ein Murren.

Sie verstanden sich sehr wohl die Anrede zu deuten. Die Welt verlangte zurück, was ihr einst entwichen war. Nicht darum aber hatten die Grauen Mütter Irene nach einem harten Noviziat geschont, damit sie jetzt ein Stein des Anstoßes werde und in Sünden und Wollust vergehe. Um ihre Schönheit auf einmal und als ein unversehrtes Ganzes dem Göttlichen zu opfern, war das geschehen.

Es besänftigte die wilden Frauen durchaus nicht, daß Chisr Aga Irene freie Übung ihrer Religion zusicherte. Hier waren keine Laien zugegen wie in der Krypta. Hier hatten die Eingeweihten der höchsten Grade, die des Krieger-, Raben- und Löwengrades, die Macht, und hier würden sie um das, was der Geißel verfallen war, kämpfen! Schamlos sei die Rede des Hurenhüters, meinten diese Unbeugsamen. Vom lastertriefenden Hause des Antichrist spreche er wie von etwas Höchstzuerstrebendem. Aber die Antwort, trösteten sie sich, sei ihm schon bereitet! Denn daß Irene die Nachfolge Christi wählen und das Kreuz auf sich nehmen werde, das ihrer noch harre – daran zweifelten sie nicht.

Chisr Aga endete mit einer tiefen Verneigung. Doch nun sah erst noch Bardanes seine Zeit gekommen.

Den Nonnen der Krypta galt der Priester kaum mehr als der Verschnittene und in vielem weniger, da er nach ihrer Meinung ein großer Frevler sei, über den sie sich in ihrem geistlichen Hochmut erhoben.

Ohne die Häupter zu neigen und verstockt nahmen sie den Segen des heiligen Patriarchen entgegen, den der Ekklesiarch den in Christo geliebten Schwestern zu überbringen beauftragt war.

Und als er dann, zu Irene gewandt, fortfuhr: «Du aber stehe auf von dem Sitz, der dir nicht ziemt», da wurde das Murren der Empörten zum Kreischen.

Im Schutze des Padischahs durfte sich jedoch auch der Vertreter Seiner Heiligkeit stark fühlen. Seiner gepflegten Stimme gelang es sogar, das Mißgetön, dem sie schon an Wohllaut so überlegen war, auch noch durch die Kraft langer Übung siegreich zu überwölben.

Außerdem hatte Bardanes als Sekretär und angehender Logothet sonst zu wenig Gelegenheit, sich priesterlich zu entfalten, um nicht diese hier wahrzunehmen, die sich ihm bot.

«Lasse dich nicht beirren, meine Tochter, von diesen da!» rief er und erfreute sich der wirkungsvollen Geste, mit der er seine Hand bannend und verweisend den Nonnen entgegenwarf. «In ihrer Verblendung wollen dich diese Frauen an einem Ort festhalten, der, obwohl geweiht, dir nicht bestimmt ist. Sünde war dein heimliches Entweichen, Sünde dein Klostereintritt gegen den Willen deines höchsten Oberhirten und Herrn. Unmündig warst du, und die Kirche, die Mutter der Waisen, verwirft deine Gelübde!»

Es war ganz gut, daß Bardanes, während er sich so klangvoll vernehmen ließ, keine Ahnung davon hatte, wie besorgt Baldsch sich bei der Strafpredigt nach seinen Akindschi umsah. In dieser unübersichtlichen Bärenhöhle könnten noch Hunderte von Menschen versteckt sein, beunruhigte sich der Janitschar, und er sei für die Sicherheit der Herren verantwortlich und für die jenes mageren Mädchens, um das er sich – was ihn anlange – gewiß nicht so viel Mühe gegeben hätte.

Doch da der Priester von keiner Gefahr wußte, so konnte er sich unbeirrt und mit Lust als heldischer Kämpfer fühlen, und mit härtester Kraft zerschnitten denn auch seine Sätze den Tumult:

«Was gebunden schien, erweist sich als frei! Ungeweiht bist du und ohne Recht auf Stab, auf Stuhl und auf Ring. Steige herab und kehre zu dem Gehorsam zurück, den du dem mütterlichen Willen unserer heiligen Kirche schuldest!»

Eine Weile nachher war nur noch Wildheit und Lärmen, dem erst Irenes Erheben ein Ende bereitete. Denn da die Tobenden die Antwort ihrer Igumena vernehmen wollten, blieb ihnen nichts übrig, als sich zu bezähmen.

Doch was die Igumena tat und sagte, blieb ihren Nonnen dunkel, und nur, weil sie Irene schon oft erst später verstanden hatten und weil sie sich auch gar nicht vorzustellen vermochten, daß eine Geweihte aus Kartuza etwas anderes als den Sieg des Klosters wollen könne, vertrauten sie ihr noch.

Irene hatte Chisr Aga gebeten, ihr ein Gewand reichen zu lassen, und der hatte ihr ohne Besinnen seinen Kaftan zu Füßen gelegt. Nun nahm sie den eigenen Mantel von den Schultern und berief zwei Nonnen, ihn ihr zu halten. Durch die Wand dieses Mantels war sie so von den Männern geschieden. Gleichsam allein blieb Irene mit den Nonnen, die ihrem Tun wie einem Orakel entgegensahen.

Und sie hob ihre Hände.

Nur ein einziges Kleid erlaubte Kartuza seinen Nonnen: die graue Kutte. Als Irene sie mit dem Schleier an sich hinabgleiten ließ, glaubten die Grauen zu verstehen.

In schallender Begeisterung rannten und schrien sie durcheinander: «Ans Kreuz», jubelten sie. «Das Kreuz!»

Der heiligen Disziplin mit dem Fleisch auch die Scham zu opfern, galt ihnen als Beweis der Erweckung. Und als Triumph des Himmels wäre es ihnen erschienen, um das Begonnene zu vollenden, ihre Beute, wieder ans Kreuz gebunden, zur Krypta zurückschleppen zu können. Irene brauchte nur zu wollen, was von ihr erwartet wurde, und die Grauen hätten den Willen ihrer Igumena als göttliche Offenbarung verehrt.

Aber Irene war nie so klar gewesen wie jetzt, so fern von jedem Rausch. Sie sah nicht den geringsten Grund, sich als Wesen nur darum einem Wahn zu opfern, weil er der Wahn von vielen war. Nun sie die Gelegenheit hatte, tat sie vielmehr das, was sie schon vor Beendigung ihres Noviziats zu tun gewünscht hatte. In einem Aufflammen all ihrer Lebenskräfte warf sie sich den Kaftan über und entriß fast zugleich den Händen der überrumpelten Frauen den Mantel.

Keine Wand trennte sie mehr von den Männern, und so erblickten Mohammeds Gesandte sie wieder: in den gelben Kaftan seines Eunuchen gehüllt, nicht mehr eine Nonne von Kartuza.

Sofort gab Baldsch seinen Leuten ein Zeichen, um das zu schützen, was nun des Sultans war.

Doch erst als Irene die Hand hob, verstummten Wut und Klage.

Denn so sehr wehrten diese Frauen sich gegen ihre Niederlage, daß sie immer noch für möglich hielten, was sie gegen jede Vernunft erhofften. Denn das Vernünftige hätte ihnen niemals als Wunder gegolten, und so empfanden sie das Ungebrochene von Irenes Verstand, dem so viele Jahre Klosterlebens in Kartuza nichts hatten anhaben können, keineswegs als das Wunder, das es war.

Alle erlebten dies Wunder; aber erkannt hatte es nur einer, und der war ein Haremseunuche des kaiserlichen Serails.

Jetzt jedoch senkte Irene die Hand, und dieses waren ihre Worte:

«Eine Kutte bekam ich von euch. Hier ist sie. Sonst bekam ich nichts.»

XX

«Bey! Vorwärts, Bey! Gut so, Fürst, gib es ihnen! Chaire, Chaß, chaire!!»

Die Rufe und Schreie überstürzten sich, wurden eine Brandung, ein Brausen. Und nur wenige der Rufenden hätten sich einen besseren Grund für solche Hingerissenheit denken können, als es ein Polospiel war, und nun gar dieses, das hier gespielt wurde.

Schon der Platz war bemerkenswert.

Auf einem Vorsprung noch oberhalb der Residenz lag er, dort, wo der Bergwald in Wiesenhänge überging. Nur daß dank einem bloßgelegten Felsband gerade diese eine Wiese stromwärts zu einer steilen Stufe abfiel, an deren Fuß sich erst wieder ein Schräghang ansetzte. Der Poloplatz hatte auf diese Weise kaum noch der Nachhilfe bedurft, um so waagerecht zu sein wie ein Tisch, und zudem war hier die einzige Möglichkeit gewesen, ihn auf der Höhe anzulegen und den Bodennebeln des Tales sowie den Einwirkungen der Überschwemmungen zu entziehen.

Von hier sah man auch weit über das dörferbesäte, meilenbreite Strumatal mit dem sechs Kilometer entfernten Fluß und dann flußabwärts bis zur Stadt Seres unweit des langen Tachinosees, der mit Fluß und Meer in Verbindung stand und dessen Blinken mit dem silbernen Streifen des Golfes von Orphani verschwamm. Bei günstigem Wetter wie heute konnte man das heilige Vorgebirge von Athos erkennen. Die Stadt Seres aber lag in der Morgensonne so nahe, daß man nach den einzelnen Häusern, nach den christlichen Kirchen, den Moscheen und der beherrschenden Burg Dragota hätte greifen mögen.

Übrigens war dies Dragota das Burgschloß, das der ehemals kaiserlichen Familie von Trapezunt zum künftigen Aufenthalt dienen sollte. Mit dem Poloplatz freilich hatte diese Burg nichts zu tun. Der gehörte zu einem weit reicheren fürstlichen Wohnsitz.

Und diese andere Residenz war kein gewöhnliches Schloß, sondern ein marmornes Märchen.

Einem Spitzengewebe glichen seine durchbrochenen Traumwände mit ihren Kuppeln und Türmen, und über diesem Leuchten des parischen Marmors lag es von vergoldeten Ketten und Kreuzen wie ein funkelnder Abglanz der Heiligen.

Oberhalb der Ortschaft Jassowo hatten Macht und Reichtum dies Wunder entstehen lassen als Witwensitz der «gottesfürchtigen Zarin Mara», wie diese griechisch-orthodoxe

Christin sich gern unterschrieb. Sie war die Sultanin-Witwe weiland Murads des Zweiten, die Tochter des ebenfalls verstorbenen Despoten Georg von Serbien aus dem Geschlechte der Brankowitsch – Mohammeds Stiefmutter demnach.

Mit Mohammeds leiblicher Mutter hatte die kinderlose Mara ebenso wie mit ihm selbst stets gute Freundschaft gehalten, während sie nach dem Tode des Gatten in ihrer serbischen Heimat nur Hader und Untergang in der eigenen Familie hatte erleben müssen.

Ihr Vater war noch in seinem Bett gestorben, worauf sich ihr jüngster Bruder der Herrschaft bemächtigt und der Usurpation das Verbrechen des Muttermordes hinzugefügt hatte.

Nicht lange aber war dem Thronräuber die Herrschaft vergönnt gewesen, und dessen Witwe hatte dann das griechisch-katholische Serbien vom Papst zu Lehen genommen, gerade als wenn das Abendland nicht immer schon und zuletzt wieder bei der Eroberung Konstantinopels versagt hätte.

Und darum war für Maras Wirklichkeitssinn auch nur eine Flucht zu ihrem Stiefsohn in Frage gekommen. Ihm hatte sie ihre Erbansprüche abgetreten, so daß nun nach Krieg und Sieg ein Sandschak Bey des Padischahs das serbische Land regierte.

Wieder einmal war also nach dem Wortlaut von Mohammeds Erlassen «Unsere hohe Pforte eine Zuflucht der Bedrängten» geworden, jedenfalls für die Sultana. Denn Mara hatte ihre Flucht wirklich als Heimkehr aus barbarischer Fremde empfunden und hielt nun um so glanzvoller Hof zu Jassowo, inmitten einer geläuterten Geselligkeit und von sehr viel Jugend, mit der sich zu umgeben ihre Freude war. Den Türken erschien sie als Sultana Chasseki, als Innigstbegünstigte Sultana des bewunderten Murad, verehrungswürdig. Die Griechen dieser Gegend erkannten in ihr die Nachkommin der Komnenen, Kantakuczenen und Paläologen an. Alle aber neigten sich ihr als der vertrauten mütterlichen Freundin des Padischahs.

Daher fehlte es auch in Jassowo nie an Gästen. Einmal gab es in der reichen Landschaft die Archonten, altadelige Großgrundbesitzer griechischer Nationalität; dann aber noch die türkischen Timare und Saime, kleinere und größere Gutsbesitzer, die Land des Padischahs gegen Kriegsdienste auf Lebenszeit hatten, ferner die städtischen Geschlechter aus Seres und selbst aus Saloniki, denen die Familien, die ihre Machtstellung einem nicht immer nur friedfertigen Handel verdankten, ebenfalls hinzugerechnet wurden. Außerdem kreuzten sich Land- und Seewege ganz in der Nähe, und Durchreisende von Rang, die nach Thessalien wollten oder bei den Truppen im Nordwesten Geschäfte hatten, waren froh, bei dieser Gelegenheit der einflußreichen Hoheit ihre Aufwartung machen zu können.

Selbst Ausländer traf man bei der nachsichtigen Fürstin, obwohl diese Leute sonst den Griechen und Türken gleicherweise als unruhige und trübe Wirrköpfe galten. Nichts als Unstimmigkeiten, wenn nichts Schlimmeres, sei von ihnen zu gewärtigen, das war die allgemeine Meinung.

Mara Sultana jedoch empfing, genau wie zu Murads Lebzeiten, auch heute noch von Fürsten und Republiken aus aller Welt Gesandtschaften, hatte überall Bekannte und Freunde und erwies sich überhaupt als sehr vorurteilsfrei.

Schon ihre Familienbeziehungen – und die Dame hielt trotz wenig ermunternder Erfahrungen sehr auf das Verwandtschaftliche – zwangen sie zu dieser freieren Haltung.

So war ihre Schwester Johanna Brankowa mit einem Deutschen verheiratet gewesen, und zwar mit dem vor kurzem noch in Ungarn allmächtigen steirischen Grafen von Cilli, dem Bruder der Witwe Sigismunds, der deutschen Kaiserin Barbara. Aber nicht zu den Deutschen war Johanna gegangen, als nach der Ermordung des Gatten durch die Hunyadi ein Mann dieses Geschlechts auf den ungarischen Thron gelangt war, sondern sie hatte Ruhe und geordnete Verhältnisse eher unter Mohammeds Schutz bei ihrer Schwester Mara in Jassowo zu finden geglaubt.

Nicht einmal das Asyl, das Venedig ihr angeboten hatte,

war für sie im Vergleich mit Jassowo eine Verlockung gewesen. Vielleicht, daß die Beengungen durch eine geheime Staatsinquisition und andere Freiheitsbeschränkungen in dieser strengen Republik der weitgereisten Dame nicht recht behagt hatten.

Den Leuten von San Marko freilich fehlte für einen Anspruch auf persönliche Freiheit jedes Verständnis, und ebenso verwunderten sich Sultana Maras venezianische Gäste jetzt wieder über das neue Selbstbewußtsein ihrer alten griechischen Bekannten. Nur der Alaunhändler Franz Draper aus Galata werde von den Byzantinern als Gleicher behandelt, ärgerten sie sich; aber auch das mehr, weil er Mohammeds vertrauter Bankier, und weniger deswegen, weil er ein Patrizier sei und sein Name im Goldenen Buch Genuas stehe.

Die venezianischen Herren waren es nun einmal gewohnt, Byzanz als die ihnen von Gott verliehene Beute zu betrachten, um die sie mit Genua zu raufen haben, und nur ein Venezianer – und der hatte es als «unpolitischer Kopf» nicht einmal bis zum Senatssekretär gebracht – gab, wie seine Freunde meinten, überflüssigerweise zu bedenken, daß die Griechen sich jetzt endlich wieder als Angehörige eines mächtigen Reiches fühlen, und zwar immer noch des gleichen Byzanz, nur daß dessen Kaiser jetzt der Padischah sei. Wobei dieser Unmaßgebliche noch hinzufügte, Ostrom habe immer fremdvölkisches Militär gehabt, und kein Grund sei zu sehen, warum es nicht einmal türkisches haben solle. Man brauche sich ja nur des aufschlußreichen Streitrufs der Orthodoxen zu erinnern: «Lieber den türkischen Turban als den römischen Hut!»

Der Sprecher fand nur Befremden.

Da man ihm jedoch nichts Rechtes zu erwidern wußte, gab man ihm mit hintergründiger Drohung zu verstehen, daß er ein Eigenbrötler sei und seine Vaterstadt Venedig nicht so liebe, wie er solle.

Freunde und Feinde von einst, von jetzt und in der Zukunft – Männer und Jünglinge, Mädchen und Frauen –

füllten also das marmorne Halbrund der Sitzreihen, beugten sich über die Brüstungen, winkten und schrien.

Das Polospiel war in vollem Gange.

Blau und Grün, die ehemaligen Rennfarben Konstantinopels, regierten auch hier das Feld, und es hätte den Ulema und Derwischen gar nichts genützt, gegen die Profanierung ihres heiligen Grüns zu protestieren, das dieserart zur Schau gestellt wurde. Das persische Polo hatte nun einmal die gleiche Inbrunst entfesselt wie einst die Wagenrennen, und da sich auch vornehme Türken dem Spiel mit Leidenschaft hingaben, so machte es sich seine eigenen Gesetze.

Die blauen Kappen der Polospieler betonten also mehr die griechische Vergangenheit; denn Blau war die Farbe der apostelgleichen Kaiser gewesen – während der Kopfbund in der grünen Farbe des neuen Herrscherhauses eine Huldigung für Mohammed bedeuten sollte.

Aber eine grundsätzliche Trennung drückten die Farben nicht aus. Im Gegenteil: alle Grenzen waren verwischt!

So war der umjubelte Chaß im Kopfbund der Grünen ein echter Paläologe, Sohn des Prinzen Vitus, weswegen ihm türkischerseits auch seit seiner Beschneidung der Bey-Titel eines Fürsten zugebilligt wurde. Chaß Murad Bey hieß der junge Mann nun als Moslem.

Dieser berühmte Polospieler, einer der Vielumschwärmten von Mohammeds Hof der Jugendlichen, hatte die Erwartung der Provinzler denn auch nicht getäuscht: Dicht vor dem gefährdeten Tor der Grünen war es ihm gelungen, einen schier unentwirrbaren Knäuel von spielwütigen Reitern auf kleinen Turkmanenpferden zu erzeugen, in dem der faustgroße Lederball, um den es ging, anscheinend auf Nimmerwiedersehen verschwunden war, bis Chaß dann den Flüchtling mit seinem Schläger gleichsam wieder hervorlockte. Und nun flog und sprang der Ball wie ein beseeltes, ihm ergebenes Wesen vor ihm her, tollkühn nahe vorbei an den beiden grün bewimpelten Lanzen – die gegnerischen Blauen auf schäumenden Pferden wild her hinter Chaß und dem Ball!

Nicht lange.

Denn schon schwärmten sie, dem großen Spieler den Weg abzuschneiden, zu einem Halbmond aus.

Was nun kam, war eine Überraschung.

Mit eingestemmten Vorderbeinen stand das graue Pferdchen unter Chaß mit einem solchen Ruck, daß es sich auf die Hinterhand setzte. Ungebremst aber schossen die Blauen vorüber. Und Chaß – o Wunder –, Chaß hielt noch immer den Ball. Gerade in entgegengesetzte Richtung trieb er ihn, und wie die Blauen wendeten und neu anstürmten, hatte Chaß das gepunzte Leder längst wieder im freien Feld.

Es bestand kein Zweifel: Als Mannschaft waren die Grünen schwächer als die Blauen, und falls sie dennoch gewinnen sollten, würde Chaß gewonnen haben. Wer beim Wetten – und es wurde hoch gewettet – auf die Grünen setzte, setzte auf Chaß.

Trotz dieser sportlichen Vorzüge und trotz seines Ranges war es gleichwohl nicht so sehr der Prinz, dem zuliebe das Spiel veranstaltet worden war. Diese Ehre hatte man vielmehr zwei komnenischen Damen zugedacht.

Sie waren Durchreisende wie Chaß, und nach einigen Rasttagen wollten sie ihre Reise in verschiedenen Richtungen fortsetzen. Mit Mara Sultana und deren Schwester aber verband sie der besondere Umstand, daß alle vier trotz der Altersunterschiede echte Kusinen waren.

Denn während die Sultana und die Gräfin ihren Lebensgipfel bereits überschritten hatten, gehörten die durchreisenden Prinzessinnen zur Jugend.

Die jüngere dieser beiden Jungen war nun jene Anna Komnena, die Mohammed nicht der Ehre seines Harems gewürdigt, sondern dem Pascha von Thessalien zur Frau bestimmt hatte.

Der auf diese Weise ausgezeichnete hohe Beamte war jedoch wiederum kein anderer als Saganos, des Sultans verwitweter Schwager, ein Umstand, der nicht wenig dazu beigetragen hatte, daß der kleinen Anna für ihre Brautfahrt nach Thessalien ein fürstliches Ehrengeleit zuerkannt worden war.

An die Spitze dieses Ehrengeleits aber hatte Mohammed seinen Liebling Chaß Murad Bey gestellt, und beides war die Ursache, daß man an diesem Morgen Chaß auf dem Poloplatz von Jassowo bewundern konnte, während in Sultana Maras Loge die kleine Rote als Zuschauerin saß, die Mohammed – weil Rot die Farbe des Teufels sei – für seinen eigenen Harem als zu gefährlich erachtet und deshalb lieber seinem Schwager zugeschanzt hatte.

Wer sie freilich erblickte, mußte den Kaiser für etwas allzu furchtsam halten. Denn was da saß, war ein munteres, stupsnasiges kleines Fräulein, dessen Heiterkeit unter der kaiserlichen Ablehnung durchaus nicht gelitten zu haben schien. Wenigstens zur Zeit hatte die Zierlichflinke in ihrem eifrig hin und her schwenkenden Rotkopf offenbar keinen anderen Gedanken als den für das Spiel, und daß dieser unbeschwerte Frohsinn sie auch nicht bei ihrer ersten Begegnung mit der anderen jungen Kusine im Stich gelassen hatte, war noch vor zwei Tagen allgemein gepriesen worden. Die Begrüßung mit Kuß und Umarmung war ausschließlich Annas Werk gewesen, und doch hätte sie einigen Grund zu einem weniger freundschaftlichen Verhalten gehabt.

Denn auf eine sehr seltsame Weise kreuzten sich hier die Wege der jungen Damen: Anna kam von Mohammeds Hoflager und reiste nach dem entlegenen Thessalien, während man ihre Kusine Irene aus einem der vergessensten Klosterwinkel des Rhodopengebirges geholt hatte, um sie dem Sultan zuzuführen.

Doch was sich die beiden Mädchen nebenbei auch denken mochten, so saßen sie nun in einer Eintracht beisammen, die nicht wenig dadurch gefördert worden war, daß Irene bisher nicht den geringsten Versuch gemacht hatte, ihre Kusine zu überstrahlen.

Das Strahlen durfte Despina Anna ganz allein besorgen.

Den geretteten Reichtum der Trapezunter Komnenen

oder gar die Kaisertochter herauszukehren kam ihr dabei nicht in den Sinn, wenn sie in ihren Reden auch gern durchblicken ließ, welch große Mitgift ihr daneben noch Mohammed ehrenhalber ausgesetzt habe. Aber in einem Umschlaghafen für den Indienhandel, wie es Trapezunt war, hatte sie immer alles aus erster Hand gehabt, und nichts glich der süßen Erregung, die sie immer dann empfand, wenn sie ihre kleine Person ausgiebig schmücken konnte. Ein der Gelegenheit manchmal nicht ganz angemessenes Zuviel wurde dafür stets, wie auch heute wieder, durch vollendeten Geschmack ausgeglichen.

Der mit Schwarzfuchs verbrämte kurzärmelige Mantel schnitt straff in die Hüfte und gipfelte in einem betörend hohen modischen Kragen. Den Mantel trug sie natürlich offen, um das Kleid sehen zu lassen. Es war aus malvenfarbener weicher Seide und über und über in einem dunklen Weinrot bestickt mit hineingetropften Andeutungen von Pfauenblau, Wirkungen, die sich im wohlabgestimmten Blitzen des juwelenstarrenden Gürtelschlosses zusammenfanden.

Doch die Hauptsache blieb der Mantel. Dieses Schmuckumhangs herrlicher Brokat – eine aus persisch-grünem Grund herauswachsender silberner Drachenbrokat – war ein einziger Glanz, demgegenüber es begreiflich schien, daß man Irene allen kirchlichen Entscheidungen zum Trotz immer noch nur «die Nonne» nannte.

Nicht daß sie in ihrer Kleidung das Kloster betont hätte, weder das Kloster noch den Harem. Nichts hätte ihr ferner gelegen, als der Entscheidung des Sultans – falls sie überhaupt an das dachte, was ihr noch bevorstand – auf irgendeine Weise vorgreifen zu wollen, und so hatte sie sich auch dem Harem, dem Chisr sie in ihrer Kleidung hatte anpassen wollen, schnell wieder entzogen.

Aber einen Mantel trug auch sie, und zwar in der zeitlos klassischen Art antiker Hirten. Er war blau, nichts als stählern blau, und sie war völlig in ihn gehüllt, der, kreisrund geschnitten, nur in der Mitte eine Öffnung für den Kopf und zwei andere für die Hände hatte und ihr so in breiten Falten frei von den Schultern fiel. Statt der Kapuze – die ihre Kusine Anna, um das Leuchten der Haare zu erhöhen, durch ein feines, weitmaschiges Goldnetz ersetzt hatte – trug Irene nur einen weißen Schleier. Ganz lose umfloß er ihr blasses Gesicht. Und mehr als die großzügige Schlichtheit der Gewandung war es dieses unnahbare Gesicht, das den Menschen bei Irenes Anblick die Nonne ins Gedächtnis rief.

Ein Ausdruck völliger Entrücktheit bewirkte das.

Zwar erinnerte Irene sich aus ihrer Kindheit noch recht gut der Poloraserei; aber zwischen ihr und dieser Welt standen acht Jahre und die letzten Ereignisse im Kloster. Auch war es nicht abzusehen, ob sie sich überhaupt dem je wieder öffnen würde, was sie nun bewegt und farbig von neuem umgab.

Ein Allesvergessenhaben konnte man diesen Zustand Irenes nicht eigentlich nennen; denn ihr Gedächtnis war noch immer von seltener Zuverlässigkeit. Sogar die Einzelheiten des Spieles waren ihr gegenwärtig, und sie kannte auch noch die Regeln:

Vor allem durfte man mit dem unten halbhakenförmig gekrümmten Schläger nichts anderes berühren als den Ball, schon gar nicht das Pferd oder die Person eines Mitbewerbers, und die Schiedsrichter achteten sehr darauf, daß die Spieler danach verfuhren. Jeder Verstoß wurde geahndet.

Nun gut, dachte Irene, die bewimpelten Lanzen stellten die Tore dar, durch die der Ball geworfen werden müsse. Doch das sei kein Grund, so zu schreien.

Hierbei jedoch fiel Irenes Blick ganz von ungefähr auf eine Gruppe von Menschen, denen das Spiel ebensowenig Interesse einzuflößen schien wie ihr. Jedenfalls tauschten diese Leute ihre Bemerkungen recht gemessen aus. Es waren aber auch Fremde! Venezianer waren es. Und nun auf einmal krauste sich Irenes Stirn!

Vorhin bei einem Sturz, erinnerte sie sich, habe der Anblick der zappelnden Pferdebeine und Menschenglieder diese stocksteife Gesellschaft sichtlich ermuntert, während das wirkliche Spiel in seiner wohldurchdachten Gesetzmäßigkeit sie jetzt völlig kaltlasse. Und doch seien selbst die Pferde von ihm ergriffen! Schäumend jagen sie in Wirbeln dahin, schnappen wohl auch nach einander, weil jedes dem andern zuvorkommen wolle. Und dieses Stürmen und Wirbeln sei doch auch Leben, begehrte etwas in Irene auf, so gut wie die derberen Handgreiflichkeiten eines mit Sicherheit rippenbrechenden Lanzenstechens, das man in der Fremde offenbar höher stelle als ein so glänzend und geistvoll gespieltes Polo, wie das da unten.

So dachte Irene, ohne von Chisr Agas seelischer Erleichterung das geringste zu ahnen. Und diese Erleichterung war eingetreten, als der unverkennbare Ausdruck von Unmut und Zorn die müde Abgekehrtheit von Irenes Zügen endlich durchbrochen hatte.

Seit Tagen hatte Chisr auf etwas Derartiges gehofft. Der Ruck, mit dem Irene, um sich des Padischahs Gesandten zu übergeben, den trennenden Äbtissinnenmantel im Klosterhof fortgerissen hatte, war das letzte Aufbäumen ihres vergewaltigten Willens gewesen.

Einmal im Schutz der Männer, hatten ihre Kräfte sie verlassen.

Es war nicht überflüssig gewesen, daß die Vorschrift Chisr und Bardanes verpflichtet hatte, ihr zum Zwecke einer Ehrenbezeigung unter die Achseln zu greifen; denn nur mit deren Hilfe war sie noch auf eigenen Füßen gerade bis zum Tor gekommen.

Dann hatte man sie tragen müssen.

Da die Despina nur mit einem einzigen Gewand sehr lose bekleidet gewesen war, hatte es im ganzen Umfang Chisrs bewährten Taktes bedurft, um diesen Vorgang geziemend zu bewirken. Und auch dann noch hatte der Eunuch seine Autorität geltend machen müssen, sowohl gegen Bardanes wie gegen Baldsch, der, um sich einer etwaigen Verfolgung auf das rascheste zu entziehen, zur Eile gedrängt hatte. Als wenn beim Schluchtausgang nicht erst ein Zelt hätte errichtet werden müssen, um die Herrin während des Umkleidens den Blicken der nicht in ihrem Geschlecht verkürzten Männer zu entziehen!

Die Augen der Herrin waren offen gewesen, doch ohne das Licht eines Erkennens in ihrer Tiefe. Stumm hatte sie dagelegen, ohne sich zu widersetzen, doch auch ohne Chisr etwas zu erleichtern, dem es in Abwesenheit jeder weiblichen Hilfe sein Amt geboten hatte, ihr selbst die schicklicheren Gewänder einer Dame anzulegen.

Ein Mann wie Baldsch freilich hätte es nie verstanden, daß es unmöglich gewesen wäre, die Despina, so wie sie war, ein Maultier besteigen zu lassen, während Bardanes als Priester des wenn auch nach Chisrs Meinung unvollkommenen Glaubens der Herrin sich so unzart erwiesen hatte, seinen Beistand gleichsam vormundschaftlicherart aufdrängen zu wollen.

Beiden war gesagt worden, was zu sagen gewesen war.

Als Chisr aber der Entrückten den Kaftan abzustreifen begonnen hatte, war der heiße Grimm über ihn gekommen; denn da hatte er an ihren Armen blaurote Striemen entdeckt, die Hinterlassenschaft des Kreuzes und der Stricke. Und er sei gerade zur Zeit gekommen, hatte er in seiner Unwissenheit und dennoch ganz richtig gedacht, wobei er bemüht gewesen war, die Schmerzen der Mißhandelten zu lindern. Dann erst hatte er daran denken können, die Unbekleidete zu bekleiden, und zwar keineswegs in der leichtfertigen, hosenlosen fränkischen Art, sondern in der Weise einer wohlanständigen, achtbaren türkischen Dame.

So und nicht anders war Irene den Männern wieder zu Gesicht gekommen: mit langen Pluderhosen, Kaftan und weiter Feredescha, den runden Deckel eines Talpotsch auf dem Kopf und den Schleier vor dem Mund. In dieser würdigen und auch in jeder anderen Hinsicht vollständigen Kleidung hatte man sie vor Chisr auf das Maultier gehoben; denn um selber zu reiten, war sie noch viel zu schwach gewesen, und erst in erheblich verminderter Berghöhe, als die Wege schon breiter geworden waren, hatte man die Fiebernde in einer schnell gezimmerten Sänfte bergen und bis zu dem kleinen Gebirgsdorf bringen können, wo sie manchen Tag und manche Nacht krank gelegen hatte.

Doch schließlich war sie wieder zu sich gekommen, hatte sogar gesprochen und geantwortet, war aufgestanden und weitergereist – aber mit ihren Gedanken war sie so sichtlich fern von allem um sie herum und von ihrem eigenen Tun gewesen, daß sich Chisr bewogen gefunden hatte, die hohen Verwandten in Jassowo mit Behutsamkeit auf einen Zustand der Despina aufmerksam zu machen, der sie Allahs besonderer Gnade empfehle.

Denn dessen hatten sich alle Rechtgläubigen bei diesem Anlaß entsonnen, daß die Verwirrung der Verwirrten nur Schein sei und daß die scheinbar Erkrankten in Wahrheit Allah näherstehen als die Unberührten. Die Christen waren in bezug auf Irene ähnlichen Gedankengängen gefolgt und nur mehr geneigt gewesen, der entführten Igumena einen kleinen, aber wirksamen Heiligenschein zuzubilligen, der die von Gott Gezeichnete nach einer bei ihnen vorherrschenden Meinung ungefährdet durch alle Lüste geleiten werde.

Damit war es nun freilich vorbei, und um Irenes Heiligenschein stand es auf diese Weise wieder einmal nicht mehr zum besten. Doch der Heiligenschein war Chisr Agas geringste Sorge. Im Gegenteil! Und ob nun das Polo oder was immer Irenes Teilnahme erregt haben mochte – Chisr Aga war bereit, alles zu preisen, was dieses Ereignis herbeigeführt hatte. Auch entging es einem so eindringlichen Beobachter nicht, wie Irenes Blick jetzt zur anderen Seite des Platzes hinüberschweifte, dorthin, wo sich das Volk hinter den steinernen Schranken auslebte. Viel Volk stand da, dicht gedrängt, Kopf an Kopf. Trotz der Morgenstunde hatten ganze Ortschaften, nicht nur Jassowo, ihre Menschen ausgeschüttet.

Auch seien diese Leute keineswegs schlecht anzuschauen, fand Irene, und das war eine Beobachtung, die sich ihr wider ihren Willen aufgedrängt hatte.

Darüber stutzte sie nun.

Die neue Kaisergewalt sei den kleinen Leuten also doch wohl zugute gekommen, überlegte sie, und gerade ihnen, wie sie sich das vorher selbst hätte sagen können. Denn der Archonten, der großen Grundherren, Übermacht habe den Landsässigen selten angeschlagen, das wisse sie doch! Immer haben die Kaiser das Volk gegen die Archonten in Schutz nehmen müssen, und manche Herrscher seien darüber gestürzt, nicht zuletzt durch dasselbe Volk, dem sie gedient haben.

Kein anderer Name sei dem Großherzog Notaras – eben auch nur ein Archont – am Abend seines Untergangs voll Haß auf die Lippen gekommen als der des Andronikos, des letzten Komnenenkaisers von Konstantinopel.

Und der, überströmte es Irene immer gewaltiger, habe in staunenswerter Kürze der Zeit den langen schleichenden Verfall aufgehalten! Beinahe von einem Tag zum andern seien die Bauern nicht mehr in die Klöster gegangen, um Mönche, und nicht mehr in die Berge, um Räuber zu werden.

Die großen Archontengeschlechter freilich hätten die Regierung des Andronikos kaum überlebt, habe er die meisten doch schon vom Senat wegen Einverständnisses mit den normannischen Feinden zum Tode verurteilen lassen. Er hätte sie alle vertilgt, wenn er nicht vorher selbst vom Pöbel zerfleischt worden wäre.

Und im gleichen Schwung der Gedanken kam sie von Andronikos auf die Gegenwart und auf Mohammed.

Der allerdings werde des Ahnen Schicksal schwerlich erleiden, bestätigte sie einen Gedanken, der schon früher einmal in ihr aufgeklungen war, der nicht!

Diese drohende Erkenntnis aber, daß dem Sultan vielleicht etwas zu vollenden beschieden sei, dem ihr kaiserlicher Ahn keine Dauer habe geben können, packte sie ebenso wie das Polo die andern, nur daß sie sich diesem Gedanken nicht hingab, sondern sich ihm mit aller Macht widersetzte.

Doch Chisr las nicht ihre Gedanken, sondern erblickte nur ihr Gesicht. «Allah ist groß! Sie ist erwacht!» rief er darüber aus und stieß allen guten Formen zum Trotz Bardanes an, der wieder ungeachtet seiner geistlichen Würde dem Spiel völlig erlegen war. Außerdem hatte Bardanes gewettet. «Sehen Sie selbst, Hochwürden!»

«Wer? Was –?» schreckte der auf.

«Unsere Despina!» Um sich in dem Lärm verständlich zu machen, mußte Chisr es schreien. «Sie ist ganz bei der Sache!»

«Meinen Sie, Aga –?» zweifelte Bardanes.

«Ich bin vollkommen sicher!» glühte jedoch der andere.

«Es scheint wirklich so», ergab sich der Priester und fügte aus frommer Gewohnheit hinzu: «Maria, Gebenedeite unter den Müttern, dir sei Preis und Dank!»

«Richtig!» stimmte der Aga ihm bei. «Groß ist Allahs Barmherzigkeit!»

Er sagte es ohne jeden Hinterhalt, denn in der Sorge um Irene hatten sich beide gefunden.

Dennoch jubele dies Volk, überzeugte sich indes Irene, und sei voller Lust. Besonders aber habe es ihm offenbar dieser Chaß angetan. Und eigentlich sei der auch ein hübscher Bursche. Sein braunes Haar habe, soweit es der Kopfbund erkennen lasse, viel Glanz, und das Bärtchen auf der Oberlippe verkünde den Ehrgeiz, als Mann genommen zu werden. Prachtvoll im Sattel sei er! – Das war das Ergebnis ihres Hinschauens.

Doch was sie ein Mann angehe, und nun gar dieser, erheiterte sich Irene beinahe, ein junger Mensch, der seinem Glauben doch wohl nur abgeschworen habe, um es in einer Welt des Scheins zu etwas zu bringen. Denn die Familie des Vitus Paläologos sei dem früheren Kaiserhause zwar nahe verwandt, aber so gut wie arm gewesen, erinnerte sie sich, und vielleicht sei der Irregeleitete darum auch weniger zu verurteilen als zu bedauern. Aber immerhin …

Vieles durchlief noch Irenes Gehirn, womit Chaß nichts zu tun hatte.

Doch als das Spiel vor dem Tor der Blauen stand, fing zuletzt das Polo selbst sie noch ein. Es war wirklich ein Stehen des Spiels, waren Minuten oder auch nur Sekunden einer Spannung aller Gefühle.

Die grüne Partei, schlecht geordnet und zerstreut, preschte erst heran, die blaue stand in gutem Aufbau vor ihrem eigenen Tor, und vor den Blauen stand Chaß mit dem Ball.

Die Pferdchen tänzelten und stiegen. Gebisse und Zaumzeug funkelten mit Menschen- und Tieraugen um die Wette.

Jeder Blaue gierte nach dem Ball, und keiner wagte es, das Tor freizugeben, durch das der Ball fliegen konnte, ehe man sich's versehen hätte.

Chaß bewegte sich wie eine Schlange vor dem Angriff. Sein kleiner Grauer war herrlich gezogen, er ging regelrecht seitwärts: nach links, nach rechts. Und keiner wollte weichen, die Blauen nicht und Chaß auch nicht.

Dies war die Sekunde des Stehens, bis dann – niemand hatte Chaß zielen, kaum jemand ihn schlagen sehen – wie durch ein Wunder der verzauberte Ball im festen Schuß mitten durch die Pferdebeine und ohne sie zu berühren ins Tor flog!

Was dann kam, war Toben.

Nach einer Stille des Atemholens brach es mit Urkraft aus dem Volk und durchaus nicht minder aus der Hofgesellschaft auf den Rängen des Amphitheaters.

Kein Ende war abzusehen.

Blumen wurden ins Feld geworfen, dorthin, wo Chaß hielt, viele Blumen, aber auch Hüte und Kappen, mochte es unanständig sein, sich barhaupt zu zeigen, oder nicht, Mäntel wurden geschwungen, und jetzt befand sich Irenes Schleier auf einmal in Despina Annas kleinen Fäusten, die ihn zusammenballten, und dann hing der Schleier auch schon am Schläger des Chaß, der mit den Grünen herangeritten war, sich vor den Fürstinnen zu verneigen.

Denn Mara Sultana war mit ihrer Schwester und dem alten Thomas Kantakuczen, ihrem Onkel, hinabgestiegen, um die Sieger zu grüßen. Chaß aber beugte sein Knie und küßte, immer noch unter unablässigem Jubel, der Zarin die Hand.

Dies alles hatte Irene verfolgt.

Zugleich jedoch fühlte sie sich schreiten und erkannte, daß Mara Sultana sie führte.

Und sie war es in aller Wirklichkeit selbst, ihre Hand lag in der Hand der Sultana.

Auch sah sie zwei tiefbraune Augen – mit dem Blick eines Knaben, der um Nachsicht flehe, mußte sie denken – und dazu ein Gesicht, das gar nicht mehr lachte.

«Sebasta», sagte Chaß, als er ihr den Schleier zurückgab, «Despina Irene ...»

Die langen Gewänder verbargen ihre Füße. Aber er habe auch so wissen können, dachte sie, daß sie die roten Stiefel nicht trage und wohl nie mehr tragen werde.

Doch wies sie ihn nicht zurecht; denn in seinem Blick lag eine Verehrung, die erst eines äußeren Anlasses bedurft zu haben schien, sich ihr zu offenbaren.

Als der Hof dann dem Mittag zu aufbrach, war es schon ganz selbstverständlich, daß Chaß an Irenes Seite blieb.

Wie ein Pförtner erschien er ihr, und als öffne er ihr ein Tor.

XXI

In die mannigfaltigen Geräusche des Hufgeklappers mischten sich das Knarren und Knirschen des Lederzeugs und hin und wieder ein Schnauben der verhaltenen Pferde.

Denn die Herrin hatte ihren Wallach in Schritt fallen lassen, und dem hatten sich ihre Begleiter nicht entziehen können. Wenn die Herrin befahl, hatten die andern zu gehorchen, wofür sie wieder, wenn sie nicht dem Zwang der andern unterliegen wollte, zu bleiben hatte, was sie war.

Über die engen Grenzen einer jeden Freiheit hatte Irene

Erfahrungen sammeln können, und ebenso kannte sie die allgegenwärtige Macht der gewohnten Formen. Daß es daher auch für sie das beste sei, gar nicht erst zu wollen, was sie doch nicht hätte durchsetzen können, wußte sie.

Eine Wiederholung ihrer Traumwanderung vor acht Jahren auf den zerschundenen nackten Füßen einer Büßerin wäre an Chisr Agas Wachsamkeit und dann wohl auch am Priester Bardanes gescheitert, an denselben Männern also, die ihr sonst in allem zu Diensten standen.

Und doch hätte sie es wegen einer Frage, die sie seit dem gestrigen Polo so heftig bedrängte, bei weitem vorgezogen, noch einmal als bettelnde Pilgerin oder doch wenigstens auf ihren eigenen Beinen das Land zu durchstreifen, und nur, weil ihr das versagt war, hatte sie diesen Ausritt befohlen – zur großen Genugtuung ihrer Begleitung.

Denn der Befehl galt allen als Zeichen ihrer Genesung, auch den Akindschi, die bei dieser Gelegenheit in Seres entlassen werden sollten und ebenso an ihr hingen wie sogar Baldsch.

Auch er war, unbeschadet seiner Verehrung für Mara Sultana, zu der Überzeugung gelangt, daß Despina Irene «seine» Despina – was man freilich anfangs nicht gleich so richtig habe erkennen können –, jedenfalls doch eine weit ansehnlichere Frauensperson sei als die kleine stupsnasige Rote vom Pontus, die – wie man sage – nicht einmal gänzlich der Sommersprossen ermangeln solle! Und so ungläubig Irina Hanum auch sein möge – wenn sie mit einem spreche, sei einem – verdammt noch einmal! – nicht anders zumute, als stehe man vor dem großmächtigen Segbanbaschi der Janitscharen.

Über den Ausritt selbst machte sich Baldsch denn auch keine Gedanken, höchstens die gleichen wie der Ekklesiarch Bardanes. Und immerhin sei Seres ein Stapelplatz, meinte der, und da man die Despina mit allen geistlichen und profanen Mitteln in diese Welt zurückgerufen habe, dürfe man es ihr auch nicht verargen, wenn sie nach Art der Frauen allmählich wieder nach schönen Kleidern und

Schmuck Verlangen trage. Sehr zu begrüßen sei das vielmehr! Denn während Despina Anna sich wie eine Pfauin spreize, habe man für ihre Kusine Irene in Jassowo Kleider ausborgen müssen, nur damit sie, wie ihr das zukomme, als byzantinische Dame auftreten könne. Und das sei eine Schande! hatte er bereits mehrere Male mit unverhülltem Vorwurf zu Chisr Aga geäußert.

In der Tat hatte diese Schande Hochwürdens geistliche Seele auch bereits mit einer höchst weltlichen kleinen Eifersucht auf Despina Annas schöne Kleider getrübt, doch da sein Schützling Irene ihn nicht weiter ins Vertrauen gezogen hatte, so hielt er – wenngleich er als Priester auch nicht viel weniger von Frauen zu verstehen glaubte als der Eunuch – sich vornehm zurück.

Chisr Aga aber, dessen türkische Kleider bei Irene so wenig Anklang gefunden hatten, verhielt sich nicht anders.

Die beiden Herren konnten somit recht gut in einem friedlichen Gespräch über Aristoteles nebeneinanderher reiten. Nichts hinderte dabei den Aga, das Verdienst der Wiederentdeckung des griechischen Weisen für den Islam in Anspruch zu nehmen, nichts den Ekklesiarchen, ihm darin gewunden zu widersprechen, weil er doch den Moslems – so recht sie auch haben mochten – nicht kampflos das Feld überlassen konnte!

Auf diese Weise brauchte dann keiner der beiden zu sehen, daß Irene ein wenig zurück geblieben war und nun mit einem Akindschi redete, mit einem jener Renner und Brenner, die schon so viele Länder mit Entsetzen erfüllt hatten.

Er war der Geringsten einer, mit dem Irene sprach.

Adlerfedern trug der bärtige Mann am Helm, und sein Schild war ebenfalls mit Federn benagelt. Sehr vertrauenerweckend sah er unter diesen Umständen nicht aus, ebensowenig wie seine Kameraden. Aber ihnen allen war bedeutet worden, wie sie der hohen Dame zu antworten haben, falls die sich etwa mit einer Frage zu ihnen herablassen sollte, was zwar, wie Baldsch geringschätzig zu bemerken keineswegs vergessen hatte, nicht sehr wahrscheinlich sein würde.

Aber nun freuten sich die Akindschi um so mehr, daß es doch geschehen war. Irene sprach mit dem Jakub, so gut es ihr eben auf türkisch gelingen wollte.

«Ich bin vom Struma, Kadin Sultanüm», antwortete der Jakub ganz menschlich, und in der Tat hielt er sich auch für einen Menschen und keinen Oghri, keinen Kinderräuber, wiewohl er im Ernstfalle nicht gezaudert hätte, den Feinden die Kinder abzujagen und das Leben. Denn die Feinde seien keine Menschen, hatte man Jakub gelehrt, und wie man anders zu Sklaven kommen solle, hätte er auch nicht zu sagen gewußt.

Und jetzt ritt er neben einer Prinzessin, den Blick stur geradeaus oder noch ein wenig nach links gerichtet.

Das geschah wegen des Anstandes.

In seinem Dorf freilich nahm man das mit den Frauen wohl nicht immer so genau. Dort kannte eben jeder jede und jede jeden; denn die Jugend wuchs, wie überall, miteinander auf. Aber einer Fremden und nun gar einer Hanum, einer Dame, ins Gesicht zu blicken – das wäre ja die höchste Unverschämtheit und gegen die Gebote des Korans gewesen!

Das galt bei den Unverschleierten, doch auch bei den Verschleierten. Und Irene trug nach Art byzantinischer Damen einen leichten Schleier um den Mund, wie denn die Verschleierung von der sparsamsten, mehr symbolischen Andeutung bis zur völligen Vermummung von den Byzantinerinnen stets als ein wichtiges Rüstzeug ihrer weiblichen Strategie gepflegt worden war, während sie bei den Türken trotz Koran und Sunna erst mit den vielen angeheirateten Griechinnen so richtig Eingang gefunden hatte. Denn als der Ahnherr der Dynastie vor hundertundfünfzig Jahren noch ein geringer Bey am kleinasiatischen Olymp gewesen war – da hatte man bei diesen einfachen Hirten mehr an Stallausmisten, Melken, Weidetrieb und Rauben gedacht als an Verschleierungen und ähnliches Getue. Wie hätte sich Osman sonst auch in seine Malchatun verlieben können, wenn das Mädchen stets nur im Schleier herumgelaufen wäre!

Erst mit den großen Erfolgen war das alles viel feiner geworden, und sogar Jakub war sich heute bewußt, was eine Dame von ihm zu beanspruchen hatte.

«So sehr lange könnt ihr doch am Struma noch nicht leben?» fragte Irene ihn gerade.

«Ich weiß nicht –», zweifelte er. «Von Sultan Murad bekam der Vater das Landlos, und da war ich: so!»

Zugleich zeigte Jakub mit den Händen die Größe eines kleinen Jungen an.

«Erhielt es dein Vater auf Lebenszeit», versuchte Irene tiefer einzudringen, «ich meine, das Land?»

«Oh, Kadin!» verwahrte sich aber der noch junge Mann heiter. «Wir sind keine Timarlü, keine Lehnsherren auf Lebenszeit! Die führen den Streitkolben und befehlen im Krieg. Wir sind nur Bauern; aber unser Land behalten wir und vererben wir. Nein, Kadin Sultanüm, wir gehören zu einer rechtgläubigen Gemeinde. Allah sei Lob! Warum sollen nicht auch rechtgläubige Moslems Erbland haben, nicht als Herren, spreche ich, sondern es zu bebauen und Vieh darauf auszutreiben?»

Weil ihr Eindringlinge seid und Räuber! hätte Irene gerne gerufen. Doch sie verschwieg es.

«Dennoch reitest du», wandte sie lediglich ein, «wie kannst du pflügen, Jakub, wenn du reitest?»

«Allahs Wille, Kadin Sultanüm!» sagte der Mann. «Wenn der Padischah aufruft, müssen die Gemeinden Akindschi stellen oder Asaben oder wozu die Dörfer der Moslems sonst eingeteilt sind. Wir bei uns sind Akindschi», fügte er stolz hinzu. «Aber das nächstemal kann ich nun zu Hause bleiben», meinte er nichtsdestoweniger recht erleichtert, «dann gehen andere. Und im Dorf haben sie gesagt, ich solle nur ins Gebirge reiten, wo jetzt kein richtiger Krieg sei. Wegen der Krankheit des Vaters und dem Tode des Bruders sprachen sie so und weil wir doch die vielen Kinder der Brüder im Hause haben. Auch wird, wenn es Gott gefällt, bei meiner Rückkunft ein neues dasein», schloß er mit einer stillen Freude, um dann aber doch noch zu fragen: «Werden sie zu Hause wohl tief genug pflügen, Kadin Sultanüm? Ohne mich?»

Das war mehr ein Ausdruck allgemeinen Vertrauens zu der hohen Frau, die sicher sehr viel mehr wußte als die gewöhnlichen Leute, und keine Frage, auf die er eine Antwort erwartete.

Er bekam auch keine, weil Irene Unmut in sich aufsteigen fühlte. «Dir scheint es sonst gut zu gehen?» bemerkte sie kurz.

«Es könnte schlechter sein», nickte Jakub, «und das Land ist gut.»

Sie jedoch spähte weiter nach einer schwachen Stelle im Panzer seiner Zufriedenheit.

«Und euer Herr», fahndete sie, «nimmt er euch viel von eurer Ernte?»

«Nicht mehr, als er darf», ließ Jakub aber ihre geheimen Wünsche im Stich.

Denn sie wehrte sich gegen den Verdruß. Und die Antwort verdroß sie.

«Nun ja, ihr seid Moslems», hielt sie dennoch jeden hörbaren Unmut zurück. «Aber die christlichen Rajahs, die zwackt der Lehnsherr um so mehr? Sag, Jakub, ist es nicht so?»

«Er zwackt sie nicht mehr, als er darf», wiederholte Jakub aber nur. «Freilich, den Charadsch, die Kopfsteuer, den müssen die Rajahs noch zahlen. Dafür geben sie auch nur Knabenzoll und gehen nicht wie wir in den Krieg.»

Hierauf erging er sich dann vor der verstummenden Herrin in Schilderungen von der Fruchtbarkeit seiner Erde, von der Vortrefflichkeit seiner Kinder und Pferde, von der fetten und gesunden Milch seiner Kühe.

Doch plötzlich richtete Irene sich auf, und mit einem «Sürün! Vorwärts!» trabte sie an, um sich vor den Bildern zu retten, die Jakub beschwor.

Es war auch die höchste Zeit gewesen, weil sich der Mann sonst womöglich noch vergessen und von seiner Frau gesprochen hätte, und das aus keinem triftigeren Grunde, als weil er sie vielleicht liebte. Und sie habe nicht den Anführer dieser Leute gefragt, grübelte Irene voll Zorn, und nicht den Stattlichsten. Als der Geringste und Bescheidenste sei ihr Jakub erschienen, und als den Geringsten habe er selbst sich bezeichnet. Wie möge es da um die andern stehen, wenn so einer es sich bereits wohl sein lasse? Da gehe der Bauer bei Bedrückung gar noch zum Kadi und bekomme, wenn sich's ergebe, obendrein noch sein Recht? Wie aber könne Recht aus Gewalt erwachsen?

Irenes Denken verwirrte sich.

Denn sie dachte nicht an Kleider und nicht einmal an Chaß, was besonders Chisr für nicht ganz unmöglich hielt. Doch was sie in Wahrheit bewegte, vermutete niemand. Sie dachte nämlich an nichts als an die Zaungäste des Polospiels, ganz einfach nur an das Volk. Und gerade dabei hatten sich ihre Gedanken ineinander verfangen, bis sie das Dickicht jetzt gewaltsam durchbrach.

Nun freilich! lehnte sie sich auf, Akindschi seien Moslems und Mohammeds berüchtigte leichte Reiterei. Denen werde es der Eroberer schon leidlich gehen lassen.

Aber ihre Augen straften sie Lügen. Sie war als Kind oft genug auf dem Lande gewesen, um einen Blick für die Feldbestellung zu haben. Sehr viel von dem Boden, den sie sah, war nun jedoch unter dem Pflug, die Obstbäume hatten gerade Frucht angesetzt, und das Herbstgetreide stand in der Blüte.

Auch schienen die Menschen keine Furcht zu haben auf ihren Äckern. Zwar wurden die Gespanne vor den Reitern aus dem Weg gefahren, und die Leute grüßten tief, wenn Irene vorbeiritt; aber die großen Zugochsen gingen unter schön geschnitztem Joch, und weder Menschen noch Tiere sahen nach Verwahrlosung aus.

Es waren Rajahs, die Irene traf, so gut wie Moslems, und kein Unterschied war zu spüren, es sei denn bei den Kindern Allahs eine größere Gemächlichkeit, die sich wie Würde ausnahm und es zuweilen auch sein mochte.

«Nein, Hoheit», sagte Bardanes eben, «über Verfolgung kann die Kirche nicht eigentlich klagen. Die Erzpriester sind von Kopfsteuer und allen Abgaben befreit, und für die Gotteshäuser, die wir haben hergeben müssen, dürfen wir bei Bedarf neue errichten. Und das wird nötig sein. Besonders in Konstantinopel wächst die Bevölkerung von Tag zu Tag.»

«Sürün!» rief Irene zum zweitenmal und gebrauchte die Peitsche. «Sonst kommen wir niemals nach Seres.»

Als die Akindschi dann beim Abschied in Seres für Irene den Gruß «Langes Leben» anstimmten, beschlich sie zuletzt doch noch ein zwiespältiges Gefühl.

Eigentlich war dieser Gruß in seiner unverkürzten Form dem Sultan vorbehalten. Aber die Akindschi meinten in ihrem einfachen Sinn, was einem Sultan recht sei, könne einer Sultanin auch nichts schaden. Und nun staunte Irene über sich selbst, weil die unverkennbare Herzlichkeit der Männer sie gar nicht so ganz unberührt ließ und sie dem Chisr Aga aufrichtig dankbar war, als der jedem der Leute in ihrem Namen ein Geschenk von dreißig Aspern zusprach.

Nicht für den Gruß geschah das, denn den durfte der Aga nicht gehört haben. Doch der Sold, den die Akindschi von ihren Gemeinden erhielten, deckte kaum ihre Kosten. Sie gehörten zu den «Unbesoldeten» und waren auf Beute angewiesen. Beute jedoch war in Kartuza mit dem besten Willen nicht zu machen gewesen.

Jetzt aber wollten alle der Herrin danken, und erst nachdem sämtliche bärtigen Lippen ihre Küsse auf den Saum von Irenes Gewandung gedrückt hatten, konnten die Straßen der Stadt die Dame aufnehmen.

Und sie hatte Eile.

Denn allzu lange durfte sie nicht verweilen, weil sie noch vor Abend wieder in Jassowo sein wollte.

Natürlich ritt Irene.

Der Schmutz lag in Seres eher noch höher auf den Straßen als in Konstantinopel, und alles, was aus den meist hölzernen Häusern geworfen wurde, konnten die schakalartigen wilden Hunde nicht bewältigen. Wie hätte es anders sein können – es war immer so gewesen! Dennoch war an der regen Bautätigkeit ein gewisser Aufschwung nicht zu verkennen. Mohammeds Feldzüge machten sich offenbar bezahlt, und die Truppen wollten versorgt sein.

Der Basar war denn auch nicht übel versehen und mochte den Strumatalern die Herrlichkeit der ganzen Welt bedeuten. Für Irene freilich, die nach Adrianopel oder – was sich noch entscheiden sollte – vielleicht auch nach Konstantinopel zu reisen hatte, war seine Anziehungskraft geringer, und so schnell waren Staatskleider auch nicht zu beschaffen. Prachtkleider entstanden so wenig wie Rom in einem Tag.

So beschränkte Irene sich denn, um ihr Gepäck nicht unnötig zu vergrößern, auf Trapezunter Leinenbattist für Wäsche und auf einfache Stoffe für Reisekleider. Und während dieser Einkäufe unterlief dem Aga ein Fehler.

Er hielt Irenes Zurückhaltung für Bescheidenheit und machte Ihre Hoheit ehrerbietigst darauf aufmerksam, daß er mit viel weiter reichenden Krediten für sie versehen sei.

Sie aber sah ihn nur auf eine Weise an, die er nicht vergaß.

«Wenn ich Geld ausgebe, Aga», berichtigte sie ganz sanft, «habe ich nicht das Empfinden, von Ihrem Sultan etwas geschenkt zu bekommen. Als mein Großvater Melissenos starb, hat der Kaiser mich jedenfalls nicht gefragt und mein Önäum mit allen Alaungruben und Kupferbergwerken genommen, die mir gehören.»

Chisr verneigte sich stumm und ließ es im unklaren, ob er ihr zustimme oder nicht. Doch im Grunde war er sehr mit ihrer Antwort zufrieden. Mit diesem ungewöhnlichen Mädchen, dachte er, werde dem Kaiser eine Frau gegenübertreten, wie sie Mohammed noch nie getroffen habe, und dadurch fühlte Chisr seine Hoffnungen neu gestärkt.

Auch hatte Irenes Mäßigung ihre Grenzen. So kaufte sie aus der peloponnesischen Beute im Sklavenbasar einige Mädchen aus Leontari, dessen Einwohner seit je in den Künsten des Stickens, Nähens und Webens berühmt gewesen waren, und diese Mädchen hatten noch viel zu schaffen, wenn alles für die Herrin und sie selbst bis zur Abreise fertig sein sollte.

XXII

Der Überschwemmungen wegen lag Seres weder unmittelbar am Struma noch am Tachinosee.

Der Kanal, der es mit dem See und dem Meer verband, weitete sich bei der Stadt aber zu einem Hafen. Und in diesem Hafen lag auch das Schiff, das den diesjährigen Knabenzoll des Bezirks nach Konstantinopel überführen sollte, grausam weit fort von den Eltern dieser drei- und vierjährigen christlichen Rajahkinder. Aber nach Konstantinopel mußten sie, um dort zusammen mit den Beuteknaben im Islam erzogen und später als Adschemoghli, als Rekruten, unter die Janitscharen eingereiht zu werden.

Und keine schlechte Sache war das, Janitschar zu sein! Denn unterstanden die Soldaten auch einer harten Disziplin, so waren sie dafür doch um so stattlichere Männer des Befehls, denen selbst der Padischah manches nachsehen mußte.

Die Eltern freilich mochten mehr an den unvermeidlichen Abfall des Sohnes vom christlichen Glauben denken und vor allem daran, daß sie ihn verloren. Und wenn es eigentlich auch verboten war, den Kindern zu folgen, so erlisteten sich doch viele den Eintritt in die Stadt, um am Hafen wenigstens noch einmal einen Blick auf das geliebte Haupt zu werfen.

Allerdings nur von weitem.

Denn mit der Galeazze waren auch Janitscharen aus Konstantinopel gekommen und nicht nur solche in der hohen weißen Filz-Ketsche des Unteroffiziers und des gemeinen Mannes, sondern auch eine befederte Kuka glänzte in der Sonne, der vergoldete Offiziershelm eines Kiaja Dscheri, von einem Manne also, dessen, wenn auch niedrigste, Offizierscharge in allen großherrlichen Janitscharen-Fermanen ausdrücklich erwähnt wurde!

Die Absperrung um das Schiff war darum auch streng nach der Vorschrift, und die weinenden Mütter und die finster blickenden Väter mußten außerhalb des Rings verharren. An die Kinder kamen sie nicht heran, und die wurden nun die wenigen Schritte vom Lagerschuppen bis an das Schiff gebracht. Es war schlimmer als auf dem Fohlenmarkt. Nichts sahen die Eltern von ihren Kleinen.

Irene freilich kam gerade auf den Platz geritten und hatte vom Sattel aus einen besseren Überblick.

So konnte sie denn auch die Ursache des Geschreis erkennen, das plötzlich alle anderen Geräusche übergellte.

«Manuelos! Mein Söhnchen! Manuel! Meine Seele!!» hatte es geschrien und schrie es immer wieder.

Auf irgendeine Weise war es einer jungen Frau doch gelungen, durch die Absperrung zu schlüpfen, und die hielt nun einen heulenden Vierjährigen im Arm, den sie sich nicht entreißen lassen wollte, während die Janitscharen fluchten, die Kinder plärrten und viel Volks murrte, kurz: Es war ein scheußliches Durcheinander, das sich anscheinend nur noch durch eine Gewalttat entwirren ließ.

Doch jetzt war Chaß Murad Bey da. Er war als vornehmer Herr und Gast auf der Galeazze gewesen und stand nun neben der Mutter.

«Laß doch gut sein, Schwester», ließ er im Lachen seine Zähne blitzen, «es ist kein Grund zum Traurigsein! Nicht wahr, Manuelizzes?» wandte er sich dann an das Kind. «Möchtest du nicht auch einmal eine so schöne Kuka haben wie dieser Herr da?» Und er zeigte auf den Kiaja Dscheri, der Chaß gegenüber auf einmal all seine Barschheit verloren hatte.

Doch Manuelizzes, das Manuelchen, griff nicht nach dem Goldhelm, sondern die herrlich verschnürte zobelbesetzte Scaramangia des Chaß hatte es ihm angetan, und das Wunder ereignete sich, daß die Mutter, die den Peitschen der Janitscharen widerstanden hätte, sich ganz gläubig den Sohn von dem so schön angezogenen jungen Herrn aus den Armen nehmen ließ.

Chaß bot freilich auch ein hübsches Bild, wie er da, mit dem Kind auf den Schultern, von einem Warenballen zu den Leuten sprach.

Das braune Haar hatte er nicht wie die Türken verschnitten. Wie einst den langgelockten Achaiern floß es ihm reich über Schultern und Rücken unter dem Turban heraus. Am Turban selbst trug er zu allem noch den Sorgutsch, die mit Diamanten besetzte Reiheragraffe. Und das war kein kleines! Denn der Sorgutsch war den Mitgliedern der osmanischen Dynastie und dem Großwesir vorbehalten und mußte selbst den Wesiren erst verliehen werden. Dem blutjungen Chaß war er also verliehen worden, und nun blitzten die Augen des kaiserlichen Günstlings mit den Diamanten um die Wette, als habe es nie eine Träne gegeben und sei auf dieser Welt jedermann nur auf das Wohl des andern bedacht.

Es war fast wie bei einer Kirchweih, und sogar den Ton eines Jahrmarktschreiers ahmte Chaß zum Entzücken der Umstehenden nach. «Wollt ihr einen kleinen Aga sehen, einen Bey, einen Pascha?» rief er über die Ketschen der Janitscharen hinweg, und mit einem: «Hier ist er!» hob er den vergnügt krähenden Jungen empor. «Verneigt euch, ihr Lieben, man kann nicht wissen, was aus diesem jungen Mann noch alles wird. Ein großer Pascha vielleicht! Er sieht ganz danach aus, nicht wahr, Mutter? War Seine Hoheit der Großwesir nicht auch einst ein Kind der Beute, weggefangen auf dem Weg von Novoberda nach Semendria, dann Page im Schatzdienst des Serails, und ist nun der hochberühmte Mahmud Pascha, unser aller Herr?! Wer von den Paschas und Beys, Wesiren der Kuppel und Defterdaren gehörte nicht auch einmal zum Knabenzoll? Verneigt euch, meine Freunde, vor diesem hier, vielleicht wird auch er ein

Ischtoghlan und später groß sein unter den Dienern des Padischahs!»

Damit hatte Chaß nicht zuviel gesagt.

Wer sich unter den Knaben durch schmuckes Äußeres und besondere Geschicklichkeit im Lernen hervortat, konnte sehr wohl in die Pagerie und damit in die höhere Laufbahn gelangen.

«Sag, ob ich lüge?» fragte Chaß.

Nein, er log nicht. Alle wußten das. Aber die Hauptsache war doch, daß Chaß das Polo gewonnen hatte. Sehr viele waren in Jassowo dabeigewesen, und fast alle hatten von ihm gehört. Man lachte ihm zu, man jubelte. «Alai, Chaß! Chaire, Chaß!»

Der Druck auf die Absperrung wurde so groß, daß Chaß, um ihn zu mindern, aus dem Ring der Janitscharen heraus und unter die Leute trat.

Und das war ein Opfer.

Denn nun gehörte er ihnen allen, und wenn er nicht ein so großer Herr gewesen wäre, hätten ihn alle berühren wollen.

Auch so konnte er sich ihrer kaum erwehren.

Doch das machte Chaß nichts aus. Munter schwamm er auf den Wogen seiner Beliebtheit, bis er Irene erblickte.

Da aber winkte er sofort, und es konnte kein Zweifel sein, daß er sie zu begrüßen wünschte.

Sie jedoch wandte ihr Pferd und ritt davon. Und als Chaß endlich selbst im Sattel saß, war nichts mehr von ihr zu erblicken.

In der Vogtei hatte Chisr Serailbriefe vorgefunden. Der Großherr werde nach Adrianopel zurückkehren, hieß es darin. Und diese Mitteilung hatte manchen Erwägungen ein Ende gemacht und andere wieder in zielbewußte Tätigkeit verwandelt.

Die Weiterreise würde also nicht, wie angenommen, über See, sondern über Land gehen. Baldsch mußte daher zurückbleiben, um Pack- und Reittiere zu übernehmen, und sollte mit Irenes neuen Dienerinnen und den Einkäufen nachkommen.

Jede der andern hohen Damen in Jassowo hätte ein solches Dahinschwinden ihres Gefolges als unvereinbar mit ihrer Würde empfunden; aber Irene machte sich nicht viel aus Äußerlichkeiten, und so ritt sie nun nur in Begleitung eines Reitknechts und der beiden Herren, dem des Serails sowohl wie dem der Kirche, nach Jassowo zurück.

Mit Bardanes würde sie wahrscheinlich nicht oft mehr zusammen sein, weil er die nächste Schiffsgelegenheit nach Konstantinopel benutzen mußte. Mit Rücksicht auf die baldige Trennung hatte sie ihn darum an ihre Seite gerufen.

Der Weg war neu aufgeschüttet, und der Sand blähte sich wolkig unter den Hufen der Pferde. Es war ein Wiegen im Sattel, wie sie nebeneinanderher ritten: der Priester und die Prinzessin, während Chisr und der Knecht mit Abstand folgten.

Und es sei doch wunderbar, meinte Bardanes, wie sicher man heutzutage auch ohne kriegerische Bedeckung über Land reisen könne. Wenn man bedenke, wie es außerhalb des Weichbildes von Konstantinopel vor noch nicht viel Jahren ausgesehen habe.

Ohne viel nachzudenken, warf es Bardanes so hin, obwohl eine solche unbekümmerte Feststellung gar nicht das war, was Despina Irene zu hören wünschte.

«Bedeutet es Ihnen so wenig, Hochwürden», fragte sie ihn, «daß ich im Basar nicht nur drei, sondern drei Dutzend und mehr arme Mädchen und Frauen hätte kaufen können, deren Häuser verbrannt, deren Väter und Brüder getötet und die selbst zu Sklavinnen gemacht worden sind, Menschen unseres Glaubens und unserer Rasse?»

Bardanes konnte nur seufzen.

Und es sei eben Krieg gewesen, versuchte er sie zu beschwichtigen, und den Peloponnes, besonders aber Leontari, habe ein hartes Los getroffen. Auch gebe es von der Eroberung Konstantinopels her noch genug Angehörige bester Familien, die bei Hof und selbst bei Privatpersonen das Brot der Dienstbarkeit essen. Das und anderes sei eben der Preis des Friedens, dessen man sich erfreue.

«Frieden nennen Sie das?» lehnte sich Irene dagegen auf. «Sie haben doch selbst gesehen, wie man christlichen Müttern die Kinder von der Brust riß.»

Das sei freilich schlimm, meinte nun auch Bardanes, und zwar wegen des heiligen Glaubens, den diese Kinder hinfort entbehren müßten. Doch Irene genügte das nicht.

«Und daß sie in Mohammeds Kriegen kämpfen werden, erscheint Ihnen als unerforschlicher Ratschluß Gottes, nicht wahr, Hochwürden?» versuchte sie ihn.

Bardanes erwies sich denn auch als treuer Diener der griechischen Kirche. Der Patriarch hatte seinen Frieden vom Padischah. Beide waren Verbündete.

«Kriege waren immer», rettete sich der Kirchenherr darum in einen Gemeinplatz, «immer werden Kriege sein.»

Und er habe es ja sehr begrüßt, dachte er weiter, daß die Despina aus ihrer Versunkenheit erwacht sei, doch eine geringe rückbleibende Dämpfung ihres allzu wachen Geistes hätte offenbar nichts schaden können. Davon war er um so mehr überzeugt, als Irene jetzt ihre Unterlippe vorschob und lachte.

Gar nicht gut war dieses Lachen anzuhören.

«Kriege waren immer – immer werden Kriege sein», wiederholte sie. «Vortrefflich, Hochwürden! Sie sind aber doch ein studierter Mann, und so wissen Sie also, daß die Menschen in Vorzeiten ihresgleichen – Menschen wie sie selbst! – Gott oder den Göttern schlachteten. Sogar das Fleisch der menschlichen Opfer genossen sie und nannten das ihre Vereinigung mit dem Gott. Lesen Sie doch die Alten, Bardanes! Erst unser Einer Gott machte bei Seinem Auserwählten, bei Abraham, damit ein Ende. An Isaaks Stelle wurde ein Widder geschlachtet. Ganz ohne sichtbar rinnendes Blut ging es noch nicht.»

Geradezu unheimlich wurde es Bardanes. Aber wenn es um Erkenntnisse ging, kam Irene überhaupt nicht auf den Gedanken, irgend jemanden zu schonen.

«Nun wohl, Hochwürden», fuhr sie fort, «was wird man damals den Erweckten gesagt haben, die das Menschenopfer verwarfen? Genau dasselbe: ‹Menschenopfer waren immer – immer werden Menschenopfer sein.› Und doch werden keine mehr gebracht – wenigstens nicht mehr unmittelbar und nicht unter den Rechtgläubigen», schränkte sie ihre Behauptung sofort wieder ein. Weil sie an die Krypta in Kartuza denken mußte, tat sie es. – «Geblieben ist nur das Fleisch und Blut Christi im Abendmahl», erklärte sie dann.

Das jedoch war dem Ekklesiarchen der hohen Kirche von Konstantinopel zuviel!

«Hoheit!» schrie der Gequälte auf. Und die Erlauchte könne doch unmöglich das allerheiligste Sakrament ...

«Auch Sakramente haben ihre Ahnen», schnitt sie ihm aber kurz das Wort ab. «Und als Christos mit dem Abendmahl das Göttliche für unsere groben Sinne sichtbar machte, verwandelte er das Chaos allzu fleischlicher, gottferner Bräuche in Geist. Darum fließt von den Altären unserer heiligen Kirche kein Blut mehr. Aber den Krieg habt ihr der Schrift zum Trotz beibehalten und nennt unerforschlichen Ratschluß des Höchsten, was in Wirklichkeit nichts anderes ist als nur eure geile Lust am Zerstören!»

Irenes Pferd warf schnaubend den Kopf auf und begünstigte dadurch Bardanes so, daß er einen Einwand vorbringen konnte, den er für unanfechtbar hielt und der es in Grenzen auch war.

«Niemand überwand den Krieg», eiferte er, «selbst unsere heiligen Kaiser nicht. Und wie hätten sie es auch gekonnt, solange uns die Ungläubigen nicht in Ruhe ließen?»

«Gewiß nicht», nickte Irene. «Doch etwas anderes ist es, ein Übel als das Übel auf sich zu nehmen, das es ist – ein anderes, es zu verherrlichen. Und das habt ihr getan. Mit Hörnern und Zinken, mit goldenen Brünnen und Helmen, mit Prachtschabracken und seidenen Fahnen habt ihr den Krieg zu einem Fest umgelogen. Mit vielen, vielen Lobpreisungen und Liedern habt ihr den Krieg gefeiert. Wo aber Geist der Zerstörung dient, triumphiert das Chaos. Ihr laßt es triumphieren! Denn der Krieg ist nicht der Vater der Dinge! Die Menschheit ist nur noch so kindisch, daß sie heute ebensowenig zwischen Kampf und Krieg zu unterscheiden vermag wie einst zwischen Gottesdienst und dem Besudeln der Altäre mit menschlichem Blut. Der Kampf des göttlichen Geistes mit dem chaosentrissenen Fleisch ist das Leben – der Krieg aber ist das Chaos, der verlorene Kampf und das verlorene Leben. – Und darum, Bardanes», schloß sie, während ihr Blick sich in die Weite verlor, «glaube ich nicht an die Nähe des Jüngsten Tages.»

Irenes Schweigen gab dem Priester die Zeit, sich in seine geistliche Würde zu flüchten, und mit der umhüllt, war dieser noch jüngere Mann nicht mehr zu erschüttern.

«Ich aber glaube an die Kraft des Gebetes», begann er mit einer Milde, die überwältigen sollte, «und ich glaube an die unerforschliche Güte Gottes. Und in diesem Glauben werde ich bei Ihm für Sie bitten, daß Er Ihnen Stärke verleihe, die Häresie von Kartuza in allen Stücken zu überwinden.»

«Und was wissen Sie von Kartuza?» fragte Irene aus ihrer Ferne.

Doch Bardanes war sich darüber klar, daß er angreifen mußte, wollte er ihr entkommen.

«Ich bin überzeugt, daß die teuflische Lehre der Manichäer dort eine Höhle fand», stieß er darum hervor, «sie, die gleich einem giftigen Drachen danach trachtet, die Seelen zu verschlingen, die zu schwach sind. – Nicht Sie, Hoheit, sind gemeint. Denn es war deutlich zu erkennen, welch heiliges Mißfallen Ihnen das Treiben in Kartuza eingeflößt hatte. Helfen Sie nun aber auch der Kirche, die Besessenen zu heilen, die Blinden sehend zu machen und ihnen die Binde des Aberwitzes von ihren Augen zu reißen!»

Es war nicht leicht zu sagen, ob Irene den Priester überhaupt vernahm.

Eine Weile hörte man nur das dumpfe Einschlagen der Hufe in den Sand.

Erst dann wehten ihre Worte von weit her zu Bardanes hinüber.

«Wenn ich eure Welt sehe», sagte sie, «begreife ich, wie Mani zu der Lehre kam, daß nicht Gott, sondern der Teufel sie geschaffen habe.»

Ein Gehöft zwang den Weg zu einer Windung und verstellte den Reitenden die freie Sicht.

Gerade mit den letzten Worten aber hatten Irene und Bardanes die Wegkrümmung hinter sich gebracht, und nun sahen sie Chaß.

Mitten auf der Straße hielt der Bey, und jetzt erst, auf seinem arabischen Hengst, kam er so recht zur Geltung.

Von seinem Leibgewand sah man nur die Unterärmel und einen Streifen des Kragens. Es war aus einem gelbgründigen Brokat mit roten, grob stilisierten Palmenblättern gefertigt. Knapp wie eine Haut lag – von einem rubinenbesetzten Gürtel fest in den Hüften gehalten – die goldverschnürte Scaramangia aus schwarzem Samt darüber. Bis zum Gürtel hinauf war sie vorn und hinten des Reitens wegen geschlitzt.

Einen Mann mit den schönen Beinen von Chaß konnte es wohl reizen, eine so gewagte Scaramangia zu tragen. Denn die goldenen Wunderblumen auf den herabfallenden Enden umschäumten diese Beine in ihrer schwarzseidenen Strumpfhose so frei, daß sie mehr zeigten als verhüllten.

Das alles – auch die Schabracken, der eingelegte Sattel – war ein einziger Glanz. Aber weder der Turban noch der Roßschweif, der dem Hengst vom goldenen Zaumzeug über den Bug hing, konnten Chaß zum Türken machen.

Ein echter Türke hätte sich bei einer Begegnung wie dieser mit Würde gepanzert und weder seine Glieder noch seine Freude enthüllt.

«Wegelagerei ist keine Hexerei, Kusine!» rief Chaß dagegen, und er habe sich gedacht, daß sie noch in Seres zurückgehalten worden sei, und sich erlaubt, sie hier zu erwarten. Kusine Anna lasse sie übrigens grüßen. Sie sei ebenfalls in Seres gewesen und schon nach Jassowo vorausgeritten.

Damit gab er seinen Leuten das Zeichen, sich dem Zug anzuschließen, worauf Bardanes seinen Platz an Irenes Seite dem Prinzen überließ.

Und auf welche Weise die beiden Hoheiten verwandt seien? fragte Bardanes den Aga.

Über Chisrs braunes Gesicht blitzte ein Lächeln. «Auf die Art, wie der Kaiser mit all diesen Familien verwandt ist», sagte er.

Und das sei der Padischah wirklich, stimmte Bardanes wichtig zu, nur daß der Grad der Verwandtschaft nicht immer gleich festzustellen sei.

«Wissen Eure Wohlachtbarkeit tatsächlich nicht, auf welche Weise die Despina und ...?»

«Geschwister sind die beiden Hoheiten nun gerade nicht», spöttelte Chisr, «falls Sie etwa auf die kleinen Freiheiten anspielen wollen, die sich der Prinz gegen Ihre Hoheit herausnimmt.»

«Freilich, freilich», seufzte Bardanes, «man macht sich so seine Sorgen, obwohl der Bey dem Glauben unserer Väter entsagt hat und Despina Irene, ich muß es aussprechen, eine gefährliche Christin ist. Aber mich wundert nur, daß Eure Wohlachtbarkeit so gelassen zuschauen ...»

«Mir scheint es natürlich», unterbrach ihn Chisr sehr von oben, «daß eine Dame wie Ihre Hoheit Gefallen erweckt. Möge ihr bei Männern und Frauen nie anderes widerfahren. Das ist mein Wunsch, ich sage es offen, und seine Erfüllung ist meine Überzeugung. Ich habe viel auf diese Überzeugung gesetzt, Hochwürden», lächelte er. «Wie käme auch eine Frau, die nicht begehrt wird, in den Harem der Majestät? Und um wieviel anziehender muß sie noch sein, um die Königin dieses kaiserlichen Harems zu werden?»

Chisr sprach weniger geschmeidig als sonst.

Dieser Sohn einer dunkleren Rasse besaß sein ganz bestimmtes Schamgefühl, und das hatte der seelisch grobschlächtigere Theologe schon mehr als einmal dadurch verletzt, daß er die geschlechtlichen Hintergründe eines einfachen Vorgangs ebenso aufgeregt wie plump aufzudecken und gleichsam zu betasten versucht hatte. Bis zum körperlichen Unbehagen regte sich auch jetzt in Chisr die Abwehr. Denn noch immer sprach der Geistliche derart, wie er es selbst als seelsorgerisch, der Eunuche aber als anmaßend und ungewöhnlich schamlos empfand.

«Allah schuf das Weibliche und das Männliche», erklärte Chisr nun, «und ihr Auseinander- und Zusammenklingen schwingt nach dem Willen Gottes in allem.»

«Oder nach dem Willen des Teufels!» verteidigte Bardanes seinen geistlichen Anspruch. «Euer Wohlachtbarkeit sind ja blind! Dieser Chaß tut nur so sanft, und dabei ist er ein ganz durchtriebener junger Verführer!»

«Möge er», brach Chisr das Gespräch ab. «Ich bin der Despina zum Ehrendienst, nicht um sie zu überwachen, zugeteilt. Weit besser als wir beide, dünkt mich, bewacht Ihre Hoheit sich selbst.»

Es war entwaffnend gewesen, wie offen Chaß sein Warten auf Irene zugegeben hatte. Und Irene wunderte sich selbst, daß ihr – obwohl sie sein Auftreten am Hafen mißbilligte – seine Begleitung nicht einmal unangenehm war. Und Bedenken kamen ihr überhaupt nicht.

Aus einem Reich der Abgeschiedenen war Irene in die Welt der Lebendigen zurückgekehrt und fand vieles ganz neu: Menschen und Dinge. Eine neue Welt tat sich vor ihr auf.

Die Menschen, unter denen sie aufgewachsen war, hatte der Sturm gebrochen. Mama Arka war tot, die Notaras waren tot, auch ihr Großvater Melissenos und Chrysostomos waren gestorben – das hatte sie bereits erfahren. Nur Marko lebte vielleicht noch, und nach dem fragte sie jetzt:

«Marko Notaras?» meinte Chaß. «Gewiß erinnere ich

mich. Er war ja in meinem Alter oder auch etwas jünger und ebenso wie ich bei den Ischtoghli. In meiner Kammer war er allerdings nicht. Auni wollte von dem armen Jungen nichts wissen. Aber da er eine Leuchte im Lernen war, wie man sagte, viel mehr als Euer Gnaden untertänigster Vetter», unterbrach er sich mit einer heiteren Verneigung gegen Irene …

«Nun, wo blieb er?» drängte sie aber.

«Man müßte den Kapu Aga fragen», sann Chaß. «Sie erinnern sich vielleicht noch Schahins? Der tat wohl daran, daß er noch zu Murads Zeiten auf Auni setzte! Denn Auni vergißt nicht, im Guten wie im Bösen …»

«Wer ist Auni?»

«Ach so, ich vergaß! Wie können Sie wissen! Auni ist der Kai, der Kaiser. Auni, der Hilfreiche. Es ist sein Dichtername. Doch ganz unter uns, gnädigste Kusine: Aunis Verse sind – ich will nicht sagen, daß sie schlecht sind, aber Adeni macht bessere, ich meine Mahmud Pascha, unseren Großwesir. Grieche bleibt eben Grieche, und Mahmud ist Grieche, genau wie wir, wenn auch aus kleineren Verhältnissen. Seine Mutter war Hofdame der früheren serbischen Königin Anastasia Komnena …»

«Und Marko?»

«Ist wahrscheinlich auch in Serbien», fand Chaß den Faden wieder. «Als Sekretär bei den Eisenbergwerken von Novoberda oder so, wenn ich nicht irre. Dort kann er nun versauern, falls nicht etwa Sie etwas für ihn tun. Das heißt: eigentlich hätte ich das nicht sagen sollen! Jedenfalls rate ich dringend zur Vorsicht. Auni hat sicher nicht vergessen, daß der alte Notaras sich zum Patriarchen wählen ließ und ihm damit einen Streich hatte spielen wollen. Aunis Gedächtnis ist wunderbar. Auch Ihrer hat der Kaiser sich sofort erinnert. – Aber bald werden Sie ihn ja selber sehen …»

Seine Worte verklangen in einem ernsteren Ton, und es war, als bewölke sich eine sonnenglühende Landschaft.

Auch Irene verlor sich in Schweigen. – «Wie ist er?» begann sie dann.

«Wer, Hoheit?»

«Auni – ich meine Mohammed, der Kaiser», verbesserte sie sich. «Was beabsichtigt er, was gedenkt er zu –»

«Ich beschwöre Sie, Hoheit», fiel ihr Chaß jedoch in die Rede, «wenn ich wüßte, was Mohammed beabsichtigt, hätte ich die längste Zeit gelebt! Gott sei Dank weiß ich es nicht. Kein Mensch weiß, was Mohammed denkt.»

XXIII

«Wir, Pius, Pontifex durch die Gnade Gottes – an den Großtürken Mohammed, Sohn des Murad.

... wenn du deine Herrschaft unter den Christen erweitern und deinen Namen mit Ruhm bedecken willst, so brauchst du kein Geld, keine Waffen, keine Heere, keine Flotten. Eine unbedeutende Kleinigkeit kann dich zum größten, mächtigsten und berühmtesten aller jetzt lebenden Sterblichen machen. Du fragst, was dies sei?

Es ist nicht schwer zu finden, es ist überall zu haben: ein klein wenig Wasser. Lasse dich taufen, und es wird auf Erden keinen Fürsten mehr geben, der dich an Ruhm überträfe oder dir an Macht gleichkommen könnte.

Wir aber, Gottes Statthalter auf Erden, werden dich Kaiser der Griechen und des Orients nennen, und was du jetzt mit Gewalt besetzt hast und mit Unrecht behauptest, das wird dann von Rechts wegen dein Besitztum sein.

Alle Unterdrückten aber werden zu dir, dem gemeinsamen Schutzherrn aller, ihre Zuflucht nehmen, und auch die Römische Kirche wird sich in ihren Bedrängnissen dir anvertrauen und empfangene Wohltaten mit Gleichem vergelten ...

Datum Romae apud Sanctum Petrum. Anno Incarnationis MCCCCLXI. Idibus Augusti, pontificatus Nostri anno tertio.

Sic signatum: A. de Hisparto.»

So hatte es im Schreiben des Papstes an Mohammed gestanden.

Noch in Trapezunt war es dem Padischah zugestellt worden.

Einige Tage waren nach Irenes Besuch in Seres verflossen.

An diesem neuen Morgen aber hatte sie bereits früh eine lange Unterredung mit Bardanes gehabt und eine noch längere mit Chisr Aga. Erst soeben hatte der Eunuch sie verlassen.

Und jetzt saß sie wieder allein, das Gesicht fast auf den Knien und die Hände von sich gestreckt und gefaltet.

In der Nacht hatte sie auf diesen selben Knien vor einem Reliquiarium gelegen. Auf dem Tisch stand es noch, nur daß ein weißes Tuch es jetzt verhüllte.

Irenes nächtliche Betrachtungen hatten allerdings bald nicht mehr der Reliquie oder etwa dem Schrein gegolten, obwohl es sich um eine für ihren lombardischen Ursprung beachtenswerte Arbeit handelte. Auch war Irene das keineswegs entgangen. Es hatte sie im Gegenteil sogar gefesselt, wie alte byzantinische Kunst durch ein naives und unbeschwertes Gemüt abgewandelt worden war.

Doch dann hatten sich ihre Lider zu einem Rückversenken in ihr eigenes Selbst geschlossen.

Lange hatte sie so gelegen und versucht, ihr Erleben der letzten Tage als Ganzes zu schauen. Immer mehr Bilder hatten sie bedrängt, auch die, an denen sie nach dem Verlassen des Klosters mit leeren Augen vorübergeglitten war. Jetzt waren diese Bilder wieder aufgestanden und als Erinnerung in ihr Bewußtsein getreten.

Und da war es geschehen. Während ihrem inneren Anschauen die Welt entstiegen war, in der sie nun lebte, hatten ihre Finger, ihr selbst unbewußt, offenbar die Juwelen des Kästchens in einer ganz bestimmten Folge berührt und dadurch ein Geheimfach erschlossen. Aber statt der Reliquie war ihr aus dem Doppelboden ein Brief entgegengefallen. Und keinen Augenblick hatte Irene gezweifelt, daß dieser Brief der eigentliche Zweck der beabsichtigten Sendung sei.

Mit diesem Reliquiarium hatte es nämlich folgende Bewandtnis: Am Abend zuvor war das Kästchen von Despina Anna mit der Bitte gebracht worden, es als Zeichen einer töchterlichen und frommen Gesinnung ihrem Vater David nach Adrianopel mitzunehmen, und Irene hatte ein solches Abschiedsgeschenk auch viel zu natürlich gefunden, um sich zu versagen.

Nur durch die Weisheit ihrer Hände war ihr offenbart worden, daß die Heilige und sie selbst hatten mißbraucht werden sollen, und mochte sich das Siegel auf dem Pergament auch noch so gewichtig spreizen, so hatte es den Brief nun doch nicht mehr schützen können.

«Pius, Bischof, Knecht der Knechte Gottes», hatte Irene gelesen, «an den geliebten und edlen Sohn, den Großkomnenen David in Adrianopel!

... und so können Wir deinen Ort nur als einen Ort der Verbannung betrachten und als ein dunkles Tal, aus dem Gott dich zu Seiner Zeit einer höheren Glorie entgegenführen wird, als du jemals besessen hast.

Harre aus und verzage nicht.

Zwar steht Mohammed in der Blüte der Jugend, ist stark von Körper, unternehmenden Geistes und befindet sich im vollen Lauf seiner Siege. Auch wird er die Waffen nicht niederlegen, als bis er vernichtet ist oder seiner fluchwürdigen Sekte zur Herrschaft verholfen hat.

Aber Wir, auf dem höchsten Sitz der Christenheit, haben Uns der orientalischen Frage nicht minder mit Kraft angenommen.

Wir haben die Könige und Fürsten des Abendlandes ermahnt, daß sie ihren Streitigkeiten entsagen und sich unter dem Feldzeichen des Kreuzes und der Führung Unseres Heiligen Stuhles gegen die Türken erheben.

Eine große Flotte von dreißig Dreiruderern und acht kleineren Fahrzeugen sowie ein Heer von fünfzigtausend

Mann werden binnen kurzem bereit sein, die Schmach zu rächen, mit der die Türken den christlichen Namen täglich beflecken.

Tue nun aber auch du deine Pflicht, geliebter Sohn.

Zwar sind mehrere deiner alten Bundesgenossen dem Schwerte des Menschenverächters erlegen. So ermahne nun um so mehr den Dadian von Mingrelien und den Mephe Grogora von Georgien; vor allem jedoch deinen hochberühmten und mächtigen Verwandten Usun Hassan, den Beherrscher Mesopotamiens, und dessen hohe Gemahlin, deine fromme, gottwohlgefällige Nichte Katharina, sich mit ihren Heeren bereit zu halten, um auch in Asien die letzte Spur einer Pest zu tilgen, die in Europa bald verschwunden sein wird.

Denn die europäischen Heere sind selbstverständlich bei weitem tapferer und besser gerüstet als Mohammeds Horden. Seine Janitscharen sind verlorene Seelen, die beim Anblick des Kreuzes vor Scham über ihren Verrat zu Boden sinken werden. Aus abtrünnigen Christensöhnen und kraftlosen Asiaten ohne jede Gesittung besteht Mohammeds unzulängliches Kriegsvolk. Wie könnte es sich gegen Christen behaupten, denen Gott zu starken Leibern auch noch den rechten Glauben verlieh?

Dir aber sei gegenwärtig, daß die Griechen auf dich als auf einen geweihten Kaiser blicken. Stärke sie insgeheim, daß sie dem Joch widerstreben und den Ungläubigen Abbruch tun an allen Orten und in allen Dingen.

Dann werden Wir dich erhöhen und dich nicht nur als Kaiser von Anatolien, sondern als Haupt aller Griechen und Kaiser des ganzen Orients erkennen …

Gegeben zu Sankt Peter in Rom.
Im Jahre der Fleischwerdung MCCCCLXI.
Im vierten Jahr Unseres Pontifikates.»

Dies Schreiben im Reliquiar las sich ganz anders als das an den Großtürken Mohammed. Und dennoch kamen beide Briefe vom gleichen Papst.

Irenes Blick war jedoch in der Schule des Lukas Notaras wie im Spiel für das Mögliche geschärft worden, und als halbes Kind hatte sie ihren Lehrer schon so weit übertroffen, daß er mit seinen Söhnen vielleicht heute noch leben würde, wenn er sich über die Worte eines Mädchens nicht allzu erhaben gedünkt hätte.

Dennoch hatte Notaras in Irene die Erbin des uralten Herrscherwissens der Komnenen zu erblicken geglaubt. Kühn und besonnen hatte er ihre Art zu denken genannt. Ihr aber waren die eigenen Gedanken immer sehr einfach erschienen.

Und dieses Einfache und Wirkliche hinter den Worten hatte Irene im Papstbrief des Reliquiariums nicht finden können. Nach ihrer Meinung war das einzige Wirkliche des Papstbriefes lediglich in der Tatsache zu suchen, daß die Menschen, wenn sie nur glauben wollen, selbst das Unmögliche glauben. Gerade das Unmögliche.

Daß es so sei – daran konnte sie nach ihren Gesprächen mit Bardanes und besonders mit Chisr nicht mehr zweifeln. Und da sie jeden allein empfangen hatte, war keiner behindert gewesen, ihr alles zu sagen, was sie hatte wissen wollen. Sie dagegen hatte nur gefragt und sonst geschwiegen, und so besaß sie nun das Wissen beider und ihr eigenes dazu.

Vornehmlich war es Irene zustatten gekommen, daß Chisrs Talente so lange brachgelegen hatten. Denn aus einem ganz andern Grund glichen seine Fähigkeiten ihren eigenen.

Nach des toten Notaras Meinung konnte sich Irene der landläufigen Vorurteile deswegen so leicht erwehren, weil gleichsam ihre Ahnen sie schon davon befreit hatten, während der dunkelhäutige Abessinier in eine ihm gänzlich neue Welt geraten war, der gegenüber er überhaupt keine Vorurteile besaß.

Und nun war zu seiner Überraschung und Genugtuung plötzlich eine gelehrige Schülerin dagewesen, der er seine klare Auffassung von den gegenwärtigen Beziehungen der europäischen und asiatischen Mächte hatte vortragen können.

Dieser Papst Pius war also Aeneas Sylvio aus dem Hause der Piccolomini, einer der berühmtesten lateinischen Schriftsteller, poeta laureatus und einstiger Ratgeber Kaiser Friedrichs des Dritten.

Von den politischen Fähigkeiten des Westens hatte Byzanz nun zwar niemals eine gute Meinung gehegt und dennoch dem Papsttum als dem unermüdlichen Vorkämpfer des europäischen Gedankens stets eine gewisse Achtung bewahrt. In diesem einen Punkt begegneten sich Byzanz und Rom: Beide hielten wenigstens im Denken an der Einheit des römischen Reiches und damit Europas unbeirrbar fest.

Falls aber die beiden Pius-Briefe der abendländischen Weisheit letzter Schluß sein sollten ...

Irene erstaunte.

Denn jetzt kannte sie ja auch den Brief an Mohammed.

Chisr Aga, der vieles wußte, was ihm nicht unbedingt zukam, hatte ihn ihr bei seiner Beschreibung des neuen Papstes mitgeteilt.

Was würde Annas abgesetzter Vater wohl sagen, fragte Irene sich nun, wenn er auch um diesen anderen Brief und darum wüßte, daß der Papst das erträumte komnenische Kaiserreich schon freigebig an Mohammed verschenkt habe? Oder an beide, an David und Mohammed, und zuletzt an keinen?

Doch mit dieser Frage gab sie sich auch schon die Antwort.

Wahrscheinlich – so schätzte sie – werde David von Trapezunt, der Schmied so vieler Bündnisse, die versagt haben, so vieler Heere, die nie ins Feld gerückt seien, angesichts dieser papierenen Vielseitigkeit Seine päpstliche Heiligkeit für einen ebenso feinen Politiker halten wie sich selbst.

Irene blickte auf.

Chisr war eingetreten.

«Despina Anna», meldete der Eunuch, «lassen den Ausdruck ihrer Freude übermitteln, daß Eure Hoheit sie mit einem Gegenbesuch zu beehren gedenken.»

Jassowo barst fast vor der Fülle der Gäste.

Außer Despina Annas großem Troß gab es da noch serbische Bojaren, Venezianer, Florentiner, und zu allen anderen waren auch noch vornehme Neapolitaner aufgetaucht – alle mit Dienerschaft und Gefolge.

Die Herren aus Neapel waren gekommen, weil ihr König Ferdinand trotz allem Geschrei von Türkennot und Krieg ebenso ungern mit Mohammed brechen wollte wie etwa Venedig oder Florenz. Nur um die Friedensbemühungen nicht so auffallend zu machen, verhandelte man mit der christlichen Mara Sultana.

Und keineswegs ohne Erfolg!

Die Dame hatte im Einverständnis mit ihrem Stiefsohn sogar eine Art von Verschwägerung vorzuschlagen.

Eine Einschränkung war freilich dabei. Denn sooft auch osmanische Sultane und Prinzen Christinnen geheiratet hatten, so schien es doch nicht anzugehen, eine leibliche Tochter des Padischahs einem Ungläubigen zu versprechen. Etwas anderes war es dagegen mit einer seiner Verwandten aus ehemals kaiserlich-byzantinischem Geblüt. Eine solche Dame erklärte sich Mohammed bereit, dem Königssohn zu verschaffen und der Braut zugleich eine Mitgift von zweimalhunderttausend Dukaten auszusetzen, das Zwanzigfache dessen, was sich der Prinz durch eine Heirat mit einer reichen Abendländerin hätte erhoffen dürfen.

Dies also beschäftigte die Neapolitaner.

Die Venezianer wieder waren ausschließlich um ihren Levantehandel besorgt, die Florentiner nicht minder, und da jeder seine geheimen Wünsche und Aufträge hatte, die Rückfragen erforderten und zum Warten zwangen, so waren die Räume im Schloß allmählich etwas knapp geworden.

Zur Entfaltung eines umständlichen Zeremonials fehlte

es bereits an Platz. Es war daher ganz gut, daß Irene nur in Begleitung einer einzigen Dienerin zu ihrer Kusine gekommen war.

Ihr Besuch gewann dadurch den Anschein eines mehr zufälligen, ungezwungenen Zusammenseins zweier naher Verwandter, und Anna war sehr geneigt, daraus das zweier eng verbundener Mädchen zu machen. Denn aus ihrer Neugier heraus, was sich hinter Irenes unirdischer Kühle wohl alles verbergen möge, war über Anna ein großes Verlangen nach ihrer Kusine gekommen.

Und jetzt erzähle man ja – fühlte die kleine Dame ihre Wünsche reifen –, die Base sei merklich aufgetaut, und so werde Irene als Frau doch auf alle Fälle erst einmal an einem Gefallen finden: an schönen Kleidern.

Das Reliquiarium stand daher noch immer so in Annas Empfangsraum, wie Irenes Dienerin es dort hingestellt hatte, mit Tüchern verdeckt – während sich die beiden Kusinen in Despina Annas Schlafzimmer zu den Reisetruhen und Kleidersäcken verfügt hatten. Und denen entstieg nun die prächtige Brautausstattung in schier unerschöpflicher Folge.

Zum erstenmal waren Irene und Anna so gut wie allein.

Die beiden Dienerinnen zählten für ihre Herrin nicht mit. Wenn es soweit wäre, daß sie störten, würde man sie fortschicken. Denn Annas Hoffnungen waren recht bestimmter Natur und liefen darauf hinaus, vor ihrer Weiterreise vielleicht doch noch mit der «Nonne» zu einem Austausch jener Vertraulichkeiten zu gelangen, die ihr trotz ihrer Jugend schon recht geläufig waren. Ein klein wenig Kloster im Boudoir galt seit jeher in Trapezunt als sehr mondän. Und Irene komme aus einem Kloster, und aus einem strengen, ließ es sich Despina Anna wohlig überrieseln.

«Ich zweifle nicht, daß du Mohammed gefallen wirst», schmeichelte sie dabei in ihrem gemütlichen Trapezuntisch, das Irene so an Arka erinnerte, unbedenklich darauf los. «Weißt du auch, daß er neuerdings einen Bart trägt? Ich meine einen Vollbart. Aber er trägt ihn nicht breit und lang wie einen Sack, sondern kurz geschnitten und zum Kinn hin gefällig gestutzt. Auch wird der Sultan voller geworden sein, seitdem du ihn ...»

Den Rest des Satzes verschluckte das Kleid, das ihr die Mädchen gerade jetzt über den Kopf zogen.

Für Irene wäre es viel zu eng und zu kurz gewesen, was die kleine Kusine recht bedauerte. Denn Anna hätte die Umworbene ebenfalls gern ausgezogen.

Da das jedoch nun nicht möglich war, hoffte sie dafür um so zuversichtlicher auf eine spätere Gelegenheit und legte vorerst alle ihre Gefühle in die eigene Entkleidung.

Wie ein Schulmädchen stand die zierliche Despina da, und so wollte sie vor der Unnahbaren auch stehen.

Ihr Hemd und das Beinkleid waren aus dem gleichen dünnen Battist, weil sie Seidenwäsche wohl gut für türkische Emporkömmlinge, keineswegs aber einer byzantinischen Dame angemessen fand. Doch während oben das kragenlose Hemd nur einen Ausschnitt aufwies, reichten ihr dafür unten die ziemlich engen Hosen bis halb über die Waden.

Dennoch setzte der Körper, hier mit einem Strammen, dort mit einem Fälteln des leichten Stoffes, sich selbst noch gegen diese Röhren durch, so daß er in der Hose genauso mit allem zur Geltung kam wie mit dem jugendlich festen Busen im Hemd.

Und Irene müsse blind sein, beglückwünschte sich Anna mit einem schnellen Blick in den Spiegel, wenn sie nicht sehe, daß sie in ihr, ihrer lieben Kusine, einen reizend gewachsenen kleinen Pagen besitze.

Irene aber sagte nichts von einem Pagen, der ihr anstünde, sondern erwähnte Mohammed.

«Au!» entfuhr es Anna, und die schuldige Dienerin war fast beunruhigt, daß es nicht gleich klatschte, weil sich ihre Herrin beim Haareordnen mit einer Nadel gestochen hatte. «Zeig Ihrer Hoheit lieber das Silberkleid», schnitt Anna jedoch jede Entschuldigung der Unschuldigen ab, «oder das schwarze mit den Kranichen oder ...» Damit ging sie zu Irene hinüber und kniete auf ein Kissen. «Was befiehlt meine Sebasta?» tändelte sie und küßte deren Hände in einem Spiel, das nach Irenes Belieben jederzeit Ernst werden konnte. «Schwarz steht mir gut, o meine Sultana!»

«Mohammed muß keine Augen gehabt haben», meinte Irene, mehr, um dem Gespräch eine andere Wendung zu geben, «sonst hätte er dich dazu gemacht.»

«Ach der!» lehnte Anna sich auf. «Ich bin nichts gegen dich, Irene. Du bist meine Sebasta, meine himmlische Herrin, und wenn du willst, werde ich deine Zofe sein und dich beim Baden bedienen. Was ist denn schon ein Mann! Für so etwas, möge er sein, wer er wolle, wäre ich doch immer noch viel zu schade, meinst du nicht auch?»

«Ereifere dich nicht», bat Irene.

Doch selbst das, daß sie zugleich der anderen Hüfte umschlang, konnte die kleine Empörte nicht völlig beruhigen.

«Ich bin froh», verkündete Anna, «daß ich, so Gott will, Mohammed nie wiedersehen werde. In des Vaters eigenem Thronsaal, im Engel- und Ahnensaal, empfing er mich, ganz als wäre er ein heiliger Kaiser, tat den Mund nicht auf und glotzte nur. Um ihn herum waren natürlich seine Eunuchen, und die waren noch das Beste an ihm. Schahin war auch da. Du kennst ihn, den Kapu Aga? Siehst du, der war es. Der sprach dann mit mir. Kannst du dir denken, was er sagte?»

Irene konnte es sich offenbar nicht denken. Anna aber ließ ihre Zöpfe durch die Hände gleiten und schüttelte den Kopf, daß die Locken flogen. Und was Irene um des Reliquiariums willen gegen die Prinzessin noch auf dem Herzen haben mochte, so fand sie das gepflegte Persönchen doch alles andere als abstoßend.

«Magst du meine Zöpfe nicht?» begehrte Anna zu wissen. «Du brauchst es nur zu sagen. Wenn du sie nicht magst, schneide ich sie ab! Dann bin ich deine kleine Nonne, Irina, Mütterchen», kam sie dabei gefühlvoll näher, «und mir gefällt es überhaupt viel besser, wenn einem die

Haare wie dir frei auf die Schultern fallen. Ganz wie bei einem Mann!» bewunderte sie die Wellen.

Es war wohl das erstemal, daß der Haarschnitt der Nonnen vor Irene als modische Angelegenheit behandelt wurde, dennoch streichelte sie Anna tröstend und nicht ohne Heiterkeit.

«Hatte Schahin etwas an deinen Zöpfen auszusetzen?» lächelte sie.

«Denk doch nicht, daß ich ihm glaube», umschnurrte Anna Irene, um dann wichtig und ganz überzeugt fortzufahren: «Rote Haare sind freilich gefährlich. Dagegen ist nichts zu sagen. Aber das ist dann ein ganz anderes Rot und nicht so wie bei mir. Mein Haar ist doch fast schon kastanienbraun. Glaub mir, Irina, sie haben mich nur deshalb nicht gemocht, weil sie mich bereits für etwas anderes in Aussicht genommen hatten. Weißt du, was ich soll?» triumphierte sie. «Ich soll auf Saganos aufpassen!»

Irene wunderte sich weniger über den Auftrag als darüber, daß Anna sich so offen zu ihm bekannte.

«Natürlich braucht Saganos es nicht zu wissen», gab die Kleine ihr auch gleich recht; «aber wenn er es trotzdem erfährt – was kann er dagegen tun? Eine andere Frau darf er nicht neben mir haben und meine Mädchen doch nur, soweit ich es erlaube. Das ist alles abgemacht mit Schahin, und im Grunde bin ich froh, daß es so gekommen ist. Ich bin nicht wie du, Irene. Mit Mohammed wäre ich ebensowenig fertig geworden wie dessen andere Frauen. Denn was sind ihm schon Frauen! Früher war er ja überhaupt nur für Knaben ...»

Mit einem Lachen unterbrach Anna sich selbst. Und je mehr sie lachte, um so mehr fühlte Irene, wie ihr das Blut heiß in die Wangen stieg. Sie konnte ihr Erröten nicht unterdrücken. Denn sie dachte an den jüngsten Notaras, an Marko, und sie hatte nie aufgehört, als abwegig zu empfinden, was sich für sie vor allem mit diesem Namen verband.

«Aber Irina, Mütterchen, Liebe!» lachte Anna noch immer. «Warum bist du so bestürzt? Du freilich wurdest bei den Notaras erzogen. Doch gerade an denen kannst du erkennen, was dabei herauskommt, wenn man wunderlich ist und sich nicht in die Welt schicken kann. Die Männer halten es sonst doch alle so! Als halbe Knaben werden sie verheiratet, und wenn erst genug Kinder da sind, dann kümmern sie sich nicht mehr viel um uns. Und dein Mohammed gar», schloß sie, «dem mußte sein Vater doch erst die Heirat befehlen, sonst hätte er wohl heute noch keine Frau.»

«Ich denke, er hat das inzwischen nachgeholt», machte Irene geltend. «Und hältst du wirklich Saganos für so ganz anders geartet, um ihn zur Treue veranlassen zu können?»

«Man merkt, daß du aus dem Kloster kommst», gurrte Anna und ließ sich das Kranichkleid überziehen.

Sie war nicht umsonst in dem Burgenland Trapezunt groß geworden, wo man Rittergeschichten und Abenteuer nicht nur erzählt, sondern immer auch erlebt hatte, in dem Land der schönen Menschen, der Jagden und Feste, dem Sammelpunkt der vornehmen Jugend Asiens. Sie kannte alles, was mit der Freude am Körper zusammenhing, und nichts war ihr daran schändlich.

«Saganos wird sich schon trösten», sagte sie jetzt. «Weißt du nicht, daß er Mohammeds erster Liebhaber war? Saganos war Peik im Serail, doch er ist älter, und so war er Mohammeds Lehrmeister in der Liebe.»

Auni! dachte Irene. Sie nennen ihn Auni! Und ein Unbehagen stieg in ihr auf ...

Übrigens – fiel ihr gleichzeitig ein – bringe das schwarze Kleid mit den silbernen Vögeln das Haar der Kleinen und vor allem ihre weiße Haut erst so richtig zur Geltung. Fast schön sehe sie aus ...

«Und jetzt ist Saganos ein Pascha», fuhr Anna unterdes munter fort. «Früher ein kleiner Grieche, dann Schwager des Sultans, wird er nun als mein Mann der Schwiegersohn eines geweihten christlichen Kaisers. Und wodurch? Genau durch dasselbe Mittel, dem all diese neuen Größen ihre Erhebung verdanken. Wenn du von den Ewrenos, den Michailoghli, den Söhnen Turachans und einigen von den alten Leuten Sultan Murads absiehst – alle anderen kommen doch immer nur aus Mohammeds Bett! Mahmud Pascha etwa nicht, der Großwesir? Oder ...»

«Anna, bitte!» wollte Irene dem Gespräch ein Ende bereiten.

Doch Anna war nicht mehr aufzuhalten.

Und die Ursache war Chaß.

Einem so hübschen Menschen hatte sie Augen machen müssen, was von ihm fröhlich erwidert worden war. Mit Irenes Erscheinen jedoch hatte Chaß sie vergessen. Und nun war Anna eifersüchtig auf Chaß, auf Irene.

Aber an Irene lag ihr mehr.

«– oder – Chaß –?» warf sie jedenfalls mit einem glitzernden Seitenblick zu ihr hinüber.

Irenes unwilliges Erstaunen war nicht zu verkennen.

«Aber du Liebe!» nahm Anna ihren Vorteil wahr und küßte Irene stürmisch. «Ich bin freilich ein böses Mädchen. Doch angelogen habe ich meine Sebasta, mein Mütterchen, nicht. Jedermann kennt die Geschichte des Chaß.»

Und dann erzählte sie, wie der Sohn des Vitus Paläologos seine Unschuld mit Kraft verteidigt habe.

In den Gärten der Dschihannuma von Adrianopel sei es gewesen. Dort habe Chaß den Mohammed mit dessen eigenem Säbel am Schenkel verwundet, sei auf einen Baum und vom Baum über die Gartenmauer entkommen. Allerdings nicht für lange Zeit. Denn bald sei er wieder eingebracht worden.

Zur großen Überraschung aller habe Mohammed dem Ungebärdigen aber keineswegs gezürnt. Er, dem es – wie man sage – nicht darauf ankomme, sich an dem Überbringer einer unliebsamen Botschaft zu vergreifen, habe Chaß vielmehr mit Achtung behandelt, und das mit dem besten Erfolg. Denn schließlich sei der Jüngling selbst für den überlegenen Mann entflammt und aus freien Stücken dessen Liebhaber geworden.

«Der Liebhaber oder der Lotterbube», kicherte Anna. «Wir hatten nämlich bei uns einen Mönch aus dem Höhlenkloster Sumela, einen richtigen Waldesel, mußt du wissen, und der sprach von Lotterbuben, als man ihm, weil er so berühmt war, ein einziges Mal vor dem Hof zu predigen erlaubt hatte. Du kannst dir denken, daß es keine Wiederholungen gab. Aber wir Mädchen hatten einen riesigen Spaß, uns unter der Predigt die Gesichter der Hofherren anzusehen. Wenn man sie alle hätte auszählen können, wären genug ‹Lotterbuben› in der Kirche gewesen!»

Damit stieg sie vergnügt aus dem Kranichkleid und wies bereits wieder auf ein anderes Gewand:

«Hier hab ich noch einen Sarong», sagte sie. «Soll ich ihn anziehen? Er ist aufs Haar vom gleichen Schnitt, wie ihn die Frauen in Delhi tragen. – Übrigens soll Chaß noch immer Mohammeds Geliebter sein», schoß sie, ohne eine Antwort abzuwarten, jetzt noch ganz unvermittelt ihren letzten Pfeil ab.

Doch Irene war aufgestanden, was sich Anna zusammen mit dem, was sie nun vernahm, auf ihre Weise auslegte. «Ich denke, es ist genug!» hörte sie Irene sagen. «Oder brauchst du deine Mädchen noch?»

XXIV

Anna hatte die Sklavinnen fortgeschickt.

Die schweren Vorhänge waren über der verriegelten Tür zusammengefallen, und die kleine Hoheit hatte dabei nicht zu erwähnen vergessen, daß kein Laut aus der Abgeschiedenheit dieses Raumes in die übrige Welt hinausdringen könne.

Doch Irene überlegte.

Und Anna verstummte.

Die Gerüchte von einem strengen Kloster der Buße verdichteten sich für die mit allen Erwartungen Erfüllte in dieser einzigen Irene, die vor ihr stand. Und aufreizend und gefährlich erschien ihr, was aus den Blicken der Nonne auf sie zukam.

Als Anna dann sprach, war ihre Stimme heiser:

«Ich hätte das von Chaß nicht sagen dürfen», bekannte sie. «Ich bin töricht und schlecht, Irene, ich weiß es. – Du aber hast alles erfahren, was ein Mädchen unter Frauen erfahren kann. Ich will dir wahrlich folgen.»

Und da Irene noch immer schwieg, schmiegte Anna sich an sie.

«Laß doch den Chaß!» flüsterte sie. «Was brauchen wir Männer! – Mache mich so, wie du mich willst. Sag mir alles, was ich tun soll und auf welche Art die Novizen ihrer Igumena gehorchen müssen.» Die Fenster waren dicht verhangen wie die Tür, und aus dem Wachs der Kerzen sikkerte der Geruch von Honig in den Raum. Irene atmete ihn mit dem Duft aus der Haut des halbnackten Mädchens.

Anna verstand sich auf die Wirkung jedes einzelnen ihrer Wohlgerüche, und was sie begehrte, konnte nach ihrer Meinung einer im Kloster Gewesenen nicht fremd sein.

Doch ganz so, wie es die Kleine sich ausmalte, war es nicht gewesen. Irene hatte ihre Anfechtungen gehabt, weit ernstere Anfechtungen als das verliebte Spiel einer kleinen Vorwitzigen. Aber sie hatte – was sich Anna nicht denken konnte – diese Anfechtungen auch mit ihren klösterlichen Mitteln bestanden.

Doch das Wachs tropfte von den Kerzen.

Und Anna bebte in Irenes Armen.

Ihr Fleisch erträumte die Unerbittlichkeit der Herrin und floß ihr in Zärtlichkeit und Angst entgegen.

Irene indessen dachte an das, was sie hergeführt hatte, an das Reliquiarium, an den Brief des Papstes und daran, daß sie von Annas Familie eine Gefahr abzuwenden habe. Nicht abweisen ließ sich der Gedanke und auch nicht verdrängen.

Dabei hatte Anna – Irene verkannte das nicht – von der berühmten Schönheit trapezuntischer Prinzessinnen noch genug mitbekommen. Sie war gut anzuschauen und von einer angenehmen tierischen Wärme.

Doch Irene schloß sich von allen Verlockungen ab.

Denn jetzt, da letzte Schärfe des Verstandes vonnöten sei, jetzt – war sie überzeugt – störe jede Wärme und jedes Schauen.

«Verzeih mir», bat sie. «Und leg bitte ein Gewand an. Ich habe mit dir zu reden.»

Eine leere Pause entstand, die sich erst allmählich wieder füllte.

Dann erst hatte Anna begriffen.

Es war aber auch das Schlimmste, was ihr in diesem Augenblick gesagt werden konnte.

Und es war Irene, die es gesagt hatte!

Verschmäht von Chaß, verschmäht von Irene – wie sie glaubte –, empfand Anna jetzt nur noch Haß.

Sie riß aus dem Kleiderhaufen ein weites Gewand, zog es fest um sich zusammen und war nun undurchdringlich gepanzert.

Irene fühlte es und machte sich auf einen harten Kampf gefaßt. Denn darauf, daß es sich um Annas eigenes Wohl und die Sicherheit von deren ganzer Familie handle, gab Irene wenig. Sie wußte, daß die Menschen keineswegs so eigennützig sind, wie sie gemeinhin voneinander behaupten, und daß sie sich weit seltener vom eigenen Vorteil leiten lassen als von dem Wunsch, die Absichten anderer zu durchkreuzen oder den andern zu schaden.

Dennoch begann sie jetzt, ohne einen Vorwurf daran zu knüpfen, vom Papstbrief an Kaiser David zu sprechen, und wie sie zu ihm gekommen sei.

Doch Anna schwieg nur.

«Hilf mir, das Unglück abzuwenden», bat Irene trotzdem. »Und dieser Briefwechsel ist ein Unglück. Er bedroht deines Vaters Sicherheit. Laß uns alles tun, ihn zu unterdrükken. Dein Vater darf nie etwas von diesem Brief erfahren. Der Papst aber muß glauben, Kaiser David habe ihm nicht antworten wollen. – Wer außer dir und mir weiß noch von dem Brief?»

Anna warf erbittert den Kopf hoch, hatte sie sich doch, als ihr das Kästchen im Basar von dem Armenier zugesteckt worden war, so sehr gehoben gefühlt, ihre kleine Hand in der großen Politik zu haben! Und nun kam Irene …

«Ich kann mich nur wundern», griff Anna an, und das war ihr erstes Wort in dieser Angelegenheit, «daß du einem Staatsbrief an den Kaiser, meinen Vater, so wenig Achtung bezeigtest.»

«Es gibt keinen Staat Trapezunt mehr.»

«Ein christlicher Kaiser bleibt immer ein Kaiser.»

«Das glauben wir, die wir Griechen sind, und nur wir. Doch auch einem christlichen Kaiser kann etwas Menschliches begegnen, sogar dir, Anna. Du läßt dich von Mohammed gebrauchen, und gleichzeitig konspirierst du gegen ihn.»

Es war mit Güte gesagt. Doch es bewirkte nur, daß sich Anna heftig erregte.

«Wer hier konspiriert, das bist du!» fuhr sie auf. «Denn du bist Griechin, und mein Vater ist als einziger geweihter Kaiser auch der deine. Alle guten und rechtgläubigen Griechen erkennen ihn als solchen. Du aber willst ihm die Verbindungen mit seinen Bundesgenossen zerstören. Das ist Hochverrat!»

Irene besaß ihre Erfahrungen mit Mama Arka, und Annas trauliches Trapezuntisch tat das übrige, daß sie sich nicht so sehr über das, was die Kusine ihr sagte, kränkte als über die Feindseligkeit, die ihr aus deren Worten entgegentrat.

Nachdenklich ging sie durch das Zimmer, und ehe sie antwortete, verstrich eine lange Pause.

«Bitte, höre mich, Anna», bat sie dann, «und versuche, dich nicht zu erzürnen. – Ja, ich habe das Siegel erbrochen, ich sagte es. Und da du mir den Brief ohne mein Wissen unterschobst, so glaube ich mich im Recht. Aber nicht das ist das Wesentliche», fuhr sie, um einer müßigen Entgegnung zuvorzukommen, schnell fort, «willst du es ein Vergehen nennen, so werde ich dir nicht widersprechen. Doch eine Hochverräterin bin ich nicht. Wie wir alle, so ist auch dein Vater Mohammeds Untertan.»

«Ein Herrscher wird nie ein Untertan!»

«Dann muß er sterben, wenn die Umstände gegen ihn sind. Dein Vater hätte sich jedoch nur zu verteidigen brauchen. Ehe Mohammed vor Trapezunt stand, zog er an unbesetzten Burgen vorüber, durch Pässe, die selbst geringe Mannschaften hätten sperren können, und auch so war Mohammeds Lage wegen der Schwierigkeit seines Nachschubs oft verzweifelt gewesen. In die Oberstadt einzudringen und gar die Burg wegzunehmen, hatte er überhaupt nicht die Mittel!»

Nichts konnte Anna hierauf entgegnen.

«Du verstehst schon was vom Krieg!» höhnte sie darum mit um so größerer Sicherheit.

«Ich verstehe ihn nicht», gab Irene zu. «Doch alle Strategen werfen das Einmaleins nicht um, und das genügt in diesem Fall. Kaiser David hat sich auf Vertrag hin unterworfen und ist mit dem ganzen trapezuntischen Staatsschatz nach Adrianopel übergesiedelt. Dort lebt er nun als Pensionär und Untertan des Sultans.»

«Ein geweihter Kaiser», lachte Anna, und dabei überschlug sich ihre Stimme, «der Untertan eines Moslems! Auf einen solchen Gedanken kannst nur du kommen! Bist du denn noch eine rechtgläubige Griechin?»

Irene dachte daran, daß ihr diese Frage nicht zum erstenmal gestellt werde, und unterdrückte ein Lächeln. Aber der Brief! hämmerte es doch wieder in ihr. Wenn Kaiser David von dem Papstbrief auch nur erfahre, so genüge es leider nun einmal, um den gefährlichen Briefwechsel wieder in Gang zu bringen. Und das zu verhindern – darauf allein komme es an!

Wie aber sollte sie sich des Schweigens dieser Anna versichern?

Das war eine sehr schwierige Frage.

Igumena war Irene gewesen, und vom Herrschen verstand sie genug, um sich zu sagen, daß Befehlen nicht nur leichter als Überzeugen, sondern auch weit wirksamer sei. Denn vor nichts schrecke ein Mensch des Durchschnitts so sehr zurück wie vor dem Denken.

Dabei war sich Irene völlig klar, wie leicht sie sich Anna hörig machen und ihr jeden eigenen Willen gründlich austreiben könne.

Doch ebensogut wußte sie, daß die trotzige kleine Dame sie dann wohl anbeten und auch schweigen würde; jedoch nur so lange, bis sie einem anderen Einfluß erlegen sei. In dieser Angelegenheit gebe es also nur eine einzige Möglichkeit, und die sei: das Kusinchen regelrecht zu überzeugen.

Irene seufzte in sich hinein, so hoffnungslos schien ihr ein solchen Beginnen.

Und dennoch müsse es versucht werden, dachte sie dann.

Von dem Brief des Papstes an Mohammed zu reden habe freilich keinen Zweck; denn wenn sie selbst auch an Chisrs Zuverlässigkeit nicht zweifelte, so werde Anna doch immer bestreiten, was ja auch wirklich zu glauben schwerfalle.

«Gerade als Griechin widersetze ich mich», begann sie daher ganz anders. «Den größeren Teil unseres alten Byzanz hat Mohammed jetzt in seiner Hand ...»

«Und du kannst es nicht erwarten, bis er alles hat», unterbrach Anna gehässig.

«Es wäre besser, als es auch fernerhin durch das Abendland zerstückeln zu lassen», erwiderte Irene ruhig. «Kaiser aller Griechen und des Orients nennt zwar der Papst deinen Vater. Er vergißt also, daß unsere Kaiser den Anspruch auf ganz Rom, den Osten und Westen nie aufgegeben haben und nicht aufgeben können. Welchen Anspruch haben die deutschen Barbarenkaiser des römischen Papstes? Keinen. Und nicht sind sie heilig. Aber nicht einmal einen Kaiser des Ostens darf der Papst in Wirklichkeit wollen. Werden die Seemächte ihm ihre Flotten, die andern Mächte des Abendlandes ihm ihre Heere ohne einen Anspruch auf Belohnung stellen? Werden Venedig, Genua, Skanderbey, die

Herzöge von Burgund und Mailand, die Könige von Ungarn und Neapel, jeder, der nur ein paar Söldner warb, jeder, der eine Handvoll Dukaten hergab, und die ganze Meute beliebiger Abenteurer, deren gierige Phantasie größer ist als ihr Gehirn – werden sie nicht alle aus unsern Ländern einen möglichst großen Fetzen für sich selbst herausreißen wollen? Nein, Anna! Ein vom Papst nach Konstantinopel zurückgeführten Griechenkaiser würde noch mehr ein Schattenkaiser sein als der letzte Konstantin.»

«Was vor zweihundert Jahren gelang», begeisterte sich aber die Kleine, «ist heute ebenso möglich. Wir werden sie wieder hinauswerfen, diese Lateiner!»

«Ich denke, das werden die Türken besorgen», meinte Irene trocken.

«Wir werden die Türken und die Lateiner verjagen!» überbot Anna sich selbst und kam sich äußerst edel und vaterlandsliebend vor.

«Etwas viel auf einmal», zweifelte Irene dennoch. «Die Türken haben eine Dynastie, an die sie glauben ...»

«Und wir haben den gotterwählten, apostelgleichen Kaiser!»

Hierauf war schwer etwas zu sagen. Aber Irene dachte an das, was sie von Kaiser David wußte.

«Alle Rechtgläubigen betrachten ihn als ihren wahren Herrn», fuhr Anna fort, «selbst Usun Hassan, der doch ein Ungläubiger ist, ließ sich von meinem Vater belehnen.»

«Gewiß», gab Irene zu, «mit Ländern, die deinem Vater niemals gehörten. Doch glaube mir, Anna, wenn Usun Hassan Mohammed besiegte – und er ist der einzige, der dazu imstande wäre –, dann würde Usun Hassan Kaiser in Konstantinopel sein und nicht dein Vater.»

«Du warst zu lange im Kloster», ärgerte sich Anna, «und wenn ich dir auch alles klarmachen wollte, würdest du mich doch nicht begreifen.»

«Eure Art Politik ist mir tatsächlich fremd», vermied Irene es, ihr darauf zu antworten. «Doch wenn ich auch nicht glaube – sowenig wie du –, daß die Janitscharen dem

Papst zuliebe ihre Waffen wegwerfen werden, so erschweren päpstliche Landungen im Westen und ungarische Angriffe im Norden Mohammeds Lage bei seiner Auseinandersetzung mit Usun Hassan im Osten ...»

«Endlich siehst du es selbst!» freute sich Anna.

«Um so mehr Grund für deinen Vater, ganz nach den beschworenen Verträgen zu leben. Im allgemeinen halten die Türken ihre Verträge, aber sie rächen es schwer, wenn man sie bricht. Urteile nun selbst! Dein Vater hat den kaiserlichen Schatz von Trapezunt, der schon an sich eine Macht ist, behalten dürfen und bezieht eine hohe Apanage. Wenn er aber nun den Vorschub leistet, daß Millionen griechischer Untertanen ihn als ihren wahren Kaiser ansehen und er sich obendrein mit dem Ausland verbündet – wird der Eroberer einen solchen Mann in seinem Rücken lassen, wenn er zu seinem Dreifrontenkrieg auszieht? Dein Vater kann sehr gefährlich für Mohammed sein. Vergiß das nicht!»

«Um so besser!»

«Ein Gefährlicher ist auch immer gefährdet. Denk an Notaras, Anna! Vielleicht weiß ich etwas mehr davon als du, und ich kann dir versichern, daß der Großherzog und seine Söhne um etwas ganz Ähnliches ihre Köpfe verloren.»

Wenn Anna fähig gewesen wäre, eine Brücke zu betreten, dann hätten Irenes Worte eine sein können. Doch sie wollte keine Brücken betreten, sondern genommen werden. Und dann mußte sie auch gerade in diesem Augenblick daran denken, daß die Kusine, wie zu ersehen, ja nur des Papstbriefes wegen zu ihr gekommen sei. So wehrte sie sich denn gegen deren warme Herzlichkeit und war nichts als nur eifersüchtig auf Chaß.

«Chaß!» brach es wild aus ihr gegen Irenes Überlegenheit los. «Mohammed und Chaß! Ein Abtrünniger und ein Ungläubiger! Schämst du dich denn gar nicht? Aber wie sollte eine fortgelaufene Nonne sich schämen! Eine Nonne, die sich in Ehrgeiz verzehrt. Du kannst es ja nur nicht verschmerzen, daß Konstantin starb, bevor du Augusta werden konntest. Und nun neidest du meinem Vater seine Macht, die er trotz allem und mehr besitzt denn je. Und um nur irgend etwas zu sein, möchtest du, daß Mohammed dich richtig heiratet und eine Sultana aus dir macht. Darum soll ihm nichts geschehen! Und darum wirst du uns auch nicht verraten, weil das deinen Absichten schaden könnte. Denn was bist du sonst? Nichts bist du, und eine Komnena schon gar nicht! Deine Mutter hat einen Bastard geheiratet und keinen Komnenen. Die Tochter eines sündhaft Geborenen – das bist du –!»

Eigentlich sei die Kleine ganz niedlich in ihrem Zorn, drängte es sich Irene auf, und daß sie ihren Beleidigungen durch ein reines Griechisch mehr Nachdruck zu geben versuche, mache ihr trapezuntisches Pathos noch drolliger. – Doch zugleich war Irene auch traurig. Sie war etwas stolz darauf, eine Komnena zu sein. Nicht daß sie es als einen Vorzug betrachtete, dieser trapezuntischen Familie anzugehören; aber dem Jahrhundert der Komnenen von Konstantinopel fühlte sie sich gern verbunden, den Kaisern Alexios und Manuel und sogar dem Andronikos ...

Sie hätte das zornsprühende Mädchen am liebsten in ihre Arme genommen und konnte es doch nicht.

Anna wieder befand sich in einem neuen Rausch, in dem des eifersüchtigen Trotzes der Verschmähten, und sie genoß diesen Rausch des Zerstörens, indem sie ein Götterbild zerbrach, das sich ihr nicht hatte neigen wollen.

Selbst bei dem Geräusch des Entriegelns wandte sich Anna nicht um. Und als sie schließlich aufsah, hatte die Tür sich schon wieder geschlossen.

Ungeleitet hatte Irene Despina Anna verlassen und betrat nun wieder ihre eigenen Räume, wo Chisr sie mit einer Meldung empfing. In Jassowo war ein unerwarteter Besuch eingetroffen.

Mohammed hatte seinem Versprechen gemäß den Bezirk von Seres als erbliches Sandschak an David von Trapezunt verliehen, eine keineswegs zu verachtende Entschädigung für dessen eingezogenen schmalen Küstenstreifen von nicht ganz drei Tagereisen Länge am Pontus, wenn auch nicht für die Stadt Trapezunt.

Jedenfalls war nun der Protovestiar Amyrutzes, als Schriftsteller Georg der Trapezuntier genannt, der Vetter des Großwesirs und des Kardinals Bessarion in Rom, zur Übernahme des Sandschaks nach Seres gekommen.

Bei Mara Sultana war er bereits gewesen und ließ jetzt also die Sebasta Irene um die Gnade bitten, ihr seine Aufwartung machen zu dürfen.

Kir Georgeos war als Schriftsteller zu bekannt, als daß eine belesene Dame wie Irene mit seinen Werken aristotelischer Richtung nicht vertraut gewesen wäre. Er sei bestimmt kein gewöhnlicher Kopf, dachte sie, und vielleicht könne sie doch noch durch seine Hilfe zu einem Einverständnis mit Despina Anna kommen. Denn ihren Fehlschlag nahm sie durchaus nicht leicht. Und da Kir Georgeos der trapezuntischen Familie sehr nahestehe, überlegte sie, so müsse auch Anna von Kind auf mit ihm vertraut sein.

Unter diesen Umständen sah Irene dem Besuch mit noch größerer Spannung entgegen, als sie sonst schon empfunden haben würde.

Und dann kam ein stattlicher Mann in der trapezuntischen Hoftracht seines Amtes.

Der weiße Leibrock fiel ihm unter der eng anliegenden veilchenblauen Scaramangia bis auf die schwarzen Stiefel. Vor allem aber wurde seine Gestalt durch den ellenhohen, sich oben verbreiternden Zylinder aus Grauwerk gestreckt, der mit einem etwas überhängenden rotseidenen Deckel abschloß.

Das Gesicht, dem zwei braune Augen viel Leben gaben, umrahmte ein dunkelblonder, sehr gepflegter und nur leicht angegrauter Bart. Kaum die Mitte der Vierzig konnte Amyrutzes überschritten haben.

Chaß hielt sich nicht für zu vornehm, ihn bei seiner Kusine einzuführen. Chisr Aga stellte ihn vor.

Während des Handkusses beugte Kir Georgeos das Knie und trat darauf zurück, um Irenes Ansprache zu erwarten.

Sie habe schon viel von ihm gehört und natürlich auch gelesen, lächelte Irene höflich, und freue sich, nun die Bekanntschaft eines so ausgezeichneten Mannes zu machen, wie es Seine Exzellenz sei.

Worauf er seinerseits verlauten ließ, daß seiner Geringfügigkeit von Ihrer heiligen, göttlichsten, überallhöchstzuverehrenden Hoheit viel zuviel Ehre geschehe und daß er von Höchstdero durchdringendem Verstande schon das Erstaunlichste vernommen habe.

Sanft und sicher verliefen unter diesen Umständen die sonst oft so schwierigen ersten Sätze in den geölten Bahnen eines unvergleichlichen Zeremonials. Außerdem auch ohne trapezuntische Anklänge und im reinsten Griechisch. Denn Amyrutzes war auf Kreta geboren und in Konstantinopel aufgewachsen.

Doch dann wurde die Unterhaltung gelöster, und dabei entging Irene nicht ein Wort noch ein Ton, noch eine Bewegung dieses Mannes. Denn sie mußte schnell zu einem Entschluß kommen und wollte ergründen, ob sie sich ihm anvertrauen solle oder nicht.

Selbstverständlich sprach man von Kir Georgeos' Schriften, aber unter anderem auch über die Flora von Trapezunt, die Irene nicht kannte, um schon bald darauf tief in einem Gespräch über das Leben in Adrianopel zu stecken, das ihr Reiseziel sein sollte.

Die Dschihannuma beherrschte natürlich die Stadt. Noch Murad hatte an dem mächtigen Sultanspalast gebaut.

Jetzt war Aalime, Mohammeds Mutter, die Erste Dame des Serails, und es war eine ehrenvolle Auszeichnung für Amyrutzes, daß die hohe Frau ihn dazu erwählt hatte, ihre Grüße an Mara Sultana zu übermitteln.

Daß der Palast des Großherrn alles andere weit überstrahlte, verstand sich von selbst. Dagegen war der ehemals kaiserliche Hof von Trapezunt in mehreren lose zusammenhängenden Gebäuden ziemlich bescheiden untergebracht. Aber Kir Georgeos meinte, daß sich die Burg Dragota in Seres sehr wohl zu einer würdigen Residenz ausbauen lasse, die vermöge ihres Fernblicks aufs Meer sogar noch eine kleine Erinnerung an die Kaiserburg von Trapezunt gewähren würde.

Natürlich hatte der Protovestiar sich auch der Grüße der höchsten und allerhöchsten Verwandtschaft an die Sebasta zu entledigen, und das hieß, da fast die ganze trapezuntische Familie in Adrianopel versammelt war, sehr vieler Grüße: von Kaiser David und der Kaiserin Helene, von deren sieben Söhnen, vom Bruder des Kaisers, dem Prinzen Alexander, und von beider Neffen Manuel, des verstorbenen Kaisers Kalojohannes einzigem Sohn. Nur Davids jüngster Prinz Georg lebte getrennt von seinen Eltern im Serail, wo er im Pfortendienst und im Islam aufwachsen sollte.

Von allen aber wußte Kir Georgeos etwas Angenehmes zu sagen, und als er auf das große, schöne Haus seiner Tante Thekla Abogowa an der Michaelsbrücke in Adrianopel zu sprechen kam, riß der Geschmeidige seine Zuhörer auch zur Heiterkeit hin.

Irene wollte es freilich scheinen, als wenn der Tante nicht nur von ungefähr Erwähnung geschehe. Denn obgleich die Dame nicht fürstlichen Geblütes war, bedeutete es doch recht viel, die Mutter des Serbenführers Michael Abogowitsch, und unendlich viel mehr, die Seiner Hoheit des Großwesirs Mahmud Pascha zu sein.

«Sie hat lange geschwankt», berichtete Amyrutzes gut gelaunt, «ob sie nicht bei Kir Michael bleiben solle; dann aber doch gemeint, ihr Mahmud oder ihr Matthäos, wie sie ihn noch immer nennt – sei nun einmal ihr Jüngster und seine Erziehung könne – da er die Mutter die ganze Zeit habe entbehren müssen – nur unvollkommen sein.»

Man lachte ungezwungen.

Über das wirkliche Verhältnis von Mohammed zu seinem Freunde Mahmud ergingen sich selbst die Eingeweihten nur in Vermutungen; aber in einem stimmten sie überein: Mahmud Pascha war demnach für jeden eine Allmacht, und um so mehr vergnügte es, nun zu hören, daß der große Mann für seine Mutter immer noch der kleine Junge sei, wie ihn ihr die Türken einst weggefangen hatten.

«Jedenfalls wird Kira Thekla sich freuen», versuchte Bardanes, sich in die Unterhaltung einzufädeln, «nunmehr so viele Trapezuntier in Adrianopel zu wissen?»

Das anzunehmen lag auch sehr nahe. Aber gerade, weil die alte Dame an ihrer Heimat Trapezunt so hing, war sie auf ihre Landsleute, wie Amyrutzes zu erzählen wußte, nicht gut zu sprechen.

«Es hätte nicht viel gefehlt», lachte er, «und meine hochzuverehrende Frau Tante hätte mich aus ihrem Hause weisen lassen. Sie meinte, wir seien viel zu schlapp gewesen, und was mich anlange, so sei ich – wenn mir das zu wiederholen erlaubt ist – nicht um einen Deut besser als ihr Sohn Matthäos, will sagen Mahmud Pascha, mein erlauchter Vetter. Kira Thekla nimmt es Seiner Hoheit nämlich übel, daß er die türkische Flotte gegen Trapezunt befehligte und die Kapitulation mit uns abschloß.» Mit der größten Unbefangenheit fragte Irene dann noch nach Anna Paläologa, der Tochter des besiegten peloponnesischen Despoten Demetrios.

Diese Paläologa stand Mohammed ebenfalls vertraglich zu, und Irene erfuhr nun, daß die Prinzessin noch immer in Adrianopel, und zwar bei Frau Abogowa, auf Mohammed warte, um von ihm endlich zur Sultana gemacht zu werden.

Die Paläologa hatte dasselbe Schicksal und dieselbe Bestimmung wie Irene.

Überhaupt unterhielt sich die göttlichste Sebasta um so anregender mit dem Protovestiar, als sie von dem Gedanken, ihn vielleicht um eine geheime Unterredung bitten zu lassen, längst Abstand genommen hatte.

Nach Beendigung der Audienz lag es Chaß Murad Bey ob, den Gast wieder zurückzugeleiten, eine Aufgabe, die er nur übernommen hatte, um sich ein Gewerbe bei Irene zu verschaffen.

Trotzdem stand er jetzt recht beklommen vor ihr. Denn während der ganzen Unterhaltung war ihm über das Nötigste hinaus nicht ein einziges Wort von ihr gegönnt worden.

Eine Verneigung war auch nun alles, was ihm wurde. Nicht einmal ihre Hand reichte sie ihm.

XXV

Wenn es auch in Mohammeds Absichten gelegen haben mochte, die Sicherung und Abrundung seiner Gebiete mit der Einnahme von Trapezunt vorläufig zu beenden, so nahmen die Ereignisse doch einen anderen Verlauf.

Zuerst zwangen die Untaten des christlichen Herrn der Walachei zur Eroberung auch dieses Fürstentums.

Wiederum wurde sie durch einen doppelten Angriff von der Seeseite her und zu Lande bewirkt, nur daß dieses Mal Mohammed mit der Flotte in die Donau einlief, während der Großwesir Mahmud Pascha das Heer befehligte.

Nach der Vertreibung des Fürsten Wlad mit dem berechtigten Beinamen des Drakul, des Teufels, war dann noch die Insel Lesbos zu nehmen, deren letzter Herr, Nikolaus Gattelusio, sich auf Kosten der Pforte etwas zu gut mit katalanischen Seeräubern verstanden hatte. Diese andere der beiden neuen Eroberungen führte ebenfalls Mahmud Pascha durch. Mohammed selbst kam erst nach Abschluß der Kapitulation vom Festland auf die Insel und ging dann sofort nach Konstantinopel, um sich dort endlich dem Bau seiner Moschee und des Neuen Serails zu widmen.

Sogar jetzt – über ein Jahr nach dem Fall von Trapezunt – suchte der Sultan seine alte Hauptstadt Adrianopel nicht auf. Vielmehr überließ er es dem Großwesir, die Truppen dorthin zurückzuführen, von wo aus Mahmud Pascha mit ihnen den Zug zur Eroberung des Donaulandes angetreten hatte. Und auf diese Weise war der Pascha nun zum zweitenmal innerhalb eines Jahres in Adrianopel und bei seiner Mutter.

Truppenschau und Einzug sollten erst am nächsten Tag erfolgen. Aber da Mahmud Pascha das Wiedersehen mit der Mutter nicht hatte erwarten können, so war er schon vorher insgeheim in die Stadt gekommen.

Die Freude beider war groß und ungeheuchelt und hielt auch jetzt nach dem Austausch des ersten Fragens und Antwortens noch an. Denn im Gegensatz zu den Spötteleien des Amyrutzes hatte Kira Thekla sich keineswegs jemals bedacht, bei welchem ihrer Söhne sie den Lebensabend habe zubringen wollen: – So gern sie ihren Ältesten, den Bojaren Michael Abogowitsch, hatte, so war und blieb der Jüngste, der Matthäos, doch immer ihr Liebling, wie er ihr trotz allem Glanze auch immer noch als der Gefährdetere erschien.

Aber darüber sprach sie bei all ihrer Wachsamkeit selbst mit ihrem Matthäos nicht offen. Und deswegen lag jetzt auch etwas Unausgesprochenes über dem ersten Wiederbeisammensein von Mutter und Sohn, als erwarte der Sohn, daß die Mutter über etwas reden möge, wonach zu fragen er gern vermieden hätte.

Diesen Gefallen tat sie ihm jedoch nicht. Lieber ließ sich Kira Thekla ein Buch von ihm erklären.

«Was heißt das hier?» fragte sie eben.

Mahmud-Matthäos beugte sich über die pergamentenen Blätter und das grünsilbern und goldrot ausgezierte Wunder einer schönen Neschischrift.

«‹Nasarden döschmisch›?» las er. «Das heißt ‹vom Blick gefallen›», erklärte er dann, «etwa soviel wie: ‹In Ungnade gefallen›. Und das Distichon könnte man so übersetzen: ‹Erbarme meiner Träne dich und laß sie für mich flehen – der ich aus deiner Gnade fiel, wie sie aus meinem Sehen.›»

Doch die alte Dame war weit davon entfernt, sich durch poetische Tränen rühren zu lassen.

«Das Gleichnis stimmt nicht so ganz, mein Junge», meinte sie recht hintergründig. «Wenn die Träne aus dem ‹Sehen›, also dem Auge, des Dichters fällt, sieht er alles nur noch verschwommen, während seine Verungnadung gerade darauf schließen lassen könnte, daß dem Gegenstand seiner Sehnsucht ein wenig die Augen über ihn geöffnet wurden. Was meinst du dazu?»

Der forschende Blick seiner Mutter brachte den Großwesir zum Lachen.

«Sie vergessen, gnädigste Mama», verteidigte er sich, «daß Lyrik etwas Subjektives ist und der Dichter kaum geneigt sein dürfte, die abfällige Beurteilung seiner eigenen Person auch noch zu verherrlichen! Das kann man von ihm nicht verlangen. Auch von mir nicht. Denn offenbar weiß meine gnädige Mutter ganz genau, daß dies meine Verse sind. Sie hören, ich leugne nicht: Adeni bin ich. Etwas anderes ist es, wer derjenige war, der Ihnen meine Reimereien zusteckte? Wer war das nun?»

«Das war Chaß.»

«Selbstverständlich Chaß!» rief Mahmud und nahm, um Schrift und Einband zu bewundern, das Buch in die Hand.

«Der Prinz hatte die Gnade», sagte Thekla. «Aber warum sagtest du ‹selbstverständlich› habe es Chaß mir gegeben?»

«Weil Chaß nie eine Gelegenheit vorübergehen läßt, sich beliebt zu machen.»

«Tadelst du ihn deswegen?»

«Ich lobe ihn! Nur hätte er ein anderes Geschenk wählen sollen als meinen unwürdigen Diwan. Der verführt die hochzuverehrende Mutter nur dazu, sich mit etwas zu plagen, das ihr so widersteht wie das Türkische. Oh, Kadin Sültanüm», lachte er, «Sie in den Tagen Ihrer hohen Würde ...»

«Grünschnabel!» unterbrach ihn da aber mit einer nahezu echten Entrüstung die alte Dame. «Was geht dich mein Alter an? Und nenne mich nicht wieder ‹Kadin Sültanüm›. Es genügt, daß ich aus einem adeligen Hause bin. Und außerdem bin ich deine Mutter, der du Schlingel von einem Sohn so viel Achtung bezeigen solltest, daß du ihr nicht spottweise einen höheren Rang gibst, als ihr zukommt. ‹Tage meiner hohen Würde›!» schalt sie. «Das soll doch ‹alt› heißen, nicht wahr? Bin ich etwa alt?»

«Meine Mutter und Herrin sind Sie!» beteuerte der Schlingel von einem Sohn und küßte ihr begeistert beide Hände.

«Und was das Türkische betrifft», fuhr sie, dadurch etwas besänftigt fort, «so ist das gerade so, als wolltest du auf serbisch reimen. Nicht im Traum würde dir, einem gebildeten Manne, so etwas einfallen. Und dabei schreiben sie das Serbische doch noch wenigstens mit griechischen Buchstaben und nicht arabisch und verkehrt rum wie das Türkische. Griechisch, Matthäos – das ist deine Muttersprache! Dichte also griechisch, wenn schon gedichtet werden muß.»

«Freilich muß!» schmunzelte der Pascha. «Zum Beweis, daß wir gute Intellektuelle und keine Barbaren sind, muß durchaus gedichtet werden. Und da wir demnach auch keine Türken von ‹altem Schrot und Korn› sein können, muß es auf türkisch geschehen, damit wir wenigstens in etwas Türken sind. Sonst verlören wir unser Gesicht, ein Sultan so gut wie ein Großwesir oder ein anderer, der als Mann der Intelligenz dazu auserwählt wurde, die Herrschaft auszuüben.»

«Gecken seid ihr alle», schmollte Kira Thekla belustigt, «nennt euch Adeni und …»

«… und Auni, Hochzuverehrende!» ergänzte der Sohn voll Übermut. «Vergessen Sie Auni nicht, teuerste Mutter, denn so nennt sich Mohammed. Meinen Sie, er hätte Lust, sich von den Literaten über die Achsel ansehen und sich einen schlechten Namen machen zu lassen?»

«Ich finde es nur seltsam, daß er die Spielerei mitmacht», wunderte sie sich. «Mohammed hat doch keine Nachweise nötig. Er jedenfalls ist ein wirklicher Türke.»

«So gut, wie ich ein wirklicher Grieche bin», war die Antwort. «Ich weiß, was Sie sagen wollen», wehrte er zugleich auch schon ihre Einwände ab; «aber ich meine, seit Perikles hat sich bei uns manches geändert, und in Mohammeds Familie haben nach Osmans Tagen auch nicht viele Türkinnen geheiratet. Griechinnen um so mehr. Sie sehen also: Mohammed hat das Dichten am nötigsten. Dennoch ist er

Türke, wie ich Grieche bin. Jedenfalls gelten wir dafür. In Wirklichkeit aber haben wir darauf zu achten, daß sich die Beherrschten nicht bei jeder Gelegenheit an die Gurgel springen.»

Die alte Dame freilich dachte bei allem nur an die vielen Gefahren, denen ihr Sohn sich in den Feldzügen aussetzen mußte. Sie seufzte. «Wer an die Gurgel springt», erklärte sie mit unverhohlener Mißbilligung, «sind, dünkt mich, ganz andere Leute als die Beherrschten!»

Seine Hoheit verstand die Mutter sehr gut und sprach es auch aus.

«Sie denken an uns und unsere Kriege», ergänzte er ihre Bemerkung. «Aber die werden doch einmal ein Ende haben. Und selbst jetzt schon sterben in all unseren Schlachten nicht so viele Menschen wie vorher in den unablässigen Streitereien der Kleinen und Kleinsten. Ich liebe den Krieg um des Krieges willen nicht», fuhr er fort, und er sagte das als der immer siegreiche und berühmteste Feldherr seiner Zeit, «aber ein Friede, wie wir ihn heute im Innern haben, läßt sich nur hinter gesicherten Grenzen aufrechterhalten. Und dann gibt es auch noch andere Gründe, die einen Feldzug rechtfertigen können. Wie wäre es zum Beispiel möglich gewesen, einem Ungeheuer wie diesem Drakul sonst sein Land zu nehmen?»

«Das kennt man!» unterbrach ihn aber die Mutter. «Wenn man Krieg führen will, ist der Gegner immer ein Ungeheuer.»

Matthäos-Mahmud schüttelte den Kopf.

«Inständig bitte ich meine hochzuverehrende Mutter, nicht so zu reden», widersprach er. «Wir sind keine Engel, und es geschieht bei uns genug, was ich nicht billigen kann. Doch niemals haben wir den Fremden zur Befestigung ihrer Hüte Nägel in die Schädel getrieben, wie das von diesem Wlad unseren Gesandten geschah ...»

«Wenn ich ehrlich sein soll, mein Sohn», zögerte Kira Thekla, «so hielt ich das für ein Märchen, und an vieles andere glaubte ich ebensowenig ...»

«Es ist mehr wahr, als ich mich traue, Ihnen zu erzählen. Da Sie jedoch zweifeln, will ich Ihnen wenigstens sagen, was ich mit Sicherheit weiß und selbst sah. – Für das Festnageln der Turbane hatte Wlad noch Vorbilder. Der Schwabe Friedrich, ein deutschrömischer Kaiser, ließ einst auf Sizilien einem besiegten Rebellen den glühenden Kronreif auf den Kopf schmieden. Anderes dagegen erfand Wlad selbst. Menschliche Füße abhäuten, mit Salz einreiben und Ziegen zur Erhöhung der Todesqual daran lecken lassen, das war nur eines seiner Lieblingsspiele. Daß er die Bettler zum Mahl lud und dann im Speisesaal insgesamt verbrennen ließ – war ein anderes. Vierhundert jungen Leuten aus Ungarn und Siebenbürgen, die sich zum Studium der Sprache in der Walachei aufhielten, geschah das gleiche. Sechshundert Kaufleute aus dem Burzellande wurden auf dem Markt gespießt, fünfhundert einheimische Bojaren gepfählt. Pfählen – die Menschen gebunden auf einen zugespitzten Pfahl setzen und auf diese Weise langsam vom Marterholz durchdringen lassen –, das war seine große Leidenschaft. Am liebsten speiste er mit seinem Hof in einem dichten Kreis von Gepfählten, die derart den Geist aushauchten ...»

«Bitte, nicht weiter, Matthäos ...»

«Doch, teuerste Mutter», sagte Mahmud Pascha nicht ohne Härte, «wer tadelt, muß auch die Antwort vernehmen. So hören Sie denn, was ich mit diesen meinen Augen erblickte. – Außerhalb von Drakuls Hauptstadt kamen wir an ein liebliches, wohlbewässertes Tal. Aber das Tal stank. Das ganze Tal, Mutter! Eine halbe Stunde lang, eine Viertelstunde breit starrte ein Wald von zwanzigtausend Pfählen! Und auf den Pfählen, und die Pfähle in ihnen, saßen Türken, Bulgaren – Männer, Frauen und Kinder –, neben den Müttern die Kleinen. In der Mitte aber, erhöht und in Seide und Purpur, erblickten wir Hamsa Paschas geschändete Leiche. Aasvögel erhoben sich fett und schwer, als wir kamen ...»

«Herr, erbarme dich unser!» betete die alte Frau.

Und jetzt schwieg der Sohn.

«So etwas taten Rechtgläubige – Christen wie wir!» flüsterte sie dann.

Sie sagte das ohne Nebengedanken; denn ihres Matthäos Beschneidung hatte sie nie ernst genommen. Und auch der Großwesir widersprach nicht, war er doch der Gesinnung nach so sehr Grieche, daß er von Mohammed, um ihm Gewissensbedenken zu ersparen, anfangs dem Krieg im Peloponnes ferngehalten worden war.

«Man kann dem Sultan nicht dankbar genug sein», rettete sich Kira Thekla nun in eine schöne Bestimmtheit, «und ich will es ihm nie vergessen, daß er das Scheusal verjagte!»

Hierzu jedoch konnte ihr Sohn nur ironisch lächeln.

Er mußte an die wirklichen Gründe des Einmarsches denken.

Schon allein der Gesandtenmord habe dazu gezwungen, dachte er, ganz gleich, wie er ausgeführt worden sei, und die Walachei habe man nicht zum feindlichen Aufmarschgebiet werden lassen können. Auch sei es nötig gewesen, zu beweisen, daß Mohammed aus den Kämpfen in Asien mit nur noch erhöhter Macht hervorgegangen sei. Aber nicht viel weniger als alle diese Gründe habe der kaiserliche Wunsch zum Krieg beigetragen, dem Bruder des Wlad, nämlich Mohammeds Liebling Radul, ein Fürstentum zuzuschanzen, während den Untaten des Verjagten, soweit sie sich nicht gegen die Pforte gerichtet haben, als inneren Angelegenheiten eines anderen Staates überhaupt keine Bedeutung beigemessen worden sei.

Dennoch ...

«Und doch ist es so, wie Sie sagen», gab Mahmud-Matthäos der lieben Einfalt seiner Mutter nachträglich recht. «Wenn ein Volk sich zum Werkzeug der Unmenschlichkeit gebrauchen läßt, sollte kein Mensch, der es ist, gleichgültig bleiben. Denn ein Teufelswahn breitet sich aus wie Pest und Cholera, und auch die achten keine Grenzen. – Aber leider», setzte er hinzu, «haben wir das Scheusal, wie Sie sagten, nur verjagt. Es hätte zur Strecke gebracht werden müssen.»

Thekla Abogowa sah ihren Sohn sich einem Nachdenken hingeben, dem sie ihn nicht entreißen mochte, und so geschah gerade das, was sie gern verhindert hätte.

Denn bis jetzt war er durch die Unterhaltung abgelenkt worden. Nun jedoch drangen die Stimmen und das Lachen von Frauen in die Stille seiner Gedanken.

Auch Frau Thekla vernahm sie und wollte sofort zu reden beginnen. Doch es war zu spät. Mahmud Pascha stand schon am Fenster.

Seltsamerweise war die Despotentochter Anna oder auch Annina Paläologa, obwohl sie sich eigentlich mit der Sebasta in einer unfreiwilligen Gegnerschaft um die Gunst des Padischahs befand, dennoch schon bei der ersten Begegnung von einer aufrichtigen und gläubigen Freundschaft für Irene ergriffen worden.

Und diese Freundschaft war es, die dann auch Irenes Bekanntschaft mit Mahmud vermittelt hatte. Denn obwohl Irene bei den Komnenen wohnte, so war sie Anninas wegen doch häufiger bei der Abogowa zu finden als bei ihren Verwandten. Und einem gelegentlichen Zusammensein auszuweichen, hatte weder für die Sebasta noch für den Großwesir ein Anlaß bestanden. Verkehrten doch die Trapezuntier und andere vornehme Griechenfamilien ebenfalls im mütterlichen Hause des Paschas und umgekehrt Kira Thekla und die Paläologa wieder bei jenen. Für die Griechen war der Großwesir Kir Matthäos, und seine Gesellschaften empfanden sie als die eines Landsmannes. Hätte Irene allerdings geahnt, was der Pascha seinen Pferden alles zugemutet hatte, um nur ja noch vorzeitig nach Adrianopel zu kommen, so würde sie heute ferngeblieben sein.

Nun jedoch war es im Chor der Mädchenstimmen gerade Irenes Stimme gewesen, die den Großwesir ans Fenster gelockt hatte.

Er brauchte es nicht zu bereuen; denn hübsch genug war

es anzuschauen, wie die Mädchen in ihren leichten und kurzen Gewändern gleich antiken Spartanerinnen ohne jede Scheu da unten ihr Wesen trieben. Im Gynaeceum der Kira Thekla und hinter den hohen Mauern des Gartens fühlten sie sich völlig geborgen.

Seit Sparta hatte sich nämlich doch allerlei geändert. Die wirklichen Spartanerinnen von einst freilich hatten ihre Körper auch für die Öffentlichkeit kurz, ja beim Ringen selbst gar nicht bekleidet; aber mit einem solchen unbekümmerten Freimut zeigten die jungen Damen von heute nicht einmal mehr ihre Beine. Schon damals im alten Hellas war genug Gerede wegen der Entblößten gewesen und überhaupt wegen der zweifelhaften Sittsamkeit des eigenbrötlerischen Sparta.

An diese längst versunkene Vergangenheit dachte Kira Thekla aber keineswegs. Sie war ganz Gegenwart und besorgt, daß der überraschende Besuch ihres Sohnes nicht ihr allein gelten möge. Und es war mehr als nur mütterliche Eifersucht, was sie bei diesem Gedanken bewegte.

Noch sehr jung war sie mit ihrer Prinzessin Anastasia von Trapezunt nach Serbien gekommen. Die Despina Anastasia hatte dort Sultana Maras Vater Georg geheiratet, und Kirina Thekla war nicht lange danach die Frau des Stephan Abogowitsch geworden, des Bojaren.

Kir Stephan war sehr stolz auf seine feine und gebildete Frau gewesen, die ein so reines Griechisch sprach, wie man es nur aus den besten Büchern erlernen konnte, und sie wiederum hatte aus ihm einen Mann gemacht, mit dem man sich auch in Konstantinopel hatte sehen lassen können, wo er dann mehrfach in Staatsgeschäften gewesen war. Bei seinem Tode hatte sie ihn beweint, und sie mochte es nicht ausdenken, wie es wäre, wenn sie auch den Sohn Matthäos würde beweinen müssen.

Gerade ihr Jüngster war das genaue Abbild ihres verstorbenen Mannes.

Sie selbst, wenn sie auch nicht klein war, wirkte in ihrer dunklen Schlankheit doch fast schon bis zur Zerbrechlichkeit zart – und dennoch war dieser Mann mit der kräftigen Nase, den vollen Lippen in dem klaren, vom leicht gekräuselten Blondbart fest umrissenen Gesicht und mit den Augen von einem schier unwahrscheinlichen Blau ihr Sohn. Und mit seiner hohen Gestalt von verhaltener Kraft und mit jeder seiner Bewegungen beschwor dieser stattliche Mann Anfang Dreißig das Bild des unvergessenen Gatten.

Und jetzt lachte dieser Schlingel von einem Sohn.

Die Damen spielten Handball, und einige von ihnen waren im Kampf um den zu Boden gegangenen Ball übereinander gepurzelt.

«Du solltest dich schämen, Matthäos», verwies ihm die Mutter sein Verhalten. «Die Mädchen wissen nicht, daß du hier bist, und es ist schändlich von dir, heimlich ihrem Spiel zuzusehen.»

«Ich bin aber hier», entgegnete er wohlgemut, «und ich hätte mich längst nach dem Befinden der Damen erkundigen müssen. Wie geht es Despina Annina?»

«Gut», beschied ihn Kira Thekla so trocken wie möglich. «Und du wirst sicher noch vieles für morgen anzuordnen haben. Nimm auf mich bitte keine Rücksicht, falls du jetzt gehen mußt.»

Das war deutlich genug und nur schade, daß Kira Theklas Matthäos nicht daran dachte, es zu verstehen.

«Und die Sebasta? Kommt sie noch oft?» fragte er vielmehr und füllte seine Augen mit Irenes Anblick.

«Mein Sohn!» erklärte seine Mutter, da alles andere nicht half. «Wenn du dort stehst und ich sehen muß, wie du sie mit deinen Augen verschlingst – so möchte ich, sie käme überhaupt nicht.»

«Sie waren ihr doch sonst wohlgesinnt?»

«Ich bin es noch heute. Du aber vergißt, daß du die Braut deines Padischahs anstarrst.»

«Das eben ist es, was ich bezweifle.»

«Lachst du deiner Mutter ins Gesicht, daß du ihr bestreitest, was sie mit eigenen Augen vor sich sieht?»

«Meine Herrin!» wendete sich ihr Sohn, um die aufgebrachte Dame zu begütigen, wieder ins Zimmer. «Ich bestreite nicht, daß ich zu den Mädchen hinübersah. Doch ich bezweifle, daß irgendeine unter ihnen jemals Sultana werde.»

«Ah –»

Kira Thekla wäre keine Frau gewesen, wenn diese Antwort sie kaltgelassen hätte. Wachsam blieb sie jedoch trotzdem, und ihre Bedenken waren keineswegs zerstreut.

«In Angelegenheit seines Harems», sagte sie, «sendet der Padischah nicht den Wesir.»

«Er sendet mich nicht. Wenn es ihm auch nicht darauf ankommt, mit mir über Frauen zu reden. Und das oft genug. Besonders, wenn er getrunken hat. Oh, er ist unersättlich!» schloß er, und weil er dabei an Irene denken mußte, zeigte sein Gesicht einen Ausdruck tiefen Widerwillens.

«Es ist sicher, daß du mehr weißt als ich», hörte er seine Mutter sagen; «aber wenn du nicht alles weißt, ist es besser, du weißt gar nichts. Die beiden Despinen gehören dem Padischah. Bis er sie freigegeben hat, sind sie sein. Daran halte dich, mein Sohn, und selbst nach einem Verzicht noch. Wenn dich nach einer der beiden verlangen sollte, so empfange sie von ihm. Nur von ihm.»

Mahmud nickte.

Er fand, es sei Weisheit in den Worten der Mutter. Aber er traute sich zu, von Mohammed zu erhalten, was er begehrte.

«Obwohl ich dich zu bedenken bitte», schloß Kira Thekla, «daß du wohl von edler Abkunft, aber kein geborener Fürst bist und also auf die Hand einer Prinzessin keinen Anspruch hast.»

Jedem seinen Platz und sein bestimmtes Recht – das war der eherne Grundsatz byzantinischer Hierarchie, und die ehemalige Hofdame war zu stolz auf ihren Rang, als daß sie je den Wunsch gehabt hätte, ihn zu verändern, ja nicht einmal den, ihn zu erhöhen. Mit dieser neuen Zeit, in der alles schwankte, in der es keine Archonten mehr geben und die

Macht sich nicht mehr vererben sollte, in der die Herrschenden immer häufiger ganz von unten heraufkamen, mit dieser Zeit hatte sie nichts zu schaffen. Selbst ihres Matthäos märhafter Aufstieg zum höchsten Amt erschien ihr eher als ein Teufelsspuk, der nicht dauern könne und dessen Fratze plötzlich zu sehen sie ständig zitterte.

So völlig wurzelte Frau Thekla im alten, daß sie für einen großen Menschenbehandler wie ihren Sohn ein leicht zu spielendes Instrument war, und so zögerte er auch nicht, es, wie er wollte, zum Klingen zu bringen.

Was immer geschehen sein möge, so sei Irene doch stets eine Sebasta, sagte die alte Dame also und zeigte sich dabei sehr bekümmert, daß die Überallhöchstzuverehrende sich so wenig in den trapezuntischen Hof schicken wolle, an dem sie doch nach Kaiser David und der Kaiserin Helena Kantakuczena die Erste sei.

Und in der Tat hatte Irene sich wohl vor dem Thronsessel von Konstantins Mutter mit einer Ehrfurcht gebeugt, die von ihr damit einer mehr als tausendjährigen Ordnung gezollt worden war. Doch das tote Zeremonial der Trapezuntier, das nichts mehr zu ordnen hatte, widerstand ihr so sehr, daß sie sich ihm, wo es nur anging, entzog. Wie das Satyrspiel auf etwas, das einmal heilig gewesen sei, erschien es ihr. Mahmud verstand das sehr gut.

«Und warum macht der göttlichste Kaiser David, wenn er sich über Despina Irene so kränkt, nicht ein paar neue Sebasten?» lächelte er.

«Soll er die Frau des Saganos Pascha erhöhen?» entrüstete sich Kira Thekla über den leichtfertigen Ton ihres Sohnes. «Gerade, daß Despina Irene ihre Weihe noch in den Blachernen empfing, macht sie zur einzigen und letzten Sebasta, ehe nicht ...»

Sie hielt inne. Ganz plötzlich und ohne Übergang brach sie ab.

Zu spät erinnerte sie sich, daß sie zwar mit ihrem Sohn, doch zugleich mit dem Großwesir des Osmanischen Reiches sprach.

«Ehe nicht was?» gebrauchte Mahmud denn auch sofort seinen Vorteil. Weil er die Mutter in seine Hand bekommen wollte, tat er das. Antworten konnte sie ihm ja auch nicht, weil sie ihm nicht sagen durfte: «Ehe nicht wieder ein heiliger christlicher Kaiser seinen Einzug als Isapostolos in Konstantinopel hält.»

«Du verstehst uns nicht mehr», wich sie ihm darum aus.

«Ich verstehe nur zu gut», scheuchte er sie aber auf, «daß Despina Irene euch ebenfalls nicht verstehen will und daß dies euer größter Kummer ist.»

«Und ich weiß, was du dir von ihr erhoffst», wehrte sich die Mutter nun mit einem Gegenangriff. «Glaubst du, ich sei taub und blind?» Mahmud widersprach ihr nicht.

«Um so besser», gab er zu, «so werden Sie begreifen, meine Herrin, daß ich, wenn nicht Sie mir eine Unterredung mit Irene verschaffen – ich meine, eine Unterredung unter vier Augen –, daß ich dann gezwungen sein werde, die Despina im Hause des David Komnenos aufzusuchen.»

Thekla Abogowa erschrak über den Ernst dieser Worte. Was sie auch noch vorbringen konnte, der Sohn würde sie nicht hören, das fühlte sie. Dennoch begann sie noch einmal:

«Damit würdest du dich bloßstellen –»

«Ich weiß es!»

«An der Warnung einer Mutter scheint dir als einem ungehorsamen Sohn wenig gelegen!» fuhr sie auf.

Aber es waren Worte, nichts als Worte, von denen keine Wirkung mehr ausging.

Jetzt jedoch lösten sich die Züge ihres Matthäos, und er blickte sie an mit den Augen ihres Mannes und mit den gleichen Augen, die ihr einst aus einer Wiege entgegengeleuchtet hatten.

«Du bist wirklich entschlossen –?» fragte sie noch.

«Fest entschlossen!»

«Dann –», sagte sie und strich ihm zärtlich die Falten von der Stirn, «– dann ist es besser, du sprichst sie bei mir.»

XXVI

Mahmud Pascha überließ nichts dem Zufall.

Um die Straßen vor Überlastung zu bewahren, sollte die Hauptmasse des abgemusterten Heeres erst nach und nach entlassen werden, und bis der letzte Soldat in der Kaserne oder auf dem Marsch in die Heimat sein würde, mochten noch Tage vergehen.

Da aber alle an den Kämpfen teilgenommen hatten, war es nur gerecht, daß auch jede «Pforte», jede Waffengattung also, mit Fahnen und Gerät, mit ihrer Musik und ihrem General beim feierlichen Einzug vertreten war.

Denn dieser Einzug war nun einmal ein Fest – für das Heer sowohl wie für die Bevölkerung, und für den Abend war sogar eine Donanma, eine Illumination, angesagt.

Zuvor jedoch wollte jedermann den Großwesir mit eigenen Augen gesehen haben.

Die kleinen Leute fehlten dabei nicht. Schon zur Nacht oder doch bei grauendem Morgen waren sie den Truppen weit entgegengelaufen und säumten nun die Straße. Ihre Orgeln und Lauten, Handtrommeln und Zithern hatten sie mitgebracht, sich die Zeit der Erwartung zu kürzen. Witze und Zurufe flogen hinüber und herüber. Akrobaten zeigten ihre Künste auf schnell ausgebreiteten Matten. Sie fanden ebenso offene Hände wie Wahrsager, Schlangenbeschwörer und selbst Bettler, die nichts als eine Anweisung auf den Segen Allahs oder der lieben Heiligen zu bieten hatten. Fliegende Händler gar, die ihre Kuchen, Pasteten und Zukkerwaren mit Singsang anboten, die Wasser-, die Bier- und Limonadenverkäufer, die alle nicht dahinten blieben – sie waren angesehene und begehrte Männer, wenn sie das Mitgebrachte ihrer Kundschaft auf eine angenehme Weise ergänzen konnten, und sei es durch einen Trunk frischen, sauberen Wassers aus der Quelle.

Das Wasser zumal war durchaus kein Kleines. Heereswasserträger schritten sogar an der Spitze des Trosses und eröffneten den Zug.

Allerdings trugen sie die Lederschläuche nicht wie die Händler am Schulterriemen unter dem linken Arm. Sie trugen das Wasser überhaupt nicht selbst, sondern führten zu diesem Zweck kleine, aber kräftige Pferde, denen je ein praller Ledersack zu beiden Flanken herunterhing. Das Heer verspürte Durst, und so war wie für alle seine anderen Bedürfnisse auch für Wasser vorgesorgt.

Mit den Toparadschi, den Troßsoldaten, hatte es obendrein noch die besondere Bewandtnis, daß bei ihnen die Stellen der Woinaks – nämlich die der Fuhrleute und Stallknechte – die einzigen waren, für die christliche Rajahs ausgehoben wurden. Wer dagegen mit blanker Waffe für den Padischah fechten wollte, mußte Moslem sein oder es werden.

Aber nur um des Fechtens willen ihren Glauben zu verleugnen, hatten die Griechen um so weniger Grund, als sie ja zu Hause an den Kriegen des Kaisers ihr gutes Geld verdienten.

Wie sie nun jedoch auch gesonnen sein mochten, in jedem Fall offenbarte sich ihre Freude nicht geringer als die der Kinder Allahs. Bei Christen und Moslems – überall war Musik, Sang und Gelächter.

Etwas näher der Stadt zu, dort, wo die Reichsstraße sich der Marizza näherte, ging es etwas zurückhaltender, dafür aber um vieles prunkvoller zu. Hier fiel eine Bodenerhebung in sanfter Neigung zur Straße ab, und diesen bevorzugten Platz hatten sich die Vornehmen Adrianopels durch ihr Gesinde gesichert.

Auch Sänften waren zu sehen. Vorn und hinten mit je einem Pferd oder Maultier bespannt, enthielten diese Tragkästen Platz für eine, höchstens zwei Personen und konnten als Beweis gelten, daß außer den Damen, die – wie Despina Irene – im Sattel erschienen waren, andere dem Triumphzug lieber ungesehen beiwohnen wollten.

Das Glaubensbekenntnis spielte dabei keine Rolle.

Ebenso wie die Herrinnen der türkischen Harems erschienen die der griechischen Gynaeceen beritten oder in

Sänften, und unter dem Gewimmel von dienenden Mädchen und Pagen, mit dem sich jede umgab, unterschied man auf beiden Seiten immer wieder das gesetzte Wesen würdiger Eunuchen.

Die Herren Gebieter waren natürlich auch von Pagen und Leibwächtern umgeben. Man sah Bostandschi des kaiserlich-osmanischen Serails so gut wie Hartschiere des ehemals kaiserlich-trapezuntischen Hofes und die Peiks anderer Großer, seien es nun entthronte und begnadigte Fürsten wie Exkaiser David oder auch nur reiche Herren, die sich eine Leibwache leisten konnten.

Ibrahim Bey, der frühere Emir von Kastemuni und Sinope, war sogar in Person erschienen, um demselben Heer seine Aufwartung zu machen, das Seine Hoheit noch vor kurzem seiner Länder beraubt hatte.

Jetzt, da das «Alai!» aufbrauste, grüßte auch der seiner Herrschaft entsetzte Fürst die Fahnen.

Der Toparadschi Baschi, der General des Fuhrwesens, ritt vorüber. Vorangegangen waren ihm nicht nur die Wasserträger, sondern auch die Wagen mit jeder Art von Mund- und Futtervorräten, die Pulverwagen und die mit anderem Heeresbedarf einschließlich der Feldbäckereien.

Das Korps der Mether, der Zeltaufschläger, dagegen hatte schon seinen eigenen General, den Generalquartiermeister, mit eigener Musik, ebenso wie die Dschebedschi, die Zeugschmiede, und die Baltadschi, Mohammeds Pioniere.

Umrauscht vom Alai und vom Lärm, in den die Klänge heranmarschierender Musikkapellen immer von neuem stählern hineinstießen, hatte sich Irene den Zug angeschaut.

Dabei mußte sie an Papst Pius denken.

Denn dieser Aufwand, der an ihr rollend, trabend, marschierend vorüberzog, war ja noch keineswegs das eigentliche türkische Heer, sondern sollte nur dessen Bedürfnisse sichern.

Etwas ganz Neues zog gegen das Abendland des Erbadels, der Erblehen und der ritterlichen Haudegen herauf: eine Kriegsmaschine, die beliebig ergänzt, beliebig in Bewegung gesetzt werden konnte.

Sie war eine Erfindung der Mongolen.

Mit ihr hatte die kriegerische Bereitschaft mongolischer Nomaden sich auf das feinste verästelt und tief in ein seßhaft gewordenes Volk gesenkt. Ob es sich nun um Knabenraub handelte oder um den Kinderzoll der christlichen Rajahs, um die Zeitlehen der großen Güter oder um den dienstpflichtigen Erbbesitz der kleinen Höfe – immer waren das ebenso viele Quellen, die irgendwelche Waffengattungen mit geeigneten Menschen versahen.

Während man im Abendland mit einigen hundert oder, wenn es hoch kam, einigen tausend Mann stehender Polizeitruppen die ersten Versuche machte, stellte ein reich gegliederter Militarismus dem Padischah jederzeit Heere von Hunderttausenden zur Verfügung. Heere, in denen die Aufgebote den stehenden Soldtruppen nicht nachstanden und ebenso lückenlos und prompt zur Musterung antraten wie die Berufssoldaten. Die Soldtruppen konnten nicht gefährlich, die Aufgebote konnten nicht nachlässig werden – so wohl waren Byzantinisches und Türkisches in sich und gegeneinander abgewogen.

Mit vielfach größerer Wirkung als das feudale Abendland konnte Byzanz wieder seine Volkskraft militärisch zusammenballen, das osmanische Byzanz.

Dagegen mußte ein Kreuzfahrer-Heer hoffnungslos ins Hintertreffen geraten.

Der päpstlichen Bulle gemäß hatten diese Kreuzfahrer sich auf sechs Monate bis auf höchstens ein Jahr zu verpflichten. Sold bekamen sie nicht. Der Ablaß und die Beute sollten ihnen genügen, und dabei hatten sie für ihre Bewaffnung und Verpflegung auch noch selbst aufzukommen.

An diese Dilettanten des Krieges mußte Irene denken und konnte sich dabei eines gewissen Mitleids nicht erwehren.

Schon kamen die Musellimen, leichte Fußgänger, und die Tscharkadschi, die Plänkler mit Bogen und Schleudern.

«Hoheit ...»

Irene wandte sich um und sah Georg Amyrutzes vor sich, den Protovestiar. Ehrerbietig begrüßte er sie und bat sie wegen seiner Verspätung um Entschuldigung. Denn eigentlich hatte Kir Georgeos sie als ihr Ehrenkavalier begleiten sollen, und beim Einzug eines erlauchten Vetters, des Großwesirs, konnte er ja auch nicht gut fehlen.

«Exzellenz werden verhindert gewesen sein», lächelte Irene freundlich und erinnerte sich dabei der ewig regen und meist geheimnisvollen Geschäftigkeit dieses Mannes.

«Allerdings, Hoheit», bestätigte er ihre Annahme. «Nachrichten aus Konstantinopel!» Und da sie sich nicht neugierig zeigte, fügte er noch hinzu: «Nachrichten, die Eure kaiserliche Hoheit persönlich berühren.»

«Wenn es kein Geheimnis ist ...»

«Nicht für meine göttlichste Sebasta», erwiderte er, «und es ist auch besser, Eure kaiserliche Hoheit erfahren es schon jetzt, um kein Erstaunen zu zeigen, wenn Chisr Aga die Meldung erstattet, daß er abberufen worden sei.»

Das war freilich eine Neuigkeit für Irene, und keine angenehme. Denn sie hatte den Aga schätzengelernt. Der Protovestiar freilich witterte in dem Abessinier einen Gegenspieler und war ihm weniger gewogen.

«Eine Beförderung?» vermutete Irene.

«Keine Beförderung, sondern ein kaiserlicher Verzicht», erklärte der Protovestiar. «Despina Anninas Ehreneunuche wird ebenfalls abberufen werden», fuhr er fort, «da Seine großtürkische Majestät im Hinblick auf meine Sebasta und Despina Annina von der Wahrnehmung Allerhöchstihrer Vertragsrechte Abstand zu nehmen geruhten.»

Irene war wirklich überrascht. Mohammed gab sie und Annina frei?

Sie hätte für sich und ihre Freundin eher den Befehl erwartet, in Konstantinopel zu erscheinen.

Und daß Annina wohl sehr beglückt sein werde, war ihr zweiter Gedanke; denn sie selbst empfand seltsamerweise nichts von einer Freude.

«Und das ist gewiß?» fragte sie.

Seine Exzellenz lächelte nur, und weil er das mit einem Ausdruck des Bedauerns tat, hätte Irene ihn ohrfeigen mögen.

Doch dann zeigte es sich, daß sein Bedauern nicht so sehr ihr als vielmehr ihrem Onkel Alexander galt.

«Die unerwartete und für unseren eigenen Hof geradezu peinliche Wendung ...»

Und dann berichtete Kir Georgeos.

Es handelte sich um jenen heiteren Onkel Alexander oder Alexios, der sich stets weit mehr in Konstantinopel als in Trapezunt umgetrieben und durch sein eigenwilliges Liebesleben selbst die abgebrühten Hauptstädter in Atem gehalten hatte.

«Wen die Laster von Byzanz nicht umbringen, der erstarkt an ihnen zum Stier», sagte das Sprichwort, und Seine Hoheit hatte sich stets der angenehmen Überzeugung hingegeben, aus seinen kavaliersmäßigen Vergnügungen mit der Stärke eines Stiers hervorgegangen zu sein. Nur ...

... die eine scheinbar belanglose Tatsache einer gesetzlichen Ehe schafften alle diese Irrungen ebensowenig aus der Welt, wie der Umstand es vermochte, daß der Prinz von seiner ihm angetrauten Gattin seit Jahren getrennt lebte. Verheiratet blieb er trotzdem.

Auch hatte seine Ehe bis jetzt niemanden sehr gestört, ihn selbst am wenigsten.

Nun aber war des Prinzen hochfürstliche Gemahlin, deren am trapezuntischen Hof nur selten gedacht wurde, wider alles Menschengedenken doch noch das Schicksal ihres Alexanders geworden – von der Sebasta Irene, der Despina Annina und anderen ganz zu schweigen.

Die Prinzessin Alexander war nämlich die Schwester eben jenes Nikolaus Gattelusio, dessen Lesbos ganz zuletzt noch von Mohammed erobert worden war, und hatte auch dort bei ihrem Bruder gelebt, gerade recht also, um auf diese Weise zugleich mit der Insel in Mohammeds Besitz zu gelangen.

Und Theodora, Alexanders ferne Gemahlin, war wohl eine vernachlässigte, doch keineswegs eine reizlose Frau, sondern erfreute sich vielmehr des wohlbegründeten Rufes einer Schönheit.

Mohammed aber war ein Mann. Jedenfalls zuweilen.

Allerdings verbot der Koran jede Hurerei im allgemeinen und die mit der Frau eines anderen noch ganz besonders. Auch waren die frommen Kinder Allahs recht stolz auf ihr anständiges und sittenstrenges Verhalten, wohingegen sie den leichtfertigeren Gewohnheiten der Griechen nur mit größter Verachtung begegneten. Aber über welche Bestimmungen des Korans und über welche Verachtung hätte sich Mohammed nicht hinweggesetzt, wenn es ihm so beliebte? Der Koran hatte es denn auch nicht verhindern können, daß Theodora Gattelusio mit ihrem und Alexanders bildhübschem Sohn in Mohammeds Serail gezogen war und daß der Padischah jetzt endlich in ihr die Favoritin besaß, die ihn auszufüllen schien.

Angesichts einer so drastischen Maßnahme wie der Verzicht auf jede weitere Frau war das letzte immerhin zu vermuten. Und unter diesen Umständen konnte man die Freigabe der beiden Prinzessinnen nur als rücksichtsvolle, ja ehrenhafte Handlungsweise Mohammeds empfinden.

Dem Onkel Alexander freilich zeigten sich die neuen Verhältnisse weniger geneigt. Der Ärmste stand vor Asien und Europa ganz offen als Hahnrei da. Daran war nichts mehr zu ändern.

«Auch der Patriarch befindet sich in einer wenig beneidenswerten Lage», ließ sich Amyrutzes dazu vernehmen. «Einerseits ist der eigentliche Scheidungsgrund heiklerweise in der großtürkischen Majestät Allerhöchstselbst zu sehen, andererseits ...»

Doch Irene zeigte nur auf eine Sänfte und vergewisserte

sich, ob es die der Frau Abogowa sei. Und sie wolle die Damen begrüßen, sagte sie. Sofort brachte der Stallmeister Irenes Pferd.

Amyrutzes ließ es sich nicht nehmen, der Sebasta den Steigbügel zu halten, wobei ihm die roten Stiefel der Herrin von neuem zur Genugtuung gereichten. Fest umspannten sie Irenes Beine bis zur Hälfte der Waden, und der Protovestiar war es gewesen, der Irene überredet hatte, sie wieder anzulegen. Tatsächlich gewährte die ehemals kaiserliche Fußbekleidung ihr immer noch eine große Bewegungsfreiheit. Beim Anblick der roten Stiefel sprangen alle Türen auf, verwandelte sich jedes Zögern in dienstwillige Beflissenheit; denn auch bei den Türken standen sie als Rangabzeichen der Reitergeneräle in hohem Ansehen. Eine Frau, die es sich erlauben durfte, rot gestiefelt einherzugehen, konnte also ehrerbietigster Behandlung gewiß sein.

Wieder erscholl ein Alai, diesmal auf den Topchane Nasire, den Obersten der hochgeachteten Stückegießer. Zur Umgehung von Transportschwierigkeiten hatten diese Männer erst im Angesicht der feindlichen Festungen die schweren mauerbrechenden Geschütze zu gießen.

Ihnen folgten die Topdschi, die Kanoniere, mit gefahrenen Feldschlangen und anderem leichten Geschütz, bis dann Musik und Alai die Fahnen und den sehr großen und sehr siegreichen Topdschi Baschi, den General der Artillerie, umbrausten.

Irenes Ritt ging in entgegengesetzter Richtung und durch freies Gelände.

Als sie dann aber mit Stallmeister und Pagen bei den Leuten der Abogowa angelangt war, glaubte sie keineswegs, die alte Dame selbst dort anzutreffen. Sie wußte sogar sehr genau, daß die Mutter des Großwesirs den Sohn zu Hause erwartete. Irenes Besuch galt auch gar nicht der Abogowa, sondern der Despina Annina. Sie war es, die in der Sänfte saß und dem Vorbeimarsch zusah.

Was Irene der Freundin zu sagen hatte, war selbst in dieser Zeit der großen Umwälzungen immer noch ungewöhnlich genug.

Vor zwei Jahren war Anninas Vater als Besiegter in Mohammeds peloponnesischem Lager erschienen, und der Sultan hatte ihn mit gebührenden Ehren empfangen.

«Despot», hatte er dann jedoch sehr bestimmt gesagt, «das Vergangene mag vergessen sein, aber im Peloponnes kannst du ferner nicht herrschen. Und da ich dich zum Schwiegervater und deine Tochter zum Weibe annehme, so tritt mir dein Land ab. Ich werde dir ein anderes Gebiet in meinem Reich zum fürstlichen Unterhalt anweisen lassen.»

Soweit war alles in der üblichen Weise verlaufen, und gern waren Annina und deren Mutter dem Gesandten gefolgt, der sich im Auftrage Mohammeds und des Despoten in der Felsenburg von Monembasia eingefunden hatte. Zu groß war das Chaos im Peloponnes gewesen. Kaum hatten Freund und Feind sich noch auseinandergekannt. Bald darauf war die Mutter in Aenos gestorben, der Küstenstadt an der Marizzamündung, dem neuen Lehen des Despoten Demetrios, und Annina hatte zwei Jahre in Adrianopel auf den Vollzug einer Ehe warten müssen, die nun verhindert worden war.

An sich selbst wollte Irene überhaupt nicht denken, als sie jetzt in die Sänfte schlüpfte.

«Liebste!» rief Annina überrascht. «Wie reizend von dir!»

«Still!» bat Irene. «Wenn du es noch nicht weißt, sollst du es von mir erfahren!»

Dicht aneinandergepreßt saßen die Mädchen im engen Raum. Das Schicksal hatte sie auf eine seltsame Weise zusammengeworfen: Irene wäre beinahe die Frau des letzten christlichen Kaisers von Konstantinopel geworden, des Onkels von Annina, und beide wären ebenfalls nur beinahe als Sultaninnen in den Harem des ersten türkischen Kaisers gelangt, dessen Heer gerade jetzt an ihnen vorüberzog.

Zum Klang der Trommeln marschierten Asaben, unbesoldetes Fußvolk, Kleinbauern wie die Akindschi, die unbesoldeten Reiter. Mit Säbel, Pike und Schild waren die

Asaben ausgerüstet. Gespannt und federnd genossen sie ihren Triumphzug, und in den Trommelpausen befeuerten ihre Vorsänger sie noch durch Lieder vom Kampf und Sieg.

Daß in diesen Liedern die jüngst bestandenen Kämpfe verherrlicht wurden, verstand sich von selbst. Und da es nun einmal das erste des mongolischen Militarismus war, aus selbstbewußten Männern kriegerische Kinder zu machen, so fehlte es außerdem nicht an Ausfällen gegen die Janitscharen. Denn den Asaben wie den Janitscharen galt es als etwas Weltbewegendes und ein für allemal Ausgemachtes, daß sie seit einem längst vergessenen kleinasiatischen Gefecht militärische Erbfeinde seien und bleiben müßten.

Trommel und Tritte erloschen Hufgeklapper löste sie ab. Die Akindschi waren da! Und ein großes Geschrei erhob sich beim Vorbeiritt ihres Baschi. Immer war ihr Baschi ein Michaeloghlu, ein Nachkomme Köse Michaels.

Nun erst folgten die ersten Regimenter des besoldeten Berufsheeres. Und da es europäische Truppen waren, so trugen sie Kettenpanzer, gerade Schwerter, Rundhelme, Langschilde, hinter sich den Köcher mit den Dscherids, den Wurfspeeren, und im Steigbügel die bewimpelte lange Lanze.

Ein Wald von Lanzen rückte heran.

Zuerst kamen die Reisigen, die Dschebelli, und die Ghureben, die Fremdlinge – alles angeworbene Söldner.

Dann wieder löste Lehensreiterei in gleicher Ausrüstung die Söldner ab. Die Knechte dieser Lehensritter waren im Lager geblieben, so daß nur die Herren, Mohammeds stolze Timarli und Saime, im Zuge ritten.

Die Garde schloß sich an: sowohl geworbene Silihdare, Schwertträger, und Sold-Sipahi wie auch die Garde-Sipahi der Lehensreiterei. Diese Gardereiter führten neben den Dscherids die neue mongolische Waffe, den Karabiner, das kleinste Armgeschütz, im Sattel. Und jetzt donnerten die Tritte der Janitscharen.

«Der Staub an den Füßen der Janitscharen ist des Padischahs Sieg!» lautete ihre Losung.

Und wahrlich: die militärische Kerntruppe des Reitervolkes waren Infanteristen. Zu den langen Piken trugen sie auf den trotzigen Köpfen die hohen weißen Filzzylinder der Ketschen. Und weiß umwallt waren die bärtigen, dunkelgebrannten Gesichter von den Tüchern, die ihnen vom Ketschendeckel bis auf die Rücken herunterfielen.

Freilich waren sie unbeweibte Sklaven, und über ihnen herrschte der Stock. Und dem war es denn auch gelungen, ihnen den Mannesstolz auszutreiben und dafür einen militärischen Hochmut einzubleuen. Fast zu sehr war das schon geglückt. Denn der unbeugsame Sinn dieser Familienlosen für eine eiserne Kameradschaft konnte ihren Hochmut zuweilen recht gefährlich machen. Wer einem von ihnen zu nahe trat, der hatte sie alle zu Feinden. Und wenn sie gar erst ihre Reiskessel umstürzten, begannen die Häuser zu brennen.

Auch Mohammed hatte ihnen einst zur Zeit seines zweiten Sultanats weichen müssen, und sie liebten ihn immer noch nicht.

Doch Mahmud vergötterten sie. Er war Renegat wie sie. Er war einer von ihnen. Wo er erschien, war der Sieg!

«Irene», fragte Annina in der Sänfte, «dann sind wir also – dann sind wir frei? Wirklich frei?»

«Ist dir das so unlieb?»

Statt jeder Antwort schlug Annina ihre Hände vor das Gesicht.

Eine Schönheit war sie nicht, nicht einmal hübsch mit ihrem glatten Haar von einem unentschiedenen Braun und den etwas eng stehenden Augen im blassen, mageren Gesicht. Wenn sie keine Prinzessin gewesen wäre, hätte jedermann sie ein unscheinbares Mädchen genannt, und sie selbst gab sich in bezug auf ihre Ansehnlichkeit auch keinen Trugschlüssen hin. Nicht einmal dessen war sie sich bewußt, daß ihre sanftmütige, etwas schüchterne Art zu rühren vermochte. Und doch war es so! Alle Welt hielt sie für gut und war bereit, sie zu schützen. Immer fanden sich Menschen, die sich ihrer annahmen. Jetzt war es Irene.

Ganz zart nahm sie die Hände der Freundin und ermunterte sie.

«Er kommt», sagte sie. «Mahmud kommt, Matthäos! So horch doch!»

Auch Annina vernahm nun die große Mehterchane, die Musikkapelle des Heeres, und plötzlich warf sie ihre Arme um Irenes Nacken und verbarg ihr Gesicht an deren Brust.

Seit vor hundertsiebzig Jahren dem Türken Osman vom Seldschukenherrscher die eine Fahne, der eine Roßschweif und die eine Pauke als Zeichen seiner neuen fürstlichen Würde übersandt worden waren, hatten alle seine Nachfolger zu den fünf Tageszeiten des Gebets mit über der Brust gekreuzten Händen ehrfurchtsvoll stehend der Heeresmusik gelauscht. Noch vom zweiten Murad war der Brauch befolgt worden, und erst der zweite Mohammed, der Sohn, hatte ihn als zeitraubend aufgehoben.

Zweiundsechzig Musiker zählte heute die Kapelle, die sich nur dann verdoppelte, wenn der Padischah selbst im Felde erschien. Aus sechzehn Querpfeifen, den Surna, bestand sie und aus den ebenfalls sechzehn kleinen Trommeln, den Tauls. Das war der Zug der Trommler und Pfeifer. Tongewaltig setzte die Kapelle jedoch erst mit ihren elf Trompeten ein, den Burnu, ihren acht großen Trommeln, den Nare, mit ihren sieben Becken, den Sil, und vor allem mit ihren vier Pauken, den Kus.

Die Pauken hatten Irene aufhorchen lassen. Sie vernahm man zuerst. Und jetzt kündete sich die Hoheit des Großwesirs durch einen Beritt seiner Hausgarden an. Denn wie der Padischah der Schatten Allahs auf Erden, so war der Großwesir der Schatten des Padischahs, dessen anderes Ich, und als Herr über Leben und Tod hatte er nicht nur seine eigene Garde mit Goldhelm und Kürk, dem mit Pelz ausgeschlagenen Rock, sondern auch seinen eigenen fürstlichen Hofstaat.

Der Kadiasker von Rumili, der Heeresrichter von Europa, gehörte noch nicht dazu. Dunkelblau er selbst, ritt dieser hohe Richter und Geistliche in einer lichtblauen Wolke seiner Umgebung daher.

Dann erst nahte die Mehterchane mit blitzenden Trompeten und Becken. Jetzt war sie da, und nichts hemmte ihre Gewalt. Schallend, schneidend und dröhnend zog sie zu Fuß und beritten den Fahnen der zweimal sieben Pforten voran, der vierzehn Waffengattungen des Heeres. Und so kämpfte sie sich durch den Jubel, der die Fahnen umheulte.

Immer näher rückte die Person des großen Wesirs.

Schon zeigten sich seine Kämmerer in Scharlachrot, seine Bereiter in Naphtagrün, seine Taschnegire – seine Truchsesse – in Dunkelgrün, und nun ritten in Lazurblau die Tschausche vor, die Staatsboten und Herolde des Reiches.

Alle in Gala und die Pferde im Diwanszeug, im festlichen Geschirr und ebensolcher Schabracke. Es blitzte bereits der Tugh, das Zeichen der fürstlichen Gewalt; aber nicht ein Tugh mit einem Roßschweif wie der eines Sandschak, nicht einer mit zweien oder dreien, wie der eines Paschas oder Wesirs, sondern der goldbeknaufte Stab mit den fünf Roßschweifen des osmanischen Großwesirs!

«Aleike aunallah!»

Wenn es Seine Hoheit für angebracht hielt, das Volk zu begrüßen, so ließ er das wie ein byzantinischer Kaiser durch den Mund seines Grußmeisters besorgen.

«Aleike aunallah! Über dir Gottes Hilfe!»

Und wenn heute auch einmal nicht für die Erwiderung mit dem Alkisch gesorgt gewesen wäre, so hätte das Volk ihm dennoch zugejubelt:

«Allah ömerler were efendümüse! Gott gebe Leben unserem Herrn!» Die Muteferrika, die Hof- und Staatsfouriere, waren Männer, die sich um den Staat verdient gemacht haben mußten, und ihr Korps war so vornehm, daß es zum Muteferrika Baschi den Padischah selbst hatte.

Diese Herren ritten Mahmud Pascha zur Seite, und neben ihnen wieder schritten die Janitscharen-Veteranen der Solaks.

Der Hofmarschall Seiner Hoheit und sein Erster Mirachor, sein Erster Stallmeister, führten den arabischen Hengst am Zügel, dessen Diwanrachte – des Großwesirs Diwanszeug – das Tier mit einer Last von Gold und Juwelen belud.

Der Herr selbst aber trug die Kapanidscha eines Wesirs, den lichtgrünen, mit schwarzem Zobel ausgeschlagenen Ustkürk, den Oberpelz, von dessen Schultern noch zwei hermelingefütterte leere Ärmel zum Kuß für die herunterhingen, deren minderer Rang es ihnen verbot, ihre untergeordneten Lippen auf den eigentlichen Ärmel oder gar den Handschuh seiner Hoheit zu drücken.

Den Säbel an der Seite, am Topuslik des Sattelknopfes der Topuus, die reich verzierte Feldherrnkeule des Seraskers, auf dem Haupt den dreifach getürmten Turban mit dem doppelten Sorgutsch, der diamantenen Reiheragraffe – so ritt dieser Ministerfürst, umbrandet von Musik und Alkisch, umwallt von den Fahnen, umblitzt von Waffen und goldenen Helmen, umschattet von den Federbüschen der Muteferrika und Solaks, zeusgleich an der Sänfte der beiden Mädchen vorüber.

Viel Glanz folgte noch: Hofwürden, Garden, reiterlose, prachtvoll geschirrte Pferde, deren Herren ihren Hofdienst zu Fuß zu versehen hatten – doch Annina sah nichts mehr. Sie schluchzte am Halse Irenes, und schon den Sohn der Frau Abogowa hatte sie nur noch durch Tränen erblickt.

Irenes Gedanken aber verweilten dabei, daß ihr Onkel Notaras sich einst in seinen Träumen schon als Großwesir Mohammeds gesehen und darüber den Kopf verloren habe.

Mahmud hatte dies Ziel erreicht. Irene streichelte ihre Freundin.

«Es wird alles gut werden», erklärte sie aus einer großen Ferne.

«Wie wäre das möglich?» schluchzte Annina noch immer. «Er, Matthäos! Und wer bin ich?»

Jetzt endlich fanden Irenes Gedanken sich in die Sänfte zurück. «Du bist ein liebes Mädchen», sagte sie.

«Er hat mich bisher kaum bemerkt!» warf Annina in der Hoffnung ein, ihr Widerspruch möge zurückgewiesen werden.

«Wie konnte er!» tat ihr Irene denn auch den Gefallen. «Die Braut eines Padischahs durfte er nicht bemerken. Jetzt aber, da du es nicht mehr bist, wird er sich deiner erinnern. Sei gewiß!»

«Und du?» fragte Annina mit einem Mißtrauen, das nichts als Bewunderung war. «Bist du nicht auch frei? Jetzt?»

«Ich?!» zwang sich die andere zu einem Lachen und dachte an Chaß, an Mahmud, an … «Ich bin überhaupt kein Mensch», lachte sie. «Jedes wärmeren Gefühls bin ich unfähig!»

«Du bist die Schönste, die Beste, die Liebste!» rief Annina und hätte noch mehr gesagt, wenn ihr Irene nicht den Mund durch einen Kuß verschlossen hätte.

XXVII

Nichts von Machtgefühl oder gar von einem Willen zum Schicksalspielen war in Irene.

Immer neue Erfahrungen hatten ihr Denken geschmeidig erhalten, und so war es nicht zu jenen überlieferten Vorstellungen von menschlichem Glück und menschlichem Unglück versteinert, dem die meisten Menschen ihr Tun unterwerfen. Um gar zu glauben, das Glück anderer begründen zu können, besaß sie zu viel Wissen von den Unberechenbarkeiten des Lebens.

Sie war weder stolz, noch war sie demütig.

Auf eine ganz andere Weise war sie bewegt.

In ihrer jungfräulichen Mütterlichkeit liebte sie Gott in vielen seiner Geschöpfe. Für die Leiden der vielen aber, die sie auf diese Weise mit erlitt, beglückte das freie Entfalten eines geliebten Wesens sie wiederum so sehr, als gehe sie mit ihm ihrer eigenen Bestimmung entgegen.

Wie das Glied einer Kette war sie in einem solchen Fall, und was sie tat, geschah mit derselben Unschuld, als streiche ein befruchtender Wind über blühende Ähren.

Sie hatte nicht geschwankt, Anninas wegen eine Unterredung mit Frau Thekla Abogowa zu erbitten; eine Unterredung ohne Zeugen, und nun erwartete sie des Großwesirs Mutter.

Völlig allein fühlte sie sich und ohne Ungeduld.

Das Warten in diesem entlegenen Gartenwinkel hatte sie in eine Schwebe zwischen den Welten entrückt, in eine Stimmung, die sich nur schenkt und nicht errungen werden kann.

Auf der farnenumwucherten Brunnenbank saß sie am Schattenrand der alten Platane. Zu ihren Füßen brannten alle Farben des Gartens.

Ihre Lider waren geschlossen.

Auf ihrem besonnten Gesicht aber lag der Abglanz einer chaosentrückten, empfangenden Seele.

Durch Matthäos, den Wesir, ging eine Erschütterung, da er sie sah. Er war wie ein Mensch, der, beim ersten Anblick vom blinkenden Zauber des Meeres erfaßt, plötzlich in die gewölbte Weite, in die nicht zu ermessende Tiefe stürzt und versinkt.

Matthäos erschrak.

Irene zu erahnen und ihre Züge und Glieder nicht mit denen anderer Mädchen zu vergleichen, ihr Schweigen nicht geringer als ihre Worte zu achten – dazu war er aufgeschlossen genug gewesen. Das Ungebrochene ihrer Menschlichkeit erfaßte er jedoch erst jetzt. Er verlor sich in ihr. Mühsam rang er sich wieder empor. Doch das zurückkehrende Bewußtsein seines Selbst konnte ihn nicht entzaubern. Zu tief war er hinabgetaucht, als daß ihm nicht als sein Teil eine nie verlöschende Sehnsucht geblieben wäre.

Und die Scham eines Eindringlings blieb ihm. Denn nur,

weil Irene sich so allein wähnte – das empfand er wohl –, sah er sie hüllenloser, als wäre sie nackt.

Wild war der Aufstieg des geraubten Sklaven bis zum höchsten Amt eines Weltreichs gewesen, und in viele Augenblicke hatte er sich schnell entschlossen einkrallen müssen, nicht selten mit Gefahr seines Lebens. Was verschlug dagegen das Alleinsein mit einem Mädchen? Weniger als nichts, so schien es. Irene war nicht mehr die Braut des Padischahs, und nicht einmal Kira Theklas Hilfe war vonnöten gewesen, um zu erreichen, was Matthäos gewünscht hatte. Selbst hatte die Sebasta um eine Zwiesprache gebeten – allerdings mit der Mutter. Doch geradezu beschämend gefahrlos blieb es trotzdem, wenn jetzt statt der alten Dame Kir Matthäos erschien. Nicht einmal um eine Ausrede brauchte er verlegen zu sein.

So sagte es denn viel über den Mann, der ein Pascha von fünf Roßschweifen geworden war, daß er dennoch die klare Vorstellung hatte, als werde dies Zuzweit mit dem Mädchen seinem Leben die endgültige Entscheidung bringen, ja als sei die Entscheidung schon unwiderruflich gefallen. Ein Mann der Tat, der er war, hatte er die Nähe der Entscheidung weder im Toben des Feuers noch im Beben der Schlachten, weder bei klugen noch auch bei nur lauten Worten und Geschrei, wenn überhaupt, jemals so stark empfunden wie in dieser augenblicklichen Stille, in der nichts oder alles geschah.

Irene öffnete ihre Augen.

Eine Erscheinung stand vor ihr, wie sie in der Stunde des Pan den sonnenumstürmten, lodernden Blumen entstiegen sein mochte. Eine lichte Wolke verharrte ohne Regung in einer Gestalt, deren Umrisse brannten. Einem antiken Gott glich das Schattenbild.

So mochte Bacchos Ariadne auf Naxos erschienen sein oder ein junger Zeus-Serapis einem anderen irdischen Weibe.

Von der hohen Stirn ergoß sich die blonde Flut der Lokken in den Bart, den ein schwellender Mund durchbrach. Eine kräftige Nase verlängerte die Stirn, und unter den geschweiften Jochen glommen aus geheimnisvollen Höhlen die Augen.

Breitbrüstig und langgekleidet stand das Bild – von hinten erleuchtet – unter den schattigen Ästen des mehrhundertjährigen Baumes.

Einen Atemzug lang hatte die Erscheinung gewährt, um sich nun für Irene in den Sohn ihrer mütterlichen Freundin Abogowa zu verwandeln.

«Ist Ihre Frau Mutter verhindert?» fragte sie – gleichgültig dafür, daß sie dem Ankömmling damit eine Brücke baute. «Sie ließ mich wissen, ich möge sie hier erwarten.»

«Sie läßt sich entschuldigen», erklärte Matthäos, und so unmöglich wäre es ja auch nicht gewesen, wenn die Dame ihren Sohn geschickt hätte, um die Ungeduld des wartenden Gastes zu beschwichtigen.

Aber seine Person fügte sich nur zu gut in das, was Irene zu Kira Thekla hatte sagen wollen. Es in seiner Gegenwart auch nur zu erwähnen verbot sich von selbst. Schon das Gefühl seiner Nähe störte sie bei ihrem Vorhaben, und so wäre es ihr nicht unlieb gewesen, das Zusammentreffen mit Kira Thekla auf einen anderen Tag zu verschieben.

«Wenn ich ungelegen komme», zögerte sie daher …

Doch dies war der Augenblick, in dem sich Matthäos zu einem Bruch mit dem gesellschaftlichen Übereinkommen entschloß.

«Wenn ich statt meiner Mutter erschien», bekannte er, «so geschah das, weil ich dies Zusammentreffen mit Ihnen wollte, Despina Irene. Und wenn mir der Zufall nicht zu Hilfe gekommen wäre, hätte ich es auf andere Weise zu erreichen versucht.»

Ohne das leise Zittern in seiner Stimme wäre das Geradezu seiner Worte fast unhöflich gewesen. Doch Irene vernahm die Stimme und begriff, daß ein Mensch sie mit seiner Aufrichtigkeit ehrte.

«Weiß Kira Thekla darum?» fragte sie nach einer kleinen Pause.

Mit einer Geste, deren Verlegenheit sie rührte, bat er für sich und die alte Dame um Verzeihung.

«Sie ist meine Mutter», sagte er.

Kein Großwesir und kein Sieger sagte das und nicht einmal ein Mann, der seiner Stattlichkeit und Jugend mit Recht vertrauen durfte. Der Sohn einer mütterlichen Freundin erwartete ihre Entscheidung.

Irene überlegte nicht lange.

«Wollen Sie sich zu mir setzen, Kir Matthäos?» lud sie ihn ein. Ihn Mahmud Pascha zu nennen, versuchte sie gar nicht erst.

Die Unterredung selbst aber schien zu Ende zu sein, ehe sie begonnen hatte. Über die Vorgänge auf Lesbos, die Matthäos ihr mitteilen wollte, war Irene ja bereits unterrichtet.

«Ich hätte an meinen Vetter Amyrutzes denken sollen», meinte er und lächelte wie jemand, dem ein anderer den Wind abgewonnen hat.

Irene runzelte die Brauen.

«Ich bin Ihnen», wich sie ihm aus, «für Ihren guten Willen nicht weniger dankbar.»

«Also doch mein Vetter!» folgerte Matthäos gelassen. «Immerhin stimmt seine Nachricht. Ich wollte Kir Georgeos nicht bei Ihnen herabsetzen, Despina.»

Über so viel Unbeirrbarkeit mußte Irene doch lachen!

Und außerdem war sie ein Mädchen. Wer aber hätte mehr von Mohammeds neuer Favoritin gewußt als der Eroberer von Lesbos selbst, der sie dem Sultan verschafft hatte?

«Theodora Gattelusio ist in der Tat eine reife Schönheit ...»

«Blond?» warf sie ein.

Nun war es Matthäos, der lächelte.

«Sie denken an die blonde Katharina von Trapezunt»,

meinte er, «aber die hat nun einmal Usun Hassan. Es lag demnach nahe, daß Mohammed ebensogut seine Berühmtheit haben wollte. Und berühmt ist Theodora ja auch! Nicht mehr ganz jung mit ihrem vierzehnjährigen Sohn, wie Sie sich denken können, und auch nicht blond. Eher dunkel. Nicht alle Schönheiten sind blond», schloß er mit einer Verneigung vor der tiefschwarzen Irene.

«Mohammed und Theodora wären also etwa gleichaltrig?» ging sie über seinen letzten Satz hinweg.

«Sie wird nicht nur die schönste, sondern auch die älteste seiner Frauen sein», bestätigte Matthäos. «Sie müssen gestehen, das spricht für Mohammed.»

«Jedenfalls eine ungewöhnliche Frau», sann Irene.

«Woraus schließen Sie das? Aus Mohammeds – sagen wir einmal – vorübergehendem Verzicht auf andere Frauen?»

«Sie muß ihm doch viel ersetzen», wandte sie ein.

«Viel nicht, nur viele», entgegnete Matthäos. «Nein, Despina», fuhr er fort, «so sehr hat mich dieser Entschluß nicht überrascht. Hatten Sie übrigens Gelegenheit, Mohammed zu sehen?»

Die Erinnerung verschleierte Irenes Augen. «Dreimal ...»

«Dann werden Sie vielleicht bemerkt haben», zwang sich Matthäos zur Sachlichkeit, «daß es Mohammed nach den Freuden der – Liebe möchte ich es nicht gerade nennen, wonach es ihn verlangt ...»

Nun stockte er doch bei dem Versuch, diesem Mädchen Mohammed schicklich zu erklären.

Aber Irene dachte an Kartuza und an das Ende, das allzu heißem Begehren nach der Unmittelbarkeit des Göttlichen beschieden sei. Und sie dachte an die Lehre des Karpokrates. Auch er suchte die Befreiung durch Hingabe an die Wollust. Bei Karpokrates war es die Seele, die befreit werden sollte, der im Chaos verfangene Äon des göttlichen Pleroma. Was es bei Mohammed sei, wußte sie nicht. Vielleicht suche ein gestaltender Herrscherwille seine ungetrübte Entfaltung? dachte sie. Jedenfalls aber begann sie zu ahnen, daß zwischen Mohammed und den Bogomilen gar kein so großer Unterschied sei.

Um jedoch dem Matthäos weitere Ausführungen zu ersparen, deutete sie durch ein Beugen des Hauptes an, daß sie verstanden habe.

«Nun denn», fuhr Matthäos erleichtert fort, «gerade der Umgetriebene sehnt sich nach nichts so sehr wie nach der Stille einer einsamen Insel. Immer glaubt er deren Gestade zu sehen, die er doch niemals betreten wird!»

«Sie glauben also nicht, daß Theodora ...?»

«Die Insel, die er sucht, gibt es nicht», erklärte Matthäos, «auch für ihn nicht. Jede stille Insel wird ihm früher oder später langweilig werden. Theodora vielleicht später. Nur dadurch hat sie ihren Mohammed gewonnen, daß sie – so wenigstens scheint es auch mir – eine Frau ohne politischen Ehrgeiz ist. Das aber genügt nicht. Denn mag er die Einmischung der Frauen auch nicht wollen, so ist der Staat nun einmal seine große Leidenschaft, die Herrschaft ist es und deren Vergrößerung. Er gleicht nicht seinem Vater. Der hatte sich so sehr über jede Herrschaft erhoben, daß er sie nur ausübte, weil er mußte, und wie alle seine Vorfahren verstand er sich darauf. Aber seine Liebe galt dem idyllischen Leben, den Freunden, den Frauen, den Tulpen, der Wissenschaft ...»

«Aber ...», wollte Irene beginnen.

Doch dann erschrak sie über sich selbst und verstummte bei dem Gedanken, wohin das Gespräch notgedrungen führen müsse. Plötzlich war ihr eingefallen, was die kleine Kusine Anna ihr in Jassowo über Matthäos und Mohammed anvertraut hatte.

Und im gleichen Augenblick begriff auch der Mann die Ursache ihres Verstummens.

Die Sonne stand zu hoch, um einen roten Schein entsenden zu können. Das Rot auf des Matthäos Antlitz mußte ihm von innen gekommen sein.

Man hörte nichts als das Plätschern des Brunnens, und allmählich wurde das Schweigen zu schwer. Matthäos erhob sich. Seine Hand senkte sich in das Wasser.

Sehr alt mußte der Brunnen sein. Er war sicher heidnisch und viel älter als der Baum. Wahrscheinlich stammte er noch aus Hadrians Zeiten, dem zu Ehren die Stadt ihren Namen trug. Ein doppeltes Standbild der Dioskuren krönte ihn. Und wenn auch das Wasser und der Frost dem Stein viel Abbruch getan hatten, so blieb doch unverkennbar, daß den beiden nackten Liebenden vom Bildhauer alles mitgegeben worden war, was ihnen als zwei Jünglingen zukam. Nicht alle Linien waren verschwunden. Im Erhaltenen konnte das menschliche Auge leicht die edlen Glieder der Gottheiten erkennen, die jetzt aus der Ferne ihrer halben Zerstörung und aus dem Schatten der Platane auf Matthäos herablächelten.

Kastor und Pollux, die Söhne der Leda und des Schwans. Die Antike lächelte geheimnisvoll überlegen. Und denselben stolzen Gleichmut hatte auch Matthäos sich bis zu dieser Stunde bewahrt.

Jetzt aber war es auf einmal über ihn gekommen, daß er wie der Sohn einer Mutter, wie der Bruder von Schwestern fühlen mußte. Christ oder Moslem blieb sich in diesem Falle gleich: Auch für den Griechen sollten Frauen kostbare Wesen und vieles ihnen fremd sein, was sich den Männern von selbst verstand.

Schließlich jedoch gab das Lächeln der Götter ihm seinen Mut zurück. «Wollten Sie andeuten, daß Mohammed, was die Politik anlangt, mit seinen männlichen Liebesgenossen zuweilen anders verfährt als mit Frauen?» fragte er wieder völlig ruhig und dachte dabei: Wenn sie sich jetzt nur nicht etwa entschuldigt!

Doch ein offener Blick Irenes beschämte und beglückte ihn zugleich.

«Man sagt es», meinte sie, «und ich kann es verstehen, daß der Sultan das, was ihm am Herzen liegt, am liebsten denen vertraut, die ihm am nächsten standen.»

Er ließ ihre Worte verklingen.

«Nur nicht den Frauen», antwortete er dann, «und das ist für die Damen eine große Beruhigung. Deren Leben steht jenseits des kaiserlichen Zorns, was man von dem der Männer nicht immer behaupten kann. Haben Sie nie daran gedacht, Despina, daß Mohammeds Vertrauen dem also Beehrten auch gelegentlich den Kopf kosten kann?»

Sie starrte ihn an.

«Aber Sie sind doch Mohammeds Freund ...?!»

Lachte Matthäos? Wenn er es tat – und sie sah seine Zähne –, so geschah es lautlos. «Der gute Auni», sagte er.

Der gute Auni! dachte Irene.

Sie rief sich den Klang zurück, mit dem Chaß von Mohammed gesprochen hatte, ein wenig spöttisch, ein wenig knabenhaft und doch von der Überlegenheit des Bespöttelten völlig überzeugt. Und an die fast abergläubische Furcht dachte sie, die Chaß vor der Allgegenwart des kaiserlichen Freundes empfand. Chaß hätte niemals im Ton des Matthäos «der gute Auni» gesagt.

Matthäos dagegen ruhte ganz in seiner eigenen Kraft, und wenn eine Freundschaft zwischen ihm und Mohammed bestand, so war es eine Freundschaft zwischen zwei Gleichen, mit allen Unsicherheiten eines Gleichgewichts, das sich jederzeit verschieben konnte. Matthäos aber schien sorglos zu sein, ja sich im Bewußtsein seiner ausgeglichenen Persönlichkeit eines gewissen Übergewichtes zu erfreuen. Doch ihr Leben hatte sie gelehrt, daß die Gefühlsströme zwischen zwei Menschen selten eindeutig sind. Und so konnte sie sich den Zugang des selbstbewußten Untertans zur Allmacht des kaiserlichen Freundes sehr wohl als ein Labyrinth vorstellen, in dem die Gefahren groß genug seien, um einen Furchtsamen zu erschrecken.

«Seine kaiserlich-osmanische Majestät sind zuweilen recht gütig zu mir», sagte er, und seine Worte klangen wie eine Antwort auf ihre Gedanken. «Meine hochzuverehrende Mutter freilich hegt – ich weiß es – Bedenken wegen meines Glücks. Zu unwahrscheinlich dünkt es sie, um an dessen Dauer glauben zu können, und so eilen ihre Gedanken oft zu Chalil Tschendereli, der im Gegensatz zu mir das Amt ererbte und dennoch das Leben verlor. An Chalil gemessen bin ich nur ein Emporkömmling. Nicht einmal eine Verschwägerung verbindet mich mit der osmanischen Familie. Womit ich durchaus nicht sagen will», beeilte er sich hinzuzufügen, «daß ich Saganos Pascha beneide. Mir ist es kein Vergnügen, eine Aufpasserin im eigenen Hause zu haben, und Ihre Kusine Anna Komnena wird für Saganos genau dasselbe sein, was Mohammeds Schwester für ihn war. Warum sollte ich also eine solche Verbindung erstreben? Halte ich Mohammed doch gar nicht für so gefährlich, wie manche glauben! Unter allen Umständen gefährlich ist nur der Dumme und Schwache, und Mohammed ist weder dumm noch schwach.»

Nein, dumm sei Mohammed wohl nicht, dachte auch Irene.

«Trotz seiner Verwandtschaft mit dem Kaiser mußte Chalil wegen seiner Unaufrichtigkeit sterben», fuhr Matthäos fort, «und Herzog Franco von Athen, ein früherer Freund Mohammeds wie Saganos, wie Chaß, wie ... ich», setzte er nach kaum merklichem Zaudern um so fester hinzu, «Franco verlor sein Leben um das gleiche wie Chalil. Mohammed vergißt nichts, weder das Böse noch das Gute. Er ist treu und hat eine sichere Witterung für die Treuen. Schon weil er kein Dümmling ist, brauchte meine Mutter sich um mich nicht zu sorgen. Gewiß hat er den Janitscharen-Aufstand hier in Adrianopel nicht vergessen, und daß diese Eisenfresser mich heute lieben, ist zwar nützlich, doch bei Mohammed keine Empfehlung für mich. Aber noch droht das Abendland mit seinem Kreuzzug, noch drohen Venedig, Ungarn, und vor allem droht immer noch die Auseinandersetzung mit Usun Hassan; ich aber – Irene – habe noch keine Schlacht verloren.»

Das letzte war eine Tatsache, und kein Mensch hätte bescheidener von sich reden können, als es Matthäos getan hatte.

Daß er so reich war, wie er sein wollte, verstand sich von selbst, und Irene dankte ihm sein Verschweigen.

Denn bei der Offenheit, mit der er sich dazu bekannt hatte, diese Aussprache absichtlich herbeigeführt zu haben, bei dem unbegrenzten Vertrauen, mit dem er ihr dann seine Lage geschildert hatte – bei dieser Offenheit und diesem Vertrauen konnte Irene nicht länger an seinen Absichten zweifeln.

Sie war frei, und nun warb Matthäos um sie.

Ihr erster Gedanke war Annina.

Aber auch ohne Annina ...

Schicksal war es gewesen, daß ein Staatsvertrag sie Mohammed überantwortet hatte. Und ihre eigenen Wünsche – so glaubte sie wenigstens – hatten damit nichts zu tun gehabt. Aber sonst empfand sie, ob durch ihre Gelübde gebunden oder nicht, immer noch zu sehr als Nonne, um sich sogleich eine Verbindung mit einem Manne von Fleisch und Blut vorstellen zu können.

Und doch war der Mann Matthäos es wert, von jeder Frau angesehen zu werden.

Aus seinem Antlitz sprach ein Sinn für Maßhalten und Recht, eine Klugheit, der nur das reifere Alter fehlte, um Weisheit zu sein. So aber wurde er von seiner Leidenschaft wie von einer inneren Flamme durchglüht, von einer Flamme, die schön blieb, obwohl sie verzehrte. Immer war Irene ihm zugetan gewesen, und jetzt, da sie ihn zum erstenmal als Mann sah, warb er um sie.

Es ging eine große Verführung aus von ihm, dem sie sich in vielem so nahe wußte. Um sie nicht zu erschrecken, zügelte er wohl seine Worte, aber sie fühlte doch die Gewalt, die er sich dabei antat.

Und es müsse schön sein, empfand sie, im Schutz einer solchen Kraft zu ruhen, losgelöst von allen Sorgen, die zu bewältigen diesem Starken ein leichtes sein würde, ohne Vergangenheit und Zukunft, immer nur Gegenwart ...

Eine einsame Insel ...

Habe Matthäos etwas von einer einsamen Insel gesagt?

Von Mohammed habe er dabei gesprochen, von der stillen, einsamen Insel, nach der Mohammed sich sehne und die er nie betreten werde, obwohl er sie immer zu sehen glaube – auch sie nicht – auch sie, Irene, werde die Insel nicht betreten, die ihr so nahe schien, ebensowenig wie Mohammed, dessen dunkles Gesicht gerade jetzt, von der Sonne grell überblendet, hinter des Matthäos Blondheit heraufsteige – das Gesicht mit der scharf gebogenen Nase und dem geschwungenen, verkniffenen Mund mit dem trotzig verächtlichen Lächeln.

Nein, der da kam, war nicht Mohammed.

Wie sollte das auch sein?

Und wie es sich habe ereignen können, erstaunte Irene über sich selbst, daß auf einmal so gar nichts mehr von Annina und Anninas Liebe in ihrem Gedächtnis gewesen sei? Als wenn eine Freundin verschwinden könne, als sei sie nie gewesen!

Der Mann aber, der da heraufkam, verneigte sich tief vor den Hoheiten und erbat dann für eine wichtige Nachricht Despina Irenes Gehör.

Das Zuzweit war zerstört.

Der Dritte, der es störte, war Chisr Aga.

XXVIII

Chisr war über die Vorgänge auf Lesbos nicht weniger als Amyrutzes unterrichtet gewesen. Schon an diesem Morgen war ihm denn auch der Bescheid geworden, sich im Serail beim Kislar Aga zu melden.

In einer trüben Stimmung des Verzichts auf alle seine Entwürfe war er dem Befehl gefolgt.

Die Eröffnungen, die ihm Seine Exzellenz jedoch in der Dschihannuma gemacht hatte, waren ganz gegen seine Erwartungen ausgefallen, und in jenem Augenblick hatte es sich gezeigt, daß dem Aga Chisr selbst in den letzten Tagen nichts entgangen war.

Er hatte seine Zeit also nicht damit verschwendet, Irene in deren eigener Wohnung aufzusuchen, sondern war sofort nach dem Hause der Abogowa aufgebrochen. So sehr hatte er sich damit beeilt, als müsse er Unwiderrufliches verhindern oder doch wenigstens Geschehenes ungeschehen machen. Und nun war er zu spät gekommen! Oder noch nicht zu spät?

Selbst Irene hätte von seinem undurchdringlichen Gesicht keinen Zweifel noch überhaupt irgendeine Meinung ablesen können.

«Die Störung der höchsten Herrschaften wäre unverzeihlich», begann Chisr; «denn wer bin ich, daß ich es wagen dürfte, solches zu unternehmen? Ich bin nichts, und nur die Barmherzigkeit Gottes, der alles möglich ist, ließ es zu, daß ich Unwürdiger dazu ausersehen wurde, einen Edlen Befehl Seiner Majestät des Padischahs zu überbringen.»

«Allah verleihe ihm Leben!» fiel Matthäos ein.

«Ein Befehl des Sultans?» wunderte sich Irene.

Was könne Mohammed ihr noch befehlen, dachte sie, nachdem er auf sie verzichtet habe? Sie brauchte nicht lange zu sinnen.

Chisr Aga hatte den Takt, sich so kurz zu fassen, wie es der Anlaß, der Rang seiner Gebieterin und die Gegenwart Seiner Hoheit des Großwesirs nur irgend erlaubten.

Mohammed berief Irene nach Konstantinopel!

Das war alles.

Er werde dieses Jahr nicht mehr nach Adrianopel kommen, ließ Mohammed melden und die Erlauchte bitten, ihm in seiner anderen Hauptstadt die Gunst ihres Besuches zu gewähren.

Irene berief er, aber nicht Annina.

«Mein Kollege vom Ehrendienst Ihrer Hoheit der Prinzessin Paläologa ist endgültig abberufen», erläuterte Chisr diesen Umstand, «während mir das Glück zuteil wurde.»

Kaiserliche Gnaden umflossen den Befehl, der wie ein betäubender Schlag über Matthäos gekommen war. Stumm hatte er ihn angehört. Seine ganze Tragweite aber faßte er erst mit den letzten Worten des Eunuchen.

Mit eiserner Selbstbeherrschung unterdrückte er jeden Laut. Aber sein Erblassen konnte er nicht verhindern und nicht, daß ein leichtes Zittern seinen mächtigen Körper durchrieselte.

Er hatte die Dreißig überschritten und damit das Alter erreicht, in dem ein Mann von einer entscheidenden Leidenschaft erfaßt werden kann.

Des Matthäos große Liebe aber galt Irene.

Und gerade darum hatte er sich ihrer niemals sicher gefühlt, hatte er nie gedacht, daß sie ihm als reife Frucht in den Schoß fallen müsse. Selbst in den Tagen nach Lesbos, nachdem Mohammed auf sie verzichtet zu haben schien, hatten ihn oft Zweifel bestürmt, zumal in Nächten, denen dann wieder Stunden einer überschäumenden Zuversicht gefolgt waren. Jetzt auf einmal sollte alles zu Ende sein. Aber es dürfe nicht zu Ende sein, wehrte sich Matthäos – könne nicht – dürfe nicht.

Seine Seele stammelte hilflos.

«Haben Euer überallhöchstzuverehrende Hoheit noch besondere Befehle?» erkundigte sich Chisr gerade. «Seine Majestät geruhten, um Beschleunigung der Abreise zu bitten.»

«Ihre Hoheit wird Ihnen ihre Entscheidung zukommen lassen», antwortete Matthäos für Irene, und Chisr bewunderte die Kälte des Tons, mit dem das gesagt worden war.

Dennoch sah der Aga Irene an, nur sie.

So hoch der Großwesir auch stehen mochte – in einer Angelegenheit des Harems hatte der Eunuche von ihm keine Befehle entgegenzunehmen.

Und ob die Despina wohl wisse, was sie wage, fragte sich Chisr. Für den Fall nämlich, daß sie jetzt noch mit dem Pascha allein bleiben wolle, fragte er sich das.

Denn selbst, wenn er verschweige, daß er sie ohne eine andere Begleitung als der des Wesirs angetroffen habe – was Mahmud Pascha ihm jetzt zumute, sei mehr, als der

Selbsterhaltungstrieb eines Eunuchen erlaube. Und wofür solle er sich der Gefahr aussetzen?

Die Würden des Serails seien unabhängig vom Diwan, stützte den Aga das Bewußtsein seiner Macht. Weder nützen noch schaden könne ihm Mahmud.

Auch Matthäos spürte, wie sich Chisrs Widerstand verstärkte.

Doch nun sah Irene den Aga nur an.

«Erwarten mich Euer Wohlachtbarkeit bei der Despina Annina», sagte sie. «Ich komme gleich, Abschied von ihr zu nehmen.»

Sie sah ihn immer noch an, bis der Abessinier nicht mehr gegen ihren Blick aufkommen konnte und einfach in ihren Augen ertrank. Er war ehrgeizig und wollte einen Zipfel der Macht, einen möglichst großen Zipfel. Aber der Bitte in den Augen der Herrin konnte er nicht widerstehen.

Seine Hände fanden sich und verschwanden in den Ärmeln seines Kaftans. Er senkte die Lider und das Haupt.

«Hören ist Gehorchen», sagte er und verneigte sich tief.

Irene war mit Matthäos allein.

«Was werden Sie tun?» fragte Matthäos.

Der Gedanke, daß er – wenn er die Dinge gehenlasse – Irene vielleicht zum letztenmal gesehen habe, schüttelte ihn wie ein Sturm. Sein Festestes geriet ins Wirbeln, und dafür erfüllte ihn eine ganz neue und wilde Kraft.

Nichts zügelte mehr seinen Willen. In seinen Gebärden und auf seinem Antlitz zeigte sich unverhülltes Begehren.

«Was werden Sie tun?» wiederholte er.

Irenes Antwort aber war keineswegs durch Unentschlossenheit, sondern eher durch eine Verwunderung verzögert worden.

Ob sie denn noch etwas tun könne? fragte sie sich. Und ob nicht alles schon entschieden sei?

«Was kann ich tun?» gab sie behutsam zurück.

«Alles, was Sie wollen! Sie wissen es!» rief er. «Sie wissen, daß ich nur eine Frau will, nur Sie! Irene ...»

Das Gedränge seiner Gefühle erstickte den Satz.

«Irene!» konnte er gerade noch einmal herausbringen.

Er war heftig bewegt. Doch nichts Unschönes war an seiner Erregung. Und Irene war Frau genug, um sich davon rühren zu lassen.

Dennoch überwog in ihr bei weitem ein mütterliches Gefühl. Schutzbedürftig kam ihr Matthäos vor in seiner Entflammtheit. Und seinen vom Trieb überrannten Verstand wieder aufzurichten schien ihr das nächste zu sein, was not tue.

«Ich denke, ein Staatsvertrag», sagte sie daher, «gibt dem Padischah gewisse Rechte über mich?»

Sie wußte natürlich sehr genau, daß dieser Vertrag von Matthäos selbst mit seinem Vetter Amyrutzes abgeschlossen worden war.

Daß sie sich aber durch ihn gebunden fühlte, war nicht nur das Ergebnis ihrer Prinzessinnenerziehung.

Die Gewohnheit freilich, die Töchter der Herrschergeschlechter als Mittel der Politik zu gebrauchen, war ebenso alt wie Byzanz. Auch sah Irene, die ihre Gedanken niemals dem Wähnen der vielen unterworfen hatte, dennoch nichts Bedrückendes oder gar Herabwürdigendes darin, ihre irdischen Lebensumstände dem anzupassen, was der allgemeinen Wohlfahrt dienlich zu sein schien.

«Nicht auf Sie gibt der Vertrag ihm ein Recht», führte Matthäos aus. «Auf eine Tochter Kaiser Davids gibt er ihm ein Recht, auf Ihre Kusine Anna, die er dem Saganos gegeben hat!»

Das möge so sein, dachte sie, nur vergesse Matthäos, daß sie sich auf dem Klosterhof von Kartuza selbst zu diesem Vertrag bekannt habe, daß sie einverstanden damit gewesen sei, an Annas Stelle zu treten. Er war so gut wie von ihr beschworen – –

«Sind Sie Kaiser Davids Tochter?» versuchte Matthäos die Zaudernde zu überwinden.

Doch er überwand sie nicht.

Von diesem einen blieb Irene nun einmal durchdrungen:

Mohammed habe gerufen. In ihrer tiefsten Not habe er sie aus Kartuza befreit. Damals auf dem Klosterhof habe es ihr freigestanden, wieder hinabzusteigen zur Hölle, einer Vernichtung entgegen, die endgültig gewesen wäre. Sie aber habe Mohammeds Rufen gehört, und jämmerlich stehe es ihr an, den Preis schuldig zu bleiben, den sie nun zu zahlen habe.

Aber sagen wollte sie es Matthäos nicht. Gerade hieran wollte sie ihn nicht rühren lassen – an nichts, was sie mit Mohammed verband. Daß dessen Gesandte im Augenblick ihrer Opferung erschienen waren, war nur ein Zufall. Aber diesem Zufall fühlte sie sich verpflichtet.

«Willkürlich hat der Sultan die Kapitulation abgeändert», drang Matthäos auf sie ein, «einseitig und ohne Recht. Er soll sich daran genügen lassen, daß er die Gattelusio, eine verheiratete Frau, wider jedes Gesetz seinem Harem einverleibte.»

«Das ist seine Sünde», sagte Irene mit leichter Abwehr.

«Er wird sie nicht wiederholen, nicht bei mir!» erklärte Matthäos. «Heiraten Sie mich, Irene», bat er dann, «ohne Aufschub! Dann ist es unwiderruflich. Den Harem seines Großwesirs wird er nicht antasten. Er wird es nicht wagen!»

Irene war dessen nicht so gewiß, was Mohammed wagen würde oder nicht. Sie konnte sich denken, daß bei ihm die Vergeltung für alles, was wider seinen Willen geschah, immer nur eine Frage der Zeit sei. Aber was möge ihm an ihr schon liegen? überlegte sie. So begehrenswert kam sie sich gar nicht vor, und ihr Selbstbewußtsein litt auch keineswegs unter dem Gedanken, daß nicht jedermann sie mit den Augen des Matthäos ansehe. Was sollte Mohammed also schon zu rächen haben, wenn sie sich ihm entzöge?

Immerhin gab es einen Edlen Befehl. Mohammed war der Padischah.

«Ich dachte an Sie, Matthäos», sagte sie nun. «Doch wenn Sie Ihrer Sache auch sicher sein dürfen – und Sie müssen das besser wissen als ich –, so bleiben immer noch meine Verwandten ...»

Schon an dem Hohn, der jetzt aus Matthäos herausbrach, war zu erkennen, wie entfesselt er war. Nichts ersparte er Irene. Der Vatermord des Kalojohannes wurde ihr ebenso vorgehalten wie die Feigheit und Kurzsichtigkeit Kaiser Davids, und er überging nicht einmal das blutschänderische Verhältnis ihres lebemännischen Onkels Alexander mit dessen eigener Schwester.

«Ihre Verwandten?!» rief er zuletzt. «Eine schöne Sippschaft! Haben Sie vergessen, daß Kalojohannes seine Mutter als Hure behandelte und Ihren Vater zum Bastard erklären ließ?! Aber das Widerwärtigste ist doch, daß diese selbe intrigante Gesellschaft jetzt, da es um ihren eigenen Vorteil geht, die Tochter des ‹Bastards› nicht genug umgirren und nicht schnell genug als eine Tochter der Cäsaren dem siegreichen Sultan ins Bett liefern kann!»

Er wunderte sich selbst über den frischen Haß, den er auf einmal gegen Leute empfand, über die er gestern noch schlimmstenfalls ironisch gelächelt hätte.

Aber gestern und heute war ein großer Unterschied. Heute hatte Irene sich auf ihre Verwandten als auf ein Hindernis zwischen sich und ihm berufen! Und immer noch widerstrebte – obwohl ihr Verstand ihm recht geben mußte – ihr Gefühl seinen Worten.

«Sie sprechen von der Familie meines Vaters», bat sie.

Doch Matthäos war der Mann, zu kämpfen, wenn er einen Widerstand spürte.

«Reden wir nicht von Ihrer Familie, nicht von Mohammed und nicht von dem Großwesir Mahmud. Wenn es nun diesen Großwesir und all die anderen gar nicht gäbe, sondern nur den Mann Matthäos –? Irene! Es gibt vieles, was wir tun könnten, wenn Sie mich liebten Lieben Sie mich, Irene?»

Das aber war es eben: Irene wußte es nicht.

Doch es sei so seltsam, Matthäos nicht zu lieben, und noch seltsamer, nichts darüber zu wissen, begann sie zu zweifeln, daß er vielleicht doch der Mann sei, den sie im tiefsten begehre …?

Chaß – Mohammed – sann sie, doch Mohammed sei ja ein Schatten, eine Vorstellung und keine Wirklichkeit, während Matthäos leibhaftig vor ihr stehe, derselbe Matthäos, den sie der Annina versprochen habe. Aber was wisse sie! Nichts wisse sie außer dem einen, fielen ihre Gedanken wieder in sich zusammen, daß es kein Zurück für sie gebe. Denn darüber war sie sich klar: Am liebsten würde sie jetzt wieder in einem Kloster sein, in einem friedlichen und stillen zwar, nur daß ebendieses Kloster nirgends zu finden sei. Für sie nicht zu finden.

Doch Matthäos wartete noch immer. «Lieben Sie mich, Irene?»

«Ich weiß es nicht», sagte sie laut.

Wie gut war dem Feldherrn Matthäos doch bekannt, daß man eine Schlacht abbrechen müsse, wenn man den Sieg nicht erzwingen könne. Wildes Beharren führte nur zur Niederlage – wie bekannt war ihm das!

Aber der Feldherr Matthäos, der Mann des Islams, hatte auch eine Panagia besessen, eine Madonna.

Sie war das Werk eines unbekannten modernen Bildhauers, eine Plastik aus bemaltem Holz.

Wie ein Mantel flossen die weitgewundenen blauschwarzen Locken ihr vom glatten Mittelscheitel über Schultern und Arme. In breiten Wellen umrahmten sie das hochgestirnte schmale Gesicht. Die Brauen lagen wie zwei Sicheln über den Augen, die im Schutze langschattender vorgewölbter Lider ein ebenso dämmerndes Geheimnis blieben wie der lebensfüllige Mund in seiner letzten Verschlossenheit.

Eine holde Frau war diese zarte Panagia, und kein Koran hatte Matthäos abhalten können, ihr seine Andacht zu weihen.

Doch dann war plötzlich Mohammed bei dem Freunde zu Besuch erschienen, und seiner unbekümmerten Neugier war «Mahmuds Dame», wie er die hastig verdeckte Muttergottes genannt hatte, nicht entgangen.

In eleganten Wendungen hatte der kaiserliche Freigeist

sogleich das Überbetonte am dreist enthüllten Kunstwerk aufzuzeigen begonnen, ohne daß sich der hohe Kritiker darum dessen Zauber hätte entziehen können.

Was war dem Großwesir also übriggeblieben, als die Statue seinem Gast schließlich zu verehren?

Und dennoch hätte er, allen Gepflogenheiten zum Trotz, die Panagia vielleicht doch noch behalten.

Doch was ihn andächtig gemacht hatte, war ihm beschmutzt worden, durch Mohammed entwürdigt, der in der Heiligen nichts als das schöne Abbild weiblichen Fleisches erblickt hatte.

So war dem Matthäos denn damals seine Panagia verlorengegangen. Nun aber unter der Platane und am Brunnen kam es wie eine plötzliche, fast beklemmende Eingebung über ihn.

Jeder Einzelheit entsann sich Matthäos.

Die Hände seiner Panagia schwebten aufeinander zu, kaum daß sich die Kuppen der Zeigefinger berührten. So leicht war die Beugung der Finger, daß kindliche Grübchen die Handrücken wellten, und die Daumen gar zeigten wie mit einem letzten Blick vor dem Senken nach oben. – So war es gewesen.

Jetzt aber sah er die Verlorene wieder. Genau in der gleichen Weise suchten sich Irenes Hände, und ihr in sich gekehrter Blick war der seiner süßen Panagia.

Neu geheiligt kehre sie ihm zurück, ergriff es Matthäos, nicht als Abbild, sondern in aller Wahrheit und voll Leben.

Solle er sie zum zweitenmal an Mohammed verlieren? zerriß ihn die Angst.

Auch Mohammed werde empfinden wie er, erhitzte er sich dann, und wie einst zur Panagia werde es den Freund zu Irene ziehen. Doch vor dem Lächeln, das er dabei auf Mohammeds Lippen sich ausbreiten sah, verschloß er umsonst seine Augen. Was er nicht zu denken wagte, drängte sich seiner Einbildungskraft um so frecher auf. Noch aber sah er mehr Mohammed als Irene, mehr dessen dunkles, hakennasiges Gesicht, das Unersättlichkeit unter Spott verdecke, mehr das ihm so bekannte lüsterne Aufglitzern der blaugrauen Augen, wenn es einem guten Einfall gelungen sei, menschlichen Seelen auf besonders aufreizende Weise in ihren Körpern Gewalt anzutun.

«Nein!» raste er. «Du darfst nicht! Ich lasse dich ihm nicht!»

Er hatte zuviel mit dem Padischah erlebt, als daß er andere Gesichte hätte haben können – und jetzt endlich hatte ihn dies Bild überwältigt.

Einfach überwältigt hatte es ihn.

Sein Aufschrei war dennoch nichts gewesen wie nur ein Schrei. Seine Andacht vor Irene verschloß ihm ja doch den Mund!

Konnte er ihr wohl von der Unzahl von Knaben und Mädchen erzählen, immer von neuem zusammengerafft, um die Langeweile auch noch durch die Vielfalt der Umschlingungen zu bekämpfen, oder davon, daß dem Vernehmen nach nicht jede Sultana Mohammeds Orgien so fremd sei, wie sie als hohe Dame es hätte sein müssen? Matthäos wußte mehr von Kartuza als die meisten und sah Irene von einer Wiederholung bedroht. Mehr als alle anderen wußte er um Mohammeds grausame Wollust.

Aber er, der selbst durch viele Brände der Lust gegangen war, konnte mit all seinem Wissen nur nach Worten suchen. Noch nie hatte ein Mensch ihn so gesehen, wie jetzt die Frau, die er liebte, ihn sah.

Mit einem lauten Zaudern verharrte Irene noch am Brunnen, und hier geschah es, daß eine kleine Schlange gegen sie züngelte.

Matthäos bemerkte es.

Ich will Feindschaft setzen zwischen dir und der Schlange, heiße es irgendwo, erinnerte er sich. Warum eigentlich? Nur weil die Schlange das andere sei? Könne die Schlange nicht vielmehr lehren, keine Feindschaft gegen das andere zu hegen? Es erkennen sei besser. So wie er Mohammed erkenne. Den habe Gott ihm auferlegt, der sei sein anderer. Setze Gott Feindschaft zwischen ihm und Mohammed? Fast sehe es so aus.

Matthäos dachte nach und ballte wider seinen Willen die Faust – aber Irene fing sie in ihren Händen auf und rettete das Tier. Nahe wie nie zuvor standen sie nun beieinander, Irenes Augen waren naß, und er zitterte. Aber sie in seine Arme zu reißen – das wagte er nicht.

«Ich habe einen Wunsch», bat sie leise. «Ich wollte mit Ihrer Mutter sprechen; aber nun sage ich es Ihnen. Es ist mein letzter Wunsch, Matthäos!»

«Es ist auch Ihr erster», sagte er kurz, weil er nicht mehr hätte sprechen können.

«Heiraten Sie Annina», bat sie. «Oh, bitte, lassen Sie mich es sagen! Wenigstens sie soll glücklich sein.»

Nun spielte er doch seinen Trumpf aus. «Ich werde Mohammed um dich bitten», sagte er. «Er wird dich mir nicht versagen.»

«Heiraten Sie dennoch Annina. Mir zuliebe, Matthäos! Sie ist meine Freundin und hat Sie lieb.»

Matthäos hatte das Feld behaupten wollen und die Schlacht verloren.

«Und du?» fragte er.

«Du weißt es ...»

Tief in die Handballen gruben sich ihre Nägel. An jenen Abend dachte sie, da sie ihre Pilgerschaft nach Kartuza angetreten hatte, und es war ihr, als nehme sie von neuem die Rute auf sich.

«Du gehst ...?»

Ohne Hoffnung stand Matthäos und starr.

«Ja», sagte sie, «ich gehe nach Konstantinopel.»

Drittes Buch

XXIX

Das Geheimnis ewiger Jugend lag über dem Geschlecht des Schwarzen Osman und der Priestertochter Malchatun.

Wohl wußte die Geschichte von Familien, in denen die Begabung für die Künste, die Wissenschaften oder die Herrschaft erblich gewesen war. Doch nach zwei oder drei Generationen war die formgebende Kraft immer wieder erloschen. Das schöpferische Organisationstalent eines Dschingis war mit Kublai Khan versiegt, und Timur Lenk hatte tapfere Söhne gehabt, aber keinen Nachfolger.

Dagegen war Osmans Vater Ertoghrul aus ältestem Nomadenadel der mongolischen Steppe bereits ein außergewöhnlicher Mann gewesen, ebenso wie auf eine andere Weise der fromme und gelehrte Scheich Edebali, Malchatuns Vater aus Karaman.

Und nun loderte in ihren Nachkommen das Genie, das sie entzündet hatten, schon in der siebenten Geschlechterfolge, und kein Ende war abzusehen.

Ihrem Vater Osman waren Orkhan und Alaeddin gefolgt:

Orkhan als Fürst, sein Bruder Alaeddin als erster Großwesir und Gesetzgeber des jungen Staates.

Dieses letzte Amt hatte dann Orkhans ältester Sohn Suleiman übernommen. Bereits Suleiman hatte sich in Europa festgesetzt, wenn ihm auch zuletzt die Herrschaft nicht vergönnt gewesen war. Zwischen ihn und den Thron war der Tod getreten.

An seiner Stelle hatte sich der anscheinend viel bescheidenere erste Murad zum Mehrer und Festiger des Reiches entwickelt. Es war derselbe Murad gewesen, der nach seinem Sieg auf dem Amselfelde dem Dolch des Serben Milosch Kobilowitsch erlegen war.

Seinen Sohn Bajesid hatten die Zeitgenossen Jilderim genannt: den Blitz. Nichts war dem Unbezähmbaren unmöglich erschienen, bis er bei Ankara gegen den Tataren Timur mit der Schlacht auch die Freiheit und mit der Freiheit das Leben verloren hatte.

Das Reich war dem Untergang entgegengetrieben.

Der Herrscherfamilie nicht mehr gebändigte Kraft hatte ausgeschwärt in den Söhnen. Elf Jahre hatten fünf um das Erbe gekämpft, um das ganze Erbe und die unteilbare, alleinige Herrschaft, die schließlich dem überlebenden Sieger Mohammed zugefallen war, Mohammed dem Ersten Tschelebi, dem Gentleman, dem Kavalier, dem Milden, Weisen, Gerechten – des zweiten Mohammed Großvater.

Nach ihm hatte die Menschlichkeit Murad des Zweiten die Herrschaft in Krieg und Frieden spielend ausgeübt, und die Welt war der Meinung gewesen, daß mit diesem Meister das Geschlecht seinen Gipfel erklommen habe.

Da aber hatte Mohammed der Zweite den Thron bestiegen.

Der Eroberer.

Immer war das Reich feindlich umbrandet gewesen, und seit Orkhan hatte es mit der Gegnerschaft von ganz Europa zu rechnen gehabt. Das Reich war fremd auf dem Platz, auf den es sich gestellt hatte. Stets hatte seine Sicherheit allein auf dem Talent seiner Herrscher beruht.

So war es noch heute, und selbst in diesem Herbst 1462, da sich Mohammed ganz seinen Bauten hinzugeben schien, war es nicht anders.

Die beiden Dardanellenschlösser wurden auf dem asiatischen und europäischen Ufer errichtet. In Usküb entstand der Brückenturm am Wardar, und in Adrianopel wurde das Serail der Dschihannuma befestigt, ohne daß Mohammed darum an die Marizza und zu seinem Harem zurückgekehrt wäre.

Er blieb in Konstantinopel.

Die Wiederherstellung der Stadtmauer, Flottenbau und der Bau der Kadrigha Limani, des Galeerenhafens, fesselten ihn dort; vor allem aber seine große Moschee, die sich auf dem mittelsten der sieben Hügel erheben sollte.

Mit dem großherrlichen Serail dagegen war bereits unmittelbar nach der Eroberung Konstantinopels begonnen worden. Jetzt war es wohl fertig, doch zugleich auch schon das «Alte Serail» geworden.

An der Stelle der antiken Akropolis von Byzanz, dort, wo später byzantinische Kaiserinnen in der Porphyra entbunden hatten – dort sollte, vom Bosporus und Goldenen Horn umspült, Mohammeds «Neues Serail» in höchstem Glanz erstehen.

Wahrlich, die Muße des Kriegsherrn war voll von einer Fruchtbarkeit, aus der nun die Stadt Konstantinopel als Islambol, als die Fülle des Islams, zum zweitenmal geboren wurde.

Aber dieses stürmische Neuwerden schaffte nicht aus der Welt, daß der Krieg mit Venedig kaum noch zu vermeiden und von Bosnien bereits der Tribut verweigert worden war. Ebenso war dem Frieden mit dem alten Widersacher Georg Kastriota, dem Skanderbey von Albanien, keineswegs zu trauen, und außerdem mußte man für den Fall des Todes von Mohammeds Schwager Thronwirren in Karaman erwarten, in die sich einzumischen Usun Hassan nicht zögern würde. Und gerade dieses Bündnis des Irakherrn Usun Hassan mit Venedig ließ die Lage alles andere als rosig erscheinen.

Noch hatte Irene keine Audienz bei Mohammed gehabt, und schon war sie der Mittelpunkt eines Kreises von Menschen geworden, der sich gern in ihrem Hause traf.

Denn Irene besaß wieder ein Haus. Es war kein anderes als das des Notaras. Und es ihr zum Aufenthalt anzuweisen war eine große Huld der Majestät gewesen.

Nach der Eroberung hatten sich in viele Paläste und Klöster kleine Leute eingenistet, und es konnte geschehen, daß auf dem kostbaren Mosaikboden einer Festhalle Hanf geklopft oder im ehemaligen Boudoir einer hohen Dame Schuhe geflickt wurden. Freilich sollte das durch den Bau des neuen Besestan, des Basars, abgestellt werden. Aber vorläufig hatte es noch beim alten bleiben müssen. Denn von überallher strömten die Menschen, freiwillig oder gezwungen, nach Konstantinopel, und bis sie sich Wohnungen gebaut hatten, mußten sie dort untergebracht werden, wo eben Platz war.

Es wäre also sehr wohl möglich gewesen, daß Irene in dem riesigen Palast ihres Onkels nicht eine Kammer frei gefunden hätte. Doch da das Haus Notaras der erste Wohnsitz des Padischahs in Konstantinopel gewesen war, so unterstand es der Hofverwaltung und befand sich darum in der gleichen Verfassung wie irgendein anderer kaiserlicher Palast.

Sogar ein großer Teil der alten Dienerschaft war vor nun neun Jahren übernommen worden, und so waren Irene die Menschen kaum weniger vertraut als die Räume: Alles im Haus ihrer Jugend strömte ihr als der rückgekehrten Herrin entgegen.

Dennoch war der Einzug voll Wehmut gewesen – zu viele Erinnerungen an Verstorbene hatten Irene bestürmt, vor allem an Arka. Und eine Reihe von Räumen mußte sie immer noch meiden, wollte sie sich nicht allzu wehe tun.

Ihre Gäste empfing sie im Triconchum, im Muschel-Trinklinion, einem dreifach gegliederten perlmutternen Raum, in dem die Glut der Tendure, der bronzenen Feuerkörbe, und das Licht der Lampen sich vielfältig brachen.

Die meisten Gäste waren schon vor Sonnenuntergang erschienen.

Unter ihnen überwogen die Griechen, obwohl neben Christodoulos, dem Architekten der neuen Moschee, neben dem Ekklesiarchen Bardanes und anderen Vertretern des Patriarcheion oder des Fanar auch der junge türkische Dichter Mohammed Karamani und der als Kunstliebhaber wie als Arzt geschätzte Hebräer Jakub nicht fehlten. Ahmed der Lyriker war ebenfalls da. Er hatte mit der Nachahmung des Persers Mir Alischir gerade großes Aufsehen erregt.

Denn Persisch war überhaupt große Mode, besonders jetzt, nachdem Usun Hassans Gesandtschaft von anderthalbtausend Köpfen durch ein Heer höfischer und staatlicher Würdenträger feierlich eingeholt worden war, die Gesandtschaft des Irak und von Persien.

Bis in Irenes Trinklinion schlugen die Wellen dieses Ereignisses.

Nicht daß etwa der Herr Botschafter erschienen wäre! So frei ließ man diesen ausländischen Staatsmann sich nicht bewegen, und gerade Irenes Verwandtschaft mit dessen Herrscher hätte einen Besuch auch besonders untunlich erscheinen lassen.

Usun Hassans Mutter und Gattin waren Komneninnen aus Trapezunt, und seine Großmutter und Urgroßmutter waren gleichfalls komnenische Kaisertöchter gewesen. Für Irene waren das jedoch nur ebenso viele Gründe zur Vorsicht.

In dieser Hinsicht bestand zwischen ihr und dem Protovestiar Amyrutzes ein großer Unterschied. Was ihr die Klugheit verbot, hatte Amyrutzes zu tun.

Er, der frühere Erste Minister von Trapezunt, besaß eine so genaue Kenntnis des Usun Hassanschen Hofes, daß er von der Hohen Pforte als Sachverständiger zu den Verhandlungen hinzugezogen worden war. Vor allem seinetwegen hatten sich manche Gäste zu diesem Empfang gedrängt, sei es, weil sie sich seiner Vermittlung bei Hofe zu bedienen hofften, sei es, um in ihm den großen griechischen Schriftsteller zu feiern.

Sogar die Lesbier hatten um Zutritt gebeten, und das war keine kleine Verlegenheit für Irene gewesen.

Theodora Gattelusio war jedoch nun einmal Mohammeds Favoritin, und ihretwegen hatte Irene weder deren Bruder Nicola noch beider Neffen Lucio oder den Genueser Battista ablehnen können.

Sonst hätte sie das Kleeblatt wohl nicht empfangen, nicht den Brudermörder und nicht seine Spießgesellen. Denn darüber bestand kein Zweifel: Fürst Nicola von Lesbos war der Mörder seines Wohltäters und Bruders Domenico oder Kyriakos, wie ihn die Griechen genannt hatten, und die beiden anderen hatten ihm bei diesem und weiteren Verbrechen geholfen.

Inzwischen freilich war Nicola ebenfalls der Herrschaft entsetzt worden, doch immerhin hatte er das Leben und Mohammeds Versprechen einer fürstlichen Entschädigung gerettet und wollte nun offenbar Amyrutzes für seine Ansprüche gewinnen. Jedenfalls erblickten viele im Protovestiar einen kommenden Mann, wenn es vielleicht auch nicht allein Amyrutzes war, den der Fürst hier suchte. Möglicherweise hoffte sein Kämmerer Battista sich außerdem noch dem Landsmann Franz Draper aus Galata bei dieser Gelegenheit zwanglos nähern zu können, dem Handelsherrn und genuesischen Patrizier, der dem Sultan für die Ägäis nun einmal als Fachmann galt.

Eines konnten die Verbrechen des Fürsten allerdings nicht in Frage stellen: Seine Schwester Theodora war in der Tat eine Schönheit. Gleich beim Eintreten machte die brünette Frau in ihrem mit Weißfuchs ausgeschlagenen grünen Kaftan, ihren bildhübschen blonden Sohn Alexis neben sich, auf alle Anwesenden einen großen Eindruck.

Über die besonderen Umstände sah Irene hinweg, und so begrüßte sie Theodora als angeheiratete Tante mit Kuß und Umarmung ebenso wie ihren Neffen Alexis, der für diesen Besuch von der kaiserlichen Pagerie beurlaubt worden war.

Mutter und Sohn wurden als Günstlinge des Sultans viel umworben. Das konnte nicht ausbleiben.

Alles aber erhob sich, als Chisr Aga den fast schon verschollenen ehemaligen Patriarchen Georgeos Scholarios durch die Tür geleitete. Der alte Herr wollte seinen Schriftsteller-Kollegen Amyrutzes begrüßen, Georg von Trapezunt. Doch mehr noch galt sein Besuch wohl Irene selbst.

In den letzten Jahren hatte er unter seinem Mönchsnamen Gennadios ganz im verborgenen gelebt, und beide – Irene und Gennadios – waren bewegt, als sie ihm, der greisenhaft über seine Jahre aussah, nun die Hand küßte.

Nach jenem Gespräch in Mesene, unmittelbar vor Irenes Entweichen nach Kartuza, hatten sie sich nicht mehr gesehen.

Daß Gennadios die einfache blaue Kutte einer Mönchsgemeinde vom Athos trug, ließ ihn in den Augen der Versammelten nicht weniger ehrwürdig erscheinen, als wenn er noch Patriarch gewesen wäre. Waren sie doch im wesentlichen die Gesellschaft des Fanars, des Leuchtturms, der nach der Eroberung von Konstantinopel das Wahrzeichen der Griechengemeinde geworden war. Diese Gesellschaft aber hatte sich zum Teil noch Kultur und Anschauungen hellenischer Prägung bewahrt.

Es duftete aus den Kohlenbecken, aus dem Öl der hundert Lampen, und gepflegte Stimmen geistbestimmter Menschen erfüllten in wohltuender Gedämpftheit den Raum.

Noch manches andere Wiedersehen wurde gefeiert, so das zwischen Bardanes und Chisr, und es kam keine Ungeduld auf, obgleich Amyrutzes, der Erwartete, beim zweiten Wesir Rum Mohammed Pascha – wie der Großwesir ein geborener Grieche – noch über seine Zeit zurückgehalten worden war.

So lange verzog Amyrutzes, daß sein Eintritt, als er endlich erfolgte, anfangs kaum bemerkt wurde. Erst während er Irene seine Begrüßung darbrachte, wurde man seiner gewahr.

Auch er war nicht allein gekommen.

Nun bat er um die Erlaubnis, seine Begleiterin vorstellen zu dürfen. Es war Sismonda Acciajuoli aus einem Archontengeschlecht des Peloponnes, und – was der Dame das Interesse aller sicherte – sie war die letzte Herzogin von Athen.

Viele, die sich um des Padischahs Gunst sorgen mußten, hätten sie wohl lieber nicht empfangen.

Aber Amyrutzes war trotz seiner heranwachsenden Söhne ein stattlicher Mann, und daß seine Anteilnahme, wie Irene zu bemerken glaubte, mehr der Frau als der unglücklichen Herzogin galt, das schien ihr verzeihlich. Ohnedies hätte ihr weibliches Mitgefühl hingereicht, Sismonda in jedem Fall als willkommenen Gast zu begrüßen.

Kir Georgeos Amyrutzes hatte sich also nicht in ihr geirrt und konnte dafür mit einer Neuigkeit aufwarten, die, wie er wußte, Irenes freudiger Zustimmung gewiß sein durfte: Matthäos und Annina hatten geheiratet!

Ganz Protovestiar, überbrachte Kir Georgeos die Grüße seines Vetters, des Großwesirs, und der Prinzessin Annina Paläologa. In aller Form hatte Mahmud Pascha des Sultans Erlaubnis erbeten und erhalten, was zu erwähnen Amyrutzes nicht vergaß.

Irenes Bitte im Garten unter der Platane war also nicht umsonst gewesen. Ohne Matthäos der Freundin zu neiden, empfand sie eine herzliche Zuneigung zu ihm.

Sie errötete wie eine Braut, ganz erfüllt von einer Freudigkeit, die immer noch anhielt, als die Gäste allmählich entschwanden.

Nur Amyrutzes blieb mit seiner Dame zurück. Es war klar, daß er als Anwalt der Herzogin sie in ganz bestimmter Absicht hergeführt hatte.

Und nun bat er um Irenes Schutz für Sismonda.

«Eures Geschlechtes und Blutes zu sein, des rühme auch

ich mich ...» Irene fühlte sich als Griechin, und diese abendländische Zwitterwelt der Tocchi, Lusignan, Acciajuoli, der Gatelusii – der Könige von Zypern, Herzöge von Athen, Fürsten von Lesbos – war ihrem Herzen fremd.

Zu Dutzenden waren solche Dynastien der Franzosen, Florentiner, Genueser, Venezianer auf Halbinseln und Inseln des kranken Byzanz gleich schmarotzenden Pilzkolonien aufgeschossen, ebenso viele Paradiese für Ritter und Damen, vor allem für Damen. Denn da die Männlichkeit das gegenseitige Umbringen sich als besonderes Verdienst zurechnete, waren es sehr oft die Töchter, die erbten.

Manch hübscher Knabe erheiratete sich eins dieser Reiche, in denen der Herrschenden Lust schier unbesiegbar über den Haß der Unterjochten dahinritt.

Troubadoure und Paginnen hellten die Gegenden malerisch auf, durch Pinienwälder wehten der Jagdwindspiele seidene Schabracken, Mord und Hinterhalte belebten der Liebeshöfe sonst allzu schale Spiele. Die Damen hatten sich also wahrlich nicht zu beklagen. Witwen waren sie meist schon mit vierzehn, an Gelegenheiten, sich auszuleben, fehlte es ihnen daher auch nie.

Denn keine Ahnung vom Maßhalten der Antike warnte die Abendländer vor dem Rausch, den sie einzig suchten und fanden, und mit den Waldnebeln ihrer nordischen Vorzeit noch im Blut, barsten sie und verströmten sie sich in den Sonnenraum von Byzanz.

Wenig wußte Irene von Sismonda und den Vorfällen in Athen, und was sie wußte, war ohne Zusammenhang. Mehr zu erfahren – davor schreckte sie zurück.

Die Rolle, die Mohammed in dieser Tragödie gespielt haben mochte – das war es, wovor ihr graute.

Niemals aber hätte sie feige ihre Augen den Tatsachen verschlossen. Was wirklich geschehen war, ziemte sich auch zu hören. Und so hörte sie die Geschichte Sismondas von Athen und Francos des Herzogs.

Die Geschichte begann mit dem Herzog Nerio dem

Zweiten von Achaia und Böotien aus dem reichen florentinischen Hause der Acciajuoli und den Handelsgeschäften, die den Pietro Almerio, einen Sohn des venezianischen Gouverneurs von Nauplia, so oft nach Athen führten. Bald verband ein heimliches Liebesverhältnis den gewandten Weltmann Almerio mit Nerios Gattin, und nicht lange darauf starb der Herzog einen Tod, dem seine Witwe nicht ferngestanden hatte.

Die leidenschaftliche Frau dachte nicht an ihren unmündigen Sohn, den jetzigen Herzog, sondern nur daran, dem Geliebten den Thron zu verschaffen. Aber Almerio war verheiratet, und eine Zeitlang zögerte er, seine Ehe auf eine Weise zu lösen, zu der ihm die Herzogin das Beispiel gegeben hatte.

Zuletzt jedoch siegten Liebe und Ehrgeiz. Die Dame, Almerios Gattin, starb. Und der Witwer kehrte nach Athen zurück, um dort mit der Herzogin Bett und Herrschaft zu teilen.

Doch die Vorgänge, die zu dieser Verbindung geführt hatten, konnten kein Geheimnis bleiben und erfüllten die athenischen Großen um so mehr mit Abneigung gegen den Emporkömmling, da sie eine venezianische Oberherrschaft fürchteten, so daß sie von Mohammed ihren rechtmäßigen Herzog verlangten.

Durch diese Anrufung des Kaisers veränderte sich die Lage des Paares mit einem Schlage. Leicht konnte der Padischah an seiner Rolle als Richter der Fürsten und Völker Gefallen finden, da er, indem er die Toten rächte, sich zugleich auch des Landes zu bemächtigen vermochte.

In dieser Gefahr faßte Almerio einen gewagten Entschluß: Er begab sich mit dem Prinzen, seinem Stiefsohn, selbst an die Hohe Pforte, um dort seine Sache zu führen. Er tat es, ohne eines besonderen Umstandes zu gedenken, der ihn hätte warnen sollen.

Zur selben Zeit lebte nämlich am Hofe des Sultans Franco Acciajuoli, der Neffe des verstorbenen Herzogs Nerio.

Gleich Drakul, dem Walachen, und dessen Bruder Radul, dem jetzigen Fürsten, gehörte auch Franco – wie noch andere junge Prinzen – zu den Beischläfern des Sultans, und Mohammed war immer sehr auf eine Versorgung dieser Lieblinge bedacht.

Franco aber hatte das Maß seiner Jahre, und so drang Almerio mit dem Einwand, nur als Vormund regiert zu haben, nicht durch. Vielmehr ersetzte Mohammed das herzogliche Kind durch dessen erwachsenen Vetter und behielt den Unmündigen und Almerio für spätere Verwendung bei sich.

Nun war Franco der Herzog von Achaia und Böotien, und schon mit Rücksicht auf Mohammed jubelten die Athener ihm zu. War er auch nicht der eigentliche Erbe, so war er doch wenigstens ein Acciajuoli. Und volljährig war er auch.

Allein die ehemalige Herzogin konnte sich nicht beruhigen. Sie wollte Almerio wieder in ihrem Bett haben und auf dem Thron sehen. Und erst dadurch, daß Herzog Franco die Unnachgiebige in Megara eintürmen und dann in aller Stille beseitigen ließ, gab er dem Lande auch von ihrer Seite den Frieden.

Diese Hinrichtung der Witwe und Mörderin seines Onkels ließ sich rechtfertigen und wäre wohl auch ohne Folgen geblieben, wenn Franco nicht Sismonda begegnet wäre.

Sismonda gehörte dem berühmten Archontengeschlecht der Sophianos an und hatte sich mit ihrer Familie vor den kriegerischen Wirren im Peloponnes nach Athen geflüchtet.

Denn während alles ringsum vom Kriege verheert wurde, genoß Athen das Glück seines Friedens. Und obendrein war es eine verlockende Stadt. Im Laufe von siebzehn Jahrhunderten hatte die Stadt wohl das meiste von ihrer perikleischen Pracht verloren, aber manches war dennoch geblieben, was zur Bewunderung hinriß. Aber nicht allein die Schönheit noch erhaltener Tempel und Tempelreste ergriff – in kräftigen Wurzeln und starken Stämmen trieb sich dort noch immer siegreich das Leben um.

Fränkische und griechische Geschlechter, selbst solche fürstlicher Abkunft, Handels- und Gewerksherren wetteiferten im Bauen und im Lebensgenuß. Und auch die Acciajuoli hatten viel für ihre Hauptstadt getan. So war der Verkehr durch Sicherung und Ausweitung der Häfen belebt worden, wie auf den Molen die beiden Löwen des Herzogs Antonio bezeugten. Sie hatten dem Piräos auch den neuen Namen des Porto Leone gegeben.

Alles in allem blühte also zu Füßen des alten ein neues Athen.

Und hier sah der Herzog Sismonda.

Der junge, feurige Mann verliebte sich in das Mädchen, und er hatte die Unvorsichtigkeit, seine Liebe nicht zu verbergen. Denn wenn er auch von Mohammed nach Athen entlassen worden war, so bedeutete das bei dessen nie versiegender Eifersucht doch nicht, daß Franco nun frei geworden wäre. Irgendeine Ehe zwecks Erzielung von Nachkommenschaft oder aus anderen Gründen hätte Mohammed gebilligt – niemals aber eine Liebesheirat. Und daß der Kaiser von allem unterrichtet war, ging aus Warnungen hervor, die Franco erhalten hatte.

Statt nun aber zu verzichten, überredete der Liebhaber sich und das Mädchen, ohne Anfrage bei der Pforte, miteinander die Ehe einzugehen.

Auch Sismondas Familie gab ihre Einwilligung. Der Herzogsrang der Tochter schien ihr, falls sie sich überhaupt der Gefahr bewußt war, wohl ein Wagnis wert zu sein.

Die Verlobung wurde also verkündet, und noch vor der Vermählung des Paares in der Kirche der Pantanassa begannen die Feste des Beilagers. Herzlich nahm das Volk an ihnen teil. Es sah seine jungen Herrscher als glückbringend an und wünschte ihnen selbst ein Glück ohne Ende.

Mohammed schwieg.

Erst als die peloponnesische Kriegslage es gestattete, schlug er zu. Plötzlich erhob Almerio, der Mörder seiner ersten Gattin, Klage wegen Ermordung der zweiten. Mohammed aber lieh der Klage Gehör, und Omar, Sohn des

Turachan, erhielt Befehl, Mohammeds abtrünnigen Liebling zu bekriegen.

Jetzt war es für Franco zu spät. Sismonda oder Athen hatte die Frage gelautet. Jetzt hieß es, Sismonda und Athen zu schützen.

Allerdings war die Stadt nur schwach befestigt, und so wurde sie sogleich genommen. In der Akropolis aber verteidigte Franco sich und Sismonda auf das tapferste. Auch Verrat mißlang. Die Akropolis war nicht zu nehmen.

Omar Bey mußte verhandeln.

Er begreife nicht, stellte er vor, wie der Herzog sich weigern könne, eine Stadt auszuliefern, die er allein der Gnade des Sultans verdanke. Mohammed verlange nur Athen und Achaia. Böotien und Theben könne Franco behalten. Seine Schätze ebenfalls. Und auch seine Frau.

Das letzte gab den Ausschlag.

Franco verlegte seine Residenz nach der halb verfallenen fränkischen Fürstenburg Saint Omer zu Theben und trauerte der entschwundenen Herrlichkeit nach.

Auch ließ er nichts unversucht, die Verzeihung des kaiserlichen Freundes zu erlangen. Doch war alles umsonst. Obgleich Mohammed die Kapitulation gebilligt hatte, ließ er den Günstling von einst nicht vor sich. Nicht einmal dann empfing er ihn, als er zwei Jahre später Athen besuchte und dort in ehrlicher Bewunderung vor der Größe der Alten verharrte.

Etwas anderes geschah:

Die Besatzung der Akropolis wurde von den Janitscharen gestellt. Und die hatten die vergebliche Belagerung der Burg noch nicht verwunden.

Aus Abneigung gegen Franco unterbreiteten sie daher dem Padischah, daß die athenische Bevölkerung, wie es wohl auch sein mochte, noch immer dem Herzog anhange. Zu gegebener Zeit könne Franco sich also sehr wohl wieder der Stadt bemächtigen.

Zuerst dachte Mohammed daran, über die ganze Stadt ein Strafgericht zu verhängen. Aber der Verdacht war zu unbewiesen. So sandte er denn nur seinem Schwager Saganos Befehl, die Angelegenheit mit Franco selbst in Ordnung zu bringen.

Damals befand Saganos Pascha sich noch im Peloponnes.

«Geh nicht», bat Sismonda, als eine Einladung des Paschas in Saint Omer eintraf.

«Soll ich zögern», fragte Franco dagegen, «jetzt, da ich das erste Zeichen erhalte, daß der Kaiser mir wieder seine Gunst zuwenden will?»

Und weil er annahm, daß Sismondas Widerstreben weniger aus etwaigen Befürchtungen als aus uneingestandener weiblicher Eifersucht erwachse, so machte er sich in der angenehmen Erwartung einiger froher Tage mit Leibwachen und Gezelt wohlgemut auf zu Saganos.

Der Pascha empfing ihn denn auch mit allen kriegerischen und fürstlichen Ehren und zudem als guter und alter Bekannter.

Gleich am ersten Abend gab es in dessen Zelt ein königliches Gelage. Bis tief in die Nacht hinein dauerte die Unterhaltung.

Und nicht nur die Unterhaltung.

Franco war Christ. Und Saganos war, wie er lachend von sich behauptete, ein so schlecht beschnittener Grieche, daß er niemals dem Wein entsagen werde.

Es gab viele Lampen, und in ihrem Licht brannten und funkelten die Farben der Zeltseiden, der Polster und des Geschirrs aus Edelmetallen und Kristall. – Es gab sehr viele Krüge, und aus allen mußte gekostet werden.

Saganos war bei weitem der ältere; aber er behandelte Franco deswegen nicht wie einen Knaben, und wenn beide von Auni sprachen, taten sie das mit der Unbefangenheit einer Familiarität, wie sie Pascha und Herzog gleicherweise mit Mohammed verband.

Und sie sprachen viel von ihm.

Mit Begierde sog Franco all diesen höfischen, verspielten Klatsch ein, dem er in seiner halben Verbannung auf Saint Omer schon so lange völlig entrückt war, und bald erschien ihm die Zeit, die er an Mohammeds Pforte zugebracht hatte, wenn er es sich auch nicht gestand, als die glücklichste seines Lebens.

Der Schwager des Sultans war ein stattlicher Weltmann und um so unterhaltender, als ihm der Gedanke an eine persönliche Verantwortlichkeit überhaupt nicht kam. Was ihm nütze, das müsse er tun. Davon war er überzeugt und wäre erstaunt, ja verletzt gewesen, wenn ihn jemand deswegen getadelt hätte.

Daß von den eigentlichen Geschäften noch nicht gesprochen worden war, beeinträchtigte daher seine Stimmung durchaus nicht. Doch schließlich schien ihm die Zeit für Eröffnungen gekommen. Und Franco war guter Nachrichten zu gewiß, um zu widersprechen.

Auch als das Lächeln aus dem Gesicht des Saganos verschwand, drängte er noch.

«Ja, Bruder Herzog», zögerte der Pascha dennoch, «wie soll ich es dir nur auf eine schickliche Art beibringen?»

Aber Franco war jung und faßte sich schnell.

«Sag es nur gleich», rief er. «Auni möchte auch noch mein Theben, und ich soll dafür ein Sandschak bekommen. Ist mir ganz recht. Bei mir langt es nicht vorne und nicht hinten. In Saint Omer kann man auf die Länge versauern …»

Francos Stimme versickerte allmählich im Schweigen des Paschas. Ein Gefühl der Unsicherheit überfiel den Herzog, und fragend sah er den andern an.

Der begann nach einer Weile von neuem.

«Freilich, freilich», sagte Saganos, «Theben will er haben. Aber von einem Sandschak weiß ich nichts.»

«Aber ich muß doch leben!» verwunderte sich Franco fast mehr noch, als er sich empörte. Da schlug Saganos die Augen zu ihm auf.

«Warum mußt du leben –?» fragte er …

Für die Dauer eines Blitzes stutzte der Herzog.

Dann ergriff er auch schon wie eine Waffe die Kanne, die vor ihm stand, und aufspringend warf er den Tisch um, daß die Gefäße zu Boden kollerten und den Teppich mit Wein überschwemmten.

Saganos erhob sich ebenfalls und zuckte die Achseln.

«Mir darfst du es nicht anrechnen», entschuldigte er sich. «Du hast es mit den Janitscharen verdorben, und du weißt doch, daß diese Menschen von Zeit zu Zeit ihr Opfer haben wollen. Wer klug ist, gibt es ihnen. – Sie klagen dich der Verschwörung gegen die Sicherheit der Truppen an.»

«Ohne Urteil und Spruch willst du mich umbringen?»

«Wo waren Urteil und Spruch, als die Herzogin, deine Tante, starb?»

«Und an den Padischah denkst du gar nicht?» kam es sofort zurück. Der kaiserliche Schwager antwortete mit einer Geste höflichen Bedauerns.

«Mohammed ist treu», meinte er dann. «Aber sage selbst, Franco: Warst du treu? Du weißt, daß die Janitscharen Auni nicht lieben. Soll er sich deinetwegen Ungelegenheiten machen?»

«Ich werde mich vor dem Kaiser verantworten!» rief Franco und dachte an Verschwiegenes, das nur ihm und Mohammed bekannt war. «Ich rate dir gut, Saganos: Wenn du mich hinderst, wird er dich zur Rechenschaft ziehen!»

«Zweifellos wird er das tun», gab Saganos gelassen zu. «Ich vermute stark, daß er mich absetzen wird – gerade für so lange, wie nötig ist, um der Welt zu zeigen, wie sehr er mein Verfahren mißbilligt», schloß er dann nach einer kleinen Pause.

Da wußte Franco, daß Mohammed selbst es war, der ihm sein Urteil gesprochen hatte.

Und in Wahrheit war Saganos auch gar nicht der Mann, etwas zu wagen. Mohammed aber konnte untreue Liebhaber und abgesetzte Fürsten, an denen die Völker noch hingen, offenbar nicht gebrauchen. Saganos verharrte taktvoll, um des Herzogs Gedanken nicht zu stören. – Endlich rührte sich der Verurteilte wieder.

«Gib mir eine Stunde Zeit», forderte Franco, «und laß es in meinem eigenen Zelt geschehen.» Zuvorkommend verneigte sich der Pascha und führte die Hand an das Herz und die Stirn.

«Bis zum Morgen», lautete seine Antwort. Und so geschah es.

Franco schrieb seiner Frau und brachte seine Rechnung mit Gott ins reine.

Als die Sterne dann erblaßten, kamen die Janitscharen.

Am andern Tage aber wurde die Leiche des Herzogs mit allen Ehren bestattet.

Ein tiefes Schweigen breitete sich im Trinklinion aus.

Irene brach es als erste.

«Bleiben Sie bei mir, Sismonda», sagte sie und zog die Verstummte an sich.

Amyrutzes räusperte sich, und auch Sismonda wollte widersprechen. Denn es gehörte großer Mut dazu, die Verfemte aufzunehmen.

Aber in diesem Augenblick machte Chisrs Eintritt der Unterhaltung ein Ende.

Er hatte erfahren, daß Chaß Murad Bey Einlaß begehre, und es sei bereits die neunte Stunde des Abends, gab er zu verstehen.

Irene war dennoch unschlüssig.

«Wollen Eure kaiserliche Hoheit wirklich noch den Prinzen empfangen?» fragte der Aga, als ihn eine Stimme unterbrach.

«Da bin ich schon!» sagte Chaß und stand lachend in der Tür.

XXX

Im eben fertig gewordenen Serail, dem neuen Absteigequartier des Padischahs in Konstantinopel, befand man sich in großer Verlegenheit, und das hatte keine andere bewirkt als die Tatarin Bürte.

Die Dame hatte die ferne Mongolei zwar nie gesehen, aber eine echte Tatarin war sie trotzdem.

Ihre Vorfahren hatten zu der Goldenen Horde gehört, deren unbestrittene Herrschbereiche einst alle sibirischen Steppen bis zum Altai-Gebirge und ganz Rußland gewesen waren. Timur Lenk, Tamerlan, der lahme Timur, war aber auch über dieses Reich gekommen, hatte die Horde zersprengt. Und nicht jeder Stamm war wieder in die Heimat zurückgekehrt.

Nach der Dobrudscha waren einige Stämme geflüchtet, nach der Moldau, nach Adrianopel, andere nach Litauen oder ans Kaspische Meer, und ein Spritzerchen schließlich war nach Kleinasien gekommen, wo man diese Leute wegen ihrer Tüchtigkeit in der Milchwirtschaft und in militärischen Dingen zwischen Magnesia und Smyrna angesiedelt hatte.

Unter den letzten waren Bürtes Vorfahren gewesen, und diesem Umstand hatte sie es zu verdanken gehabt, daß sie die Amme des Prinzen Dschem geworden war.

Mohammed hatte sich nämlich dieser Tataren aus seiner Statthalterzeit in Magnesia erinnert und in einer Aufwallung seiner gelehrten Experimentiersucht den Sohn mit der Milch einer echten Mongolin aufziehen lassen wollen. Denn diesem großen Eroberervolk anzugehören rühmten sich seine Türken und er selbst.

Bald freilich hatte er den gelehrten Drang zu bereuen verschiedene Ursachen gehabt. Aber da war es bereits zu spät gewesen. Eine Amme war eine Amme und nach dem Koran mit ihrem Milchkind verwandt. Sie gehörte zur Familie, in diesem Fall zur kaiserlichen Familie.

Es war also keine Möglichkeit zu sehen, wie man sich ihrer hätte entledigen können. Und der Wunsch, sie loszuwerden, war allgemein. Dschems ältere Brüder, Mustafa und Bajesid, waren längst beschnitten und hatten schon seit ihrem zehnten Lebensjahr ihre Statthalterschaften: Mustafa residierte in Magnesia und Bajesid in der Kaiserburg Trapezunts.

Ohne Nebenbuhler war Dschem daher mit seinen vier Jahren und seinen unzähligen Streichen der Mittelpunkt des ganzen kaiserlichen Harems. Eine leibliche Mutter hatte er nicht mehr. Sie war bei seiner Geburt gestorben.

Zu dieser Mutter seines Sohnes war Mohammed auf eine nicht ganz gewöhnliche Art gekommen. Sie war keine geborene Prinzessin gewesen und auch nicht eigentlich eine Sklavin, sondern die natürliche Tochter des Herrn von Aenos und Samothrake, eines genuesischen Patriziers aus dem Hause der Doria.

Wie so viele der kleinen lateinischen Fürsten war auch er mit seinen Untertanen in Streit geraten, und, was noch schlimmer gewesen war, er hatte das von ihm geförderte Salz zum Nachteil der Moslems vertragswidrig an seine Glaubensgenossen verschachert.

Für Mohammed waren das nun Gründe genug gewesen, der Herrschaft des Genuesers ein Ende zu bereiten. Der Doria dagegen hatte sich auf die bergige und bewaldete Insel Samothrake geflüchtet und statt Truppen Geschenke gesandt, unter denen die schöne Tochter das erlesenste gewesen war.

Und wirklich war es dem Mädchen gelungen, dem Vater die Begnadigung auszuwirken, als dieser selbst im letzten Augenblick noch alles vereitelt hatte:

Auf dem Wege zur Belehnung an der Pforte war er mit seinen Leuten über das türkische Ehrengeleit hergefallen und in die Christenheit entkommen.

Dort allerdings erfuhr man über diese Vorgänge nichts. Die Geschichte war zu unrühmlich, als daß man in Genua nicht lieber geschwiegen hätte.

Jedenfalls hatte der kleine Dschem jetzt nach dem Tode der Mutter nur noch die Amme, und dieser wäre eine große Bedeutung zugekommen, wenn sie – und sei es auch nur gelegentlich – eine geringe Nachgiebigkeit gezeigt hätte.

Aber fügen wollte die Amme sich nicht.

Von Fügen konnte bei ihr überhaupt keine Rede sein.

Sie war eine Mongolin und nicht arabisiert und byzantinisiert wie die Osmanen. Seit Urzeiten hatten bei ihrem Volke die Frauen die Verfügung über die Kinder, die Zelte und Herden gehabt, und der große Dschingis hatte ihnen in seiner Jassa ihre Rechte eher noch vermehrt. Nach Bürtes Meinung aber war die Jassa so gut und besser als der Koran. Denn sogar dem Kha-Khan, dem Großkhan, folgte nach der Jassa dessen Erste Frau, und alle Männer hatten ihr zu gehorchen, bis ein neuer Herrscher gewählt wurde. In ihrem eigenen Zelt und mit ihren eigenen Kindern konnte überhaupt jede Frau machen, was sie wollte.

Natürlich war diese Auffassung bei den hohen Hofämtern immer wieder auf Schwierigkeiten gestoßen und nicht minder bei Ihrer überallhöchstzuverehrenden kaiserlichen Hoheit der Sultana Walide, der erhabenen Mutter des Padischahs.

Daß Bürte es ablehnte, sich jemals eines Schleiers zu bedienen, hätte man ihr wie andere Eigenheiten gern nachgesehen. Aber daß sie den höchstgeborenen Prinzen zur Abwehr alles Bösen zwischen zwei Feuern zu räuchern pflegte, hatte mit anderen, ähnlichen Erziehungspraktiken so lange Befremden und Widerstand erregt, bis die Gekränkte plötzlich mit dem Kinde in Adrianopel verschwunden gewesen war, um dann allerdings doch noch in der Nähe von Konstantinopel aufgegriffen zu werden.

Der ganze Vorgang war so ungeheuerlich, daß man ihn zur Bewahrung der kaiserlichen Autorität hatte vertuschen müssen, und besonders die Männer verzweifelten geradezu angesichts so viel weiblichen Eigensinns, dem sie, fern von dem kaiserlichen Harem und dessen bewährten Fachleuten, gleichsam schutzlos preisgegeben waren.

«Nach meiner untertänigen Meinung», sagte der Kapu Aga, der Obersthofmeister Schahin, «war es einerseits wohl ein großes Glück, andererseits ist es verwunderlich, wie wenig dieser Umstand unserm Fall zugute kam.»

«Höre auf, Schahin!» widersprach Mohammed. «Mahmud hat getan, was er tun konnte. Und dich möchte ich sehen, falls er versuchen sollte, sich in die inneren Angelegenheiten des Serails einzumischen!»

Und es sei immer dasselbe, kränkte sich Schahin, man wisse ganz genau, daß Mahmud und Mohammed nicht immer der gleichen Meinung seien und daß sich der Untertan keineswegs stets gebührend zu unterwerfen pflege. Aber dennoch: Wenn ein dritter auch nur das Geringste gegen den Großwesir vorzubringen wage – sofort ernte der wohlmeinende Mahner eine Zurechtweisung vom Herrn.

Immerhin baute Schahin auf seine Verdienste um Mohammed in dessen Kronprinzenzeit. Er gab den Kampf also nicht auf.

«Zweifellos tat Mahmud Pascha sein möglichstes», pflichtete er anscheinend bei, «und wenn man bedenkt, daß der Pascha die Ämter des Großwesirs und des Berglerbeys von Rumili in seiner einen Hand vereinigt, so ist dem Überlasteten kaum etwas vorzuwerfen.»

Doch auch dieser schöne Aufwand war völlig vertan. Die Antwort war nur ein Lachen.

«Eifersüchtig, Schahin?» lachte Mohammed. «Sage lieber, was zu tun ist!» fuhr er dann ernster fort. «Diese Bürte ist eine Wilde! Sie schließt sich mit meinem Sohn in ihre Zimmer ein und läßt niemanden an sich heran. Ich will ein Ende machen, daß du es weißt! Dieses Weib ist kein Umgang für einen Prinzen!»

Mit größerer Erregung durchmaß er dabei den Raum, als es – wie Schahin mit stummem Tadel feststellte – der Anstand eigentlich erlaubt hätte.

«Ich sage nichts darüber», grollte Mohammed, «daß Dschem den Fliegen die Flügel ausreißt. Wir waren alle einmal Kinder. Aber daß die Amme ihm dabei hilft und ihn in allen seinen Unarten und in seinem querköpfigen Eigensinn noch bestärkt – das ist nicht zu dulden. Möchte wohl wissen, wo der Bengel das alles her hat!»

Schahin freilich war weniger wißbegierig. Daß die gerügten Eigenschaften des erlauchten Prinzen der Vererbung von seiten des allerhöchsten Vaters zu danken sei – darüber gab sich Seine hohe Exzellenz nicht dem geringsten Zweifel hin.

«Deiner Majestät bleibt nichts verborgen», leitete er dann auch seinen Rückzug ein, «und dem Kislar Aga möge Allah beistehen.»

«Natürlich!» höhnte Mohammed. «Der Kislar Aga! – Der Kislar ist in Adrianopel, und du erklärst dich für unzuständig. Wozu befiehlt dir dein Amt, immer um Unsere Person zu sein, wenn du dich bei jeder Gelegenheit auf andere berufst?»

«Soll das eine Erweiterung meiner Vollmachten bedeuten?» ließ sich Schahin zu einem schnellen Vorstoß verleiten.

Er hatte immer den Vorrang des Obersthofmeisteramtes über das des Kislar Aga, des Mädchen-Aga, behauptet, ohne mit seinen Ansprüchen gegen den Widerstand des Harems durchgedrungen zu sein. Auch jetzt gelang es ihm nicht. Mohammed blickte ihn nur zornig an.

«Deine Vollmachten noch erweitern? – Nein», entschied er schroff, «du hast deren schon zu viele und wirst mich auch nicht zur Willkür verleiten. Denke an Mahmud, Schahin», spöttelte er, «soeben noch wähntest du, daß unter zu vielen Ämtern der Dienst leiden könne.»

Und dann war zwar schon die Stunde der Audienzen, aber den Männern noch keineswegs eine Erleuchtung gekommen, wie die störrische Amme zu meistern sei.

Von Chisr und einem anderen Eunuchen unter den Achseln gehalten, hatte Irene den Saal der besonderen Audienzen betreten und war nach dem Zeremoniell für eine Anverwandte des Hauses Osman empfangen worden.

In Vertretung der Majestät hatte Schahin sie aus der Proskynese erhoben, und ihr Polster hatte sie auch bekommen.

Als Byzantinerin wußte sie sich trotz ihrer griechischen Kleidung mit Polstern schicklich abzufinden, und sonst war alles so, wie die kleine Kusine Anna es so drollig empört geschildert hatte.

Mohammed saß im Kreise der Großwürden des Serails,

soweit diese Würden Eunuchen waren. Als einziger bärtiger Mann in dem weiten Saal thronte er bewegungslos auf seinem erhöhten Sofa.

Mit dem vorgeschriebenen Abstand hatte sich ihm zur Linken Schahin niedergelassen und wartete nur darauf, daß Irene den Schleier löse, um dann beginnen zu können.

Auf ein Zeichen Irenes geschah es durch Chisr, wodurch Irene anerkannte, daß sie sich unter der Hand des Padischahs befinde. Nichts von der ihr unerklärlichen Erregung, die sie dabei durchlief, wurde sichtbar.

Schahin war zufrieden; aber er war es nicht lange.

Gerade wollte er anheben, daß Seine allerhöchste Majestät sich in Gnaden bewogen gefunden habe, die Hand der Erlauchten einem Prinzen aus dem Hause Aragon von Neapel zu überlassen – als ihm an diesem unersprießlichen Tage eine neue Kränkung widerfuhr.

Gegen jede Regel unterbrach die Majestät ihren Obersthofmeister bei dessen ersten Sätzen und richtete selbst an die Dame das Wort. Es war durchaus nicht Mohammeds Absicht gewesen.

Soweit er es sein konnte, war er ehrlich in Theodora Gattelusio verliebt und überzeugt, daß keine andere Frau ihm eine Teilnahme abnötigen könne, die über das hinausgehe, was er dem Geschlecht im allgemeinen zu widmen pflege. Und doch war es ihm jetzt bei Irenes Anblick, als kreuze etwas längst Bekanntes seinen Weg, etwas, das ihm gehöre und das er nicht nach flüchtigem Schauen davongehen lassen dürfe.

Wäre ihm hierüber ein Gedanke aufgestiegen, so hätte er diese Regung, genau wie Schahin, eine Laune genannt.

Nur daß Schahin sich ungehalten die Frage vorlegte, wohin es wohl führen solle, wenn der Herrscher jeder seiner Launen einfach nachgebe? In jedem Fall doch wohl zu einer Beeinträchtigung der Autorität des Kapu Aga! Und aus dieser Erwägung heraus war er nicht geneigt, Mohammeds Gespräch mit Irene wohlwollend zu beurteilen.

Da unterhalte sich die Majestät mit der Dame über deren

Familie, nörgelte Schahin im stillen, prahle gar mit seiner genauen Kenntnis von der Hofhaltung dieser windigen Trapezuntier! Mit anderen Worten: Auch der Kaiser sei eben nur ein unverkürztes Männchen und könne es nicht lassen, vor einem Mädchen sein Pfauenrad zu schlagen.

Und in der Tat war aus einer feierlichen Audienz unversehens eine Unterhaltung geworden. Nur daß mit keinem Wort von den Absichten die Rede war, die das Serail mit Irene verfolgte.

«Oh, ich weiß noch mehr!» lächelte Mohammed gerade. «Das Verhältnis meiner erlauchten Kusine zum Großkomnenen David ist nicht frei von jenen kleinen Rückschlägen, wie sie sich leicht aus abweichenden Meinungen über das Wirkliche ergeben. Anscheinend ist für viele Leute nichts so schwer zu erkennen wie gerade das, was sie mit allen Härten fühlbar umgibt. Jedenfalls ziehen die wenigsten Schlüsse daraus. Zu Eurer Hoheit aber habe ich darin ein besseres Vertrauen als zu unserem Vetter von Trapezunt.»

Der Mörder, versuchte Irene sich vorzusagen. Sie sitze einem Mörder gegenüber, dem des Lukas Notaras und dessen Söhnen. Aber auch in ihrer eigenen Familie sei ja der Mord zu Hause gewesen, beschwichtigte sie dann wieder selbst ihr Grauen, was sie da also schon vor ihm voraushabe!

Mohammed war trotz des Koranverbots bildlicher Darstellungen Freigeist genug, nicht nur Maler für seine wissenschaftlichen Erhebungen zu beschäftigen, sondern diesen Künstlern auch gelegentlich zu einem Porträt zu sitzen.

Irene kannte zwei dieser Bilder aus Mahmud Paschas Besitz, und am ähnlichsten erschien ihr das des Florentiners Bellini.

Bellinis Mohammed war weit von dem derben, satten Kerl entfernt, als den das andere Bild den Kaiser darstellte. Der Florentiner unterschlug weder die schmalrückige Hakennase, die sich einem Papageienschnabel gleich bis nahe auf die Oberlippe hinabzog, noch den hellroten, kräftig sinnlichen Mund. Aber er ließ auch in all ihren Zuspitzungen eine Persönlichkeit ahnen, die ihre Überlegenheit nicht selten in Ironien auszudrücken beliebte und die diese Überlegenheit weit mehr als äußeren Umständen der eigenen geistigen Beweglichkeit verdankte.

Auch jugendlich war dieser Mohammed des Bildes trotz der fülligen, länglichen Backen. Für Irene jedoch versanken schließlich das Bild wie das große schreckliche Wort, das sie hatte erzittern lassen, in einer einzigen Erinnerung: In dem bebarteten Mann blieb ihr noch immer der trotzige Knabe vom Hafen vertraut.

Natürlich sah sie ein, daß diese Unterhaltung abwegig und wenig geziemend sei. Hätte Mohammed – so dachte sie – nicht allem seinen Lauf lassen können, statt sie hier mit Blicken und Worten abzuschmecken? Dann hätte Schahin längst das Geruhen der Majestät verkündet, sich mit der höchstdurchlauchten Irene Komnena ehelich zu verbinden. Das wäre ein Machtspruch gewesen, dem sie wohl nicht ihren Körper, aber doch ihre Seele hätte entziehen können. Oder – schoß es ihr jäh durch den Sinn – wolle sie sich etwa gar nicht entziehen und sei sie vielmehr begierig, das Opfer der leiblichen Hingabe in Mohammeds Armen zu bringen?

Sie erschrak und schämte sich. Denn plötzlich erkannte sie, daß von Heirat gar nicht die Rede war. Doch auch über diese nicht auszuschöpfende Scham trug sie im Augenblick ein Aufbegehren hinweg. Sie erschrak und war froh, sich in der Abwehr wiederzufinden.

Mohammed machte ihr nämlich ganz unbefangen den Vorschlag, die Erziehung seines jüngsten Sohnes zu übernehmen.

Ganz plötzlich war dem Kaiser der Einfall gekommen. Die ganze Zeit hatte ein Gefühl von etwas Unerledigtem seine Stimmung getrübt. Und nun auf einmal war er wie befreit und sogar ein wenig über sich selbst gerührt. Künftig werde er sich mehr um seinen Sohn bekümmern, nahm er sich nämlich vor. Und seine Absichten wurden keineswegs durch die vorauszusehende Notwendigkeit beeinträchtigt, in diesem Fall auch mit der Erzieherin häufiger zusammentreffen zu müssen.

Schahins Unmut aber schwoll. Überraschungen liebte er ganz und gar nicht. Beschlossen sei beschlossen, und Irene habe nach Neapel zu gehen, war seine Meinung. Und dann entsetzte es ihn auch, mit welch wenig gewählten Worten die allerhöchste Majestät, die sonst so viel auf Etikette gebe, sich über einen kaiserlichen Prinzen in aller Öffentlichkeit auszulassen beliebe!

«Nach dem, was man mir hinterbringt, ist der Junge störrisch wie ein Maulesel», sagte Mohammed, «er braucht eine starke Hand.»

Daß der Vorschlag überhaupt in Erwägung zu ziehen sei, sah Irene als völlig unmöglich an, und dem Kaiser müsse bedeutet werden, daß jedenfalls eine Komnenin nicht dazu da sei, seinem ungeratenen Knaben – worauf es Mohammed ja vor allem anzukommen scheine – im Bedarfsfalle die Rute zu geben. In ihrem hochmütigen Bestreben gelang es ihr sogar, sich eine besonders schmutzige Filz-Jurte einigermaßen vorzustellen, in der Mohammeds Vorfahren im glorreichen Jahrhundert der Komnenen gelebt haben mochten.

Mohammed seinerseits aber war so sehr Gefangener seines Gedankens, daß er ihre Ablehnung gar nicht spürte.

«Freilich wäre vorderhand noch eine Kleinigkeit zu ordnen», ließ er sich vielmehr ganz unbekümmert vernehmen, womit er es Irene auch schon als ihre Aufgabe hinschob, die Schwierigkeiten mit der Amme auf glimpfliche Weise zu glätten.

Und «Kleinigkeiten» nannte er als echter Mann eine Frauenverwicklung, der er selbst doch so offenbar hilflos gegenübergestanden hatte! Dennoch war es gerade diese Ahnungslosigkeit, die Irene entwaffnete.

Ein Junge – das sei er noch heute, kam es ihr vor, und es fehlte nicht viel, so wäre sie über sein Ansinnen gerührt gewesen, das sie eben noch als ärgerliche Zumutung hatte ablehnen wollen. Zwischen sie und ihr Nein war auf einmal ein Kind getreten, sein Kind. Die Frage, ob es wohl die Augen des Vaters habe, beschäftigte sie mehr als alles andere. Wie ein junger Tiger werde der Knabe wahrscheinlich sein, dachte sie. Aber es hatte immer Leute gegeben, die von gefahrenumwitterten Tigern mehr angezogen worden waren als von den niedlichsten Kätzchen. Und zu diesen Leuten gehörte, wie sich jetzt herausstellte, Irene.

Dieses unbekannte Kind eines noch jungen Vaters bewirkte, daß sie sich plötzlich zustimmen hörte, wo sie hatte verneinen wollen. Mohammed solle sie ihre Wege gehen lassen, hatte sie zu wünschen geglaubt. Doch auf einmal war sie ganz froh, bleiben zu können und bleiben zu müssen.

Nunmehr aber erachtete Schahin die Zeit für gekommen, dem Becher von Mohammeds allzu üppigen Freuden einen ergiebigen Wermutstropfen beizumischen. Denn er hielt es für ausgemacht, daß die Majestät noch keinen Gedanken daran verschwendet habe, wie etwa wohl das Amt einer Prinzenerzieherin, das die Inhaberin hinter die Amme verweise, mit dem angeborenen Rang der Prinzessin eines ehemals kaiserlichen Hauses zu vereinbaren sei. Der Dame werde also doch wohl nichts übrigbleiben, als dorthin zu gehen, wo sie hingehöre, nach Neapel nämlich! Während der Majestät für ihre Improvisationen eine gelinde Dämpfung recht heilsam sei.

Das dachte Schahin. Er sagte aber etwas ganz anderes. «Hören ist Gehorchen», sagte er. «Geruhen Eure Erhabenheit, allerhöchstdero unwürdigen Diener mit einem Edlen Befehl hinsichtlich des Ranges zu beglücken, auf dessen Fuß Ihre überallhöchstzuverehrende kaiserliche Hoheit Sebasta Irene künftig zu behandeln sein wird?»

Um Mohammeds Verlegenheit zu vermehren, gab er Irene die volle Anrede ihres königlichen Ranges, den sie als Sebasta und Despina besaß, und einen Augenblick stutzte der Kaiser auch wirklich.

Zu Schahins Kummer währte das kaiserliche Zögern nicht lange. Geradezu ungeheuerlich dünkte es ihn jedoch wieder einmal, auf welche Auswege Mohammed verfalle, wenn man ihn, wie jetzt, glücklich in eine Klemme gebracht zu haben glaube.

Auch eine Sultana hatte den Rang eines Königs.

«Haltet Ihre Hoheit als Sultana!» rief Mohammed, ganz begeistert über seinen erlösenden Einfall. Und als sei es das Selbstverständlichste von der Welt, erhob er sich, ohne die Herren der Achsel zu bemühen, ganz allein dank der Kraft seiner eigenen Beine.

Aufgesprungen war die Majestät! Immerhin: der Kaiser stand. Und das zwang alle andern auf die Knie.

Doch nun trat er, sie aufzuheben, mit einer einfachen und menschlichen Würde an Irene heran und verneigte sich mit auf der Brust gekreuzten Händen, wie er es eigentlich nur der Sultana Walide schuldig gewesen wäre.

«Langes Leben der Mutter meines Sohnes», sagte der Kaiser.

«Langes Leben der Mutter Sultan Dschems», hallte es zurück, «der überallhöchstzuverehrenden Frau!»

Jeder hatte des Sultans Segenswunsch wiederholt. Und während Mohammed seine Hände nun mit einer galanten Geste fallen ließ, berührten selbst die höchsten Würden mit ihren Stirnen den Teppich.

XXXI

Auf eine andere Weise, als es ihm vorgeschwebt hatte, waren Chisrs Träume verwirklicht worden: Irene war Sultana; er selbst aber ihr Lala, ihr Hofmeister, und zugleich der des Prinzen Dschem geworden. Die Berate, die Diplome der Erhöhung und der Adoption, waren sofort nach der Audienz ausgestellt worden, und Mohammed hatte in Anbetracht der gebotenen Eile nicht nur den Berat Irenes, der es zukam, sondern sogar die Ernennung des Chisr Aga Hamil mit seinem eigenen Majestätssiegel versehen.

Für Schahin war es begreiflicherweise ein großer Kummer, daß an Stelle eines ihm unterstellten weißen Eunuchen auf Irenes Wunsch hin ein schwarzer, nämlich Chisr, zum Lala des Prinzen bestellt worden war, und wenn etwas seinen Kummer mildern konnte, so war es allein der Umstand, daß diese Erhebung an der Lage bisher nichts geändert hatte.

Andererseits wünschte er als treuer Diener seines Herrn aber auch nicht, daß dem Prinzen Unzuträgliches widerfahre. Und in dieser Verwirrung der Gefühle war er dann noch mit dem neuen Hofmeister zur gemeinsamen Berichterstattung in den Palast Notaras gekommen. Denn immer schlimmer war es geworden. Bürte Hanum hatte sich jetzt gar mit dem Prinzen in ihren Zimmern verbarrikadiert und verweigerte nach wie vor jedem, wer es auch sei, den Zutritt.

«Sie würde selbst der Majestät den Eintritt versagen», stöhnte Seine Exzellenz, «jedenfalls hat sie es offen ausgesprochen. Geschrien hat sie es, gekreischt, Hoheit! Mich schaudert, wenn ich nur daran denke!»

Irene oder Irün Sultana, wie man sie zu nennen begann, tauschte mit Chisr Aga einen Blick der Besorgnis.

«Vielleicht erinnern sich Eure Vortrefflichkeit», wandte sie sich an den neuen Lala, «irgendeines Umstandes, der das Verhalten der Hanum erklären könnte?»

Höchst unziemlich und als Beweis schlechter Sitten des schwarzen Eunuchen empfand Schahin es, daß Chisr ein allzeit ungestümes Verlangen der Bürte nach unverkürzten Männern andeutete, eine Verwilderung, die in Adrianopel zu einer wenn auch ehrenvollen und leichten, so doch immerhin zu einer Art Haft für die Prinzenamme geführt habe.

Im Gegensatz zu solchen, seiner Meinung nach unsachlichen Schlüpfrigkeiten hatte der Kapu Aga freilich ganz etwas anderes beizusteuern, was, wie er sagte, weit überzeugender sei.

«Die Unglückselige ist weder mit Nahrung noch mit Getränk versehen», kam Exzellenz auf seine Weise zur Sache, «lange kann sie also nicht in ihrem Widerstande beharren, falls man ihr nichts verabreicht.»

Hierüber und über den erschwerenden Umstand der Anwesenheit Seiner kaiserlichen Hoheit des Prinzen bei ihr ließ er sich noch weiterhin vernehmen.

Doch Irene als ehemalige Klosterfrau und Chisr als Haremseunuche wußten zu viel von Frauen, die durch erzwungene Enthaltsamkeit aus ihrem seelischen Gleichgewicht geschleudert wurden, um nicht zu erschrecken.

«Und Sultan Dschem?» fragte Irene. «Können Exzellenz sich noch immer für die Sicherheit meines Sohnes verbürgen?»

«Bürte Hanum liebt Seine Hoheit!» wunderte sich Schahin jedoch. «Ich kann mir nicht denken, was von ihr für den Prinzen zu befürchten wäre. Gerade ihre gewissermaßen allzu stürmische Zuneigung zu ihrem jungen Herrn ist es ja, warum sie ...»

Wenn Irene auch nicht die religiöse Scheu des Morgenlandes vor den Gestörten im Geiste teilte, so rechnete sie als Byzantinerin doch mit ihr.

«Gott hat die Hanum berührt», sagte sie, «und so ist sie entrückt. Wenigstens zuweilen ist sie es. Und in das, was von ihr dann auf Erden zurückbleibt, kann sich leicht der Teufel einschleichen. Wie dann aber, Exzellenz? Ist der Teufel ein Umgang für Sultan Dschem?»

Gegen diese Unterstellung verwahrte sich Schahin allerdings mit Leidenschaft. Er war bereit, alle Türen aufbrechen und alle Mauern einreißen zu lassen.

«Keine Gewalt!» unterbrach ihn Irene. «Denn sie hat Gewalt über das teuerste Unterpfand, das es gibt: einen Sohn unseres Herrn. Bringen wir sie nicht zur Verzweiflung. Denn sie hat die Macht, uns alle in Verzweiflung zu stürzen.»

Dafür beschäftigte Irene sich lieber mit der Lage der Zimmer.

Es handelte sich um drei. Alle hatten Türen zum Korridor, während zwei andere Türen die Zimmer untereinander verbanden. Die Fenster von zweien der Zimmer gingen auf den Garten; das dritte aber erhielt sein Licht vom Hof.

Auf dieses Hoffenster verwies Irene. «Was bedeutet das?» fragte sie und zeigte auf einen angewinkelten Strich in Chisrs Zeichnung.

«Das Fenster war nicht ganz geschlossen», erläuterte der Lala.

«Und das Korridorfenster geht ebenfalls auf den Hof», sann Irene. «Man könnte also vom Korridor aus durch das angelehnte Fenster eindringen. So meinten Sie das?»

«Leider liegen die Zimmer im dritten Stock», schränkte Chisr ein. «Die glatte Hauswand bietet überhaupt nicht den geringsten Halt.»

«Man könnte sich anseilen», erwiderte Irene.

«An wen dachten Hoheit –»

«An mich», sagte Irene.

«Kaiserliche Hoheit können doch unmöglich –!»

Schon bei dem Gedanken, seine Sebasta an der glatten Wand über der Tiefe zu sehen, entsetzte Chisr sich ehrlich.

Doch bei seinem Einspruch hatte er nicht mit Schahin gerechnet, und der sorgte dafür, daß man ihn nicht vergaß.

Auch ihm erschien es unmöglich, das hochfürstliche Leben einer Sultana auf diese Weise zu gefährden. Dennoch legte er den größeren Nachdruck auf die Nutzlosigkeit eines solchen Beginnens.

«Wohl hätte Bürte Hanum beim Anblick Eurer kaiserlichen Hoheit dahinzusinken wie das Korn vor dem Wind, wenn er zürnt. Es wäre ihre Pflicht», sagte er. «Aber – die Dame verwehrt der Majestät allerhöchstselbst den Zutritt. Hoheit erwähnten es: Allah hat die Hanum berührt. Und so wird sie in Eurer kaiserlichen Hoheit nicht Sultan Dschems Mutter erkennen. Ich meine: Bürte Hanum wird unzugänglich bleiben.»

Schahin fühlte sich nicht wenig erfrischt. Einen leisen, hintergründigen Tadel hatte er leicht angedeutet, und seinem Einwand, so glaubte er, sei kaum etwas entgegenzusetzen.

Doch Irene war immer noch nicht von der Ersprießlichkeit, Türen und Wände einzurennen, überzeugt.

«Es trifft sich gut», erklärte sie vielmehr, «daß mich die Hanum niemals sah. Denn sie soll in mir eine Bundesgenossin erblicken.»

Schahin versagte sich ein Lächeln.

«Unübertrefflich sind die Einsichten Eurer Hoheit», bemerkte er nur. «Jedoch: Ob Bürte Hanum sich auch so leicht wird überreden lassen –?»

«Mit Worten wohl nie», schien Irene ihm recht zu geben. «Die Hanum muß sehen und anfassen können, was sie zu überzeugen bestimmt ist.»

Er schloß mit einer Gebärde des Zweifels.

Und dann bat sie die Herren, zu warten. Nicht länger, als unbedingt nötig sei, werde sie ausbleiben …

«‹Die Hanum muß sehen und anfassen können, was sie zu überzeugen bestimmt ist›», nörgelte Schahin, nachdem Irene gegangen war. «Sehen Sie einen Sinn darin, Vortrefflicher?»

Auch Chisr hatte überlegt.

Jetzt blickte er auf. «Noch nicht, Exzellenz», gab er zu. «Aber einstweilen genügt es mir, daß die Hoheit es weiß.»

«Es hat sich schnell ergeben, daß ich dich um einen Dienst bitten muß», sagte Irene eilig zu Sismonda.

Sie hatte, ohne auf deren erstaunte Frage zu antworten, die anliegenden Zimmer verriegelt und war nun in ihrem Ankleideraum mit der Gefährtin allein.

In der gleichen ungewöhnlichen Hast neigte Irene sich über eine Truhe. Es war die aus Ebenholz mit den silbernen Intarsien, die ihr als Kind wegen des Schmucks, den Tante Eudoxia darin aufbewahrt hatte, stets wie ein geheimnisvoll unerschöpflicher Born aller glitzernden und funkelnden Kostbarkeiten erschienen war. Seit ihrer Rückkehr bediente sie selbst sich ihrer, und jetzt hatte sie, was sie brauchte, gefunden: das Spottgeschenk der rothaarigen Kusine Anna. Beim Verlassen des Schlosses Jassowa hatte

Anna Komnena es ihr gesandt. Die Kleine war zu ihrem Saganos und wohl andern Freuden, die sich ihr noch darbieten mochten, nach Athen gereist. Der Kusine Irene aber hatte sie im Gegensatz zu ihren eigenen Hoffnungen nichts Besseres zu hinterlassen gewußt als eine – Klostergeißel.

Und diese Geißel, einen kurzen Stiel mit hartgegerbten Ochsenriemen, drückte Irene der Sismonda jetzt in die Hand.

Die Herzogin war eine Dame, der es nicht an Erfahrungen gebrach. Auch daß sie an Irene immer wie an eine Heilige gedacht hatte, ließ sie nur erwägen, daß gerade die Unnahbaren und Keuschen voll des Verborgenen seien. Es war mehr das anscheinend so Plötzliche und Gewaltsame von Irenes Verlangen, das sie erschreckte. Nie anders als völlig bekleidet hatte sich die Sebasta bis jetzt ihr gezeigt. Und nun riß Irene Spangen und Bänder auf, zerriß selbst den Stoff der Gewandungen, die an ihren Gliedern heruntergleitten. «Ich beschwöre dich», rief sie, «peitsche mich so, daß Spuren bleiben, sehr deutliche Spuren!»

An den eigenen Schmerz dachte sie dabei offenbar nicht, und der Sismonda Acciajuoli schien die Freundin wie besessen.

«Aber Irene –», wollte Sismonda beginnen.

«Später!» unterbrach Irene. «Nachher sollst du alles erfahren. Jetzt schlage mich, als gelte es ein Leben. Und es geht vielleicht um ein Leben! Schlag zu!!»

Damit warf sie sich auf ein Ruhebett und biß, um nicht schreien zu müssen, in die Kissen.

Nackt war sie, und die Geißel bebte in Sismondas Rechten.

Noch einmal erhob Irene den Kopf.

«Zwingst du mich, eine Sklavin zu rufen?!»

Kein Ausweichen war möglich. Irene befahl, wie sie als Igumena befohlen hatte.

Aber als die Lederriemen dann auf die Schutzlose niedersausten, durchlief Sismonda ein tiefes Erschauern.

Hoch auf bäumte sich die Gepeitschte, um dann wieder vornüber zu sinken.

«Weiter!» befahl sie. «Man muß es sehen.»

Bürtes Zimmer waren kahl. Die Möbel türmten sich vor den Türen zu Barrikaden. Und alles war still.

Dschem schlief in Bürtes Schoß, und es war kein Kleines gewesen, den Knaben zur Ruhe zu bringen. Anfangs hatte er wohl viel Vergnügen an der Lage empfunden und immer von neuem seine Pfeile abgeschossen. Die bösen Menschen hatte er totschießen wollen, und nun waren die Türen mit den Knabenpfeilen gespickt. Aber dann war der Durst gekommen, von dem ihn erst der Schlummer erlöst hatte.

Bürte dagegen glühte.

Seit sie, kaum daß die Abenteuer begonnen hatten, auf der Heerstraße aufgegriffen worden war, nagte an ihr der Haß: der Haß gegen jedermann und alles. Selbst die Zärtlichkeit, die Dschem ihr einflößte, unterschied sich nicht mehr sehr von diesem einen Gefühl. Unter diesen Umständen war es eine große Unvorsichtigkeit gewesen, das Kind allen Vorurteilen zum Trotz nicht sofort von der Amme zu trennen.

Aber es waren Janitscharen gewesen, die des Prinzen Milchmutter aufgelesen und mit vielen Beweisen von Hochachtung nach Konstantinopel geleitet hatten, und bei dieser Truppe Anstoß zu erregen wurde stets gern vermieden.

Übrigens war auch die Gefahr für die kleine Hoheit noch gar nicht allgemein erkannt.

Und es bestand eine Gefahr!

Bürtes Liebe zu Dschem war nichts als ein gewalttätiger Machtrausch.

Diese Söhne von Hündinnen und Schakalen, diese verschnittenen Affen, kochte sie in sich hinein, sie sollen mir mein himmlisches Prinzchen nicht stehlen! Lieber vereinige ich den kleinen Ssutu Bogdo, den kleinen Himmelsherrn, mit seinen Ahnen, lieber erdrossele ich ihn mit einer Bogensehne – ich selbst mit der Sehne vom Bogen meines Goldkindes.

Nur wenig unterschied sich Bürte von den Völkerbeglükkern, die allezeit gemeint hatten, es sei besser, ein Volk sterbe, als daß es lebe, ohne sich um sie und ihre heldischen Absichten zu bekümmern. Vorerst freilich war kein Feind zu erspähen.

Nur hineinwittern konnte die Amme in die brütende Stille, die so vieles verbarg.

So verbarg diese Stille das Zittern des Lala Chisr Aga, dem das Seil durch die Hände glitt. In jeder Sekunde waren seine Hände bereit, zuzupacken und Despina Irene aufzufangen, falls sie abstürzen sollte. Zu schauen, wie die Gefährdete auf bloßen Füßen das Gesims entlangglitt – das wagte er nicht. Aus Angst um sie wagte er es nicht. Und dann wußte er auch, daß ihr, wenn sie das Fenster erreichen sollte, das Schwerste noch bevorstehen würde.

So recht war ihm das jetzt eben zum Bewußtsein gekommen.

Bis dahin hatten Mantel und Schleier alles Bedrohliche verborgen, was zum Nachdenken hätte stimmen können, bis die Sultana dann hohläugig, zerzaust, mit verbissenen Lippen und in dem unordentlichen Rest eines Sklavinnengewandes hervorgetreten war, nur in Hemd und Hose – für eine Hoheit geradezu beschämend.

Nichts hatte sie erklärt – im Palaste Notaras nichts – nichts auf dem Weg ins kaiserliche Serail und auch zuletzt nichts. Alles war ein Geheimnis.

Die Männer kannten es jedenfalls nicht, und höchstens mochte die Herzogin etwas wissen.

Denn nach dem Anseilen der Halbentblößten hatte Dame Sismonda noch schnell etwas in deren Hose gesteckt.

Dann erst war die Sultana auf das Gesims gestiegen.

Bürte sah sich wieder als Mädchen in den heimatlichen Hängen von Magnesia. Dorthinauf wurden die Herden getrieben. Denn das Land war nicht flach wie in den alten Sagen, sondern Hügel und Berge begrenzten die Täler.

Aber in einem war es dasselbe.

Da die Bahadure, die Helden, dem Sultan bei der Reiterei der Ghureben um Sold dienten und zu anderer Arbeit wenig Lust verspürten, mußten die Frauen das Zelt und die Herden versorgen.

Darin war zwischen Steppe und Bergland kein Unterschied.

Frauen nähten die Kleider und aus Rindleder die Stiefel. Sie melkten die Stuten und bereiteten aus deren Milch den berauschenden Kumys oder aus Kuhmilch den Schnaps der Schnäpse, die scharfe Arrjka. Dann wurde nach dem Abtrieb für den Winter geschlagene Butter ausgekocht, in Schläuche gepreßt, und Buttermilch wurde zu steinharten Würfeln getrocknet. Mit ihrer beißenden Säure, im heißen Wasser gelöst, waren diese Würfel für den Gaumen ein Labsal.

Alles gehörte den Frauen. Vor allem sie selbst gehörten sich. Und die Männer waren kaum etwas anderes als gehätschelte Gäste, die man, ehe das Beieinander sein Festliches verlor, wieder in ihre Kasernen entließ, wo sie mehr zu Hause waren als bei den Herden.

Hart und voll Arbeit war das Leben der Frauen. Sklavinnen waren selten, und auch die Reichen packten mit an.

Aber es war ein Leben von gleich zu gleich mit den Männern, deren Feste sie teilten, und keine wollte sich verschleiert zwischen den Mauern der Städte vergraben. Freilich hatte auch noch nie eine die Amme eines Prinzen werden sollen!

Bürte sehnte sich keineswegs zurück.

Wie könne das sein, dachte sie, nach all den Ehren, die ihr, der Vielbeneideten, widerfahren seien? Als die Schönste und Stärkste habe man sie erwählt, und Kuiuk, der sie hatte heiraten wollen, sei es hart angekommen, sie zu lassen. Jetzt – das verstehe sich – sei er gewiß längst einer anderen begegnet, der Schuft!

Zuerst hatte man ihr dann das Kind genommen – es war ein Mädchen gewesen.

Doch dafür hatte sie nun Sklavinnen und Diener und schöne Kleider, so viel sie wollte. Für die Genossinnen von einst hegte sie die größte Verachtung.

Allerdings müsse es schön sein, sich ihnen in ihrem Glanz zu zeigen, überlegte sie oft, nur würden diese Melkmädchen nicht die Hälfte, nicht einmal ein Zehntel von dem verstehen, was sie, die große Bürte, so ehrenvoll umgebe. Und überhaupt dann? Was würde hinterher sein, nach dem ersten Wiederbegegnen?

Etwas stimme da nicht, sann Bürte. Irgend etwas in ihrem Leben sei falsch …

Sei da jemand, horchte sie auf. Wie der weiche Aufsprung einer großen Katze sei das gewesen.

Kreischend raste Bürte in die Höhe! Denn in der Tür stand ein Fremdes, eine Frau, eine Sklavin.

«Durst!» greinte der erwachende Dschem.

«Niemand bekommt ihn! Niemand mein Söhnchen!» schrie Bürte.

Doch die Sklavin fiel vor ihr nieder und fetzte sich das Hemd herunter.

«Hanum, hilf!» bettelte die Sklavin. Man habe sie gepeitscht, ganz furchtbar habe man sie geschlagen, und sie sei verloren, wenn die Hanum nicht helfe!

Doch über die Liegende hinweg stürmte Bürte mit dem heulenden Knaben.

Aber nichts hatte sich geändert. Die Türen waren verriegelt und wohl verbarrikadiert. Nur ein Fenster stand offen.

Ob die Sklavin ein Geist sei und fliegen könne? durchzuckte es Bürte, und gleich werde die Fremde sich wohl in eine Krähe verwandeln oder in eine Fledermaus …

Das Mädchen jedoch lag noch immer auf dem Boden und stöhnte.

Da lachte Bürte, und auch der Junge stellte sein Schreien bei dem Anblick ein, der den beiden sich bot. Über Rücken und Lenden der Gepeitschten liefen rote Streifen, und die Striemen waren nicht auf die Haut gemalt.

Dennoch schien Vorsicht geboten.

Mißtrauisch beugte sich Bürte hernieder und war erst befriedigt, als sie es wellig und geschwollen an ihren darüber hingleitenden Fingern fühlte.

«Dir haben sie es tüchtig gegeben», lobte die Amme. «Hast wohl gemaust, was?»

Nein, sie sei keine Diebin, beteuerte das Mädchen. Sie habe nur gesagt, wie unrecht man der Hanum tue und daß Ihrer Herrlichkeit und keiner anderen der Prinz gebühre. Dafür sei sie gestraft worden, und wenn Ihre Herrlichkeit ihr nicht helfe, sei sie verloren. Denn nur durch Flucht habe sie sich weiteren Mißhandlungen entziehen können, die ihr noch zugedacht seien. Und nichts sei in ihr, als der Hanum dienen zu wollen, der Höchstzuverehrenden, mit Leib und Leben.

«Du kannst bleiben», bewilligte ihr die andere geschmeichelt. «Aber das sage ich dir: Wenn du träge bist oder naschhaft –» Sie unterbrach sich …

«Was ist das? Was hast du da?»

Bürtes neue Sklavin hatte sich aufgerichtet, um ihre Kleider zu ordnen, wobei ihr die Hose heruntergeglitten und etwas darin auf den Boden gepoltert war.

Auf diesen Fund stürzte sich Bürte jetzt. Es war eine silberne Flasche.

«Also doch gestohlen!» triumphierte sie.

«Durst!» jammerte Dschem.

«Nicht dem Kind!» beschwor das Mädchen die Amme. «Es ist Wein in der Flasche!»

«Kumys wäre besser», wehrte sich Bürte. «Aber auch Wein ist gut für meinen Ssutu Bogdo, meinen kleinen Himmelsherrn. Trink nur, mein Söhnchen, trink!»

Und dann setzte die Hanum das Gefäß selbst an den Mund. Nichts ließ sie darin zurück. Nicht einen einzigen Tropfen.

«Wer ist hier die Herrin?» rief sie. «Und wie kannst du

dich unterstehen, mir den Wein streitig zu machen? Ich sollte dich – eigentlich sollte ich dich ...»

Sie beschrieb noch, wie sie die Sklavin prügeln werde, falls sich die Unbelehrte nicht bescheidener zeige. Auch anderes sagte sie, bis sie dann verstummte.

In höchster Spannung aber verfolgte Irene jede Veränderung bei Amme und Kind. Erst nach Bürtes Zusammensinken nahm sie den Prinzen aus deren Armen. Sie hatte hoch gespielt, und sie würde sich nie vergeben, daß sie es nicht nur auf eigene Kosten getan hatte. Mit allem war von Irene gerechnet worden, nur damit nicht, daß die Amme dem Kind zuerst zu trinken geben würde.

«Milch!» rief sie schon, während sie noch die Möbel von der Tür wegriß. «Heiße Milch für Sultan Dschem! Und Ärzte! Schnell!»

Erst nach Stunden erwachte der junge Fürst. Er besaß zum Glück ein starkes Herz und hatte auch nicht so sehr viel von dem einschläfernden Trank abbekommen, daß er die Bewußtlosigkeit nicht hätte überstehen können.

«Bürte – –», stammelte er nun im Erwachen, und bei diesem Namen empfand Irene eine ganz gewöhnliche Eifersucht.

Sie bedeutete ihm, daß die Amme erkrankt sei und nicht kommen könne.

«Dann mußt du bei mir schlafen», zog der Junge daraus die Folgen. «Aber du darfst nicht mit mir davonfliegen», verwarnte er sie, «und mich in eine Krähe oder Fledermaus verwandeln – das darfst du auch nicht.»

Irene war durchaus nicht gekränkt.

Keines von beidem beabsichtige sie zu tun, beteuerte sie vielmehr eifrig, und allein schlafen brauche er nicht und sich überhaupt nie mehr ängstigen. Sie werde schon sorgen, daß er in ihren Armen und als richtiger kleiner Junge wieder erwache.

Dschem hielt Irene nämlich noch für eine Fee, für einen weiblichen Dschinn. Ob nun für eine böse Fee oder eine gute, werde sich schon herausstellen. Und so wichtig war ihm das auch nicht.

Denn Bürte hatte ihm eine hohe Meinung von seiner Eigenschaft als Prinz beigebracht, und an die Unbedingtheit des Guten oder Bösen glaubte er darum im Grunde schon nicht mehr. Vielleicht sei eine böse Fee für ihn, den Prinzen, gerade gut, meinte er. Die Hauptsache sei nur, daß es eine Fee sei, die sich um ihn kümmere. Weil ihm das gebühre!

Seine Hoheit war also befriedigt.

Dschems Lächeln wiederum beglückte Irene.

Obwohl der Junge ebenso blond war, wie Mohammed schwarz, hatte er doch die gleichen blaugrauen Augen des Vaters. Die großen Augen eines Kindes hatte er, mit langen, langen Wimpern.

Jetzt schlossen sich die Augen, und Irene mußte an sich halten, um sie nicht wieder wach zu küssen.

«Ich liebe ihn, ich liebe ihn», flüsterte sie.

«Wen liebst du?» mahnte Sismonda und berührte sie an der Schulter.

«Ihn », wiederholte Irene.

«Das Kind oder den Vater?» fragte Sismonda.

Doch eine Antwort erhielt sie nicht mehr …

Kurze Zeit darauf trat Bürte Hanum mit der alljährlichen Karawane eine Wallfahrt nach Mekka und Medina an.

Daß aber die Sänfte der Dame stets von ausgesucht kräftigen Eunuchen umgeben war – das galt nur als ein Beweis mehr für den frommen Eifer, den der Hof dem löblichen Unternehmen bezeigte.

XXXII

Auf der neuen kaiserlichen Werft an der Kadrigha Limani, am Galeerenhafen von Konstantinopel, fehlte manches, was dem bevorstehenden Ereignis angemessen gewesen wäre.

Daß gar der Padischah erscheinen werde, wagte man kaum noch zu hoffen. Denn gerade dieser Stapellauf war ein Experiment. Und die kaiserliche Würde solle – meinte die Hofgesellschaft – besser nicht mit einer Veranstaltung in Verbindung gebracht werden, für deren glücklichen Verlauf man sich nicht verbürgen könne. Das Beispiel von Trapezunt und Neapel mahne zur Vorsicht.

Bemerkenswert blieb der Tag trotzdem: Noch nie hatte – wenigstens in Konstantinopel nicht – eine Galeere von dreitausend Tonnen die Helgen verlassen.

Die Kadrigha war denn auch geräumt worden, und das war ebenfalls zu verstehen, da kein Mensch die Auswirkungen beim Stapellauf eines solchen Kolosses voraussehen konnte.

Diese Vorsichtsmaßnahme verhinderte jedoch keineswegs, daß sich das Goldene Horn nur um so dichter mit Booten und Schiffen bedeckte und daß große Menschenmassen zur Werft selbst strömten. Auch ohne Ehrentribünen kamen sogar die reichen und vornehmen Leute in Karossen und Sänften und auf schön geschirrten Pferden an, obwohl das einzige, was zu ihrer Bequemlichkeit geschehen konnte, war, daß die Zuschauer, die sich ihrer eigenen Füße bedient hatten, von den Werftwachen in gebührendem Abstand gehalten wurden. Hier konnten sie immer noch sehen, ohne sich deswegen gleich als Ausgang und Endpunkt alles Geschehens zu fühlen.

Das zu tun – dazu waren die Konstantinopolitaner seit jeher nur zu geneigt gewesen. Heute allerdings kamen auf einen Eingesessenen zwei oder drei Zugewanderte. Doch die Stadt – wie die Leute ihr Konstantinopel unter prahlerischem Verzicht auf jeden weiteren Namen gern nannten – veränderte ihre Einwohner schnell, und bald war das Mundwerk der neuen ebenso zu fürchten wie das der alten. Nun wußte man ja, daß der Bau einer Galeere von neuntausend Tonnen in Trapezunt zu nichts geführt hatte und daß die neapolitanische von viertausend bereits in ihrem Erbauungshafen gekentert war.

Mohammed hatte daraufhin befohlen, sich die Lehren aus diesen Mißgeschicken zunutze zu machen und ein Kriegsschiff von dreitausend Tonnen herzustellen.

Schon ein solches Schiff würde das größte der bis jetzt gebräuchlichen Fahrzeuge um das Fünfzehnfache übertreffen, und mit einem Geschwader derartiger Giganten mußte die türkische Seemacht selbst einer Vereinigung aller christlichen Flotten überlegen werden.

So hatte man denn die Einzelteile des gewaltigen Eichenkiels und der weit ausladenden Spanten mit den stärksten Eisen vielfach untereinander verankert, und wenn man nicht gefürchtet hätte, die Schwimmfähigkeit zu beeinträchtigen, so wäre wohl überhaupt eine durchgehende Eisenführung durch Kiel und Spanten gelegt worden. Einige hatten tatsächlich dazu geraten, was ihnen allerdings als Narrheit ausgelegt worden war und spottweise zu dem Gegenvorschlag geführt hatte, das Schiff ganz und gar aus Eisen zu erbauen. Jedenfalls war es begreiflich, daß die Bailo von Venedig und Genua und der florentinische Konsul sich Zutritt zum Stapellauf verschafft hatten und daß auch zahlreicher Besuch aus den Kreisen des Hofes erschienen war.

Dennoch wartete man vergeblich auf das Hissen der kaiserlichen Standarte. Nicht einmal das Fanal des Großadmirals stieg am Flaggenmast hoch, wie man auch Rum Mohammed Pascha, den zweiten Wesir, der den Großwesir hätte vertreten müssen, vermißte. Immer klarer wurde es also, daß man höheren Ortes diesen Schiffsbau als einen Werkversuch der Arsenalverwaltung angesehen wissen wollte.

«Was? Nicht einmal einen Hammel schlachten sie? Einen lumpigen Hammel wäre das Untier wohl wert», sagte Lucio Pinelli, der Neffe des Fürsten Nicola von Lesbos, und spielte damit auf die türkische Sitte an, den Bug eines neuen Kriegsschiffes mit Hammelblut zu bespritzen. «Brav sein, Buka», beruhigte er dann seine tänzelnde Stute. Gleich ihm waren die anderen Damen und Herren der besseren Sicht wegen im Sattel geblieben, oder sie standen in den Karossen.

Mit Lucio und dem Fürsten war auch Theodora erschienen.

Auf einer Insel geboren und als Tochter eines genuesischen Geschlechtes nahm sie an allem, was mit Schiffahrt zusammenhing, nicht weniger Anteil als ihr Bruder, Fürst Nicola, oder ihr Neffe Lucio.

Alle drei warteten nun mit Spannung.

Es werde nicht gut ausgehen, war die Meinung des Fürsten, der nicht nur Admiral der kleinasiatischen Gewässer geheißen hatte, sondern auch wirklich ein Seemann war. Der Länge von dreihundertachtzehn Fuß entspreche bei weitem die Breite nicht. Das Fahrzeug sei trotz seiner Größe oder gerade deswegen viel zu rank und könne die See nicht halten. «Und ich möchte den Kasten mal wenden sehen», pflichtete Lucio ihm bei. «Gar nicht herumkriegen werden sie ihn!»

Theodora schwieg.

Sie dachte, daß Mohammed schon vieles geglückt sei, was jeder andere vorher für unmöglich erklärt habe.

Und jetzt war es soweit.

Nur wenige Stützbalken bewahrten den Schiffskörper noch vor dem Umfallen. Auf der schrägen Abfahrt ins Wasser hatte der Schwung der Bewegung ihn im Gleichgewicht zu halten. Nun aber wurden die Bremsklötze weggeschlagen und die Haltetaue gekappt. Alles hielt den Atem an.

Mit dem Talg von hundertzwanzig fetten Ochsen war die Gleitbahn eingeschmiert worden. Eine ganze Flotte hätte man damit vom Stapel lassen können. Alles Nötige war also geschehen.

Langsam kam der Riese denn auch ins Gleiten. Immer schneller wurde die Fahrt. Und zuletzt brachte die Reibung trotz des Talges die Bohlen doch noch zum Rauchen.

Dann aber …

Die Menschen, die vom Goldenen Horn aus dem Stapellauf zugesehen hatten, sagten vielerlei. Dies eine aber sagten sie alle:

Zuerst sei vorneweg eine ungeheure Schaumwelle aufgestiegen, in der dann das Heck völlig verschwunden gewesen sei. Nichts als Weiß habe man in der Kadrigha gesehen, bis sich der Gischt klatschend und spritzend etwas verzogen habe. Und da seien im Wasser zwei Schiffsrümpfe geschwommen, zwei Stücke des einen großen Schiffes. Wie ein leichter Kork habe das Heck auf der Dünung getanzt, und der geborstene Rest sei wie ein Wellenbrecher gewesen.

Dies erzählten die Leute.

Schwimmfähig freilich war der Dreitausendtonner geblieben. In dieser Hinsicht hatten sich die Erbauer nicht geirrt. Nur zu gebrauchen war das besiegte Schiff nicht mehr. Und eine Eisenführung hätte das Unglück verhütet, behaupteten die Unterlegenen.

«Vielleicht!» meinte einer, der am lautesten geschrien hatte. Ganz sicher aber könne man erst sein, wenn es gelänge, Eisenplatten von der Größe eichener Planken zu walzen, oder auch noch breiter.

Dann habe er ja einen eisernen Topf, spotteten die anderen.

Doch auch das focht ihn nicht an. Er sagte, ein eiserner Topf schwämme sogar recht gut. Man müsse nur verhindern, daß er nicht vollaufe …

Den Fürsten Nicola beschäftigen solche Fragen nicht. Ihm genügte die geheime Genugtuung, die er darüber empfand, daß die türkische Flotte denn doch nicht mit einem Schlage aus der schlechtesten zur beherrschenden im Mittelmeer werden sollte.

Trotzdem ihn der Ausgang also erfreute, so hatte er den Stapellauf vor allem jedoch wegen der Gelegenheit begrüßt, sich zwanglos mit seiner Schwester treffen zu können.

Theodoras Empfindungen waren dagegen recht zwiespältig.

Nicola erblickte in der Schwester seine stärkste Stütze bei Mohammed, und er führte es auf ihren Kaltsinn zurück, daß die Entschädigung für Lesbos noch immer auf sich warten lasse. Sie aber hatte ebenfalls ihre Sorgen, die im Grunde auch die ihres Bruders waren, und wenn sie seinen Vorwürfen wohl gern aus dem Wege gegangen wäre, drängte es sie doch, sich über das, was sie bedrückte, so rückhaltlos auszusprechen, wie sie es eben nur bei einem Bruder tun konnte.

Als sie daher auf dem Rückweg ins Serail an dessen Wohnung in der Nähe der Feuerwache vorbeikam, bedurfte es keiner langen Überredung, sie zum Absitzen zu bewegen.

An Nicolas Nörgeleien war sie gewöhnt.

«Hoffentlich ist dir das Haus eines kleinen Privatmannes nicht zu gering», schmollte er, als er Theodora aus dem Sattel hob.

Immerhin war dem Fürsten das stattliche Gebäude eines geflüchteten Patriziers angewiesen worden, wenn es sich auch mit dem Palast der Gattelusii in Mitylene nicht vergleichen ließ.

Eine Besatzung von fünftausend tüchtigen Söldnern hatte allein die Hauptstadt von Lesbos verteidigt, ohne der Truppen in Molibos, Kallona und anderen Städten und Burgen der Insel zu gedenken. Die fürstliche Leibwache aber hatte zu den prächtigsten Soldaten der Ägäis gehört.

Im Vergleich zu diesem versunkenen Glanz war das Gefolge der Geschwister heute freilich nur klein. Eine Dienerschaft, wie sie sich jeder Wohlhabende halten konnte, geleitete sie ins Haus, und unter den Begleitern, die im Vorsaal zurückblieben, war Theodoras Ehreneunuche bei weitem der Vornehmste. Sich ihm im besten Licht zu zeigen, waren auch sofort alle anderen vom Gefolge bestrebt.

Die Herrschaften selbst befanden sich im wohlverhangenen, festverriegelten Zimmer zu dritt: Theodora, Fürst Nicola und Neffe Lucio, der ebenfalls einmal der Herr über eine Stadt und drei Inseln gewesen war.

Die Anwesenheit des Battista hatte sich die Dame verbeten. Don Lucio aber war gerade dabei, die Gläser aus einer venezianischen Karaffe zu füllen.

«Auni mag eine schöne Wut haben», sagte er nicht ohne einen forschenden Seitenblick zu Theodora hinüber. «Es ist schon recht, Erlauchte, daß du bei uns bleibst. Dann kann er wenigstens seinen Ärger nicht an dir auslassen.»

Seit dem Verbrechen am Fürsten Domenico erlaubte sich Lucio eine Vertraulichkeit, die um so mehr aufreizte, als Theodora dem ermordeten Bruder besonders nahegestanden hatte.

«Benimm dich geziemend», verwies Nicola dem Neffen die Rede.

Lucio zuckte zur Antwort nur die Achseln, was kein Zeichen von Unterwerfung war.

Im Laufe der Zeit hatte er es nämlich beinahe wie eine Art Amt an sich gerissen, den Fürsten mit Neuigkeiten zu versehen. Jetzt jedoch ließ er deutlich erkennen, daß er zwar erwidern könne, doch zu schweigen vorziehe.

Auch er war in Theodoras Gegenwart ständig gereizt, weil sie ihm – wie er sich beklagte – seinen Anteil an Domenicos Ermordung nachtrage, während sie ihrem Bruder Nicola, zu dessen Gunsten doch alles geschehen sei, sich wieder genähert habe.

In der Tat war Nicola auch der Hauptschuldige und hatte dabei dem Ermordeten seine Errettung vor den Aufständischen auf Lemnos zu verdanken!

Lucio Pinelli aber fühlte sich noch auf andere Weise geprellt. Von Kind auf war er in seine nur wenig ältere Tante verliebt gewesen und hatte gehofft, an Stelle des abwesenden Ehegatten Theodoras Bettgenosse zu werden. Diese Hoffnung war jedoch nicht in Erfüllung gegangen.

Allerdings hatte Theodoras Einstellung mit Moral nur recht mittelbar zu tun.

Hätte sie Lucio geliebt, so hätte sie ihm verziehen. Da er aber für sie immer nur der klatschhafte dumme Junge geblieben war, so hatte es sie keine Überwindung gekostet, ihn ihrer Moral zu opfern.

Sie gehörte eben zu den vielen. Und die verstanden es immer, eine Entrüstung ihrem Nutzen und ihren Neigungen anzugleichen.

Nicola war Theodoras Bruder, und durch die Untat war er auch noch Fürst und Familienoberhaupt geworden.

Ihn entschuldigte sie und beschwichtigte ihr Gewissen auf eine einfache Weise dadurch, daß sie des Bruders Handlanger um so entschiedener verwarf. Doch alle drei waren durch ihre Interessen miteinander verschworen, und diesen Interessen war Irene im Wege.

«Steif wie Latten sind doch diese Byzantiner!» schalt Theodora. «Um ihre Armseligkeit zu verbergen, tun sie erhaben. Meine Nichte Irene voran. Ist es zu glauben, daß ein Mädchen wie sie einen großen Palast bekommt und dazu noch eine Wohnung im Serail?!»

Die beiden Männer lächelten sich zu.

Über alle Maßen groß war Theodoras Abscheu vor den Griechen. Niemals hatte sie sich an sie gewöhnen können und gewöhnen wollen. Und besiegelt wurde ihr Verdammungsurteil durch das Mißlingen all ihrer Pläne in Trapezunt.

In der ersten Zeit ihrer Ehe hatte sie es noch durchgesetzt, daß ihr Alexander, der über den Geschäften einschlief, zum Mitregenten ernannt worden war. Ein Kaiserinnendiadem, und sei es das von Trapezunt, hätte ihrer Eitelkeit sehr geschmeichelt.

Dann aber hatte ihr Schwager David sich um so vieles geschäftiger erwiesen, daß er seines Bruders leicht Herr geworden war. Alexander war auch gar zu gern nach Konstantinopel entwichen und vielleicht sogar nicht ungern ohne seine Frau, die immer alles mögliche von ihm verlangt hatte, was ihm so gar nicht lag. Jedenfalls waren seine Anstalten, sich Theodoras Rückkehr nach Lesbos zu widersetzen, nur sehr schwach gewesen.

«Du vergißt, daß die Sebasta eine der reichsten Erbinnen ist», erinnerte Nicola jetzt in bezug auf Irene. «Mohammed hat ihr die Herrschaft von Önäum genommen, aber die

Alaungruben und Erzbergwerke gelassen und sie im übrigen königlich entschädigt. Wenn du dir nur einige Mühe geben würdest», kam er auf seine eigenen Angelegenheiten, «dann hätte auch ich längst mein Sandschak mit mindestens fünfzigtausend Dukaten jährlich!»

«Bist du Irene?» überging sie seinen Vorwurf. «Alle Welt wundert sich über Mohammed. Sonst konnte er seine Söhne nicht früh genug loswerden. Mustafa und Bajesid haben beide längst ihre Statthalterschaften, und gekümmert hat sich der Kaiser überhaupt nie um sie. Und nun auf einmal! Er besucht Sultan Dschem ...»

«Weil die Walide Sultana, der es zukäme, in Adrianopel sei, sagt man», warf Lucio ein.

«Flausen!» rief Theodora, die wußte, daß kleine Derbheiten ihr standen. «Aalime Sultana würde sich den Bengel kommen lassen. Und was tut Mohammed? Er, der Kaiser und Vater, besucht den Sohn! Natürlich nur dann, wenn die Vizemutter da ist. Um sich mit Irün Sultana zu besprechen – daß du es nur weißt, Lucio –, geschehe das, sagen die Leute. Eine schöne Sultana! Eine Sultana als Adoptivmutter! Hat man je so etwas gehört?!»

«Was ereiferst du dich, Thea?» fragte Nicola. «Sultana zu werden sollte dir, dünkt mich, nicht schwerfallen. Warum trachtest du nicht danach?»

«Deinetwegen möchtest du das, nicht wahr?» höhnte Theodora. «Aber du vergißt, daß es mir nicht so leicht gemacht wird wie dieser Irene! Ich müßte erst einen richtigen Sohn von Mohammed haben.»

«Und was hindert dich?»

Jetzt errötete sie doch darüber, sich von dem eigenen Bruder und noch dazu vor dem grinsenden Lucio so offen verhandelt zu sehen.

«Oder –», fuhr Nicola fort, «gibt Mohammed dir etwa nicht mehr genügend Gelegenheit –?»

Das Weinglas stürzte um. So schnell hatte sich Theodora erhoben.

Ihre Eitelkeit war getroffen!

«Du solltest dich schämen!» stieß sie böse hervor. Denn wenn Nicolas Vermutung auch nicht – noch nicht – den Tatsachen entsprach, so kam sie ihnen doch bedenklich nahe. Eine kleine Empörung glaubte sie sich daher schuldig zu sein, und erst als sie merkte, daß ihr Zorn an diese hartgesottenen Männer vergeudet sei, fügte sie wenigstens noch hinzu: «Und überhaupt: Was geht ihr mich an, ihr beiden? Ich will nichts mehr mit euch zu tun haben!» Doch die Männer waren hellhörig genug, die Wahrheit zu ahnen, und ihre ersten Gedanken nahmen wieder den Weg zu Irene.

Das Mädchen könne gefährlich werden, dachten sie. Denn unbestreitbar lasse Mohammed den Fürsten warten. Und falls der Sultan gar Irenes wegen aufhören sollte, auf Nicolas Schwester Rücksicht zu nehmen – könne es ihm ebensogut einfallen, sich des Bruders auf eine andere Weise zu entledigen als durch ein Fahnenlehen und vollgewichtige Dukaten.

Eine drückende Stille breitete sich aus.

Lucio war es schließlich, der das Schweigen durch die Mitteilung brach, der er sich anfangs aus Trotz enthalten hatte.

«Ich bitte mich nicht mißzuverstehen, wenn ich von ‹Auni› spreche», spöttelte er. «Ich gebe zu, daß nur die Pagen das Recht haben, Seine Erhabenheit so zu nennen. Demnach müssen wir froh sein, daß wenigstens ein Mitglied unserer Familie bei diesen bevorzugten jungen Leuten dienen darf.»

«Du sprichst von meinem Sohn?»

«Die Erlauchte erriet es», verneigte sich Lucio ironisch vor seiner Tante. «Ich dachte wirklich an meinen höchstgeborenen Vetter Alexios Komnenos, kaiserliche Hoheit von Trapezunt. Die Komnenen stehen bei Mohammed sehr in Gunst – letzterzeit, mußt du wissen», setzte er mit deutlicher Anspielung auf Irene hinzu. «Und vielleicht ist dein erlauchter Sohn sehr bald in der Lage, weit mehr für die Familie zu tun als selbst du, liebe Thea.»

«Laß das», unterbrach ihn Nicola und schnitt damit zugleich Theodoras Entgegnung ab. «Sag uns lieber, was du weißt!»

«Viel ist es nicht –», dehnte Lucio die Silben. «Immerhin bin ich mit einem sehr einflußreichen Herrn aus Schahins Umgebung – aus seiner nächsten Umgebung – gut bekannt.»

«Nun?!»

Nicola und Theodora wurden ungeduldig.

«Alex soll in den ‹persönlichen Dienst› kommen! Da wißt ihr's!»

Mit brutaler Kürze warf Lucio den Geschwistern oder mehr noch der Mutter des Knaben die Worte ins Gesicht.

Und Theodora wußte sehr genau, was sie zu bedeuten hatten!

«Das ist nicht wahr!» brauste sie auf.

Lucio jedoch entzog sich mit einer einzigen weichen Bewegung seiner Hände jeder Verantwortung. «Man sagt es», meinte er nur.

«Auch ich will dir etwas sagen –», versuchte Theodora zu beginnen und würde dann so bald nicht wieder aufgehört haben.

Sie rühmte sich gern, nicht zimperlich zu sein, und gerade ihre Unverblümtheiten waren es gewesen, die den Großherrn so angezogen hatten.

Nun aber schob Nicola auf eine frech vertrauliche Art, der sie nie recht gewachsen war, seinen Arm in den ihren.

«Aber Thea», beschwichtigte er sie. «Schau lieber, wie du Mohammed wieder ins Bett kriegst.»

Und Lucio fügte sachlich hinzu:

«Laß es heute sein, wenn du kannst, oder morgen. – Auni hat schon nach dem lesbischen Nachwuchs gefragt.»

XXXIII

Nach der Eroberung von Lesbos hatte Mohammed die Bewohner von Mytilene seiner Gewohnheit gemäß dreifach geteilt: Die ärmsten Leute hatte er in ihren Häusern gelassen, die Mittelklasse den Janitscharen als Sklaven zugeteilt und die Reichsten und Vornehmsten in Konstantinopel angesiedelt.

Damit sich aber die letzten nicht allzu erhoben fühlen sollten, war auch ihnen ein Zoll auferlegt worden: Achthundert Mädchen und Jünglinge hatte das Serail unter den Kindern dieser ersten Familien für das kaiserliche Vergnügen ausgesondert. Man konnte das nun einen Zoll nennen oder auch eine Ehre. Das kam auf die Auffassung an.

Immer auf diese selbe Weise aber kamen allmählich viele Tausende gut gewachsener Jugend aus den eingenommenen Städten aller eroberten Länder an den Hof, und wer aus der Beute nicht nur jung und hübsch, sondern auch begabt und anstellig war, konnte dermaleinst auch seinen kleinen Teil an der Macht und Herrlichkeit eines immer siegreichen Kaisers haben.

Für die Nichtbegabten oder Unwilligen gar waren freilich die Aussichten nicht so verlockend. Die Janitscharen brauchten immer Rekruten und die Damen des Serails junge Dienerinnen. Daher konnte es leicht geschehen, daß die Abkömmlinge griechischer Archonten und fränkischer Adelsfamilien im Palast des Großherrn die Zimmer heizten oder die Stiegen scheuerten.

Wohl alle mochten sich ein besseres Los ersehnen. Aber nicht allen gab der Ehrgeiz auch die Wendigkeit des Geistes und das Vermögen, sich nicht nur jedem ungehemmt zu unterziehen, was verlangt werden mochte, sondern sich der gestellten Aufgabe auch mit Geschick und Anmut zu entledigen.

Mannigfach waren die Siebe der Auslese, und die meisten blieben in ihnen hängen, ohne daß jemals das Auge der Majestät auf ihnen geruht hätte.

Wer also begnadigt wurde, sich bei den allerhöchsten Unterhaltungsspielen darbieten zu dürfen, war nach der allgemeinen Ansicht glücklich zu preisen. Schon nicht unangenehm bemerkt zu werden kam einer weiteren bestandenen Prüfung gleich. Aber Vorgesehenes konnte auch zum Stegreifspiel werden, zu einem, in dem dann die Majestät selbst die Rolle des Partners übernahm!

Nichts war unmöglich. Zuweilen fand kaiserliche Laune sogar an der Zulassung einer kleinen Auslese besonders Gehemmter ihr Ergötzen. Nicht selten verlangte die Lustbarkeit geradezu nach ihnen.

Außer allem anderen gehörte also auch ein wenig Glück zum Erfolg, und dies Glück konnte auf jede der Zugelassenen fallen oder auf jeden.

Der Reichsgeschichtsschreiber verzeichnete diese Feste allerdings nicht. Selbst die Beteiligten hatten nichts von ihnen zu wissen. Und auch den Koran durfte man nicht über solche Unterhaltungen befragen. Man hätte sonst die Antwort empfangen, daß sie von mehr als einer Sure verworfen seien.

Und da es genug Leute gab, die gesagt hätten, Mohammed lebe in der Weise der Christen und sein Tun sei ohne Gnade vor Allah, und da es sogar Moslems gab, die das wirklich sagten, so hatte sich alles in der Verborgenheit des Serails abzuspielen.

Mochte jedoch das Schwert des Islams, wie Mohammed sich gerne nannte, trotz seiner Schärfe nicht immer so blank sein, wie es ihm in den Augen der Gottesfürchtigen geziemt hätte, so gab es bei diesem kaiserlichen Sünder doch keinen Vollzug der sehr irdischen Strafen, die nicht durch Allahs Propheten festgesetzt worden waren.

Die Sultane der Dynastie Osman hatten sich alle auf einen kräftigen Lebensgenuß verstanden. Die Vergnügungen von Mohammeds Großvater – des ersten Mohammed – waren am ausgeglichensten gewesen – am geistreichsten die von Mohammeds Vater Murad. Bei aller geklügelten

Überfeinerung – am umfassendsten aber war der Tribut an Lustbarkeiten, den Mohammed selbst von dem ihm geschenkten Leben erhob, wenn er auch – ohne einer derben Hingabe an die Freuden der Betten oder der Weine aus dem Wege zu gehen – zuletzt doch vor allem immer dem Ungewöhnlichen nachjagte.

Hierin wie in anderem war sein Vorbild Alexander der Große.

Nie wurde er müde, die Lebensgeschichte des Makedoniers zu lesen, den er als seinen Vorgänger ansah. Üppige Feste wie die des so jung Verstorbenen in Persepolis, Susa und Babylon schwebten auch Mohammed vor, wie er denn überhaupt gern von allem Geschichtlichen und Kulturgeschichtlichen sich anregen ließ.

Die Antike war beim Sultan Trumpf.

Mit Cosimo, dem Erbsohn der mediceischen Macht in Florenz, verband ihn ein wissenschaftlicher Briefwechsel, und der Florentiner hatte ihm die Künstler verschafft, die ihm die Überreste der griechischen Altertümer in Zeichnungen festhalten mußten. Und ob nun Vasenbilder, Tempelfriese oder Sagenumwobenes aus vorgeschichtlicher Zeit – alles für die Unvergänglichkeit Gestaltete reizte Mohammed zur Belebung für den flüchtigen Augenblick.

Bei verschwenderischer Verwendung menschlicher Leiber sollte das Vergangene ihm für seine Art des Genießens wiedererstehen: in Traumspielen lachender, singender, tanzender, weinender Menschen. Und im Traum sollte zugleich alles fleischlich und wirklich sein: wirkliches Lachen und in jedem Fall wirkliches Weinen.

Es blieb nicht nur bei Schwert- und Fackeltänzen. Vorurteile kannte Mohammed nicht. Und das bedeutete schon einiges, wenn man mit den göttlichen Metamorphosen begann und alle Möglichkeiten bis zu den Phallusbildern der Vasen überdachte.

Nicht umsonst war Mohammed in Mistra gewesen, in Spartas mittelalterlicher Burg. Schwelender Geheimnisse voll lag sie am Absturz des Taygetos-Gebirges. Dort hatten die Lakedämonier einst ihre schwächlich geborenen Kinder ausgesetzt, dort, wo es zu den Müttern hinabgegangen war, zu den Urmüttern des Aischylos, die das geschichtliche Denken der Menschen nur noch erahnte.

Überhaupt Sparta mit seinen Männerbünden und öffentlichem Nacktringen der Neuvermählten, mit seinen sehr freien Ehen und dem Geißeln unbekleideter Jünglinge vor den Augen und zu Ehren zuschauender Mädchen – dies Sparta allein schon bot genug, die Phantasie in Wallung zu bringen.

Und ebenso Lesbos, das der Zauberinsel Rhodos und der Liebesinsel Zypern nicht nachstand, der Insel der kyprischen Göttin, der schaumgeborenen Aphrodite.

Lesbos aber ...

Lesbische Weine, lesbische Lieder, lesbische Liebe, Methymnes Reben und Mytilenes Sänger hatten einst die Söhne und Töchter des alten Hellas bezaubert.

Das Haupt des Orpheus war den Hebros hinab und gen Lesbos geschwommen. Und da es von den Einwohnern mit einem Grabe geehrt worden war, hatte Phoibos, der Gott, seine Gaben auf Arion gegossen, den von Delphinen getragenen Sänger, und auf Sappho, die auf äolischen Saiten die Mädchen ihres Volkes besungen hatte.

Bei Mohammeds Gelagen freilich wurden die Oden der lesbischen Dichterin nicht nur gesungen.

Der kaiserliche Harem residierte zur Zeit noch in der Dschihannuma von Adrianopel, an der seit Eroberung der hadrianischen Stadt alle Vorfahren Mohammeds gebaut hatten. Aber auch in Adrianopel würde eine dieser kleinen Abendunterhaltungen nicht im Harem stattgefunden haben, schon deswegen nicht, weil außer dem Padischah keinem unverkürzten männlichen Wesen der Zutritt erlaubt war. Für das Zusammentreffen beider Geschlechter gab es zwischen dem Serail der Männer und dem der Frauen ein neutrales Gebiet.

Das waren die Räume, in denen die Damen hinter einem

Schleier oder, falls sie dessen entraten wollten, auch nicht hinter ihm ihre Sachwalter empfingen, die Direktoren ihrer Vermögensverwaltungen, Händler, Agenten; aber auch geistliche Berater und wen sie sonst zu empfangen wünschten.

In diesem Gebäudeteil, der also auch der Pagerie zugänglich war, lagen die Zimmer und Säle, deren sich Mohammed zu seiner gelegentlichen Erholung bediente.

Am Bosporus aber war es nicht anders als an der Marizza.

Als Kern einer Anlage besaß der Kaiser im Serail von Konstantinopel einen mäßig großen sechseckigen Raum, nicht viel mehr als eine große Loge, die beim Öffnen eines der Vorhänge jeweils den entsprechenden Nebenraum den Blicken freigab. Und da der Boden der Loge eine Scheibe war, die sich bei Bedarf mit allem, was auf ihr stand, drehte, brauchte sich niemand, um sehen zu können, den Hals verrenken oder seine Lage ändern.

Hierher nun hatte Mohammed einige seiner vertrautesten Freunde geladen, darunter auch Chaß.

Natürlich war Schahin ebenfalls da. Seine Geschicklichkeit darin, Mohammed auf eine erlesene Weise zu zerstreuen, hatte ihm ursprünglich seine Machtstellung verschafft – seine Treue sie ihm bewahrt. Schahin war unentbehrlich und war heute um so lieber bei seiner Sache, da der Kislar Aga sich in Adrianopel befand und er dessen Rivalität nicht zu fürchten brauchte.

Die wenigen schwarzen Eunuchen, die als Kommissare zur Übernahme der Beutemädchen herübergeschickt worden waren, wagten ihm nicht entgegenzutreten. Der Kapu Aga beherrschte also mit seinen Kapuoghli das Feld, und das hieß in diesem Fall: auch die Mädchen.

Mehr oder weniger beklommen und mehr oder weniger bekleidet, harrten sie, getrennt von den Jünglingen, in anstoßenden Zimmern ihrer Verwendung.

Eine Gruppe von Mädchen trug lediglich die seltsam geformten Brust- und Schoßschilde, wie sie auf den kleinen

Plastiken der Aphroditepriesterinnen zu sehen waren – Schilde, die sich nach hinten in hauchdünnen Fäden verloren. Es gab lange verhüllende Gewänder und fließende Schleier. Geharnischte Mädchen gab es, unter deren Panzer kurze Faltenröckchen bis knapp auf die Oberschenkel fielen, und andere, die sich zu hochgeschnürten Sandalen überhaupt mit der heiligen Doppelaxt aus vorgeschichtlichem Mutterkult und dazu mit einer Nachbildung des Goldhelms der Frau von Melos begnügten.

Jetzt war der heilige Fackeltanz, wie man ihn zu Ehren des Zeus Atabyros aufgeführt hatte, vorüber.

Schahin trat, von erschauernden und verstummenden Knaben ehrfürchtig begrüßt, in einen von deren Räumen.

«Samberto», rügte die hohe Exzellenz einen schon etwas reiferen Jüngling, «erst flehtest du mich an, ich möge dich nicht vor das erhabene Angesicht bringen, und nun du nur singen sollst, läßt du mir sagen, du seiest heiser? Du wirst singen, sage ich dir, oder –» Schahin hüllte die Strafe in ein schreckenerhöhendes Geheimnis, um dann zu schließen: «Du kennst mich, Samberto!»

Eher wie ein moderner Abendländer, der er ja auch war, und sehr vollständig gekleidet stand der junge Mann da, gleichsam als habe man ihn aus seiner Umgebung herausheben wollen. Er war ein hübscher Junge mit kastanienbraunem Haar, das schon der Schicklichkeit wegen eine goldumwundene, abgestumpfte rote Kegelmütze deckte. Schwarze Strumpfhosen strammten sich straff um Gesäß und Schenkel. Eine enganliegende betreßte Jacke ergänzte den Anzug vom Gürtel aufwärts.

Samberto war blaß und voll Furcht, und er zitterte leise, als er die Hände auf der Brust kreuzte und sich mit niedergeschlagenen Augen verneigte.

Über dem Liebesspiel mit einem Schwarm angekörnter Tauben war der Vorhang zusammengeschlagen, ohne daß Mohammed auch nur eine der jungen Priesterinnen zu sich entboten hätte.

Das durch Spiegel verstärkte farbige Licht einer Fülle

von verborgenen Lampen hatte die Szene beleuchtet und war zugleich durch den Wandbogen schräg in die Kaiserloge gefallen. Nun jedoch wurde der Raum nur noch durch die warmen Töne einer sehr gedämpften Eigenbeleuchtung erhellt. Die Musik war verklungen.

Bewährte Jugend beiderlei Geschlechts besorgte unter Aufsicht des Kilardschi Baschi, des Oberstspeisen- und -kellermeisters, die Aufwartung.

Er war wie Schahin ein weißer Eunuche, seinem Rang nach der dritthöchste, und seine Gegenwart war unerläßlich, um dem Kaiser das Konfekt und den Wein vorzukosten. So war die Vorschrift, und die berücksichtigte nicht, daß ein Gift auch langsam wirken könne; wohl aber, daß der Eifer der Verantwortlichen durch die Aussicht geschärft werde, im Falle eines Unheils das Schicksal der Erhabenheit teilen zu müssen.

Beängstigend war diese Aussicht jedoch nicht. Kein Herrscher der Dynastie Osman war je an Gift gestorben und nur ein einziger – Murad der Erste – an einem serbischen Dolch.

Getrunken aber wurden lesbische Weine.

«Wie Zauberei war das», sagte Mohammed, und seine Eindringlichkeit hatte den Weinen schon manches zu verdanken.

Er lag mit seinen Gästen auf Polstern und hatte Chaß zu sich herübergezogen. Nun war er gerade dabei, dem jungen Freunde seine Auffassung von dieser vielbesprochenen Geschichte beizubringen, wie Irene Dschems Amme besiegt habe.

Die Schamlosigkeit, die darin lag, daß er sich öffentlich über eine Dame seines Harems vernehmen ließ, verschlug ihm nicht viel, zumal nicht in diesem Kreis.

«Denke dir, mein Chaß», ereiferte er sich, «auf dem schmalen Gesims ist sie zum Fenster hinübergeklettert. Welch eine Kühnheit! Als wenn sie zu einer wilden, schwarzen Pantherin in den Käfig gekrochen wäre! Eine schwarze Pantherin, mein Lieber», wiederholte er mit der

Beharrlichkeit eines Angetrunkenen. «Und diese Bürte ist nichts anderes. Ich selbst sah sie zwar nur wenige Male; aber glaube mir: Ihre Reize gewinnen in der Entfernung. Doch eins ist sicher; dieses mißtrauische Tier von einer Amme trank, was die Sultana ihr reichte! Und das war Haschisch. Wenn ich an Zauberei glaubte, würde ich sagen: Unsere Base Irene sei eine Zauberin. Da ich nicht daran glaube, muß ich erklären: Sie ist in jedem Fall ein ungewöhnliches Mädchen.»

«Allerdings – ein ungewöhnliches Mädchen», seufzte Chaß, weil er an Irenes Unnahbarkeit dachte.

Und es war ebenso wohl ein Glück, daß Schahin sich einmischte, wie beinahe ein Unglück für Chaß.

Ein Glück war es deswegen, weil Mohammed auf diese Weise abgelenkt wurde. Denn der Verdacht allein, daß Chaß neben seinem Freund und Padischah noch eine ammenbesiegende Göttin haben könnte, hätte vielleicht des Kaisers Eifersucht erregt. Einem Unglück für Chaß aber kam Schahins Einmischung wegen des Vorschlags gleich, den der Kapu Aga jetzt unterbreitete.

«Irün Sultana ist noch immer unter der Hand deiner Majestät», erinnerte er, weil ihm Mohammeds Verbindung mit Theodora schon viel zu lange dauerte, «Ihre Hoheit ist es mehr als je. Warum nimmst du nicht, was dir gefällt?»

Dem armen Chaß, der anhören mußte, wie die Geliebte einem andern gleichsam hingebreitet wurde, schwoll vor Kümmernis das Herz.

Obendrein beliebte es Mohammed auch noch, sich nachdenklich in die Kissen gleiten zu lassen und die Hände unter seinem Kopf zu verschränken. «Ja, warum tue ich es nicht –?» nahm der Berauschte die eigene Unergründlichkeit überaus wichtig.

«Sie ist bereits die Mutter eines deiner Söhne», stachelte Schahin, «ohne daß sie je dein Bett geteilt hätte –. Und dabei gehört sie dir!» setzte er neu aufmunternd hinzu.

«Vielleicht nicht –», meinte Mohammed und rang sich zu einem Lächeln der Ernüchterung durch. «Wenn ich sie gewollt hätte, war ich zu voreilig, mein Schahin. Sultana ist sie bereits. Jetzt habe ich leere Hände –»

«So gewinnst du dadurch noch die Lust, dir eine Widerstrebende gefügig zu machen.»

Mohammed fuhr auf. «Wer sagt, daß sie widerstrebt?!»

«Wer das sagt?» gab sich Schahin geschmeidig. «Ich nicht», versicherte er dann und setzte gleichzeitig zu einem neuen Stich an, dieses Mal gegen die vielbeneideten Dichter, die sich, da er ihnen nicht zugezählt wurde, leider seiner Kontrolle entzogen. «Aber man will wissen», fuhr er fort, «daß Mahmud Pascha, den ich Unwürdiger in diesem Kreise erlauchter Geister den großen Adeni zu nennen mir nicht erlauben darf –»

«Hör auf!» zerlachte Mohammed den schönen Satzbau.

Tatsächlich hatte Schahin in Mohammed eine törichte Männcheneitelkeit wachgerufen. Doch für einen Augenblick nur. Und jetzt war dieser Augenblick vorüber. Denn Mohammed litt selbst unter Eifersucht, und gerade darum ermaß er so gut, wie eifersüchtig Schahin auf alles war, was er, Mohammed, liebte.

Und Mahmud liebte er, seinen ‹Andah›, seinen Blutsbruder, wie sie nach dem Vorbild der Blutsbrüderschaften Dschingis Khans einander nannten. In einer Stunde jugendlichen Überschwanges hatten Mohammed und Mahmud gegenseitig Tropfen des eigenen Blutes getauscht. Jeder hat den andern gleichsam in sich hineingetrunken. Schahin merkte selbst, daß er wieder einmal verloren hatte.

«Zu keines Menschen Nachteil wollte ich etwas sagen», verwahrte er sich. «Deine Majestät liebt die Hoheit des Großwesirs mit allen guten Gründen dieser Welt, den gesegneten Mahmud. Wäre es daher zu tadeln, falls Irün Sultana, wie man sagt, den gleichen Geschmack bekundet haben sollte wie deine Majestät? Sah sie ihn doch oft genug im Hause ihrer Mutter. Und sie sind Landsleute, Erhabener!»

Chaß hielt den Atem an. Doch dann sah er, daß er selbst durch Schahins Worte mehr getroffen worden war als der Kaiser.

«Weiter, Schahin!» erheiterte sich Mohammed. «Nun bat Mahmud doch keineswegs um Despina Irenes Hand, sondern um die der Paläologin. Wir alle sind neugierig, wie du uns das erklären willst, nicht wahr, ihr Freunde?»

Das Gelächter konnte Schahin nicht beirren. Mit einem unmittelbaren Erfolg rechnete er nie. Er vertraute der Zähigkeit, mit der er seine Einstreuungen in immer neuen Einkleidungen wiederholte.

«Meine Unwissenheit ist groß», sagte er; «aber deine Majestät befahl. – Also dies dünkt mich um Mahmud, dessen Leben Allah verlängern möge», parodierte er dann einen Ulema, der sein Fetwa verkündet: «Der eifrige Diener wartet nicht erst auf einen Befehl. Du hattest die Paläologin freigegeben, und so bat Mahmud um deren Hand, damit sie versorgt sei. Über Irün Sultana dagegen war nichts entschieden. Falls der Pascha die stille und zweifellos keusche Neigung der Sultana erwidert haben sollte, so ist es, wenn er sich bezwang, ein Beweis seines Gehorsams, der dir nicht vorgreifen wollte. Es gibt keine Liebe über die zu deiner Majestät. Und wegen dieser Liebe, die er und wir alle dir entgegenbringen, ist Mahmud zu preisen!»

«Vortrefflich!» lachte Mohammed. «Klatscht Beifall Seiner hohen Exzellenz, ihr Lieben!» Und erst als alle seinem Beifall gefolgt waren, brachte er seinen Einwand vor.» Was Mahmud betrifft, magst du recht haben», meinte er, «in dem andern nicht: Von Frauen verstehst du nichts und von der, die du nanntest, schon gar nichts. Du denkst nur an das Bett. Für das Bett aber ...» Er machte eine Geste des Zweifelns und Wägens. «Kann sein – kann nicht sein», fuhr er fort; «aber wenn – dann müßte sie sich verschenken. Gezwungen hat sie weniger Wert als die unfähigste der jungen Dinger, die uns heute abend Langeweile empfinden ließen. Hoffentlich ist dir sonst noch etwas eingefallen, Schahin?»

Worauf der Kapu Aga einem Eunuchen, der ungeachtet seiner gepflegten Würde den sehr begehrten Titel eines Scherbetoghlan führte, ein Zeichen gab. Allerdings gab es auch nur den einen «Scherbetknaben», und der Titel stellte ihn mit einem Fahnenfürsten im Range gleich. Dieser Kapuoghlan oder Pfortenknabe stieß nun zum Zeichen, daß die Darbietungen ihren Fortgang nehmen möchten, mit einem silberbeschlagenen klirrenden Stab auf den Boden.

«Kränkte dich etwas, Chaß?» fragte Mohammed. «Du schaust aus, als wolltest du uns alle verschlingen. Aber verschlinge nur immer Schahin! Er vergißt gern, daß ich nicht nur Kaiser, sondern auch Mensch bin. Und zuweilen auch Freund», wurde Mohammed zärtlich.

«Du heißt nicht umsonst Auni», erwiderte Chaß die Zeichen der Zuneigung und erhellte sich, als sei eine große Trübsal von ihm genommen. «Du bist in Wahrheit der Hilfreiche.»

«Dir gegenüber wäre ich es gern noch mehr», gestand der Sultan. «Schade, daß du kein Dichter bist –», überlegte er, ganz versunken in den Anblick des Freundes.

Wenn Chaß auch die Bildung seines Standes besaß, so beschwerte ihn darüber hinaus weder ein allzu unbequemes Wissen noch die Sucht, sich das Leben auf dem Wege des Denkens untertan zu machen. Er war das, was man einen Mann der Tat nennt. Als gutem Offizier waren ihm seine Leute, wo man ihn auch hingestellt hatte, stets mit Begeisterung gefolgt. Chaß hatte keine Feinde und, da er als Prinz geboren war, kaum Neider; dazu aber die angenehme Überzeugung, daß schon für ihn gesorgt werden würde.

«Nein», gab er jetzt als ein guter Junge bereitwillig zu, «ein Dichter bin ich nicht. Aber Mahmud ist einer!»

Ohne jede Hinterhältigkeit wurde das gesagt.

Obwohl er Mahmud neidlos bewunderte, hatte er nicht einmal den Wunsch, ihm zu gleichen, und strahlte nun, als sei er es selbst, der sich den Dichternamen Adeni errungen habe.

Und damit hatte er wieder einmal das Richtige getroffen. Fast immer sagte er den Leuten gerade das, worauf sie gewartet hatten.

«Du sprichst wahr», bestätigte Mohammed denn auch die Meinung seines Lieblings. «Mahmud hat die Gabe. Dabei tut er, als mache er sich nichts daraus. Und doch ist das der Kern seines Wesens: Er hat die Phantasie. Darum ist er ein großer Feldherr und ein Staatsmann. Weil die Dichter sich leichter von Vorurteilen befreien können als andere Menschen, sind sie auch am ehesten Männer der Wirklichkeit. Um die Wirklichkeit sehen zu können, bedarf es der Phantasie. – Chaß, mein Junge, ich fürchte, du wirst weder ein großer Feldherr noch ein Staatsmann werden.»

«Bestimmt nicht!» meinte Chaß ganz ohne Kummer.

Er verließ sich auf Auni – vor allem auf ihn.

«Du hast recht, dennoch froh zu sein», lobte der ihn denn auch. «Sei gewiß, ich werde immer dein Freund sein, so sicher, wie du mich niemals verraten wirst ...»

Daß inzwischen die Musik bei geschlossenem Vorhang eingesetzt hatte, würde das Ende des Gespräches nicht bewirkt haben. Aber eben erhob sich aus den Klängen der Instrumente ein Tenor, und es war diese Stimme, die Mohammed an einen Vorgang erinnerte, der sich bei einer gleichen Gelegenheit in Adrianopel ereignet hatte. Seltsam war der Vorgang nur wegen des ungewöhnlichen Endes gewesen.

Einer der Gehemmten, die eigentlich nur des Spaßes wegen zugezogen worden waren, ein fränkischer Edelknabe, hatte es wider Erwarten Mohammed angetan gehabt und war, sich bäumend vor Scham, überraschenderweise aus dem Serail entkommen.

Auch Nachforschungen hatten den Flüchtling nicht zurückbringen können. Nur einige seiner Kleidungsstücke waren aus der Marizza gezogen worden.

Anscheinend hatte also der Unglückliche sich aus Furcht vor seinen Verfolgern dem Fluß anvertraut und war dabei ertrunken.

«Meinen weißen Leib werde ich salben für den Geliebten,
Auf meine Schenkel ausgießen die tarsischen Narden ...»

Wie für Gesichter, so hatte Mohammed auch für Stimmen ein ausgezeichnetes Gedächtnis. Eine ungepflegte Stimme konnte ihm jede Laune verderben, eine gepflegte ihn in Entzücken versetzen, und diese Singstimme schien ihm unverkennbar zu sein.

«Wenn ich nicht wüßte –», murmelte er.

«Sag, Auni, singt er nicht wie jener Jüngling, der einst in seiner Verwirrung ...» Auch Chaß hatte den Tenor von seltener Reinheit erkannt. Nur fand er: «Dieser singt noch schöner als jener, der tot ist.»

«Bist du dessen so sicher, Bey?» fädelte Schahin sich ins Gespräch.

«Wessen?»

«Daß der Jüngling, der aus Bestürzung über die unverhoffte kaiserliche Gnade entwich – es war in Adrianopel, und er nannte sich Samberto ...»

«Samberto!» erinnerte sich nun auch der Kaiser.

«Er ist es, der singt», lächelte Schahin. «Ich gewährte ihm dies auf seine Bitte; denn der Törichte glaubte, deine Majestät, der nichts verborgen bleibt, werde sich höchstens seines Gesichtes entsinnen. Ich aber war anderer Meinung und dachte mir, der Unbesonnene könne auf eine geziemende Weise die Schar jener Knaben vermehren, die sich vergangen haben und heute noch ihre unversehrten Lenden auf dem Altar der wiederbelebten Artemis opfern sollen.»

«Nein, keine Strafe!» sagte Mohammed schnell. «Dies ist eine Geschichte, eine wunderbare Geschichte, und ich will sie hören!»

Schahin war durchaus damit einverstanden, daß dem Schuldigen, dessen Stimme er schätzte, die Ruten erspart bleiben sollten. Er hatte nur Schlimmerem vorbeugen und den jungen Mann durch seinen gelinderen Vorschlag der Pagerie erhalten wollen.

Der Anschlag des Kapu Aga – und er hatte einen – zielte weit höher.

Bei dem einen gescheiterten Vorstoß gegen Theodora würde es nicht sein Bewenden haben. Schahin mißfielen überhaupt alle geborenen Fürstlichkeiten im Harem. Sei die höchstzuverehrende Kaisermutter Aalime, die Erste Dame des Reiches, nicht als einfache Sklavin ins Serail gekommen? Warum solle es also noch Damen geben, die sich eines ihnen von Gott verliehenen Ranges rühmen dürfen, der nicht einer allerhöchsten Entschließung des Kaisers zu danken sei?

Der Obersthofmeister war gegen diese Geschöpfe, die es sich beifallen lassen konnten, Seiner hohen Exzellenz möglicherweise mit ungebührlichen Ansprüchen zu begegnen. Und wenn er auch – so wie er es verstand – für Irene eingetreten war, so hatte er sie nur gegen Theodora ausspielen wollen, wie er Samberto ebenfalls noch gegen die Lesbier gebrauchen wollte.

Es ging alles gegen Theodora.

«Mein Herz ist voll meines Herrn, und ich bebe ...»

Mitten im Gesang riß der Ton ab, und gleich darauf bebte der Sänger auf eine ganz andere Weise, nämlich vor Furcht, während er den Teppich zu Mohammeds Füßen mit der Stirne berührte.

Erst als Mohammed ihm Verzeihung zusicherte, beruhigte er sich ein wenig, und dadurch kam der Sultan zu seiner Geschichte.

Sambertos Familie hatte dem genuesischen Kleinadel angehört, bevor sie nach der Ägäis gekommen war. Das war im Gefolge jenes Patriziers Gattelusio geschehen, der sich als ein so überlegener Seeräuber erwiesen hatte, daß er von Byzanz für sich und seine Erben mit Lesbos belehnt worden war. Als Gegenleistung hatten die lesbischen Fürsten die kleinasiatischen Gewässer zu schützen.

Gerade das aber mußte wohl nicht immer ganz leicht gewesen sein. Denn Samberto war von Aragoniern weggefangen worden, und nicht lange darauf hatte dieser Umstand Mohammeds Pagen um einen scheuen Jungen vermehrt, der dem Dienst in der allernächsten Nähe des Kaisers nicht gewachsen war.

Seine Schüchternheit hatte ihn aber keineswegs dumm gemacht. Die Täuschung mit dem Ertrinken war ihm im Gegenteil vollkommen geglückt, und die Marizza abwärts hatte er Aenos und von dort zu Schiff wieder Lesbos erreicht.

Das sei noch nicht alles! trieb Schahin den Zaudernden weiter.

Und in der Tat hatte Samberto das, wovor er in Adrianopel geflohen war, auf Lesbos ereilt.

Dem Fürsten war das Abenteuer des Zurückgekehrten überbracht worden, eine Einladung in den Palast hatte sich daraus ergeben, und mochte nun Nicola behutsamer vorgegangen sein oder Samberto sich überzeugt haben, dem ihm zugedachten Schicksal doch nicht entgehen zu können – jedenfalls war der junge Mensch bald der anerkannte Günstling des Fürsten gewesen.

Die Eroberung der Insel hatte dann den Kreis geschlossen.

Durch sie war Samberto zum zweitenmal in Mohammeds Besitz gelangt und von seinen früheren Kameraden erkannt worden.

Diese Erzählung des Jünglings, deren Ende Schahin ihm abgepreßt hatte, war nicht dazu angetan, Mohammeds Eitelkeit zu befriedigen.

Ungeachtet seines Versprechens ergriff er, der hier als einziger Waffen tragen durfte, seinen Dolch und …

«Auni!» schrie Chaß ohne jedes Bedenken.

Samberto wäre nicht der erste gewesen, der bei so einer Gelegenheit durch Mohammed sein Leben verloren hätte. Dem Sohn von Konstantins Minister Phranza war es einst widerfahren. Und wenn Chaß nicht zugegen gewesen wäre, hätte eine rasche Tat des hilfreichen Freundes die Gefühle des Beys auch nicht weiter beschwert. Aus einem sehr einfachen Grunde nicht. Chaß hätte sich nämlich geweigert, das Geschehene zu glauben.

Nun aber hatte er gesehen und gehört und war trotz aller Furcht tapfer genug, nicht zulassen zu wollen, was den Freund in seinen Augen herabsetzen mußte.

«Du nimmst Partei?» ergrimmte Mohammed; aber er stieß die Klinge doch wieder in ihre Scheide. «Gegen mich nimmst du Partei und für den Lustknaben eines verlotterten Kerls wie diesen Nicola?»

Chaß mußte an sich selbst denken und wurde rot. Mohammed war auch gar zu großartig im Vergessen alles dessen, was ihm gerade nicht paßte!

«Du verbürgtest Samberto das Leben», sagte Chaß kurz.

Mohammed lehnte sich zurück. Seine erste Wut schien verraucht zu sein. Den Eingeweihten bedeutete das jedoch noch lange keine Minderung der Gefahr.

«Das tat ich», gab er zu. «Und ich tue noch mehr. Ich schenke ihn dir. Jawohl! Ich schenke dir diesen Burschen, da er dir doch nun einmal so sehr am Herzen liegt.»

Fehlte Chaß nun auch der Wunsch, in die Tiefe zu dringen oder eine weite Übersicht zu gewinnen, so überschaute er das Nahe und Nächste um so besser, und in diesem Fall hieß das: die Gefährlichkeit des Geschenks. Chaß war nicht so tolldreist, sich eines Wesens zu bemächtigen, das sich dem Großherrn entzogen hatte.

Aber Ablehnung war ebenfalls unmöglich.

«Ich danke dir», sagte der Prinz daher mit einer gewissen Feierlichkeit, «daß deine Gnade mich deinen Willen tun läßt. Denn es stehet geschrieben, daß deine Gnade mich deinen Willen tun läßt. Denn es stehet geschrieben, daß Sklavenbefreiung ein Werk sei, das Allah gefalle. So gebe ich Samberto die Freiheit. Möge er sie anwenden in deinem Dienst.»

«Frei oder unfrei sind wir allzumal Sklaven des Padischah», schmunzelte Schahin über Chaß' Geschicklichkeit.

Auch Mohammeds Züge entspannten sich, und der Scherbetoghlan konnte mit seinem Stab ein neues Zeichen geben.

Neben Schaustellungen in einem künstlerischen Rahmen boten sich auch andere an, die auf derartige Einkleidungen verzichteten.

Es gab genug schöne Mädchen, denen die Hoffnung, jemals von der Majestät berührt zu werden, von vornherein abgesprochen werden mußte. Ein Muttermal schlechter Vorbedeutung, unruhiger Schlaf oder auch Mangel an Talenten konnten das bewirken, wohingegen makellose Körperformen dieselben Mädchen hinreichend befähigten, dem Vergnügen der Majestät auf andere Weise zu dienen, etwa zu einem Spiel, das in der Hauptsache der Improvisation anvertraut werden mußte.

Hierbei wurde erfahrene männliche Jugend mit den Mädchen zusammengebracht. Die Jünglinge waren unbekleidet, die Mädchen waren es bald nicht mehr, und Preise für Kraft und Feinheit des Liebesgenusses wurden an die Sieger, Strafen an die Verstockten verteilt.

Ihrer erheiternden und befeuernden Wirkung wegen waren derartige Stegreifspiele immer beliebt, und die kleinen Lesbierinnen dieses Abends ernteten mehr Lob als jemals andere Beutemädchen vor ihnen. Dies war der Augenblick, den sich Schahin zu einem neuen Vorstoß ersah.

«Und was geschieht mit Nicola?» fragte er. «Verzeihst du ihm seinen früheren Untertaninnen zuliebe?»

Fast schien es, als wäre es besser gewesen, Schahin hätte den Kaiser nicht erinnert. Mohammeds Gesicht verfinsterte sich sofort.

Daß der Fürst mit ihm im Brudermord gewetteifert hatte, wäre sicher vergeben worden. Mohammed hatte das Verbrechen amtlich überhaupt niemals aufgegriffen. Die glückliche Nebenbuhlerschaft des kleinen Inselherrn bei einem Lustknaben aber schien Mohammed unverzeihlich.

«Ich habe diesen Nicola satt!» antwortete er. «Ich möchte ein Ende machen mit ihm.»

Schahin ließ jedoch ein wohlabgewogenes Bedenken blicken.

«Darf ich dich an Theodora erinnern?» fragte er. «Die hohe Frau ist des Fürsten Schwester.»

Auch Mohammed fürchtete noch immer ihre Tränen. Und seines Rausches war er sich ebenfalls bewußt.

Aber der Gedanke, daß ein Junge Pracht und Herrlichkeit und vor allem ihn selbst verschmäht habe, um sich dann einem weit Geringeren hinzugeben – das machte ihn, je länger er diesen Gedanken nachhing, immer rachsüchtiger.

«Eintürmen!» befahl er.

«Wen?» erkundigte sich Schahin.

«Nicola natürlich!»

Aber Schahin kannte seinen Herrn. «Nicola allein?» beharrte er.

«Ihn, den Neffen und diesen Battista – ach! –, nimm, wen du willst! In die Sieben Türme mit ihnen!»

Schahin war am Ziel.

Triumphierend zog er ein Pergament hervor.

«Es fehlt nur noch dein Siegel», sagte er.

Etwas ernüchtert sah Mohammed seinem Kapu Aga forschend in die Augen, und es war klar, daß er trotz seines Zustandes noch einmal alles überlegte.

Aber Schahin hielt dem Blick stand.

«Weswegen willst du ihn verhaften?» fragte Mohammed und las. «Ach, weil er seinen Bruder umgebracht hat!» sagte er dann.

Damit zog er auflachend das viereckige Kaisersiegel hervor, das er an einer Schnur um den Hals trug, und drückte es auf die Schrift.

Nun erst ließ er sich wieder nach hinten gleiten.

«Du bist ein Schuft», lallte er, «und kein kleiner!»

«Ich bin nichts als dein Geschöpf», sagte Schahin.

Und sein Lächeln enthüllte recht freimütig die Zweideutigkeit seiner Antwort.

XXXIV

Zwei kleine Prinzen hatten Wohlgefallen aneinander gefunden.

Einen Unterschied freilich gab es dabei: Sultan Dschem war für den Spielgefährten in heißer Liebe entbrannt, während das Entzücken dieses Gefährten nicht ganz so ausschließlich dem Sultan galt. Der raschelnde Saum von Irenes Gewandung und der Faden, den sie durch ihre Stickerei zog, erregten das Interesse von Dschems neuem Freund in gleicher Weise. Und eine noch so kleine Maus hätte den Sultan unfehlbar ausgestochen.

Nur dadurch war die junge Hoheit Sieger geblieben, daß sie das begehrte Gebilde aus aufgeplusterten Seidenhärchen kurzerhand auf den Arm genommen hatte. Und dieses Aufheben wiederum hatte in dem Seidenen beruhigende Erinnerungen an eine Vergangenheit ausgelöst, als dessen sorgende Mutter ihn noch – wenn auch keineswegs auf dem Arm, sondern stets nur im Maul – herumgetragen hatte.

Dem kleinen Angorakater machte es eben nichts aus, ob man ihn zu einer Kugel zusammenballte oder zu einem Band auseinanderzog. Weich und unwahrscheinlich geschmeidig, war er allem gewachsen, und so besaß er denn auch in bezug auf das Getragenwerden keine Vorurteile. Ganz ohne Furcht war er. Er hätte einen Elefanten angebuckelt und angefaucht, wenn er es nicht vorgezogen hätte, mit ihm zu spielen.

Mit Sultan Dschem spielte er.

Aber er tat es als der Prinz, der er war, als ein Prinz aus Angora.

Außerhalb eines weißen Brustlatzes war er kohlschwarz, nur die Spitze seines Schwanzes, der bei gesträubten Haaren die Dicke eines Maiskolbens erreichte, war ebenfalls weiß. Die erlauchte fernöstliche Abstammung von chinesischen und siamesischen Ahnen verbürgte obendrein ein blauer Schimmer der Augen.

Jedermann hätte also bei einigem Nachdenken wissen können, daß einem derart vollkommenen Wesen das Gefühl eigener Minderwertigkeit fremd sein müsse.

Dschem jedoch dachte leider nicht nach, und als ihm nun das Katerchen beim Katzespielen mit der rauhen Zunge die Haut zu glätten und zu säubern begann, glaubte

Dschem einen neuen Sklaven gefunden zu haben, wie ihn seit seiner Geburt so viele umgaben.

Mit diesem Verkennen fingen dann die Meinungsverschiedenheiten an. Wie sehr viele Leute, die der Erziehung noch sehr ermangeln, war Dschem darauf aus, andere zu erziehen. Der Kater dagegen hatte überhaupt keine Ahnung davon, was Erziehen wohl für ein Ding sei, und die erste Ohrfeige, die für ihn dabei abfiel, setzte ihn einigermaßen in Erstaunen.

Mehrere Fußlängen hatte der Schlag ihn zurückgeschleudert, und nun schüttelte er den Kopf, weil er ihm brummte.

Aber noch war der Katzenprinz ohne Arg.

Darum duckte er sich, kroch eine Handbreit vor und sprang dann den groben Spielkameraden liebevoll an.

Was dem Kater darauf jedoch geschah, ließ ihn sich stracks auf seine Würde als gefährliches Raubtier besinnen.

Zur Einleitung seines Rückzuges hieb er erst einmal um sich. Und der Rückzug wäre ihm auch geglückt, wenn bedauerlicherweise nicht der Schwanz in Dschems Händen geblieben wäre.

Ganz platt machte der kleine Kämpfer sich nun und krallte sich dabei in den Teppich. Von Ergebung war nichts zu bemerken. Wohl aber untermischte er sein empörtes Knurren und Fauchen mit einem Hilfegekreisch in die Richtung der Göttin, die über ihnen im Olympischen thronte. – Der Schrei wurde sogleich gehört.

Irene beugte sich hernieder und befreite den Kater.

«Wie oft muß ich dir sagen», schalt sie Dschem, «daß es häßlich ist, Tiere zu quälen!»

«Er hat mich gekratzt!» beklagte sich Dschem.

«Jawohl! Aber er tat es erst, nachdem du ihn schlugst. Das Kätzchen ist gar nicht so wehrlos, wie du siehst. Vorher aber spielte es artig und höflich mit dir, ohne dich zu verletzen. Du dagegen! Ich muß mich ja vor einer Katzenmutter schämen, wie sich mein Sohn benimmt.»

Dschem hatte jetzt große Lust, einfach loszuheulen. Aber er wußte, wie wenig Irene das schätzte.

«Bist du nun böse?» fragte er darum lieber, und er fragte recht kleinlaut.

«Weil du böse bist, muß ich es auch sein. Und du weißt, das kann sehr weh tun», drohte sie.

«Soll ich dir den Stock bringen?» erkundigte sich Dschem und unterdrückte auch jetzt noch standhaft die Tränen.

Aber das Kätzchen spielte bereits wieder mit einem Seidenknäuel, der Irene entfallen war.

«Es ist der Katze ja nichts geschehen», lenkte Dschems neue Mutter ein. «Aber wenn ich dich noch einmal erwische, dann bekommst du ihn wirklich, und glaube nur ja nicht, daß ich dir dann die Hose anlasse.»

Irene hatte sich hart gemacht, um dem Jungen nicht zu verfallen, der sich als ein kleiner Verführer an sie schmiegte und ihren Schoß erkletterte.

«Hau mich lieber gleich», bat er.

«Wie?» erstaunte Irene. «Du bittest mich selbst um Schläge?»

«Das ist doch nur», erklärte er ihr, «weil du sonst vielleicht gar nicht meine Mutter bist. Mütter hauen immer. Die dürfen das.»

Wenn man diese Voraussetzung gelten ließ, entbehrte der Gedanke nicht einer gewissen Folgerichtigkeit.

«Da möchtest du wohl lieber, daß ich gar nicht deine Mutter wäre?» fragte Irene.

«Aber nein doch!» rief Dschem und strampelte leidenschaftlich mit den Beinen. «Ich will sehr, daß du meine Mutter bist! Und ich will viel lieber Haue kriegen, als daß du mir böse bist. Wenn du mich haust, dann bist du meine Mama, und hinterher ist dann alles wieder gut.»

Irene zauderte.

Derart waren nun die Verlegenheiten, in die dieser unberechenbare kleine Junge sie immer wieder brachte. Sie hatte nicht die Absicht gehabt, ihn zu bestrafen. Sollte sie nun dennoch gezwungen sein, ihn nach dem Stock zu schicken, nur um ihm klarzumachen, daß er sie als seine Mutter anzusehen habe?

Es würde sie große Überwindung kosten.

Doch noch immer schluchzte er ganz aufgeregt an ihrem Halse.

Dies aber war der Augenblick, in dem ihr durch Sismonda Theodoras Besuch angekündigt wurde. Die hohe Frau werde binnen kurzem eintreffen und erwarte, von Ihrer kaiserlichen Hoheit empfangen zu werden.

Der Hof war, wo der Harem war, und der war zur Zeit in Adrianopel. Das hatte manches für Irene erleichtert. Für Dschem freilich stellte sie mohammedanische Wärterinnen und Gouvernanten an; aber ihr eigener Hofstaat unterschied sich, außer daß er großartiger war, nicht sehr von dem ihrer verstorbenen Tante Eudoxia, und zu ihrer Hofmeisterin hatte sie, was so leicht keine andere gewagt hätte, Herzogin Sismonda gemacht.

Doch auch diese Ernennung war von Mohammed bewilligt worden, was nötig gewesen war, weil das Hofmeisterinnenamt bei einer Sultana Befehlsgewalt im kaiserlichen Harem einschloß. Und wenn Irene ihre Residenz im Hause Notaras auch keineswegs aufgab, so verbrachte sie Dschems wegen doch einen großen Teil ihrer Zeit in dem ihr zugewiesenen Palastflügel des Serails.

Dort weilte sie auch jetzt.

Es war ein Tag von ungewöhnlicher Milde, wenn freilich auch sonst Schnee und Eis nicht eben häufig am Bosporus waren.

Die Fenster aus geschnitztem Holzwerk standen jetzt im Januar weit geöffnet und gaben den Blick auf die Propontis frei. Ein linder Lufthauch bewegte die angekrausten Behänge des Sofas, und einfallende Sonnenstrahlen entflammten alles, worauf sie nur fielen. Alles war farbig und reich.

Dennoch fühlte sich Irene im Serail stets etwas verarmt, weil sie, um nicht Ärgernis zu erregen, in Dschems Umgebung die Gebote des Korans in aller Strenge befolgen ließ. Und so vermißte sie denn hier die Werke der darstellenden

Kunst, die ihr eigenes Haus dafür um so entscheidender beherrschten.

«Sultan Dschems Dienst!» befahl sie.

Und dem übergab sie den Prinzen, daß er gewaschen werde und sie erwarte. Sie werde sich später mit Seiner Hoheit befassen.

Erst hatte sie Theodora zu empfangen ...

Daß der Besuch im Serail abgestattet wurde, hätte eigentlich bewirken müssen, Theodora höchstens als Prinzessin von Lesbos zu empfangen; denn als Mitglied von Mohammeds Hofstaat wäre ihr überhaupt nur der Rang einer Hanum zuzubilligen gewesen, der einer Dame, die der Ehre des kaiserlichen Bettes gewürdigt worden war.

Irene aber trug dem Umstand, daß dieser Rang nicht Theodoras tatsächlicher Stellung entsprach, in großzügigster Weise Rechnung. Sie übersah wiederum den Ehebruch und ließ der Dame alle Ehren einer kaiserlichen Prinzessin von Trapezunt zukommen.

Theodora brauchte also nicht auf Irenes Erscheinen zu warten, beide Damen betraten zu gleicher Zeit den Saal, wobei der Sultana – außer einem halben Dutzend Hofdamen und dem Ehrendienst der Eunuchen – Lala und Hofmeisterin vorantraten. Irene hätte auch noch ihren Beichtvater und Almosenier Bardanes, wenn der so schnell zu haben gewesen wäre, zu Ehren des Gastes bemüht. Doch auch so umgaben sie mit den Sklavinnen an dreißig Personen.

Nicht viel weniger stattlich trat Theodora auf.

Des Lasters des Geizes konnte man Mohammed nicht zeihen. Er hielt seine Geliebte, wie man es erwarten konnte, und abgesehen von einem offiziellen Rang fehlte es ihr an nichts.

Es verging also genug Zeit mit dem Vorstellen des beiderseitigen Gefolges, mit dem Austausch der durch die Tradition geheiligten Redensarten und mit dem vorschriftsmäßigen Einstäuben des hohen Besuches in eine Wolke von Duft.

Etwas auszulassen wäre schwer möglich gewesen, wenigstens nicht ohne Anstoß zu erregen.

Dann jedoch deutete Theodora den Wunsch nach einer Aussprache unter vier Augen an. Und er wurde auch in der Weise gewährt, daß Irene eine Besichtigung ihrer Kleinodien vorschlug. Hierbei wurde dann die nächste Umgebung mit Aufträgen entfernt, die schnell zu erledigen der Takt verbot.

Jedenfalls waren Nichte und Tante jetzt allein.

Trotz ihrer Umgebung ging Irene selbst griechisch gekleidet, wenn sie auch nicht die Schleier und Brokate byzantinischer Hofdamen von einst angelegt hatte. Vielmehr trug sie ein weitärmeliges fließendes Kleid in heliotropener Farbe, und der Bedeutung des Anlasses wurde sie durch eine kleine Schleppe gerecht.

Theodora dagegen bediente sich wiederum türkischer Gewänder, die ihr auch vortrefflich standen. Wie eine zweite Haut saß der Kaftan aus Goldbrokat unter ihrer Büste so knapp, um die Mamillen sich durch den weißen Seidenmusselin des Hemdes noch abzeichnen zu lassen.

Von den fest umspannten Hüften abwärts fiel der Kaftan auf die blaßrosa Atlashosen. Ringe umklirrten die Gelenke ihrer Füße und Hände, und ihren Talpotsch, die Tellermütze, hatte sie eigenmächtig mit der Reiheragraffe geschmückt, zu der die Nichte berechtigt gewesen wäre.

Irene konnte sich natürlich denken, was Theodora zu ihr geführt habe: Nicola von Lesbos war mit Lucio und dem Kammerherrn Battista im Gefängnis der Sieben Türme festgesetzt worden, und bis jetzt hatte es ihm auch nichts genützt, daß er zum Islam übergetreten war. Nicht einmal der Einfluß seiner Schwester hatte ihn zu befreien vermocht.

«Aus welchem Grunde bezeigst du dich eigentlich gegen Nicola so feindselig?» begann Theodora jetzt ihren Vorstoß.

Es half Irene wenig, daß sie sich keiner Feindschaft gegen den lesbischen Fürsten bewußt war. Theodora ließ sich nicht überzeugen, und darin, daß Irene ihn nicht liebte, hatte sie auch vollkommen recht.

«Bei deinem Einfluß auf Mohammed –», sagte Theodora und glühte vor Eifersucht.

«Ich sah den Kaiser überhaupt nicht seit – seit jenem Unglück, ich meine seit Ihres Bruders Verhaftung», erwiderte Irene, und sie sprach die Wahrheit.

Zu fragen, ob Theodora denn nicht selbst Gelegenheit gehabt habe, ihr Fürwort bei Mohammed einzulegen, das wagte sie nicht.

Irenes zuchtvolles Verhalten stach von der anderen unbekümmertem Benehmen seltsam ab. Theodora versuchte kaum, Leidenschaften zu verbergen, zu denen sich Irene nur vor sich selbst bekannt hätte, und auch das nur aus unbestechlichem Wahrheitsdrang.

Die Favoritin aber konnte sich nicht bezwingen. Heftig erhob sie sich jetzt und ging mit raschen und großen Schritten zum Fenster. Dort blickte sie lange hinaus, und fast schien es, als habe sie Irenes Anwesenheit völlig vergessen.

Mohammed befand sich auf der Jagd. Er jagte in den Staatsforsten an den Süßen Wassern. Und Theodora fühlte nicht genug wie eine Haremsfrau. Sie kränkte sich, daß er ohne sie gegangen war. Als sie sich wieder umwandte, glänzten ihre Augen von Tränen.

«Ich sah ihn auch nicht», sagte sie.

Sie sagte es leise.

Irene aber erblickte wie in einem Spiegel in Theodora sich selbst. Was sie jedoch sah, erweckte in ihr das nackte Grauen vor einer Liebe, die sich so offen und würdelos preisgab, vor einer Liebe, die auch sie empfand. Denn im Grunde sei wenig Unterschied, dachte sie voll Entsetzen, zwischen Theodora und ihr.

Auch Irenes Nächte waren von Mohammed erfüllt.

«Wir müssen Nicola retten», packte Theodora jetzt zu.

«Falls ich kann –», zweifelte Irene.

«Du kannst! Versuche nicht, dich herauszureden! Mohammed wird kommen, zu Dschem wird er kommen. Und dann wirst du mit ihm über Nicola sprechen. Du mußt!» kam Theodora jedem Einwand zuvor. «Mag sein, daß mich der Untergang des Bruders gefährden würde. Mag sein! Aber du bist ebensowenig in Sicherheit wie ich.»

«Wir stehen alle in Gottes Hand», wich Irene ihr aus.

«Oh, so meinte ich es nicht, meine fromme Igumena!» stieß Theodora jedoch höhnisch hinterher. «Obwohl in gewissen Briefwechseln immer viel von Gott die Rede ist. Wohlgemerkt, von unserm christlichen Gott. Ich müßte mich aber sehr in meiner hochwürdigsten Nichte täuschen, wenn deren hehrem Gemüt so gar nichts von diesen Briefen bekannt wäre!»

Amyrutzes! dachte Irene urplötzlich.

Daß der Protovestiar von den gefährlichen Briefschreibereien Kaiser Davids mit dem Papst, mit Usun Hassan und vermutlich mit allen Feinden Mohammeds wisse, sei klar und ebenso, daß er noch immer mit Theodora verkehre. Schon deren Scheidung mache Zusammenkünfte mit dem Ersten Sachwalter des ehemals kaiserlichen Hauses von Trapezunt notwendig ...

Aber kein Muskel zuckte bei dieser Überlegung in Irenes Gesicht.

«Briefe –?» fragte sie nur.

«Nun ja!» dehnte Theodora die Silben: «Briefe, die zu lesen Mohammed sehr interessieren würde!»

«Und warum geben Sie sie ihm nicht, liebe Tante?» traf Irene den Ausdruck des Erstaunens mit solcher Sicherheit, daß sie sogar die Tante täuschte.

«Alle deine Leute wären verloren!» rief Theodora.

Das freilich wußte Irene auch. Und dennoch schöpfte sie wieder freier Atem, weil sie jetzt überzeugt war, daß die Dame aus Lesbos keinen der Briefe besitze und sich auch keinen verschaffen könne. Verdächtigung aber ohne Beweis bringe bei einem Manne wie Mohammed nur dem Angeber Gefahr.

Doch die Tante sei auf einer Fährte, besann sie sich noch, und wie richtig die sei, das wisse sie, Irene, nur allzu gut. Ganz gleich sei es also, ob Amyrutzes, wofür kein schlüssiger Nachweis vorliege, die Fährte gezeigt habe oder nicht. Wie viele Mitwisser möge Kaiser David haben! Und dabei genüge schon eine einzige Unvorsichtigkeit, ein Unheil heraufzubeschwören!

Und an die Kusine Anna dachte Irene und an das Gespräch mit der Kleinen in Jassowo.

«Deine Leute wären verloren und du mit!» wiederholte Theodora. «Da siehst du also, wohin das Anschwärzen Nicolas dich geführt hat!»

«Ich, liebe Tante?»

«Jawohl, du! Wem sonst als dir verdankt er die Einkerkerung? Mir doch gewiß nicht! Und außer mir bist du die einzige Dame, die das bewirkt haben könnte. Wahrscheinlich bist du überhaupt die einzige, auf die Mohammed noch hört», vollendete sie mit dem ganzen Haß ihrer Eifersucht.

Irene konnte nur schweigen.

«Du gibst es also zu?!»

«Nein.»

«Dann tätest du gut, das dadurch zu beweisen, daß du dich für Nicola einsetzest.»

Irene war ohne Hoffnung.

Wozu einen Mörder schützen, dachte sie, um andere zu sichern, die nicht viel besser seien? Und vergeben würde Theodora ihr nie, sie um diesen Dienst gebeten zu haben – nicht wenn sie die Bitte verweigerte, und wenn sie ihr sie gewährte, erst recht nicht. Der Erfolg gar würde in den Augen der Tante nur Irenes Einfluß auf Mohammed erhärten. Und in diesem Fall würde der Haß am größten sein. Was Irene auch täte, immer werde Theodora sie hassen.

«Bist du bereit, etwas für Nicola zu unternehmen?»

Mohammeds Geliebte forderte es mehr, als sie fragte.

Nein! Zu gewinnen sei diese Gegnerin nie – das empfand Irene wohl. Aber sie gedachte der Tränen auf den Wangen der Fordernden, an deren Selbstpreisgabe, deren Würdelosigkeit, vor der ihr so gegraut hatte. Und an jenes leise «Ich sah ihn auch nicht» dachte sie und an die vielen

Stunden qualvollen Wartens dieser Frau. Um dieses einen Satzes willen aber fühlte sie für Theodora wie für eine Schwester, die das gleiche Schicksal erleide wie sie selbst.

Noch einmal rüttelte Theodoras Stimme an ihr, und die Stimme war feindselig und hart.

«Besinne dich endlich! Wozu hast du dich entschlossen?»

Ein Blick traf die Zornige.

«Ich will es versuchen», sagte Irene.

XXXV

Großwesir Mahmud pflegte zu sagen, daß er mit einem Pferd, einem Säbel und fünfhundert Aspern an die Schwelle des Sultans gekommen sei und alles andere der Gnade des Padischahs verdanke. Weniger höfisch ausgedrückt, hätte es heißen müssen, daß Mahmud seinen Erfolg sich selbst und dem Glück zuschreiben dürfe.

Sogar seine Briefe galten als Kunstwerke, und in besonders zahlreichen Abschriften lief sein Briefwechsel mit dem persischen und tschagataischen Dichter Mir Alischir um, dem großen Großwesir des Sultans Ebusaid von Turkestan.

Auch als Bauherr bemühte sich Mahmud.

Zwar ziemte es ihm, dem Untertan, nicht, mit der Moschee des Eroberers zu wetteifern. Immerhin baute er ebenfalls Moscheen und Kollegien in Konstantinopel, und ebensowenig stand er dem Kaiser an Freigebigkeit nach.

Und das wollte nicht wenig heißen. Denn Mohammed war großmütig. Kaum einen Dichter des In- und Auslandes gab es, der von Mohammed nicht wenigstens eine Pension bezog, und den Inländern unter ihnen waren sehr oft noch hohe Staatsämter anvertraut. Mohammed war ein Freund der Musen.

Dasselbe aber, was Mohammed den Dichtern zuwandte, gab Mahmud der Wissenschaft. So verging kein Donnerstag, an dem er nicht Gelehrte um sich sah, und immer erschien in der Speisenfolge ein Reis- und Erbsengericht, das sich bei den alten Herren genauso wie bei den jungen der größten Beliebtheit erfreute.

Ein gut Teil der Erbsen war nämlich aus gediegenem Gold, und nicht nur ein berühmter Lehrer, sondern auch der junge Danischmend, der Bakkalaureus, der es vielleicht nötiger hatte, konnten auf diese Weise mit ihren Löffeln das Glück erhaschen. Beim Reis mit den Erbsen waren alle gleich. Am heutigen Donnerstag nun fuhr Irene, um Annina zu begrüßen, zum mahmudischen Palast.

Wieder befand sich der Großwesir in Konstantinopel, und zwar zum erstenmal in Begleitung seiner jungen Frau. Zu dieser aber wollte Irene. Und der Donnerstag war ihr gelegen gekommen, weil sie annehmen durfte, daß sie an diesem Tag Annina allein antreffen werde. Nicht daß Irene Matthäos aus dem Wege gehen wollte! Aber ihr erster Gruß sollte unmißverständlich Annina gelten, und nur ihr.

Doch auch bei diesem Damenbesuch war es gut, daß sie ihn hatte anmelden lassen.

Denn einem Großwesir war schon von Amts wegen ein Hof mit einem Hofmarschall an der Spitze zugeteilt. Seiner neuen Frau aber hatte der galante Gatte dazu ebenfalls noch einen Hofstaat errichtet, der dem kaiserlichen Range entsprach, in dem Annina geboren war. Und da alle diese Beamten und Offiziere zu tun haben wollten und es sehr unschicklich gewesen wäre, wenn Irene sich nur von kleinem Gefolge hätte begleiten lassen – so dauerte es seine Zeit, bis die beiden Freundinnen allein waren.

Jetzt erst umarmten und küßten sie sich wirklich.

Beider Freude war auch tief und echt – über das Wiedersehen sowohl wie über die Ehe, die Irene nicht minder zu beglücken schien als Annina.

Die junge Gattin wurde jedenfalls überhaupt nicht müde, von ihrem Matthäos zu erzählen, und als sie Irene schließlich im wiedergefundenen Vertrauen ein zu erwartendes Ereignis andeutete, das den Gesetzen der Natur entsprach, gab es neue Umarmungen und neue Küsse.

Schließlich witterte Annina jedoch mit dem Instinkt der

Liebenden ein gelegentliches Abirren von Irenes Gedanken, und dann sah sie im Gesicht der Freundin die Zeichen sorgenvoll durchwachter Nächte, Zeichen, die sie in ihrer peloponnesischen Zeit so oft vom Antlitz der verstorbenen Mutter hatte ablesen müssen.

Das Schlimme war nur, daß Irene nicht alles sagen durfte.

Jedes Wissen um den fortgesetzten Hochverrat des Großkomnenen David hätte Annina ihrem Manne gegenüber in eine zu schwierige Lage gebracht. Aber selbst wenige Andeutungen über Theodoras Drohung genügten, daß Annina den Namen Amyrutzes nannte und an dessen Werbung um Sismonda erinnerte.

«Sie selbst kann ganz harmlos sein», meinte Annina, «und Amyrutzes vermag sich dennoch ihrer zu bedienen. Klug genug ist er dazu. Sismonda bei dir und Theodora bei Mohammed – das würde für jemanden, der die Fäden in die Hände bekommen will, alles, was er schon haben mag, sehr günstig ergänzen. Was glaubst du?»

«Aber Amyrutzes», wehrte sich Irene, «warum sollte er ...?»

«Er ist ehrgeizig», sagte Annina.

«Ist es denn immer dasselbe?» flüsterte Irene mehr für sich selbst. Sie dachte an Notaras und war überzeugt, daß auch anderen, vielen, den meisten eine Macht, wie Matthäos sie besaß, als die größte Verlockung dieser Erde erscheine. Sehr wohl könne ein Mann von den hohen Eigenschaften eines Amyrutzes also versuchen, das Ziel am Ende doch noch zu erreichen. Nicht einmal ein Verräter an der kaiserlichen Familie von Trapezunt brauche er deswegen zu sein. Habe Notaras etwa den Tod der eigenen Söhne gewollt? Gewiß nicht. Er habe sie nur ins Spiel gebracht. Wie denn die Menschen sehr oft um kleinlichster Vorteile willen, nur aus Verblendung und Abneigung gegen das Denken ihr Höchstes in einem aussichtslosen Spiel einsetzen – um den Verlust, falls sie ihn überleben, dann um so länger zu beweinen.

«Warum sollte Amyrutzes euch alle nicht verraten, nachdem er Trapezunt, seine Heimat, bereits verriet?» fuhr Annina mit dem Selbstbewußtsein einer jungen Frau fort.

«Mein Onkel, Kaiser David, sprach nie von einem Verrat des Amyrutzes», meinte Irene.

Annina seufzte. Sie dachte an die ewigen Fehden ihres Vaters mit dessen Bruder Thomas und beider mit aller Welt, worüber dann der Peloponnes an die Türken verlorengegangen sei. An die unstillbare Herrschsucht gerade der Unfähigen dachte sie.

«Wir haben unsere Zeit gehabt», sagte sie, und Irene hörte Matthäos aus ihren Worten: «Heute sind die Komnenen nicht besser als die Paläologen und umgekehrt. Kaiser David gab sein Land aus Feigheit preis, seine Würde, sich selbst. Weswegen tat es Amyrutzes? Den Sturm sahen beide kommen, Kaiser und Kanzler – das beweist ihre Bündnisspielerei. Amyrutzes aber war klug genug, zu sehen, daß es mit Worten nicht getan sei, und an Geld fehlte es nicht in Trapezunt. Eine Flotte hätte beschafft werden müssen. Matthäos sagt es selbst: Eine trapezuntische Flotte – und er hätte niemals landen können. Falls es ihm aber wirklich gelungen wäre, die Landung zu erzwingen, so hätte ein kleines, aber gutes Heer ihn bald wieder auf die Schiffe zurückgetrieben. Doch das Heer war nicht da, obwohl man mehr Söldner bei den tapferen kaukasischen Stämmen hätte werben können, als nötig gewesen wäre. So sah es an der Küste aus. Gegen einen Einfall zu Land aber war Trapezunt durch das schier unübersteigliche Gebirge geschützt. Mohammed kam nur hinüber, weil er nicht gleichzeitig zu kämpfen brauchte. Zahllose Burgen ließ er ungestürmt hinter sich, und erst nachher stellte sich dann heraus, daß sie gar nicht besetzt gewesen waren! Als die türkischen Truppen schließlich vor Trapezunt anlangten, sah es trotzdem schlecht genug um sie aus. Niemals hätten Matthäos und Mohammed vor der uneinnehmbaren und mit allem versehenen Stadt überwintern können! Während aber selbst ein Nicola von Lesbos sein Mytilene hart verteidigte – was tat Amyrutzes? Denn dein Onkel David zählt ja nicht. Nun: Amyrutzes erinnerte sich wieder einmal seiner Verwandtschaft mit meinem Mann und – verhandelte. Nein, er kapitulierte! Etwas anderes war der Vertrag nicht, zu dem er Kaiser David überredete. Wie ein Sachwalter Mohammeds benahm er sich und nicht wie der Erste Minister des Gegners. Wozu – frage ich dich, Irene –, wozu dies alles, wenn er nicht ...»

«Wenn er nicht?» Wie oft hatte Irene dasselbe gedacht!

«... wenn Amyrutzes nicht für seine zweifellos große Begabung bei Mohammed größere Möglichkeiten gesehen hätte als bei einem kleineren und vermutlich wohl oft recht kleinlichen Herrn.»

«Es ist nichts bewiesen, Annina.»

«Nein», gab Annina zu, «und es wird auch nichts bewiesen werden. Er ist zu schlau.»

Annina urteilte stets schneller und meist auch strenger als Irene, und des eleganten Protivestiarios Freundin war sie nicht. In diesem Augenblick aber machte sie der anderen ein Zeichen zu schweigen, und mit Erstaunen sah Irene einen Schrank sich öffnen.

Sie jedenfalls hatte den geschnitzten Wandvorbau mit Perlmuttereinlage für einen Schrank gehalten. Er war aber die Tür zu einem Verbindungsgang, der von den Privatzimmern des Großwesirs in den Harem seiner Prinzessin Frau führte.

«Wir glaubten dich noch bei deinen gelehrten Freunden», sagte Annina.

«Sie tagen wohl noch», lachte er. «Ich aber wollte mir den Besuch unserer Sebasta nicht entgehen lassen und log den Herren etwas vor.»

«Wie reizend!» lobte ihn seine Frau. «Doch jetzt müßt ihr beide euch küssen. Ich will es.»

Wenn noch eine Erinnerung an den mütterlichen Garten in Adrianopel in ihm war, ließ er es nicht merken. Wenigstens Annina bemerkte nichts, als Matthäos der Irene den brüderlichen Kuß auf die Wange gab.

«Hoffentlich habt ihr etwas Richtiges zu trinken!» kam er dann etwa weitergehenden Forderungen Anninas zuvor. «Scherbet macht mich immer so durstig, und wenn ich durstig bin, brauche ich –»

«Wasser?» neckte Annina.

«Nein, Wein, du Gemütlose», sagte Matthäos. «Diese Gelehrten da unten, die alten Herren wie die jungen Fante, tun immer so sittsam, wenn sie bei mir sind, und ich kann ihnen nicht mit schlechtem Beispiel vorangehen. So, glaub ich, waren sie ganz froh, als ich ging.»

«Das schlechte Beispiel hast du wohl für uns aufgehoben?» fragte Annina.

«Ganz recht, für dich und unsere höchstzuverehrende – Sultana muß man jetzt ja wohl sagen? Meinen ergebenen Glückwunsch selbst dann, falls Sie den neuen Titel nicht als Standeserhöhung betrachten sollten. Jedenfalls ist er sehr kleidsam. Aber um auf das schlechte Beispiel zurückzukommen – das durfte ich heute wirklich nicht geben. Wenn man wie ich», lächelte er ein klein wenig eitel und zugleich etwas verlegen, «der Empfänger des ‹To fei Mahmudie›, des Mahmudischen Geschenks, ist.»

«Ist Scheich Ali Bestami unten?» fragte Annina.

«Du hast es erraten», betonte Mahmud mit einem Seufzer, «der große Ethiker ist auch da.»

Annina mußte lachen.

Es war ihr bekannt, daß ihr Matthäos vor dem berühmten, aber auch reichlich fanatischen Schriftsteller etwas Angst hatte. Matthäos sorgte großzügig für den streitbaren Scheich; aber er wußte auch, daß er die ehrenvolle Widmung des Bestamischen Werkes über Ethik immer von neuem verdienen mußte.

So blieb ihm nichts übrig, als in Anninas Heiterkeit einzustimmen.

Irene aber war beiden dankbar, daß sie diesen leichten Ton beibehielten. Auch der Wein, den die Hausfrau klugerweise für alle Fälle bereithielt, ließ keine Befangenheit aufkommen.

Ohne alle höfische Verbrämungen konnten sie daher miteinander reden. Nicht eine einzige Dienerin war zugegen. Sogar ernster durfte die Unterhaltung werden. Annina brachte zuletzt das Gespräch auf den Fürsten von Lesbos, und Matthäos dachte gar nicht daran, sich gegen Irenes Fürsprache hinter irgendwelchen Vorwänden zu verstekken.

Denn ihm als Großwesir war der Fall natürlich bekannt. Außerdem mußte ein gut arbeitender Nachrichtendienst ihn über alles in Mohammeds Umgebung auf dem laufenden halten, und so war ihm der letzte, äußere Anstoß zu Nicolas Verhaftung gleichfalls nicht entgangen.

«Mohammed tut anscheinend manches aus einer Laune», erläuterte Matthäos. «Aber der Schein trügt. Es gibt wenige Menschen, die ihre Launen besser beherrschen als er. Das macht diesen Fall so schwierig, so – gefährlich.»

«Für Nicola gefährlich?» fragte Annina.

«Nicht nur für Nicola», antwortete Matthäos.

Und Irene glaubte, ihn zu verstehen.

Sie mußte an die Eroberung von Konstantinopel denken. Damals habe es so ausgesehen, dachte sie, als seien die Archonten dem närrischen Grafen Boulaisse als Preis für dessen Tochter geopfert worden. In Wirklichkeit aber habe Mohammed eine Schicht geschwächt, die, weil sie allzeit die Verschworenen gestellt habe, schon seinen christlichen Vorgängern im Kaiseramt ein Stein des Anstoßes gewesen sei. Die Notaras und die andern Archonten seien zudem durch keine Kapitulation geschützt gewesen wie Fürst Nicola –. Der Herzog von Athen freilich ...?

«Wer wird noch die Waffen strecken», unterbrach Matthäos ihre Gedanken, «wenn auf die abgeschlossenen Kapitulationen kein Verlaß mehr ist?»

«Vielleicht wird der Angegriffene dann überhaupt nicht erst kämpfen», warf Irene ein.

«Da der Mensch feige ist, kann der Schreck allerdings auch diese Wirkung haben», gab Matthäos zu. «Weit öfter aber bewirkt Einschüchterung, wie sich gezeigt hat, das Gegenteil. Nicht selten macht die Angst sogar aus den Feigen noch Helden. Friede aber ist nicht Gewalt, sondern Vertrag, und jeder Vertragsbruch bricht den Frieden.»

Das sei es! durchfuhr es Irene: Vertrag oder Gewalt, das Recht oder die uneingeschränkte Macht, Matthäos oder Mohammed. Nur die Freundschaft zwischen den beiden Männern halte das Gleichgewicht zwischen dem Recht und der Macht bisher noch aufrecht. Doch das dürfe darüber nicht täuschen, daß die Macht einzig dem Recht gebühre.

«Du hattest immer einen Wein aus Samos, Annina?» fragte Matthäos.

«Den Damenwein willst du?»

«Daß du ihn so nennst, beweist mir, daß du ihn zu schätzen weißt. Doch ich sehe: Der Wein ist feurig – du aber scheinst mir geizig zu sein!»

Unter der Miene eines Heiteren verhehlte Matthäos seinen Unmut, von dem er sich gern durch einen kleinen Rausch befreit hätte. Und am Wein und an Irene entzündete er sich denn auch.

«Als Nachfolger unserer Basileen ist Mohammed Oberlehnsherr von Lesbos», erörterte er die Rechtsfrage. «Wohl hätte es ihm also zugestanden, Nicola wegen des Brudermordes vor seinen Richterstuhl zu bescheiden. Nur nahm er lieber den lesbischen Tribut, und als dann später gegen Nicola aus anderen Gründen vorgegangen wurde, gewährte der Kaiser die Kapitulation, die Verzeihung alles Vorangegangenen einschließt.»

«Falls das Vorangegangene bei Abschluß der Kapitulation bekannt war», wandte Irene ein. Matthäos hielt inne im Trinken.

«Sie sind dem Fürsten kein guter Anwalt, Sebasta», sagte er, obwohl Irenes Einwand mehr eine Frage gewesen war. «Tatsächlich wurde der Brudermord von der Pforte bis jetzt nicht zur Kenntnis genommen, und Schahin war gerissen genug, die Verhaftung auf den Fürsten Nicola und diejenigen seiner Umgebung zu beschränken, die der Beihilfe überführt werden können.»

Irene fröstelte es bei dem Gedanken, wieviel Mühe man sich wegen Nicola mache, wie leicht dagegen ein Vorgehen gegen das Oberhaupt ihrer eigenen Familie begründet werden könnte, noch leichter als beim Herzog Franco von Athen. Und auch bei dem sei es nicht nötig gewesen, auf Vergangenes zurückzugreifen. Bei Franco habe die Anklage auf Verschwörung gegen die Sicherheit der oberlehnsherrlichen Truppen gelautet, also auf einen Vorgang, der sich nach der Kapitulation ereignet haben sollte. Wie erschreckend klar aber liege der Fall des Großkomnenen David! Wer werde diesen unheilbaren Dilettanten bei Aufdeckung des Briefwechsels mit dem Papst und Usun Hassan noch verteidigen können? Sie, Irene, vermöchte es nicht, beantwortete sie sich selbst ihre Frage. Als Byzantinerin war sie vom Zwang zum Recht zu sehr überzeugt, um die Schuldfrage in ihrem Herzen nicht bejahen zu müssen.

Und jetzt sprach Matthäos.

«Trotzdem halte ich das Verfahren gegen Nicola für einen Verstoß, wenn auch nicht gegen den Wortlaut, so doch gegen den Geist der Kapitulation», sagte er. «Aber was kann ich tun? Da seht ihr mich, meine Freundinnen, einen Großwesir und den Vertrauten des Kaisers, den ‹allmächtigen› Mahmud. Und ich vermag nichts. Gar nichts! Denn wenn ich gegen Mohammed mit meinen Gründen anrenne, so kommt er mir mit Ihrem Einwand, Kirina Irene: Die Pforte nimmt den Brudermord erst jetzt zur Kenntnis und urteilt ihn ab! Nein, meine Herrinnen, hier kann nur einer helfen oder vielmehr eine: Warum sprach Theodora nicht mit Mohammed?»

«Aber Theodora war es ja gerade, die um Irenes Vermittlung bat!» rief Annina. «Sie habe den Kaiser seit Tagen nicht mehr gesehen!»

«Freilich, er ist auf der Jagd», überlegte Matthäos. «Und da das bestimmt kein Zufall ist», fuhr er fort, «so steht es schlimm um Nicola und – möglicherweise nicht nur um ihn.»

Bei diesen Worten dachten alle drei an Irenes Familie.

«Wenn Nicolas Kapitulation gebrochen, oder sagen wir richtiger: umgangen werden sollte», begann der Wesir von neuem, «dann wäre keine Kapitulation mehr sicher. Übrigens traue ich meinem Vetter Amyrutzes immer weniger. Ich habe ihn freilich auch enttäuscht! Es hätte uns ein Heer gekostet, Trapezunt zu erstürmen, und er lieferte es uns aus. Was aber erhielt er dafür? Bis jetzt nichts. Und das ist wenig für einen Mann, der nach oben will und begabt ist. Kaiser David ist ein eitler Gimpel. Ihm Leimruten zu legen dürfte nicht schwer sein, während es Vetter Georgeos nicht weiter drücken wird, wenn er das eigene Emporkommen mit dem Kopf seines ehemaligen Souveräns bezahlen müßte.»

Irene nickte beklommen vor sich hin.

«Matthäos –!» mahnte Annina leise.

Aber ihr Gatte hörte sie wohl nicht mehr.

Er stand am vergitterten Fenster und blickte nachdenklich über den Almeidan, über den Platz des Hippodroms, auf dem das Schicksal seiner großgriechischen Heimat so oft entschieden worden war. Schließlich wandte er sich wieder zu den Frauen.

«Hoffentlich hat Mohammed nichts von dem Geheimgang zwischen meinen Privaträumen und denen meiner Frau erfahren», sagte er ganz überraschend, «jedenfalls weiß ich nicht, wie bald ich Sie wiedersehen kann, Irene. Und die Zeit drängt, vielleicht die Not. Habe ich deine Erlaubnis, meine liebe Annina, und Ihre, Irene, alles, aber auch alles zu sagen, was mir in dieser Stunde auszusprechen richtig erscheint?»

Annina war diese Feierlichkeit gar nicht gewöhnt. «So sprich doch, Matthäos», drängte sie, und auch Irene sah ihn auffordernd an.

Für Matthäos aber war es nicht so einfach, das, was gesagt werden sollte, vor den Damen zu sagen.

Mit seiner ersten Frau, mit der Gefährtin seiner jungen Mannesjahre, kam Annina zwar gut und freundschaftlich aus. Zu Streitigkeiten über Vorrechte ließ es ihr hoher

Rang überhaupt nicht erst kommen. Eine Dame des Islams jedoch war sie deswegen noch lange nicht. Und Irene war es noch weniger.

Auch scheute Matthäos mehr noch Irenes Augen als die seiner Frau. Er dachte an eine Mittagsstunde in einem Platanengarten, und was er zu sagen hatte, sah dem sehr ähnlich, was von Irene schon damals verworfen worden war. Wie konnte es wiederholt werden, ohne Annina zu kränken oder Irene zu erzürnen?

Matthäos war unsicher, weil er einen Rat zu geben hatte, dessen Annahme seinem Begehren – und er begehrte Irene heißer als je – eine neue Hoffnung eröffnen würde. Weil er jedoch keinen besseren Ausweg sah, gab er den Rat trotzdem.

«Ich sehe über Ihnen eine Gefahr, Sebasta», begann er also, «wir drei sehen sie. Und darum spreche ich in Anninas Namen und in meinem eigenen: Kommen Sie zu uns, Irene, zu Annina und zu mir. Ob Sie es schon jetzt tun, was sicherer wäre, oder erst dann, wenn aus der Gefahr kein anderer Ausweg mehr bliebe – immer sind Sie gleicherweise willkommen.»

Annina machte große Augen.

Denn was Irene vor allem zu sichern vermochte, verstand sie sehr wohl: eine Ehe ihres Matthäos mit Irene, die sie als so überlegen empfand.

Jede andere, nur nicht Irene! wollte eine jähe Eifersucht sie überwältigen. Da ihr aber nicht gegeben war, gegen das, was sie liebte, zu kämpfen, so umarmte sie die Freundin.

«Sind wir nicht Schwestern –?» flüsterte sie.

«Ganz nach Ihrem Belieben, Irene, könnten Sie Ihren Harem einrichten», fuhr Matthäos fort, «und was mich betrifft, so blieben Sie Herrin Ihrer Entschlüsse», schloß er leise.

Daß dies letzte Versprechen, wenn sie es so wollte, von Matthäos auch gehalten würde, davon war Irene überzeugt. Und möge hinter seinen Worten auch eine leise Hoffnung stehen, so zweifelte sie doch nicht daran, daß sein Anerbieten einer ehrlichen Hilfsbereitschaft entspringe. Und seine Hilfe sei stark! Denn was immer das Los der Trapezuntier sein werde, als Mahmud Paschas Frau wäre sie jeder Rache entrückt.

Sie schon! überlegte sie weiter, sie wäre dann jeder Vergeltung entzogen. Ob aber auch Matthäos dem Unwillen des Kaisers entginge? Irene hätte es nicht erklären können, aber sie rechnete mit Mohammeds Widerstand.

Und noch immer hingen Anninas Augen, halb voll Angst und halb werbend, an der Freundin.

Jetzt erst bemerkte Irene diese Blicke und war gerührt.

«Ich danke dir», sagte sie und erwiderte Anninas Umarmung, «aber ich habe einen Sohn.»

Dabei hatte sie keineswegs das Gefühl, einer Entscheidung auszuweichen.

«... einen Sohn», wiederholte sie und sehnte sich ehrlich nach Dschem.

«Daß Sie einen Sohn haben, Sebasta Irene, ist vielleicht auch die Rettung», raffte sich Mahmud nun auf. «Mohammed hat lange genug an den Süßen Wassern gejagt. Ich werde es einzurichten wissen, daß er nach Konstantinopel zurückkehren muß. Und dann sprechen Sie mit ihm über Nicola, wenn Theodora es nicht wagt. Sie sind die Mutter seines Knaben. Sie wird er hören!»

XXXVI

Hoch von oben schrägte die helle Mittagssonne wie mit breiten Schlachtschwertern in die Halle.

Außer den zahlreichen Badegemächern gab es noch zwei dieser allgemeinen Schwimmhallen in Mohammeds neuer Residenz auf dem dritten der sieben Hügel zu Konstantinopel. Und jede hatte ihre Kammern für Heißluft und Dampf, ihr Planschbecken und ihre stürzenden Wasser.

Diese Halle jedoch war dem Harem vorbehalten. Mit

ihrem tiefen und weiten Schwimmbecken war sie die größte. Selbst die ehemaligen heiligen Bäder zu den Blachernen übertraf sie noch.

Der ganze Bau war dem Harem an- und vorgelagert und dort in den Hügeln eingebettet, wo dieser zur Stadt hin abfiel. Das hatte es auch ermöglicht, in die auf zwei Seiten frei liegende Grundmauer kleine runde Fenster einzulassen, durch die das Tageslicht in die blauenden Tiefen eindrang.

Unirdisch schwebten die Körper nun über dem Leuchten.

In der ganzen Länge der inneren Seite aber führte eine Treppe ins Bad, und weiter im Hintergrund zogen sich Arkaden hin, deren Bänke die abgelegten Gewänder der Mädchen bunt überblühten.

Becken, Treppe und Arkaden waren der kostbare Sockel und der Rahmen für erlesenste Leiber. Immer neue Bilder erschienen und lösten, um in andere überzufließen, sich auf. Lachen und das Geklapper der hochgestöckelten Badeschuhe erfüllten den Raum, und im Becken selbst glitt über den türkisblauen Grund hin ein elfenbeinerner Schatten.

Jetzt entfaltete er sich, zog sich wieder lang und gestreckt zusammen, und dann schoß der helle Schatten herauf.

Aus dem Gesicht und nach hinten schüttelte nun ein Kopf die triefenden schwarzen Strähnen. – Gesang und Lauten verstummten.

«Ein – zwei! Eins – zwei!» drang eine Stimme durch die Geräusche.

Sie kam von der einen Schmalseite des Beckens. Dort hatten zwei Mädchen den in Gurten hängenden Dschem an der Angel und bewahrten ihn so vor dem Untersinken.

«Eins – mehr spreizen die Beine, Hoheit! – zwei!» gab eins der Mädchen den Schwimmunterricht.

Sonst war das der Herzogin Amt gewesen.

Aber Sismonda hatte dem hartnäckigen Werben des Amyrutzes schließlich doch nachgegeben und sich für die

Erledigung eines der vielen Geschäfte beurlauben lassen, die mit ihrer bevorstehenden Heirat zusammenhingen.

Irene mußte sich also schon selbst um ihren Adoptivsohn bemühen. «Tiefer die Füße, Dschem!» mahnte sie. «Nicht nachlassen! Ich will mit meinem Sohn bald um die Wette schwimmen! Mehr lockern die Leine, ihr Mädchen!»

Damit tauchte sie unter dem Prinzen weg, um dann dicht vor ihm sich wieder nach oben zu schnellen.

«Beine besser schließen! Anziehen die Knie! Jetzt – los! Eins – zwei!»

Mohammed war von der Jagd zurückgekehrt, und unter einem Berg von Arbeit hatte er den Großwesir angetroffen, den zu sprechen er gekommen war.

Vor allem verlangte die bosnische Frage des Kaisers Anwesenheit. Denn von Üsküb am Wardar, wo Isa, der Enkel des Ewrenos, als Statthalter die Grenzwacht hatte, waren neue Nachrichten gekommen. Für sich allein bedeutete Bosnien freilich nicht viel. Aber es war genau wie das beschwerliche Albanien das Glied in einer Kette und spielte in die ungarische und venezianische Frage hinein, wie diese wieder in die des Usun Hassan, des Sultans der Turkmanen vom Weißen Hammel. Ohne den langen Hassan hätte die Außenpolitik des osmanisch-byzantinischen Reiches weniger Kopfzerbrechen verursacht. Aber Usun Hassan war nun einmal da und drohte hinter allem, womit er auch dem Nebensächlichen eine Bedeutung verlieh, die es sonst nicht gehabt hätte.

Unter diesen Umständen brauchte das von Ungarn wie von der Türkei beanspruchte Bosnien durchaus kein verlorener Posten für das Abendland zu sein. Das benachbarte Albanien bewies hinlänglich, daß ein Bergland unter einer Führung wie der des großen Georg Kastriota oder Skanderbey auch gegen die Türken zu verteidigen sei.

Aber Bosnien hatte keinen Fürsten wie Albanien! Das Wesentliche, was man von König Stephan sagen konnte, war, daß er die Zahl der zeitgenössischen Fürsten vermehrte, die durch Mord – in seinem Fall gar durch Vatermord – zum Thron gelangt waren.

Ein Gewinn für Bosnien war dabei weder die Art des Regierungswechsels noch dieser selbst.

Schon des Vorgängers abendländische Politik hatte sich als unheilvoll erwiesen. König Stephans Vater hatte das griechisch-orthodoxe Land dem römischen Stuhl unterworfen und dadurch das Volk ohne den geringsten Vorteil in Gewissenskämpfe gestürzt.

Dem Vatermörder aber bezweifelten obendrein noch mächtige Vasallen den Thronanspruch, und die Königinmutter und der jüngere Bruder Sigismund trachteten, wenn schon jeder für sich die Alleinherrschaft nicht sollte erlangen können, doch wenigstens nach völliger Unabhängigkeit ihrer Teilgebiete.

In dieser Lage war dem König nichts anderes eingefallen, als genau dasselbe zu tun, was sich bereits bei seinem Vater als unheilvoll ausgewirkt hatte, nämlich eine römische Politik zu treiben. Um nur die immer wieder verweigerte Königskrönung zu erlangen, hatte er sogar die zahlreichen Bogomilen des Landes geopfert.

Das war aber keine Kleinigkeit gewesen; denn «Ketzerland Bosnien» hatte es immer geheißen, und der Verlust von vierzigtausend Familien schwächte die Volkskraft empfindlich.

Den Vorteil gewann denn auch das duldsame türkische Reich, das die Ketzer gern aufnahm, und keineswegs König Stephan, dem trotz seiner Willfährigkeit wiederum von Rom die Krönung verweigert worden war.

Es half dem König auch nichts, daß er für kurze Zeit zu den Türken abgeschwenkt war. Die allgemeine Entrüstung derselben Christenheit, die schon den letzten Konstantin im Stich gelassen hatte, war dem Haltlosen Grund genug gewesen, das Steuer noch einmal völlig herumzuwerfen. – Um Bosnien stand es daher schlecht.

Wenn der Pforte im Vorjahr die Vertreibung Drakuls aus der Walachei nicht wichtiger gewesen wäre, so hätte Stephan bereits damals einen türkischen Angriff zu erwarten gehabt. Denn zum Überfluß war der fällige Tribut von ihm auf eine Weise verweigert worden, die von Mohammed nicht hingenommen werden konnte.

Dem Tschausch, dem türkischen Gesandten, hatte Stephan den von fünf bosnischen Königen aufgehäuften Inhalt seiner Schatzkammer gezeigt und gemeint: Im Falle eines Krieges mit dem Sultan brauche er erst einmal sein Geld zu seiner Verteidigung. Und bei einer etwaigen Niederlage brauche er erst recht seinen Schatz, um mit dem Rest wenigstens außer Landes angenehm leben zu können.

Daß es noch ein Drittes oder Viertes, ja noch vieles andere geben könne – daran wollte er nicht denken. Und doch war die Entscheidung nicht fern. Schon sammelte sich in Adrianopel Mohammeds Heer.

Dieses Mal ging der Großwesir sogar mit der größten Vorsicht zu Werke.

Ohne leichte Truppen und Troß hatte er hundertfünfzigtausend Mann mit einer Fülle von Belagerungsgeschütz vorgesehen. Denn die Kriegspartei machte in der Signoria von Venedig täglich Fortschritte, und so würde man es wahrscheinlich nicht allein mit Bosnien zu tun bekommen. Trotz dieser Aussichten war Mohammed sehr zufrieden.

Immer mehr stellte es sich nämlich heraus, daß König Matthias von Ungarn wegen seiner Händel mit dem deutschrömischen Kaiser und mit seiner eigenen Adelspartei nicht in der Lage sei, sich Venedig anzuschließen. Und Venedig selbst tat auch nicht viel. Nicht einmal Bosnien sicherte es sich.

Statt Stephan – und sei es auch nur zur Stärkung des königlichen Ansehens – mit Truppen zu unterstützen, ließ die Republik ihn vollkommen im Stich. Sogar seine Burgen und Pässe konnte der König nicht mehr hinreichend besetzen, geschweige denn ein Heer ins offene Feld stellen.

So also sah es mit dem Kreuzzug des geeinten Abendlandes in Wirklichkeit aus. Und gerade heute waren sowohl von der Grenze wie über See Nachrichten eingelaufen, die alle Annahmen über den erfreulichen Stand der Dinge voll bestätigten.

«Während sie sich in Venedig noch streiten, mein Mahmud, haben wir Bosnien längst in der Tasche», hatte Mohammed zum Abschied gesagt, um dann in gehobener Stimmung wieder einmal nach seinem Jüngsten zu sehen.

Dschem aber war mit seiner Mutter ausgeflogen gewesen, und nun folgte der Vater den Spuren des Sohnes.

«Nicht stören lassen!» befahl der Erhabene, wohin er kam.

Er wollte nicht angekündigt werden und bewies damit, wie sehr auch er seine wirkliche Macht überschätzte.

Wenn der Herr seinen Harem betrat, lief ihm unfehlbar durch Gänge, Säle und Zimmer das Gerücht seines Kommens voraus und zumeist auch das von seinen Absichten. Einem wohlgeordneten Harem hatte nichts verborgen zu bleiben. Denn das wäre eine Schande gewesen.

Mohammeds einzige Chance bestand jedoch darin, daß gerade in diesem Serail zur Zeit kein wohlgeordneter Harem residierte und bei Irün Sultana zudem der Tätigkeit der Eunuchen feste Grenzen gesetzt waren. In der Schwimmhalle zum Beispiel beliebte ihr der Dienst der Verschnittenen nicht.

Die dunklen Herren hatten demnach einen guten Grund, das Nahen der Majestät nicht zu melden. Seine Vortrefflichkeit aber, der Lala, ließ sich, obwohl benachrichtigt, Zeit.

Es gab Leute, die Chisr Aga eine große Zähigkeit in der Verfolgung seiner Ziele nachsagten. Und da der Aga die Vereinigung Mohammeds mit Irene einst als beider Erfüllung angesehen hatte, mochte es ihm nicht unlieb sein, wenn der Padischah unversehens Irene in einem Zustand erblickte, der nach Chisrs Glauben keinen Mann gleichgültig lassen könne.

Doch niemand sah in des Agas Herz. Zu sehen war nur dieses:

Als sich der Aga schließlich bewogen fühlte, mit allen Anzeichen einer Aufregung, die er vielleicht gar nicht empfand, in die Halle zu stürzen – da war es schon viel zu spät.

«Seine Majestät»! rief er zwar, doch da der Kaiser ihm unmittelbar folgte, verfehlte die Meldung völlig ihren Zweck.

Wie Pan unter aufgeschreckten Nymphen stand Mohammed bereits da.

Um ihn, den Unbeweglichen, war eitel Gerenne.

Zuerst klapperte und schäumte ein Schwarm nackter Mädchen wie eine weiße Hagelwolke die breite Treppe hinab. Denn dem Wasser des Beckens entstieg die Sebasta.

Ihr freilich, der Sultana, galt nicht die Vorschrift, die es jeder verbot, sich unter welchen Umständen immer vor das Auge des Erhabenen zu drängen. Mit einem beschwichtigenden Wink ihres Fingers und einem heiteren Blick für Mohammed hätte sie den ganzen Aufruhr stillen können. – Aber sie winkte nicht. Und sie lachte auch nicht. Vielmehr ließ sie alles nach der Vorschrift geschehen.

Schnell war ihr ein Mantel umgeworfen, wenige Augenblicke später ihr Haar in ein Tuch gewunden, und dann entwichen die Dienenden unter die Arkaden und zu ihren Kleidern.

Jeder Mund war verstummt, beredt waren allein noch die Stöckel an den Füßen der Enteilenden. Und nur eines Atemholens Zeit war darüber verstrichen, daß Mohammed gesehen hatte, was zu sehen ihm vielleicht nicht nur von Chisrs Absichten, sondern auch von seinen eigenen geheimen Wünschen zugedacht gewesen war.

Darüber nachzusinnen, gab sich Mohammed freilich nicht die Mühe. Er war durch seinen Harem gegangen wie einer, dem alles gehört, worauf seine Blicke nur fallen würden.

Jetzt stand er in diesem Harem. Das Klappern auf den Fliesen war verklungen. Die Mädchen hatten die Badeschuhe abgestreift und verhüllten sich leise raschelnd hinter den Säulen.

In dem weiten Raum war er mit Irene so gut wie allein.

Ihre Worte wenigstens gehörten ihnen. Bis zu den anderen drangen sie nicht.

Und jetzt auf einmal war Mohammed dessen nicht mehr so gewiß, daß er Herr sei über alles, was er erblickte.

Zwischen Irenes Brauen stand eine Falte, und sein Lachen, das nur noch lächelte, war in Gefahr zu erlöschen.

Und es sei gewesen – darüber waren Eunuchen und Mädchen sich einig –, als ob Irün Sultanas Beglückung nicht ganz dem entsprochen habe, was in dieser Hinsicht und angesichts einer so zwanglosen allerhöchsten Überraschung zu erwarten gewesen wäre.

Erst der Sohn und keineswegs der kaiserliche Vater habe der Sultana Stirne dadurch zu glätten vermocht, daß die kleine Hoheit, noch recht unvollkommen bekleidet, zwischen die höchste und allerhöchste Person getreten sei und den Vater kecklich angeredet habe. Das eine Gute aber war Bürtes Erziehung in der Tat nicht abzusprechen: Angst hatte Dschem vor nichts und niemandem auf der Welt – ausgenommen zuweilen ein ganz klein wenig vor Irene.

Seinem Vater gegenüber empfand er dagegen nicht die geringste Spur einer Furcht. Dem Vater gab er gute Lehren!

«Wir wollen nicht, daß du hier einfach hereinkommst, wenn wir schwimmen.»

«Schwimmen? Du kannst ja gar nicht schwimmen!» ergriff Mohammed gern die Gelegenheit zu einer Neckerei.

«Doch kann ich!» ereiferte sich Dschem denn auch sofort. «Noch zweimal, dann komme ich von der Angel, und dann schwimmen wir um die Wette, sagt die Mutter.»

Mohammed hob in gespieltem Erstaunen die Brauen.

«Deine Mutter schwimmt?» sagte er. «Das müßte ich denn doch erst mal sehen!»

«Zeig es ihm! Zeig es ihm!» bedrängte Dschem Irene und versuchte, sie fortzuziehen.

«Ein andermal», lächelte sie. «Und du sollst dich anziehen, hab ich dir gesagt.»

«Da siehst du es», stachelte Mohammed. «Sie kann nicht.»

«Meine Mutter kann alles», trotzte Dschem.

«Sie kann nicht, sonst würde sie es tun.»

«Doch, du! Sie kann!»

Wie ein kleiner Junge zankte sich Mohammed mit seinem Sohn, aber seinem Necken fehlte die Liebe.

Zwischen diesem Vater und diesem Sohn bestand ein Verhältnis wie zwischen einer Bienenkönigin und jungen Nachfolgerinnen im Bau. Mohammed trieb den Scherz bis zur Grausamkeit, und Dschem fühlte das Mißtrauen des Kaisers gegen einen Sohn, der einmal Rivale werden konnte. Wenn also Irene nicht eingegriffen hätte, wäre der Junge auf seinen Vater mit Fäusten losgegangen.

So übergab sie ihn wieder seinen Wärterinnen.

«Kleidet Seine Hoheit an», befahl sie.

«Meine Mutter kann alles, und was du sagst, ist nicht wahr!» heulte der Strampelnde aber noch, als er schon fortgerissen wurde. Das war die wütende Erwiderung auf das Lachen seines Vaters.

Erst als Dschem verschwunden war, blickte Mohammed auf.

«Unzufrieden?» fragte er.

«Das Kind ist leicht erregbar», sagte Irene nur.

«Allzuoft sieht der Junge mich ja nicht», meinte Mohammed obenhin. «In den Zwischenzeiten werden Sie meine schlechten Einflüsse schon ausgleichen. Ich baue auf Ihre mütterlichen Tugenden.»

Irene überlegte, daß eine Szene wie diese in Dschem noch tagelang nachwirken würde.

Aber sie sagte nichts.

«Wissen Sie auch», ließ Mohammed nachdenklich fallen, «daß ich viel darum gäbe, einmal so geliebt zu werden wie Sie von Dschem?» Irene blieb unbeweglich.

In einer geheimnisvoll schrecklichen Weise habe er von ihren Sinnen und von ihrer Seele Besitz ergriffen, kam es dabei über sie, und nun merke er nicht einmal, wieviel ihr kühles Gesicht sie koste!

Ein Eiszapfen, dachte Mohammed in der Tat, aber nur,

weil er es denken und sich gegen das Bild wehren wollte, wie die Unverhüllte schlank und doch reif, mädchenhaft und doch gebietend auf der Treppe gestanden hatte.

Doch jetzt rann über Irenes Züge ein erlösendes Lächeln.

«Dschem kann mich nicht lieber haben, als ich ihn», sagte sie.

«Aber die Hoffnung, jemals seine Schwimmkünste zu sehen, werde ich wohl aufgeben müssen.»

Um Irenes Ton aufnehmen zu können, war Mohammed viel zu sehr damit beschäftigt, seine Enttäuschung über ihre Zurückhaltung hinwegzuspotten und damit auch seine ungewohnte Befangenheit, die ihn verhindert hatte, sich zum gemeinsamen Bad mit ihr einzuladen. Und doch entbrannte seine Neugier immer mehr an dem Wissen, daß er sie ein zweites Mal so leicht nicht wieder überraschen werde, sie, die nackend sei unter ihrem Mantel.

Der Herr des Harems stand da wie ein Knabe, und er wußte es, daß er so dastand.

Es war dies ein Augenblick, in dem ein sachlicher Gesprächsstoff kostbar war, und es war ein Glück, daß sich einer fand.

Über die bosnischen Patarener, ihrer Sekte nach Bogomilen, hatte Mohammed Irene ja befragen wollen! Sie sei selbst eine Heilige dieser Sekte gewesen oder sie sei es wohl noch, dachte Mohammed.

«Vierzigtausend Familien, Kusine», sagte er laut, «das ist eine sehr beachtliche Zahl. Und die Bosnier sind überhaupt gute Soldaten. Sehr viele von ihnen dienen in meiner eigenen Leibwache; aber natürlich sind sie Moslems geworden, wie das Gesetz es verlangt. Diese Manichäer oder Katharer jedoch – nur Allah weiß, wie viele Namen sie haben – sind nun von sich aus schon mit den christlichen Kirchen zerfallen. Eigentlich trennte sie gar nicht mehr so viel vom Islam. Oder doch?»

«Sie sind Mystiker», sagte Irene.

«Haben wir doch auch! Die Mystik des Islams und die

der Christen ist doch in beiden Fällen die Gnosis. Nur daß wir unsere mystischen Dichter und Scheichs verehren und ihr eure Erweckten verbannt, wie das zu meinem Glück in Bosnien geschah.»

«Sie sind Christen», wandte Irene nochmals ein, «und es ist nicht nur die Lehre, sondern auch ihr Kult, dem sie anhängen.»

«Kult?» Mohammed dachte an die puritanischen Formen islamitischer Gottesverehrung. «Dann freilich kämen sie als Moslems nicht auf ihre Kosten», gab er zu. «Aber es wäre schade. Ich könnte ihnen viel Gutes erweisen.»

«Eure Majestät können vielen Gutes tun», ergriff Irene diese erste Gelegenheit, dem Gespräch die gewünschte Wendung zu geben, «vielen und besonders einer, die Sie liebt. Ich meine», löschte sie das mißtrauische Erstaunen auf Mohammeds Gesicht, «die erlauchte Dame Theodora, die dem Herzen Eurer Majestät so nahe ist.»

Mohammed war weibliche Annäherung gewohnt, hielt sie für selbstverständlich, wenn er auch zwischen dem, was dem Padischah, und dem, was dem Manne galt, zu unterscheiden klug genug und darüber hinaus so skeptisch war, daß er zuletzt alles immer dem Padischah zuschrieb. Jetzt aber, da sich ein Mißtrauen in bezug auf Irene überhaupt als gegenstandslos erwiesen hatte, überlief ihn doch eine tiefe Enttäuschung.

Und nun rächte er sich für seine Voreiligkeit.

«Theodora – Madonna Theodora –», wiederholte er, «welch rührende Freundschaft zwischen ihr und Ihnen, Kusine! Und was ist es, wozu meine Schöne aus Lesbos einer Vermittlung bedarf?»

«Keiner Vermittlung, Majestät!» beeilte sich Irene zu erklären. «Und falls Madonna Theodora schon selbst Gelegenheit hatte ...»

«Also in jedem Fall bin ich gestellt», meinte Mohammed. «Ein Komplott der Damen. Ich hatte allerdings noch keine Gelegenheit, Madonna Theodora zu sehen. Leider! Also bitte, meine erlauchte Base?»

Wieder erschien zwischen Irenes Brauen eine Falte. Warum Mohammed erst lange frage, dachte sie, da er es doch bereits wisse!

«Gnädiger Herr», sagte sie, «Theodora ist Fürst Nicolas Schwester!» Mohammeds Lächeln vertiefte sich.

«Eine Heilige bittet für einen Sünder, für Nicola», lachte er dann kurz auf. «Unter diesen Umständen hätte sogar ich vielleicht noch Aussicht, falls ich jemals einer Fürbitte bedürftig sein sollte? Verzeihung! Im geistlichen Sinne bin ich ihrer überaus bedürftig. Wir sind allzumal Sünder, nicht wahr? Wieviel mehr also ich!»

«Es handelt sich um ein Menschenleben!» begegnete Irene seiner Heiterkeit mit Ernst.

«Gewiß», tat Mohammed diesen Ernst aber sehr leicht ab, «um das Leben einiger Mörder, wenn ich nicht irre. Freilich, Christos vergab dem Schächer am Kreuz. Aber wir dürfen, Eure überallhöchstzuverehrende kaiserliche Hoheit, über der Selbstherrlichkeit unserer frei schweifenden Gedanken nicht gänzlich vergessen, daß ich als Herrscher ein Moslem bin. Für uns ist der Sohn der Maria ein Prophet. Einer von vielen. Und von denen, die das Schwert ziehen, sagte auch er ja wohl gelegentlich, daß sie durch das Schwert umkommen sollten?»

Daß Christos ihn selbst damit gleichfalls verdamme, unterstrich er noch geradezu. Und so war seine Ironie denn nichts als eine einzige Herausforderung an Irene. Sie aber ließ sich zu keiner Antwort verleiten. Sie sah ihn nur an.

Zu gut erinnerte sie sich ihrer Unterredung mit Mathäos. Mohammed scheine oft spielerisch zwecklos zu handeln, hatte der Großwesir gesagt, dennoch verbinde der Sultan mit allem stets einen Zweck.

Wie das Lebens selbst! mußte sie denken. Und sie sah dunkel für Theodora und Nicola und alles, was hinter denen stand, sie ebenfalls mit einbegriffen.

Aber kein Platz war in ihr für Furcht. Sie war einzig erfüllt von Kummer über ihn, hinter dem sie die Schatten der Ermordeten sah.

Irene empfand Mitleid mit Mohammed.

«Spielen Sie Schach?» fragte er nach der Pause, während der er kein Auge von ihr gelassen hatte.

Sie spielte Schach. Ihr Onkel Notaras hatte es sie gelehrt, und sie hatte ihn später oft darin geschlagen.

«Ich wünschte sie mir sehr zur Partnerin», hörte sie den Herrn des Harems sagen.

Das wäre für jede ein Befehl gewesen, nur nicht für Irene, die das Bad verließ, wenn der Sultan die Halle betrat. Doch eben hatte sie Mohammed um etwas gebeten, und so waren seine Trümpfe wieder stark: Wurde Nicolas Kapitulation umgangen, was wäre die Kaiser Davids dann noch wert?

Es ging nicht nur um Irene.

«Ich spiele Schach», antwortete sie.

«Und ich dürfte auf Sie rechnen – wenn ich Sie bitten ließe, mit mir um – Nicolas Kopf zu spielen?»

«Nein!» rief Irene. «Niemals!»

In diesem Augenblick entspannten sich Mohammeds Züge.

«Dann», sagte er fast gütig, «schlage ich vor, wir spielen um die Ehre des Sieges?»

«Ich werde alles tun, um zu gewinnen», lachte Irene erleichtert.

«Und ich werde spielen, als hätten Sie als Preis Ihre Freundschaft eingesetzt», gab ihr Mohammed zurück.

Seine Stimme aber war die eines werbenden Mannes ...

Als Mohammed gegangen war, hatte er Nicola nicht mehr erwähnt.

Am andern Tag jedoch begab sich der Bostandschi Baschi zu den Sieben Türmen und überbrachte dem Fürsten die allerhöchsten Glückwünsche zu dessen Beschneidung.

Danach wurden Theodoras Verwandte ihrem Rang nach mit einem Ehrenpelz und einem Kaftan bekleidet und in Freiheit gesetzt.

XXXVII.

Die Freilassung des Fürsten Nicola bedeutete keineswegs das Ende von Verwicklungen, in die Irene, ohne an ihnen teilzuhaben, hineingezogen wurde.

Außer ihrer Tante Theodora war es plötzlich noch ihre Hofmeisterin, die ihr Sorge machte.

Nachdem Sismonda sich entschlossen hatte, zugunsten ihres berühmten Freiers auf ihren Herzoginnenrang zu verzichten, hatte sich die junge Frau trotz des Altersunterschiedes von über zwanzig Jahren in den Gedanken an diese Ehe mit Amyrutzes verliebt.

Allerdings bestach der Protovestiarios nicht nur durch geistige Überlegenheit, sondern auch durch sein gutes Aussehen und als Sportsmann. Amyrutzes führte den Bogen so gut wie die Feder.

Gegen den Verrat, den viele ihm nachsagten, sprach, daß er bis jetzt noch nicht belohnt worden war. Im Gegenteil! Beim Fall von Trapezunt, dessen Kapitulation er doch selbst mit seinem Vetter Mahmud abgeschlossen hatte, war seine eigene Familie durchaus nicht verschont geblieben. Seine beiden Söhne sowohl wie sein Schwiegersohn hatten alle drei zu der vornehmen Jugend gehört, die man für den Dienst des Padischahs zu Sklaven gemacht hatte. Im Falle des Protovestiars, fügten dessen Feinde freilich hinzu, sei das nur, um den Verdacht des Verrats zu entkräften und ausschließlich zum Schein geschehen. Auch dem Gerücht, der eine der Söhne, Basil, sei durch Mißhandlungen, ja durch Folter zum Moslem gemacht worden, gaben sie die gleiche Auslegung, und das Gerücht war in der Tat höchst unwahrscheinlich. Der Koran verbot in Glaubensdingen jeden Zwang, und außerdem hatte bereits die mongolische Abstammung den Türken religiöse Duldsamkeit vererbt.

Richtig war nur, daß die beiden Söhne übergetreten waren und daß man den Schwiegersohn freigelassen hatte.

Dieser Mann seiner Tochter Theoctiste war jetzt Kammerherr des Exkaisers David, während aus Amyrutzes' erstem Sohn Basil ein Mehmet und aus dem jüngeren Alexander ein Iskender geworden waren.

Und damit wenigstens tat man dem Protovestiarios in gewissen Kreisen Unrecht, wenn man diese Vorgänge in dessen Familie wiederum nur auf die ausgeklügelte Diplomatie des Oberhauptes glaubte zurückführen zu müssen.

Wenn die Söhne sich des äußeren Vorteils wegen hatten beschneiden lassen, so war es ausschließlich ihr eigener Wille gewesen, dem sich der Vater mit seiner ganzen Autorität, wenn auch vergebens, widersetzt hatte. Man durfte sogar annehmen, daß dieser Einspruch höheren, ja vielleicht allerhöchsten Ortes scheel betrachtet worden war und die Zurücksetzung des Protovestiars erklärte. Denn die Pforte verzichtete ungern auf Begabungen seines Ranges, nur daß die Zeremonie der Beschneidung eben die Voraussetzung für den eigentlichen Pfortendienst war.

Zum Übertritt aber konnte man Amyrutzes auf keine Weise bewegen. Bei aller Philosophie war er ebenso wie einst Notaras ein überzeugter Christ. Basils und Alexanders Abfall hatte ihn aufs tiefste gekränkt und zu einem völligen Bruch mit den Söhnen geführt.

Das nun war die Lage gewesen, als Sismonda dem berühmten Schriftsteller Georg von Trapezunt, dem Protovestiar des Exkaisers David, ihr Jawort gegeben hatte.

Und so war sie noch heute. Nur daß inzwischen etwas Unvorhergesehenes eingetreten war.

Als eine geborene Sophiana war Sismonda mit Amyrutzes in der weiblichen Linie verwandt. Als Base und Vetter zweiten Grades bedurften beide daher zur Eheschließung eines kirchlichen Dispenses, und an vieles hatte Amyrutzes gedacht, nur daran nicht, daß ihm dieser Dispens verweigert werden könne.

Dennoch war es geschehen.

Darüber hatte es im Patriarcheion heftige Auftritte gegeben. Selbst zu einem Skandal war es gekommen. Und nun hatte die Enttäuschung – von Amyrutzes gar nicht zu reden – Sismondas seelisches Gleichgewicht vollkommen erschüttert.

Sie warf sich vor, ebenso wie über Herzog Franco jetzt auch über Amyrutzes Unglück gebracht zu haben, und verlangte auf das heftigste nach den Tröstungen derselben Kirche, der sie ihr Ungemach verdankte.

«Warum willst du mich nicht ins Kloster gehen lassen?» rief sie, nachdem sich Irene den Zugang zu ihr erzwungen hatte. «Du selbst hast nichts anderes getan!»

Sismonda lag, nur wenig bekleidet, mit zerrauften Haaren auf ihrem Bett, das Gesicht in den Kissen vergraben.

Nun hob sie es, tränenüberströmt, und es lag etwas so kindlich Aufbegehrendes darin, daß Irene gerührt war. Sie wußte, wieviel die Furcht vor der Lächerlichkeit, die Eitelkeit also, an diesem Kummer teilhabe.

«Du möchtest in eine andere Welt entweichen», sagte sie, «aber du vergißt, daß du dir selbst nie entrinnst.»

«Ich will büßen!» rief Sismonda.

«Für das, was Gott dir auferlegte?» fragte Irene.

Sismonda merkte jedoch den Fallstrick.

«Um meiner Sünden willen bestrafte er mich», beteuerte sie.

«Vielleicht –», meinte Irene. «Deine Sünde war deine Jugend und deine Jugend die Strafe.»

Sismonda fand, daß Irene eine Sphinx sei, von der man nicht wisse, ob sich hinter deren Lächeln Gott oder der Teufel verberge. «Hilf mir!» schäumte sie dennoch oder gerade deswegen aus all ihren Grenzen.

Auf den Knien rutschte sie hin zu Irene, umklammerte deren Beine und schlug immer wieder hilfeflehend mit der Stirne den Boden.

Nur einen einzigen Weg sah sie noch aus dem Gestrüpp: Es war die Buße als das einzige Feste, an das sie sich halten zu können glaubte. Irenes Gefühle aber waren die der Ironie.

Sie glaubte dessen sicher zu sein, daß die Heilung der Exaltierten nicht schwerfallen werde, und zwar durch dieselbe Medizin, die Sismonda so heftig begehrte.

«Um der Buße willen», sagte Irene, «brauchst du die Welt nicht zu verlassen. Eine Gelegenheit findest du überall. Wenn du willst, sogar hier ...»

Als dann alles vorüber war, wurde Irene der Kapu Aga Schahin gemeldet.

Seine hohe Exzellenz überbrachte Ihrer kaiserlichen Hoheit die allerhöchste Einladung zu einer Partie Schach. Außer Seiner Majestät werde auch noch die Sultana Rebia Gülmisch zugegen sein.

Diese «rosenfarbene» Rebia war zu Besuch aus Adrianopel eingetroffen und keine andere als jene Komtesse Boulbaisse, deren Hand von Mohammed bei der Eroberung Konstantinopels anscheinend mit dem Leben so vieler Archonten bezahlt worden war.

Freilich hatten diese Männer der Dame nur den Königinnenrang, aber sonst kein Glück hinterlassen: Ihre beiden Kinder waren bei der Geburt gestorben.

Rangmäßig ging sie einer Madonna Theodora allerdings immer noch weit voran. Theodora war in Schahins Hofansage nicht einmal erwähnt worden.

Dennoch täuschte Irene sich bei dem Gedanken, daß nur die Tante die Verlegung der Schachpartie in den Rahmen einer größeren Geselligkeit durchgesetzt haben könne.

Theodora wünschte kein neues Alleinsein Mohammeds mit Irene.

Eine Reihe der Gäste hatte Irene schon in ihrem eigenen Hause empfangen, so den Christodoulos, den griechischen Baumeister der großen Moschee, dem Mohammed erst vor wenigen Tagen als Honorar eine ganze Gasse mit einer Kirche und dem unverbrüchlichen Recht auf christlichen Gottesdienst zum Geschenk gemacht hatte.

Andere waren ihr fremd.

Sie stand mit Theodora und der Sultana gerade neben dem Kaiser, und eben näherte sich der geleckte Hussein Tebrisi.

Besonders gut gelaunt reichte ihm Mohammed das Innere seiner Rechten zum Kuß.

Aber ganz entgegen dem kaiserlichen Erwarten schwieg Tebrisi.

«Husseins Kopf muß voll sein von schweren Gedanken!» scherzte der Padischah. «Sie können nicht heraus.»

«Es ist so», bestätigte nun Hussein Tebrisi mit einer seiner unnachahmlichen eleganten Verneigungen. «Meine Gedanken jubeln, daß Eure allerhöchste Majestät mich soeben zum Muderris an der Aja Sofia ernannten.»

Man war verblüfft, man dachte nach, man schmunzelte. Denn Tebrisi hatte einigen Grund, so zu sprechen, da «Aja» im Türkischen das Handinnere bedeutete und er mit Sofia auf seine religiöse Mitgliedschaft bei der persischen Sekte der Sofia angespielt hatte.

Außerdem war das Rektorat gerade frei geworden, und Tebrisi hatte den Lehrsitz schon immer haben wollen.

«Und was sagt Kurani?» fragte Mohammed.

Irene erschrak fast bei diesem Namen, den sie als Kind schon so oft vernommen hatte. War Kurani doch jener Chodscha, jener Lehrer Mohammeds, und einst wegen seiner großzügigen Handhabung des Stockes Amme Arkas gern nachgeahmtes Vorbild gewesen! Daß dieser Molla Kurani dem Sultan die Hand nicht küßte, war etwas, worüber sie sich denn auch nicht wunderte.

«Du fragst mich», grollte Kurani mit seinem früheren Schüler, da Grollen nun einmal die Art seines Umgangs mit Menschen war, «um hinterher doch nur zu tun, was dir beliebt.»

«Wenn mein Verhalten zu tadeln ist», spottete Mohammed, «so ist das die Schuld meines Vaters, weil er einen Sohn zeugte, aus dem selbst ein so großer Lehrer wie du nichts zu machen verstand.»

«Dein Erzeuger war ein wackerer Mann», raunzte Kurani dagegen, «statt ihn zu schmähen, solltest du dir lieber ein Beispiel an Timur nehmen.»

«Also doch nicht an meinem Vater, sondern an Timur!»

freute sich der Kaiser. «Und was tat Timur, daß du ihm eine so gute Note erteiltest?»

«Als mit dem großen Gelehrten Seadeddin Teftasani eine kleine Unstimmigkeit vorgekommen war – wirklich nur eine kleine», fügte Kurani hinzu, «Seadeddin hatte lediglich einen von Timurs Beamten durchgeprügelt –, da sah der Sultan ihm dieses nach. Denn, erklärte der Herrscher, wie könnte ich einem Manne zürnen, dessen Ruhm in allen Städten vor dem meinigen hergeht.»

«Ah!» sagte Mohammed, «das geht auf mich und dich.»

«Es ist wahrlich dasselbe mit mir und mit dir», verbesserte Kurani die Rangfolge. «Meine Exegese des Korans wird zu Mekka gelesen, wohin dein Schwert, soviel ich weiß, noch nicht gekommen ist.»

«Stimmt!» gab Mohammed zu. «Du verstehst es, so lange von deinen Verdiensten zu reden, bis einige Leute dir tatsächlich glauben. Sogar in Mekka. Von meinem Schwert aber verlangt man überzeugendere Beweise. – Doch jetzt höre nicht länger auf deinen ungeratenen Zögling», nahm er schnell alles zurück, «sonst läufst du uns am Ende wieder davon.»

Der liebenswürdigen Schmeichelei seines Schülers aber konnte selbst Kurani nicht widerstehen.

Und Mohammeds Worte waren eine Schmeichelei.

Um eines Verdrusses willen war Kurani vor einiger Zeit nach Ägypten gereist, wo man ihn in Kairo begeistert aufgenommen hatte, ohne ihn freilich halten zu können. Im Grunde fühlte sich der Griesgram eben bei Mohammed doch immer am wohlsten!

«Und ich?» brachte sich Hussein in Erinnerung.

«Sie bekommen die Stelle, Ehrenwerter», entschied Mohammed. «Aber nicht mir, sondern Ihren eigenen Verdiensten müssen Sie danken.»

Mit Rücksicht auf Kurani war die Unterhaltung türkisch geführt worden, was der Fränkin Theodora einige Schwierigkeiten machte. Jetzt war Mohammed so höflich, ihr auf griechisch den Sinn eines Ausdrucks zu erläutern.

Irene dagegen hatte schon als Kind türkischen und persischen Unterricht genossen und sich die Hofsprache seit ihrem Austritt aus Kartuza weitgehend angeeignet.

Von Jugend auf an Verkehr mit Männern von Geist gewöhnt, fand sie wohl, daß Mohammed keinem nachstehe, und fühlte dennoch, daß hinter seiner ungezwungenen Anmut die Unberechenbarkeit eines jähen Zornes lauere, falls auch der sich zuletzt nicht wieder als kühle Berechnung herausstellen sollte.

Nicht daß sie an die zahllosen Gerüchte glaubte, die wie ein Schwarm von Mücken Mohammeds Namen umspielten. Auch ohne allen Klatsch blieb genug, was nicht zu bestreiten war.

Doch immer seien die Sklaven bereits gewesen, ehe ein menschenschänderischer Tyrann sich ihrer bemächtigte, dachte sie in Erinnerung an die Worte des Gennadios. Und hier gebe Mohammed sich nur darum nicht als Tyrann, weil eine ganze Reihe dieser Männer bei der geringsten Kränkung bereit seien, ihn zu entbehren.

Das letzte wußte Irene zwar, aber ohne zu begreifen, wie man auf Mohammed verzichten könne.

Vielmehr stieg in ihr jetzt eine leise, höchst unrühmliche Eifersucht auf, weil sich der Kaiser gerade mit ihrer Tante beschäftigte. Auch wußte sie ja, daß deren Scheidung ausgesprochen werden sollte und der Padischah seine Favoritin zur Gemahlin erheben würde.

Irene errötete über sich selbst.

Alle Vorbehalte und Überlegungen fielen jedoch gänzlich von ihr ab, als sie dann mit Mohammed am Schachbrett saß.

Sie war verwirrt und verzaubert und sah und hörte nur noch ihn.

«Ich nehme den Läufer», sagte er.

«Und ich nehme den Turm», erwiderte sie.

«Ein schlechter Tausch! Ich meine für mich», setzte Mohammed hinzu. «Aber Sie erzählten noch immer nichts von den Patarenern, über die Sie doch so viel mehr wissen dürften als wir. Glauben Sie, daß die Bekehrung jedes dieser Ketzer zur römischen Kirche echt sein müsse?»

Schon Matthäos hatte mit ihr darüber gesprochen und sie nach einen Manne gefragt, der ihr als Günstling des bosnischen Königs und als früherer eifriger Bogomile bekannt war.

«Warum sollte jemandem die römische Kirche genügen, der von der griechischen enttäuscht wurde?» sagte sie. «Diese Menschen läßt die Frage, ob Patriarch oder Papst, ziemlich kalt. Und etwas anderes hat ihnen Rom nicht zu bieten.»

«Wirklich?» meinte Mohammed mit offensichtlicher Befriedigung. «Ja, dann ... Ihr Springer sitzt mir wie ein Dorn in meinem Fleisch», unterbrach er sich.

Und Irene hatte das Gefühl, als denke er an denselben Ban Duschan, von dem bereits Matthäos gesprochen hatte.

«Schach!» sagte sie.

«Sie spielen kühn!»

«Ich spiele, um zu gewinnen.»

«Und ich nicht, um zu verlieren. Sie wissen, um was ich spiele?»

Um ihre Freundschaft wolle er spielen, waren seine Worte gewesen. Irene hatte sie nicht vergessen.

Die Anwesenheit der andern aber zwang ihn zu einer vieldeutigen Verhaltenheit, die sie erregte.

Und nun kam Theodora auch noch und kredenzte dem Kaiser mit ihren eigenen beringten Händen den Scherbet.

XXXVIII

Rum Mohammed Pascha, Wesir der Kuppel und Zweiter im kaiserlichen Diwan, hatte von außen betrachtet eine ganz ähnliche Bahn durchlaufen wie Seine Hoheit der Großwesir selbst.

Rum war ebenfalls Christ gewesen, aber wie Mahmud bereits als Knabe durch die Beschneidung in das großherrliche Serail gekommen. Und dort hatte sein Aufstieg erst im Hofdienst, dann in der Reichsverwaltung ebenfalls nicht lange auf sich warten lassen.

Dennoch waren die Gegensätze zwischen den beiden Wesiren groß und tief.

Der blonde Mahmud war serbisch-griechischer Byzantiner. Aus welchen Rassen sich jedoch Rums Byzantinertum zusammenmischte, ließ sich nur schwer erkennen.

Er hatte nur mittlere Größe, war schwarzhaarig und neigte zur Fülle. Daß er sich in einem leidenschaftlichen Ehrgeiz verzehrte, verbarg er hinter einer biedermännischen und heiteren Art, sich zu geben. Aber es gab genug Leute, die ihn von ganz anderen Seiten kannten und die nicht daran zweifelten, daß er in den Mitteln zur Erreichung seiner Ziele nicht eben wählerisch sei.

Einer der kaiserlichen Lieblinge war er wohl nie gewesen. Das hätte Mohammeds guter Geschmack kaum zugelassen. Und selbst in Stunden, da Rum seine Überheblichkeit frei um sich greifen ließ, hatte er sich etwas Ähnlichem nie auch nur andeutungsweise gerühmt. Anderes verband ihn mit dem Gebieter.

So sehr Wirklichkeitsmensch Mohammed auch war, so liebte er doch das Abenteuer und die Verkleidung.

Man erzählte sich sogar die märchenhafte Geschichte, daß er während des serbischen Feldzuges vom Jahre 1455 als ein reisender Kaufmann nach Bosnien gegangen und dort dem Vater des jetzigen bosnischen Königs in die Hände gefallen sei. Der aber habe die Gelegenheit nicht zu nutzen gewagt, sondern aus Furcht den Tribut erneuert und den Kaiser mit aller Ehrerbietung zu dessen eigenen Streitkräften zurückgeleiten lassen.

Diese Legende konnte, so unwahrscheinlich sie klingen mochte, immerhin wahr sein. Denn einmal hatte die Pforte jenen politischen Erfolg tatsächlich davongetragen, und dann war es aus dem einen Jahr von Mohammeds fieberhaftem Verlangen nach dem damals noch nicht eroberten Konstantinopel verbürgt, daß er Nacht für Nacht nur mit zwei

Vertrauten Adrianopel verkleidet durchstreift hatte. In den Schänken und auf den Straßen, bei Freudenmädchen und Gauklern hatte er auf diese Weise die Stimmung des Volks und der Janitscharen erkunden wollen. Und gar nicht geraten war es gewesen, und viele wollten wissen, mit einem Dolchstoß sei es gelohnt worden, wenn sich jemand erkühnt habe, den Herrscher bei solchen Anlässen zu erkennen.

Und gewiß war auch dieses: Einer der dolchbewaffneten Begleiter hatte Rum Mohammed geheißen.

Bei diesen Gelegenheiten mochte er den jungen Padischah wohl von seiner Fähigkeit überzeugt haben, Geld auf jede Weise herbeizuzaubern. Jedenfalls trat er bald bei der Umwälzung, die sich in vielem aus der Eroberung Konstantinopels ergab, mit bemerkenswerter Beförderung aus dem Hof- in den Staatsdienst über.

Heute nun kehrte er aus dem kaiserlichen Serail zurück, wo er in Vertretung des abwesenden Mahmud dem Diwan vorgesessen hatte. Denn den Ministerrat im eigenen Hause abzuhalten war ein Vorrecht, das nur dem Großwesir zukam.

Wieder einmal also hatte sich Rum des Gewimmels der Tschausche und Kapidschi, der Peiks und Solaks erfreuen können. Er hatte den Alkisch vernommen, den Segensruf, der den Wesiren zugebracht wurde. Und die Begeisterung über dies glanzvolle und ehrenreiche Treiben, von dem er nie genug bekommen konnte, klang auch jetzt, während er sich bespiegelte, in seinem Herzen noch nach.

Er prüfte seine bequemere Galabiehe und seinen leichten Kopfbund, zu deren Gunsten er seiner reichen Kapanidscha und der anderen Stücke seiner Ehrenkleidung entledigt worden war, als sein vertrauter Sekretär auf ihn zutrat.

«Unser Mann ist da», zwinkerte der Sekretär.

«Wer?» fragte Rum. «Amyrutzes?»

Der andere nickte.

Einst war dieser Geheimschreiber Sklavenhändler gewesen. Ein betrügerischer Bankrott hatte ihn jedoch dem Galgen so nahe gebracht, daß er von Glück sagen konnte, durch Rum, der solche Leute brauchen konnte, im letzten Augenblick noch entdeckt worden zu sein.

«Weiß er, daß ich zurück bin?» fragte der Pascha und überlegte, ob er den Protovestiarios nicht lieber noch warten lassen solle.

«Er sagte, er wolle sich von Eurer Exzellenz verabschieden», gab der Sekretär zu bedenken.

«Verabschieden?»

«Jawohl, Exzellenz! Er bemerkte mir, er wolle nach Adrianopel.»

«Zum Großwesir also», sagte der Pascha schnell. «Das wäre ja noch schöner! Laß ihn eintreten. Mürbe genug wird er auch so schon sein.»

«Wenigstens war die Beize stark genug», grinste der Sekretär.

Der Freund möge verzeihen, meinte Rum, als Amyrutzes mit pelzverbrämtem Zylinder und im ganzen Prunk seiner trapezuntischen Hoftracht eintrat, daß er einen so gelehrten Mann im einfachen Hausgewand empfange. Der Besuch sei ihm, dem Wesir, leider zu spät gemeldet worden, und nun habe er die liebe Exzellenz nicht noch länger warten lassen wollen.

Solche zutunliche Herablassung war freilich auch das einzige, was Rum mit Rücksicht auf Mohammed für Gelehrsamkeit und Literatur übrig hatte. In Wirklichkeit war der Pascha nur eines Interesse fähig, und das galt nicht dem Geist, sondern dem Geld, wodurch er sich denn auch auf dem besten Wege zu einem Vermögen befand, das ihn selbst in den großartigen osmanischen Verhältnissen zum reichen Manne machen mußte.

Zwei strebsame Exzellenzen saßen sich gegenüber, und jeder durchschaute den andern.

«Kalt wie Nächstenliebe», nannte Amyrutzes den verehrten Gönner bei sich, und er hatte so unrecht nicht, wenn er sich selbst für anders geartet hielt. Die Tatsache allein, daß er sich noch so leidenschaftlich verlieben konnte, verlieh ihm eine größere menschliche Wärme. Auch war seine Phantasie weiträumiger, seine Einsicht tiefer.

Er sei gekommen, um sich von Seiner hohen Exzellenz zu verabschieden, begann er, ohne zu erwähnen, daß ihn in Wirklichkeit eigentlich ganz andere Erwägungen herbeigeführt hatten.

Rum wußte es ohnehin. Und damit rechnete auch Amyrutzes.

«Nach Adrianopel wollen Sie?» heuchelte der Pascha größtes Bedauern. «Ich kann mir denken, daß Kaiser David schon auf Sie wartet. Aber auch wir werden Sie sehr vermissen. Sogar mir – ein so einfacher Mann ich sein mag – werden Sie fehlen. Ein Gelehrter bin ich zwar nicht. Nein, ganz gewiß nicht. Aber fehlen werden Sie mir doch!»

Im Gegensatz zu Amyrutzes sprach Rum ein sehr zerschlissenes Griechisch. Er schien geradezu damit zu prahlen.

Der Protovestiar aber deutete auf eine um so geschliffenere Weise an, daß ihm nicht nur seine Pflicht gegenüber dem Großkomnenen, sondern auch noch die Anwesenheit einer anderen Persönlichkeit nach Adrianopel ziehe.

«Sollte diese Persönlichkeit nicht etwa Ihr Vetter Matthäos sein?» lachte Rum mit betonter Vertraulichkeit. «Bitte, Kir Georgeos, empfehlen Sie mich Seiner Hoheit! Ich kann nicht viele Worte machen, aber ich bewundere ihn. Bei allem, was ich zu tun habe, frage ich mich immer, was Seine Hoheit wohl dazu sagen würde, und erst, wenn ich meine, es wäre ihm recht – dann tue ich es. Er ist mein Vorbild, mein unerreichbares Vorbild, versteht sich. Denn, sagen Sie selbst, Kir Georgeos, wer bin ich?»

Amyrutzes widersprach so großer Bescheidenheit mit allen Mitteln seiner klassischen Rhetorik.

Doch durch ein Schwenken seines Zeigefingers wehrte ihm Rum. «Bah! Seine Hoheit und ich! Glauben Sie mir, mein Lieber, ich kenne meinen Platz. Allerdings – hm –, ob Sie ihn noch antreffen werden, ist nicht sehr gewiß, nein wirklich, höchst unwahrscheinlich!»

Und dann teilte er unter dem Siegel der strengsten Verschwiegenheit mit, daß die Majestät sich entschlossen habe, allerhöchstselbst den Oberbefehl zu übernehmen, und der Großwesir daher die Vorhut befehligen werde. Die Vorhut aber sei vermutlich bereits auf dem Marsch.

Amyrutzes' Enttäuschung war offensichtlich.

Im gleichen Maße erhöhte sich Rums Behagen. Er beneidete und verachtete diese unbequemen Gelehrten. Und einen von ihnen vollkommen festgefahren zu sehen war ihm eine wahre Erquickung. Wie «eine Kröte auf einer heißen Kohlenschaufel» nehme der Herr Schriftsteller sich aus, schmunzelte Rum im stillen, um dann die drohenden Wolken götterhaft zu zerteilen. – Ob er, Rum Pascha, einem Manne von so großen Verdiensten nicht behilflich sein könne? fragte er an.

Es blieb Amyrutzes auch kaum etwas anderes übrig, als sich dieses Angebots zu bedienen. «Die Leute im Patriarcheion haben, wie es scheint, den Verstand verloren», begann er seine Eröffnungen. «Anders kann ich mir ihr Verhalten nicht erklären.»

«Oh», gab Rum einen Laut des Bedauerns von sich, «ich wußte gar nicht, daß es zwischen der Heiligkeit und ihrem Herrn Unstimmigkeiten gebe.»

«Nicht mit Kaiser David; wohl aber mit mir», sagte Amyrutzes und berichtete sein Mißgeschick, das Rum länger bekannt war als ihm.

«Sie haben es ihnen gegeben?» freute sich der Pascha jetzt.

«Nicht wahr, Sie haben?»

«Gerade darüber möchte ich mich beschweren!» erhitzte sich der Protovestiar. «Man scheint sich dessen im Patriarcheion nicht bewußt zu sein, daß der Padischah Schutzherr der griechischen Kirche ist. Mit einem Achselzucken tat man meine Berufung an Kaiser Mohammed ab!»

«Stimmt!» begeisterte sich Rum. «Seine allerhöchste Majestät ist Schutzherr unserer – hm – Verzeihung – Ihrer Kirche, wenn freilich die gewährten Privilegien auch jede

Einmischung der Hohen Pforte in die bürgerliche und gar noch geistliche Jurisdiktion Seiner Heiligkeit ausschließen. Einfach ausschließen! Ihretwegen tut es mir leid, keinen anderen Bescheid geben zu können.»

«Exzellenz erwähnten meine bescheidenen Verdienste um die Hohe Pforte», stieß Amyrutzes jetzt vor, «und das eine ist gewiß: Wenn ich nicht, um Blutvergießen zu vermeiden, kapituliert hätte – dann läge das osmanische Heer noch heute vor Trapezunt.»

«Sicher, sicher! Nur – mein lieber Freund! Sie gestatten doch, daß ich Sie ‹lieber Freund› nenne? Ausgerechnet Sismonda Acciajuoli wollen Sie heiraten und noch dazu ohne Konsens Seiner Majestät – das ist wirklich etwas gewagt. Ihnen kann die Geschichte mit Herzog Franco doch nicht unbekannt geblieben sein. Und außerdem ist die Dame auch noch Inhaberin eines kaiserlichen Hofamtes. Geht mich ja nichts an. Mit dem Serail habe ich nichts zu tun. Werde mich hüten! Aber bedenken Sie: die Hofmeisterin einer Sultana!»

«Irün Sultana hat ihre Einwilligung gegeben.»

«Um so besser! Das scheint mir von allergrößter Bedeutung zu sein. Dennoch – Ihre ganze Einstellung ...»

Was Amyrutzes schon geahnt hatte, bestätigten ihm jetzt die Worte des Paschas: Hinter dem Patriarcheion stand eine ganz andere Macht.

«Exzellenz wollen andeuten, daß ich in Ungnade sei?» fragte er.

«Aber mein Liebster, mein Bester, nur nicht so ungestüm! Wer redet denn von Ungnade! Immerhin –», Rum machte eine Geste der Unschlüssigkeit, die er dann durch die eines plötzlichen Entschlusses unterbrach. «Sehen Sie, ich bin ja nicht so! Obwohl auch ich, der ich die griechische Kirche mit der Gemeinschaft der Rechtgläubigen vertauschte, es Ihnen ebenfalls hätte übelnehmen können.»

«Was übelnehmen?»

«Ihr Verhalten zu Ihren Söhnen! Die jungen Leute taten nichts anderes, als was ich und viele getan haben. Die griechische Kirche ist in ihrer Art gut, zweifellos sehr brauchbar. Aber deswegen sollte man niemanden hindern, sich zu verbessern. Dabei sind Ihre Söhne – ich kenne sie beide – so nette, bescheidene junge Leute. Ihr Basil, ich meine, Ihr Mehmet wandelt ganz in den Fußtapfen seines Vaters. Geographie, nichts als Geographie hat er im Kopf. Seine Majestät ist sehr für Geographie. Ihr Iskender aber! Den lassen Sie nur meine Sorge sein. Der junge Mann wird bei den Finanzen seinen Weg machen!»

Unschlüssig zauderte Amyrutzes. Genau wußte er immer noch nicht, worauf der Pascha hinauswollte. An der Bekehrung eines Mannes, der dann ein erfolgreicher Mitbewerber um das höchste Amt werden könne, sei Rum nicht gelegen. Soviel glaubte Amyrutzes mit Sicherheit zu wissen.

«Sie meinen also, daß Seine Majestät –?» begann er mit Vorsicht.

«Natürlich!» stimmte Rum zu. «Ich? Wer bin ich! Aber Seiner Majestät, dem Schwert des Islams, kann es nicht gleichgültig sein, wenn der Übertritt zu allerhöchstdero erhabener Religion so offenkundig gemißbilligt wird. Von einem Manne wie Sie!»

Das waren Worte, und Amyrutzes war zu gut über Mohammed unterrichtet, um sie zu glauben. Er wollte wissen, woran er in Wirklichkeit sei.

«Unter diesen Umständen», sagte er, als denke er nach, «wäre es vielleicht doch das richtigste, ich reiste, wie auch immer, zu meinem Vetter.»

Eine Pause breitete sich aus.

«Können Sie ja tun», ließ sich Rum schließlich vernehmen. «Wie dürfte ich mir erlauben, Sie vom Antlitz Seiner Hoheit zurückhalten zu wollen?»

Amyrutzes genügte das.

Matthäos war zu verschieden von ihm, war zu erfolgreich gewesen, und der Protovestiar fühlte sich zu sehr zurückgesetzt, als daß er den Fall bis ins letzte durchdacht hätte. Vielleicht wäre er dann zu einem anderen Ergebnis gekommen.

«Ich hatte schon immer das Empfinden», sagte er nun, «daß ich meinem hohen Verwandten diese Verwicklungen verdanke.»

«Sie werden mir bestätigen müssen, daß ich nichts gegen Seine Hoheit gesagt habe», war des Paschas schnelle Entgegnung. «Nicht das geringste!»

«Ich bestätige es Eurer Exzellenz», lächelte Amyrutzes auf eine Weise, die dartat, daß er bei seiner Meinung verbleibe.

Der Pascha aber hielt sich an die Worte.

«Dann ist es gut», sagte er. «Da Sie mir das bestätigt haben, kann ich Ihnen auch einen Rat geben. Ich würde es gewiß nicht tun, wenn dieser Rat sich nicht mit meiner Ehrerbietung gegen den Großwesir vertrüge. Aber wir alle sind Sklaven des Padischahs, und in Ihrer Angelegenheit ist vieles, was der allerhöchsten Entscheidung bedarf. Nun – ich will offen sein, Kir Georgeos – und ich wünschte sehr, Sie betrachteten mich als Ihren Freund.»

«Ich ermangle nicht, Exzellenz.»

«Nun ja, sehen Sie: Das mit Ihren Söhnen werden Sie sich überlegen, und Sie sind ein kluger Mann, Kir Georgeos. Wer wüßte das nicht? Die Dame aber wollen Sie heiraten? Daran ist also nichts zu ändern? Und da Sie nun etwas wollen – hm –. Vielleicht verstehen Sie mich?»

«Es ist nicht wohlgetan, sich dem Thron mit leeren Händen zu nahen», lächelte Amyrutzes etwas bitter. «Aber meine Hände sind leer. Seit dem Fall von Trapezunt hatten sie keine Gelegenheit, sich zu füllen.»

«Wir verstehen uns, und das ist die Hauptsache», fiel der Pascha eifrig ein. «Um ihre Hände bekümmern Sie sich dabei nicht. Es gibt andere Geschenke, etwa eins wie das einer Kapitulation. Sie wird Ihnen mit angerechnet werden, wenn Sie ein neues hinzufügen.»

Rum sah seinen Gast erwartungsvoll an.

«Und welchen Dienst erwartet man von mir?» fragte Amyrutzes. Er fragte nach dem Preis für Sismonda.

«Sollten Sie der Pforte wirklich keinen Dienst leisten

können?» drang der andere auf ihn ein, um nach einer Pause leichthin fallenzulassen: «Schließlich sind Sie doch der Protovestiarios des Exkaisers David.»

Amyrutzes schloß die Augen.

Jetzt wußte er den Preis.

XXXIX

Gewinn und Verlust hielten sich zwischen Irene und Mohammed beim Schachspiel die Waage. Noch mehrere Male trafen sie sich, und zum letzten Spiel, bei dem Irene obsiegte, in deren eigenem Hause. Doch niemals war Irene mit dem Kaiser allein. Immer waren Damen zugegen, denen keine religiösen Vorurteile das Zusammensein mit nichtverwandten Männern verbot, oder solche, die es mit den Vorschriften nicht so genau nahmen.

Dann jedoch verlangte der Krieg nach dem Sultan.

Der Großwesir war schon vorher von Adrianopel aufgebrochen. Omar, der Sohn Turachans, derselbe, der einst dem Herzog Franco Athen genommen hatte, befehligte unter ihm.

Mahmuds Marsch ging über Üsküb und Welschderin, wo die Nachricht eintraf, daß König Stephan mit dem stark befestigten Babicsa Ocsak sein Reich zu verteidigen gesonnen sei.

Befehlshaber war der ehemalige Patarener Ban Duschan.

Die Festung aber mußte in der Tat genommen werden, ehe an eine Eroberung Bosniens gedacht werden konnte. Nur schien das nicht so leicht zu sein, da der Platz für mehrere Jahre Vorräte an Proviant und Munition sowie eine ausgesuchte Besatzung besaß.

Doch Mohammed Paschas gute Beziehungen waren wieder einmal von der besten Art. Bereits am neunzehnten Juni 1463, am dritten Tage der Belagerung, ergab sich Babicsa Ocsak.

Der Fall dieses Hauptwaffenplatzes und besonders die

Schnelligkeit seines Falles verursachte unter den Bosniern eine große Verwirrung. Mahmud nützte sie sogleich aus und überschritt nur mit der Reiterei den Fluß Verbacs. Die Brücken waren zwar zerstört; aber Omar Bey warf sich als erster in das reißende Wasser, schwimmend nahmen darauf die Reiter den Fluß, und am zweiten Tag schon stand der Großwesir vor dem festen Schloß Kliucs.

Hierher hatte sich mit seinem Neffen und seinen Schätzen Stephan geflüchtet und außerdem viel Volk mit seiner Habe.

Wochenlang schon lag eine brütende Hitze über dem Land. Die Sümpfe, die sonst den Zugang erschwert hatten, waren ausgetrocknet. Mit dem gedörrten Schilfrohr konnten daher die Türken die Gräben füllen. Bald umwogte ein Flammenmeer die belagerte Stadt.

Das aber war den Eingeschlossenen zuviel! Eine Abordnung legte in Mahmuds Zelt Fürbitte für den König ein, der sich ergeben wolle, sobald ihm das Leben durch Eidschwur gesichert sei.

Die angebotene Übergabe war für die Türken sehr vorteilhaft. Denn mit der Gefangennahme des Königs mußte jeder Widerstand aufhören, und so bedachte sich der Großwesir nicht lange.

Mahmud leistete den Eid.

Damit aber war Bosnien in wenigen Tagen türkisch geworden, ohne daß die Hauptmacht unter Mohammed hatte einzugreifen brauchen.

Der Kaiser lagerte in und um Jaicsa.

Diese bosnische Hauptstadt war nicht erobert worden. Sie hatte durch freiwillige Übergabe ihre Selbstverwaltung gerettet.

Die kaiserliche Zeltburg stand – selbst eine kleine Stadt – über dem Zeltmeer des Heeres außerhalb der Ringmauern auf einem Hügel. Und dorthin war die Nachricht von Mahmuds raschen Schlägen und König Stephans Kapitulation soeben gelangt.

Dem Bericht hatte der Großwesir noch einen sehr gelehrten und eigentlich ganz unkriegerischen Herrn beigegeben. Mahmud wie der Kaiser selbst umgaben sich auf ihren Kriegszügen stets mit einem Kreis von Literaten. Sie folgten damit nicht nur einem morgenländischen Brauch – der Umgang mit geisterfüllten Menschen, mit dem Unzerstörbaren, war ihnen als Gegengewicht zu den Zerstörungen des Krieges ein Bedürfnis.

Der persische Scheich Ali Bestami war Mahmuds Gabe in diesem Fall. Er gehörte altem Gelehrtenadel an und stammte in gerader Linie von einem berühmten Imam ab.

Vor zwanzig Jahren war er in die Türkei eingewandert. Mahmud aber galt als einer der ersten Schüler des Scheichs und – zu hohen Ämtern und Würden aufgestiegen – als dessen mächtiger Gönner. Ihm hatte Bestamie das Hauptwerk seiner Ethik gewidmet.

Mahmuds Absicht, dem kaiserlichen Freunde mit der Übersendung des sehr bedeutenden Schriftstellers eine Freude zu bereiten, wurde auch vollkommen erreicht. Nur sich selbst hatte der Großwesir einen schlechten Dienst erwiesen.

Er rechnete mit Bestamis Freundschaft, die gewiß vorhanden war, aber nicht mit dessen religiösem Fanatismus. Und als Geistlicher des Islams verwarf der Scheich König Stephans Kapitulation, obwohl sie von Mahmud beschworen worden war.

Auch Mohammed verwarf sie, wenn auch nicht aus Gewissensbedenken. Denn im Sinne eines Bestami war er überhaupt kein Moslem.

Ganz verschieden waren diese Männer: der noch junge Kaiser und der einflußreiche Gelehrte, dessen Hartnäckigkeit das siebente Jahrzehnt seines Lebens nur noch gesteigert hatte. Aber daß sie in bezug auf die Kapitulation Verbündete seien, hatte Mohammed sofort gewittert. Und nun waren beide in einem der vielen Gemächer des kaiserlichen Hauptzeltes allein.

«Mahmud Pascha mißt der Kapitulation wohl eine große Bedeutung bei?» ließ Mohammed fallen, als handle es sich um etwas Nebensächliches. Er verstand es sehr gut, die Rolle des bescheidenen jüngeren Mannes zu spielen, der wisse, was er einem Gelehrten von der Bedeutung Bestamis schuldig sei.

«Leider», sagte Bestami nur.

«Sie mißbilligen die Kapitulation», tat der Kaiser erstaunt, um sogleich hinzuzufügen: «Nicht, daß ich Euer Hochwürden verleiten möchte, etwas zu sagen, was dem Großwesir abträglich sein könnte, Mahmud und ich sind übrigens Freunde. Ich möchte das nur bemerken.»

«Auch ich bin Mahmuds Freund», erklärte Bestami. «Doch Allah gebietet dem Gläubigen, immerdar die Wahrheit zu sagen.»

«Aber die Kapitulation macht dem Krieg mit Bosnien ein Ende», gab Mohammed zu bedenken.

«Auch Albanien kapitulierte einmal», begann der Ulema sich zu ereifern. «Sogar ihre Kinder gaben die albanischen Fürsten als Geisel, und die Söhne dieser Ungläubigen ließen sich beschneiden.»

Mohammed unterdrückte ein Lächeln. Er wußte, daß es jetzt über Skanderbey von Albanien hergehen würde. Doch er hütete sich, dem alten Herrn den Mund zu verschließen. Um das zu vernehmen, was er hören wollte, mußte er Bestami sich über alles ausbreiten lassen, was den Eifrigen nur immer bewegte.

«Einer unter den auf diese Weise Beschnittenen bekam den Namen Iskender», konnte der Scheich also ungehindert predigen. «Skanderbey nannte man ihn als geborenen Fürsten, auch bekam er ein Sandschak und stand bei Ihrem Vater in hoher Gunst. Aber bei der ersten Gelegenheit zwang der Verfluchte den Nidschandschi, ihm eine gefälschte Ernennung zu siegeln, um den Vergewaltigten dann doch zu erdolchen. Mit diesem geraubten Berat floh er dann in das Land seiner ungläubigen Väter, setzte sich dort fest, und seitdem ist ein großes Sterben um seinetwillen, den Allah verderbe!»

Mohammed hatte selbst einen Waffenstillstand mit

Georg Kastriota oder Skanderbey von Albanien geschlossen und hegte die größte Hochachtung vor diesem feindlichen Fürsten.

«Sie sollten alle vertilgt werden mit der Schärfe des Schwertes!» rief aber Bestami.

«Es sind nicht alle Gegner Skanderbeys», ließ er nun einfließen. «Und die Eide? Gebietet Allah nicht das Halten des Eids?»

«Nicht den Ungläubigen, die nicht wissen, was ein Eid ist! – Mein Padischah», holte Bestami aus, «war der Friede Ihres Vaters mit Ungarn und allen Franken nicht heilig beschworen, auf den Koran und das Buch der Ungläubigen beschworen? Aber der Papst, der Götzenpriester Oberster, gebot, den Vertrag zu brechen, da es Sünde sei, den Söhnen Allahs einen Eid zu halten.»

Wie sollte Mohammed sich nicht erinnern? Wegen dieses Vertragsbruchs hatte er zum erstenmal wieder vom Thron steigen müssen, damit sein Vater die Friedensbrecher vernichte. Und die Treulosen waren vernichtet worden!

Immer mehr ereiferte sich Bestami, uneingeschränkt dessen, was er Mahmud hätte schuldig sein müssen, und weit über seine ursprüngliche Absicht.

Darauf baute Mohammed. Er vermutete, daß dieser hagere Mann mit den hochauflaufenden Adern an den Schläfen zu jedem seiner Worte stehen werde, wenn es erst ausgesprochen sei.

«Soll der Gläubige sich die Hände binden und aller Waffen begeben», fragte Bestami, «während die Verfluchten jede Hinterlist, jede Tücke, jeden Verrat als ihrem Aftergott wohlgefällig erklären? Jeder hat das Recht, die Waffen zu gebrauchen, mit denen er angegriffen wird, und wenn diese Waffen schändlich sind, so fällt die Schuld auf den, der sich ihrer zuerst bediente. Euer Majestät können ebensogut mit Wölfen und Schakalen Verträge schließen wie mit Christen. Denen ist ein Vertrag nichts als ein Fetzen Papier! Alles erklären sie für Recht, wenn es ihnen und dem, was sie ihre Kirche nennen, nur nützt!»

Der Scheich wußte nicht, wie wenig er Mohammed zu überzeugen brauchte. Eifernd stand er da, mit glühenden Augen in seinem langen, schmalen Gesicht.

Und jetzt erst hielt der Kaiser es an der Zeit, sich in Meinungen erschüttert zu zeigen, die er nie besessen hatte.

«Wie könnte ich mich über einen Eid hinwegsetzen», zögerte er noch, «den mein Großwesir schwur in meinem Namen?»

«Niemand hat das Recht, dem Schwert des Islams seine Schärfe zu nehmen!»

«Auch Mahmud nicht», fragte Mohammed, «der mein Freund ist wie der Ihre?»

«Auch Mahmud nicht!» erklärte Bestami.

Der Kaiser schien nachzudenken. «Ich glaube fast, Sie haben recht, mein Vater», sagte er dann, «nur – ein gesprochenes Wort verweht. Ein Fetwa dagegen, eine religiöse Entscheidung Eurer Hochwürden …»

«Das Schwert des Islams hat ein Recht auf das Fetwa.»

«Sie würden es geben?»

«Ja, mein Padischah.»

Obwohl der Gelehrte ohne ein geistliches Amt war, zweifelte Mohammed nicht daran, daß ein Fetwa dieses berühmten Mannes von keinem anderen Ulema angefochten werden würde. Doch das war dem Kaiser noch nicht genug. Was er zu tun geneigt war, mußte solches Aufsehen erregen, daß ihm daran lag, es durch die Tat eines anderen noch überbieten zu lassen.

Und dieser andere war wiederum Ali Bestami.

«Was Sie sagten, bedeutet viel, mein Vater», gab Mohammed zur Antwort und vergaß sich in genau berechneter Weise so weit, daß er aufstand und sinnend das Gemach durchschritt.

«Sehr viel», wiederholte er dann, um nach einer weiteren Pause von neuem zu beginnen: «Aber ein Fetwa geben und es vollstrecken ist zweierlei. Ein Fetwa muß allgemein gültig sein. Es soll nicht einmal den Anschein erwecken, einen Sonderfall im Auge zu haben. Dabei darf aber gerade in der

Sache des bosnischen Krals nicht einmal der Verdacht entstehen, daß der Entscheidende, also Sie, mein Vater, die unbeugsame Anwendung des Fetwas etwa nicht gutheiße. Mein Gewissen – ich gestehe es offen – hat Bedenken nach beiden Seiten. Der Todesbefehl gegen Kral Stephan wäre die Wirkung einer geistlichen Vermahnung, die ich von Ihnen empfing. Mein Gewissen würde sich aber erst dann beruhigen, wenn ein Geistlicher so sehr von der Lauterkeit des Fetwas überzeugt wäre, daß er sich herbeiließe, das Urteil in diesem Einzelfall selbst zu vollstrecken. Wo aber, mein Vater, fände ich diesen Mann von unantastbarer Würde und unangefochtener Gesinnung?»

«Dreiundsechzig Jahre bin ich alt», erwiderte Bestami, «und vieler Menschen Augen sahen mein Leben. Mein Padischah, urteile selbst, ob er die Lauterkeit meiner Gesinnung für erwiesen hält?»

«Unbedingt!»

«Dann sehen Sie den Mann vor sich, nach dem Sie fragten.»

Mohammed war am Ziel.

«Sie?» heuchelte er Erstaunen.

«Im Namen Allahs des Allerbarmers: Mohammed ben Murad, ich vollstrecke dein Urteil.»

Mit gekreuzten Armen verneigte sich der Großherr vor dem Mann, der um seiner Überzeugung willen bereit war, zu tun, was seines Amtes nicht war.

«Dem großen Lehrer gebührt Ehre und Dank», sagte der Kaiser.

XL

Frühzeitig hatte sich Mahmud von allen Begrüßungsaudienzen in das innerste Gemach seines Schlafzeltes zurückgezogen.

Die Kapitulation hatte den bosnischen Krieg wohl entschieden. Doch beendet war er erst jetzt nach der Besetzung des ganzen Landes und nachdem fünfzigtausend Bosnier als neue Soldaten des Padischahs zu den osmanischen Fahnen geschworen hatten.

Vorher schon war Omar Bey, dem Mahmud bald folgen wollte, südwärts gezogen.

Der längst erwartete Krieg mit Venedig hatte begonnen!

Daß er aber nicht so schnell wie der bosnische zu Ende sein würde, lag auf der Hand, und angesichts der unsicheren Lage in Kleinasien war der Kaiser darum auch im Begriff, seine Residenz an den Bosporus zurückzuverlegen.

Drei Monate lang war der Glanz seiner purpurnen Zelte weit hinein in die bosnischen Berge gedrungen. Heute jedoch, als die jetzt untergegangene Sonne ihre Mittagshöhe überschritten hatte, war dem Kaiserhügel bei Jaicsa gegenüber eine andere Zeltburg errichtet worden.

Nach weniger als zwei Stunden war sie zum Empfang des Ministers bereit gewesen, dessen Begegnung mit dem Monarchen am nächsten Morgen stattfinden sollte.

Dann würde der siegreiche Feldherr auf ein Pferd aus dem kaiserlichen Marstall gehoben werden, um, geleitet von den Stallmeistern des Padischahs, vom eigenen Hofstaat und von seiner Garde, umrauscht vom Alkisch und dem Zuruf der Janitscharen, im langsamsten Schritt der Würde zum Sitz des Unumschränkten zu reiten.

Eine letzte Nacht noch lag vor dem Wiedersehen der Freunde.

Die Entkleidung des Großwesirs war vollzogen. Ein langes Nachtgewand umhüllte ihn jetzt.

Auch sein Hof hatte den Schlafraum schon verlassen und der Geheimkämmerer als letzter den Vorhang geschlossen.

Mahmud war allein. – Er glaubte allein zu sein. Als er sich nämlich umwandte, bemerkte er an der Zeltwand einen Peik.

Vielleicht war das Wesen auf eine unerfindliche Weise auch erst später eingetreten. Jedenfalls verharrte es in der Haltung des Gehorsams mit verschränkten Armen und tief gesenktem Haupt.

Der Fremdling war durchaus mit nichts anderem als einem Peik zu verwechseln, mit einem Pagen.

Lang und eng waren seine weißen Hosen – lang, aber vorn in den roten Gürtel gerafft, war auch seine weiße Tunika. Dazu trug er die hohe Mütze in der Form eines abgestumpften weißen Kegels. Aber der Kopfbund war wieder rot, und ebenso waren seine Schuhe. Von seinem Gesicht war nichts zu sehen. Doch schien er jung zu sein, wie es als Peik ihm zukam.

Mahmud griff nach einem zweispitzigen Säbel, seiner Sulfakar.

Da hob der Fremde sein lächelndes Gesicht.

Und nun erst sah Mahmud, daß der rätselhafte Page kein anderer als der Kaiser war.

«Mahmud!» lachte Mohammed, froh der gelungenen Überraschung, und breitete seine Arme aus.

Sein Andah Mahmud aber, sein Blutsbruder, nahm die Überraschung, wie sie genommen sein wollte, und so lagen sich beide in den Armen.

«Auf so etwas kommst du nie», brüstete sich Mohammed voll Übermut.

«Das ist für einen Kaiser auch leichter als für einen Wesir», lächelte Mahmud und hatte damit nicht so unrecht.

Selbst ein Großwesir würde bei einem solchen Unterfangen keine Mitspieler gefunden haben, wie es sich bei Mahmud gerade nur der Kaiser hatte erlauben dürfen.

«Ich wollte dich sehen», sagte Mohammed. «Und nebenbei wollte ich das Gesicht sehen, das du machen würdest.»

«Und du bist auf deine Rechnung gekommen?»

«Vollkommen. Es war köstlich! Ein Gesicht machtest du wie ein Kater, den eine Maus anspringt. Du bist überhaupt viel zu würdig geworden. Wenn ich an früher denke!»

Mahmud gedachte der Lust Mohammeds am Verkleiden – in guten und bösen Stunden. Nur wagte er noch nicht zu entscheiden, ob dies eine gute Stunde sein würde oder eine böse.

Aber der kaiserliche Freund gab sich ganz wie in früheren Tagen.

Jeden Wechsel in Mohammeds Jugendschicksal hatte Mahmud mitgemacht und auch den Sultansritt nach Adrianopel, als Murad gestorben war.

«Wer mich liebhat, folge mir nach!» hatte Mohammed gerufen. Alle waren ihm, dem neuen Sultan, gefolgt. Aber Mahmud hatte ihn wirklich geliebt und erfreute sich auch jetzt der guten Laune des Kaisers.

Wie einst, da sie ihre Taten noch träumten, schwärmten sie wieder beim Wein. Mahmud gab sich ganz, und Mohammed wollte eine Freundschaft nicht verlieren, die ihm teuer war.

Beide aber waren erprobte Trinker.

Nur noch klarer machte sie ihre Beschwingtheit.

So fielen allmählich auch ernstere Worte, und schließlich hatte der Großwesir, ohne daß es eigentlich seine Absicht gewesen war, den Kriegsplan gegen Venedigs griechische Besitzungen in allen seinen Einzelheiten umrissen.

«Vortrefflich», sagte Mohammed. «Die Hauptsache jedoch ist, daß die Unseren dich sehen. Das wird ihnen Mut machen. Und ich wiederum hätte gern noch etwas anderes mit dir besprochen, mein Mahmud.»

Der Wesir sah seinen Kaiser an. Plötzlich wußte er, warum die Unruhe trotz allem nicht hatte von ihm weichen wollen. Doch nun, da er es wußte, war er kalt wie immer, wenn ein Kampf bevorstand. «Es handelt sich um den Kral», fuhr Mohammed nämlich schon fort, «den Stephan. Länder erobern ist das eine – Länder behaupten das andere. Und dabei kann uns dieser Mann Schwierigkeiten machen. Wir müssen uns seiner entledigen, mein Andah.»

Mit der frohen Laune war es vorbei. Beide waren sich darüber klar, daß der Strauß hart werden würde.

«Es galt deinen erlauchten Vorfahren immer als nützlich, wenn nicht mehr», begann Mahmud nach kurzem Besinnen, «Verträge zu halten. Der Glaube an der Zuverlässigkeit einer Macht kann ihr vieles ersparen: Gut und Menschen. Du selbst, mein Padischah, setztest Saganos ab, deinen eigenen Schwager, weil er eine Kapitulation gebrochen hatte.»

«Weil er damit Mißerfolg gehabt hatte!» entgegnete Mohammed. «Hinterher verteidigten sich die Bewohner der anderen Städte, weil sie sich ohnehin verloren glaubten, nur um so hartnäckiger. Verschiebe die Dinge nicht!»

«Genau das wollte ich sagen», stimmte Mahmud jedoch zu. «Aber ich weiß auch, daß wir ohne die Kapitulation von Kliucs Bosnien noch lange nicht hätten, daß uns das Land im Gegenteil noch viele Opfer kosten würde und wir nicht daran denken könnten, uns sofort mit insgesamt hundertzehntausend Mann gegen Venedig zu wenden.»

«Aber wir haben Bosnien, wir haben es!» rief Mohammed. «Was macht es jetzt noch aus, ob der Kral sterbe oder ob er lebe!»

«Es macht das aus», gab Mahmud zurück, «daß mein Padischah noch andere Länder erobern will. Das Reich ist noch nicht fertig.»

«Nun denn?»

«Es wird schwerer werden, wenn man uns nicht mehr traut. Einen deiner früheren Feinde beseitigst du. Statt des einen werden dir andere erstehen. Die Furcht wird sie gegen dich aufstehen lassen.»

«Der Schrecken wird sie niederhalten!»

Mohammed machte eine kurze, abgehackte Bewegung, die Mahmud so gut an ihm kannte. Aus ihr ersah der Wesir, wie ernst es dem Kaiser war.

«Gewalt oder Gesetz – Schrecken oder Vertrag», sprach Mahmud das aus, worum es ging. «Beides zusammen geht nicht. Ein gebrochener Vertrag bricht auch alle künftigen und läßt es gar nicht mehr zu ihnen kommen.»

Er sagte noch vieles, ohne zu überzeugen.

«Du hättest recht, mein Andah», erwiderte der Padischah, «wenn alle andern ihre Verträge hielten. Dann würden wir zuletzt einem Bündnis aller gegenüberstehen. Halten sie aber ihre Verträge? Sag selbst!»

«Auch dann noch ist der Glaube an unsere Rechtlichkeit zuletzt ein Gewinn!»

«Falls wir an unserer Rechtlichkeit bis dahin nicht zugrunde gegangen sind!» lachte Mohammed.

«Mein Padischah!» zerbrach Mahmud dies Lachen. «Ich habe geschworen. Soll deiner Majestät Großwesir beschimpft sein?»

«Pascha!» wurde jetzt auch Mohammed gefährlich ernst. «Ich bin dein Kaiser! Du bist nicht beschimpft, wenn du es von mir nicht bist. Deine Ehre bin ich und nichts sonst! – Im übrigen», mäßigte er seinen Ton zu einem spielerischen Spott, «wir gebrauchen, wie ich merke, allerhand große Worte. Seit wann taten wir das nicht mehr? Es ist der Wein, mein Andah, und wir sind beide offenbar noch viel zu jung. Darum ist es denn auch ganz gut», fuhr er gedehnter fort, «daß die Angelegenheit des Kral Stephan gar nicht mehr in unseren Händen liegt. Weder du noch ich müssen tun, was getan werden soll. Was hältst du von Scheich Ali Bestami?»

«Bestami? Er?»

«Er ist dein Freund, aber er ist auch ein Freund Allahs», meinte Mohammed mit jener Leichtfertigkeit gegen alles Religiöse, die er vor seinen Freunden nicht verbarg.

Und dann erzählte er, wozu sich Bestami erboten habe.

«Du siehst also», schloß er ironisch, «daß ich mich ausnahmsweise einmal des Beifalls sehr weiser und sehr frommer Männer erfreue.»

«Bestami ist ein Narr!» stieß Mahmud hervor.

«Er ist dein Lehrer», gab Mohammed zu bedenken, «oder er war es wenigstens.»

Doch der Freund seiner Jugend sah finster vor sich hin, und der Kaiser empfand bei diesem Anblick einen Schmerz.

«Mein Andah», bat er, «wende dein Herz nicht von mir! Ich bin dein Freund und bin treu. Allen bin ich treu, die mir vertrauen und mir treu sind. Sag es, wenn du es anders weißt.»

«Es ist, wie du sprichst», bestätigte Mahmud, ohne sich deswegen zu erhellen.

«Dann glaube mir auch, daß nichts Geringeres mich treibt», warb Mohammed weiter. «Der Kampf mit dem Abendland ist wieder entbrannt, und jederzeit kann der Oststurm dazukommen. Du selbst hast das Bündnis Usun Hassans mit Venedig entdeckt, und groß sind deine Verdienste. Nun aber falle mir nicht in den Arm, mein Mahmud, wenn ich mich wehre.»

«Gegen einen Mann wie diesen Stephan?» fragte Mahmud mit einem Zug von Geringschätzung um den Mund. «Einen König ohne Land?»

«Ich habe sie satt, diese Fürsten ohne Länder!» rief Mohammed. «Wir lassen ihnen ihre Schätze, füttern sie mit Pensionen, und was tun sie? Sie konspirieren! Jawohl! Sie konspirieren! – Verzeih mir, mein Mahmud, du hast selbst die Tochter eines Despoten zur Frau. Aber daß der Sebastos Demetrios, dein paläologischer Schwiegervater, sich in ein Kloster zurückziehen wird, ist mir lieb – nicht weil ich ihm sein Aenos mißgönne, sondern weil ich es ihm nehmen müßte, und wahrscheinlich seinen Kopf dazu. So aber mag er denn leben um deinetwillen! Doch die andern! Glaubst du, daß dieser Kral Stephan, der dem Papst die Stiefel leckt, je unser Freund wird? Nicht wenn du ihm das reichste Sandschak gibst, das zu vergeben ist! Er hat seinen Vater nicht geschont, er wird uns nicht schonen. Und wenn wir ihn leben lassen, nähren wir einen Verräter.»

«Im Falle des Stephan habe ich keinen Beweis», gab Mohammed ohne weiteres zu. «Stephan hatte noch nicht genügend Zeit, Verrat zu üben. Aber andere hatten Zeit!»

Der Kaiser holte einige Schriftstücke aus seiner Tunika, und Mahmud sagte sich mit Bitterkeit, daß diese Briefe beim freundschaftlichen Besuch von Anfang an vorgesehen gewesen seien.

«Du wolltest Beweise», sagte Mohammed. «Nun wohl, hier zum Beispiel ist ein Schreiben. Du kannst es haben. Es ist lateinisch. Lasse dir eine eigene Übersetzung machen, wenn du der des Sekretärs Critoboulos mißtraust. Hier steht», las er dann: «‹Pius, Bischof, Knecht der Knechte Gottes› – täusche dich nicht, Mahmud, die Demut dieses Popen ist überheblicher als das hochmütigste Schreiben aus meiner Kanzlei! Hier schreibt er: ‹An den geliebten und edlen Sohn, den Großkomnenen David in Adrianopel.›»

Mahmud dachte an Irene und erschrak bis ins Innerste.

Und dann fiel sein Verdacht sogleich auf Rum. Er glaubte zu wissen, wie wenig Mohammed diesen Rum schätze; aber auch, daß der Kaiser sich des Paschas manches Mal heimlich bediene, selbst gegen ihn, Mahmud, den er so oft seiner Freundschaft versichere.

Mohammed hatte stumm gelesen, was er vorläufig zu überschlagen gedachte.

«Hier läßt sich der alte Herr sehr schmeichelhaft über mich aus», bemerkte er nun, ehe er las: «‹Zwar steht Mohammed in der Blüte der Jugend, ist stark von Körper› – ausgenommen meine Gallensteine, mein Lieber», unterbrach sich Mohammed, als rede er mit Pius persönlich –, «‹unternehmenden Geistes›», fuhr er dann mit dem Lesen fort, «‹und befindet sich im vollen Lauf seiner Siege. Auch wird er die Waffen nicht niederlegen, als bis er vernichtet ist oder seiner fluchwürdigen Sekte› – hoho! – ‹zur Herrschaft verholfen hat.›»

Er ließ das Blatt sinken und wandte sich gegen Mahmud: «Mag dein Bestami auch ein Narr sein, wie du sagst, er hält sich immer noch an Tatsachen, und daß er ein strenggläubiger Moslem ist, dürfte ich als Schwert des Islams ihm so übel eigentlich nicht nehmen. Papst Pius aber, der doch auch ein gelehrter Mann und gar noch ein Dichter sein soll – freilich einer bei den Barbaren! –, schreibt den größten Unsinn über die christlichen Streitkräfte und über die militärischen Zustände bei uns. Doch darum würde ich mich nicht kümmern. Dies hier aber ist nackter Hochverrat!» Und nun las er wieder: «‹Zwar sind mehrere deiner alten Bundesgenossen dem Schwerte des Menschenverächters› – das bin ich – ‹erlegen. So ermahne nun um so mehr den

Damian von Mingrelien und den Mephe Grogora von Georgien, vor allem jedoch›» – Mohammed hob die Stimme: «‹– deinen hochberühmten und mächtigen Verwandten Usun Hassan und dessen hohe Gemahlin, deine fromme gottwohlgefällige Nichte Katharina …› und so weiter, und so weiter! Doch dann hier: ‹Dir aber sei gegenwärtig, daß die Griechen auf dich als auf einen geweihten Kaiser blikken. Stärke sie insgeheim, daß sie dem Joch wiederstreben.› – Was sagst du dazu, mein Mahmud?»

«Ich sage, daß es ein Brief des Papstes ist.»

«Jawohl! Und der Empfänger hätte das Recht gehabt, ihn uns zu verschweigen?»

«Nein», mußte auch Mahmud zugeben.

«David hat ihn aber verschwiegen! Und nicht nur das. Hier sind vier Briefe vom Papst, und dies sind die Abschriften von Davids Antworten. Und die Briefe sind echt. Nimm sie, prüfe die Siegel. Es sind dieselben wie auf jenem törichten Schreiben, mit dem mich Pius zur Taufe einlud. Sagtest du etwas?»

«Ich sagte nichts.»

«Mein Mahmud! Ich verkenne nicht deine Verdienste und zweifle nicht, daß du dir noch andere erwerben wirst. Auch werfe ich dir nicht vor, daß dir dieser Schriftwechsel entging. Vielleicht würden sehr gute Moslems behaupten, du seiest lässig gewesen oder – falls du um die Briefe wußtest – nicht treu.»

«Mohammed!»

«Ich sage es nicht», beschwichtigte der Padischah seinen Wesir. «Ich bin kein sehr guter Moslem. Und ich weiß: Selbst der Wachsamste kann nicht alles erspähen. Nun aber verkenne die Lage nicht länger, nur weil ein anderer entdeckte, was du nicht wahrnahmst.»

Mohammed nannte den Namen dieses anderen nicht, und Mahmud fragte auch nicht.

Schweigenkönnen war Mohammeds größte Stärke.

Den Großwesir aber bedrängte die Erinnerung an eine Stunde im Garten seiner Mutter. Auch Irene war Fürstin von Önäum gewesen und war Davids Nichte. Wer aber konnte wissen, wie weit Mohammed gehen würde?

«Großwesir!» sagte der Kaiser. «Du bist mir verantwortlich für das Reich. Und du weißt, wie wenige die Türken sind gegen die vielen andern Volkes und anderen Glaubens. Und nun lies dies: ‹Dir sei gegenwärtig, daß die Griechen auf dich als auf einen geweihten Kaiser blicken. Stärke sie insgeheim, daß sie dem Joch widerstreben!› Dem türkischen Joch! Ich fordere ein Urteil von dir: schuldig oder nicht?»

«Schuldig», erklärte Mahmud. «Aber nur David und seine Helfer.»

«Und die Brut?» fragte Mohammed. «Ich bin nämlich noch nicht fertig, mußt du wissen. Davids ‹fromme und gottwohlgefällige Nichte Katharina› nennt der Papst Usun Hassans schöne Frau. Und was tat diese Dame? Oh, nicht viel! Sie schrieb nur einen Brief an ihren Onkel David, in dem sie den Prinzen Alexander zu sich nach Diarbekr einlud.»

«Madonna Theodoras erster Mann», versuchte Mahmud zu erinnern.

«Ganz recht», parierte aber der Kaiser den Einwurf mit einem ironischen Lächeln, «ich meine den Prinzen Alexander, den einstigen Geliebten seiner Schwester Maria. Den lud die Sultana ein, ihn oder – und nun merke wohl auf! – einen der Söhne des Exkaisers David!»

Acht Söhne hatte David außer dem Neffen, Sohn des Vatermörders Kalojohannes, und dazu seinen Bruder Alexander und dessen Sohn. Und sie alle seien verloren, sie zu retten sei keine Hoffnung, dachte selbst Mahmud.

«Die ‹fromme und gottwohlgefällige› Frau Katharina ist nicht nur schön, wie alle Welt behauptet, sondern auch klug», ließ Mohammed seinem Hohn freien Lauf. «Ein einziger aus diesem Gewimmel von Prinzen erst einmal am Hofe von Diarbekr, und wir könnten diesem Schleicher, dem David, getrost den Kopf auf seinen Schultern lassen. Ja, noch mehr! Wir wären geradezu gezwungen, ihn weiter konspirieren zu lassen wie bisher. Denn was macht David so gefährlich? Daß Konstantin der Elfte fiel! Und daß nun er, David, der einzige geweihte Kaiser ist. Darin hat der alte Fuchs in Rom ganz recht. Allerdings haben wir zum Glück unsere Hand auf dem päpstlichen Schützling. Aber geben wir dem David sein Teil, das er verdient, dann kann aus jedem Prinzlein ein neuer Kaiser werden. Und so ein ‹Kosmokrator› und Herr aller Griechen wäre im Ausland und als Usun Hassans Verbündeter eine weit größere Gefahr als irgendein Exkaiser in Adrianopel. – Dies alles hat die Dame Katharina erkannt. Sie hat nicht einen beliebigen Prinzen, sondern eine beständige Drohung für uns nach Diarbekr eingeladen. Das tat sie, die Dame! Und wir, Mahmud Pascha ...?»

Mohammed wollte den Schlußstrich gezogen sehen und verlangte es von Mahmud, dem es zukam, ihn zu ziehen.

Und der Großwesir richtete seinen Bick auf den, der sich sein Freund nannte.

«Die Gnade steht nicht bei mir», sagte er.

«Also Gnade? Verurteilt und nun die Gnade? Sollen wir dieses ganze Geheck von vierzehn Prinzen hüten, immer in Angst, daß uns einer auskomme, immer in Furcht vor ihren Anschlägen und Verrätereien? Willst du das wirklich, mein Andah?»

Was sollte Mahmud einem Fürsten erwidern, der – und nicht als erster in seiner Sippe –, um die eigene Herrschaft desto fester zu begründen, den Bruder erwürgen ließ? Würde jemand fremdes Blut verschonen, der das eigene so wenig angesehen und seine Stiefmutter, die Mutter seines Bruders, die geborene Prinzessin, wenige Tage nach dem Tode seines Vaters in das Bett eines Niedriggeborenen gezwungen hatte?

Irene! dachte Mahmud. Was würde ihr geschehen?

Und indem er sich nur noch um Irene sorgte, ließ er die Komnenen fallen.

«Lasse uns wenigstens prüfen, wer dem Reiche gefährlich werden könnte und wer nicht», sagte er nur.

«Prüfe, mein Mahmud. Aber wisse: ungefährlich sind nur die Toten.»

Hierauf antwortete Mahmud nicht mehr. Er begann mit dem, was ihn zunächst bewegte. Und das war Irene.

«Du nennst mich deinen Andah», sagte er, «und wenn ich in mein Herz blicke, darf ich sagen, daß ich mich in Wahrheit als Bruder deines Blutes fühle. Und du? Du gabst mir so viel, daß ich dich nie um etwas zu bitten brauchte. Nun steht aber eine unter denen, die ihr Schicksal verdammt, meiner Annina nahe. Sie und Despina Irene sind Freundinnen. Darum bitte ich dich: Nimm meinen Kopf für das Wohlverhalten der Sebasta als Pfand und gib sie keinem andern als mir.»

Der Eindruck dieser Bitte auf Mohammed war für Mahmud ebenso unverkennbar wie unerwartet.

«Du bittest mich um Irene?» fragte Mohammed mit dem ganzen Mißtrauen, dessen er fähig war.

Sogar ihn selbst überraschte die eigene Wandlung. Aber daß er in diesem Nu Mahmud um eines Weibes willen urhaft wie ein Tiermännchen hasse – das konnte er nicht bezweifeln. Er glaubte nur nicht an die Dauer dieses eigenen Gefühls.

Doch die Regung blieb, ja sie vertiefte sich noch.

Mahmuds männliche Schönheit, die Mohammed immer so sehr bewundert hatte, erbitterte ihn nun. Er fühlte sich ihm, dem Untertan, der ihn um Haupteslänge überragte, zu sehr unterlegen.

«Du wünschest viel, mein Andah», sagte der Kaiser.

«Ich bat dich nur um eine, die du verschmähtest», war die Antwort des Großwesirs.

Was wisse Mahmud! erzürnte sich Mohammed aber nur.

Ganz hautnah war ihm auf einmal Irene. An die Begegnung mit ihr im Bade mußte er denken. Seine Neugier war dabei zu sehr gereizt und zu wenig befriedigt worden, und der Gedanke, daß einem anderen erlaubt sein solle, was ihm verweigert worden sei, jagte ihm ein heißes Verlangen ins Blut.

Noch einmal erlebte er den Augenblick, da er Irene, wie sie dem Schwimmbecken entstiegen war, gesehen hatte. Seine jähe Eifersucht war erwacht. Er war eifersüchtig, und er war es wegen einer Frau.

«Verschmäht?»

Wie den Gott, der sich einer Sterblichen naht, dachte sich Mohammed den Freund. Er selbst aber sei kein Gott! Jeder müsse den Unterschied sehen, auch Irene! Und um sich dieser Überzeugung zu erwehren, übergab er sich einem ungebändigten übermenschlichen Hochmut.

«Was nennst du verschmähen?» wiederholte er seine Frage. «Verschmähe ich die Frucht, solange sie noch am Baume hängt? Erst wenn sie mir zu Füßen fiel, ohne daß ich sie aufhob, ist sie verschmäht.»

Mahmud errötete vor Zorn, und ein rasches Wort drängte sich ihm auf die Lippen. Aber mit der billigen Brutalität der Macht versiegelte ihm Mohammed den Mund. Dicht trat er an Mahmud heran. Voll Hohn peitschte es aus dem schiefgezogenen Mund: «Rede vorerst nicht, mein Freund. – Bevor du deine Hände nach Sultaninnen und Müttern kaiserlicher Prinzen ausstreckst, lerne lieber schweigend erwarten.»

Am Morgen nach Mahmuds Aufbruch gegen Griechenland forderte der Großherr den bosnischen König vor.

In Vorahnung eines Unheils erschien Stephan mit dem beschworenen Vertrag in der Hand.

Aber das Fetwa Scheich Ali Bestamis erklärte den Eid für nichtig.

«Solche Ungläubigen zu töten ist des heiligen Kampfes höchstes Verdienst!» sagte Bestami, der fortan El Faruki, der Entscheidende, hieß, und schlug dem König den Kopf ab.

Drei andere bosnische Fürsten wurden in ihren Zelten erwürgt.

XLI

Trotzdem Mahmud die Hinrichtung der vier Bosnier Morde nannte, waren der Großwesir und der Padischah sich in der Hauptsache völlig einig.

Auch Mahmud wollte die Auftriebe des Islams benutzen und, dadurch gestärkt, dieselbe Politik treiben wie nur ein früherer byzantinischer Kaiser. Er war davon überzeugt, daß jedem Land durch die Eingliederung in den osmanischen Machtbereich eine Wohltat widerfahre, an der gemessen die unvermeidlichen Opfer einer kriegerischen Umwälzung geringfügig zu nennen seien. Nur auf diese Weise werde das Volk von seinen vielen Tyrannen befreit, die kostspieliger und gefährlicher seien als eine straffe und starke Zentralgewalt.

Die Uneinigkeit der beiden Männer betraf nur den Weg.

Mahmud dachte kaiserlicher als Mohammed und auf längere Sicht. Er hielt es seines erleuchteten Padischahs für unwürdig, wie einer der kleinen Barbarenfürsten zu handeln, wie etwa ein italienischer Stadtfürst, ein deutscher Herzog oder französischer Graf, mochten sie nun mit Kaiser- und Königstiteln geschmückt sein oder nicht. Fremde Kaisertitel erkannte die Pforte ohnehin nicht an, ebensowenig wie Byzanz das in seiner Größe getan hatte. Jetzt aber sei Byzanz wieder groß, war die Losung, und wie nur Einen Gott, gebe es auch nur Einen Kaiser.

Doch dieser Kaiser wollte den sofortigen Erfolg, und nachdem ihn Bestami gar der Verantwortung enthoben hatte, brach er unbedenklich jeden Vertrag mit Andersgläubigen, wenn ihm das gut dünkte. Nach der geistlichen Begründung durch das Fetwa waren die strafrechtlichen denn auch nicht mehr schwer zu finden.

Bosnien hatte schon unter Stephans Vater Tribut gezahlt. Als Oberlehnsherr sei Mohammed daher verpflichtet, dessen Ermordung zu sühnen, und so sei der Sohn als Mörder seine Vaters gefallen.

Die gleiche Begründung bedrohte den Fürsten von Lesbos wegen Brudermords mit dem Tod. Und tatsächlich konnte ihn seine Schwester Theodora auch nicht retten. Er wurde mit seinen Spießgesellen von neuem eingezogen und erdrosselt.

In beiden Fällen gab es ein Für und ein Gegen darüber, ob Mohammed sich nicht des Rechtes zu richten durch die Kapitulationen begeben habe, eine Frage, die bei den frommen Leuten durch Bestamis Fetwa zugunsten Mohammeds entschieden wurde.

Darüber waren sich dagegen alle einig, daß Kaiser Davids Verhaftung zu Recht erfolgt sei. Mit allen seinen männlichen Verwandten war er nach Konstantinopel gebracht worden.

Nur Theodoras Sohn Alexis und Kaiser Davids Jüngster blieben als Pagen des großherrlichen Serails auf freiem Fuß.

Vieles hatte sich seit den zehn Jahren der Türkenherrschaft in Konstantinopel verändert. Schon erhob sich die große Moschee des Eroberers über dem Stadtbild, und gebaut wurde in allen Straßen. An Platz fehlte es vorerst nicht. Die Grundfläche zwischen der theodosianischen Mauer und den Meeren hatte einst dem Zehnfachen der Bevölkerung Raum geboten. Anderthalb Millionen Einwohner hatte die Stadt einmal gehabt gegen hundertfünfzigtausend unter dem letzten Konstantin.

Und nun füllte Mohammed sie wieder.

Von jeder eroberten Stadt verpflanzte er das Drittel der reichsten und daher vermutlich auch tüchtigsten und gebildetsten Einwohner nach Konstantinopel.

Während aber nach dem großen Brand des Nike-Aufstandes unter Justinian, seit etwa neunhundert Jahren also, Steinhäuser die gefährlichen Holzhäuser fast völlig verdrängt hatten, wurden jetzt nur noch die großen öffentlichen Bauten in Stein ausgeführt. Bei den Privatbauten griff man wieder zum Holz.

Auf diese Weise war das Bedürfnis nach neuen Wohnungen nicht nur am schnellsten, sondern auch am billigsten zu befriedigen, und billig mußten die Neubauten wegen der ungeklärten Besitzfrage sein. Bei der Eroberung hatte Mohammed die Stadt zur Plünderung freigegeben, sich selbst jedoch die Häuser und den Grundbesitz vorbehalten.

Nicht ein einziger Quadratfuß Boden wurde verkauft. Wer also baute, tat es mit einer vorläufigen Erlaubnis auf kaiserlichem Grund. Aber wenn diese Erlaubnis auch angesichts der Notwendigkeit leicht zu erhalten war, so trug alles doch den Stempel des Vorläufigen, und Konstantinopel wurde in seinem Innern dem Straßengewirr abendländischer Städte immer ähnlicher.

Auch dort waren Steinbauten in der Minderzahl. Und da jetzt in aller Eile gebaut wurde, wo gerade Platz war, verwischten sich die breiten Straßenzüge immer mehr. Bald war selbst die Meza kaum noch zu erkennen. Jedermann wollte eben gern in den dicht besiedelten Vierteln und dem Hafen so nahe wie möglich seine Geschäfte betreiben.

Mit der Griechenstadt am Fanar verhielt es sich ebenso.

Es war freilich auch privilegierter Grund und mit einer besonderen Mauer geschützt. Andersgläubige, es sei denn, daß sie zum Haushalt eines Griechen gehörten, hatten den Stadtteil mit Torschluß zu verlassen.

Der Sitz des Patriarchen war ebenfalls von der Apostelkirche in das ehemalige Kloster der allerheiligsten Panagia am Fanar verlegt worden. Dazu stand in diesem Viertel noch eine Reihe von Adelspalästen, die wieder von ihren Eigentümern oder deren Erben bewohnt wurden. Andere vornehme oder doch wenigstens vermögende Familien hatten sich mit ihrem Anhang dazugesellt. Denn lieber hausten sie auf engstem Raum zusammengepfercht, wenn sie dafür nur in naher Verbindung mit dem Patriarcheion leben konnten.

Am Fanar fühlte alles nur griechisch.

Alle wußten also auch in diesen Nächten, was es bedeutete, wenn verhüllte Gestalten mit Windlichtern oder ganz im Finstern durch die engen Straßen huschten und warum die Lampen in der Patriarchatskirche bis zum Morgen brannten. Aber die sonst so vorlauten Hauptstädter verhielten sich still und flüsterten nur über ein Geheimnis, das jedem bekannt war.

Still lag auch die Kirche da. Keine Chöre drangen aus ihr in die Dunkelheit, keine Liturgie und keine Predigt, keine Messe wurde gelesen. Doch wer sie betrat, fand sie dennoch von Betern erfüllt. Es war ein Kommen und Gehen.

Aber immer war die Kirche schwarz. Denn die Menschen hatten sich zumeist in die Unfarbe der Trauer gehüllt.

Zu jeder Stunde waren die Altäre umlagert. Vor dem Bilde der allerheiligsten Jungfrau jedoch staute sich die Menge. Das alte Bild von geringerem Umfang mochte einst zur Ikonoklastenzeit, da die Kaiser die Kirche durch Bildersturm hatten heben wollen, mit Todesgefahr und ganz im geheimen verehrt worden sein. Jetzt lag es unter Glas, weil nach dem Glauben die Berührung des Bildes den Menschen der Göttin nähere und daher viele Finger sie zu berühren begehrten.

Denn Göttin war sie, die jungfräuliche Mutter, die Ewige. Aller Gewalt zum Trotz war der Kult der Großen Mutter vom Meer längst wieder mit ihr erwacht. Bei ihr fanden die Menschen den Trost, den ihnen das Leben versagte.

«Allah ist nicht gezeugt und hat nicht gezeugt», sagten die Moslems zwar. Aber der Prophet Jesus war auch ihnen immer nur der «Sohn Marias». Selbst diese Puritaner, die alle Bilder mit mehr Glück als die Ikonoklasten gestürmt hatten, überwältigte dennoch das Gefühl, daß jeder Ursprung Mutter und die Mutter Ursprung und Ziel sei, daß in ihrem bergenden Schoß alles zum Leiden Geborene auch wieder erlösche.

«Maria, heilige Mutter Gottes, erbarme dich!» beteten die stummen Lippen einer Verhüllten. Andere kamen und gingen.

Die Verhüllte aber lag auf den Knien und suchte mit der Stirne die Fliesen.

Bis zum Morgen lag sie so.

Als erstes Dämmern die Lampen bleichte, stand sie auf.

An den Viertelstoren erwarteten die Menschen drinnen und draußen das Öffnen. Die täglichen Geschäfte wollten verrichtet sein. Unter die bunt gewandete Menge der Milch- und Kohlenhändler, der Bäcker, Fleischer und Gemüseverkäufer, die alle ihre Kundschaft im Fanar hatten, mischten sich draußen noch andere Gestalten, die man sonst nicht zu sehen gewohnt war.

Es waren sowohl Männer wie Frauen, und ihre dunklen Gewänder waren feucht vom Tau wie bei Leuten, die kein Dach vor der Nacht beschirmt hatte.

Jetzt aber war die Stunde des Öffnens gekommen. Und am Dscheri Fener Kapussi, am neuen Fanartor, entkam die Beterin aus der Kirche unerkannt unter der Menge.

Am Ufer des Goldenen Horns wandte sie sich nordwestwärts zu den Blachernen, und durch das Palasttor betrat sie den Stadtteil der Kaiser.

Aber von den heiligen Palästen, die Mohammed nicht ganz zu Unrecht das Haus seiner Väter genannt hatte, sah sie nur noch Ruinen, Steinbrüche sah sie, aus denen alle sich ohne Scheu holten, was ihnen für ihre Notbauten noch brauchbar erschien.

Die Blachernen waren wieder geworden, was sie einst gewesen waren: nichts als das äußerste Ende der Stadt.

Als daher die Vermummte die Egri Kapussi durchschritten hatte, stand sie auch schon jenseits der theodosianischen Mauer im freien Feld. Südwärts wandte sie sich nun, dorthin, wo sie aus den spärlichen Büschen Gejaul von Hunden und Gekrächz von Aasvögeln vernahm.

Fester zog sie ihre schwarze Feredescha um sich, und bald war sie am Ziel: auf dem Acker der Verdammten.

Die Stätte war öd und leer.

Ein Geruch von Verwesung lag über ihr. Und wenn der Fuß nicht an bleichende Menschengerippe stieß, hemmte ihn nichts: kein Grabmal, kein Hügel.

Doch die Wächter am Tor hatten von einem nächtlichen Treiben gesprochen, das wie ein Spuk bei Tagesanbruch verschwinde.

Und nun erblickte die Schreitende, was sie suchte.

Von einem Baum flatterte ein buntes Tuch. Es kam aus einem Korb, aus dem die Vögel die Speisen gestohlen hatten. Und nun sah sie in der Nähe auch noch andere, besser verschlossene Gefäße im Gebüsch und am Boden, kostbare Weihgeschenke darunter, kirchliche Geräte, Pokale.

Doch niemand, der Menschenantlitz trug, vergriff sich daran, nicht an den Schätzen, nicht an den Speisen und Weinen. Denn die, der alles gegeben war, galt den Griechen als Heilige und den Türken als eine, die Allah berührt habe.

Es waren die nächtlichen Spenden des Volkes. Ein ganzes Volk lag vor seinem Gott auf den Knien, und jedes Gebet, das zum Himmel stieg, war für Mohammed ein Fluch.

Auch Irene hatte auf ihren Knien gelegen, und nun schlich sie erschauernd hinter das Gebüsch und spähte. Ein frischer Erdhaufen lag vor ihr. Wie der spitze Schnabel eines großen schwarzen Vogels hackte es hinter ihm von unten herauf. Stieß in die Luft und verschwand – stieß in die Luft und verschwand. Und jedesmal gab es einen dumpfen, klirrenden Klang.

Es war aber ein menschlicher Rücken mit seinem verschleierten Kopf und kein streitbarer Vogel. Die Raben wußten es, die Hunde wußten es, die Bastarde von Hunden und Schakalen: ein Mensch, eine Frau, grub mit Hacke und Spaten ein Grab.

Und die Tiere fühlten sich betrogen.

Immer wieder breitete ein Schwarzgefiederter krächzend die Schwingen, oder einer der wilden Hunde wagte knurrend ein paar Sätze. Aber jedesmal scheuchte das Klirren der Hacke oder eine geworfene Erdscholle die Gierigen von dem zurück, was wellig im Grase lag. Das waren keine Erdhaufen. Tücher waren das, Mäntel, unter denen sich das Schreckliche verbarg.

Aber nun arbeitete sich ein Tollkühner mit hungrigen Lichtern heran. Bei jedem Klirren und bei jedem Wurf duckte er sich. Dennoch verharrte er, bis er mit dem Fang den Zipfel eines Mantels erschnappte.

Ein Getöse von Vogelgekrächz und Hundegebell erhob sich.

Und Irene sah eines Jünglings Züge, sah den Hund sich in die Leiche verbeißen, und sie hörte den Schrei!

Mit flatternden Gewändern stürzte die Grabende herauf, warf sie sich mit erhobener Hacke auf den Hund. Der aber, mehr Schakal als Hund und mehr Wolf als Schakal, nahm sie an.

Alles Getier verhoffte. Jaulend forderte das Rudel der räudigen Köter, was ihm gehörte. Die Frau jedoch achtete nicht ihrer zerfetzten Gewänder und nicht ihrer gebissenen Schulter. Sie schwang die Hacke und traf das Rückgrat des Geifernden. Und dann krachte sein Schädel.

«Augusta!» rief Irene und warf sich vor der Greisin nieder.

Denn die Frau war eine Greisin, obwohl nicht an Jahren. Schlohweiße Strähnen hingen ihr wild um das abgezehrte Gesicht. Feurige Augen kreisten im Antlitz des Todes.

«Augusta Helena! Basilissa», wimmerte Irene …

Das Schicksal der trapezuntischen Kaiserfamilie hatte sich erfüllt. Nicht nur der Großkomnenos David war wegen Hochverrats der Schnur des Henkers überliefert worden. Auch sein Bruder Alexander und sieben seiner acht Söhne hatten den Tod durch Erdrosselung erlitten. Selbst das Grab wurde den Toten verwehrt.

Unbestattet und entweiht sollten die Leichen auf dem Feld der Verdammten liegen, den Tieren zum Fraß. Unschuldige mit den Schuldigen – das war Mohammeds Gericht.

Aber eine fügte sich nicht. Die Frau des David fügte sich nicht, und die Mutter der sieben, die dort lagen, Helena Kantkuczena, die Kaiserin. Niemand wagte es, ihr zu wehren.

Was die Gerichteten der Verachtung hatte preisgeben sollen, war nur zu geeignet, das Mitgefühl der Menschen zu erwecken. Um der einen willen, die lebte, würde man die Toten nicht vergessen. Das wußte man allmählich im Serail und im Diwan der Wesire. Doch jetzt war es zu spät. Man konnte nur noch gewähren lassen, was zu hindern gefährlich war.

Mann und Schwager hatte die Kaiserin schon begraben.

«Was willst du hier?» fragte sie. «Du, die du dich eine Sultanin nennen lässest und teilhast an den Sünden des Teufels?»

Keinem ihrer trapezuntischen Familie war Irene besonders nahe gekommen, am nächsten noch der kleinen Despina Anna. Doch die war im Zorn von Jassowo zu ihrem Saganos abgereist. In Adrianopel hatte sich Irene jedoch immer nur als ein Mittel der trapezuntischen Hauspolitk gefühlt. Nun aber, vor den Leichen ihrer Verwandten, sprach sie sich schuldig. An Liebe habe sie es fehlen lassen, mit Hochmut sei sie denen begegnet, die Gott ihr als die Nächsten aus ihrem Blut gegeben habe.

Nie hatten die Lebenden ihr so nahegestanden wie jetzt die Toten. Und nichts wollte Irene tun, als Unterlassenes nachholen, Vergehen sühnen.

«Ich gehöre zu dir», sagte sie der Greisin. «Laß mich bleiben.»

«Glaubst du, ich könnte nicht begraben, was ich geboren habe?»

Irene weinte. Jetzt erst weinte sie. «Laß mich bleiben», bat sie. «Bin ich nicht aus deinem Blut?»

«Erinnere mich nicht!» rief Helena heftig. «Wegen des Wandels deiner Großmutter, die eine Kantakuczena war, bestritt man deinem Vater die echte Geburt. Hebe dich weg von denen, die dir nicht gehören!»

«Ich gehöre zu dir – wir sind Frauen», mahnte Irene.

Als Helena die Sebasta Irene Nichte genannt hatte, war sie mit dem kaiserlichen Purpur bekleidet gewesen. Nun umhüllten sie nur noch schwarze Fetzen und ihr Stolz.

«Bastard!» sagte die Basilissa jetzt. Und sonst nichts.

Zu ihren stillen Söhnen wandte sie sich.

Doch da erblickte sie das entblößte Antlitz dessen, den der Hund angefallen hatte. Ein Zittern lief durch ihre Gestalt. Sie fiel vornüber und umklammerte den Erstarrten.

«Niemand soll euch mir nehmen», schluchzte sie. «Ich habe euch geboren. Ich will euch begraben. Ich allein!»

«So soll es sein», beruhigte Irene sie. «Nur laß dir helfen in deiner Schwäche. Ich bin nichts von dir als deine Hand.»

Damit hob Irene die Hacke vom Boden und stieg in das Grab.

Tief mußte die Grube werden und breit. Sieben junge Männer und Knaben sollte sie bergen. Sieben Vettern der Sebasta Irene.

Schweiß lief ihr vom Angesicht. Haare verdunkelten den Blick. Hechelndes Atmen ging in Keuchen über. Hart wie ein Stampfwerk hämmerte ihr Herz.

Von alledem wußte sie nichts. Sie wollte nur eins:

Eine Grube, so breit und so tief, um alles Grauen in sich aufzunehmen: die Toten und sie selbst mit all ihren Gedanken an das, was geschehen, unwiderruflich geschehen war.

Hacken und schaufeln. Schaufeln und hacken.

Denn solange sie lebte, lebten auch ihre Gedanken. Und die Bilder lebten, die schrecklichen Bilder von der Mutter und ihren Söhnen. Das Gesicht ihres Vetters Kiriakos war da und an dessen Hals das Mal der Schnur.

Sie hatte das Mal gesehen. Mit eigenen Augen hatte sie es gesehen!

Aber nun sah sie nichts mehr.

Plötzlich war Nacht um sie, eine weiche Nacht. Sie fühlte sich gepackt und wollte schreien.

«Mohamm – –»

Doch dann war ihr der Mund verschlossen, und sie hörte nur noch eine Stimme: «Schnell fort mit ihr!»

Und als ihr die Sinne schwanden, war sie fast froh, daß nun alles zu Ende sei und Mohammed ausgesandt habe, sie zu verderben.

XLII

Sanfte Stimmen verlockten Irene. Scharfe Gerüche bestürmten die Entschwebte. Wie ein lebendig zärtliches Gewand war das Streichen über die Glieder, und von den Füßen zog eine Wärme der Versunkenen in den Leib.

Aber Irene sträubte sich. Zu schön war das Schweben gewesen, und sie hatte Angst vor den Bildern.

Doch die Bilder hatten die Gehetzte gefunden! Sie drangen in ihre Finsternis! Und Irene schrie!

Da war es auf einmal hell. Lampen brannten.

Die Zitternde sank wieder zurück. Aber ihre Augen schlossen sich nicht mehr. – Mit dem Laken jedoch, das sich jetzt über sie legte, umhüllte sie auch ein Blick der Liebe.

Irene sah in Anninas Augen.

Irene war nicht bei den Henkern.

Nicht Mohammeds Bostandschi hatten sich auf dem Feld der Verdammten ihrer bemächtigt. Freunde waren ihrer Spur gefolgt, und Chaß war es gewesen, der seinen Mantel über sie geworfen und sie mit seinen Leuten zurückgeführt hatte.

Jetzt war sie wieder in ihrem eigenen Hause.

Aber mehr als Anninas Augen nahm sie nicht wahr. Wochenlang lag sie noch in einem Nervenfieber und ohne klare Besinnung.

Inzwischen aber geschah manches in dieser Zeit.

Chaß mußte sich an das kaiserliche Hoflager zurückbegeben. Er tat es voll Sorge um Irene.

Auch Sismonda war nicht glücklich. Plötzlich war ihre Heirat ihr gar nicht mehr wichtig. Denn obwohl die Frage des Dispenses im Patriarcheion noch einmal geprüft werden sollte, so bedrückte sie doch das Unklare der Lage.

Von den Vorgängen, die zum Untergang der trapezuntischen Kaiserfamilie geführt hatten, wußte sie allerdings nichts. Doch da sie sich ängstlich vor jedem Nachdenken hüten mußte, hatte sie ihrer Beschützerin gegenüber ein ungutes Gefühl. Es war dem schlechten Gewissen nahe verwandt und ließ sie schweigen über den Dispens, wie sie auch Amyrutzes, Kaiser Davids vertrauten Protovestiarios, der dem Verderben seines Herrn so auffällig entgangen war, nicht erwähnte.

Auch Chisr Aga hatte zu kämpfen.

Aber er ging behutsam vor und tat, als bemerke er die Wände von Eis nicht, die ihn im großherrlichen Serail umgaben. Gerade jetzt übte er seine junge Macht aus, und er hätte es ebenso getan, wenn Schahin nicht, wie sein Amt es ihm vorschrieb, dem Kaiser ins Feld gefolgt wäre.

Chisr war der Lala Sultan Dschems, und solange dessen Mutter darniederlag, vertrat er auch deren Rechte.

Nachdem er die ersten Widerstände zerbrochen hatte, erblickte er bald nur noch gebeugte Rücken. Alles geschah nach seinem Willen, und zweimal in der Woche fuhr der junge Kaisersohn mit größtem Aufgebot zum Hause seiner Mutter, um sich in kindlicher Ehrfurcht nach dem Befinden der überall höchstzuverehrenden hohen Frau zu erkundigen.

Dennoch zweifelten nur wenige, daß die Tage des Glanzes, wenn nicht des Lebens, für Irün Sultana und den Lala gezählt seien.

Unterdes zog Mohammed in Adrianopel ein, wo ihn Theodora bereits erwartete.

Ihren Bruder hatte die Favoritin verloren – dessen Mörder gewann sie sich von neuem: Theodora wurde mit dem Namen Selma zur Sultana erhoben. Selma Sultana hieß sie jetzt.

Gerade daß Mohammed den Fürsten von Lesbos hatte erdrosseln lassen, steigerte offenbar seine Lust an der Schwester ...

Dagegen kam kein Befehl aus Adrianopel hinsichtlich Irün Sultanas.

«Und doch zittern wir alle um dich», sagte Annina.

Irene war so gut wie genesen. Sie mied allerdings das Serail, aber nur, weil es Mohammeds Haus war.

Doch die leidenschaftliche Zärtlichkeit des kleinen Dschem wurde dadurch nicht berührt. Jetzt ließ sie ihn täglich zu sich kommen, und wenn es ihr nicht unpassend erschienen wäre, den jungen Sultan seinem väterlichen Hause zu entziehen, so hätte sie ihn ganz bei sich behalten.

Auch nun hörte sie nur halb auf Anninas Worte. Sie dachte an Dschem. Der kleine Kerl hatte einen heißen Kopf und fiebrige Augen gehabt, als er fortgegangen war, und nun bangte sie sich um ihn.

«Ich schleiche mich zu dir in der Nacht», beklagte sich Annina, «und du hörst nicht einmal zu.»

«Oh, Liebe, verzeih!»

Irenes Bitte war um so inniger, als Anninas Zustand deren Hiersein zu einem Opfer machte: Die Freundin befand sich im siebenten Monat ihrer Schwangerschaft.

Schwere Vorhänge verbargen vor dem Blick jedes Unberufenen das Licht der Lampen. Nur wenige wußten von dem Besuch einer Nonne bei Irün Sultana. Daß diese Nonne aber des Großwesirs Frau war, wußten auch diese wenigen nicht.

Annina drängte sich an Irene.

«Ich habe Nachricht von Chaß», flüsterte sie hastig. «Mohammed ist auf dem Wege nach Konstantinopel. Vielleicht ist er schon in der Stadt! – Oh, Irene», fuhr sie fort, «du hättest fliehen sollen.»

«Und Dschem?» fragte Irene.

«Der Sohn des Mannes, der fast deine ganze Familie vertilgte!» rief Annina voll Ingrimm.

«Um so nötiger hat mich das Kind.»

Früher hätte eine solche Entgegnung Annina zum Schweigen gebracht. Inzwischen aber war sie die Gebieterin eines Harems geworden und fühlte sich ganz als verheiratete Frau, die ein Mädchen zu beschützen habe.

«Du denkst vielleicht», sagte sie, «daß weder Mohammed

noch seine Vorfahren sich jemals an Frauen vergriffen? Doch weißt du, was Chaß meint?»

«Immer Chaß!»

«Du solltest ihm nicht zürnen. Er war überzeugt, daß er dich nie hätte überreden können, ihm freiwillig zu folgen.»

«Ich zürne ihm nicht. Ich war krank. Ich weiß es.»

«Dann höre auch, was er sagte! Die Wege von Mohammeds Gedanken könne niemand ergründen. Sein Zorn bedeute alles, sein Lächeln nichts. Und es ist ja auch bekannt, wie lange er seinem Vetter Chalil Freundschaft heuchelte, um ihn dann plötzlich hinrichten zu lassen. Einmal ist immer das erstemal. Auch Chalil Tschendereli war der erste aller osmanischen Großwesire, der unter dem Schwert des Henkers fiel, während Mohammeds Vorfahren stets die Personen ihrer Stellvertreter geachtet hatten. Er aber tat, was keiner vor ihm getan hatte. Und ich schlafe oft nicht, weil ich daran denke, daß Matthäos nicht immer des Kaisers Meinungen teilt. – Oh, Irene, wenn ich daran nur denke!»

Annina und Irene umarmten sich.

«Bleibe nicht in Konstantinopel!» fuhr die Freundin fort. «Und blicke auch nicht in deine Schatzkammer. Sie ist leer. Ihren Inhalt findest du im Bauch einer Dromone vor Galata. Wir haben sie für deine Flucht gemietet. Nimm meinen ganzen Schmuck dazu, und du wirst in Georgien immer noch zu den Reichsten gehören. Dort haben bereits zwei Kaiserinnen eine Zuflucht gefunden. Und wenn Matthäos nicht wäre, ich ginge mit dir. Denke jetzt nicht an deine Bergwerke und alles, was du zurückläßt.»

«Bitte, still doch!» bat Irene und lauschte.

Nun hörte auch Annina das Hufgeklapper im Hof.

«Es wird doch Dschem nichts zugestoßen sein?» ängstigte sich Irene.

Doch der Lärm schwoll in einer Weise, daß er nicht mehr von einer einfachen Botschaft aus dem Serail herrühren konnte. Man hörte Kommandos und das Getöse von Waffen.

Irene trat an ein Fenster und sah durch den Vorhang: Fackelschein leuchtete herauf. Und nun kam auch Sismonda. Die Herzogin übertrat ein Verbot. Aber die Umstände rechtfertigten sie.

Ein kaiserlicher Befehl war gekommen. Und dieser Befehl konnte das Ende sein. Irene werde von Seiner Majestät im Serail erwartet, sagte Sismonda.

Eben erst konnte der Kaiser in der Stadt eingetroffen sein. Und Irene jetzt schon vorgefordert in der Nacht? Das war eine Gewalttat, wie Mohammed sie liebte.

Sismonda nickte nur: «Ja», hauchte sie, «gleich jetzt.»

Einen kurzen Augenblick dachte Irene nach. «Sagen Sie bitte dem Kapidschi», entschied sie sich dann, «ich werde mich sogleich ins Serail begeben.»

Aber kein kaiserlicher Kämmerer hatte die Botschaft gebracht.

Noch immer stand Sismonda da. Sie war leichenblaß.

«Kein Kapidschi», stammelte sie, «und sie wollen auf Eure Hoheit warten. Der – Bostandschi Baschi ist unten!»

Vor Schreck stieß Annina einen Schrei aus; denn das bedeutete keine Einladung mehr, sondern Verhaftung.

Die Bostandschi waren Palastgärtner, nur daß sich unter harmlosen Titeln oft ganz andere Ämter verbargen. So war der Bostandschi Baschi unter vielem auch der Vollstrecker kaiserlicher Machtansprüche an allen Personen, die dem großherrlichen Serail angehörten.

Doch Irene schloß nur die Augen, als müsse sie etwas Unfaßliches in sich aufnehmen.

«Lassen Sie Seine Exzellenz bitten, Herzogin, sich etwas zu gedulden. Und – den Garderobendienst, wenn Sie so freundlich sein wollen.»

Als Sismonda gegangen war, befanden die Freundinnen sich wieder allein.

«Flieh!» drängte Annina, «die Minuten sind kostbar!»

«Ich hätte dir folgen sollen, als es noch Zeit war», erklärte Irene aber nur. «Blick hinaus!»

«Geh nicht», bettelte die andere, «geh nicht hinunter!»

«Und wen werden sie finden, wenn sie das Haus durchsuchen? Mich gewiß. Wahrscheinlich auch dich. Denk an Matthäos, Annina. Willst du ihn in mein Schicksal verstrikken?»

Und nun kamen auch schon die Frauen, um Irene anzukleiden.

Das schlichte Gewand aus fließendem Altgoldbrokat wurde nur durch die Perlen des Gürtels und der Schulterspange erhellt, und Perlen waren es auch, die als weitmaschiges Netz die Flut der dunklen Haare umschlossen. Über das Kleid fiel ein Kapuzenumhang in Pfauenfarben auf metallischem Grund, während über Füße und Beine ihr die Purpurstiefel einer Panhypersebasta gezogen wurden.

«Gehen denn auch Sie, meine Mutter», wandte sich Irene, als sie fertig war, an Annina. «Man wird Sie hinausgeleiten, wenn – alles vorbei ist.»

In der Umarmung fühlte sie es feucht unter dem Schleier der Bebenden.

Zu dem Mörder fast ihrer ganzen Familie ging Irene, und dabei war sie sich klar, daß sie dem Manne durch ihr Zögern auch noch sich selbst in die Hände gespielt habe.

Unerbittlich zieh sie sich des schmachvollen Verlangens: Perlen und Gold möchten ihr herabgerissen werden, damit sie, nackend wie einst am Kreuz zu Kartuza und ebenso selig wie nackt, als ein dem Mörder wohlgefälliges Opfer vor ihm vergehe.

Das war ihres Zauderns abgründige Lust gewesen.

Alle blinden Mächte ihres Fleisches hatten sie ergriffen gehabt, sie in das Chaos zu stoßen, aus dem sie gekommen war.

Nun war es vorüber. Nun sah sie wieder. Und sie erblickte Annina. Die stand vor ihr in den Kleidern einer Nonne und weinte.

«Ich bin eine große Sünderin», sagte Irene und neigte ihr Haupt vor der Freundin und deren Kleid. «Beten Sie für mich, meine Mutter.»

Nicht im Schritt wie bei feierlichen Aufzügen, sondern im Trab und Galopp toste der Troß mit Wagen und fackelschwingenden Reitern durch die nächtlichen Gassen.

Vom Geflacker des Lichts blieb nur ein schwerer Rauch zurück und ein Geruch wie von Brand.

Im Serail erwartete der ganze anwesende weiße Dienst die Sebasta.

Das war sehr ehrenvoll und nahm ihr doch nicht den Glauben, eine Gefangene zu sein.

Der Eunuchenschwarm gestattete ihr nicht einmal, die eigene Serailwohnung aufzusuchen. Ohne Aufschub hatte sie eine lange Wanderung durch Gebäude zu beginnen, die sie noch nie betreten hatte, durch menschenleere Gänge und Säle.

Immer kleiner wurde die Zahl ihrer lautlosen Begleiter. Immer heimlicher wurden die Gemächer. Und als auch ihre eigenen Frauen zurückbleiben mußten, war sie mit Schahin und einigen wenigen Großeunuchen allein. Im letzten, innersten der Zimmer aber saß ein Mann.

Er saß über ein Schachbrett gebeugt, und Wein funkelte in einer kristallenen Karaffe an seiner Seite.

Dicke Teppiche verhüllten die Wände, Sofas zogen sich herum, im Alkoven erstickte das Lager fast unter der Last seiner Kissen, und ein Gong stand dem Koran zum Trotz auf erzgetriebenen geflügelten Löwen am Lager.

Bei Irenes Eintritt erhob sich der einsame Spieler und grüßte.

Es war Mohammed.

Nichts aber verriet sein Lächeln über das, was mit Irene geschehen würde.

Er konnte sie für eine seiner kleinen Abendunterhaltungen aufbewahren. Er konnte sie auf der Stelle erdrosseln lassen. Und dazu wäre das Zimmer gut gewählt gewesen. Kein Laut drang aus ihm in die Welt. Es sah so aus, als würde alles von Irenes Willfährigkeit abhängen.

Sie aber erwiderte seine Verneigung nicht.

«Hier bin ich», sagte sie.

«Ich sehe mit Vergnügen», lächelte er, «wie rasch Eure Hoheit meiner Einladung folgten.»

«In der Nacht!»

«Gerade das erhöht meine Dankbarkeit. Wenn ich auch nicht verhehle, daß meine Bitte ein wenig dringlich war. Verzeihen Sie mir! Aber vergessen Sie auch nicht, Kusine, daß Sie mir noch immer – ein Spiel schuldig sind. Das letztemal gewannen Sie.»

Er goß Wein in ein Glas und leerte es ohne Rücksicht auf etwaige fromme Bedenken seiner Eunuchen.

Wenn er die Herren jedoch vergessen haben sollte, so sah er sie jetzt.

«Was steht ihr hier noch herum», herrschte er sie an, «du, Schahin, und die andern?»

Und wie ein Spuk verschwanden sie. Es war, als saugten die Wände sie ein.

Mohammed und Irene konnten sicher sein, daß keines Menschen Ohr sie mehr belauschte.

«Ich weigerte es Ihnen, um das Leben des Fürsten von Lesbos zu spielen», hob Irene an. «Glauben Sie, daß ich es um mein eigenes tun werde?»

«Um Ihr Leben?» zeigte sich Mohammed erstaunt. «Ich verstehe nur so viel, daß Sie etwas herb sind, meine Dame. Spielen Sie um sich selbst, schlage ich Ihnen vor, wobei ich hoffe, daß der Verlust Sie nur noch lebendiger machen soll. Spielen wir um Sie!»

«Und wenn ich gewinne?» verbarg Irene unter einem Angriff ihre Gedanken.

«Wer mich liebhat, verliert», sagte Mohammed und wies auf das Schach.

XLIII

Irene zitterte nicht.

Sie war allein mit Mohammed und nicht hilflos. Die Arena war klein, und sie konnte sich wehren. Nicht einmal ohne Waffe war sie. Sie zitterte nicht mehr, nicht vor Verlangen und nicht mehr aus Furcht.

«Rechts oder links?» fragte Mohammed mit geschlossenen Händen.

«Rechts», sagte sie.

Mohammed öffnete die Rechte. Ein weißer Bauer lag darin.

«Sie beherzigen meine Worte schlecht, Kusine. Sie sollen doch verlieren. Aber der erste Vorteil ist gleich für Sie. – Weiß beginnt.»

Was früher einmal ihre Phantasie beschäftigt hatte, erlebte sie jetzt leibhaftig: jenen Jüngling, der nächtlich die Straßen Adrianopels durchstreifte oder bis zum Morgen über den Landkarten lag und beriet und der dazu die Leute wie weiland Chalil Tschendereli aus den Betten holen ließ.

Damals hatte das noch uneroberte Konstantinopel des Jünglings Nächte erfüllt. Was beschäftigte Mohammed jetzt?

Fast überbeherrscht gab sich der Kaiser.

Doch Irene verstand sich darauf, Männer zu beobachten, und so wußte sie denn, daß er schon eine ganze Weile getrunken haben mußte.

Aber der Wein hatte, ohne ihn zu verwirren, nur alle seine Möglichkeiten entfesselt. Die Ironie seiner wenigen Worte klang wie Hohn und der Hohn wie Schmeichelei. Alles konnte alles zu gleicher Zeit sein, sogar Aufrichtigkeit und Freundschaft.

Es könne aber auch den Tod bedeuten, dachte Irene.

Als sei sie mit einem gefährlichen Raubtier zusammengesperrt, empfand sie sich. Und gerade das gab ihr die Kühnheit, die sie brauchte.

Schweigend saßen Spieler und Spielerin über den Steinen.

«Die Schatzkammer im Hause Notaras war einmal sehr reich», fing Mohammed schließlich an, «ich erinnere mich ihrer noch aus der Zeit des verstorbenen Großherzogs. – Was hat Ihnen die Kammer getan, daß Sie sie beraubten? Sind goldenes Geschirr, Juwelen und Schmuck im fauligen Kielraum einer Dromone besser aufgehoben als in Ihrem Serail?»

Er wußte alles oder doch viel. In jedem Fall zuviel!

«Sie achten nicht auf Ihren Läufer», erwiderte Irene statt einer Antwort. «Ich nehme ihn.»

«Und ich Ihr Pferd!»

«Und ich Ihren Bauern!»

Es war ein wildes Spiel, und die Figuren klirrten auf den Tisch. Dann breitete sich wieder Stille aus zwischen den beiden.

Mohammed aber war am Zug. «Sie haben doch nichts dagegen», ließ er dabei fallen, «daß ich den Befehl gab, Ihnen Ihr Eigentum wieder zurückzubringen? Es geschieht eben jetzt.»

Auch hierauf schwieg Irene.

«Sie sind nicht sehr mitteilsam.»

«Ich überlege», wies sie ihn ab. Aber ihre Stimme klang heiser.

«Um zu gewinnen? Wie eigensinnig! – Warum wollten Sie fliehen?» packte er jetzt jedoch zu. «Halten Sie eine Frau nicht mehr für sicher in meinem Reich?»

Kein Ausweichen, kein Überhören war mehr möglich.

Sie blickte ihn an.

«Ich habe Jünglinge gesehen, Kinder noch. Und ich sah sie als unbegrabene Leichen.»

«Ich weiß», nickte er, «Sie bemühten sich selbst. Aber das sind Männersachen, meine Liebe.»

«Männer haben Mütter, und so ist alles, was sie tun, auch eine Sache der Frauen.»

Er schenkte ihr ein.

«Trinken Sie!» befahl er und leerte, ohne abzusetzen, sein Glas. «Warum trinken Sie nicht?»

Irene hob ihren Pokal an die Lippen.

«Ich wollte anklagen», fuhr er fort, «und sehe, daß ich mich verteidigen muß. Mag es sein! Ein Mädchen wie Sie, das so vieles weiß, wird sich doch des Basileus Andronikos erinnern? Ich meine den letzten komnenischen Kaiser von Konstantinopel.»

Andronikos!

Als sie Notaras zur Flucht hatte bestimmen wollen, war ihr dieser Ahne vom Großherzog vorgeworfen worden. Notaras war geblieben und gestorben. Sie war geblieben – und nun sprach Mohammed zu ihr von Andronikos.

Aber er schien gerade diesen von seinen vielen Vorgängern im Kaiseramt nicht schmähen zu wollen. Und für Irene ereignete es sich auch nicht zum erstenmal, daß ihre Gedanken von Mohammed zu diesem längst Vermoderten geschweift waren.

Denn zweierlei verband trotz alles Trennenden die beiden Kaiser: Es war die Leidenschaftlichkeit ihres Herrschverlangens und die Überzeugung von den uferlosen Möglichkeiten der Macht.

Obwohl Andronikos nach dem Recht des Genies sich stets als der echte Kronenerbe gefühlt hatte, gelangte er erst mit einundsechzig Jahren zur Regierung.

Bis dahin hatte er gegen seinen Vetter, den Kaiser, rebelliert und sich zugleich mit der Liebe getröstet.

Schwer zu vergleichen war er mit anderen Menschen.

Schon körperlich überragte er mit seiner Länge von zwei Metern die meisten. Elegant wie alle in seiner Familie, phantasievoll und von einer selbst für Byzanz nicht gewöhnlichen Bildung, verführte er Volksmassen sowohl wie Frauen mit seiner wohllautenden Stimme, die aus dunklen Tiefen quoll, mit seinem gepflegten Bart von bläulicher Schwärze und mit seinen schönen Beinen, die er gern zeigte.

Sogar Kaiser Manuel hatte dem Prinzen Andronikos nicht gram sein können und ihm immer wieder verziehen. Und es war viel zu verzeihen gewesen.

Um den Ehrgeiz des Ruhelosen zu sättigen oder auch nur um ihn loszuwerden, war er oft genug vor ebenso große wie schwierige Aufgaben gestellt worden; aber selbst die anscheinend hoffnungslosen hatte er noch als großer Feldherr gelöst. Wenn ihm dagegen eine Falle gestellt worden war, dann freilich hatte es ihm auch nichts ausgemacht, zum Feind überzulaufen.

War er doch von den mohammedanischen Emiren ohnehin vergöttert worden, und von den ungläubigen Frauen nicht minder als von den gläubigen!

Sobald er von einer schönen Frau nur hatte erzählen hören, war er auch schon nach Syrien oder bis an den Oxus gereist, nach Akkon oder bis nach Samarkand. Und in der Ferne wie daheim hatte es keine Schranke gegeben, über die er sich nicht hinweggesetzt hätte, sogar über die einer allzu nahen Verwandtschaft mit dem Mädchen. Im Gegenteil: Die schwesterlichen Geliebten hatten für ihn einen ganz besonderen Reiz besessen!

Unter diesen Umständen war es denn auch nicht verwunderlich, daß er einen Teil seiner langen Prinzenzeit im Kerker verbracht hatte, zuweilen in Ketten. Aber jedesmal war er von Frauen und Pagen und nicht zuletzt von den betörten Wächtern selbst wieder befreit worden, bis schließlich der regierende Kaiser mit dem Gefährlichen Frieden gemacht und dem Sechzigjährigen Önäum als königliche Residenz eingeräumt hatte.

Nicht lange darauf war Kaiser Manuel gestorben, und jetzt bestieg, während das Reich einen Mann brauchte, ein Knabe den Thron. Die ikonischen Seldschuken stürmten vom Taurus, normannische Raufbolde von Sizilien und Italien her gegen das Reich, während Aufruhr und Bürgerkriege die verschonten Provinzen verheerten. Der heilige Palast aber war zum Schauplatz von Archontenintrigen geworden, in denen sich Andronikos nur zu gut auskannte, eine weise Staatsregierung zur Tyrannei bestechlicher Beamten.

Es war die Zeit jener Krise, in der Byzanz nicht sehr viel

später den fränkischen Barbaren und deren «Lateinischem Kaiserreich» zum Opfer fallen sollte.

Vorerst jedoch hatte Andronikos den Willen und die Kraft, es zu retten.

Sein Aufstand war mehr ein Überreden als ein Kampf der Waffen. Dafür wirkte sein Sieg sich um so blutiger aus.

Zuerst an der Kaiserinmutter Irene. Sie wurde erdrosselt. Ihr junger Sohn mußte das Todesurteil selbst unterschreiben, um ein Jahr später ebenfalls der Schnur zu verfallen. Dann heiratete der Alleinherrscher die zwölfjährige Braut des Toten.

Ein Zweiundsechziger war er nun, doch wie alle seine Frauen liebte auch dieses Kind ihn mit der ganzen Leidenschaft ihres jungen Herzens.

Nichts konnte die Kleine beirren. Und die Hinrichtung einer Augusta, die Ermordung eines Isapostolos waren erst der Beginn. Da Andronikos das Verderben bannen wollte, blieb ihm keine Wahl. Er mußte die macht- und habgierigen Archontengeschlechter bändigen. Aber so allgemein war das Verbrechen unter ihnen und ihren zahllosen Nutznießern, daß die Verbrecher sich durch ihre Masse geschützt glaubten.

Als sie die Gesetze verhöhnt, die Normannen ins Land gerufen hatten, waren sie der Meinung gewesen, dieser Verrat könne niemals seine Strafe finden, und nun war die Empörung groß, daß ein Kaiser es dennoch wagte, jeden einzelnen der vielen Schuldigen zur Rechenschaft zu ziehen.

Andronikos war überzeugt, daß jede Amnestie das Recht und damit den Staat unterhöhle und daß eine Amnestie, wenn nicht mehr viel zu unterhöhlen sei, Auflösung und Anarchie bedeute. Er ließ also dem Recht seinen Lauf, und als höchstes Gericht verurteilte der Senat nahezu den gesamten Adel und dessen Helfershelfer wegen Landesverrat, Amtsmißbrauch, Erpressung oder Gewalttat zum Tode.

Den Unterdrückten dagegen war der Kaiser wie ein Vater. Ackerbau und Gewerbe wurden gefördert, Kanäle und

Wasserleitungen angelegt. Eine Steuerreform erfaßte auch die Reichen und hob trotz Verminderung der Sätze das Staatseinkommen. Sogar das barbarische Standrecht beseitigte Andronikos, was keiner der früheren Imperatoren hatte durchsetzen können. Unter ihm waren wohlfeile Zeiten. Ämterverkauf hörte auf, und die scharf überwachten Behörden waren genau, tätig, gerecht und – reichlich bezahlt.

Heiterkeit und Lebenswärme begannen sich unter den Völkern des byzantinischen Reiches zu entwickeln. Die Geflohenen kehrten in ihre Häuser zurück. Die Provinzen füllten sich wieder in Staunen erregendem Maße. Jedermann, ob reich, ob arm, saß wieder sorglos im Schatten seiner Bäume, die er gepflanzt hatte, jedermann fand bei dem freundlichen Monarchen Gehör und Gerechtigkeit.

Nur die Ausbeuter trauerten, und der Interessenten waren viele. Fast jede Familie wies Mitglieder jener Menschenklasse auf, die sich mit Vorliebe vom Aas nährte und aus dem Mißbrauch in der Verwaltung, der Gesetzlosigkeit, dem verhüllten oder offenen Raub ihren Nutzen zog.

Und diesem Gesindel kam eine Reihe unglücklicher Zufälle zu Hilfe.

Daß Isaak Angelus, ein dem Gesetz verfallener Archont, zum Gegenkaiser ausgerufen wurde, hätte an sich nicht viel zu besagen brauchen. Aber Andronikos war für die Dauer eines Wochenendes gerade nicht in der Stadt. So konnte eine jener hauptstädtischen Rebellionen sich ausbreiten, der dann Andronikos mit seinen nordischen Leibwachen nicht mehr Herr werden konnte. Konstantinopel wurde geplündert. Allein im Schatz des heiligen Palastes erbeuteten die Aufständischen außer den Gold- und Silberbarren zwölf Zentner goldener, dreißig Zentner silberner und zweihundert Zentner eherner Münzen.

Auch die Flucht des Kaisers mißlang infolge eines Sturms, und so geriet er in die Klauen ewig derselben gesichtslosen Masse, die von den Geschichtsschreibern stets nach Bedarf «wahnsinniger Pöbel» oder «hochherziges

Volk» genannt wurde. Letzte, schon halb erloschene Funken des Geistes leisteten dem Chaos Sklavendienste im Ersinnen scheußlichster Martern. Qualvoll verröchelte der Gestürzte im Hippodrom, bis ihm ein mitleidiger Soldat das Schwert in den Schlund stieß. Nur drei Jahre hatte Andronikos der Erste regiert.

Daß es nichts gebe, was ein Herrscher nicht verändern könne, kein Übel, dessen Heilung über seine Kraft gehe – das hatte er geglaubt. Und doch war er von denen, für die er gelebt hatte, getötet worden. Kein Unschuldiger war er gewesen, und seine Verdienste hatten ihn nicht retten können.

Wieder einmal hatte das Volk gegen sich und für die Sklavenhalter entschieden ...

«Ich erinnere mich des Andronikos», sagte Irene.

«Daran zweifelte ich nicht», erwiderte Mohammed. «Wissen Sie auch, daß ich ihn ebenfalls meinen Vorfahren zuzählen muß? Kaiser Manuel verlangte von ihm in der Schlacht, er möge sein Pferd einem fränkischen Ritter überlassen. Andronikos aber wendet und reitet davon zu den Ländern des Islams. Dort heiratet er die Tochter eines Emirs, seines Gastfreundes, und eine Nachkommin des Paares wurde eine der Ahninnen meines Geschlechts. Doch noch in einem anderen Sinne fühle ich mich ihm verwandt. Alle Kaiser von Byzanz haben – wenn sie Kaiser waren – den gleichen Kampf wie Andronikos geführt. Glauben Sie, Sebasta Irene, ich sei weniger Kaiser, als es manche von Ihren Vorfahren gewesen sind? Wenn ich von Ihrem Onkel Notaras ohne Hinterhältigkeit bedient worden wäre – er hätte mit seinen Söhnen in Ehren bei mir leben können. Er aber wollte das böse Spiel erneuern, um mehr zu bekommen, als ich ihm gewähren durfte. Und denken Sie, ich hätte um eines eitlen französischen Grafen willen die Köpfe der andern Archonten auf das Blutleder rollen lassen? Nein, sage ich Ihnen! Ich sage: Schach!» rief er und bedrohte Irenes König mit seinem Turm.

«Schachroch!» erwiderte sie und parierte.

Sie sah die Spitzen seines Bartes erbeben. Und dann fuhr eine weiße, blaugeäderte Hand zwischen die Steine. Es war Mohammeds Hand, die das Spiel rasselnd durcheinanderwarf.

Steil erhob sich Irene.

«Auf diese Weise», sagte sie, «wurde ich nicht besiegt.»

Auch Mohammed sprang auf und durchmaß mit heftigen Schritten das Zimmer. Dann blieb er stehen.

Er, der gewohnt war zu nehmen, wo er begehrte, verteidigte sich vor einer Frau.

Aber diese Frau war Irene.

«Sie sollen mich hören!» gab er zurück. «Aber Sie wollen nicht, obwohl Sie ganz genau wissen, warum die Männer, deren Tod Sie mir vorwerfen, starben.»

«Ich sprach von Unschuldigen, Majestät», erklärte Irene, «von Kindern sprach ich.»

Mit einer Handbewegung wischte er ihren Einwand fort.

«Ich will mir keine Bluträcher heranziehen. Die osmanischen Sultane starben bis auf einen in ihren Betten. Und so soll es bleiben. Andronikos hätte nicht anders gehandelt.»

«Andronikos ließ die Gerichte sprechen», entgegnete Irene.

«Gerichte!» höhnte Mohammed.

Irene aber erblickte in diesem Hohn nur die Schwäche des Mannes, der mit ihr rang, und das machte sie nachsichtig.

«Eure Majestät geruhten von einer Rechtfertigung zu sprechen», sagte sie, «nicht vor mir natürlich, sondern vor sich selbst. Niemals aber können Eure Majestät sich mit der Vergangenheit rechtfertigen. Es gibt kein Beharren. Entweder wird ein Zustand besser oder schlimmer. Auch vergessen Eure Majestät, daß ein anderer meiner Vorfahren, Kaiser Johannes von Byzanz, die Todesstrafe bereits ganz abgeschafft hatte.»

«Was Andronikos nicht hinderte, Blut wie Wasser zu vergießen!»

«Darum sollten Sie sich nicht auf ihn berufen. Denn die

Zukunft wird den Versuch des Johannes ehren. Warum erwähnten Sie nicht ihn?»

Mohammed blickte mit gerunzelten Brauen vor sich hin.

«Ich bin nicht Kaiser Johannes», grübelte er.

«Nein», stimmte sie zu, «das sind Sie wohl nicht.»

«Ich bin der Sohn meines Vaters», sagte er leise. «Wissen Sie, was das heißt?»

Alles in ihr war bewegt. Sie sah, daß er sich ihr erschließen wollte, und davor – ja, davor hatte sie Angst. Seiner Wut, seiner Rachsucht zu begegnen, war sie gefaßt gewesen. Vor seiner werbenden Stimme und vor einer Sanftheit, der sie nicht würde widerstehen können, fürchtete sie sich.

«Sultan Murad», lachte er bitter, «alle Welt preist ihn. Aber daß er Sultana Maras Brüder blenden ließ, seine eigenen Schwäger – davon spricht niemand. Auch Sie nicht, Irene!»

Sie wußte darum. In Jassowo hatte sie mehrfach mit einem der Brüder gesprochen. Man war nicht allzu grausam mit ihm verfahren, und der ältere Herr hatte sich mit einem letzten Schimmer seines Augenlichts, das ihm verblieben war, in seine Lage gefunden. Ohne Groll gegen seinen verstorbenen Schwager war das geschehen. Die ganze Schuld hatte er nur seinem Vater beigemessen. Denn er und sein Bruder waren das Opfer des väterlichen Vertragsbruchs geworden.

«Es war hartes Recht», wiederholte Irene die eigenen Worte des Geblendeten, «aber es war Recht.»

«Sehen Sie», sagte Mohammed, und es klang wie Resignation, «das ist es. Alles, was mein Vater zu tun gezwungen war, gilt den Leuten zumindest als rechtschaffen. Alles, was ich tue, und wenn es dasselbe wäre, nennen sie böse und grausam. Er aber, Murad, war weise, hochherzig, gerecht und in einem solchen Maße erhaben, daß selbst die unumschränkte Macht, die er in den Händen hielt, ihm nicht mehr galt als ein Bettel. Er warf sie fort, er verschenkte sie.»

«An Sie, Majestät, verschenkte er sie.»

«Jawohl», erregte der Kaiser sich immer mehr, «als ein Almosen, das man jederzeit zurücknehmen konnte und zurücknahm! Alle bewundern Sultan Murads Güte. Aber was er mir getan hat, danach fragt keiner.»

«Ihnen –?»

«Mir, mir!» rief er. «So wie ich bin, bin ich sein Werk! Geliebt hat er mich nie. Geliebt hat er meinen älteren Bruder, und als der plötzlich starb, fiel es meinem Vater eines Tages ein, daß es sich unter Frauen, Dichtern und Tulpen in Magnesia weit besser leben lasse als in Adrianopel. Mit einem Male waren es die Menschen nicht mehr wert, von Sultan Murad regiert zu werden. Da genügte dann ein Mohammed. Ich aber durfte mit der Macht nur spielen. Glauben Sie, es sei nichts, auf den Thron gesetzt zu werden, weil ein anderer der Regierung überdrüssig ist, um dann bei der geringsten Gefahr dem wirklichen Herrscher wieder Platz machen zu müssen?»

«Es war Sohnespflicht», sage sie.

Mohammed aber glühte vor Bitterkeit, und Irene sah ihn wieder als Jüngling, wie er, um ihr den Ball aufzuheben, vom Pferd gesprungen war.

«Verzeihen Sie, Irene», bezwang er sich mühsam zur Ruhe, «es mag mißtönend klingen, was ich Ihnen sagte; aber vergessen – nein, vergessen kann ich nicht. Jene Jahre haben mich geprägt. Einmal für immer! Während mein Vater das fränkische Kreuzheer und die Ungarn bei Warna vertilgte, konnte ich nichts tun, als in Magnesia die väterlichen Tulpen köpfen. Wenn er mich dann aber wenigstens gelassen hätte, wo ich war! Doch das konnte der große Schauspieler nicht über sich gewinnen. Der staunenden Welt mußte vorgeführt werden, wie sehr seine übermenschliche Größe etwas so Irdisches wie die Macht verschmähe, die Macht, die er in Wirklichkeit die ganze Zeit nicht für eine Stunde aus den Händen gab. Ich bin überzeugt, daß die Janitscharenrevolte schon zwischen meinem Vater und dem Großwesir Chalil abgekartet war, als ich zum zweitenmal zur Regierung berufen wurde.»

«So sollten Eure Majestät von weiland Sultan Murad nicht reden», bat Irene.

«Sollte ich nicht? Warum sollte ich nicht!»

Er ging zur Karaffe und trank.

Dann wandte er seinen Kopf nach ihr, die ihm den Wein hätte fortreißen mögen.

«Die Janitscharenrevolte!» lachte er auf. «Sie war längst beigelegt. Urteilen Sie selbst, Kusine Irene: Wie hätte ich sonst auf die Jagd gehen können? Und das tat ich. Chalil sprach so bieder, als er mich dazu überredete – dieser abgefeimte Fuchs. Als ich zurückkehrte, war es Nacht. Die Leibwachen erwiesen mir die vorgeschriebenen Ehren. Es war alles wie sonst. Und doch nicht wie sonst. Und im Serail die verlegenen Gesichter. Bis ich es dann erfuhr: Der Sultan sei im Serail! Nicht Sultan Mohammed, o nein, wer sprach denn von mir! Sultan Murad natürlich. Meine Freunde Schahin, Saganos und die andern wurden verbannt. Höchst ehrenvoll verbannt, gebe ich zu. Und meines Vaters Minister und Generäle blähten sich wieder wie einst. Sie waren ja so schrecklich bewährt, diese Herren! Auch mein Vater war ja so bewährt. Und selbstverständlich brachte er nur ein Opfer», höhnte Mohammed weiter, «dem Reich, den Untertanen und der ganzen Welt, als er sich mit seiner großspurigen Gelassenheit wieder auf dem Thron niederließ, den sein unfähiger Sohn entehrt hatte.»

«Majestät», versuchte sie ihn zu hemmen. Er aber winkte ihr ab.

«Irene», bedrängte er sie, «haben Sie sich einmal geschämt? So recht aus tiefstem Herzensgrunde geschämt, daß Sie gewünscht hätten, nicht zu sein, nie gewesen zu sein? Sehen Sie: So war mir, und so ist mir jedesmal, wenn ich nur daran denke! Und jetzt wundern Sie sich auch nicht mehr, wenn ich argwöhnisch bin und mich zu sichern trachte und ich» – nun brach es wieder aus ihm heraus – «und ich mich jeden Tag freue, daß sie tot sind. Mein Vater und Chalil, beide sind sie tot. Ich aber lebe!»

«Mohammed ben Murad!» entsetzte sich Irene.

«Mohammed ben Murad», nahm er ihren Zuruf auf, «das ist mein Name. Und jetzt wissen Sie, warum ich in der Stunde des höchsten Vertrauens dem Geliebtesten noch mißtraue und warum ich meine Söhne, so schnell ich nur kann, aus meiner Nähe schaffe, weiß ich doch, wie ich selbst meinem Vater gesonnen war!»

Immer wieder versuchte er, sich zu mäßigen, und immer wieder riß seine Erregung ihn fort.

Irene aber war in ihrer Bestürzung auf das Sofa gesunken, und dessen Ecke hatte – von ihr nicht bemerkt – ihr das Kleid geschürzt.

Der hochgeschnürte rote Stiefel Irenes fesselte Mohammeds Blick. Ein Götterschuh war diese kaiserliche Campagia. Aus Perlen gestickt, breiteten sich die merkurischen Schwingen über die Schäfte dieses fleischlichsten Symbols von Irenes Erhabenheit. Denn ein Fuß und ein Schuh waren zu allen Zeiten das Bild von der Kraft der Kräfte, von der Kraft des Geschlechtes.

Und die war es, die sich in diesem Augenblick unerwartet und jäh über Mohammed warf.

Eine gewaltige Zärtlichkeit ergriff ihn. Niederwerfen hätte er sich mögen, um Irenes Stiefel zu küssen, dieses Herrschaftssymbol, getragen von einer Frau, von der einzigen Frau, die ihm das Glück des Beherrschtwerdens gewähren konnte. Nur sie, nur Irene konnte ihn vom Fluch des ewigen Mannseinmüssens und Herrschenmüssens erlösen.

Zugleich aber wurde er auch schon von der unsinnigen Lust gepackt, was er anbetete, zu zerstören. Etwas, das stärker war als er, etwas, das aus den Untergründen des Seins heraufquoll, zwang ihn, Irene zu verletzen, ihr Entsetzen zu steigern. Und er hätte viel darum gegeben, sie in Tränen zu sehen.

Mann und Weib standen sich in diesem Augenblick im gnadenlosen Urkampf gegenüber.

«Ich weiß, es ist im Sündenregister des Korans eine der größten», prahlte er, «und auch Sie, meine keusche Kusine, werden die Augen niederschlagen vor einem Sünder, wie ich es bin. Aber es ist wahr, vollkommen wahr! Täglich, stündlich habe ich gehofft, gewünscht, gebetet, die Herrschaft möge meinem Vater entgleiten, er möge sterben vor seiner Zeit!»

«Nein!»

«Ich habe meinem Vater den Tod gewünscht.»

Kalt und klar füllte das Geständnis den Raum.

Und Irene fühlte, daß es gegen sie gerichtet und sie selbst von der nackten Gewalttat nur noch durch ein paar gläserne Worte getrennt sei.

«Ich bitte Eure allerhöchste Majestät, mich in Gnaden zu beurlauben», sagte sie.

«Warum? Habe ich die Göttliche erschreckt?»

«Eure Majestät könnten vielleicht noch mehr sagen und morgen wünschen, sich an nichts mehr erinnern zu müssen.»

«Und Sie fürchten, ich könnte meine Worte mit der holden Hörerin auslöschen? Sie sind mißtrauischer als ich, meine Dame. Aber Sie sind es nur gegen mich. Natürlich! Murad war ein Tschelebi, ein Kavalier, wie eure Franken das nennen. Doch was bin ich? – Was habe ich Ihnen getan?!» überfiel er sie plötzlich mit seinem Groll. «Rechnen Sie mir alles auf, was ich tat, vergessen Sie nichts und putzen Sie jede meiner Sünden so prächtig heraus, wie Sie nur können! Aber lügen Sie sich nichts hinzu! Jawohl! Lügen!» übertrumpfte er Irenes abweisendes Gesicht. «Sie geben eine Furcht vor, die Sie nicht haben oder nicht zu haben brauchen. Eine Furcht vor mir!»

«Die Art, wie Eure Majestät mich holen ließen, war nicht sehr beruhigend.»

«Auch noch zimperlich?» fragte er. «Weswegen, glaubst du, bin ich hier, meine Taube? Weil deine engelhafte Unschuld dich nicht hinderte, deine Schatzkammer rechtzeitig auszuräumen. Nur daß ich gerade noch ein wenig rechtzeitiger zur Stelle war! Und jetzt, da ich deiner Flucht zuvorkam, weißt du von nichts?»

Froh wäre Irene gewesen, hätte er recht gehabt. Ins Gesicht hätte sie es ihm schreien mögen. Sie empfand die Beschämung, daß sie hier war, in ihrer ganzen Tiefe. Aber sie war nicht geflohen, und sie wollte nicht lügen.

«– weißt du von nichts», wiederholte er. «Nicht einmal deiner roten Stiefel bist du dir bewußt. Und doch weisen sie unter dein Kleid und hinauf den Händen eines Mannes den Weg, einem Manne, der in einem einzigen Ritt ohne Halt von Edirne nach Islambol geritten kam.»

«Kaiser!!» rang sie mit ihm und erreichte nur, daß er, ein Knie auf das Sofa gestützt, seine Finger in ihre zur Abwehr erhobenen Hände schob und sie so noch sicherer hatte.

«– von Adrianopel nach hier!» beugte er ihren Oberkörper nach hinten. «Erschauere nur, meine Dame, und würze diese Stunde mit der Erinnerung an den Acker der Verdammten, an die neun Leichen der Männer und Knaben aus deinem Geschlecht! Nirgends ist das Leben stärker als in der Nähe des Todes, nirgends die Wollust köstlicher als zwischen den Schenkeln einer in Haß und Verzweiflung sich windenden Frau. Nackt will ich dich haben, deine hochmütigen langen Beine und deine Brüste, deinen stolzen Rücken und die herrliche Wölbung deiner Lenden ... Der Wahlspruch des Dschingis! Du kennst ihn? Schön ist es, die Pferde der Besiegten zu reiten, schön, deren Töchter und Frauen mit dem eigenen Gliede zu pflügen ...»

«Heilige Mutter Gottes, du Gebenedeite unter den Weibern ...»

Irene stöhnte

Der Umhang entglitt ihr.

«Unsere fromme Igumena», ließ Mohammed die Silben lüstern zerfließen. «Man weiß ja, wie es in euren Klöstern zugeht und zumal in Kartuza. Viel habe ich in Bosnien von Kartuza vernommen. Ganz ohne Ikonen ist eure Kirche, fast wie eine Moschee. Geißeln und Ruten hängen dafür an den kahlen Wänden, und ich glaube nicht, daß dein Rükken und deine Lenden immer bekleidet waren, wenn du die Disziplin empfingst, meine holde Irene. Ich weiß noch mehr!» –

Immer näher kamen ihr Mohammeds quellende Augen. Ihr war, als solle sie überschwemmt und eingesogen werden von diesen Augen. –

«Von euern bogomilischen Nächten erzählte man mir und von einer nackten Äbtissin am Kreuz», keuchte Mohammed. «Wie wäre es, wenn ich dir als dein göttlicher Bräutigam in gleich paradiesischem Zustand erschiene?»

Irene rang ihre Rechte frei.

«Hebe dich hinweg von mir!» schrie sie.

Und mit aller Kraft zerschlug sie den Hohn im Gesicht des lästernden Mannes.

XLIV

In der Vorstellung von einer apostelgleichen, überaus heiligen Majestät aufgewachsen, war Irene überzeugt, daß nur der Tod den Schlag in das Gesicht des Kaisers sühnen könne.

Aber sie bereute nichts.

«Lieber tot sein, als Ihnen gehören», rief sie und faßte nach der verborgenen Waffe auf ihrer Brust.

Mit festem Griff jedoch entwand ihr der Kaiser den Dolch.

«Weder tot noch lebendig», erwiderte er kühl. «Wozu dieses Pathos, meine Dame? Allerdings würde es zu Ihrem ebenso seltsamen Verlangen nach einer Märtyrerkrone passen. Aber ich muß bedauern: Märtyrerkronen habe ich nicht zu vergeben. Und schon gar nicht an junge Damen.»

Irenes Schlag hatte ihn blitzschnell völlig verwandelt.

Nur der eine Gedanke beherrschte Mohammed noch: den Verlust zu leugnen, den er nicht hatte verhindern können, nicht zuzugeben, daß Irene mehr getroffen habe als nur sein Gesicht.

«Eine reizende Klinge», sagte er und prüfte das Meisterzeichen. «Aus der kaiserlichen Manufaktur in Selymbria, wie ich sehe?» Er blickte auf. «Darf ich mir diese kleine Kostbarkeit ausbitten und Eurer überallhöchstzuverehrenden Hoheit meinen Sorgutsch als Ersatz anbieten?» Beschämt und verhöhnt stand Irene da.

Mohammeds dreifache Reiheragraffe war ein Schatz.

Noch einmal berührten sich Irenes und Mohammeds Körper, als er ihr das Zeichen der Herrschaft an die Schulter heftete.

Sie aber sah nichts anderes und wollte nichts anderes sehen als die Male der Erdrosselung am Halse des jugendlichen Vetters und die Augusta Helena über der Leiche des Sohnes.

Irenes und Mohammeds Atem vermischten sich.

In die Arme hätte er sie reißen, ihr Gesicht mit Küssen bedecken, seine Zähne in ihre Wangen schlagen mögen!

Dennoch tat er das alles nicht.

Daß ein Mann, der wie er durch alle Wollüste gegangen war, keine Frau mehr zu fürchten brauche, wollte er sich und ihr mit letzter Überlegenheit vorexerzieren.

«Lassen Sie sich ein Schmuckstück nach Ihrem Gefallen daraus fertigen», riet er ihr.

Und sie fühlte, wie seine Rache langsam zu Atem kam und daß auch er schlagen würde. Und sie erwartete stumm seinen Schlag.

Und nun fiel der Schlag:

«Vielleicht erweisen Sie mir die Ehre, das Geschmeide an Ihrem Hochzeitstag zu tragen?» fuhr er fort, «Denn ich muß mich eines Versäumnisses anklagen. Sie befinden sich unter meiner Hand, und ich habe meine Pflicht, Sie zu verheiraten, noch immer nicht erfüllt.» Gegen alles, was kam und noch kommen konnte, panzerte sich Irene mit ihrem Schweigen.

«Ich vernachlässigte diese Pflicht zunächst wohl mit Hinblick auf den Mann, dem Sie ursprünglich bestimmt waren – auf mich also», griff er dieses Schweigen an. «Jetzt aber, da ihre hochfürstliche Rechte mir unwiderruflich bewies, wie wenig ich Eurer Hoheit Wünschen entspreche, darf ich nicht länger säumen.»

Jetzt hätte Irenes Antwort kommen müssen, daß sie

überhaupt nicht zu heiraten gewillt sei und sich selbst einem kaiserlichen Befehl widersetzen werde.

Doch diese Antwort kam nicht.

«Eure Hoheit täten unrecht zu vergessen», steigerte sich Mohammed dafür in einen prahlerischen Hochmut hinein, «daß meine Vorfahren schon in der mongolischen Steppe Tschelebi waren und daß ich deswegen auch nicht mit jenem Kaiser von Byzanz zu vergleichen bin, der einst eine fürstliche Dame zwang, sich mit seinem Negerkoch zu verheiraten. Belieben Sie, sich zu bedienen. Ich verpflichte mich, Sie jedem zu geben, den Sie mir bezeichnen. Nur keinem Ausländer. Ins Ausland, wie ich es einmal vorhatte, lasse ich Sie nicht. Aber sonst! Falls meiner allerchristlichsten Kusine ein Moslem widerstrebt – bitte! Es gibt genug Fürstlichkeiten Ihres Glaubens in meinem Reich. Und sie brauchen sich nicht einmal auf sie zu beschränken. Die Geflohenen haben inzwischen ihre Erfahrungen gemacht. Und heute würden die meisten von ihnen ihr Bettlerdasein bei den Barbaren gern mit einer reichlichen Rente aus meiner Hand und einem glanzvollen Leben in meinem Reiche vertauschen. Wer also soll es sein?» bot er die Männer wie eine Ware aus: «Ein Dukas? Ein Bryennios? Ein Dalassenos? Ein Kantakuczen, ein Phokas, ein Soronites? Ganz wie es Ihnen gefällt, meine erlauchte Kusine!»

Immer mehr berauschte sich Mohammed an seinen eigenen Worten wie vorher am Wein. Und nur im Rausch konnte ihm der Name entschlüpfen, den er nüchtern nie genannt hätte.

Aber er war nicht mehr nüchtern.

Er befand sich in einem Zustand, in dem ihm bereits Mahmuds Werbung um Irene als der Verrat eines Treulosen an ihm, dem vertrauenden Freund, erschien. Und er wollte Gewißheit, ob Irene das Verbrechen teile.

«Wie wäre es mit Mahmud?» forderte er die Verstummte daher heraus. «Mag er nach Ihren Anschauungen auch als unter Ihnen geboren gelten, so ist er doch mein Großwesir und obendrein noch ein schöner Mann, ein kluger Mann und im Gegensatz zu mir auch ein guter Mann. Zwar ist er kein Christ mehr und bereits zweimal verheiratet. Aber angesichts seiner großen Vorzüge wage ich es dennoch, mich zum Freiwerber meines Andahs, meines Blutsbruders Mahmud, zu machen oder, wenn Ihnen das besser behagt, des Matthäos Abogowitsch, meines Freundes.»

Werde Irene gehorchen? fragte sich Mohammed. Und könne Gehorsam gegen kaiserliche Befehle in diesem besonderen Fall nicht gerade Auflehnung bedeuten und Einverständnis mit Mahmud? Dann solle sie ihm schon lieber mit der Erklärung trotzen, überhaupt nicht und niemanden heiraten zu wollen!

Mohammed erwartete die Erklärung. Sie war die einzige, die er wünschte. Er hätte sie aus ihr herausreißen mögen!

Doch Irene gab diese Erklärung nicht ab.

Sie wollte ein Ende. Denn sie hatte mit Recht Furcht, daß sie gerade durch eine Weigerung ihr Geheimnis, dessen sie sich schämte, preisgeben könne. Nach einem Schutz verlangte es sie gegen den Mörder Mohammed und gegen sich selbst.

Und dabei dachte sie auch wirklich an eine Mittagsstunde unter einer Platane und an einen Mann, dem sie Achtung und Freundschaft entgegenbrachte.

Mit Annina würde sich ein Zusammenleben ermöglichen lassen, war Irene überzeugt, auch dann noch, falls sie sich aus Billigkeit gezwungen sehen sollte, dem Matthäos das einzuräumen, worauf er als Ehemann ein Recht haben würde.

«Warum nennen Sie nicht seinen Namen?» drängte Mohammed.

Er malte sich aus, wie sie, Mahmud und Irene, zusammen im Bett liegen und über ihn spotten würden, Irene und Mahmud. Wie nun, wenn der Sklave die Worte seines Herrn dabei wiederholte? Was habe er, der Herr, diesem Hund von einem Wesir gesagt? Verschmähe ich die Frucht, seien seine eigenen Worte gewesen, solange sie noch am Baume hängt? Erst wenn sie mir vor die Füße fiel, ohne daß ich sie aufhob, ist sie verschmäht. Und sei ihm Irene etwa vor die Füße gefallen? Ins Gesicht habe sie ihn geschlagen!

In keinem Augenblick war Mohammed so überzeugt von seiner Liebe zu Irene gewesen wie eben jetzt. Mehr noch! Er war es in aller Wirklichkeit zum erstenmal. Aber eben deswegen raste er bei dem Gedanken an seine Worte vor Scham, von der sich zu befreien er zu allem bereit war.

Nichts als die Wahrheit wollte sein eifersüchtiges Mißtrauen, die reine Wahrheit!

Und um sie zu erfahren, übte er die oft bewährte Kunst seiner Verstellung.

Mit der Selbstbeherrschung eines noch nicht völlig Betrunkenen spielte er ganz bewußt mit seiner Stimme, und selbst durch die kühlste spöttische Überlegenheit ließ er noch den Herzton einer aufrichtigen Freundschaft für Mahmud schwingen.

«Und Dschem?» fragte Irene.

Es war das erste Wort, das sie sprach.

«Sultan Dschem bliebe natürlich in Konstantinopel. Wie könnte ich ihn seiner Mutter berauben?»

Eine Pause griff um sich, eine lauernde Pause.

Und hätte Irene nicht in Mohammeds Augen geblickt, so hätte sie so viel Großmut erschüttert.

Blick in seine Augen! sagte sie sich, und als sie das tat, erschrak sie.

Nackter Mord war es, der in diesen Augen glitzerte, und sie spürte, daß der Mord Mahmud bedrohte.

Irgendwer, ein Schahin oder sonst jemand, müsse dem Kaiser von Vertraulichkeiten zwischen ihr und dem Großwesir berichtet haben, dachte Irene, und der Unberechenbarkeit von Mohammeds Eifersucht genüge das zu einem Haß, der darum nicht weniger tödlich sei, weil er seine Zeit abzuwarten verstehe.

Jetzt also mußte Irene, wenn sie Mahmud schützen wollte, einen Namen nennen: aber den eines anderen!

Doch ihr geschah es wie in einem Traum, in dem etwas

ganz Einfaches zur Rettung genügt hätte, und der Körper dennoch, gelähmt und verzaubert, dem Unabwendbaren ausgeliefert war.

Nur daß ihr nicht wie im Traum ein jähes Erwachen die Hilfe brachte. Mahmuds Gesicht und Mohammeds Augen sah sie und sonst nichts.

Ein Kreisen begann.

Anninas gütige Züge legten sich über die der Männer, und von Chaß sprach die Freundin.

Chaß!

Immer war er ihr über den Weg gelaufen – heiter, und wenn sie ihn fortgeschickt hatte, traurig. Auch auf dem Akker der Verdammten war er bei ihr gewesen.

Vielleicht war es ein Unrecht, wenn sie ihn jetzt nannte. Einmal erwähnt, würde er durch Mohammeds Haß gefährdet sein.

Aber Mahmud sei wichtiger, wußte Irene nur, Mahmud müsse gerettet werden.

«Können Sie sich wirklich nicht entschließen?» lockte Mohammed.

«Ich habe mich entschlossen», antwortete sie. «Da Eure Majestät mir die Wahl freistellen, wähle ich Chaß.»

«Wen?»

Mohammed begriff nicht sofort.

«Chaß», wiederholte Irene, «Sohn des Vitus Paläologos: Chaß Murad Bey.»

Langsam erhellten sich seine Züge.

Chaß empfand er als Aufschub und nicht als etwas Endgültiges wie Mahmud. Mit Chaß sei fertig zu werden, durchzuckte es ihn, Chaß sei etwas anderes!

«Ausgezeichnet!» lachte er. «Also Chaß! Also doch lieber ein Paläologe! Eine Komnena und ein Paläologe. Sehr schön! Kaiserliche Abstammung beiderseits. Ich kann Eure Hoheit zu Ihrer Wahl nur beglückwünschen. Sie wissen ja, wie nahe Ihr Erwählter mir steht», setzte er mit einer Selbstverständlichkeit hinzu, die seinen Worten das Freche nahm, «und Sie können sich denken, daß ich ihn schon lange gern hätte vorrücken lassen. Aber nun, da Sie ihn heiraten, schwinden alle meine Bedenken. Und jetzt kann sogar Mahmud entlastet werden. Der gute Schahin sprach schon immer davon. Die erste Statthalterschaft des Reiches neben dem Großwesirat ist auch ein bißchen viel. Er wird sie an Chaß abgeben. Chaß Murad Pascha, Beglerbey Rumili – klingt schön, nicht wahr? Sie sehen», versicherte er ihr mit größter Aufrichtigkeit, «ich verlasse mich ganz auf Irene.»

Er beugte sich, hob ihren Umhang vom Boden und legte ihn ihr sorgsam um die Schultern.

Dann schlug er den Gong.

Dreierlei geschah an der Wende des Jahres.

Joasaph, der dritte Patriarch seit der Eroberung, mußte – seiner Würde und seines Bartes beraubt – Konstantinopel verlassen.

Seine Heiligkeit hatte sich allzu standhaft geweigert, eine bereits erfolgte Entscheidung zu widerrufen. An seiner Stelle erteilte sein Nachfolger Markos den Dispens, und Kir Georgeos Amyrutzes heiratete die Herzogin von Athen …

Das zweite:

Statt einer Heirat beglückte den Großwesir die Geburt eines Sohnes. «Mohammed» wurde dieser Sohn der Annina genannt, zu Ehren des Kaisers, der dem Vater den Verlust der Generalstatthalterschaft Rumili durch die Anwartschaft auf einen Sandschak für das Kind versüßte.

Das dritte:

Irene ließ sich in Adrianopel nieder.

Dort war der Amtssitz ihres jungen Gatten, des neuen Paschas von Rumili mit den drei Roßschweifen der Wesire …

Viertes Buch

XLV

«Im Namen Allahs des Erbarmers, des Barmherzigen!»

In der Rechten des Obersten Wundarztes blitzte das Messer. Die Linke des kunstfertigen Mannes faßte den als Opfer dargebrachten Lappen Knabenhaut. Ein kreisender Schnitt, und das runzelige Stückchen fiel mit einigen Blutstropfen in die bereitgehaltene Schale.

Ein Kränzlein blutstillender Leinwand legte sich um den Rand des seiner Vorhaut beraubten Gliedes, und das ärztliche Personal trat ehrfurchtsvoll mit gekreuzten Armen zurück.

Die Beschneidung war vollzogen.

Der kleine Isa Bey war seit langem auf diesen Augenblick vorbereitet gewesen. Er hatte sich gut gehalten, weder eine Träne vergossen noch auch nur gezuckt.

Acht Jahre zählte er jetzt, und eine Woche hatte das Fest der Beschneidung, das höchste Fest seines Lebens, bereits gedauert. Es zu verherrlichen, war seinem Vater nichts zuviel gewesen, und auch die christliche Mutter hatte keine

Einwendungen dagegen erhoben. So war dem Befehl des Padischahs so glanzvoll wie nur möglich Folge geleistet worden.

Denn die Majestät hatte allerhöchstselbst gewünscht, daß der Sohn des Paläologen Chaß Murad Pascha und von Irün Sultana, der Komnenin, unverzüglich in die Gemeinschaft der Rechtgläubigen aufgenommen werde.

Allen Verbreitern ärgerlicher Zweifel zur verdienten Beschämung!

Seit vor vier Jahren Sultan Dschem bei dessen Ernennung zum Statthalter von Kastemuni und Sinope das gleiche Fest gerüstet worden war, hatte Konstantinopel nicht mehr in seiner Gesamtheit an einer Hochzeit dieser Art teilnehmen können.

Wie damals der Padischah, so hatte dieses Mal Chaß Pascha die Kosten der Beschneidung für mehrere tausend Knaben übernommen. Täglich wurde die Zeremonie an einigen Hunderten in dem dazu errichteten Zeltlager auf dem Hippodrom vollzogen. Und dort wurden die jungen Moslems auch wieder gesund gepflegt, um dann mit Stoffen zu neuen Kleidern und mit anderen Geschenken in die Arme ihrer glückwünschenden Verwandten zurückzukehren.

Zugleich hatte sich im Palaste der Sultana, dem früheren der Notaras, eine Bewirtung an die andere gereiht. Die Würdenträger des Hofes und Staates, die Aga des Inneren Dienstes und der Truppen, die Ulema und die Herren der Feder waren dort durch Gastmähler, das Volk und die Janitscharen auf öffentlichen Plätzen durch Massenspeisungen und alle durch Schauspiele erfreut worden. Die Leibwachen der Sultana Irün und ihres Gatten, des Beglerbey, hatten sich im Dscheridwerfen gezeigt, im Werfen und Aufheben der Speere vom galoppierenden Pferd aus. Räder mit herabhängenden Eßwaren, Gewändern und Schmuck waren auf eingeölten Klettermasten erhöht worden, den geschickten Kletterern zum Gewinn, während die Zuschauer mehr am Herabgleiten der weniger geschickten ihr Vergnügen gefunden hatten. Arabische Gaukler hatte man wegen ihrer Beweise einer unglaublichen Stärke, ägyptische Tänzer in ihren Schwert-, Flaschen- und Reifentänzen bewundert.

Auch an Aufzügen hatte es nicht gefehlt, wobei von den Arbeitern des Arsenals eine vollständig aufgetakelte Galeere durch die Stadt gefahren worden war.

Selbstverständlich hatte der Palmenaufzug ebenfalls stattgefunden. Von vielen Menschenhänden wurde so eine Hochzeitspalme durch die Stadt getragen.

Eigentlich «Palmen» waren sie freilich nicht, sondern künstliche Gebilde.

Dafür konnten sie denn auch nicht groß genug sein, um durch ihren Wuchs die männliche Kraft auszudrücken und durch ihre bunten Bänder und Früchte, durch das Gefunkel ihrer wirbelnden Gold- und Silberbleche weibliche Fruchtbarkeit.

Wieder hatten glückwünschende Gewerke, Beamte, Würdenträger und die bereits geheilten oder noch zu beschneidenden Knaben den Zug gebildet, durch Goldschleier verhangene Zuckergärten ihn verziert, Wasserschlauchträger mit ihren näselnden Dudelsackpfeifen ihn angeführt.

In die Zuschauer aber hatte ausgeworfenes Geld, noch blank aus der Münze, Bewegung gebracht.

Alles war ein fröhliches Lärmen, ein Flirren und ein bunter, bunter Glanz gewesen!

Heute aber hatte gar der Kaiser selbst mit seinem Ersten Minister und den höchsten Würden sich in den mütterlichen Palast des so hochbegünstigten Knaben begeben. Im Triklinion war der Hof mit dem Großwesir an der Spitze zurückgeblieben.

Geleitet vom Vater des jungen Hochzeiters, ferner vom Kapu Aga Schahin, von dem Kadiasker als höchstem Geistlichen, dem Lala der Sultana Irün und wenigen Engstvertrauten, hatte die Majestät ohne weiteres Gefolge den Saal der Beschneidung betreten.

Und nun war alles beendet.

Eben jetzt kehrte einer von Aunis gegenwärtigen Lieblingen mit der goldenen Schale ins Triklinion zurück, und nun erwies sich, daß die Größe des Gefäßes für so eine kleine Sache beileibe kein Ungefähr war. Denn als erster durfte jener alte Haudegen in lichtgrüner, mit Zobel ausgeschlagener Kapanidscha Hände voll Gold über den Beweis der vollzogenen Beschneidung decken.

Er tat es mit einem Segenswunsch und der Verheißung, daß junge Haut rasch heile und Isa Bey, der neue Moslem, sich noch vor dem dritten Tage von seinem Wundbett erheben werde.

Jedermann stimmte ihm lachend bei, was auch kein Wunder war.

Denn der gesprochen hatte, war der Großwesir Ischak Pascha, der vierte seines Amtes unter Kaiser Mohammeds jetzt zweiundzwanzigjähriger Regierung.

Den Gipfel und zugleich den Beschluß all dieser Hochzeitsfeierlichkeiten bildete jedoch am letzten Tage Irün Sultanas Lampenfest.

Irene besaß nämlich das Köschk Arkebagdschesi an den Zuflüssen des Goldenen Horns, und dorthin hatte sie Mohammeds Mutter und alle anderen Damen des Alten und Neuen Serails geladen.

Mit der Gastgeberin selbst und der Kaisermutter, mit vier Sultanin-Gemahlinnen des Padischahs sowie dessen drei Töchtern, mit den Prinzenmüttern und den in Konstantinopel weilenden Schwestern und Tanten der Majestät waren zusammen sechzehn Sultaninnen erschienen.

Doch mit den Hofstaaten, den Günstlingen und Eunuchen der höchsten Damen, ihren Sklavinnen, Bereitern und Garden hatte sich ein kleiner Heereszug zum Tal der Süßen Wasser in Bewegung gesetzt.

Das Begleitpersonal fand – soweit es sich nicht um Hofdamen und Eunuchen handelte und soweit dessen Dienste vorerst nicht weiter benötigt wurden – in Zelten außerhalb der geheiligten Bezirke Unterkunft und Verpflegung. Die Unterhaltung durch Feuerfresser, Degenschlucker, Zwerge und Springer teilten diese Leute mit den Kindern, mit Theodoras Tochter, der kleinen Leila Sultana, mit Irenes Sohn, dem jungen Isa Bey, und mit den Gespielen der beiden. Den Kindern wurde das gleiche Programm und außerdem noch ein Puppentheater zwischen Bergen von Süßigkeiten und Strömen von Mandelmilch vorgespielt, während Schaukel und Karussell zwischendurch der Bewegung dienten.

Die Damen aber versammelten sich in den Prunkgemächern des Köschk, wo das Mahl nach griechischer Weise auf stühleumstandenen Tischen aufgetragen wurde.

Und auch darin wahrte Irene das Andenken ihrer Herkunft, daß neben jedem Teller ein zierliches Löffelbesteck lag und türkische Gerichte mit byzantinischen wechselten: russischer Kaviar löste ein Pilaw von Hammelnieren – Aal in jungen Erbsen die berühmte Garos, die griechische Fischsoße, ab, über der man den Stör fast vergaß wie den Braten über dem Ingwerkompott aus China und alle Speisen über den Palakuntas, den Palatschinken mit eingedicktem Quittensaft, den Palastkuchen der Basileen.

Ebenso gab es, was die Getränke anlangte, keine Klage, obwohl niemand so recht zu sagen vermochte, aus welchen Kannen nun eigentlich die Fruchtsäfte für die Anhängerinnen des Propheten und aus welchen die den Christinnen zukommenden Weine in die goldenen Becher flossen. Jedenfalls über eingeschenkten Wein beklagte sich keine der Damen, ganz gleich, ob sie sich vor dem Kreuze neigten oder in der Richtung nach Mekka.

So schienen denn Lautenspiel und der Gesang der Eunuchen immer leiser zu werden, während doch in Wahrheit die Damen nur immer lauter geworden waren.

Eine allgemeine heitere Einigkeit erfüllte die Gemüter.

Denn stärker als jeder weibliche Machtkampf waren zuletzt doch das schwesterliche Zusammengehörigkeitsgefühl und die Erkenntnis, daß die einzelne in der Macht des Harems ihre festeste Stütze habe.

Und außerdem wußten die meisten trotz aller Eitelkeit die Schönheiten ihres Geschlechts auch bei anderen Frauen zu schätzen.

Rangstreitigkeiten blieben dennoch immer gefährlich.

So hatte Irene im letzten Augenblick noch die Tischordnung ändern müssen, weil Theodora oder Selma Sultana, wie sie jetzt hieß, nicht zum Mahl erschienen war. Vermutlich hatte es der Gattelusia nicht behagt, unter Sultan Bajesids Mutter zu sitzen, wie denn der Gegensatz der geborenen Prinzessinnen, die ihren Rang durch Heirat, und den Sklavinnen, die ihn als Prinzenmütter erhalten hatten, nie völlig auszugleichen war.

Ganz überbrückte selbst die engste Freundschaft diesen Gegensatz nicht.

So war Mohammeds Mutter Aalime mit Sultana Mara von Jassowo aufrichtig befreundet. Dennoch residierte die Königstochter Mara lieber in ihrem Märchenschloß am Struma, weil sie es auf diese Weise umging, einer Sklavin den Vortritt lassen zu müssen.

Denn Aalime war Sklavin gewesen.

Als Mohammeds Mutter war sie nun freilich die Walide, die Kaisermutter, und als solche die Erste Dame des Reiches.

Dreiundzwanzig Sultaninnen zählte gegenwärtig die Familie Osman, denen als Vertreter des anderen Geschlechts nur der eine Padischah mit seinen drei Söhnen gegenüberstanden. Prinzenkriege und Prinzenmorde hatten es mit sich gebracht, daß sich die Damen in der Mehrzahl befanden.

Sieben der hohen Frauen hatten also das Köschk Arkebagdschesi nicht beehrt.

Turkan Sultana hielt sich bei ihrem Sohne Sultan Mustafa in Karaman auf. Emine Sultana, die geborene Prinzessin von Sinope und Kastemuni, Murads Witwe, hatte noch am Vortage Ischak Pascha, den Großwesir, zur Truppenmusterung nach Skutari begleitet. Sehr gegen ihren Willen war sie unmittelbar nach Murads Tod von Mohammed gezwungen worden, den Pascha zu heiraten, und ob sie es nun war oder nicht, so galt sie doch für Ischaks Gemahlin. Einige andere Hoheiten residierten noch in Adrianopel oder, wie Mara Sultana, auf ihren eigenen Schlössern.

Und das war ein Glück.

Denn auf diese Weise fehlte es den Anwesenden nicht an Gesprächsstoff.

Ganz unbefangen beteiligte sich sogar die Sultana Walide an diesem üppigen Klatsch, und zwar augenblicklich auf Kosten ihrer Schwiegertochter Turkan. War auch Sultan Mustafas Mutter eine Sklavin gewesen wie die Walide selbst, so stand sie der Schwiegermutter doch weit weniger nahe als etwa die Sultanin-Prinzessin Litti Sulkadr oder gar Irene, die, von höchster Geburt, auch noch den Rang einer Prinzenmutter beanspruchen konnte.

Es gab Stimmen, die da meinten, daß sich Aalime zu den Hochgeborenen hingezogen fühlte.

Für Turkan empfand sie in der Tat nicht viel.

«Unsere liebe Turkan ist eine kluge Frau und hat einen starken Willen», sagte sie jetzt, aber sie sagte es mit tadelnder Stimme. «Und inzwischen ist mein Enkel Mustafa ja auch ein Mann geworden, der sich mütterlicher Ratschläge, wenn es sein muß, erwehren kann, für den Fall nämlich, daß sich Turkan Sultana bereits als Walide üben möchte.»

Damit spielte Aalime unter dem verständnisvollen Lachen ihrer Zuhörer auf ihre eigene staatsrechtliche Stellung und auf den glühenden Ehrgeiz gerade dieser Schwiegertochter an, zu werden, was sie, Sultana Aalime, war: eine Walide, die Mutter des regierenden Sultans, des Padischahs.

Aber die osmanische Thronfolge kannte kein Erstgeburtsrecht, sondern nur das Recht des Stärksten, und Irene konnte ebensogut Walide werden, falls Sultan Dschem den Thron bestiege, oder auch die anscheinend so sanfte, melancholische Seineb, eine frühere smyrniotische Sklavin, die dem Kaiser Sultan Bajesid und Aischa Sultana geboren hatte.

Sultan Mustafa und dessen Mutter sahen sich jedoch bereits, wie man wissen wollte, im Besitz der Macht, und in jedem Fall war aus einem verfrühten Geltungsbedürfnis ein folgenschweres Zerwürfnis mit Mahmud Pascha, dem früheren Großwesir, erwachsen.

Mustafa war als zehnjähriger Knabe zusammen mit seinem Bruder Bajesid beschnitten worden, und er hatte es Mahmud nie vergessen, daß dessen Freigebigkeit den Bruder durch ebenso kostbare Geschenke geehrt hatte wie ihn, der sich stets als der Nachfolger seines Vaters fühlte.

Auf seinen und seiner Mutter Haß war denn auch später Mahmuds Absetzung zurückzuführen gewesen. Denn Mohammeds Andah hatte keineswegs das Ende seines Vorgängers Chalil genommen. Mahmud war nicht tot.

Vor seines kaiserlichen Blutsbruders Eifersucht hatte Irenes Heirat mit Chaß ihn tatsächlich bewahren können, wenigstens vor den letzten Folgen von Mohammeds Eifersucht. Sogar zwei von seinen fünf Roßschweifen hatte Mahmud behalten, um als Sandschak von Gallipoli und als Kapudan Pascha, als Großadmiral, der Neuschöpfer der türkischen Flotte zu werden.

Aber Großwesir war er nicht mehr.

Nach dem Tode von Mohammeds Schwager Ibrahim war 1466 – vor nunmehr sechs Jahren also – der erwartete Bruder- und Bürgerkrieg in Karaman ausgebrochen. Daraus hatte sich dann das bewaffnete Einschreiten der Pforte und die Verpflanzung aller Handwerker und Künstler der beiden Hauptstädte Karamans nach Konstantinopel ergeben.

Und darüber war der Sieger zu Fall gekommen.

Im Bunde mit dem Wesir Rum Pascha war es Sultan Mustafa als dem neuen Statthalter des eroberten Landes gelungen, Mahmud wegen allzu großer Milde beim Kaiser anzuschwärzen und einen Absetzungsbefehl zu erwirken.

Doch nicht in geziemender Weise hatten die beiden Verschworenen dem Großwesir das Siegel abfordern lassen. Dem gefallenen Günstling waren vielmehr die Stricke seines Zeltes durchhauen worden, damit er im Zusammenbruch seines Daches jäh und unerwartet die kaiserliche Ungnade wie einen Schlag des Schicksals empfinde. Zu ihrer Verantwortung aber hatten die Schuldigen vorgeschützt, daß sie nur nach einem alten tatarischen Brauch verfahren seien.

In Wirklichkeit jedoch hatten sie nur aus einem alten Haß und ohne Überlegung gehandelt. Die Janitscharen jedenfalls hingen nach wie vor an Mahmud, und das hatte Rum bereits das Amt gekostet und konnte Sultan Mustafa noch immer um die Nachfolge bringen.

«Turkan Sultana tut gut daran, sich rechtzeitig auf die Herrschaft vorzubereiten», lächelte die Walide, «mit dem zweiten Großwesir ihrer Mache wird Ihre Hoheit dann vielleicht etwas mehr Glück haben als mit Rum Pascha, ihrem ersten.»

«Großmama», lachte Mohammeds Älteste, Aischa, «sagten Sie: kein Glück mit Rum? Sie vergessen seine Mukataa!»

Sultana Aischa war dafür bekannt, daß sie sich keinen Zwang auferlegte. Dazu war die Fünfundzwanzigjährige als Molla Kuranis Schülerin zu selbstbewußt und zu fromm, wovon die von ihr in Adrianopel erbaute Moschee ein sichtbares Zeugnis ablegte.

Mit der Erwähnung der Mukataa, der Pachten auf den Grund und Boden von Konstantinopel, hatte Ihre Hoheit nun den erlauchten Finger seelenruhig auf eine schwärende Wunde der Innenpolitik gelegt. Denn durch die Eroberung war die Fläche mit den Häusern der Hauptstadt zwar zweifellos des Padischahs Eigentum geworden, aber die neuen Bodenabgaben waren ein Fehlschlag und die einzige Hinterlassenschaft aus Rum Paschas Großwesirat.

Zahllos waren die Witze über die Mukataa und ungeheuer das Geschimpfe. Man war auch schon dabei, das Gesetz immer mehr abzuschwächen, weil viele türkische Neusiedler seinetwegen Konstantinopel wieder verlassen hatten.

«Den Krieg mit Venedig hat aber Rums Nachfolger ebenfalls nicht beenden können», seufzte Aischas Mutter jetzt zur größten Belustigung der anderen.

Die melancholische Seineb war nämlich sehr geschäftstüchtig, und ihre Daira, ihre Vermögensverwaltung, hatte mit einer ganzen Flotte von Galeazzen einen schwunghaften Seehandel unterhalten. Es war klar, daß der nun schon zehnjährige Krieg diesen Handel immer mehr zum Erliegen hatte bringen müssen.

Das wußten auch die anderen Damen, und viel Zustimmung war daher in ihrem Lachen. Gar manche hatte große Teile ihres Vermögens im Handel angelegt und erinnerte sich nur ungern des Stöhnens ihrer Sachwalter über den Krieg und die schlechten Zeiten. Dabei wurde die begehrte Indienware auf dem Seewege über Ägypten nicht gerade billiger, die Gold- und Silberarbeiten und Juwelen, die Tücher aus Kaschmir und vor allem die Gewürze.

Das Rosenwasser freilich, das kniende Mädchen jetzt zum Eintauchen der Hände boten, war aus Adrianopel. Die Sorbets jedoch, die Torten und Bonbons, die das Mahl beschließen sollten, wurden, wie Fleisch und Fisch durch den Pfeffer, erst köstlich durch den Zimt jener geheimnisumwobenen Länder, deren Name Indien schon Duft war.

Ein Paradiesgarten aus Zuckerwerk, Zimt, kandierten Früchten und Silberblech wurde zur Einleitung des Nachtisches vor die Walide gestellt. Auf einer Drehscheibe stand er, damit die überallhöchstzuverehrende Frau von allen Seiten Garten, Wasserfälle, Teiche und die koranwidrigen Nachbildungen von Mensch und Getier bewundern könne.

Die Freude, die dieses Wunder geschickter Konditorenhände erregte, war auch wirklich sehr groß, zumal bei Aalime Sultana.

Mohammeds Mutter war eine zierliche brünette Dame. Nicht gar zuviel fehlte ihr an sechzig. Und doch war sie immer noch darauf aus, sich durch alle Künste des Färbens und Emaillierens den Anschein einer Dreißigjährigen zu geben. Sie mochte nicht altern und besaß auch einen lebhaften jugendlichen Geist. Aber zu Murads Lebzeiten war

Mara Sultana so unbestritten die Erste Dame gewesen, hatte der kleinen Aalime alles, auch die Sorge für den Sohn, so völlig abgenommen, daß die Verhätschelte sich später nur schwer daran hatte gewöhnen können, den Platz der Freundin selbst einnehmen zu müssen.

Es hatte Zeiten gegeben, in denen Aalime am liebsten zu ihrer Freundin nach Jassowo entlaufen wäre.

Da war jedoch eines Tages die Adoptivmutter ihres jüngsten Enkels in der Dschihannuma von Adrianopel erschienen, und von diesem Augenblick an hatte sich Aalime Sultana wieder geborgen gefühlt. Sie war klug genug, hinter Irenes Zurückhaltung deren unbeirrbare Zuverlässigkeit zu spüren, was freilich zuzeiten auch in ihr Gewissensbisse hervorrief. Jetzt zum Beispiel lugte Aalime erst, ehe sie eine zweite Tasse Sorbet nahm. Denn allzu dick werden wollte sie nicht, und deswegen hatte Irene sie vor Süßigkeiten gewarnt.

Es war die Stunde, da die Sonne hinter den Tulpenbeeten versank, und bald darauf begann draußen ein unwirkliches Blühen.

Hinter Rampen verborgene Lichter leuchteten die Blumen vom Boden aus an, und der Rausch ihrer in Schlaglichtern brennenden Farben umbrandete die marmornen Pfade.

Das Lampenfest hatte begonnen, und mit Ausrufen des Entzückens erhoben sich die Damen, um ins Freie zu eilen.

Und wahrlich: die nächtlichen Nilfeste der Pharaonen von einst wurden durch Irene am Bosporus überboten.

In der Halbhelle blieben die geschmückten Frauen, nur hier und da warf ein lichtgetroffenes Juwel Blitze in das Glühen der Blüten. Doch was auch das Helldunkel den Musselinen und Seiden an Leuchtkraft nahm, gab es den Trägerinnen als geheimnisvolle Lockung zurück.

Alle Frauen waren kostbar und schön in den Traumgärten der Sultana.

Am Rande des Tulpentals aber versteckten die Lampen sich nicht mehr.

Dort waren sie selber zu leuchtenden Blumen geworden. Denn dort wurde unter den Lampen gespielt.

Über dem Hügel kamen mit Flöten und Kithara die Tänzerinnen des kyprischen Reigens, und nach ihnen traten die Mimiker aus Adrianopel auf.

Irene lagerte unter den alten Bäumen neben dem Polster der Walide.

«Wird der Geist die Prinzessin entführen?» flüsterte Aalime zu Irene hinüber.

«Ich denke wohl», war die gelächelte Antwort, «aber zuletzt wird die holde Fee Peribanu ...»

«Das ist gut», fiel Aalime ein. «Zuletzt also kriegen sie sich.»

Im Spiel wünschte sie den harmonischen Ausklang, den das Leben, wie sie wußte, so selten gewährte. Denn ebensowenig wie ihrem Mohammed den Thron, war ihr selbst ursprünglich die bevorzugte Stellung bestimmt gewesen, die sie jetzt innehatte. So ganz sicher fühle sie sich nie. Ja, allen bösen Mäulern zum Trotz befliß sie sich einer Sparsamkeit, die ihr von der Welt als Laster ausgelegt worden wäre, wenn Mohammeds Großmut nicht alles immer wieder ins reine gebracht hätte.

Sultana Aalime konnte nun einmal nicht vergessen, wie Mohammed dem Thron hatte entsagen müssen und sie ihrer Würde.

Inzwischen nahmen die Angelegenheiten der Prinzessin auf der verzauberten Wiese eine Wendung ins Bedrohliche, und obendrein wurde die Rolle der Ärmsten auch noch von einem jugendlichen Darsteller berückend getanzt. Die Spannung war also groß, und die Walide suchte Irenes Hand.

Sie fand jedoch die des Kislar Agasi.

Ihre kaiserliche Hoheit sei abberufen worden, entschuldigte Seine Exzellenz Irene.

XLVI

In blumiger Sprache hatte vor nicht langem ein Schriftsteller den Kaiser beschrieben:

«Die Nase wie die eines Bockes aus den Bergen Bithyniens, rot und weiß die anmutig fülligen Wangen. Sein Bart gleicht dichtem Golddraht und sein Schnurrbart frischem Basilikon auf Rosenknospen von Adrianopel. Die Lippen geschlossen. Wie die starken Arme, auch die Schenkel voll Fleisch. Ein Ganzer und doch zum Ritt gespalten wie Rustems Großvater Neriman.»

Ein anderer besang die kaiserliche Nase und den Mund gar als einen zu Kirschen sich neigenden Papageienschnabel. Und in der Tat hatte die größere Fülle, die Mohammed im Laufe dieser letzten zehn Jahre zugewachsen war, seiner scharf über den sinnlichen roten Lippen gebogenen Nase nichts anhaben können. Der Kaiser war voller geworden, doch nicht voll, und die Züge seines Gesichtes waren alles andere als verschwommen.

Jetzt saß er in seiner Staats-Bireme.

Während die Gläubigen von den hallenden Stimmen der Muezzin zum Gebet gerufen worden waren, hatte er sich mit jedem Schlag der dreißig Ruder immer mehr von den Gärten und den im Abendlicht funkelnden zierlichen Zinnen seiner Palaststadt entfernt.

Erst nach Beendigung dieser Bauten am Meer war Konstantinopel vor sechs Jahren wirklich Residenzstadt geworden. Bis dahin hatte der Harem in Adrianopel residiert.

Nun aber war der Wohnsitz der kaiserlichen Glückseligkeit das neue Serail, während die Sultana Walide im höher gelegenen Serail Hof hielt, das «alt» hieß, obwohl es auch nur elf Jahre vor dem neuen erbaut worden war.

Der Krieg hatte diesen Wechsel nicht verhindern können, wie auch das Goldene Horn jetzt trotz allem wieder den Anblick eines belebten Hafens bot.

Das war in den letzten zehn Jahren nicht immer so gewesen.

Die Kriegsflotte zwar lag auch heute in Gallipoli.

Als Mahmud die geschlagene Flotte übernommen hatte, waren nur noch Überbleibsel zu finden gewesen. Mahmud Pascha hatte die Schiffe künftiger Siege erst bauen und statt unverbesserlicher türkischer Landratten tüchtige griechische und jüdische Seeleute an Bord nehmen müssen.

Dann freilich waren die feindlichen Flotten aus der Ägäis gefegt worden: Euböa, die langgestreckte reiche Insel vor dem attischen Festland, hatte erobert werden können.

Im Hafen von Konstantinopel, der immer mehr mit dem von Galata zusammenwuchs, mußten sich diese Erfolge natürlich auswirken.

Nicht mehr finster und ausgestorben lagen die Schiffe da.

Auf den meisten ging Gelächter von Bord zu Bord, und hier und da erscholl zum Gezirp gezupfter Därme ein Lied.

Die Mittelmeerfahrt war wohl noch immer gefährlich, aber sie regte sich doch wieder, und die Schiffahrt auf dem Pontus hatte ebenfalls neuen Auftrieb erhalten.

Gewaltiger als je aber thronte über dem Hafen die Stadt.

Auf Stufen erhob sich zur Linken die vielfach Bekrönte.

Als seien die Kuppeln durch Engelshände auf allzu Irdisches gesenkt, schwebten sie über dem Gewirr der engen und tiefen Straßenschluchten. Das Menschengewimmel am Grunde mochte wohl selten die Sonne oder – wie jetzt – die Gestirne erblicken, und doch war es, als entsteige ein hinaufgeschäumtes Märchen dem Meer. Über den Wellen gab in der kaiserlichen Bireme eine Trommel den Takt an – ein Ruck in den Dollen, das Klatschen der blinkenden Ruderblätter antwortete. Lebendige Fackelhalter standen im Bug und am Heck. – Sehr lang war das Boot.

Der untere Rumpf warf hin und wieder einen schmalen lichtgrünen Blitz. Um so breiter wucherte Gerank von goldenen Schnitzereien über die Borde, um sich beim Steven zu einer wuchtig emporgewundenen Schnecke zu vereinigen, unter der ein zartes, sanft geschwungenes Blatt lanzenförmig in der Bordrichtung vorausstieß. Die gelb-roten Bostandschi mit den herabhängenden roten Baretas waren wie ein Teil dieses Schmucks, der sich achtern zu einer riesigen Muschel mit schwellenden Randwülsten entlud.

Inmitten der Muschel aber stand das Zelt über dem kaiserlichen Thron und den Polstern für die bevorzugten Freunde – und so, als purpurne, goldene Flamme, rauschte die Barke wie ein Traum durch das nächtliche Märchen.

Ungeachtet der anderen, die ihn sonst noch begleiteten, lagerten sechs Männer dem Herrscher zunächst.

Vor allem waren das Chaß, der in unverminderter Gunst stand, und Schahin, der oft gescholtene und doch unentbehrliche Kapu Aga. Den Sandschak Ferhad Bey mitzunehmen hatte nahegelegen. Vor seiner Beschneidung hatte dieser junge Mann Alexios Komnenos geheißen, und jetzt war er als Theodoras Sohn Mohammeds Stiefsohn und der Stiefbruder der kleinen Leila Sultana geworden. Auch Sinan Bey Hakimsade, der Arztsohn, hatte einen Platz in der kaiserlichen Familie, wenn auch am alleräußersten Rande. Er verdankte die Stellung des Tughandsche Baschi, des Oberstfalkenjägermeisters, seiner Eigenschaft als Gatte der Aischa Sultana und machte diesen Ausflug auf die Verantwortung seines kaiserlichen Schwiegervaters mit, während der Dichter Mohammed Karami nicht nur zu den häufigen Gästen im Palaste der Sultana Irün, sondern auch zu den nahen Freunden des Kaisers gehörte. Seit er bei Irenes erstem selbständigem Auftreten im Triconchum als junger Dichter erschienen war, hatte er seinen Weg gemacht. Jetzt war er Nischandschi, Staatssekretär für den kaiserlichen Namenszug, war er Mitglied des Diwans und des Kaisers rechte Hand bei der Ausarbeitung eines neuen Reichsgrundgesetzes.

Diese fünf besonderen Günstlinge standen also in einem verwandtschaftlichen oder freundschaftlichen Verhältnis zur Majestät. Wenn man aber von der recht entfernten Verwandtschaft der Paläologen mit der Familie Osman absah, war das beim sechsten nicht der Fall. Verwandt war dieser

Jüngling dagegen mit Irenes Freundin Annina und mit Chaß, nur daß er als Christ weder ein Amt noch einen anderen Rang als den des Prinzen einer ehemals kaiserlichen Familie zu beanspruchen hatte.

Manuel Paläologos hieß dieser Außenseiter, und er war der Sohn des in Rom verstorbenen Despoten Thomas aus dem Peloponnes.

Thomas hatte sich nicht wie Anninas Vater Mohammed unterworfen. Nach seinem Tode war Kardinal Bessarion der Vormund der beiden Despotensöhne geworden, was aber den jüngeren, nämlich eben diesen Manuel, nicht in Rom zu halten vermocht hatte. Noch weniger war Moskau, dessen Herrscher der Mann seiner Schwester geworden war, für ihn in Frage gekommen, um so mehr dagegen Mohammeds sagenhafte Persönlichkeit und dessen glanzvoller Hof in der alten Heimat.

Manuel hatte sich im Eroberer auch nicht getäuscht. Nicht nur wohlaufgenommen, sondern zudem noch fürstlich ausgestattet war er worden, und jetzt hatte kaiserliche Laune ihn zur Mitfahrt beschieden.

«So ein kleiner Unbeschnittener», spöttelte Mohammed, «ist bei uns vorbildlichen Moslems wie der Pfeffer zum Braten.»

«Ein starker Pfeffer», ergänzte Chaß. «Als ein Schüler Bessarions kann Manuel für einen Heiligen gelten, allerdings nur für einen halben.»

«Dafür ist Bessarion auch nur ein halber Papst geworden», lachte Manuel und wandte sein gewecktes Jungengesicht dem Kaiser zu.

Schahin jedoch dachte, daß der junge Mann trotz seines bildhübschen Wuchses in den engen schwarzen Strumpfhosen ganz sicher vor kaiserlicher Begehrlichkeit und daher ohne irgendwelche Bedeutung sei. Er wußte, daß Mohammed niemals das Vertrauen eines Schützlings, der sich ihm freiwillig ergab, enttäuschte.

«Wenn Bessarion nach dem Tode von Papst Pius gewählt worden wäre, hätte er uns mehr als der Verstorbene zu schaffen gemacht», nahm der Kaiser denn auch lediglich Manuels Gedanken auf. «Vielleicht –», schränkte er allerdings gleich seine Meinung ein. «Denn eigentlich war Pius mehr wert als alle die ungläubigen Fürsten zusammen. Sich zuletzt noch in Ancona an die Spitze eines auseinander laufenden Haufens von Kreuzfahrern zu stellen war freilich eine Narretei, wie sein Brief, in dem er mich zur Taufe einlud. Und doch hat mich der Tod dieses alten Mannes ergriffen. Er wenigstens tat doch selbst, was er von den anderen verlangte, und wenn er unter unseren Waffen gefallen wäre, hätte die Christenheit einen neuen Heiligen gehabt. Dieser heilige Pius wäre aber mehr zu fürchten gewesen als alle lebendigen Päpste.»

An diese Betrachtung der Majestät knüpfte sich noch ein Gespräch, ob die Ungläubigen nicht überhaupt besser täten, die Papstwürde den Zufällen von Wahlen zu entziehen und lieber in einer Familie erblich zu machen, wobei Karamani und Sinan Bey nicht verfehlten, auf die großen Kalifen hinzuweisen.

Aber Mohammed widersprach.

«Das Kalifat war nie so stark wie zu Beginn», sagte er, «als die Statthalter des Propheten noch in Medina gewählt wurden. Nichts besaßen sie damals als ihren geistlichen Auftrag, und so waren sie unüberwindlich. Denn die Gewalt des Schwertes kann den Geist wohl mißbrauchen, aber nicht erzeugen, und so ist der oft Vergewaltigte auf die Dauer jeder Schwertgewalt überlegen. Nennt mir doch, ihr Freunde, einen einzigen Herrscher im Morgenland, der nicht danach gehandelt hätte und dennoch groß zu nennen wäre!»

Mohammed hatte mit Überzeugung gesprochen. Doch da er gern Thesen um des Verfechtens willen aufstellte, wußte niemand so recht woran er war, bis dann Theodoras Sohn, der sich schon einiges erlauben durfte, dadurch ein Gelächter auslöste, daß er den abwesenden Sultanslehrer Molla Kurani nachahmte:

«Wohlgesprochen, mein Sohn», ließ Ferhad Bey seine

Stimme wohlwollend grollen, «ganz, wie es meinem Schüler geziemt.»

Da auch Mohammed lachte, mischte sich Manuel wieder keck ins Gespräch.

«Danach wären Eure Majestät als ein Förderer des Papsttums anzusprechen», scherzte er, «denn wenn Allerhöchstsie Rom an sich reißen sollten, bliebe dem Papst nur der geistliche Auftrag, und dann wäre er unüberwindlich.»

«Unglaube ist dein Los», gab Mohammed zurück, «so zweifle denn immerhin, mein Manuelitzes, nur daran nicht, daß Rom und das Abendland mir gehören und daß ich der Nachfolger Cäsars und der Imperatoren bin.»

«Eure Majestät sind, was Eure Majestät sein wollen», versuchte der kleine Manuel sich geschmeidig zu decken.

«Falsch!» fuhr ihm aber Mohammed dazwischen. «Falls es mir nun einfallen sollte, selbst Papst zu sein? Was dann, mein Herr Grünschnabel? Wäre ich dann auch, was ich sein wollte?»

«Nichts einfacher als das!» beruhigte jedoch der Grünschnabel den Kaiser. «Erst machen Eure Majestät mich zum Kardinal, und dann werde ich Eure Majestät schon protegieren!»

Ein neues Lachen belohnte die Antwort.

«Vielleicht mache ich erst einmal dich zum Papst», meinte Mohammed dann noch ganz ernsthaft. «Denn abschaffen werde ich diese Würde in Rom ganz gewiß nicht, so wenig wie die des Patriarchen in Konstantinopel.»

«Ich sehe schon», war die heitere Antwort, «es wird damit enden, daß Eure Majestät und ich uns gegenseitig die Pantoffel küssen.»

Immer mehr hatte sich inzwischen das Fahrwasser verengt, bis bewaldete kleine Inseln die Süßen Wasser in Arme und Nebenarme aufteilten. Schließlich war der Cydaris erreicht und bald darauf auch die große Schleuse zu dem Kanal, der hinter Mauern des Landgut Arkebagdschesi durchfloß.

Es war ein Glück für die Tänzer aus Adrianopel, daß die mehrfach bewährte Fee Peribanu bereits alles geschlichtet hatte.

Denn als erst, von Gesang umtönt, die goldene Barke sich näherte, gleichsam als schwebe die Fackelumloderte durch ein brennendes Tulpenmeer, und als dann noch, rauschend und wolkig, rote, blaue und grüne Flammen mit betäubender Leuchtkraft dem griechischen Feuer entstiegen – da war das Ereignis dieser Ankunft derart über alle irdischen Zusammenhänge gehoben, daß die bewährteste Fee, der verzaubertste Geist und jede noch so gut getanzte Prinzessin daneben ins Wesenlose hätten versinken müssen.

Neue Gäste waren im Anzug!

Und es war der Kaiser, der das Lampenfest der Sebasta Sultana mit seiner Gegenwart zu beehren geruhte.

Daß er aber einige seiner Freunde mitgebracht hatte, war nichts Neues, und selbst Seldschuk Chatun, Mohammed des Ersten Tochter und des Regierenden älteste Tante, begegnete dem Neffen in solchen Fällen mit einem nachsichtigen Lächeln.

Gerade die echtesten Türken umwehte noch immer ein Hauch von der Freiheit der Steppe, und bei den Byzantinerinnen bedurfte es keiner Entschuldigung.

Dafür wurde wenigstens dem vierundzwanzigsten Vers der Sure «Das Licht» genügt. «Gehet nicht ein in Häuser, die nicht eure Häuser sind», hieß es dort, «bevor ihr um Erlaubnis gebeten und die Bewohner begrüßt habt.»

Dieser Einschränkung kam Irün Sultana schon dadurch zuvor, daß sie mit ihren Damen, ihrem Lala und dem Kislar Aga und dessen Räten bis zur Mitte der ins Wasser führenden Stufen dem Kaiser entgegenging.

Für Irene schien dieser Überfall also gar keine Überraschung zu sein. Ihr als Gastgeberin kam allerdings zu, was den andern nicht erlaubt war, nämlich sich dem Kaiser zu nähern.

Jede der übrigen Damen hatte auf die Anrede der Majestät zu warten, die vielleicht gar nicht erfolgte.

Doch da die jungen Herren, die Mohammed hatten begleiten dürfen, zu den Vertrautesten seiner Vertrauten gehörten, so mochten sie ihn immerhin mit dem Takt, den zu verletzen gefährlich gewesen wäre, bei den Damen vertreten.

Mohammed hatte anderes vor.

«Erfreuen wir uns des Festes Ihrer kaiserlichen Hoheit, meine Freunde», sagte er, und das war auch für Irenes Gatten ein Befehl. Gerade für Chaß waren die kaiserlichen Worte bestimmt: Mohammed wollte mit Irene allein sein.

XLVII

Nicht zum erstenmal seit jener Nacht im Serail – damals, vor zehn Jahren, noch im Alten Serail – geschah es, daß sich Irene mit Mohammed ohne Zeugen unterhielt.

Die gemeinsame Sorge für Sultan Dschem hatte Zusammenkünfte immer von neuem herbeigeführt.

Und dann gehörte Chaß auch zu den bevorzugten Günstlingen!

Mohammeds allerengste Freunde aber konnten stets mit des Gönners plötzlichem Besuch rechnen, der dann meist ohne kaiserlichen Pomp ganz in der Stille erfolgte.

Heute freilich erging sich die Sultana mit der Majestät vor aller Augen in den nächtlichen Gärten, nur daß von dem, was beide miteinander sprachen, außer ihnen niemand etwas vernahm.

«Daß Tokat gefallen ist, wissen Sie?» fragte Mohammed.

Irene wußte es. Über Tokat mit den Staatsgefängnissen für in Ungnade gefallene Paschas wehte die Fahne der Turkmanen vom Weißen Hammel.

«Usun Hassan hat die Greuel Timurs überboten!» rief der Kaiser. «Greise, Weiber, Kinder – nichts haben seine Kerle verschont. Ausgemordet haben sie Tokat, und das auf eine schändliche Weise!»

Man sagte Mohammed ebenfalls Grausamkeiten nach.

Besonders die Ungarn taten das nach dem Grundsatz, die eigenen Taten dadurch zu beschönigen, daß man den Gegner für nicht besser erklärte, als man selbst eingestandenermaßen war. Die Venezianer hatten dann diese Legenden eifrig aufgegriffen und zum Zwecke der Propaganda mit wirkungsvollen Ausschmückungen versehen.

Aber selbst bei Berücksichtigung aller Lügen und Übertreibungen war doch nicht zu leugnen, daß Mohammed oft genug gegnerische Besatzungstruppen bis auf den letzten Mann hatte niederhauen lassen.

Das galt ihm als gerechte Sühne für nutzlosen Widerstand, von dem nichts mehr zu erhoffen gewesen war als nur ein mit Toten übersätes Schlachtfeld.

Allzu zarter Hemmungen war Mohammed also ganz gewiß nicht zu zeihen.

Die Untaten von Tokat jedoch hatten sich tatsächlich so zugetragen, daß kein Bericht sie mehr übertreiben konnte.

Ehrlich ergriffen war daher auch der Kaiser, und mit ihm war es Irene.

Für sie war das Reich immer das alte Byzanz geblieben, und am meisten verband sie mit Mohammed, daß er ebenso dachte wie sie.

Den Herrn von Persien und des Irak dagegen, den ihr so nahe verwandten Usun Hassan, der vorgab, die trapezuntische Kaiserfamilie rächen zu wollen, empfand sie nur als den persischen Erbfeind der Griechen, der wieder einmal gekommen sei, die Ruhe zu stören.

«Das ist kein Grenzstreit mehr, der geschlichtet werden kann», sagte Mohammed auch schon. «Jedem meiner Feinde ist dieser Mann verbündet. Jeder Flüchtling, der auf Rache sinnt, findet Zuflucht und Unterstützung an seinem Hof. Jetzt sind es die Söhne meiner Schwester. Ich hätte sie so gut und besser aufgenommen als den jungen Manuel Paläologos, den Sie dort sehen. Aber meine Herren Neffen ziehen es vor, um das Land Karaman mit mir zu kämpfen, das meinem Haus immer feindlich war und das sie durch ihre eigenen Streitereien verwirkt haben. Außerdem ist es altes Reichsgebiet von Byzanz. Karaman, Trapezunt und Kappadokien von mir verlangen heißt meine Kaiserkrone begehren!»

«Die Lage ist also ernst?» fragte Irene.

«Zu ernst, als daß Ischak Pascha sie meistern könnte.»

Das Wort war gesagt.

Warum sagte er es ihr? Irene kannte Mohammed zu gut, um nicht zu wissen, daß seine Offenheit einen ganz bestimmten Grund haben müsse. Sie jedoch wünschte keine Veränderung und empfand – soweit es sie und ihre Familie betraf – vor allem Neuen nur Unbehagen.

«Der Pascha war schon ein bewährter General Ihres Vaters», wandte sie daher vorsichtig ein.

«Er war ein Janitschar und ist es geblieben. Ein guter Janitschar. Zugegeben. Aber die Zeit verlangt mehr. Usun Hassans Reiterei ist der meinigen überlegen. Unsere artilleristische Stärke muß das ausgleichen. Artillerie aber kann Venedig dem Gegner ebenfalls liefern. Es hat schon damit begonnen. Eine Transportflotte wird für Usun Hassan in den Lagunen mit Geschützen, Munition und Artilleristen beladen, und obendrein können die venezianischen Kriegsschiffe jeden Tag auslaufen, um meinen Neffen bei der Wiedereroberung der karamanischen Küstenplätze zu helfen. – Wollen Sie nun wissen, wie mein Großwesir sich dem allem gegenüber verhielt? – Nicht einmal erwähnenswert fand er es! Er hat das alleinige Recht des Vortrags bei mir, doch wenn ich mich auf ihn verlassen hätte, wüßte ich überhaupt von nichts. Urteilen Sie also selbst, und Sie werden zugeben: Was ich brauche, ist ein Mann, der schnell, entschlossen und umsichtig zu handeln versteht. Keinen Ischak Pascha!»

«Eure Majestät sprechen mit mir wie mit einem Wesir?» wehrte sich Irene gegen das kaiserliche Vertrauen.

«Ich spreche mit der Frau meines Ersten Beglerbeys», sagte Mohammed. «Und dann hat es sich, dünkt mich, schon mehr als einmal ereignet, daß wir so miteinander reden. Es gab nie eine Stunde, die meine Freundschaft für

Chaß hätte mindern können. Mehr noch als das: Ich bin mit ihm zufrieden. Das heißt, ich bin es mit Ihnen, Kusine. Sie haben mich nicht enttäuscht.»

«Chaß ist der Vater meines Sohnes. Wenn Eure Majestät mich in dieser Weise loben, setzen Sie ihn herab.»

«Im Gegenteil! Die eigenen Grenzen zu kennen, nenne ich Weisheit. Chaß hat zu Ihnen dasselbe Vertrauen wie ich. Das macht ihn mir wertvoll. Und was den kleinen Isa anlangt, haben Sie sicher längst überlegt, warum ich seinen Eltern den Vorschlag machen ließ, ihn schon jetzt beschneiden zu lassen?»

Immer näher fühlte Irene das Bedrohliche kommen.

«Die Befehle Eurer Majestät sind mit pünktlichem Gehorsam befolgt worden», verschloß sie sich noch einmal seinem fragenden Blick. Es half nichts.

«Darf ich daraus entnehmen, daß Sie meine Wünsche billigen?» stieß er jetzt nach. «Sie wissen, daß ich keine religiösen Vorurteile hege. Selbst als Mutter meines Sohnes Dschem ist Ihnen von mir nichts in den Weg gelegt, Christin zu bleiben, so wenig wie einer meiner Frauen. Zwar läuft das den Vorschriften des Korans zuwider; aber es entspricht dem Brauch, wie meine Vorfahren ihn übten. – Etwas anderes ist es dagegen mit Isa Bey. Über dessen Zugehörigkeit zum Islam darf kein Zweifel bestehen.» Er machte eine kaum merkliche Pause. «Ihr Sohn, Madonna», schloß er dann, «ist der Sohn meines zukünftigen Großwesirs.»

«Ihres –?» erschrak Irene.

«Meines Großwesirs», bestätigte Mohammed. «Jawohl. Und ich rechne dabei genauso auf Sie wie damals, als ich Chaß, den Mann Ihrer Wahl, meinen Freund, zum Beglerbey von Rumili machte.»

Was sie gefürchtet hatte, war nun da.

Nur beider Tritte auf dem Marmor waren noch zu hören, und es dauerte lange, bis Mohammed schließlich Irenes Schweigen durchbrach.

«Ich hoffte, mir Ihren Dank zu gewinnen», sagte er verstimmt.

«An meinem Dank bitte ich nicht zu zweifeln», lautete die Antwort, die keine war.

Der Kaiser merkte es wohl.

«Sie fürchten eine Weigerung von Chaß?» blitzte er sie an.

«Der Beglerbey würde das Amt mit Freuden annehmen.»

«Was wollen Sie dann noch, wenn er sich selbst ihm gewachsen fühlt?»

«Er würde das Amt auf Befehl seines Kaisers und mit Freude an der Erhöhung annehmen. Darüber aber, ob er ihm gewachsen sei, würde er wohl kaum einen Gedanken verlieren.»

«Hm», überlegte Mohammed.

«Haben Eure Majestät schon mit Chaß gesprochen?» begann nunmehr Irene.

«Nein.»

«Und warum machen Eure Majestät mir diese Eröffnung?»

«Nicht, meine Dame, damit Sie mir verschweigen, was ich wissen möchte.»

Irene neigte ihr Haupt.

«Sie haben recht», sagte sie. «Dann aber heißt gehorchen Ihnen widersprechen. Also gut! Ischak Pascha ist ein gewesener Sklave und Chaß Pascha der Prinz eines ehemals kaiserlichen Hauses. Das scheint ein großer Unterschied zu sein; aber Eure Majestät wissen besser als ich, wie wenig er bedeutet. Beide Männer sind sich denn auch viel ähnlicher, als es aussieht. Sie sind Soldaten, gute Soldaten, wie Eure Majestät von Ischak Pascha bereits erwähnten und wie ich in bezug auf Chaß mit Eurer Majestät Erlaubnis hinzufügen möchte.»

«Das können Sie ruhig. Seine Aufgebote waren bei den Musterungen stets ohne Tadel. Sie sehen also –»

«Gewiß!» fiel Irene seinem Satz in die Flanke. «Ich sehe, daß er ein guter General sein dürfte – obwohl er bisher noch kein wirklich selbständiges Kommando hatte. Zum Glück! Denn zum Feldherrn fehlt ihm dasselbe wie Ischak Pascha.»

«Und das wäre?»

«Die Phantasie. Diese Erwägung stammt nicht von mir. Chaß erzählte mir einmal, daß Eure Majestät an ihm den Mangel an Phantasie bedauert haben. Auch ich finde nun, daß Alltagsmenschen keine Wirklichkeitsmenschen sind. Sie bilden sich das allerdings ein, und wenn sie nur dem wenigen gewachsen zu sein hoffen, was sich ihrer geringen Erkenntnis offenbart – gleich glauben sie, es überhaupt mit allem aufnehmen zu können.»

«Wenn das wahr ist», belauerte sie Mohammed, «dann können Sie doch nicht leugnen, daß ein guter Beglerbey – und Chaß ist ein guter – ebensowohl Phantasie gebraucht.»

Wieder verstummte Irene einen Augenblick, um sich dann selbst zu überwinden.

«Es stände schlimm um das Reich, wenn es nicht erlernbar wäre, ein guter Verwaltungsbeamter zu sein. Das bedeutet nicht viel. Beglerbeye können Eure Majestät machen. Einen Feldherrn aber, wie Sie ihn brauchen, ebensowenig wie einen Dichter.»

«Und den ehrlichen Mann, an dessen Händen kein unrechtes Gut klebt – kann ich den auch machen?»

«Ich bin überzeugt, daß Chaß in dieser Beziehung untadelig ist», sagte Irene. «Doch darin erblicke ich kein großes Verdienst angesichts der Gnaden, mit denen Eure Majestät uns beide überhäuften.»

«Sie beide?» fragte Mohammed. «Chaß, ja! Er verdankt alles mir. Ihr Großvater aber, Sebasta Irene, hat niemals meine Politik durchkreuzt. Als er starb, nahm ich wohl seine Herrschaft; aber seine Enkelin ihrer Güter zu berauben, hatte ich keinen Grund. Oder können mir Eure Hoheit jemanden nennen, der mir ehrlich vertraute und von mir dennoch getäuscht worden wäre?»

Niemanden konnte Irene nennen. Keiner hätte das vermocht.

«Doch sei es so, wie Sie sagen», fuhr Mohammed fort. «Chaß ist reich und hatte es nicht nötig zu stehlen. Und daß Sie sich Ihres Anteils an seiner Leistung nicht rühmen würden, hätte ich mir selbst sagen können. Aber Ihr Anteil besteht. Sie haben Chaß nicht im Stich gelassen, als ich Dschem nach Kastemuni schickte, der Stadt der Dichter, wo Sie die Walide im kleinen hätten spielen können. Daß Sie es nicht taten, schien mir zu beweisen, Sie seien auf Größeres aus. Mehr als das Großwesirat habe ich jedoch nicht zu bieten. Dabei würde sich in Ihrem Verhältnis zu Chaß nichts ändern. Ich jedenfalls rechne sehr damit, daß Sie ihm ins Feld folgen werden.»

Irene mußte lachen.

«Wie einst Abu Bekrs Tochter, die Frau des Propheten? Diese unternehmungslustige Dame gab ja sogar einer Schlacht den Namen nach ihrem Reittier, und der hölzerne Kasten, in dem sie auf dessen Rücken saß, soll wie ein Igel mit Lanzen und Pfeilen gespickt gewesen sein. Das ist kein gutes Vorzeichen, Majestät, die Schlacht des Kamels ging verloren!»

«Vielleicht weil nicht die richtige Dame auf dem Kamel saß», warb Mohammed noch einmal, wenn auch in seiner ironischen Art. «Alle Überlieferungen stimmen darin überein, daß diese Mutter der Gläubigen ein großes Talent hatte, alle möglichen Stänkereien anzuzetteln. Sonst scheint sie keine Talente entwickelt zu haben. – Übrigens kennen Sie ja die osmanische Schlachtfeldaufteilung: Das Haus des Sultans steht hinten in der Mitte. Ehe Usun Hassan Sie also erreichte, hätten seine Turkmanen noch die Janitscharen zu überrennen.»

Doch dann runzelte Mohammed die Brauen.

Was hatte Irene gesagt? Der Großwesir stehe nicht hinten, sondern dort, wo die Entscheidung reife?

Der Satz zündete unmittelbar.

Mit einem Schlag war Mohammed sich dessen bewußt, daß etwas anscheinend so Totes wie seine Neigung zu Irene immer noch lebe. Von seinen Gedanken sei die Erfüllung verborgenster Wünsche nur vorweggenommen worden, als er der Sebasta ihren Platz in der Schlachtordnung an seiner und nicht an des Gatten Seite anzuweisen versucht habe.

Aber so sehr war er von Irenes Begabung überzeugt, daß er auch jetzt noch an Chaß als seinem künftigen Großwesir festhielt und sich in diesem Augenblick nur die eine Frage vorlegte: wie weit Irene ihn wohl durchschaut habe!

Allen Peinlichkeiten, die sich daraus ergaben, kam er aber mit einem Vorwurf zuvor.

«Es beliebt Ihnen, den obersten Kriegsherrn zu vergessen», sagte er. «Doch von meinem Eingreifen in eine Schlacht erwarten Sie wohl nicht viel, meine Liebe?»

Sie wandte ihm ihr Gesicht zu, und er blickte in das grünliche Grau ihrer Augen. Nichts als Wimpern und Augen waren da. Sie schwammen in einem elfenbeinernen See mit schwarzen Ufern, die noch kein Schnee des Winters hatte ergrauen lassen.

Irene befand sich jetzt in dem Alter, das ihre Tante Eudoxia zur Zeit der Eroberung gehabt hatte. – Beider Blicke lösten sich wieder.

«Eure Majestät sind Herrscher», war Irenes Antwort auf die verfängliche Frage.

«Herrscher» sagte sie, und Mohammed verstand, daß sie ihn nicht für einen Feldherrn hielt.

Wohl schätzte sie ihn damit nur um so höher ein, doch das befriedigte ihn keineswegs. Im Gegenteil! Zu seinem eigenen Erstaunen war er über ihre Antwort im tiefsten verdrossen, und das, obwohl sie ihm jetzt eine Erläuterung gab, die seiner Eitelkeit hätte schmeicheln können.

«Justinian», fügte sie nämlich hinzu, «prägte sich seiner Zeit auf, nicht Belisar, nicht Narses.»

«Justinian behielt aber auch immer die Entscheidung in seiner Hand», packte Mohammed sofort zu.

«Zu seinem Schaden!» parierte Irene. «Statt zu siegen, mußte sich Belisar oft genug damit begnügen, eine Niederlage zu vermeiden. Narses dagegen siegte stets.»

«Narses war Eunuch», besann sich Mohammed.

«Ja. Und Belisar liebte seine Frau, die Freundin der Kaiserin, allzusehr. Byzanz fand daher nie etwas darin, wenn die Barbaren seine höchst reinen, engelgleichen Eunuchen bewitzelten. Man fuhr in Byzanz mit den Verschnittenen nicht schlecht. Und wenn sich die Barbaren nur schlagen ließen – lächeln durften sie immerhin. Und sie haben meist so lange gelacht, bis sie das Messer in ihrer rüpelhaften Kehle stecken hatten.»

«Das ist eben der Unterschied», kam Mohammed auf den Kern zurück: «Justinian hatte zwei Feldherren, die es waren.»

«Eure Majestät haben zwar nur einen; dafür aber zählt dieser eine für zwei.»

Auf dieses Wort hatte Mohammed gewartet.

Jetzt habe er sie, die Heuchlerin! durchzuckte es ihn, und zugleich wurde aus seinem Verdruß ein Zorn. «Geruhen Eure Hoheit, sich näher zu erklären?» fragte er mit einer Höflichkeit, die Irene hätte warnen sollen. Aber ihr war es nicht um sich selbst zu tun.

«Dieser eine ist unbeugsam wie Narses», erklärte sie daher, «und ein Mann wie Belisar –»

«Und schön wie ein antiker Gott», verbarg Mohammed seine Wut unter Spott, «und edel und geistreich und alles, was uns andern armen Sterblichen zu sein nun einmal versagt ist, kurz: Dieser eine ist Mahmud.»

Doch Irene zog sich nicht zurück. «Sie haben ihn im Amt des Großwesirs durch keinen Besseren ersetzen können.»

«Wohl aber durch Gehorsamere.»

«Auch Narses war kein gehorsamer Feldherr!» ging sie nun völlig aus sich heraus.

Aber Mohammed wollte ihren Einwurf überhören.

«Soll ich die Familie Osman so sehr erniedrigen, daß ich seinen Zwist mit meinem Sohne Mustafa für nichts erachte? Sie wissen wohl auch nicht, daß Mahmud nach der Schlacht von Larenda Ischak Bey entkommen ließ, diesen Sohn meines Schwagers von einer Sklavin? Natürlich billigen Sie das. Er wollte dem Bey ja nur das Schicksal des Krals von Bosnien ersparen. Und schließlich war es Mahmud, der die Schlacht gewann, und nicht ich. Das möchten Sie doch sagen? Er, er, immer nur er!» brach es aus Mohammed. «Seine gewonnenen Schlachten machen ihn unerträglich!»

Alles, was der Kaiser seinem Blutsfreund vorwarf, waren also Handlungen aus einer menschlich adeligen Gesinnung, oder es war zum Erfolg gewesen.

Oft hatten sich beide Beweggründe vereinigt wie bei der schonenden Auswahl der Bewohner von Larenda und Konia, die nach Konstantinopel hatten verpflanzt werden sollen. Mahmud hatte darüber die fünf Roßschweife des Großwesirs verloren. Aber seine Rechtfertigung war dennoch nicht ausgeblieben: Die brutaleren Methoden seines Nachfolgers hatten später vom Kaiser als unzweckmäßig widerrufen werden müssen.

Es schien demnach klar zu sein, daß Mahmud nur abgesetzt worden sei, weil der Padischah nicht länger einen Großwesir habe ertragen wollen, dessen Vorträge meist zu überzeugend gewesen seien, um ihnen widersprechen zu können.

Doch so schien es nur. Denn anfangs hatte Mohammed das alles gar nichts ausgemacht, er war sogar stolz auf seinen Blutsfreund gewesen, so lange freilich nur, bis Mahmud seine Eifersucht erregt hatte. Durch Irenes Heirat war diese Eifersucht nur von der Oberfläche verschwunden und nicht gestorben. Sie vor allem war es gewesen, die das Verhältnis der beiden Freunde zueinander völlig verändert hatte. Und aus dem gleichen Grund sträubte der Kaiser sich immer noch, sein Unrecht nachträglich wiedergutzumachen.

Irene jedoch dachte an jene Nacht vor zehn Jahren.

Weibliche Überheblichkeit lag ihr fern. Doch fühlte sie, daß es gerade für sie sehr schwer sei, irgend etwas zu Mahmuds Gunsten vorzubringen. Wenn sie den Pascha lobe – war sie überzeugt –, würde sie den Padischah nur noch mehr verhärten, ganz gleich, ob sie von Mahmuds Siegen, von seinen Verdiensten um die Wissenschaft, von seinen Moscheen, Bädern, Wohltätigkeitsanstalten spräche oder selbst davon, daß der Pascha nie sein eigenes Vermögen geschont habe, wenn ein Heer aufzustellen oder die Flotte zu erneuern gewesen sei.

«Mahmud Pascha bleibt immer derselbe», wallte der kaiserliche Groll jetzt obendrein noch einmal empor. «Seine Absetzung konnte ihn keineswegs belehren. Vor dem Angriff auf Euböa war es das erste, daß er meinen Plan, den alle meine Kriegsagas gebilligt hatten, umstieß und seinen eigenen an dessen Stelle zu setzen wußte. In dem gleichen Augenblick tat er das, nachdem wir uns seit längerer Zeit zum erstenmal wiedergesehen hatten: Er als Kapudan Pascha – ich als sein Kaiser. Allerdings wurde Euböa dann ja auch erobert. Ich sehe es Ihnen an, daß Sie daran denken. – Jawohl, Sebasta, es wurde erobert. Aber ich werde Ihnen beweisen, daß auch ich zu siegen verstehe, ganz allein und ohne Mahmud!»

Hierauf konnte Irene kaum noch etwas entgegnen.

Dies aber war der Augenblick, in dem sie sich zu einer Frage entschloß, die nur die Not ihr eingeben konnte.

«Was taten Eure Majestät, als Sie den Thron bestiegen, ich meine, wirklich bestiegen?» warf sie ein. «Welche Verfügungen trafen Sie über Chalil Tschendereli, über Ischak Pascha und die anderen Diener Ihres verstorbenen Vaters?»

Das war keine Frage, die eine Antwort erheischte. Jedermann wußte, daß Mohammed seinen Vetter Chalil als Großwesir bestätigt und Ischak Pascha zum Beglerbey Anatoli ernannt hatte.

Daß es Irene aber auf Chalil ankam, lag auf der Hand. Mohammed hatte ihn bestätigt, weil er ihn noch nicht hatte entbehren können, so wenig, wie er jetzt Mahmud entbehren konnte.

Sie zitterte bei dem Gedanken, daß sie den Mann ihrer Freundin Annina auf diese Weise zu Chalil in Beziehung brachte. Denn Chalil war nach der Eroberung hingerichtet worden. Ihr schauderte vor der Gefahr, Mohammed vielleicht in bezug auf Mahmud einen Weg zu weisen, von dem sie ganz gewiß nicht wollte, daß ihn der Kaiser beschreite. Aber sie glaubte auch zu erkennen, daß er im Begriff sei, sich zu gefährden, und daß sie, um den Verblendeten zurückzureißen, ihn bei seiner Eitelkeit packen müsse.

Am allereitelsten aber war Mohammed auf seine Macht.

Die Erwägung also, die sie ihm nahelegte, daß er, was er auch beschließe, immer Herr über Leben und Tod bleibe, hielt sie für das einzige Mittel, ihn zu gewinnen, die Rolle der Katze für die einzige, die er in diesem Spiel übernehmen würde. Schon schien sich ein erster Erfolg abzuheben.

«Ich nannte Sie einen Herrscher», konnte Irene ungehindert fortfahren, «und Sie wissen, daß ich nichts sage, was ich nicht glaube. Aber weder Justinian noch Cäsar, noch Alexander hätten in einem solchen Fall gezögert – weder Ihr erlauchter Großvater noch Osman der Türke. Denn hier handelt es sich nicht um Sultan Mustafas Empfindlichkeiten und auch nicht um etwaigen Verdruß, den Mahmud Pascha verursachen könnte – hier handelt es sich um Anatolien, das wieder ganz und ungeteilt zum Reiche kommen muß, wenn künftig der Friede erhalten bleiben soll. Anatolien war immer die Quelle byzantinischer Kraft. Hier fanden befähigte Kaiser nach jeder Verfallzeit die Mittel zum Wiederaufstieg. Eure Majestät haben ganz recht: Ohne Trapezunt und Karaman kein Anatolien und ohne Anatolien kein Kaisertum und kein Frieden!»

«Und Sie meinen», spöttelte Mohammed mit verhaltener Erbitterung, «daß es außer Ihrem einzigen Mahmud keinen anderen gebe, der mir hilflosem armem Mann dies Anatolien gewinnen könnte?»

«Ich meine, daß Mahmud noch jede Aufgabe löste und daß die Schlacht zwischen Ihnen und Usun Hassan eine endgültige Entscheidung herbeiführen muß. Geschieht das, und neigt sich der Sieg auf unsere Seite, dann hätte das Reich selbst von einem zweiten Timur nichts mehr zu fürchten, geschweige von Persien –»

Eine Handfläche erhob sich.

Mohammed hatte Irene unterbrochen.

«Eure Kaiserliche Hoheit brauchen sich nicht zu bemühen», vernichtete er kühl ihre letzte Hoffnung. «Von dem, was Sie sagen, bin ich längst überzeugt. Aber ich bin nicht mehr der Knabe, den man nach Magnesia schickt, wenn der Feind in das Land kommt. So völlig ungleich bin ich nicht meinem Vater. Und der befehligte selbst, als er die Friedensbrecher vertilgte!»

Ganz überraschend war es geschehen, und kein Kaiser – ein vergessener Mann stand plötzlich neben Irene.

Nicht verletzte Eitelkeit hatte Theodora vom Mahle ferngehalten, sondern die Erkrankung der Tochter. Zwar wäre Irene sofort gekommen; aber gerade das hatte Theodora verhindern wollen und darum verboten, über das Unwohlsein der kleinen Prinzessin irgend etwas verlauten zu lassen.

Theodora empfand Irene noch immer als Nebenbuhlerin. Aber nicht um den Mann ging es ihr heute, sondern um die Tochter, deren kindlich stürmische Zuneigung sie der Nichte nicht gönnte.

So groß jedoch ihr Widerstreben gegen die Sebasta auch war, so erfüllte sie dennoch ein abergläubisches Vertrauen zu übernatürlichen Kräften der «Nonne», wie sie Irene im engsten Kreis immer noch nannte, und zuletzt hatte die Verschlimmerung von Leilas Zustand sie doch noch hergetrieben.

In einer ganz unköniglichen Hast war die hohe Frau durch die Tulpenbeete geeilt. Nur nach Irene hatte sie gefragt und schon von weitem gerufen.

«Leila stirbt!» hatte sie geweint. «Sie ist krank und stirbt, wenn du nicht kommst!»

Aber ob Leila auch Mohammeds Liebling war, und so gerne er geholfen hätte, so war er doch ausgeschlossen vom Geheimbund der Frauen.

Niemand wandte sich an ihn. Niemand hörte ihn an.

«Ist Jakub da?» war Irenes erste Frage.

Doch in ihrem Eigensinn hatte Theodora den Hakim nicht verständigt, den kaiserlichen Leibarzt Jakub, den Juden.

«Jakub soll kommen, sofort!» rief Mohammed nun. «Die schnellsten Pferde! Alle Bostandschi in meine Bireme!»

Es war ihm eine Erleichterung, etwas befehlen zu können, Leute davonstieben zu sehen.

Zu seiner Erlösung aber kam jetzt Chisr Aga.

Er war noch immer nur Irenes Lala. Doch da die Sultana das Ohr des Kaisers hatte oder mehr noch der Kaiser die Unterhaltung der Sultana suchte, so gab es Großeunuchen, die Chisr trotz ihrer höheren Stellung dieses Hofmeisteramt neideten. Auch in diesem Fall hatte Chisr alle Fäden in seiner Hand und bereits das Nötige veranlassen können, als ob Irene selbst es befohlen hätte.

Als die Frauen darauf enteilten, machte Mohammed Miene, ihnen an das Bett seines Kindes zu folgen. Dabei jedoch stand ihm Chisr mit einer tiefen Verneigung im Wege.

«Ihre überallhöchstzuverehrende kaiserliche Hoheit die Sultana Walide», bemerkte der Eunuch, «haben sich bereits nach Eurer Erhabenheit erkundigt.»

Wie ein Erwachender war Mohammed, als er sich den Aga, der so viel wagte, besah.

«Gut», nickte er dann aber nur, «führen Sie mich zu Ihrer Hoheit.» Er war Kaiser und kannte seine Pflicht.

Der Aga hatte recht.

Länger hätte er den Handkuß bei seiner erlauchten Mutter unmöglich hinausschieben können.

XLVIII

Zunächst wurde die Pflege der kranken Leila Sultana durch deren Mutter sehr erschwert.

Überschwengliches Vertrauen zu Irene wechselte bei Theodora ganz unvermittelt mit tiefstem Mißtrauen gegen die Nichte.

Und Jakub, der Hakim, war Jude, und schon darum verabscheute ihn die Dame.

Theodora empfand eben als Frau des Westens.

Byzanz dagegen war jüdischem Erwerbssinn nie so hoffnungslos ausgeliefert gewesen wie das Abendland.

Im byzantinischen Welthandel hatten sich die Juden stets mit einer überaus bescheidenen Rolle begnügen müssen, und so wußten denn auch die Griechen nichts von dem grundsätzlichen Haß der Westler auf Leute, deren sie sich für den Kleinhandel und für Maklergeschäfte gern bedienten. Die Mohammedaner zogen die Juden als die anscheinend echteren Monotheisten den Christen mit ihrer Dreieinigkeitslehre sogar vor, und die besondere Kleiderordnung, der die Juden aus religiösen Vorurteilen in Byzanz noch unterworfen gewesen waren, hatte Mohammed als ein aufgeklärter Mann sofort nach der Eroberung aufgehoben.

In seiner Gewandung unterschied sich Jakub ben Zohair daher in nichts von einem vornehmen Moslem, es sei denn durch eine ungewöhnliche Gewähltheit des Schnitts und der Farben.

Man sah es ihm an, daß er nicht nur Arzt war, sondern in der Gesellschaft eine Rolle spielte.

Selbst Mohammed rief das Urteil des großen Kunstliebhabers oft genug an, während Irene dem Arzt einer anderen Eigenschaft wegen zugetan war: Denn wenn auch meist ein hingewehtes ironisches Lächeln Jakubs dünne Lippen umspielte, so leuchteten in dem scharf geschnittenen Gesicht doch zwei wissende Augen, in deren Blick sich Strenge und Güte paarten.

Jetzt, nach der Untersuchung der kleinen Sultana, blickten diese Augen allerdings düster.

«Bräune», sagte der Arzt, und Irene erschrak.

Von einer Rückführung der Kranken ins Serail riet er wegen der Ansteckungsgefahr ab. Auch stellte Irene das Köschk Arkebagdschesi gern zur Verfügung. Schwieriger war, Theodoras Einverständnis zu erhalten.

Der Meisterschaft Chisr Agas gelang auch dies.

Er wußte in Theodora die lebhaftesten Vorstellungen von den Folgen einer unheilvollen Sternkonstellation eigenster Erfindung zu erwecken. Um des höchstgeborenen Kindes wegen sei Ihrer Hoheit eine vorübergehende Trennung zu raten, meinte er, das mütterliche Sternbild sei nun einmal der Tochter gefahrvoll, wohingegen das der Sebasta im Augenblick mit dem von Leila Sultana eine nahezu vollendete Übereinstimmung ergebe. Und da Chisr ferner mit geheimnisvollen Andeutungen über die entstellenden Auswirkungen einer etwaigen Ansteckung nicht kargte, so überließ Theodora schließlich der Nonne und dem Juden ihr Kind.

Eine sehr gefährliche Aufgabe hatten Irene und Jakub damit übernommen.

Und überdies traf die Sebasta in den nächsten Tagen noch ein Schlag, der sie deswegen, weil er zu erwarten gewesen war, nicht weniger schmerzlich berührte.

Es handelte sich um eine kaiserliche Entscheidung, von der sie eher als der unmittelbar Betroffene erfuhr. – Sogar der Wortlaut des Hatti Scherif an Sultan Mustafa wurde ihr bekannt:

«Usun Hassan», hieß es in diesem kaiserlichen Handschreiben an den Sohn, «den Allah verderben möge, hat ein über das andere Mal unverschämte Briefe gesandt. Wir haben ihm, wie es Toren gebührt, mit Stillschweigen geantwortet und rüsten uns wider ihn mit den Löwen der Schlacht und den grimmigen Tieren der Macht. Da du uns aber berichtest, daß seine ketzerischen Emire, aufgewiegelt von deinen karamanischen Vettern, unglücklich genug sind, nach den Ländern der reinen Lehre zu trachten, so haben wir dich zum Serasker ernannt und befehlen dir hiermit, nichts zu unterlassen, um sie mit Gottes Hilfe wieder aus dem Lande zu jagen.

Gegeben am ersten Tage des Ssafer, im Jahre achthundertsiebenundsiebzig der Hedschra, in der Residenz der wohlbewahrten Stadt Islambol.»

Ischak Pascha blieb demnach im Amt; aber Aufgabe und Macht dieses Amtes waren dem neuen Serasker, dem neuen Feldherrn anvertraut worden.

Anders konnte Irene den eingetretenen Zustand nicht nennen. In Zeiten wie diesen habe niemand als nur der Großwesir Serasker zu sein, war ihre Meinung. Und es erschien ihr nun, als sei die kaiserliche Pforte ohne Haupt. – Die Sorge um Leila war also nicht die einzige, die Irene bewegte, und diese eine war schon groß genug.

Es war am vierten Tage, und es war Nacht. Immer röchelnder ging Leilas Atem.

«Was ist zu machen?» fragte sie angstvoll den Arzt, der dem Kinde gerade einen Trank einflößte.

«Gar nichts», erwiderte er und gab ihr ein Zeichen, mit ihm ins Nebenzimmer zu treten.

«Das heißt, Sie lassen der Natur ihren Lauf?» begann sie, als sie mit ihm allein war, von neuem.

«So rät Hippokrates von Kos», sagte Jakub. «Und das sicherste wäre es – jedenfalls für mich.»

Irene runzelte die Brauen. «Das sicherste für Sie ist es, Leila zu retten», meinte sie.

«Man sollte nicht kaiserlicher Leibarzt sein», zog sich Jakub hinter einem ironischen Seufzer zurück.

«Wenigstens sehe ich, daß Sie keine ernstlichen Befürchtungen hegen», bemerkte Irene.

«Hoheit sehen falsch. ‹Befürchtung› ist nicht der richtige Ausdruck für den Sachverhalt. Wenn man der Natur ihren Lauf ließe, würde der Tod nicht lange auf sich warten lassen. Das ist für mich eine Gewißheit und keine Befürchtung.»

Irene starrte ihn an.

«Nein!» rief sie. «Denken Sie nach! Versuchen Sie alles. Es muß doch ein Mittel geben», bäumte sie sich auf.

«Es muß gar nicht», sagte er. «Aber es gibt tatsächlich ein –»

«Ein Mittel?!»

«Eine ganz kleine Hoffnung – nicht mehr. Und der Preis ist hoch!»

«Welcher Preis wäre hier zu hoch!» erzürnte sich Irene.

«Kaiserliche Hoheit haben recht», gab Jakub vieldeutig

zurück, «das Leben eines jüdischen Arztes ist in der Tat nicht sehr hoch anzuschlagen. Nur schade, daß gerade ich dieser jüdische Arzt bin.»

«Aber Sie kennen doch den Kaiser», erstaunte Irene. «Wie können Sie glauben, die Majestät ...?»

«Einen Augenblick, Hoheit», bat er und fuhr dann mit seiner ruhigen Stimme fort, als erörterte er im Kreise seiner Schüler einen angenommenen Fall. «Da sich die Schwellungen im Hals, genauer gesagt in der Kehle unserer Kranken weiter ausbreiten werden, so ist der Zeitpunkt zu berechnen, in dem die Geschwülste einander fest berühren und damit dem Körper jede Luftzufuhr abschneiden werden. Und was dann eintritt, wissen Sie selbst.»

«Leila wird ersticken?! Jakub ben Zohair, ich flehe Sie an!»

«Sie müßte ersticken», berichtigte er, «nämlich dann, falls man der Natur nicht doch lieber ein wenig Gewalt antäte. Die Natur ist ebensowenig allweise wie wir, die wir ja ein Teil von ihr sind. Teuflische Dummheit hat oft genug in die göttliche Logik hineingepfuscht. Der große Mann von Kos würde in einem solchen Fall wie diesem auch nicht gezögert haben. Er war eben nicht Leibarzt und durfte, um den ganzen Körper zu retten, sich an einem Teil desselben vergehen. Wer aber bin ich?»

«Sie sind ein großer Arzt und ein Mensch, der –»

«Bleiben wir bei der Sache, wenn es Eurer Hoheit beliebt», fiel er ein und zeigte eine oben leicht gekrümmte elfenbeinerne Röhre. «Dem Kinde ist es nämlich ganz gleichgültig, ob es die Luft durch die Kehle bekommt oder woher sonst immer. Sehen Sie: Hier wäre zum Beispiel etwas, wodurch sich auch ganz gut atmen ließe. Wir brauchen die Kehle gar nicht. Ein kleiner Schnitt in den Hals –»

«Jakub!» rief Irene.

Ganz unverhohlen lächelte er ihr ins Gesicht.

«Eure überallhöchstzuverehrende kaiserliche Hoheit sehen selbst, wie allein schon der Gedanke, das Messer des

Juden könne in den geheiligten Leib eines Mitgliedes der osmanischen Familie schneiden ...»

Ein Achselzucken beendete den Satz.

«Und sonst ist keine Hoffnung?»

«Hoheit haben selbst gehört, wie das Kind schon um jeden Atemzug ringt.»

«Haben Sie den – – den – –»

«– den Schnitt», half er aus.

«– den Schnitt schon ausgeführt?»

«Zu drei Malen.»

«Und –?»

«Zweimal mißlang er. Der Schnitt mißlang eigentlich nicht. Nur daß eben Entzündungen und Wundfieber hinzutraten.»

«Ein einziges Mal nur geglückt –», flüsterte Irene vor sich hin. Doch dann setzte sie sich kurz entschlossen an den Tisch und schrieb einen Befehl für Jakub den Arzt, Leila Sultana, da es nötig sei, durch Schneiden zu heilen.

«Sie sollen die Verantwortung nicht allein tragen», erklärte sie ihm. Der Hakim las und verneigte sich tief vor der fürstlichen Freundin mancher Jahre. Dann hielt er das Schreiben über die Lampe: Ein Aufflammen, und einige Flocken Asche erhoben sich in die Luft.

«In die Hand meines Lehrers hab ich einst den hippokratischen Eid geleistet», erklärte er ihr sein erstaunliches Verhalten. «Der aber lautet: Alles tun, um dem Kranken zu helfen, und aus Furcht vor den Menschen nichts zu unterlassen.» Er verneigte sich voll Hochmut. «Der Eid des Juden genügt.»

Irene verschloß sich ihm. Ihre warme Stimmung war verflogen.

«Sie sind sehr stolz, Jakub ben Zohair», sagte sie kühl. «Aber ich bin es nicht minder. Und ich werde Eure Wohlerfahrenheit niemals im Stich lassen.»

«Um so besser», meinte er leichthin.

«Wann fangen Sie an?» kam Irene zur Sache.

Doch da stellte sich heraus, daß Jakub schon begonnen hatte. Der Trank war schon eine Vorbereitung zum Eingriff gewesen.

«Es war ein Auszug aus Belladonna», erläuterte der Arzt, «die Wirklichkeit wird der Kranken entschwinden. Fremde Bilder werden sie erfüllen. Und sie wird den Schmerz nicht allzusehr spüren.»

Dann mußte Irene sich in heißem Essig waschen, und in Essig wurde zugleich das ärztliche Gerät gekocht.

Worauf beide wieder zur Kranken gingen.

Sprechen konnte Leila nicht mehr.

Das seltsame aber war, daß sie sich ihres qualvollen Kampfes um ein bißchen Atem gar nicht mehr bewußt zu sein schien.

Und nun hielt Irene Leilas Kopf.

Der Arzt jedoch war nur noch Augen und Hände.

Ein Besessener schien er Irene zu sein. Sie hätte aufschreien mögen, als sie das Messer in seiner langfingrigen Rechten erblickte. Nichts Menschliches fand sie an ihm, und sie kam sich vor wie in der Krypta zu Kartuza. Nur daß nicht sie am Kreuz hing, nicht sie das Opfer war, sondern Leila.

«Es ist alles gut, mein Kind», sagte Jakub mit der beschwörenden Stimme eines Zauberers. «Du siehst eine herrliche rosenrote Wolke und davor einen blaugrünen Vogel mit goldenen Krallen. Das Blau und das Grün glänzen wie metallene Schilde, sie leuchten wie die Tore des Paradieses bei Sonnenaufgang ...»

«Jakub –!!» wollte Irene schreien.

Da zuckte das Kind, und darauf ging alles sehr schnell.

Mit Leinenfasern tupfte der Arzt den drei Zentimeter langen Schnitt aus und puderte ihn mit blutstillendem Alaun. Auch kam nur wenig Blut. Jakubs Hand war weise gewesen, und die Hauptadern waren nicht angeschnitten worden. Zwei einfache Haken konnten die unverletzten jetzt mit der Haut und dem Fleisch beiseite ziehen und die knorpelige Luftröhre freilegen.

«Einen Schnabel aus Glas hat der Vogel», sang der Zauberer weiter sein Lied, «und durch das Glas sieht man die rote Zunge wie Rosenblätter durch Diamanten –»

Kein Blut, das in die Luftröhre hätte abfließen können, trat mehr aus.

Nun ein kurzer Schnitt – nicht länger, als ein Finger breit ist – in den Knorpel ...

Die wissenden Finger schoben die elfenbeinerne Röhre in die entstandene Öffnung.

Zugleich einige hastige, angstvolle Atemzüge des Kindes, doch als Jakub fertig war, ließ sich kein Röcheln mehr vernehmen.

«Jetzt singt der Vogel», sprach der Hakim, «er singt so schön, wie du noch nie etwas vernahmst. Er singt und fliegt auf und ab ... Immer: auf und ab. Und nun bist du müde, mein Kind. Sehr müde bist du. Und du schläfst – ohne zu erwachen, schläfst du, bis die Vorhänge aufgezogen werden und das Licht des Tages ins Zimmer tritt ...»

Ganz leise war die Stimme geworden.

Ruhig und stetig ging der Atem der Kleinen. Sie schlief.

Noch eine Weile stand der Beschwörer, ohne einen Blick von Leila zu lassen.

«Man könnte» – hauchte Irene – «Angst könnte man vor Ihnen bekommen.»

Jakub wandte ihr sein Gesicht zu.

«Angst sagt gar nichts», meinte er. «Wovor haben Hoheit Angst? Vor Gott oder dem Teufel? Das ist die Frage. Ich gestehe, daß ich vor einem Angst habe: vor dem Chaos, vor der Dummheit. In den Zähnen der gestaltlosen Vorurteile möchte ich nicht hängenbleiben. Wenn sich Hoheit dagegen vor mir ängstigen, sollten Sie lieber Angst vor Ihrer Angst haben.»

Irene errötete vor Beschämung. «Meister», flüsterte sie und senkte demütig den Kopf, «ist sie gerettet?»

«Wir dürfen hoffen», war alles, was Jakub darauf erwiderte.

Täglich kamen Boten aus dem Serail: von Mohammed, von der Walide, von Theodora …

Der Kaiser selbst hatte sich zu Ischak Pascha nach Skutari begeben, aber über der Musterung der Truppen seinen Liebling nicht vergessen.

Indessen blieb der Eingriff ein Geheimnis zwischen dem Arzt und Irene. Niemand wurde zur Kranken gelassen.

Tagelang lag die kleine Prinzessin im Fieber, und schon sah es so aus, als sei der Tod unabwendbar.

Aber gerade das Fieber hatte die Wendung bewirkt.

Überraschend schnell ging die Geschwulst zurück, und bald konnte Hakim Jakub die Röhre entfernen.

Nur eine ganz leichte Narbe werde zurückbleiben, sagte der Hakim, gerade so viel, scherzte er, daß Hoheit Theodora daran noch eben die Spur einer Hexenkralle erkennen könne. Unter dem werde sie es nicht tun.

«Und die Sprache?» fragte Irene.

Es lagen noch nicht genügend Erfahrungen vor, und so war dies die drückende Ungewißheit. Noch war Jakub nicht sicher, ob sich die Sprache nach einem solchen Eingriff wiederfinden werde, und Irene hatte Leila bitten müssen, sich vorerst allen Redens zu enthalten.

Würde man je wieder ein Wort von der Kleinen vernehmen?

Am Morgen nach diesem Tage kam Mohammed dann herausgeritten, ohne jedes Gepränge und fast ohne Gefolge.

In einem einfachen grauen Gewand mit herausgeschlagenem Hemdkragen trat ihm Irene entgegen, die aufgesteckten Zöpfe unter einer Haube, die weiß war wie der Kragen.

Einen Augenblick stutzte Mohammed, ehe er sie begrüßte.

Darauf blieb er eine ganze Weile mit seinem Kinde allein. Denn ihn zu begleiten hatte sie nicht gewagt, aus Furcht, Leila könne für immer verstummt sein.

Als Mohammed jedoch wiederkam, strahlte er.

«Aber sie spricht ja! Mit mir hat sie gesprochen!» rühmte er sich mit seiner ganzen väterlichen Eitelkeit.

«Wirklich?» Irene schloß die Augen.

«Ganz wie immer!» versicherte er. «Es wird ihr doch nichts schaden?» schlug ihm dann doch das Gewissen.

«Nein, nein!» rief sie. «Ich bin ja so glücklich! Sie können sich nicht vorstellen, wie glücklich ich bin!»

Sie waren es beide.

Als habe er etwas vergessen, küßte er ihre Hände.

«Ich weiß, welchen Dank ich Ihnen schulde», erklärte er in tiefer Bewegung. «Übrigens», fügte er, während er sich aufrichtete, hinzu, «sagte ich Ihnen schon, daß ich an Mahmud nach Gallipoli geschrieben habe? Ich glaube, wir sprachen über ihn. Kapudan Pascha kann auch ein anderer sein. Ich brauche einen Großwesir und erwarte Mahmud schon morgen.»

Ganz leicht warf er das hin.

Dabei glaubte er, sie noch nie so begehrt zu haben wie heute, da sie als eine grauweiße Nonne vor ihm stand.

Irene aber erinnerte sich des Ausspruchs von Chaß während jenes Rittes von Seres nach Jassowo:

«Niemand weiß, was Mohammed denkt!»

XLIX

Noch stand der halbwüchsige Knabe den Tränen nahe, und fast hätte er sie jetzt vergossen.

So sehr liebte er Fatima.

Er sah nicht die Höhen gegen Malatia und nicht die Alpen des Karthag, nicht dazwischen den Sohn der Gebirge, den Euphrat, an dessen rechtem Steilufer man lagerte.

Nur für die Stute hatte der Vierzehnjährige Blick und Gedanken. Ihre zitternden Beine hatten sie nicht mehr getragen. Hingestürzt war sie in das frühsommerliche Gras. Ganz flach am Boden schmiegte sich der Kopf von schwärzlichem Braun in die Blumen.

Im Sturz hatte Fatima ihrer Beine nicht achten können, und nun bemühte der Junge sich, ihr zu helfen.

Dann bot er ihr Wasser.

In dem, was dalag, hätte kein Fremder die Fatima von einst erkannt. Wie ein Drachenhaken bohrte ihr Beckenknochen sich scharf in die Luft. Einer abgetriebenen alten Mähre glich sie und nicht der sechsjährigen Stute aus Nenuphtar, der Mutter, und Karabuluk, der Schwarzwolke, dem berühmten Hengste.

«Es hilft nichts», sagte eine Stimme. «Mit all den Umwegen hat sie den Weg zweimal gemacht. Sie ist völlig dahin.»

Die Geierflügel am Helm wiesen den Mann als einen Akindschi aus, als einen von Mohammeds berittenen Rennern und Brennern. Er war des Burschen älterer Bruder, und Fatima hatte dem väterlichen Kleinhofe ein Ansehen verschafft. Nicht gleichgültig war es dem Mann, daß sie hier am Ziel verenden sollte.

Denn der Euphrat war das Ziel. – Unschlüssig zog er das Messer. Als er sich aber niederbeugte, der Gefallenen die Kehle zu durchschneiden, traf ihn ein flehender Blick.

«Sie trinkt», bat der Junge.

Und tatsächlich bezeugte ein Schlucken, daß die Stute Wasser aufnahm.

«Höre», besann sich darauf der Mann, «so bald werden diese Söhne von Schakalen nicht wiederkehren, auch dann nicht, wenn wir hier abziehen. Du aber stehst noch nicht in der Musterrolle. Traust du dir zu, allein bei Fatima zu bleiben und wieder zur Truppe zu stoßen, wenn sie gesund ist?»

Freudig sprang der Knabe auf, und während er mit dem Bruder das eigene Zelt über Fatima deckte, rannen ihm die bis jetzt verhaltenen Tränen.

Viele Pferde waren so dem raschen Vormarsch zum Opfer gefallen, dem Reitersturm, der Usun Hassans marodierende Turkmanen bis an den Fluß gejagt und darüber zurückgeworfen hatte.

Das türkische Hauptheer aber stand noch bei Siwas.

Am einunddreißigsten März 1473 war es von Skutari am Bosporus aufgebrochen. Sich mit dem in Karaman eingedrungenen Feind herumzuschlagen, hatte es geringeren Streitkräften überlassen. Das Ziel war der Euphrat und hinter ihm der Irak, das Land zwischen den Strömen, das einst eine Wiege der Menschheit gewesen und nun eine Wiege von Usun Hassans Macht geworden war.

«Es ist nicht im geringsten vonnöten, daß du gegen Unsere Länder dich begebest noch daß du diesem Meinem kaiserlichen Diplom Antwort sendest», hatte Mohammeds Kriegserklärung an den weißturkmanischen Sultan gelautet: «Aber du sollst nicht sagen: Ich habe es nicht gewußt – oder: Ich war dessen nicht gewahr. So wisse! Im Monat Schawal werde ich mit Meinem siegreichen Heer wider dich ziehen und so Gott, der Alldrängende und Allzwingende es zulässet, dich vertilgen.

Geheiligt sei der Name des HERRN!»

Den ersten Teil seines Versprechens hatte Mohammed also erfüllt, und auch beim zweiten hätte Irenes Gatten als Beglerbey, als dem Fürsten der Fürsten Rumilis, der Befehl über die Truppen von vierzig europäischen Sandschaks gebührt. Denn dies war die Regel: In Europa stand der Beglerbey Rumili auf dem rechten, in Asien auf dem linken Flügel, während es sich mit dem Beglerbey Anatoli umgekehrt verhielt.

Falls sich jedoch der Kaiser oder dessen Söhne beim Heere befanden, so ergaben sich daraus natürlich Veränderungen, und gegenwärtig war nicht nur Mohammed anwesend, sondern zwei seiner Söhne hatten sich ebenfalls eingefunden.

Jetzt befehligten daher die Sultane Mustafa und Bajesid die beiden Flügel, und da es aus dynastischen Gründen geschah, erblickte niemand darin eine Zurücksetzung der Beglerbeye.

Nur Mohammeds Günstling Chaß war anscheinend anderer Meinung. Jedenfalls raunte man sich zu, daß er es verschmäht habe, eines Kaisersohnes Lala zu sein, und tatsächlich hatte er zur Zeit den selbständigen Befehl über die Vorhut.

Offenbar brannte er darauf, sich auszuzeichnen.

Ob er sich dabei des Einverständnisses seiner Gattin erfreute, mochte dahinstehen. Jedenfalls war Irene in Siwas geblieben, während sie bei anderen Gelegenheiten ihre Bequemlichkeiten auch schon für nichts angesehen hatte, nur um Chaß zur Seite bleiben zu können. Doch der Pascha habe endlich einmal allein kommandieren wollen, witzelte man, und wie von einem Druck befreit gab er sich wirklich. Jetzt, da bei der ganzen Truppe fast kein Mensch an etwas anderes dachte, als sich hinzuwerfen und zu schlafen – jetzt befand sich der Oberbefehlshaber noch auf einem Erkundungsritt, den persönlich durchzuführen er sich nicht hatte nehmen lassen.

Von einem richtigen Lager konnte daher noch keine Rede sein.

Die Pferde freilich grasten. Sogar die Gäule der sichernden Wachtkommandos versenkten die Nüstern in das üppige, bunt gesprenkelte Grün. Aber zum Zelten hatten sich selbst die abgestiegenen Truppen nur hier und dort entschließen können. Die meisten warteten noch auf das Signal.

Alles bot den Anblick des Vorläufigen, Ungewissen. In Minuten konnten die wenigen Leinwandbahnen wieder abgerissen und aufgepackt sein, und das Haus des Befehls erkannte man nur am Tugh mit den drei Roßschweifen des Beglerbeys im Wesirsrang und an den Pagen, Bereitern und Wachen, die es im ehrerbietigen Abstand umgaben. Sonst war es kaum mehr als irgendein Jagdzelt und weit vom gewöhnlichen Prunk osmanischer Feldherren entfernt.

Dafür waren die Namen der im Zelt Versammelten um so prunkvoller. Gelehrte waren das, ferner Männer der Feder, aber auch Frontsoldaten, deren Fähigkeiten mit der, Truppen zu führen, aufgezählt waren.

Kriegsagas jedoch waren sie fast alle, und besonders zwei

rotgestiefelte Herren hoben sich schon durch ihre Abstammung unter ihnen hervor.

Der alte türkische Steppenadel war zwar verlorengegangen. Vorüber waren die Zeiten, da ein Mann von Familie jederzeit sieben bis acht Generationen seiner Vorfahren hatte hersagen können. Heute galt nur das Verdienst um den Herrscher, und das machte aus einem Sklaven ebensogut einen Pascha wie aus einem Prinzen. Dennoch gab es außer der Herrscherfamilie noch mancherlei Adel im osmanischen Byzanz: die Seid, die Nachkommen des Propheten, und die sehr unabhängigen Ulema, die ihre Söhne schon bei deren Geburt in die Register der Moschee einschreiben ließen – vor allem natürlich auch die Mitglieder der entthronten Dynastien, gleichviel welchen Bekenntnisses.

Den eigentlichen türkischen Heeres- und Hofadel aber bildeten die Abkömmlinge von Osmans Gefährten, und diese wenigen Familien waren auch die einzigen, denen die Pforte aus Überlieferung und von Fall zu Fall einige Rechte einräumte.

Den Anspruch der Tschendereli auf das Großwesirat hatte Mohammed freilich beseitigt. Die Baschi der Akindschi jedoch waren noch immer Michaeloghli, Nachfahren jenes griechischen Burgherrn Köse Michael, der einst aus einem Gegner ein Freund des Schwarzen Osman geworden war.

Ali Bey Michaeloghlu, der jetzige Erbgeneral der Renner und Brenner, war allerdings mehr Hofmann als Krieger. Mit Vorliebe kehrte er, in der Hoffnung, Mohammed so besser zu gefallen, den jungen Mann hervor, der er schon längst nicht mehr war, und begnügte sich darum mit einem lang nach unten gezogenen Schnurrbart. Zum Beweis seiner männlichen Kraft aber ließ er aus der rechten Backe auch noch eine kräftige schwarze Locke sprießen.

In Wahrheit freilich hielt Mohammed den Bey für reichlich beschränkt. Aber einen Michaeloghlu mußten die Akindschi, um glücklich zu sein, nun einmal haben. Und dann verstand Mohammed sich darauf, geltungsbedürftige

Dummköpfe auf das vorteilhafteste zu verwenden. Hinterher konnte man sich ihrer dann leicht entledigen und ihnen, falls die Arbeit schmutzig gewesen war, alle Schuld aufbürden.

Mit Omar Bey dagegen, des alten Turachan feurigem Sohn, wäre das nicht so leicht gewesen. Er war, wie sein Vater, ein Kriegsmann und von seinen Brüdern der berühmteste. Athen hatte er erobert, mit Mahmud Pascha den Kral von Bosnien gejagt und zu Beginn des venezianischen Krieges die erste Heeressäule nach Griechenland geführt.

Zwischen diesen beiden Männern nahm sich ein dritter fast fremd aus. Auch ihm wurde große Bedeutung gezollt, obwohl oder vielleicht auch weil er nicht zu Chaß Paschas Offizieren gehörte.

Dieser gutaussehende jüngere Mann war Iskender Bey und schon darum von Bedeutung, weil sein Vater, Georgeos Amyrutzes, inzwischen zwar nicht zum Wesir, doch immerhin zum Präfekten von Mohammeds griechischer Kanzlei vorgerückt war. Außerdem gehörte die Exzellenz noch zum engeren Kreis des Padischahs, und wie er selbst, so verstand auch sein Sohn Iskender Zuhörer zu fesseln. Ohren und Mäuler sperrten besonders die Frontmenschen auf über den neuesten Klatsch aus dem Heerlager bei Siwas. Doch wenn sie sich etwa beifallen ließen, den jungen Herrn über seine Sendung ausholen zu wollen, war immer wieder eine Anekdote aus der gelehrten oder ungelehrten Welt die Antwort. Weder der eigene Vater noch sein Onkel, der Großwesir Mahmud, und nicht einmal die allerhöchste Person waren dem Frechdachs in diesem Fall heilig.

Ein Schauer nach dem andern lief denn auch den wackeren Nichtsalskriegsleuten und sogar ihren gelehrten Kollegen über den Rücken, und wenn sie nicht erfuhren, was sie gerne gewußt hätten, so unterhielten sie sich doch wenigstens köstlich bei des Kecken halsbrecherischem Gerede.

Keiner der Graubärte hätte sich solchen Freimuts unterfangen, und der junge Mensch müsse – war die allgemeine

Ansicht – bei der Majestät einen dicken Stein im Brett haben.

Doch nun mischten sich draußen die Laute des Pferdegetrappels mit dem Gedröhn und dem Donner der Pauken. Der zugerufene Segenswunsch des langen Lebens zeigte dabei nicht nur das Nahen einer Person im Wesirsrang an, sondern er wurde so freudig und aufrichtig geboten, daß er zugleich die allgemeine Beliebtheit des Gefeierten bezeugte. «Der Pascha!» hieß es draußen und drinnen.

Ein paar heiter hingeschmetterte Worte des Chaß lösten vor dem Zelt noch Jubel aus – und dann hob sich der Vorhang.

Als Chaß Irene auf dem Acker der Verdammten von Kaiserin Helenas Seite entführt hatte, war er noch ein Jüngling gewesen.

Jetzt aber trat ein Mann ein.

Wenn man von Iskender absah, war der Beglerbey freilich von allen immer noch der Jüngste im Zelt.

Nur ganz leicht erst hatten Sonne, Staub und Wind einige wenige Linien in das Gesicht gegraben, während die Umrisse noch nicht so sehr viel von ihrer Klarheit eingebüßt hatten, gerade so viel, um zu zeigen, wie gern Irenes Gatte gut lebe.

Noch immer war er ein schöner Mann mit seinem hellgrünen Schnürrock, der nur die Andeutung einer feierlichen Kapanidscha war, und an Stelle des Staatswulstes mit einem leichten Kopfbund, an dem der Sorgutsch freilich trotzdem funkelte. Chaß war vielleicht schöner als je, wie er mit seinem Lachen in die heitere Laune der anderen stieß, in eine Laune, wie sie einer vorrückenden Truppe selten fehlt. Mit Chaß trat der Defterdar Rumili ein.

Da die Regierung einer Generalstatthalterschaft den Einrichtungen der Hohen Pforte nachgebildet war, so hatte auch Chaß seinen Defterdar, seinen Generalrechnungsführer, für die bürgerliche und die militärische Verwaltung.

Dieser Defterdar war Hadschi Bey, eine anerkannte Größe in seinem Fach.

Sein Amt und sein Ruf hatten ihn jedoch nicht daran gehindert, daß er seinem Pascha als Stabschef ins Feld gefolgt war.

Jeder hohe Beamte mußte damit rechnen, eines Tages auch einmal ein Frontkommando zu übernehmen.

Mit den endgültig einer Truppe überschriebenen Soldaten verhielt es sich anders. Ein Janitschar etwa, der nicht bereits als Adschemoghlu, als Rekrut, oder doch wenigstens als ganz junger Mensch aus den Reihen geholt wurde, blieb zeit seines Lebens auf eine begrenzte Laufbahn bei seiner Truppe angewiesen. In diesem Militärstaat ließ man sich die eigentlichen Militärs nicht über den Kopf wachsen.

«Keine Zeremonien, bitte!» schnitt Chaß jede Begrüßung ab. «Sie laufen! Gute Nachrichten, meine Freunde: Bei Gott, sie laufen!»

Jetzt erst ward er die Anwesenheit Iskenders gewahr.

Er stutzte, und nun wies der Gast sich mit einer Botschaft des Großwesirs aus. Allgemein war die Spannung. Doch bevor Chaß das Schreiben öffnete, führte er es zuerst an seine Stirn.

«Sie laufen», lachte er dann noch einmal, so erfüllt war er von seinem Triumph, «aber das soll ihnen nichts nützen. Wir wollen sie jagen!»

«Amin!» stimmten die Herren ihm zu; denn auch sie wußten nicht, was es Schöneres geben könne.

Doch während Chaß las, wurde sein Lachen krank, und schließlich stand ihm eine Falte zwischen den Augen.

«Setzt euch, ihr Herren», sprach er in die Stille, und alle nahmen nach der Rangordnung Platz.

Hierauf eröffnete ihnen der Pascha Großwesir Mahmuds bündigen Befehl, sofort umzukehren und den Euphrat nicht zu überschreiten.

«Wollet euch dazu äußern!»

Chaß lachte nicht mehr. Dafür hatte er ein undurchdringliches Gesicht bester byzantinischer Schule.

Die Herren dagegen gerieten in eine unsichere Bewegung.

Was es hier noch sich zu äußern gebe, ersahen sie nicht. Ein Befehl des Großwesirs sei ein Befehl, und es könne sich doch höchstens um eine Beratung handeln, wie er am tunlichsten durchzuführen sei. Und dieses Wie lag eigentlich auf der Hand. Dennoch wurden Stimmen laut, die einen Rasttag vorschlugen, und andere, die den Rückzug schon im Laufe der kommenden Nacht bewerkstelligen wollten. Chaß hörte sich alle an.

«Da niemand die Hauptsache berührt hat, auf die es nach meiner Meinung ankommt», begann er dann, «so muß ich es wohl selbst tun. – Die Frage ist doch erst einmal die, ob hier wirklich ein Schriftstück vorliegt, dem Folge zu leisten ich gehalten wäre.»

Diese Worte benahmen allen die Sprache, nur Omar Bey nicht.

Er war seines schnellen Zupackens wegen bekannt, und er hatte zu oft unmittelbar unter Mahmud gefochten, um ihn nicht zu schätzen. Daß jemand dem Großwesir den Gehorsam verweigern könne, wäre Omar auch nie in den Sinn gekommen.

«Der Großwesir ist der Oberbefehlshaber eines jeden osmanischen Feldherrn», stellte er fest.

«Meist», berichtigte Chaß.

Wieder stutzten alle.

Worauf ihr Pascha eigentlich hinauswolle, wußte immer noch keiner. Erzählte man sich doch, daß Chaß dem Großwesir auch während der Zeit der kaiserlichen Ungnade die Freundschaft gehalten habe, und ebensowenig waren Irenes Beziehungen zu Annina ein Geheimnis. Das aber könne doch nicht sein, überlegte man, daß Chaß, da Mahmud wieder in der Gnade und an der Macht sei, sich alle Erkenntlichkeit des Wiedererhobenen verscherzen und gerade jetzt gegen ihn sich auflehnen wolle?

Vorerst sprach Chaß auch nur wie einer, der Belehrung sucht.

«Wessen Brot essen wir, und wer ist unser aller Herr?» fragte er. «Und wer kann sagen, er führe den Oberbefehl, sobald der Kaiser beim Heer ist?»

«Aber der Großwesir führt das Siegel des Herrn», rief Omar. «Er hat die Verantwortung und den Befehl. Uns ziemt es nicht, zu prüfen, auch deiner Hoheit nicht – uns ziemt, zu gehorchen, Von etwas anderem vernahm ich nie.»

Das waren gewichtige Worte eines gewichtigen Mannes, und sie hätten Eindruck gemacht, wenn Ali Bey Michaeloghlu nicht widersprochen hätte.

Als Erbgeneral fühlte sich Ali jedem Kameraden weit überlegen, und er war höchstens bereit, einem kaiserlichen Prinzen wie Chaß etwas höhere Bedeutung als gerade dem Durchschnitt beizumessen, wenn auch beileibe nicht die eines Michaeloghlu. Die Wichtigkeit seines eigenen Hauses schien ihm unvergleichlich und die Zeit danach angetan, sie noch zu erhöhen.

Der Beginn des osmanischen Reiches war ein Aufstieg der benutzten Gelegenheiten und der Entschlossenheit zum Siege gewesen, und der war unter dem Großwesirat ein und desselben Geschlechts erfolgt. Doch die Tschendereli waren gestürzt, und Ali Bey sah nicht ein, warum sie nicht durch die Michaeloghli ersetzt werden sollten.

Wenn er damit auch nur bewies, daß er so gar nichts von Mohammed verstand, so hegte er doch zu schmeichelhafte Vorstellungen von sich, um sich nicht für einen feinen politischen Kopf zu halten.

Er durchschaute Chaß, bildete er sich ein, und blicke weiter als die Dummköpfe von Kameraden. Beziehungen zum Großwesir seien gut. Beziehungen zum Padischah aber seien besser. Und wer es darin wohl mit Chaß aufnehmen könne, ein Günstling er selbst und zugleich der Gatte einer Frau, zu der sich die Majestät zuweilen herablasse!

Und da Ali überhaupt bereit war, sich dem Gegner eines jeden Großwesirs zuzuneigen, so war er gern überzeugt, daß Chaß über das geheimste Belieben Mohammeds unterrichtet sei und man sich ihm ganz unbedenklich anschließen könne.

«Du sagtest die Wahrheit, Omar», griff Ali also ein, «Uns ziemt es, zu gehorchen, und zwar dem erlauchten Prinzen, unserm Feldherrn.» Bei diesen Worten verfehlte er nicht, sich vor Chaß zu verneigen. «Und unser Pascha wieder gehorcht Seiner Majestät.»

«So ist es», stimmte Chaß ihm mit einem bedeutungsvollen Blick auf Iskender zu. «Und wenn ich nicht Ausstreuungen hätte zuvorkommen wollen, würde ich den Gegenstand nicht vor euch in dieser Breite erörtert haben. Ich gehorche dem Kaiser, der mir mit eigener Hand die Keule des Oberbefehls überreichte. ‹Greife die Feinde an, wo du auf sie stößt›, befahl er mir im Diwan zu Pferde. ‹Wenn sie aber flüchtig werden, verfolge sie, bis sie dir stehen.› – Nun wohl! Ich habe sie angegriffen, und sie sind geflohen. Jetzt ist nur noch der dritte Teil des kaiserlichen Befehls zu erfüllen: die Feinde zu stellen und zu schlagen.»

«Aber der Befehl ist aufgehoben!» warf Omar ein.

«Nur ein Hatti Scherif kann ein kaiserliches Wort widerrufen», erklärte Chaß. «Sahst du einen Hatti Scherif? Ich nicht.»

Natürlich war keiner da. Noch viel weniger konnte der Großwesir einen Befehl der Majestät außer Kraft setzen. Aber er konnte ihn vergessen, wie alle ihn vergessen mußten, wenn die Befolgung nicht mehr gewünscht wurde.

So erschien es denn immer klarer, daß Chaß sich hinter einer Form verschanzte, um in der Sache nicht nachgeben zu müssen.

Niemand kannte ihn so. Diese Verbissenheit entsprach gar nicht seiner sonstigen Art. Und der Pascha müsse doch wohl schwerwiegende Gründe haben, dachten alle, eine Stellung unmittelbar unter der allerhöchsten Person in Anspruch zu nehmen. Feindschaft mit dem Großwesir bedeute das. Nicht weniger.

Wenn Chaß aber einen Grund für sein Verhalten hatte, so nannte er ihn doch nicht.

Um so entschiedener äußerte sich Omar.

Er vertrat Mahmuds Rückzugsbefehl.

Man habe keine Gewißheit über die gegnerischen Kräfte, sagte er, auch ließe sich seitens der Verfolgten in den jenseitigen Bergen unversehens eine Vereinigung mit andern Feindtruppen bewerkstelligen. Man selbst habe nur zwanzigtausend Mann zur Stelle und könne sich daher leicht einer vielfachen Übermacht gegenüber sehen.

«Meine Akindschi pflegen die Feinde zu schlagen», nörgelte Ali Bey hochfahrend genug, «und nicht erst zu zählen.»

«Wußte gar nicht, daß deine Akindschi zählen können», war die Antwort auf diese Prahlerei. – Alles lachte.

Ali Bey aber geriet gerade darum in Wut.

«Beschimpfst du meine tapferen Männer?» erregte er sich.

«Unsinn!» schnitt ihm Omar das Wort ab. «Meine Dschebelli und Ghureben sind ebensowenig Gelehrte. Was hat das mit ihrer Tapferkeit zu tun? Aber vor ihnen allen liegt ein reißender Strom. Mag sein, daß wir unangefochten hinüberkämen. Von da an aber wäre er eine ständige Drohung, für den Fall nämlich, daß wir uns drüben nicht halten könnten! Ich jedenfalls möchte das Wasser nicht unter dem Pfeilhagel von Verfolgern überqueren.»

«Dann bleib doch, wo du bist», höhnte Ali. «Wir andern fürchten uns nicht!»

Aber das erwartete Beifallsgeschrei blieb aus.

Auch bei den Akindschi konnte nur einer Baschi sein, und so dienten noch zwei andere Michaeloghli unter Ali. Aber selbst die schwiegen betreten, während die übrigen Befehlshaber gar vernehmlich murrten.

Ohne zu zögern, hatte sich Omar bei der Verfolgung des Königs von Bosnien in den hochgehenden Verbacs geworfen, und seine Tapferkeit war überhaupt zu bekannt, als daß Ali sie hätte schmähen dürfen.

«Ich vermute, Euer Hochedelgeboren nehmen das Wort zurück?» hielt Omar noch an sich.

«Ich bedaure, Euer Hochwohlgeboren nicht dienen zu können», kam es zurück.

«Nein?!»

Omars Augen glühten.

«Nein», sagte Ali und liebkoste mit herausfordernder Andacht die Locke an seiner Backe.

«Dann zieh, du Hund!» schrie Omar und riß sein Schwert aus der Scheide.

Einen Augenblick schien es, als werde ein allgemeines Scharmützel die Folge sein, und das, obwohl es ein großes Verbrechen war, gegeneinander und gar im Kriegsrat das Schwert zu ziehen.

Zum Glück war der Beleidigte der Angreifer, und so konnte Chaß übersehen, was zu übersehen war, wenn es nicht geahndet werden sollte.

«Ereifern wir uns nicht, meine Freunde», sagte er und trat zwischen die Hähne. «Wir danken Omar Bey. Er hat uns Vorsicht gelehrt, und im Munde eines Mannes wie er tritt das Wort Vorsicht der Tapferkeit nicht zu nahe. Aber daß wir vorrücken müssen», verbog er nach dieser Schmeichelei die Worte seines Generals in das Gegenteil, «– darüber ist auch unser Bruder Omar der gleichen Meinung wie wir. Im Namen des Padischahs, unseres allerhöchsten Kriegsherrn, befehle ich also: Der Vormarsch geht weiter!»

«Alai! Alai! Alai!»

Es war aufrichtige Begeisterung unter den Rufern, und wenn auch die anwesenden Gelehrten über der Kriegsleute barbarisches Geschrei ein wenig lächelten, so war die Betäubung doch stark genug, jeden weiteren Widerspruch zu begraben.

«Kommen Sie, Omar», sagte Chaß und schob seinen Arm in den des Widerspenstigen.

In solchen Fällen wußte Irenes Mann das Richtige zu tun. Was auch kommen würde, immer würde Omar sein Freund sein.

Für Iskender Bey aber hatte Chaß' Diplomatie noch das

Gute, daß er sich auf diese Weise dem Michaeloghlu anschließen konnte.

Iskender vermied dabei jedes Aufsehen, obwohl die Übermittlung von Grüßen aus Siwas und Konstantinopel ganz natürlich war und besonders einem Manne gegenüber, der auf höfische Beziehungen so viel Wert legte wie Ali.

Man sprach denn auch von gemeinsamen Bekannten, und erst kurz bevor die Wege der beiden Herren sich trennten, ließ Iskender nachlässig fallen: «Bringen Sie Ihre Beritte wieder heim, Exzellenz. Aber vollzählig! Sie werden noch gebraucht, Ihre Beritte, und Sie selbst auch noch.»

Um eine belanglose Höflichkeit zu sein – dazu war die Äußerung zu umständlich.

Und Iskender war ein Neffe zweiten Grades vom Großwesir!

Verwandtschaft brauchte freilich nicht immer Freundschaft zu bedeuten. Auch hielt Ali von der Herzlichkeit des Verhältnisses zwischen Mahmud und Amyrutzes nicht viel.

Dagegen kam Amyrutzes fast ebensooft mit dem Kaiser zusammen wie Mahmud, und Iskender war der Sohn dieses Schriftstellers aus Trapezunt.

«Ist das ein Rat?» fragte also Ali.

«Sie haben Freunde, die es gut mit Ihnen meinen», gab Iskender zu bedenken.

«Aber Sie hörten doch selbst», wehrte sich Ali. «Wenn wir über den Euphrat gehen, wird unmöglich sein, was Sie fordern. Ich kann meine Kerle nicht in Watte pakken. Und Sie sagten doch vollzählig?» fragte er noch einmal.

«Genau das!» bestätigte Iskender.

«Nun ja», meinte Ali, «Seine Hoheit der Großwesir wünscht unsere Rückkehr?»

«Mein Onkel rechnet gar nicht mit Ungehorsam. Nicht von ihm stammt der Befehl.» –

«Befehl?»

«Allerdings.»

«Ja dann – dann bliebe doch nur – ein kaiserlicher Befehl?» flüsterte Ali.

«Ein Befehl der Vernunft», sagte Iskender, «wobei ich zu bemerken nicht unterlassen möchte, daß Seine Majestät immer auf seiten der Vernunft stehen.»

Ali hätte noch viel gefragt, wenn Iskender nicht zu Chaß Pascha gemußt hätte.

«Sie werden sich uns anschließen?» erkundigte sich Ali.

«Ich muß mich leider bereits verabschieden. Auch von Ihnen», war die Antwort.

Noch lange sann Ali Bey dem Davongegangenen nach.

An Mahmud und Mohammed dachte er dabei; aber auch an Chaß, an Irene und von neuem an Mohammed.

Immer wieder kehrten seine Gedanken zum Kaiser zurück, um schließlich vor der großen Frage zu verharren, ob er nun in Iskender mit dem Träger eines allerhöchsten Geheimbefehls gesprochen habe oder nicht.

L

Auch Siwas, das alte Sebasta an den grünen Lorbeerschluchten des Kisil Irmak, war einst ein Sitz der Macht gewesen. Noch manche Zeugen seiner glänzenderen Vergangenheit hatte es sich bewahrt. Heute aber kämpften sogar die Moscheen vergeblich gegen den Glanz an, der sich aus den breiten Schatten der fernen Platanenwälder über die ganze Hochebene ergoß.

Denn die Pracht und die Herrlichkeit eines großen Reiches war über Siwas gekommen: Das Heer des Padischahs lagerte bei der Stadt. Und nicht nur das Heer.

Zu den mehr als zweihunderttausend Kriegern kam ein riesiger Troß, kamen Kanzleien, Teile des kaiserlichen Harems und die von den Harems höchster Persönlichkeiten, alle wiederum mit Gefolge und eigenen Garden.

Wie durch Alaeddins Wunderlampe war die Zeltstadt in

wenigen Stunden entstanden, eine Stadt mit Straßen und Plätzen, mit Amtsgebäuden und Palästen.

Das kaiserliche Zelt allein war eine Stadt für sich und ein purpurner Berg. Aber so fest gefügt die Gebäude erschienen, so flüchtig waren sie in Wirklichkeit.

Heute freilich erblickte man nur die gewohnte Geschäftigkeit eines lagernden Heeres. Die besondere Art einer Aufbruchsbewegung war allein in einem Hain blaugrauer Ölbäume zu bemerken, dort, wo der Fluß durch sein zweites Quellwasser sich schäumend verdoppelte.

Dort brach man die Zelte ab.

Die unbedeutenderen waren bereits niedergelegt, und nun senkte auch das wichtige Küchenzelt sein Dach.

Nur noch die Prachtzelte standen.

Doch ehe deren Seile gelöst werden konnten, nahte sich mit größter Geschwindigkeit ein kleiner berittener Trupp.

Der feierlich langsame Zeremonialschritt öffentlicher Aufzüge galt freilich nicht auf der Jagd und schon gar nicht im Kriege. So wollte also die rasche Gangart der Pferde nichts gegen die Reiter sagen.

Sie waren vornehm genug.

Mit einigem Gefolge war es der Kaiser selbst, der sich näherte.

Eine leichte Behäbigkeit hatte nur die Gestalt des Großherrn und keineswegs dessen Seele ergriffen. Die jähen Wallungen seiner Jugend waren ihm noch immer nicht fremd. Auch jetzt wieder brach plötzliches Aufbegehren aus ihm wie einst bei seinem gerittenen Angriff auf die Galeeren im Bosporus.

Überfällen glichen oft seine Besuche. Fast schon eine Gewohnheit war es ihm geworden, daß er kaum Zeit ließ, ihn anzukündigen. Aber über solche und andere beklagenswerten Unvollkommenheiten den Kopf zu schütteln, hatte sich seine Umgebung schon längst entwöhnt. Ohne weiteres und von niemandem gefolgt ging der Kaiser ins Zelt.

Wie sein eigenes mit rotem, so war dieses mit blauem

Filz gedeckt. Denn azurblau wie der Himmel war einst die Farbe des kaiserlichen Byzanz gewesen.

«Seine Majestät!» konnte Chisr gerade noch rufen.

Da stand Mohammed auch schon vor Irene, und als der Vorhang hinter ihnen zusammenfiel, waren sie allein.

«Sie brechen auf?» begann er sofort. «Sie verlassen das Lager, ohne mich zu benachrichtigen?»

Vorerst begrüßte Irene ihn jedoch, wie es sich gebührte, und daß sie es tat, war eine Zurechtweisung für ihn. Auch wichen Ernst und Bedrücktheit dabei nicht von ihr.

«Es ist für das Zelt meines Gatten eine übergroße Ehre», sagte sie, «daß Eure Majestät schneller waren als meine Bitte um Urlaub.»

«Eine Bitte um Urlaub, wenn Sie sich bereits auf dem Marsch befinden?» ärgerte er sich. «Denn halb sind Sie es schon. – Haben Sie keinen Lala, falls es Ihnen nicht beliebte, sich selbst zu bemühen?»

«Mein Lala war mit Nachforschungen beschäftigt, die äußerst wichtig, jedenfalls für mich äußerst wichtig sind.»

«Offenbar so wichtig, daß sie auch vor mir geheimgehalten werden.»

«Eure Majestät haben größere Sorgen als die um häusliche Kümmernisse Ihrer Untertanen.»

«Kümmernisse? Hat Chaß etwas angestellt?» fragte er mit derselben Formlosigkeit, die seinem Eintritt angehaftet hatte.

Doch Irene ließ es bei der einen Zurechtweisung bewenden.

«Isa ist verschwunden», sagte sie nur. «Seit vier Tagen.»

Sie hatte dem Sohn die Erlaubnis gegeben, sich unter der Leitung seines Hofmeisters in der Jagd zu üben. Der Ausflug hatte mehrere Tage dauern sollen; aber schon am ersten war Isa Bey verschwunden gewesen. Unablässig hatte das Gefolge gesucht und erst in der vergangenen Nacht nach Aufgabe jeder Hoffnung den Verlust gemeldet.

«Sie haben alle den Tod verdient», zürnte Mohammed. «Warum haben diese Toren so lange geschwiegen? Ich hätte eine oder zwei Tausendschaften antreten lassen, den Kleinen zu suchen. Und ich werde es noch tun!» fügte er hinzu.

Er hatte etwas von der Neigung zur Mutter auf den Sohn übertragen und war ehrlich besorgt.

«Eure Majestät werden ihn kaum finden», erschreckte ihn zum Überfluß noch Irene.

«Und das sagen Sie so ruhig?»

«Ich meine, daß der Junge den Plan mit der Jagd nur angezettelt hat, um sich aus dem Staube zu machen.»

«Geflohen?» wunderte sich Mohammed. «Vor wem sollte er fliehen? Doch nicht vor Ihnen?» erkundigte er sich mit seinem gewöhnlichen Mißtrauen. Irene aber runzelte die Brauen auf eine Weise, die Mohammed immer behutsam machte.

«Ich zweifle nicht», sagte sie mit dem ganzen Spott einer weiblichen Überlegenheit, «daß Sie gern bereit wären, die Partei des armen, unschuldigen Knaben gegen seine allzu strenge Mutter zu ergreifen.»

«Aber welchen Grund hätte er sonst, sich aus dem Staube zu machen? Ich gebrauche Ihre eigenen Worte, Kusine!»

«Das fragen Eure Majestät? Wofür begeistern die Männer sich? Wofür schmücken sie sich mehr als für uns Frauen, wofür mißbrauchen sie ihr bißchen Geist zu allen Zeiten? Alles nur zur Verklärung einer Sache, die teuflisch ist und darum auch nur des Teufels Dank einträgt: Schmutz, Stank, Leiden und Tod ist ihr Lohn.»

«Sie glauben …?»

«Ich weiß es. Isa Bey ist in den Krieg gezogen», bestätigte sie trockenen Tones. «Das ist meine Überzeugung. Er hat sich mit seinem blitzenden Schwert umgürtet und sein Streitroß bestiegen», ergoß sie sich in bitteren Ironien. «Gott allein weiß, was der Junge sich alles vorgeschwatzt haben mag.»

Auch Mohammed war keineswegs erheitert. «Durchgebrannt demnach!» überlegte er. «Chaß wird sich vor Lachen ausschütten, wie ich ihn kenne.»

Er sagte das mit Besorgnis und durchaus nicht beruhigt.

«Wahrscheinlich wird Chaß nicht dazu kommen», widersprach Irene, «Um seinen Vater wird Isa einen weiten Bogen machen.»

«Dann wird er beim Michaeloghlu sein!» rief Mohammed mit merklicher Erleichterung. «Daß ich nicht auch daran gleich dachte!»

Der Kaiser hatte nämlich dem Sohn seines Günstlings die Stelle eines Jüsbachi, eines Hauptmanns, bei den Akindschi verliehen. Daß aber Isa von der Ernennung noch als Knabe Gebrauch machen könnte, war dabei natürlich nicht seine Absicht gewesen.

«Wir werden uns den Kleinen schon wiederholen», schloß Mohammed nun. «Lassen Sie das meine Sorge sein, Kusine. Und» – er neigte sich lächelnd ihr zu – «seien Sie nicht gar zu streng mit ihm.»

«Wenn ich ihn nur erst hätte!» überwältigte es Irene nun doch. «Und dann trifft die Hauptschuld auch gar nicht ihn», fuhr sie, um sich nicht weiter gehenzulassen, zornig fort. «Wenn Männer und von ihnen verführte Frauen –»

«– Frauen und von ihnen verführte Männer!» verbesserte Mohammed.

«Mag sein», stutzte Irene, ohne sich jedoch abschrecken zu lassen. «Wenn sich also erwachsene Menschen einem Unfug wie dem Krieg und dessen Verherrlichung hingeben, kann man sich dann noch wundern, daß Bilder von geschwungenen Säbeln, vom Siegen oder Sterben unter den Fahnen des Padischahs das kindliche Gehirn meines armen Buben vergiftet haben?»

«Bei einem Sohn von Ihnen sollte so etwas allerdings nicht vorkommen», spöttelte Mohammed.

«Er ist auch der Sohn meines Mannes», sagte Irene, und das klang nicht sehr nach einem Lob. «Eure Majestät wissen natürlich», wich sie jedoch sofort allen Verfänglichkeiten aus, «daß ich nicht diesen Feldzug verwerfe. Wie könnte ich! Greuel wie die von Tokat müssen geahndet, Wiederholungen unmöglich gemacht werden. Das ist eine leider notwendige, wenn auch überaus schmutzige Arbeit. Aber die Männer machen daraus ein Fest. Bei andern Arbeiten kleiden sie sich nicht in Silber und Gold und errichten sie keine purpurnen Zelte. Verzeihung, Majestät! Auch ich habe nie etwas von einem Lied vernommen, das etwa die Kanalräumer besingt. Und doch verteidigen sie Konstantinopel gegen einen Feind, der furchtbarer ist als alle Turkomanen, gegen Seuchen und Pest!»

«Wundern Sie sich wirklich?»

«Ja, ich wundere mich. Ich will mich wundern!» sagte sie mit der schönen Auflehnung, die um der Erkenntnis willen trotzt.

«Nun denn, meine Teure», vertraute ihr der Kaiser, «ich wundere mich über noch vieles mehr. Es tut gut, es einmal aussprechen zu dürfen, und Sie werden mich nicht verraten. Auch ich verstehe vieles nicht. Zum Beispiel meine Janitscharen. Daß sie mich nicht mögen, das hat – glauben Sie mir – einen tieferen Grund. Die Kerle fühlen, daß ich mir Gedanken über sie mache. Und nichts hassen sie – zum Glück! – so sehr wie das Denken. Denn sonst müßte sich doch jeder von ihnen sagen, daß auch er einmal geraubt wurde, sei es im Krieg oder, was schlimmer ist, ausgehoben im Frieden. Die Leute wissen doch, daß der Islam, den man ihnen mit dem Stock einbleute, nicht das Bekenntnis ihrer Eltern ist. Und doch lassen sie sich für die aufgezwungene Religion und zu allem gebrauchen, was ihrer Herkunft und ihren Interessen widerspricht, doch erdulden sie ohne Aussicht auf Gewinn die härteste Zucht. Warum? Glauben Sie nicht etwa, daß diese Leute so schwach seien. Das sind sie durchaus nicht. Sie könnten mich und meine wenigen Hofleute bei einer Parade unbedenklich zerreißen. Wer würde sie hindern, das zu tun oder während einer Schlacht von mir abzufallen? Eine körperliche Macht, die das vermöchte, gibt es nicht, und ebensowenig bände sie ein Ethos, dürfte ein Ethos sie binden. Ich und die Nutznießer meiner Macht sind ihre Sklavenhalter. Wir sind die Räuber ihrer Freiheit und ihres Menschentums. Sittengesetze aber sind nur für den gegenseitigen Verkehr unter Menschen gemacht – für den der Sklaven mit Sklavenhaltern gelten die zwischen Jäger und Wild: Jede Falle, jede Tücke, jede Hinterlist ist erlaubt, ja gereicht dem Sklaven wie dem Jäger zur Ehre. Meine Janitscharen können mich gar nicht verraten; denn ihr Eid ist ihnen erpreßt! Schon ihrer vergewaltigten Menschenwürde wegen wäre es ihre Pflicht, ihn zu brechen. Und nehmen könnten sie uns alles, was wir besitzen: unser Leben, unsere Schätze, unsere Frauen, unsere Kinder – einfach alles. Ich sinne oft darüber, warum sie das nicht tun. Warum sie das alles begehren und trotzdem nicht nehmen! Ist das nicht wunderbar?»

«Sie sind eben Sklaven. – Warum werden aus Menschen Sklaven?» lehnte Irene sich auf.

«Der Grund ist natürlich, daß sie nicht denken wollen und daß wir sie infolgedessen betrügen», fuhr Mohammed im jähen Wechsel der Stimmung leichthin fort. «Mit Fahnen, mit Gold und Silber, mit befransten Pauken, mit Federn und ein wenig Messing auf den Ketschen betrügen wir sie und sogar noch mit den kupfernen Suppenkesseln, um die sie sich scharen. Wir drängen ihnen ein Ethos auf, das ihre Schmach verewigt, und belohnen sie mit einem Nichts. Aber solange sie uns glauben, dieses Ethos und dieses Nichts bedeuten etwas, so lange werden sie uns die Treue bewahren und uns gehorchen. Ein Schnörkel mehr auf dem Sklavengewand – billiger kann man das Leben eines Menschen nicht kaufen. Dieser Schnörkel befriedigt das Geltungsbedürfnis der Versklavten, der zu einer echten und menschlichen Erhebung nicht mehr die Kraft hat. Bad u Hawa, Wind und Luft, sind drei Viertel aller Regierungskunst. Das wußte niemand so gut wie ihr Byzantiner.»

«Und Bad u Hawa, Wind und Luft, sind die Ursache der meisten Kriege», stieß Irene schnell nach.

Ernst und Spott hielten sich um Mohammeds Lippen die Waage.

«Ein Kaiser und ein Reich auf dieser Erde», erwiderte er,

«und die Menschen hätten Ihren so hochgerühmten ewigen Frieden.»

«Das ist der Gedanke der byzantinischen Basileen», stimmte sie zu.

«Und ich? Bin ich etwa kein byzantinischer Basileus? So wäre es also mein Gedanke», nahm er die Antwort vorweg. «Dennoch – so nahe gekommen ist diesem Gedanken keiner wie Dschingis Khan. Nur daß dessen Versuch zuletzt mehr Blut gekostet haben mag als alle anderen vor ihm.»

«Keiner zählt die Tropfen», sagt sie. «Aber das Mißlingen sagt nichts gegen das Ziel.»

«Timur kam jedoch später», beharrte Mohammed, «und blieb in allem weit hinter Dschingis zurück.»

Etwas anderes, als daß der Weltfriede von einem ausgehen müsse, konnten sich beide nicht denken.

«Vielleicht lag es an der Art des Handelns», grübelte Irene über Dschingis und Timur.

«Begnügen wir uns also mit dem Landfrieden über einen möglichst großen Raum», schloß Mohammed das Gespräch ab.

Und die Sorge um den Sohn ließ auch Irene alles andere wieder vergessen.

«Krieg ist immer schrecklich», seufzte sie. «Wo mag Isa jetzt sein? Er ist noch ein Kind!»

«Vielleicht ist das sein größter Schutz.»

«Gegen diese Leute, die sich da herumtreiben mögen?» zweifelte sie. «Sicher ist das weite Gebiet bis zum Euphrat noch lange nicht gesäubert. Was mußte Mahmud Pascha die Vorhut an Chaß übergeben? Hätte er das nicht getan, wäre Isa immer noch hier.»

«Sieh mal an!» belustigte sich Mohammed. «Mahmud ist also doch kein Halbgott? Endlich hat auch er einmal etwas verkehrt gemacht? Aber ich muß ihn in Schutz nehmen. Mahmud sagte mir jedenfalls, daß sich Chaß den Befehl über den Vortrab geradezu ertrotzt habe. Entsprach es nicht Ihren Wünschen, daß er ihn bekam?»

«Es war nicht mein Wunsch», verschloß sie sich.

«Wirklich nicht?» belauerte er sie. «Immerhin ist das eine neue Lage. Aber Sie sollten begreifen, daß Chaß sich nicht gern Sultan Bajesid unterwerfen wollte. Das hat er mit dem Großwesir gemein. Der hat auch nicht sogleich zu Sultan Mustafa nach Karaman abrücken wollen, sondern lieber gewartet, bis wenigstens ich selbst den Oberbefehl übernahm.»

«Haben Eure Majestät es bereut?»

«Wie sollte ich!» spottete er. «Mahmud ist doch ein so großer Feldherr! Der Trotz meiner Paschas bringt mir offenbar Gewinn. Auch Chaß hatte bis jetzt Erfolg.»

Irene aber hörte nur das «bis jetzt».

Sie bezweifelte nicht mehr, daß Chaß auf einen gefährlichen Posten gestellt worden sei, und dabei erinnerte sie sich des Gartens in Adrianopel und jener Stunde am Mittag. Alle Erdgeister waren wach gewesen, und Mahmud hatte um sie geworben.

Noch ein zweites Mal habe er seine Werbung vorgebracht, dachte Irene, sollte er etwa vorhaben, sie ein drittes Mal zu erneuern? Chaß habe einen sehr gefährlichen Auftrag erhalten, von Mahmud erhalten, wie sie jetzt hörte, und wenn er sein Leben verlöre, wäre der Weg zu ihr wieder frei.

«Chaß brennt darauf, sich auszuzeichnen, und ist tollkühn», sagte sie laut. Es klang wie ein Vorwurf.

Doch Mohammed beruhigte sie. Mahmud habe dem Beglerbey bereits befohlen, den Euphrat auf keinen Fall zu überschreiten.

Früher hätte ihr diese Auskunft genügt. Aber während des Feldzugs war ihr der Gatte völlig entglitten.

Wie eine Feuersbrunst sei plötzlich der Ehrgeiz über ihren Mann gekommen, überlegte sie, und es könne sein, daß auch Mahmud ihn nicht mehr in der Hand habe. Einem Manne wie dem Großwesir aber sei es trotz der Übertragung des begehrten Kommandos gewiß nicht entgangen, daß bei Chaß auch einmal mit einem Ungehorsam zu rechnen sei.

«Auf keinen Fall dürfen Sie vergessen», brach Mohammed die Pause, «daß Chaß Ihr Verbleiben in Siwas gewünscht und Sie unter meinen Schutz gestellt hat.»

«Und Isa?» schwankte Irene noch.

«Der ist sicher dem Michaeloghlu zugelaufen! Anderswo hätte er ja auch nichts zu suchen, und die Angst vor dem Vater wird das Übrige getan haben.»

«Aber Ali Bey befindet sich doch auch bei der Vorhut!» gab Irene zu bedenken. «Er teilt alle Gefahren mit Chaß!»

«Ach was», kam es leicht zurück, «Ali fürchtet meinen Zorn, und Akindschi sind Akindschi, die schlagen sich überall durch. Bei denen ist der Junge gut aufgehoben.»

Was konnte Irene entgegnen?

Daß der Kaiser ihrem Isa geneigt war, daran zweifelte sie nicht. Und Mohammed schien nicht mehr besorgt zu sein.

«Es ist genug an einem, der ausriß», lachte er. «Jetzt laufen nur nicht auch Sie mir noch davon, Kusine. Ich gab Chaß mein Versprechen, und er soll nicht glauben, ich habe mich nicht um Sie gekümmert.»

Der Einfall, sie mit Gewalt festzuhalten, kam ihm gar nicht erst. Wie es in einem ähnlichen Fall einst Gennadios mit ihr ergangen war, wußte er.

So beugte er sich zu ihr.

«Werden Sie in Siwas bleiben, Irene?» bat er.

Und es war schwer, ihm in solchen Augenblicken zu widerstehen. Wenigstens ihm könne sie glauben, war sie obendrein überzeugt und schob jeden Gedanken an Mahmud beiseite.

«Ich werde meinen Sohn hier erwarten», sagte sie, «meinen Gatten und meinen Sohn.»

LI

Die Gewitter hatten sich verzogen.

Rauschend stürzten die bräunlich milchigen Wasser zu Tal, überfluteten das sonnengebleichte Geröll, bis nur noch gurgelnde Strudel anzeigten, wo einst eine Landzunge ein Eiland gewesen war.

«Säuberung des Gebiets am Kara Su, am westlichen Euphrat – Überquerung des Flusses südlich von Egin – Fühlung mit dem Feind suchen, ohne sich vor dem Eintreffen des Paschas in ernstere Kämpfe einzulassen» – so lautete der Befehl an Ali Bey.

Die Furt war erreicht, und wenn der Wasserstand ein Durchwaten des Stromes auch verwehrte, so waren die Akindschi und ihre Pferde doch auf Schwimmen eingerichtet. Unmöglich schien nichts.

Hatte der Pascha mit seinen Ghureben und anderen Soldtruppen vor zwei Tagen nicht ebenfalls den Euphrat überschritten? Ohne Brücken und Boote war das geschehen. Roß und Reiter waren geschwommen, und die Akindschi hatten die Augen noch voll davon, wie Köpfe von Männern und Pferden den Fluß bedeckt hatten und wie Pferde und Männer dem Wasser am anderen Ufer weit unterhalb triefend entstiegen waren. Immer mehr waren hinübergekommen, bis die Täler und Schluchten der jenseitigen Gebirge den letzten Schwanz eingeschluckt hatten.

Die Akindschi waren nicht schlechter. Wenigstens gaben sie selbst dieser Hoffnung sich hin.

Und dennoch erklang auf einmal das bannende Signal!

«Wir müssen warten, bis das Wasser gefallen ist», beschied Ali Bey seinen Stab. «Ich bin Seiner allerhöchsten Majestät für die Truppen verantwortlich.»

Er machte es genau wie Chaß: er berief sich ebenfalls von seinem Feldherrn auf den Kaiser.

Unter den bärtigen Männern, die das zu hören gekommen waren, befand sich auch ein Knabe, allerdings einer, der bereits den Rang eines Jüsbachi bekleidete.

Zwar wäre ihm als Hauptmann immerhin nur ein Platz an der Front zugekommen. Aber die Berufung in den Stab war eine Maßnahme, für die alle diese Blond-, Schwarz- und Graubärte Verständnis hatten.

Der kleine Ausreißer war nun einmal der Sohn des Paschas, ja es gab sogar Leute, die insgeheim Mohammeds offensichtliche Gunst nur durch eine allerhöchste Verwandtschaft begründen zu können glaubten. Andere dagegen erklärten Irene für eine Heilige und meinten, zu verwundern sei nur, wie sie die Zeit gefunden habe, von einem so überaus irdischen Mann wie Chaß überhaupt ein Kind zu bekommen.

Jedenfalls hielt dieses Kind, wohlberitten auf einem falben Hengst, unter den Herren, die den Baschi umgaben.

In Ehrfurcht hatte man Irenes Sohn unterwiesen, und ungefragt zu widersprechen hätte die Ehrfurcht vor den Vorgesetzten verletzt.

Als nun aber über Berg und Tal das Trompetensignal zum Zelten geschmettert wurde, geschah etwas Unerwartetes.

Plötzlich erhob sich Isa Beys Hengst auf der Hinterhand. Er stieg, weil ihm sein kleiner Reiter die Sporen in die Weichen gehauen hatte, und mehr war nicht nötig, um ihn in Galopp zu versetzen.

Gerufen hatte der Kleine auch noch etwas.

«Ich reite zum Pascha!» hatte sein Wutschrei gelautet.

«Ganz der Vater!» beschmunzelte Ali Bey aber nur ebenso zweideutig wie höfisch das vielversprechende Temperament.

Die Mutter zu erwähnen wäre unanständig gewesen. Eine Mutter hatte über dem Gespräch der Männer zu stehen. Und doch hätte es in diesem Fall nahegelegen, sich der Denkfreudigkeit Irenes zu erinnern. Denn mehr als jedes Reiterkunststück bedeutete es für einen so jungen Knaben, von den geheimen Hintergründen des Haltebefehls auch nur einen einzigen Zipfel erfaßt zu haben.

Die Akindschi blieben stehen am Euphrat, und wenn Chaß auf überlegene Kräfte stoßen sollte, würde ihm seine gesamte leichte Reiterei fehlen. Und nicht einmal eine Ahnung hatte er davon, daß er nicht mehr mit ihr rechnen könne! Das waren die Hintergründe.

Dem kleinen Prinzen waren sie ersichtlich kein Geheimnis geblieben. Darum brannte er durch.

Fast zur Gewohnheit sei ihm das Durchbrennen schon geworden, scherzten die Herren.

Doch kaum, daß die Wellen unter dem Flüchtenden aufplanschten, waren die Verfolger schon hinter ihm her.

Seine Hoheit der Pascha, mehr noch: Seine Majestät würden es ja niemals verzeihen, wenn dem Kleinen etwas zustoßen sollte!

Stundenlang suchte und tauchte man denn auch. Bis zur Mitte des Flusses hatte man den Verfolgten noch gesehen, dann war er abtreibend verschwunden.

Als man schließlich das Suchen einstellen mußte, war der Turban des Knaben alles, was man gefunden hatte.

Im gleichen Augenblick, da Mahmud den Fuß in den Steigbügel gesetzt hatte, war der Ausritt schon zwecklos geworden.

Der Kaiser kam selbst.

Er kam seltener zu seinem Andah als in früheren Jahren. Aber der Wechsel des Glücks hatte den Großwesir Gleichmut gelehrt.

So nahm er den Fuß denn wieder aus dem Bügel und trat durch seinen zurückweichenden Hofstaat dem kaiserlichen Freunde entgegen.

«Etwas Neues von Chaß?» war, als sie sich erst miteinander allein befanden, Mohammeds Einleitung des Gesprächs.

Mahmud runzelte die Brauen.

Mit seinen an den Schläfen ergrauten Haaren hatte er an Ernst und an Würde gewonnen, und es gab genug Leute, die ihn scheuten.

«Der Beglerbey ist über den Euphrat gegangen», sagte er jetzt. «Er tat es trotz meines ausdrücklichen Befehls. Es ist mir unverständlich, wie er sich verantworten will.»

Auf die Verantwortlichkeit des Ungehorsamen ging der Kaiser nicht weiter ein.

«Hältst du es wirklich für so schlimm?» meinte er nur.

Die Frage deutete einen Zweifel an, wie denn Mahmud

neuerdings oft genug seine Kriegführung gegen kaiserlichen Widerspruch zu verteidigen hatte.

«Ich denke, wir haben kein Recht, Usun Hassan für einen Narren zu halten», beugte sich Mahmud, allen Geplänkels müde, über die Karte. «Eine Einzelheit wie die Überschreitung des Euphrats will vom ganzen aus beurteilt werden. Wie ist also die Lage? Ich wiederhole: Wir haben feindliche Kräfte hinter uns in Karaman. Siegen wir, sieht Usun Hassan von diesen Truppen nichts wieder; im Falle einer Niederlage aber würden sie uns sehr gefährlich werden. Vor uns liegt die sehr starke Festung Kara Hissar. Wollten wir vorsichtig sein, so müßten wir sie zuvor nehmen.»

«Wir sind nicht gekommen, Festungen zu nehmen, sondern Heere zu schlagen», warf Mohammed ein.

Mahmud wußte, daß der Kaiser nicht gern von Niederlagen reden hörte. Trotzdem hatte er gesagt, was zu sagen gewesen war, und fuhr jetzt mit zustimmendem Nicken fort:

«Wir sind aber nicht vorsichtig, und im Falle eines Sieges würde uns Kara Hissar auch von selbst zufallen. Sonst freilich müßten der unerstürmte Stützpunkt und das feindlich besetzte Karaman uns zur Katastrophe werden. Wir sind also in der Zwangslage, siegen zu müssen.»

«Es freut mich, daß du wenigstens keinen Rückzug vorschlägst», sagte Mohammed.

Mahmud überhörte die Ironie.

«Was Vorrücken bedeutet!» bestätigte er vielmehr. «Usun Hassan steht mit seinem Hauptheer jetzt im eigenen Land und kann sich täglich verstärken. Chaß' siegreicher Vormarsch war also ein Mißerfolg. Der Prinz hätte den Feind auf die rechte Euphratseite herüberlocken sollen, statt dessen überquerte er selbst den Fluß, und nun müssen wir ihm folgen, mit der ganzen Macht folgen. Usun Hassan wird unsere Marschverluste einrechnen, und es kann lange dauern, bis wir ihn stellen. Es wäre also ein doppelter Fehlschlag, wenn wir unsere Vorhut nicht wieder an uns ziehen könnten. Auch hat der Feind einen Überfluß an Reiterei – wir nicht. Allein schon die Akindschi ...»

«Die Akindschi kannst du immerhin einsetzen», unterbrach der Kaiser, ohne jedoch den Satz zu vollenden.

Es klang, als habe er sich wider Willen verraten, und Mahmud fragte sich auch sofort, ob der Kaiser etwas mehr wisse als sein Feldherr?

«Woher?»

«Ich meine» – lachte Mohammed – «du kennst doch Ali den Streber! Chaß ist viel zu ehrlich, um die Order zu unterschlagen! Und was wird der Michaeloghlu tun? Er wird der Order gehorchen, ganz gleich, was Chaß unternimmt. Du bist der Großwesir.»

«Und Chaß ist dein Freund», bemerkte Mahmud dazu.

Erstaunt blickte Mohammed ihn an.

«Du bist es nicht minder», sagte er kühl. «Das solltest du wissen.»

Mahmud verneigte sich stumm. Er mißtraute.

Daß Mohammeds Bemerkung über die Akindschi lediglich dessen Folgerungen zu verdanken sei – davon war er noch keineswegs überzeugt. Und des Obersten Kriegsherrn auffallende Gleichgültigkeit gegen offenbaren Ungehorsam wie den des Chaß erschreckte ihn. Überhaupt müsse irgendeine geheimnisvolle, aber überaus wirksame Kraft alle Fäden verwirrt haben, dachte Mahmud. Er kenne doch Chaß und begreife nicht, wie dieser bewährte Freund seiner schlimmsten Tage sich gegen ihn in einer Weise habe auflehnen können, die, wenn Recht geschehe, seinen Kopf mehr als nur in Frage stelle. Offenbar solle allerdings kein Recht geschehen, doch …

«Du machst ein Gesicht, als solltest du der Makataa deine Grundsteuern bezahlen», verbarg sich Mohammed hinter einem Scherz. «Zürne dem Chaß doch nicht länger! Sonst könnte man ja glauben, du habest es ihm nicht vergeben, daß er dich bei Despina Irene einst ausstach. Du erinnerst dich doch?»

«Das ist lange her, mein Padischah.»

«Beiläufig zehn Jahre, wenn ich nicht irre», warf Mohammed nachlässig hin. «Und nichts ist zurückgeblieben?»

lachte er dann. «Du schienst dir einst viel aus der Sebasta zu machen?»

«Ich mache mir etwas aus dem Sieg meines Kaisers», mißbilligte Mahmud die kaiserliche Zügellosigkeit.

«Zu viel Tugend. Zu viel Tugend!» höhnte Mohammed mit einem gespielten Stöhnen.

Mit keiner Silbe aber erschloß Mahmud sich dieser Laune. Im Gegenteil!

«Es wird schwer sein, Usun Hassan zu stellen», sagte er mit einer Sachlichkeit, die wie Haß klang. «Ich schreibe die Vorhut ab. Ich schreibe Alis Akindschi ab. Dennoch müssen wir den Sultan packen. Das schwere Gepäck bleibt zurück.»

Auch Mohammed lachte nicht länger.

«Alles Überflüssige?» stieß er nach.

«Alles Überflüssige», bestätigte Mahmud.

«Auch die Frauen?» ging Mohammed vor.

«Gerade die.»

«Auf einmal –?» dehnte der Kaiser die Silben.

Mahmud hatte es bis jetzt vermieden, Mohammed anzusehen. Nun hob er den Kopf und erschauerte.

Ein unergründliches Mißtrauen in den Augen des Herrschers blickte ihn an wie ein fremdes, sehr feindliches, reißendes Tier.

Wenige Tage später erlag die Vorhut unter Chaß einer Kriegslist Usun Hassans. Der Turkmanen-Sultan hatte eine Flucht vorgetäuscht und den verfolgenden Chaß dadurch in einen Hinterhalt gelockt.

Zu spät gewahrte der Pascha die Folgen: Der größte Teil seiner Truppen war erschlagen – berühmte Generale wurden gefangen.

Er selbst ergab sich nicht. Mit viel bewundertem Mut kämpfte er, bis er fiel.

Auch die Feinde versagten ihm nicht ihre Ehrfurcht, und obwohl er in Wahrheit nichts getan hatte, was rühmlich gewesen wäre, wurde sein Name sehr bald zu einer Legende.

«Hast es gehört, Tamar!» erboste sich Atike. «Schon zu groß möcht sich der Bub dünken, der ausgemacht dumme, um noch mit uns Mädchen zu spielen. So ein eingebildeter Junge. Daß ich nicht lach!»

Diese Worte des kleinen Fräuleins verloren durch die angenehm weiche und liederlich liebliche Aussprache des Griechischen einen Teil ihrer Herbheit.

Ein ganz unverfälschtes Trapezuntisch sprachen die beiden niedlichen Mädchen, während der sture Junge zur weiteren Herausforderung seiner verhinderten Spielgefährtinnen sich des sorglich gepflegten Griechisch der Paläologenzeit befleißigte.

Und doch waren es viele Tagereisen vom Pontus und noch mehr vom Bosporus bis zum Ort der Begebenheit unweit der Quellen des Tigris, des pfeilschnellen Flusses, und zum Kara Amid, dem Schwarzen Amid, so genannt nach der schwarzen Lava seiner Häuser wie Diarbekr nach dem Stamme der Bekr, die einst dort geherrscht hatten.

Diarbekr war zusammen mit Baiburd am Südhang der armenischen Alpen und Täbris in Aserbaidshan eine der drei Hauptstädte Usun Hassans.

Hoch über der Stadt, über Palästen und Fabriken, über Moscheen und Brunnen, Melonen- und Basilikongärten und über den alten Stadtmauern mit griechischen und kufischen Lobpreisungen ihrer Erbauer lag das Schloß.

Für den mächtigsten Herrscher Vorderasiens und Persiens war es nicht ganz überzeugend. Mit der Dschihannuma in Adrianopel und den beiden Serails in Konstantinopel war es nicht zu vergleichen, höchstens mit denen in Demotika und Brussa.

Um so schöner waren die Gärten, die Wasserfälle und Goldfischteiche, die Tiergehege und sanft über Kacheln dahingleitenden Badegewässer.

Dilgüscha, die Herzeröffnenden, hießen diese rauschenden grünen Schluchten, diese blühenden Kanzeln und Terrassen, diese Brücken und Feengemächer aus Laubwänden und vergoldeten Staketen.

Und doch gab es in diesem Paradies ein Rondell, wo das Netz über dem Rasen vergeblich gespannt war, wo die gefiederten Bälle und die Schläger ganz umsonst bereitlagen.

Der trotzige Junge aber, der mit Mädchen nicht spielen wollte, war Irenes Sohn.

Ganz wohl freilich war ihm nicht bei seinem Trotz.

In Wirklichkeit zog ihn in seiner Verlassenheit alles zu den Kusinen. Aber er hatte eine männliche Würde zu verteidigen gehabt. Und nun war der Atike noch vor dem für ihn schicklichen Augenblick einer würdebewahrenden Herablassung die leider allzu dünne Mädchengeduld gerissen!

Unter diesen Umständen bedeutete es ein Glück für ihn, daß Tamar, so klein sie sein mochte, immerhin noch da war.

Des von ihr so bewunderten Alters von Atike und Isa erfreute sie sich nämlich keineswegs. Von dieser ersehnten Reife trennten sie zwei lange, lange, schwer zu erwartende Jahre.

Heute jedoch warf sie alle sich daraus ergebende Untertänigkeit ab. Nicht mehr nahm sie sich wie sonst nur vor: Wenn ich erst so furchtbar groß wie Atike sein werde – heute tat sie, als sei sie es schon.

Denn jetzt sprach sie mit Isa.

«Sei gescheit», bat sie und fügte wichtig hinzu: «Du sollst doch nicht mehr so traurig sein, sagt die Mama! Und wir müssen dich liebhaben, will sie. Wir sind doch lieb zu dir, gelt, Isa?»

Das geschah unter den zürnenden Augen der Schwester. Dafür aber wurde diese Kühnheit auch belohnt!

Isa ließ sich tatsächlich herbei, einem so beklagenswert kleinen Ding wie der Tamar unmittelbar und persönlich zu antworten.

«Ich bin ein Gefangener», grollte er.

Daß er auf seine Eigenschaft als Gefangener den allergrößten Wert legte, war auch ganz natürlich. Sie allein machte ihn schon zum Manne. Jedenfalls war Isa davon überzeugt.

Um so trauriger war es für ihn, daß er seine Worte verschwendet hatte.

«Geh!» erwies sich Tamar allen begrifflichen Zusammenhängen unzugänglich. «Wenn du nur artig sein möchtest, kommst du nicht in Arrest. Und was redst schon vorher so, eh du noch drin steckst?» So winzig dieses Wesen war, so schwer war es offenbar von der Tragik einer unsichtbaren Gefangenschaft zu überzeugen.

Wie ein Wickelkind sei dieses Mädchen, dachte Isa und schwieg. Doch um ihn deswegen aufzugeben, hatte die Kleine ein zu gütiges Herz.

«Dein Hofmeister», begönnerte sie ihn, «der Difrik, weißt du – der ist gar nicht so arg, wie er ausschaut. Rat mal, was er immer tut», lockte sie, um dann: «Gelt, du kannst nicht!» zu triumphieren. «Honiglutscher schenkt mir der Difrik immer! Und ich werd ihm schon sagen», drohte sie im Bewußtsein ihrer jungen Macht, «daß er dich nicht in Arrest tun darf!»

Das war entschieden zu viel. Für Atike wenigstens war es das.

«Bist du aber dumm!» konnte sie sich nicht länger zurückhalten.

«Du bist dumm!» wehrte sich Tamar. «Ich nicht!»

«Ein Fratzen bist, ein mordsdummer», entschied jedoch Atike. «Der Isa ist doch nicht wegen dem Difrik gefangen, sondern weil er keinen Säbel hat!»

«Selbst Fratzen!» wurde aber Tamar allmählich tollkühn. «Mit einem Säbel, wenn der Isa den hätt, würden sie ihn schon gleich erwischen. Wie kann er denn auskommen, wenn ihm alleweil so ein Säbel zwischen den Beinen scheppert?»

Über der Unzulänglichkeit der anderen vertragen Erzürnte sich leicht.

«Da hörst du», wandte sich Atike nun doch wieder an ihren Vetter. «Keine Spur von einer Vernunft.»

«Als wenn ich jemals weggelaufen wäre!» verwahrte sich entrüstet der Junge.

«Erwischen würden sie dich!» krähte Tamar noch einmal dazwischen.

«Die Feinde sind weggelaufen, nicht ich!» überbot sich aber Isas sich überschlagende Stimme. «Vor mir sind sie weggelaufen!» kam er wieder einmal auf seine Darstellung der Schlacht am Euphrat zurück. «Doch dann wurden es immer mehr von diesen Feiglingen, und weil sie soviel Furcht vor mir hatten, nahmen sie mir meinen Säbel! Feiglinge sind sie, nichts als Feiglinge!»

Diese Ausschmückung glaubte er sich gegenüber der weit schlichteren Tatsache schuldig zu sein, daß ein turkmanischer Nachzügler ihn kurzweg beim Kragen gepackt und vor sich über den Sattel geworfen hatte.

Immerhin war auf Isa dabei ein Fünkchen Ruhm gefallen.

Denn da er bei seiner Gefangennahme bis zuletzt wild um sich geschlagen hatte, war ihm von seinem biederen Überwältiger und zu dessen eigener Erhöhung der schmükkende Beiname eines feuerspeienden Löwenjungen verliehen worden.

Das zu erwähnen unterließ Isa keineswegs, wobei ihm die Mädchen und vor allem Tamar gläubig zuhörten. Mit aufgerissenen Augen und offenem Mund sah die Kleine zu ihm auf, und um so ärger war es ihr, daß die beiden Großen sie im Gespräch bald wieder völlig vergaßen.

«Weißt was, Isa», sagte Atike gerade, «ich besorg dir einen Säbel. Dann bist du nicht mehr ein Gefangener», setzte sie, um dem Gegenstand gerecht zu werden, in überbetonter Schriftsprache hinzu, um dann allerdings gleich wieder den geliebten Mutterlauten zu verfallen: «Ach, du!» rief sie. «Du hast ja gar keinen Verstand davon, wie schrecklich viel Säbel mein Vater hat. Alle mit Diamanten und Rubinen!»

«Und mein Vater erst», wollte Isa sie übertrumpfen, als ihm noch zur rechten Zeit einfiel, daß sich bei Erwähnung seines Vaters eine ernste Trauer gezieme.

Er war noch zu jung, um sich schon zu sagen, daß es keinem Sterblichen gegeben sei, den Tod in seiner ganzen Tiefe zu erfassen. Dagegen erwartete alle Welt von ihm bei jeder Nennung des väterlichen Namens eine Schaustellung von kindlicher Trauer. Und indem er gab, was man von ihm verlangte, bedachte seine Jugend nicht, daß unter diesen Umständen eine echte Trauer gar nicht in ihm habe aufkommen können.

So war er zuerst über sich selbst erstaunt gewesen, dann hatte er sein Versagen als Schlechtigkeit mißdeutet, und schließlich empfand er beim Gedanken an Chaß nur noch Unbehagen.

Atike hatte davon den Vorteil.

«Mein Vater ist der Schahinschah, der König der Könige, alle anderen Sultane müssen tun, was er will», konnte die junge Dame großartig verkünden. «Und meine Mutter erst! Oje! Meine Mutter ist die schönste Frau auf der ganzen Erde. Das sagen sie alle», beteuerte sie voll Eifer.

Und was sie da vorbrachte, war nicht einmal übertrieben!

In Europa und Asien ging wirklich die Sage, Despina Katon oder Katharina von Trapezunt, weiland Kaiser Kalojohannes' Tochter, sei die schönste Frau. Selbst bei denen, die sie nie gesehen hatten, und gerade bei denen galt sie als die Schönste.

Sie war nun einmal die Helena ihrer Zeit, Isa aber der Sohn einer Mutter. So konnte er das nicht hingehen lassen.

«Meine Mutter ist eine Sebasta!» raffte er sich auf.

Doch da man Atike nicht gelehrt hatte, was für eine Bewandtnis es mit dem seltenen Titel einer Sebasta habe, so war alles, was Isa erntete, nur ein Lachen.

«Eine Sebaster?» höhnte das Mädchen und hätte beileibe ihre Unwissenheit nicht eingestanden, «was das schon ist! Sebasters hat meine Mama ganz furchtbar viel! Immer beim Baden müssen vier oder zwanzig davon kommen. Fürs Rükkenwaschen, weißt du.»

«Das ist nicht wahr!»

«Was sagst du? Nicht wahr, sagst du? Hundert Sebasters

hat sie, tausend! Meine Mama weiß nicht einmal, wieviel sie hat.»

«So?» stellte Isa nun aber seine Falle. «Dann kannst du mir wohl auch sagen, was für Stiefel deine Sebasta tragen? – Übrigens heißt es ‹Sebasta› und nicht ‹Sebaster›!»

«Sebasta oder Sebaster – das ist akkurat das gleiche. Ihr schreibt's mit einem ‹a›, und wir heißen so was Sebaster», verbarg Atike ihre Unsicherheit unter plötzlicher Nichtachtung des Themas. «Ach, Isa, sei doch nicht so. Du kriegst ja deinen Säbel von mir. Hinterher bist du kein Gefangener mehr, und dann heirat ich dich. Was sagst du?»

«Gar nichts wirst du tun», ergrimmte Isa männlich, «du weißt ja nicht einmal, was für Stiefel eine Sebasta trägt!»

«Du bist ja langweilig! Ein zaundürrer Zwetschgenmann bist du, aber schon ein ganz fader!»

«Das sagst du nur, weil du es nicht weißt!»

«Doch weiß ich! Ganz genau weiß ich! Gar keine Stiefel tragen diese Urscheln. Badeschuhe tragen sie natürlich!» rief Atike, um auf Isas Gelächter eindringlich vorzustellen: «Wenn ich dir doch sag, daß sie Badefrauen sind, diese Sebaster!»

«Rote Stiefel darf meine Mutter tragen!» wurde der Junge nun aber über so viel Anmaßung böse, «ganz wie ein Kaiser und wie eine Kaiserin und genau wie der Patriarch sie anhat. Genauso trägt sie meine Mutter, wenn sie will. Nur daß sie noch die Engelsflügel dran hat, und der Patriarch hat sie nicht. – So, und nun merk es dir!»

Der Eindruck dieser Worte war unverkennbar.

Zwar war Usun Hassan ein Moslem. Die Turkmanen waren sogar sehr stolz darauf, den Islam eher angenommen zu haben als die stammesverwandten Türken. Dennoch wimmelte es im Serail des weißturkmanischen Sultans von christlichen Priestern und Klosterfrauen, weil eben Atikes und Tamars Mama bis auf diesen Tag eine eifrige Christin geblieben war.

Selbst die vorlaute Atike fühlte sich geschlagen.

«Kannst du aber lügen!» sagte sie allerdings. Doch das

mußte sie, wenn sie nicht die Selbstachtung verlieren wollte. Mit den nächsten Worten ging sie dafür schon um vieles bescheidener auf die Kernfrage ein: «Du willst mich also nicht heiraten?» fragte sie.

«Das habe ich nicht gesagt», lenkte er großmütig ein.

«Dann bliebst du immer bei uns», versuchte sie es noch einmal mit einer Verlockung, «und das möchtest du doch?»

«Hierbleiben?» fragte er nur mit einem gerüttelten Maß von Verachtung. «Selbstverständlich hättest du mit mir nach Konstantinopel zu kommen.»

«Was sagst du? Zu den Türken soll ich? Ich mit dir? Was fällt dir denn ein?» ereiferte sich nun aber das Mädchen. «Ich bin doch eine Prinzessin, mein Lieber!»

«Und ich bin ein Prinz! Und meine Mutter ist eine Sebasta, eine überallhöchstzuverehrende kaiserliche Hoheit!»

«Und du? Willst du wissen, was du bist? Ein ganz Widriger, das bist du! Und wenn ich dich am Ende doch noch nehme, mußt du mir die Füße küssen, das mußt du! Das gehört zur Zeremonie, weil ich die Tochter vom Schahinschah bin. Und ganz närrisch hast du dich anzustellen um mich, andauernd entzückt mußt du über mich sein», fügte sie vornehm hinzu, «und wenn ich dich nicht mehr mag, sag' ich es meinem Vater, daß er dir den Kopf abschlagen läßt! Deinen dummen, dicken Querkopf!»

Kindergeschrei mischte sich in das Wüten der jungen Tyrannin. Es war Tamar, die bei der Aussicht auf einen kopflosen Isa losheulte. Zugleich aber überklingelte den Krieg der Kinder ein helles Gelächter.

Die junge Welt war belauscht worden.

Hinter einer Lorbeerhecke hatten die Erwachsenen gestanden, und nun kamen sie hervor.

Von den Damen war – selbst ein Unkundiger hätte das gesehen – die eine einzige die Gebieterin. In Verlegenheit wäre der Unkundige erst gekommen, wenn er das Alter dieser hochgewachsenen Frau hätte bestimmen sollen, der durch die Künste byzantinischer Boudoirs die Jugend erhalten geblieben war.

Aus der Goldhaube, die sich mit einer Schnippe tief in die weiße Stirn senkte, quollen ihr zwei starke perlendurchwundene goldblonde Zöpfe. Bis über den Gürtel ihres weitärmeligen blauen Gewandes flossen sie hinab. Keine harte Linie schnitt in das Gesicht ohne Fettpolster und Falten. Und so hatte es auch zu sein.

Denn das war sie: die Schönheitskönigin Katon Sultana!

Als die Vornehmsten befanden sich in ihrer Begleitung ihre Nichte Xenia und deren Mann, der venezianische Gesandte und Nobile Caterino Zeno.

«Mama», kam Atike etwaigem Tadel durch Angriff zuvor, «Isa ist ungezogen! Er will mich nicht heiraten, sagt er!»

«Er soll sie auch nicht heiraten, Mama! Sie will ihm den Kopf abschlagen, und sie soll nicht!» forderte Tamar. «Immer alles will Atike. Nun will sie den Isa!»

Trotz des Gezänks erfreuten die beiden Mädchen in ihren weiten Kitteln über den Pluderhosen nicht nur das Herz der Mutter. Es wäre jedem schwergefallen, sie nicht reizend zu finden.

«Putz deine Nase», ermahnte die hohe Frau ihr Jüngstes. «Und seid froh, daß der Isa nun nimmer von uns fort muß.»

Sie besaß einen starken Familiensinn und war stolz darauf, daß alle ihre Lieben wenigstens in weiblicher Linie Komnenen waren, nicht zum mindesten der Sultan, ihr Gatte, aber auch Isa, dem als Paläologe und Sohn einer Komnenin in Usun Hassans Politik noch eine Rolle zugedacht sein mochte.

So war sie mehr als nur erstaunt über das, was sie jetzt von ihrem Neffen zu hören bekam.

«Ich will gar nicht hierbleiben», erklärte er nämlich von neuem.

«Was sagst du? Bei den Mädchen nicht? Atike ist manchmal recht unartig, aber sie ist immer gleich wieder gut. Und bei mir willst du auch nicht bleiben?» schmeichelte sie.

Isa sah seine Tante unsicher an.

«Oh, doch!» sagte er und verneigte sich höflich. «Aber gnädigste Frau Tante wollen verzeihen –»

«Nun, Isa?»

«Ich bin ein Gefangener», murmelte der Junge.

«Zur Familie gehörst du!» widersprach die schöne Frau lebhaft und ersuchte gleichzeitig Zeno mit einem Blick um Hilfe. «Ein Gefangener, der Herr Neffe! Hat man so etwas schon gehört?»

Weniger wegen seines Alters, als um an diesem morgenländischen Hof keinen Anstoß zu erregen, trug der Gesandte die lange Robe venezianischer Würdenträger.

Er wäre noch jung genug für die enganliegende Kavalierstracht des Abendlandes gewesen. Das Dunkelblond seines Bartes zeigte keinen Silberfaden, die Haltung aber den nachlässigen Stolz eines hochgeborenen jüngeren Mannes. So beeinträchtigte sein taktvolles Entgegenkommen daher auch in keiner Weise sein Selbstvertrauen.

Nicht einmal seine vornehme Heirat hatte es zu steigern vermocht. Als Mitglied einer Familie, die im Goldenen Buch von Venedig verzeichnet war, fühlte er sich durch die Verschwägerung mit dem hohen Bundesgenossen der Republik wohl geehrt, doch nicht etwa ungebührlich erhoben.

«Seine Majestät, der Schah», belehrte Zeno nun den Knaben, «dessen Vorgänger sich zu allen Zeiten ‹Bruder der Sonne und des Basileus› nannten, sind Eurer Hoheit natürlicher Beschützer. Und wenn es auch zu verstehen und zu billigen ist, daß es Sie nach dem Herrschersitz dero höchsten Familien zurückverlangt, so doch wohl kaum als Untertan des türkischen Thronräubers Mohammed?»

«Er ist kein Thronräuber», flammte Isa auf, «er ist unser Basileus!» Das letzte hatte er von seiner Mutter gehört, und darum sagte er es auch ganz stolz, ohne zu ahnen, welche Bestürzung er besonders bei Zeno damit auslöste.

Denn seit der Eroberung Konstantinopels hielt die abendländische Diplomatie zäh daran fest, daß die griechische Welt nichts so sehr herbeisehne, als das türkische Joch wieder abzuwerfen. Keine Vorgänge, die anders zu deuten gewesen wären, und keine gegenteiligen Berichte hatten das Abendland von dieser Annahme befreien können. Niemand wollte die Unhaltbarkeit einer Politik eingestehen, die von Päpsten und Schriftstellern mit so viel Wortgewalt immer wieder vertreten worden war.

Mit einem dieser Schriftsteller, mit Franciscus Philelphus, der sich durch seine offenen Briefe an alle möglichen Fürsten und Männer des Geistes hervorgetan hatte, war Zeno obendrein noch befreundet, ein Grund mehr für ihn, an dessen Dogma ebenfalls zu glauben.

Und nun stand auf einmal ein kleiner Byzantiner vor ihm, der Sproß zweier ehemals kaiserlicher Familien, und sagte etwas ganz anderes, als man von ihm erwartet hatte.

Unter diesen Umständen kostete Zeno sein nachsichtiges Lächeln einige Mühe. Aber es gelang ihm, und ihm gelang sogar, Sultana Katon mit einem Blick zu beschwichtigen.

Immerhin sei Isa nur ein Kind, dachte er, und er selbst ein Mann, dessen überzeugende Beredsamkeit schon viele Triumphe gefeiert habe.

«Mohammed Bey ein Isapostolos», tat er verwundert, «der apostelgleiche Kosmokrator aller Griechen?»

Mit der Nennung dieser beiden Titel verstieß Zeno nicht gegen den guten Ton; denn die wenigen islamitischen Persönlichkeiten in der Umgebung der Fürstin waren so ausgewählt, daß sie der christlichen Gesinnung der Sultana Rechnung trugen. Soweit war alles in Ordnung. Nur den Zweck, Isa zur Besinnung zu bringen, hatte Zeno nicht erreicht.

«Sie beleidigen Seine Majestät!» rief vielmehr der Knabe.

«Welche Majestät?» stellte Zeno sich unwissend.

«Den Kaiser! Sie nennen ihn Mohammed Bey. Er ist aber kein Bey! Er ist Sultan Mohammed Khan, der Chudawendkiar, der eine Padischah, der Herr zweier Erdteile und zweier Meere, der immer siegreiche Mehrer des Reiches!»

«Wie es die großen Geistesgaben Eurer Hoheit nicht anders erwarten ließen, bekundet die Antwort den guten Schüler», verneigte sich Zeno. «Aber wenn Mohammed auch alle Titel der früheren Kaiser aufnahm – einen wagte er doch nicht, sich beizulegen; den eines Göttlichsten Kaisers.»

«Allah ist nicht gezeugt und hat nicht gezeugt», gab ihm der Knabe ohne Besinnen zurück. «Es gibt keine göttlichen Menschen. Nicht einmal der Prophet war göttlich.»

«Und auch im Islam sind Eure Hoheit beschlagen ...»

«Ich bin beschnitten», war alles, was Isa darauf erwiderte.

Und so ungern die christlich fromme Sultana gerade den letzten Satz auch vernahm, so konnte sie ihn Isa doch nicht übelnehmen. Beschnitten zu sein war natürlich im Serail ihres Gatten so wenig eine Schande wie die christliche Taufe. Ja, wenn man – nun man endlich eines byzantinischen Prinzen von Geblüt habhaft geworden war – ihn etwa als Prätendenten gegen den Padischah gebrauchen wollte, so war bei Mohammeds türkischen Untertanen von Isas Eigenschaft als Moslem sogar eine ganz nützliche Verwirrung zu erhoffen.

Jedenfalls hätte diese Auffassung der Usun-Hassanschen Politik entsprochen.

In der Politik war überhaupt vieles zu verwerten. Beim Turkmanenherrscher vom Weißen Hammel befanden sich denn auch noch eine ganze Reihe anderer Prätendenten. Sie waren so gut beschnitten wie Isa; aber diese anderen erhoben Ansprüche auf irgendwelche Länder, die Mohammed erobert hatte, und brachen infolgedessen keine Lanze für den Padischah.

An diese mochte Zeno denken, als er über den Protest des Knaben lächelte. «Mit der Beschneidung unterzogen sich Eure Hoheit doch wohl nur einer leeren Zeremonie, bei der das Gewissen frei blieb?»

Für einen Erwachsenen wäre das eine klare Frage gewesen; nicht aber für ein Kind. Auch Isa vermochte hierauf nicht aus seinem Katechismus zu antworten.

«Das ist nicht wahr!» erregte er sich nur. «Über acht Tage hat das Fest meiner Beschneidung gedauert, und dreitausend andere Jungen sind dabei beschnitten worden wie ich, und meine Mama hat ein Lampenfest angeordnet, und Leila Sultana war auch da; aber sie wurde krank, die Arme.»

Offenbar hatte ihm seine liebe Mutter im Hinblick auf

die Verschiedenheit der Bekenntnisse das Gemüt nicht allzusehr beschwert. So versuchte es Zeno lieber noch einmal mit den Dingen dieser irdischen Welt: «Ein Kaiser ist also Mohammed und immer siegreich?»

«Ja», versteifte sich Isa in seinem Trotz, «unser Kaiser siegt immer.»

«Siegte er auch am Euphrat?» versuchte Zeno den Knaben.

Isa schwieg.

«Er siegte nicht», fuhr der Nobile fort, «am Euphrat wurde seine Macht gebrochen! Eure Hoheit waren selbst Zeuge. Das Heer von Rumili, der Kern von Mohammeds Macht, wurde vernichtet, und seine vornehmsten Kriegsagas wurden gefangen. Wo ist Omar Bey, der Sohn Turachans, des Eroberers des Peloponnes? Gefangen! Wo ist Hadschi Bey, der Defterdar Rumili? Gefangen! Wo ist der gelehrte Ahmed Tschelebi, der Sohn des Fenari? Gefangen! Und mit ihnen viele andere tapfere und berühmte Männer!»

«Aber mein Vater fiel!» rief Isa in seiner Bedrängnis, und zum erstenmal fühlte er über den Tod seines Vaters eine ehrliche Trauer und einen ehrlichen Stolz.

«Wir alle beklagen das Hinscheiden eines so großen Prinzen, wie es Euer Hoheit durchlauchtigster Vater war», stimmte Zeno ihm zu. «Er wäre würdig gewesen, den Thron von Byzanz zu besteigen.»

«Mein Vater wollte ja gar nicht!» widersprach Isa jedoch dieser Möglichkeit. «Er war immer dem Kaiser treu, noch ganz bis zuletzt!»

«Um so härter für den Usurpator, daß er diese Stütze verlor.»

Aber wie ein kleiner Wildkater benahm sich Isa.

«Das macht dem Kaiser gar nichts!» schrie er. «Unser Kaiser hat noch viele, viele tapfere und kluge Männer. Ihr werdet es ja sehen, wenn er selbst kommt!»

Isa keuchte vor Fanatismus.

«Er ist gut», wiederholte er immer wieder. «Kaiser Mohammed ist freundlich und gütig, und bei meiner Beschneidung war er auch! Es gibt keinen Kaiser wie ihn, und wenn ich erst wieder frei bin, dann will ich es euch schon zeigen! Alles will ich tun, um euch zu schlagen, und zuletzt will ich wie mein Vater sterben für den Kaiser!»

Es war nichts zu machen mit dem Jungen.

Mit einem Blick zur Sultana gestand Zeno seine Ohnmacht ein.

Auch sie war ratlos.

«Er ist nur noch ein wenig verstört», versuchte sie zwar sich und den Gesandten zu trösten – doch in ihrer Tiefe hatte sie erschauernd den großen Verführer Mohammed erahnt.

Ihre Mädchen gar waren völlig verscheucht. Sie hatten sich in das Kleid der Mutter verkrochen. Atike und Tamar hatten einfach Angst vor Isa, und sogar die Erwachsenen wehrten sich mit einem verlegenen Lächeln.

Der Krieg mit Mohammed, dachte der eine oder der andere dabei, möge wohl noch nicht ganz beendet sein.

«Du mußt immer gut aufhorchen, was dein Hofmeister Difrik sagt», neigte sich indessen Katharina Komnena über den Neffen. «Allmählich wirst du schon alles begreifen. Denn zuvörderst», schloß sie mit gütigem Spott, «mußt du ja noch ein Weilchen warten, bis du es uns zeigen und für deinen Mohammed kämpfen darfst.»

Das untertänige Lachen der Umgebung stellte das allgemeine seelische Gleichgewicht wieder her. Selbst Isa küßte der Frau Tante gesittet die Hand.

«Ich bin Euer Hoheit Gefangener», sagte er, «oh, Kadin Sultanüm Katharina!»

LIII

An den Lagerfeuern und in den Zelten ging bei den Männern das Gerücht um von einem Traum. Im Lied erklang es auf dem Marsch gegen Usun Hassan. Und Bärtige und Unbärtige fielen ein, wenn die Handtrommeln aufrauschten und zum Abgesang klirrten:

«Sultan Mohammeds Traum ist ein Traum.
der Verheißung,
Und wir Männer machen ihn wahr, diesen Traum
unseres Kaisers.
ALAI!»

Und Takt und Lied durchdrangen alle und waren wie feuriger Wein, der Menschen und Tiere voranriß.

Es habe Mohammed geträumt, ging der Sang, er, der Sultan und Khan, sei gekleidet gewesen wie ein Ringer und habe als ein Pehliwan, als ein Kampfheld, die beschwerte Keule gegen Usun Hassan geschwungen. Und da sei es geschehen: Sultan Mohammed, der Herr, sei gestürzt!

Hier klagten die Dudelsackpfeifen und Klarinetten, und die Handtrommeln murmelten dumpf, bis dann ihrem leise anhebenden Klirren von neuem der Sang entstieg.

Und ein Jauchzen erscholl, Mohammed habe sich wieder erhoben und Usun Hassans Brust einen solchen Schlag versetzt, daß ein Stück vom Herzen des Turkmanen zu Boden gefallen sei.

«Sultan Mohammeds Traum ist ein Traum
der Verheißung.
Und wir Männer machen ihn wahr, diesen Traum
unseres Kaisers.
ALAI!»

Die Deutung aber war die: Mohammeds Sturz habe die verlorene Euphrat-Schlacht zu bedeuten. Doch nun sei der Padischah ausgerückt, und bald werde er den Gegner treffen und überwinden.

Gestoßen war er auf ihn schon am oberen Euphrat.

Noch hatte der Fluß beide Heere getrennt, und Usun Hassans Stellung am jenseitigen erhöhten Ufer war höchst vorteilhaft gewesen. Immer wieder waren die Türken von den unermüdlich angreifenden persischen Reitern zurückgeworfen worden, und nur durch Kanonen, die Usun Hassan noch immer fehlten, hatte Mohammed den Übergang erzwingen können.

Dieser Mangel an Geschützen hatte sich in den sieben Tagen, die inzwischen verflossen waren, durch Usun Hassan nicht beheben lassen. Die venezianische Artillerie war im besten Fall von Süden her zu erwarten gewesen, während das turkmanische Heer nach Norden ausgewichen war.

Usun Hassan hatte nämlich ein Schlachtfeld gesucht, auf dem sich die Überlegenheit seiner Reiterei voll auswirken konnte, und das war die Ebene bei Terdschan in Kurdistan gewesen.

Wiederum stand sein Heer auf der Höhe, dieses Mal aber auf Hügeln, die breit ausluden und sanft abfielen, gerade so viel, um den Geschwadern die nötige Wucht zu geben.

Ganz nach dem Vorbild, das der große Timur vor siebzig Jahren aufgestellt hatte, harrten die turkmanischen Reiter im Morgendämmern, wohlausgerichtet und zu gelben, blauen und roten Tausendschaften gegliedert. Vor den Fronten aber knieten die Obersten neben den gesenkten Fahnen, indes der Schah sich seinen siegreichen Truppen ein letztes Mal vor der Schlacht noch zeigte.

Auf die gleiche Weise begrüßte an der Spitze des linken Flügels Prinz Seinel den vorbeireitenden Vater: das entblößte Schwert vor sich auf den Boden gelegt und die Stirn über die Klinge geneigt.

Seinel war der schönen Katharina Ältester und befand sich Sultan Mustafa gegenüber, der auf türkischer Seite den rechten Flügel kommandierte.

Im turkmanischen Zentrum jedoch standen Usun Hassans Garden, zwanzigtausend Kurudschi, und riefen dem Herrscher ihr weitschallendes «Schah! Schah!» entgegen.

Todesbereitschaft, unverbrüchliche Treue und der feste Wille zum Sieg waren der Sinn dieses Schreies, der keine leere Zeremonie war. Die auserlesenen Krieger waren ihrem Herrn nicht minder ergeben als einst die todgeweihten Assassinen ihrem Alten vom Berge.

Auf gepanzerten Pferden saßen sie, schwarz gewappnet sie selbst. Vom Sattelknopf hing ihnen die eiserne Keule, vom Rücken der Bogen. Als ein schreckenverbreitender Schmuck umwehten riesige Federbüsche die stählernen Helme, und die eschenen Lanzen hielten sie hochaufgerichtet wie die Spanier inmitten des Schafts.

Trotz der fehlenden Artillerie und seinem nur geringen Fußvolk hatte Usun Hassan Grund zur Zuversicht, als er am 26. Juli 1473 die Schlacht annahm, die über Anatolien entscheiden mußte. Beginnen freilich sollte Mohammed sie.

Mochten die Türken ruhig ihre gewohnte Schlachtaufstellung entwickeln. In ihren Angriff wollte der Turkmanenherrscher schon zeitig genug hineinbrausen.

Jetzt hielt seine hohe Gestalt, der er seinen Beinamen «Usun» verdankte, unter der großen Fahne vor seinen Kurudschi. Einen weißen Widder zeigte die Fahne im schwarzen Feld. So viel war den Turkmanen von ihrem Mongolentum übriggeblieben, daß sie ihrem Wappentier trotz aller Gebote des Korans die Treue bewahrt hatten. Unter der Hammelfahne befehligte der Schah, neben sich einen gefangenen Akindschi, der ihm und dem neugierigen Hofstaat das türkische Heer erklären mußte.

Von der aufsteigenden Sonne umstrahlt, strömte es über eine leichte Bodenwelle hinweg unaufhaltsam ins Schlachtfeld. Die Sonne war gegen die Türken und beleuchtete sie um so besser.

«Was sind das für grüne Fahnen?» fragte der Schah.

«Das sind die Reiter von Boli und Kastemuni unter dem Prinzen Isfendiar aus dem Hause ihrer alten Fürsten von Sinope.»

Nun erhob sich gewaltiger Staub. Aus ihm aber wogte wie ein Meer von Blut eine unermeßliche Menge Fußgänger hervor.

Es waren die Asaben.

Dreimal erscholl von neuem der ferne Donner der Hufe, schimmerten durch den Staub die goldenen Kugeln und

Spitzen der Standarten. Dreimal glaubte der Schah, es sei Sultan Mohammed selbst. Doch es waren nur die Sultane, seine Söhne Mustafa und Bajesid, und der Beglerbey Anatoli mit der Lehensreiterei ihrer Saime und Timarli.

Darauf folgte abermals Fußvolk mit rot und gelb gestreiften Fahnen und wunderseltenen Hauben. Weiße Schleier schienen ihnen von den Köpfen zu wallen und vorne mit goldenen Nadeln zusammengeheftet zu sein. Es waren aber die hinten herabhängenden weißen Filzhauben der Janitscharen, von deren Vorderseite in der Morgensonne die goldenen Löffel blitzten.

Wiederum Zaumgeklirr und Hufgetrab aus einem Meer von Staub in der Ferne.

Als sich die Woge verzog, flatterten rechts eine Menge von roten, links eine Menge von gelben Standarten und in der Mitte zwei große Fahnen, die eine rot, die andere weiß.

Der Großwesir des türkischen Reiches war auf dem Kampfplatz erschienen.

«Und was bedeuten die roten Fahnen? Wie Blut wehen sie über den Reitern. Wer sind diese Reiter», fragte der Schah, «die sich auf dem rechten Flügel an die Spitze drängen?»

«Das sind wir!» jubelte der Akindschi. «Die Renner und Reiter von Nikopolis! Die Kameraden haben es geschafft. Rechtzeitig sind sie da zur Schlacht unter unserem erblichen Feldherrn, dem Michaeloghlu!»

Rechts die Garde-Sipahi, links die Silihdare, die Schwertträger. Inmitten dieser Leibwache von Söldnern, besten Rotten des Heeres, hielt auf seinem arabischen Hengst Sultan Mohammed Khan, umschattet von den Federbüschen seiner Solaks, seiner Hartschiere, neben ihm der Mir Aalem, der Reichsstandartenträger, dessen grüne Fahne über dem Haupte des Großherrn mit schwerem Wallen den Morgen begrüßte.

Hinter den Janitscharen war des regierenden Sultans Platz, und die Janitscharen wieder hatten ihre Kamele und Fahrzeuge als Wagenburg vor sich, an die sich, die Feldgeschütze mit eisernen Ketten untereinander verbunden, auf beiden Seiten die Artillerie anschloß.

Weiter nach vorne hatte der Großwesir im Zentrum des Heeres seinen Befehlsstand. Eine Gasse durch die Wagenburg verband den Wesir mit dem Sultan.

Mohammed war nicht allein.

Was er auf dem Tulpenfest der Beschneidung voreilig ausgesprochen hatte, war jetzt Wahrheit geworden: Näher zu ihm noch als alle strotzende Pracht der Federn, Fahnen und Gewänder des persönlichen Dienstes saß Irün Sultana auf ihrem Schimmel.

Ihre Mädchen und Frauen hatte sie in den Zelten gelassen. Nur wenige Männer hatte sie um sich und den Verschnittenen Chisr.

Schwarz war ihr Kleid und bei frei herabhängenden Schulterärmeln sonst eng. Aber seine Schleppe fegte fast den Boden. Ein leichter weißer Schleier bedeckte den Mund der Sebasta, ihren Scheitel ein Turban von schwerer gelber Seide. Außer der doppelten Reiheragraffe mit blutroten Rubinen am Turban trug sie zum Zeichen ihrer Trauer um Chaß keinen Schmuck, und nichts an ihr hatte Farbe als der gelbe Turban und die Spitzen ihrer roten Stiefel.

Es war die bevorstehende Schlacht, die bereits in allen Adern Irenes pulste. Sie dachte an Chaß, an Isa und roch das Blut, das noch fließen sollte. Nichts Körperliches fühlte sie mehr in ihrer Erregung, und ihr war, als schwebe sie.

Waren unter ihren Vorfahren auch keine Justiniane und zweite Theodosiusse gewesen, die aufsässige Bevölkerungen zu Zehntausenden hatten hinschlachten lassen, so stammte sie doch von Männern und Frauen, die gewohnt gewesen waren, Blut zu vergießen, als Großgrundbesitzer das Blut gepeitschter Sklaven, als Kaiser und Kaiserinnen auch noch das ihrer Krieger und ihren Rechtssprüchen verfallener Menschen.

Irenes Augen öffneten sich weit, und ihre Nüstern blähten sich.

Sie hätte in Siwas bleiben können. Aber es war wie ein

Zwang gewesen, daß sie nun neben dem Kaiser war und auf einem Pferderücken saß.

Hundertachtzigtausend Turkmanen standen mehr als zweihunderttausend Türken gegenüber, und die Schlacht war im Gange.

Die Asaben zu Fuß und mehr als vierzigtausend leichte Reiter begannen sie.

In breiten, stetigen Wellen liefen die Rotten und Geschwader an. Anscheinend unaufhaltsam.

«Allah! Allah!» schwoll das türkische Kampfgeschrei, und das Dröhnen der Pauken steigerte sich zum Wirbel. Die Wagenburg wurde von zuschauenden Janitscharen erklettert. Selbst vom Troß und von den Weiberzelten kam man gelaufen, um zu sehen. Alles schrie Allah und Sieg!

«Großartig angesetzt», meinte Mohammed zu Irene. «Sie werden die Hämmel überrennen. Glauben Sie nicht auch?»

«Die Hämmel» nannten die Türken ihre turkmanischen Feinde.

«Bis zur Höhe?» zweifelte Irene. «Noch hat sich Usun Hassan nicht gerührt.»

Aber dann rührte er sich.

Auf einmal kam es von der Höhe zurück:

«Schah! Schah! Schah!!!»

Und im gleichen Augenblick waren die turkmanischen Linien auch schon in Bewegung.

Durch die Staubwand blitzten Fahnen, Farben, Waffen. Die Pauken dröhnten Orkan. Immer rasender wurden die Schreie.

«Schah!»

«Allah!!»

«Schah!!!»

Mit einem klirrenden Krach wie von metallenen Becken fiel Usun Hassans Reiterei in die hinaufstürmende türkische Linie, zerbrach sie, durchdrang sie. Fahnen schwankten, verschwanden. Die weite Himmelskuppel wurde zu einer niedrigen Decke. Keuchende Heiserkeit schrie, dröhnte gegen sie an mit Gehämmer.

Alles verschwand.

«Möchte wissen, was sich Mahmud gedacht hat», murrte Mohammed und riß, daß sein Hengst ins Gebiß knirschte, am Zügel.

Und dann kam es auch schon wie Blutstropfen den Hang herab, einzelne Tropfen, Rinnsale und Flut.

Die Asaben wichen.

Offiziere vom Stabe des Großwesirs preschten ihnen entgegen.

«Hinter die Kanonen! In die Karrees!!»

Die Flüchtigen rannten um ihr Leben, und nicht alle hatten die Geschützketten übersprungen, als das Feuer begann.

Für Usun Hassans Reiter war das der erste Halt. Menschen und Tiere wanden sich am Boden. Die fliehenden Akindschi und andere leichte Reiter konnten das Weite gewinnen.

Sogleich jedoch begann ein jagendes Kreisen der siegenden Turkmanen, und ein anhaltender Hagelschlag zischender Pfeile fiel in die gedrängten türkischen Massen.

Karamani aber, der Nischandschi, Mohammeds Staatssekretär für den kaiserlichen Namenszug, schrieb mit der Gelassenheit des Dichters und Gelehrten in sein Buch:

«Den aufgeregten Wellen zu vergleichen, deren Wut sich an einer Felseninsel bricht, so wurde unser Angriff zurückgeworfen. Unendlich hatten besonders unsere Kanoniere von den feindlichen Pfeilen zu leiden, die als finstere Wolke die Sonne verdunkelten.»

«Ob Mahmud wirklich weiter nichts einfällt?» fragte Mohammed Irene.

«Die Einfälle schickt Gott», sagte sie.

«Nicht jedem», begegnete er ihrem Vorwurf.

Gerade jetzt erlaubte sich auch noch der Segbanbaschi, der Aga der Janitscharen, alleruntertänigst vorzustellen, ob Seine allerhöchste Majestät nicht angesichts der großen Gefahr den Einsatz der Janitscharen zu befehlen geruhen wolle?

«Wage es nicht, mich noch einmal ungefragt anzureden», herrschte Mohammed ihn zwar an, um dann allerdings, zu Irene gewendet, hinzuzufügen: «Aber recht hat er.»

Inzwischen waren die Kanonen trotz allem zum Teil neu geladen, und als solle der Kaiser eines anderen belehrt werden, zogen Usun Hassans eingesetzte Regimenter sich schleunigst auf ihre Hauptmacht zurück. Bei diesem Anblick stießen die Türken ein Siegesgeschrei aus, eine so große Erleichterung empfanden sie.

Dem Großwesir freilich verursachte dies Zurückweichen nur neue Besorgnis, sah er doch, wie fest in der Hand der Gegner seine Truppen hatte. Mahmuds Blick verdüsterte sich, wenn er zu den Höhen hinüberschweifte, wo Usun Hassans schwere Reiterei und seine Kurudschi noch völlig unversehrt standen. Es war nicht geglückt, sie auch nur einen Schritt aus ihrer Stellung zu locken, und die Wirkung mußte furchtbar sein, wenn diese Schwergepanzerten in der letzten, entscheidenden Minute von oben herunter auf die Türken prasseln würden.

Und diese letzte Minute sei noch fern! dachte Mahmud. Wenn es nach Usun Hassan gehe, komme sie sicher nicht vor dem Abend.

Die Zurücknahme der leichten Reiterei bedeutete nicht viel mehr als das Neuladen der Kanonen. In jeder Feuerpause würden die Tausendschaften herabstoßen und der türkischen Schlachtstellung kreisend mit Pfeilhagel zusetzen, alles nur, um sie zu zermürben und für die Entscheidung reif zu machen.

Immerhin hatten die Akindschi sich wieder auf Sultan Mustafas Flügel gesammelt. Und das war gut. Denn wenn es gelang, den linken turkmanischen Flügel unter dem Prinzen Seinel zu werfen, dann konnten auch die Türken eine Höhenstellung erzwingen, und damit würde den Schwergepanzerten viel von ihrer Furchtbarkeit genommen sein.

Diese Aufgabe fiel Sultan Mustafa zu. Er mußte verstärkt werden.

«Acht Geschütze von rechts», befahl Mahmud.

«Geschütz eins bis acht von der Kette!» ging der Befehl weiter zur Artillerie rechts.

Ein Offizier vom Stabe Mustafas kam geritten.

«Kaiserliche Hoheit erwartet einen neuen Angriff. Kaiserliche Hoheit ersucht Euer Hoheit um Verstärkung durch Janitscharen, durch Flintenträger besonders.»

Erwartungsvoll sah der Mann den Großwesir an. Mahmuds Feindschaft mit Sultan Mustafa war zu bekannt. Würde der Großwesir den Sohn des Kaisers im Stich lassen?

«Natürlich greifen sie an, wenn wir ihnen Zeit dazu lassen», sagte Mahmud. «Aber Flinten bekommt ihr nicht und keine Janitscharen. Ihr bekommt Kanonen. Damit hinauf, so weit ihr kommt, und dann gefeuert! Angriff ohne Verzug! Befehl Seiner Majestät.»

Wiederum griffen die Türken auf beiden Flügeln an, und mit sechzigtausend Mann frischer Truppen. Und dieses Mal wurden sie nicht geworfen.

Durch kamen sie aber nicht. Auf halber Höhe blieben sie stecken.

LIV

Besonders im Kampf zwischen den Heeresgruppen Sultan Mustafas und Mirza Seinels floß das Blut auf beiden Seiten in Strömen, und noch immer drohte den Türken die schwere Wetterwolke der Kurudschi auf der Höhe.

Plötzlich kam irgendwoher zu den Janitscharen das Kommando: «Lanzen auf!» Und ein Wald der fast fünf Meter hohen Pieken bedrohte den Himmel.

Die Toparadschi, Troßsoldaten, rissen, um Platz zu schaffen, die Wagenburg ein. Die Topdschi, Kanoniere, lösten die Ketten ihrer Geschütze. Und die geschlagenen Truppen formten sich neu im Rücken des Heeres.

Als sich nun der Großwesir nahte, brauchte er nicht den Sattel zu verlassen. Der Kaiser kam selbst auf ihn zu. Und alles wich zurück, um das Gespräch der Fürsten nicht zu stören – des Fürsten dieser Schlacht und des geborenen Fürsten und Herrn.

«Die Entscheidung ist da», begann Mahmud, und seine Stimme war die eines Blutsbruders und Freundes.

«Du führst die Janitscharen in die Schlacht?»

«Nein, du.»

«Ich? Sie lieben mich nicht.»

«Eben deswegen mußt du sie führen. Wenn sie unter dir siegen, werden sie dich lieben, solange du lebst.»

«Du schickst mich in den Sieg?» kam es mißtrauisch zurück. «Wirklich in den Sieg?»

Zu seiner ganzen Höhe richtete sich Mahmud auf, und seine Stimme wurde zu Eis.

«Mohammed Khan», sagte er, «du bist der Kaiser und kennst unsere Lage. Werden wir geschlagen, so gibt es kein Entrinnen. Und so schicke ich dich auch in eine Niederlage. Denn für einen Nachfahren Osmans darf es keine andere geben als die an der Spitze seiner Truppen. Er sinkt mit seinen Fahnen. Du aber wirst nicht sinken, Mohammed Khan. Beim Andenken meiner Mutter, du wirst siegen.»

«Beim Andenken deiner Mutter? Dann glaube ich dir.»

«Ich hatte gehofft, du würdest deinem Freunde glauben», meinte Mahmud traurig. «Es ist alles geordnet», fuhr er dann fort. «Die Kanonen erst dann, wenn die Kurudschi angreifen.»

«Du folgst mir?»

«Nein. Dieser Sieg gehört dem Padischah. Sein Wesir darf nichts damit zu tun haben.»

Kaiser und Großwesir trennten sich.

Eines aber konnte Mohammed sich nicht versagen, und das war dieses: «Achten Sie wohl auf, Kusine», sagte er zu Irene und erinnerte sie, ehe er seinen Platz einnahm, an ihr Gespräch vor Leila Sultanas Erkrankung, «ich werde Ihnen beweisen, daß ich zu siegen verstehe. So gut wie – irgendein anderer.»

Siebenzigtausend Janitscharen standen, jede Oda, jede

Kammer, als Karree um die Fahne und die Arkebusiere geschart, wie ebenso viele Würfel starrender Lanzen zu zwei Flügeln aneinandergereiht. In die Mitte rückten die Sipahi und Silihdare. Und als Mohammed nun neben der heiligen grünen Fahne den Säbel zog, brauste aus der Kehle selbst der aufsässigsten Janitscharen so begeistert wie nur je das Alai.

Sie alle waren vorwiegend Byzantiner, und was ihren Vorfahren der Stirnreif der göttlichen Basileen gewesen war, das war ihnen jetzt der Säbel Osmans in der Hand seines Nachkommen. Mochten sie noch so fanatische Söhne des Islams geworden sein, so galt ihnen diese Klinge doch mehr als ein Stück Stahl. Ihr Blinken traf die Männer als ein Strahl aus dem Jenseits, und das Gefühl, daß ihnen nicht menschlicher, sondern göttlicher Wille befehle, riß sie voran.

Selbst Mahmud, den sie liebten, bedeutete ihnen in diesem Augenblick nichts gegen den Padischah, der ihr Herr war und ihre Stärke. Sollte er fallen, sein Turban verschwinden, die heilige Fahne sinken – so würden sie mit Wehgeschrei die Flucht ergreifen, sie, die Starken, eine Beute des Schwächsten.

Mit siebzigtausend Janitscharen und zwanzig Geschützen griff Mohammed im Sturmschritt an.

Eine Weile sah man noch den Wald der wandernden Lanzen. Dann aber, als habe ihn eine Windsbraut gefällt, verschwand er. Die Lanzen fielen, dem Feind entgegen, nach vorn. – Nun sah man nichts mehr.

«Ich wünschte, Eure Hoheit wären in Siwas», begann Mahmud das Gespräch mit Irene.

«Und ich wünschte, Sie hätten den Kaiser nicht ins Getümmel gehetzt», erwiderte sie ihm mit ernsten Augen. «War es nicht genug mit Chaß?»

«Chaß ging seinen eigenen Weg.»

«Und der Kaiser?»

«Den des Siegs.»

«Ich sehe den Sieg nicht», sagte sie.

Und der Augenblick schien ihr recht zu geben.

Wohl hatte der Sturm der Janitscharen sich in die feindlichen Reiter gefressen; aber auch er war zum Stehen gekommen, und die Phalangen des wehrhaften Fußvolkes vermochten die Stellungen nur noch zu halten.

Die Stunde der Entscheidung war da.

Mochte Usun Hassan sie sich auch später gedacht haben, so war er doch Feldherr genug, sie zu spüren.

Gleich hingen die Schalen am Wägbalken der Schlacht – jetzt warf er sein letztes Gewicht in die Schale, und dieses Gewicht war schwer.

Wie ein gewaltiger Hammer fielen seine Schwergepanzerten schräg von der Höhe auf die Türken.

Immer rasender wurde ihr Galopp – die Erde erzitterte.

«Schah! Schah!! Schah!!!»

Nicht nach Mohammeds Sieg sah es aus, als Irene, ohne etwas zu denken, ihr Pferd anspornte, der Höhe entgegen, dorthin, wo der Kaiser war.

Wie eine schwarze, zu Boden gesenkte Fahne flatterte ihr Kleid.

«Mein erstes Geschwader folgt der Sebasta!» befahl Mahmud seiner Leibwache. Er selbst blieb, wo er war.

Noch dauerte die Schlacht, und er gab sie nicht verloren.

Es war alles geordnet.

Die Karrees der Janitscharen öffneten sich. Flinten und Kanonen hatten freie Bahn.

Zweimal kamen die Arkebusiere zu Schuß, dann entluden sich zehn der Geschütze, und vor deren Lärmen vor allem scheuten die turkmanischen Pferde. Sie bäumten sich über den gefallenen Genossen. Die ersten Reihen waren gebremst.

Mit voller Wucht brausten die folgenden in sie hinein, und in das Getümmel donnerten die andern zehn Kanonen, krachten die Flinten der Janitscharen.

Heillos war die Verwirrung.

Usun Hassans linker Flügel wurde von Sultan Mustafas Reitern geworfen, Mirza Seinel, der ihn führte, tödlich verwundet. Noch auf dem Schlachtfeld gab der Prinz seinen Geist auf.

Und nun durchbrach auch Bajesid, Mohammeds zweiter Sohn, das rechte turkmanische Treffen. Neue Artilleriesalven im Zentrum aber jagten sogar die Kurudschi auseinander.

Dem Schah entglitt sein Heer.

In aufgelöster Flucht suchte es nur noch sein Leben zu retten.

«Das ganze Lager genommen! Unermeßlich die Beute!»

«Tausend Gefangene!»

«Dreitausend Gefangene!»

Eine Meldung jagte die andere, und es war Mohammed selbst, der sie entgegennahm. Er hatte gesiegt und gab die Befehle. Er sonnte sich in seinem Sieg. Man sollte ihn sehen und hören. Irgendwo neben ihm war die Frau, die nie sein eigen gewesen und ihm doch nachgesprengt war in die Schlacht.

Ein Diwan zu Pferde war befohlen, und die Generäle schlossen sich zu einem Kreis. Einer von ihnen aber sprang mit einem Triumphgeschrei aus dem Sattel, um vor die kaiserlichen Hufe den Kopf des gefallenen Prinzen Seinel zu rollen.

Als er sich jedoch dem Steigbügel seines Padischahs zum Kusse nahte, schleuderte ihn eine heftige Bewegung Mohammeds zurück.

Dieser General war Ali Bey Michaeloghlu, und er glaubte, ein Lob für sein rechtzeitiges Eintreffen zur Schlacht verdient zu haben und für den Kopf.

Ihrer ganzen eisernen Zucht, die bisher ihr Leben geregelt hatte, bedurfte Irene, um nicht laut zu schreien: Isa! Wo ist Isa?!

Mohammed tat es für sie.

«Wo hast du Isa Bey?!» fragte er und rief es so laut, daß Mahmud, der in der Nähe hielt, den Ausbruch seines Zornes vernehmen konnte.

Doch der Großwesir wandte das Haupt nicht.

Während der Michaeloghlu indessen etwas von «Meldung erstatten» stammelte, sah Irene nichts als diese beiden Männer: Mohammed und Mahmud.

Ihr Gatte war tot und nun auch, wie sie hörte, ihr Sohn. Wem die Schuld zu geben sei, fragte sie sich nicht mehr.

Denn nicht einen einzigen Blick hatte Mahmud Pascha für den Tod eines Freundes und dessen Knaben.

«Leute wie du melden sich bei Unserem Wesir und nicht bei Unserer allerhöchsten Majestät», überschrie Mohammed den Michaeloghlu. «Du jedoch scheinst Unsere Feldherren, die Wir über dich setzten, geringzuachten. Wo warst du, Unverständiger, als Chaß fiel, Unser Freund, den Wir liebten? Hunderte deinesgleichen wiegen ihn nicht auf. Und du sprichst Törichtes von geheimen Befehlen. Wer bist du, daß jemandem einfallen könnte, dir, einem Schwätzer, geheime Befehle zu geben? Von wem konntest du, Armseliger, Befehle erwarten, wenn nicht von Chaß, deinem Pascha und Herrn?!»

Mohammeds Hand zuckte nach der kaiserlichen Keule und schon krachte sie mehrere Male dumpf auf Schultern und Rücken des Geduckten.

Das war eine Züchtigung und zugleich eine Begnadigung. Gegen wen sich die Hand des Kaisers erhoben hatte, den erreichte die des Henkers nicht mehr. Bei der Belagerung von Konstantinopel war der damalige Großadmiral Baltaoghlu von Mohammed fast erschlagen worden. Aber da es der Gestrafte überlebt hatte, war er im Amt geblieben, als sei nichts geschehen.

Auch Ali fühlte noch Leben in sich und atmete auf.

«Nicht einmal zum Knabenhüter taugst du!» rief der Kaiser. «Den Sohn Unseres Freundes, Unser geliebtes Kind ließest du ertrinken! Über eine hohe Frau brachtest du Kummer und Leid. Verruchter! Wage es nicht, dich in Unserm Diwan zu zeigen! Und komme Uns nicht vor Unser Angesicht, es sei denn nach einem Sieg! Wenn du nicht siegen kannst, stirb.»

Es war anzunehmen, daß die Vergeltung an den Gefangenen wegen der Greuel von Tokat schwer ausfallen würde. Darum ordnete Mohammed an, vorerst alle namhaften turkmanischen Dichter und Gelehrten von den übrigen abzusondern und mit den ihnen gebührenden Ehren zu behandeln. Er durfte nicht zaudern, wollte er das Leben von Männern retten, deren Namen in der Welt des Islams mit Ehrfurcht genannt wurden.

Als er sich dann aber nach Irene umschaute, war sie verschwunden. Sie war vom Pferd gesunken, und Chisr hatte sie auf einer Plane ins Zeltlager zurückgebracht. Fast wie in Kartuza war es gewesen, als Chisr sie, die nur mit seinem Mantel bekleidet gewesen war, dem Kloster entführt hatte.

Bei der Nachricht hiervon war es Mohammed zuerst, als sei die Schlacht von Terdschan umsonst geschlagen worden. Er hatte sich Irene als Sieger zu zeigen gedacht, und nun war sie in die Bewußtlosigkeit eines Nervenfiebers versunken. Die Nachricht vom Tode des Sohnes war zuviel für sie gewesen.

Es war alles ganz einfach.

Ehe Hakim Jakub, der Jude, der Kranken folgte, berichtete er kurz. Es habe keinen Zweck, sie aufzusuchen, war seine Meinung, in den nächsten Wochen werde sie niemanden empfangen können. Außerdem müsse sie nach Siwas.

Mohammed aber war Kaiser und hatte zu bleiben, wo er war.

Der Diwan begann.

Alle Paschas und Heerführer hielten es für selbstverständlich, sofort Usun Hassans Verfolgung aufzunehmen, um womöglich ein Ende mit ihm zu machen. Alle dachten so – auch der Padischah.

Der Großwesir allein widersprach.

Usun Hassan habe sich nach dem gebirgigen Taurien geworfen, und sein Heer sei zu gut diszipliniert, um sich nicht trotz der Niederlage wieder zusammenzufinden. Vorerst gelte es, die Früchte des Sieges zu pflücken: Schabin-Karahissar, die Veste, und Karaman, das Land. Dem Feind zu folgen sei gefährlich; denn man selbst habe ebenfalls große Verluste erlitten.

Finster überblickte Mohammed das Schlachtfeld, das seine Soldaten zu Zehntausenden deckten, unter ihnen manch ein Pascha.

Es war ihm ärgerlich, daß Mahmud recht haben sollte – er allein von allen.

Aber Mahmud hatte recht.

Und daher erhob der Kaiser mitten in einer heftigen Entgegnung Sultan Mustafas, seines Sohnes, die Hand.

Stille trat ein.

Außer Mustafa gab es noch andere, die dem Großwesir eine Niederlage gönnten.

«Das Heer geht auf Karahissar zurück», entschied aber der Kaiser. «Die Befehle gibt Mahmud.»

Karahissar wurde ohne Schwertstreich genommen und Karamanien gesäubert.

Aber Sultan Mustafa starb.

Sein Nachfolger im eroberten Karaman wurde Irenes Pflegesohn, Sultan Dschem.

Und der Großwesir Mahmud wurde zum zweitenmal abgesetzt.

Usun Hassan war nicht mehr zu fürchten. Nichts war mehr zu fürchten für Mohammeds Reich.

LV

Den Hofkreisen in Konstantinopel war vieles rätselhaft. Um so mehr Leute gab es darum, die alles ganz genau und aus den besten Quellen zu wissen vorgaben.

Vornehmlich lieferten die Gründe für Mahmuds zweite Absetzung vom Großwesirat den Gesprächsstoff.

Schon gleich zu Anfang bei seiner erneuten Ernennung, sagten die einen, habe er den Großherrn erzürnt, weil er nicht im vorangegangenen Winter den Feldzug gegen Usun

Hassan habe beginnen wollen. Aber natürlich! Unter dem verstorbenen Sultan Mustafa zu kommandieren, sei Mahmud zu stolz gewesen.

Nein, erklärten die andern, Mahmuds Weigerung, dem Feind nach der Schlacht bei Terdschan tiefer in dessen Land zu folgen, habe seinen Sturz herbeigeführt.

Noch andere erinnerten an des Großwesirs Menschlichkeit, durch die dem Fürsten von Karaman vor sechs Jahren bei Larenda die Flucht ermöglicht worden sei – ein weiterer Anlaß zu Mohammeds Zorn, den der Herrscher nach seiner Gewohnheit wohl hinuntergeknirscht habe, jedoch nur so lange, bis Mahmud nach dem Sieg über Usun Hassan entbehrlich geworden sei.

Denn das eine ließ sich nicht leugnen: Mahmud war in allerhöchster Ungnade. Nicht einmal ein minderes Amt hatte er erhalten. Als einfacher Privatmann lebte er in Konstantinopel.

Auch Irene war dort.

Sie trauerte in ihrem Palaste um Isa und Chaß. Und die Tatsache, daß sie ihre Genesung dem Kaiser nicht hatte melden lassen und daß Mohammed sie nicht ein einziges Mal aufgesucht hatte, war ebenfalls die Ursache zahlreicher Vermutungen.

Eine Parteinahme Irenes für Mahmud – wie Mohammed das auffassen mochte – war deren Zurückhaltung allerdings nicht. Mahmuds wegen hatte sie sogar zu dessen Frau, ihrer Freundin Annina, alle Beziehungen abgebrochen. Sie wollte sie nicht sehen, um ihr nicht sagen zu müssen, daß sie Mohammeds Urteil über Anninas Mann gerecht finde und milde zugleich.

Denn immerhin konnte Mahmud noch eine Pilgerreise nach Mekka planen.

Schon andere verungnadete Staatsmänner hatten sich durch eine solche Pilgerfahrt, zu der die Erlaubnis schwer zu versagen war, ihres Lebens versichert, und so war dies freilich nur ein weiterer Beweis von Mahmuds hoffnungslosem Verhältnis zu Mohammed.

Aber Mahmud lebte. Das war mehr, als man von Chaß sagen konnte und vermutlich von Isa.

«Warum bleibt Isa so lange weg?» fragte die kleine Leila Sultana. «Er soll wiederkommen!» Mohammeds jüngste Tochter hing sehr an Irene, doch über Isa ging ihr nichts.

Theodora jedoch wies ihre Kleine zurecht und wandte dann Isas Mutter ein teilnehmendes Gesicht zu.

Sie kam in letzter Zeit oft zu Irene, und meist brachte sie Leila mit. An alten Groll dachte Theodora nicht mehr, schien es sich doch herausgestellt zu haben, daß Mohammed der Irene so wenig gehörte wie ihr selbst. Jetzt erinnerte sie sich mehr dessen, was ihnen gemeinsam war. Beide hatten sie ihre Familien verloren. Die Komnenen von Trapezunt waren so gut wie das Herzogshaus von Lesbos Mohammeds Politik zum Opfer gefallen, und so empfand sie sich in zweifacher Hinsicht als Leidensgefährtin Irenes.

Nicht einmal Leilas Neigung mißgönnte sie der Nichte heute. Schließlich war sie selbst Mohammeds Frau, und gegen ihn als Vater konnte sie höchstens den Vorwurf erheben, daß er Leila verziehe. Irene aber hatte den Mann und den Sohn verloren.

Demnach fühlte Theodora sich der Verwitweten sehr überlegen, und das machte sie milde.

«Schilt Leila nicht», bat Irene, «auch sie liebte Isa.»

Die tiefe Hoffnungslosigkeit, mit der Irene von Isa als von einem Dahingegangenen sprach, ließ Theodoras Augen feucht werden. Die Dame war überhaupt von ihrem weichen und edlen Gemüt fest überzeugt, nur durfte man von ihr nicht verlangen, daß sie es auch bekundete, wenn ihr dadurch Ungelegenheiten erwachsen konnten.

Danach aber sah es aus, als der Kammerherr jetzt meldete, Ihre Kaiserliche Hoheit Annina Paläologa, die Gattin des gewesenen Großwesirs, sei vorgefahren, um der Sebasta einen Besuch abzustatten.

«Du wirst sie doch nicht empfangen?» fragte Theodora.

«Wie wäre es möglich, das nicht zu tun?»

Auch Irene gereichte Anninas unerwartetes Erscheinen zu großem Erstaunen, doch hätte sie die Freundin von einst niemals verleugnet.

«Dann entschuldige, wenn ich mich jetzt entferne», meinte jedoch Theodora. «Ich kann nicht wissen, wie der Kaiser es aufnimmt. Annina nimmt zu entschieden Partei für Mahmud.»

«Er ist ihr Mann», sagte Irene, «und der Vater ihres Sohnes.»

Schwarz und schlank stand Irene vor dem Goldgrund der gewirkten Tapete. Annina dagegen war in ihren weiten und schweren Gewändern der leichtfertigeren Atike ihrer ehemaligen Hoftracht unendlich fern. Das Silbergrau ihres Kleides und ihr veilchenfarbener Kapuzenmantel gebührten eher einer Matrone als einer noch jungen Frau. Ihrer Tante Eudoxia, der Zoste patriciae, mußte Irene gedenken. Niemals hätte diese große Dame etwas angelegt, was den Kleidern einer Bürgersfrau so ähnlich gewesen wäre. Aber auf die sonst so christliche Annina waren die Verhüllungen, die dem Islam als ehrbar galten, schließlich doch nicht ohne Einfluß geblieben. Ganz gefalteter Stoff und ohne erkennbaren Körper stand sie jetzt da.

Unsichtbar blieb auch die verhaltene Erregung der beiden Damen, ohne daß sie deswegen die unerläßlichen Empfangszeremonien oder die üblichen Fragen, Antworten und Gegenfragen abzukürzen getrachtet hätten. Es geschah alles, wie es Rang und Erziehung der hohen Frauen erwarten ließen.

So dauerte es lange, bis ein wirklicher Grund, sich zurückzuziehen, gefunden war. Dann jedoch weinte Annina, und auch Irene war bewegt.

Erst als die andere ihren Gatten erwähnte, richtete Irene sich auf.

«Du sprachst ihn?» fragte sie, als sei es nicht gut, Mahmud zu sehen.

«Ich spreche ihn jeden Tag», gab Annina zu.

«Und er sagte nie etwas über Chaß?»

«Nie.»

Irenes Züge wurden starr.

«Oh, ich weiß, was du denkst!» rief Annina. «Deine Gedanken sind schrecklich, Irene!»

«Und deine? Sind sie weniger schrecklich?»

Ein ratloses Weinen war die Antwort.

«Du warst Zeugin», meinte Irene leise, «wie Mahmud mir seinen Harem anbot. Als eine Zuflucht, sagte er. In deiner Gegenwart geschah das, Annina. Und es war, bevor ich Chaß zum Manne nahm.»

Ein flehender Blick Anninas hemmte Irene.

«Aber von Isa sprach Mahmud», warb Annina für ihren Mann. «Willst du nicht hören, was er von Isa weiß?»

Ganz still war es im Zimmer.

«Hat man – hat man meinen Jungen gefunden? Und wo?»

«Aber nein, Irene! Du mußt sehr stark sein. Du mußt etwas hören, was du nicht vermutest. Es ist noch gar nicht sicher, daß Isa tot ist!»

Annina vernahm einen Laut. Er klang wie ein erstickter Schrei. Ganz blaß war Irene geworden, und ihre Hände griffen ans Herz.

«Isa soll Diarbekr sein», sagte Annina.

Immer fester krallte Irene die Nägel in ihr Fleisch.

«Sie haben ihn in der Euphratschlacht gefangen, und nun soll er bei Despina Katon sein, bei deiner Kusine.»

Keine Antwort. Kein Laut.

«Er ist in Diarbekr!» rief Annina. «Sie halten es geheim, weil Usun Hassan ihn gegen den Kaiser gebrauchen will.»

Endlich löste sich Irenes Erstarrung.

«Sagt Mahmud das?» fragte sie heiser.

Annina nickte. Sprechen konnte sie nicht mehr. Stumm küßte sie der Mutter des Wiedergefundenen die Hände.

Denn jetzt entquollen auch Irenes Wimpern Tränen.

Kein Kleines war diese Nachricht für sie. Irene wußte um Mahmuds Verbindungen mit den Gelehrten der ganzen

Welt. Die Nachricht konnte also wahr sein, und sie war es, wenn Mahmud es sagte.

Sie war nicht mehr Mohammeds beratende Freundin, und es sah ganz danach aus, als habe sich der Kaiser durch sein Fernhalten jeder Bitte zu Mahmuds Gunsten entziehen wollen. Nicht ein drittes Mal sollte dessen Schicksal in ihren Händen ruhen. Von ihr hatte Mahmud nichts zu gewinnen. Nichts durch eine Lüge.

Chaß war tot. Niemand konnte ihn wieder erwecken. Aber Isa lebte. Daran zweifelte Irene nicht mehr. Und fast war ihr, als habe Mahmud ihn ihr wiedergegeben.

Doch dies Gefühl eines Augenblicks ging vorüber.

Und dann dachte sie weder an Chaß noch an Mahmud, nicht einmal an Mohammed und nur noch an Isa.

Das Kind lebte; aber nicht bei ihr, und wenn Usun Hassan Isa gebrauchen wollte, würde er ihn nicht freigeben. Mit Schaudern dachte Irene an die Gefahr für ihren Sohn, falls man ihn als Prätendenten gegen Mohammed aufstellen würde. Schon daß überhaupt einmal die Absicht gehegt worden sei, könne Isa später zum Verderben gereichen. In einem solchen Fall hätte der Kaiser seine eigenen Kinder nicht verschont.

«Man darf hier nicht wissen, daß Isa lebt», sagte sie.

Annina verwunderte sich.

«Seltsam», meinte sie, «dasselbe sagte Mahmud. Aber wie willst du Isa wiederbekommen? Wenn sich der Kaiser nicht seiner annimmt ...»

«Gerade der Kaiser darf nichts wissen.»

«Aber wir haben doch genug turkmanische Gefangene, gegen die man Isa austauschen könnte!»

«Es ist besser, ich hole ihn selbst.»

«Du?» zweifelte Annina. «Man wird dich nicht über die Grenze lassen.»

«Ich werde nicht erzählen, daß ich hinüber will. Karaman liegt dem Euphrat näher als Konstantinopel, und in Karaman regiert Dschem. Ich werde Dschem einen Besuch machen, Annina.»

«Auch der wird es nicht zugeben.»

Irene lächelte nur.

«Sultan Dschem ist mein Sohn», sagte sie, «und er wird seiner Mutter nicht ungehorsam sein.»

Annina hatte die Freundin immer bewundert. Jetzt sah sie anbetend zu ihr empor.

«Du wirst durch Feuer gehen», erklärte sie. «Du brauchst nur zu wollen. Ich glaube das selbst. Nur –», kam ihr wieder ein Zweifel, «wenn Mohammed deine Absicht bemerkt. Du kennst sein Mißtrauen! Schon mein Besuch ...»

«Er wird etwas anderes glauben», wich Irene aus.

«Daß ich für Mahmud gebeten habe?» fragte Annina tapfer. «Mag sein, nein, gewiß wird er auch das vermuten. Doch Mahmud sagt, der Kaiser begnüge sich selten mit einer einzigen Hypothese. Und dann – hast du auch das bedacht, Irene? – könnte einer seiner Gedanken die Wahrheit berühren. Kein Mensch fand Isas Leiche.»

«Sind wir nicht Freundinnen?» meinte Irene. «Und wärest du nicht imstande gewesen, mir auch ohne einen Anlaß deinen Besuch zu machen?»

«Wenn der Kaiser das glauben soll, müßtest du meinen Besuch erwidern», wagte sich Annina mit einem bittenden Blick hervor.

Irene konnte sich jedoch zu keiner Antwort entschließen.

«Sprich mit ihm», bat Annina und meinte Mahmud. «Vielleicht kann er sich rechtfertigen.»

«Hat er es dir gegenüber auch nur versucht? Nein, Annina, wir sind Freundinnen, und du bist seine Frau. Um deinetwillen sage ich jetzt nicht, was ich sagen müßte, wenn ich ihn sähe.»

Annina beugte den Scheitel.

Auch ihre Mutterschaft hatte nichts daran ändern können, daß Mahmud ihren Sorgen näher stand als selbst ihr Sohn.

«Du wirst ihn nicht sehen», flüsterte sie dennoch.

Und bei Irenes Gegenbesuch war der Gang zwischen Mahmuds und Anninas Gemächern vermauert.

LVI

Beim Schein der Nachmittagssonne hob mit langen, schmalen Fingern der Arzt das Lid. Was er schon oft beobachtet hatte, bestätigte sich: Der Augapfel zeigte ein stark gelbliches Weiß und gerötete Adern.

«Du erinnerst mich an jenen Mann aus dem Schwank, mein Jakub», lachte der Kaiser.

«Wenn Eure Majestät mich belehren möchten?» lächelte der Hakim zurück.

«Natürlich war er kein Gläubiger», spöttelte Mohammed, «kein Mann des Islams und – dir zu Ehren sei es angenommen – auch keiner der Thora. Er war, sagen wir, ein christlicher Jüngling, dem man ein schönes Mädchen zur Ehe anbot. Was erwiderte nun der Jüngling?»

«Vielleicht geruhen Eure Majestät, es mir zu sagen?»

«Ich geruhe, und du wirst eine verständige Antwort vernehmen. Der Jüngling erklärte nämlich, daß er sich nicht entscheiden könne, bevor er das Mädchen nicht nackend gesehen habe. Zwar ließ alles auf die Wohlgestalt der Verhüllten schließen, doch gerade darum sprach er so.»

«Einer Häßlichen hätte er eher noch einen Mantel gereicht.»

«Du bist fast so weise wie jener Jüngling, mein Jakub, und der wieder war ebenso reich, wie man dir nachsagt, ohne daß es dir meine Steuererheber freilich nachzuweisen vermöchten. Dagegen besaßen die Eltern des Mädchens nicht viel mehr als die schöne Tochter.»

«So zog sie sich denn aus», glitt Jakub über die unfeine Bemerkung mit den Steuereinnehmern hinweg.

«Du sagst es», nickte Mohammed, «und ich hoffe, daß sie dabei errötete. Ich liebe das schamhafte Erröten eines Mädchens, das veranlaßt wird, vor einem Manne ihre Kleider fallenzulassen. Leider verliert sich dies Schamgefühl bei den Mädchen sehr schnell», seufzte er dann.

«Wissen Eure Majestät auch darüber Näheres in diesem Fall?» erkundigte sich Jakub zuvorkommend.

«Leider nicht. Ich hoffe es nur. Gleichsam aus Menschenfreundlichkeit. Ich meinerseits hätte dem Jüngling den Genuß gegönnt.»

«Der Jüngling nahm demnach das Mädchen?» versuchte der Arzt den Bericht zu beschleunigen.

«Nicht so schnell, mein Lieber!» wurde ihm aber bedeutet. «Das Mädchen war nackend immer noch schön und infolgedessen schöner als in ihren Kleidern. Der Jüngling hatte das wohl auch erwartet. Er hieß sie die Arme heben, sich wenden, und nachdem ihm nichts von ihrer Schönheit entgangen war – ging er.»

«Aber warum?»

«So fragst du, und so fragten die Eltern. Auch sie wollten wissen, was dem Jüngling an der Tochter nicht gefallen habe.»

«Und das war?»

«Die Nase», sagte Mohammed und legte sich behaglich zurück.

Jakub lachte nun wirklich und aus vollem Herzen.

«Du lachst», beklagte sich Mohammed nicht ohne Wohlgefallen. «Und doch bist du in unserem Fall der Jüngling, und ich bin wie das Mädchen. Ich ziehe mir Schahins Unwillen zu, daß ich meinen kaiserlichen Körper vor dir unschicklicherweise entblöße. Und was tust du? Du beschaust meine Augen!»

Doch schon kniete der Hakim, wenn auch immer noch lachend, vor dem Kaiser und legte sein Ohr auf dessen bis zum Gürtel entkleideten Leib.

Jakubs Lachen verstummte. Er war nur noch Arzt.

Er hatte den gutgenährten, festen Körper eines Mannes in mittleren Jahren vor sich. Und die Lungen waren auch gut. Dafür war das Herz schwächer, als Jakub gedacht hatte.

«Nun?»

«Wenn Majestät gestatten –», wich Jakub aus, indem er sich erhob. Seine Hände tasteten die rechte Körperseite unterhalb des Rippenbogens ab. Dabei schloß er die Augen.

Alle seine Sinne schienen in die Hände und in die Finger zu strömen.

Endlich neigte er sich.

«Ich danke Eurer Majestät.»

«Du bist mir zu feierlich», argwöhnte Mohammed. «Komm, hilf mir, mich anzuziehen. Und sag, was zu sagen ist.»

«Gott hat die Zahl Ihrer Jahre in Eurer Majestät eigene Hände gelegt», erklärte Jakub, während er dem Kaiser in die Ärmel helfen durfte – eine Erlaubnis, die jeden Großwürdenträger mit Zorn, auf alle Fälle aber mit Neid erfüllt hätte.

«Ich merke schon», murrte Mohammed, «du beabsichtigst, mich zu langweilen.»

«Aufrichtigkeit ist meine Pflicht.»

«Dann sei aufrichtig. Aber mach es kurz. Sicher hast du dir schon einen arg verkürzten Speisezettel für mich ausgedacht.»

«Das auch», meinte Jakub, «aber das nicht allein. Eure Majestät sollten geruhen, sich nicht nur des Weines, sondern auch jeder Erregung des Gemüts und allzu heftiger Gefühlswallungen zu enthalten.»

«Gefühlswallungen? Soll das heißen, daß ich künftig meine kaiserliche Gewogenheit gutgewachsenen Knaben und aufreizenden Mädchen entziehen soll?» spottete Mohammed.

Doch Jakub ließ sich nicht beirren.

«Allzu heftig aufreizenden Mädchen», sagte er. «Ebenso wie Eurer Majestät Gemütsruhe vor Unmut und Zorn zu bewahren wäre.»

«Dann hättet ihr euern Herrn gehabt», lachte der Kaiser. «Keinen Unmut und keinen Zorn, ich kann mir denken, daß euch das gefiele! Und auch keinen Wein?»

«Keinen Wein.»

Schweren Wein aus Naupaktos schenkte Mohammed sich ein. Und dann leerte er ohne abzusetzen den Becher.

Mit einer Geste des Bedauerns verneigte sich Jakub.

«Ich sage nichts gegen dich als Arzt», erklärte ihm aber

sein Padischah. «Doch du weißt selbst: Nicht immer kann das, was sein sollte, auch sein. Die Knaben, die Mädchen, der Wein und der Zorn – sie suchen mich, nicht ich sie. Wie lange gibst du mir unter diesen Umständen?»

«Noch manches Jahr.»

«Das ist gut; denn ich habe noch vieles zu tun. Und wenigstens verschanzest du dich nicht hinter Gott. Ich verstehe nicht, daß ein so aufgeklärter Mann wie du sich immer noch gegen den Islam sträubt. Ich brauche gescheite Männer mehr denn je, und beschnitten bist du ohnehin.»

Der Weltmann Jakub war nicht unempfindlich gegen diesen Wink. Denn daß er als Jude nicht Wesir werden konnte, sah er ein. Um ein Geringeres jedoch würde er, so wenig er auch dem Glauben seiner Väter noch anhing, den Islam nicht bekennen.

Aber feilschen konnte er nicht mit dem Kaiser. Auch schien Mohammed Jakubs Stillschweigen zu genügen. Schon öffnete der Stumme die Tür, und hinter dem Herrscher betrat der Jude das Gemach, wo noch drei andere Männer ihrer harrten.

Keiner der drei machte jedoch eine Bewegung oder wandte auch nur den Kopf. Niemand ließ merken, daß er sich Mohammeds Abwesenheit bewußt gewesen sei. Der Nischandschi Karamani spielte Schach mit Georgeos Amyrutzes, dem Präfekten der griechischen Kanzlei, und der Kapu Aga Schahin sah zu.

«Du verlierst», sagte nun auch Mohammed zu Karamani. «Es sind die Frauen, die uns gewinnen oder verlieren machen, und du hast deine Dame geopfert.»

«Ich habe die beiden Türme», meinte der Nischandschi.

«Und Georgeos hat seinen Springer. In drei – nein, fünf Zügen bist du matt.» – Karamani gab auf.

Beim Spiel galt zwar keine kaiserliche Entscheidung; aber Mohammed hatte wirklich recht.

Auch war das Schach nicht der Zweck dieser Zusammenkunft, der nicht einmal einer von Mohammeds Lieblingen beiwohnen durfte.

Auf den Grundfesten der Religionsgesetze, dem Herkommen und den Machtverordnungen, dem Kanun, sollte sich das osmanische Staatsgebäude erheben, besonders auf dem letzten, und Mohammed wollte der Gesetzgeber sein und wie der Gegenwart auch der Zukunft noch für Jahrhunderte seinen Willen aufprägen.

Dieser Kanunname war es vor allem, den Mohammed mit den Worten gemeint hatte, daß er noch vieles zu tun habe, und seinetwegen hatten sich die fünf Männer versammelt: drei Moslems, ein Jude und ein Christ.

Denn wenn Mohammed auch nichts von den Besprechungen der vielen hielt, so nahm er doch Rat, wo Rat zu haben war, und die fünf waren nicht die alleinigen Mitarbeiter am Kanunname, auch Irene war unter ihnen.

In stundenlangen Gesprächen hatte der Herrscher mit ihr, der byzantinischen Prinzessin, dem Zögling einer Zoste patriciae und der ehemaligen Vertrauten eines Notaras, beraten. Sie kannte Byzanz, und Mohammed wußte, daß Byzanz der nährende Boden für alles war, was er baute. Auch Karamani und sogar Schahin waren sich dessen bewußt, was sich für Amyrutzes und Jakub von selbst verstand.

Nach deren Meinung gaben Byzanz den Geist, der Islam die Bilder für Lehre, Gesetzgebung, Rechtsprechung, Heer, Verwaltung und das, was hinter der Deri seadet, dem Tor der Glückseligkeit, lag, dem Reich der kaiserlichen Frauen. Denn das Reich war glücklich, der Hof aber glückselig, und wenn es auch nicht mehr wie früher einen göttlichen, so gab es dafür jetzt einen allezeit glücklichen Kaiser.

«Glücklicher Kaiser» – das war Mohammeds Titel.

Jetzt war er mit seinen vier Männern allein oder so gut wie allein; denn die aufwartenden Stummen hatten in Wahrheit keine Zunge, zu reden. Sie waren wichtige Leute, Wächter des kaiserlichen Schlafgemachs, Meister der seidenen Schnüre und Henker des Serails – alles Verrichtungen, deren Geheimnisse dadurch am besten gewahrt schienen, daß man die Ausübenden vorher der Zungen beraubt hatte.

Bei den Beratungen über den Kanun schenkten sie, ohne

Mundschenke zu sein, die Weine ein, wie denn bei diesen Zusammenkünften eine größere Zwanglosigkeit herrschte als bei irgendeiner anderen Gelegenheit.

Freilich vereinte die Herren kein Mahl.

«Daß mit Meiner kaiserlichen Majestät jemand speise, ist Mein Kanun nicht», hieß es im Hauptstück von Mohammeds Zeremonien. «Meine erlauchten Vorfahren aßen ehemals mit ihren Wesiren, was Ich aufgehoben habe.»

In dieser Hinsicht war der Kaiser also unnahbarer geworden als selbst ein griechischer Basileus.

Vom Wein jedoch war im Zeremonial wohlweislich nicht die Rede, und er, der die Menschen aufschloß und ihre Hemmungen besiegte, erzeugte ein anderes Recht. Zuweilen konnte man wirklich glauben, daß nicht ein Kaiser mit vier seiner wichtigsten Hofleute, sondern daß fünf Freunde beisammen seien.

«Du mußt diesen Wein von Naupaktos versuchen, Georgeos», meinte Mohammed zu Amyrutzes. «Ihr Schriftsteller seid alle eitel, und weil Trapezunt zu einem Teil deines Namens geworden ist, lobst du ganz ungebührlich seine Trauben. Aber nicht die Größe der Beeren macht den Gehalt. Die Weine aus den kleinbeerigen Trauben von Naupaktos übertreffen an Wohlgeschmack alles, was die Küsten des Pontus jemals erzeugten.»

Ein weitläufiges Gespräch über die Vorzüge der verschiedenen Weine bahnte sich an. Besonders Jakub tat sich darin zuvor, und Mohammed versuchte die gesetzmäßigen Voraussetzungen für Weine erlesener Güte zu ergründen. Natürlich konnte das nicht geschehen, ohne sie zu kosten, was mit der Absicht, sie zugleich auch zu genießen, geschah. Auf diese Weise war die Unterhaltung allerdings unmerklich etwas lauter geworden.

Dem Karamani mißfiel das.

Er machte sich nichts aus Wein. Und dann hatte er auf Mohammeds Befehl gegen seinen Willen ein Gesetz abfassen müssen und brannte darauf, es den Freunden vorzulesen. Denn in diesem kleinen Kreis vorurteilsfreier und weitblickender Männer vertrug Mohammed nicht nur Widerspruch, sondern er verlangte ihn geradezu, damit sich seine Entscheidung im Feuer der Meinungen erhärte oder Entwürfe, die ihm nicht standhalten konnten, fallengelassen würden. Das letzte war keineswegs so selten geschehen, und darauf baute Karamani in diesem Fall.

«Es sollte nicht soviel von Weinen die Rede sein», warf er ein.

«Karamani tadelt uns», rief Mohammed, der sehr wohl wußte, worauf sein Nischandschi hinauswollte.

«Ich dachte, wir seien wegen des Kanunname zusammengerufen worden», meinte Karamani so trocken wie möglich.

Mohammed aber ließ seinen Becher nur von neuem mit schwerem Samos füllen und trank ihn Karamani zu.

Nicht ohne Grund ließ der Kaiser die Freunde trinken. Sie sollten ihre Vorsicht vergessen.

«Wie machst du es nur», fragte er nun, «ein Poet und dabei ein so unverbesserlicher Schulmeister zu sein? Aber jetzt trink aus, und dann darfst du beginnen. Sonst stirbst du mir noch vor Ungeduld. Trinkt alle aus! Auch mir einen neuen Pokal. Auf das Wohl unseres Karamani!»

Alle andern waren bald fertig und lachten nun über die Mühe, die der Nischandschi mit dem Inhalt von Mohammeds umfangreichem Mundbecher hatte.

«Wenn er ebenso vorträgt, wie er trinkt, werden wir ihn stottern hören», meinte Jakub.

LVII

In drei Pforten war Mohammeds Kanunname aufgeteilt. Die erste handelte von der Rangordnung der Großen und der Stützen des Reiches, die zweite von den Reichsgebräuchen und Zeremonien und die dritte von den Geldstrafen und den Einkünften der Ämter.

Heute standen Teile der zweiten Pforte zur Beratung, und zwar von den Reichsgebräuchen.

Einige Zusatzbestimmungen über das Beiramsfest, die kaiserliche Tafel und das Majestätssiegel waren schon mehrfach beraten worden und fanden schnell die allgemeine Zustimmung. Darauf erst kam die Sicherung der Thronfolge.

Es sollten erste Entwürfe vorgelegt werden, und eine kurze Pause entstand, ehe Karamani zu dem Gesetz kam, gegen das er bereits untertänige Vorstellungen erhoben hatte.

Auch Mohammed war gespannt, wie Schahin, Amyrutzes und Jakub es aufnehmen würden.

«Die meisten Gesetzesgelehrten», begann Karamani zu lesen, «haben es zur Sicherung der Ruhe der Welt für erlaubt erklärt, daß jeder Meiner erlauchten Söhne und Enkel, wenn er zur Herrschaft gelangt, seine Brüder erdrosseln lasse. Sie sollen danach handeln.»

Karamani blickte auf.

Ein allgemeines Schweigen legte sich über den Raum, bis Mohammed es brach.

«Sprich», befahl er seinem Nischandschi. «Du hast mir dieses Gesetzes wegen genug in den Ohren gelegen. Jetzt bringe vor, was du dawider hast.»

«Ich verkenne die Verdienste der hochwürdigen Männer nicht, auf deren Fetwa dieses Gesetz sich stützt», wollte Karamani mit gepflegten Worten beginnen.

«Oh, nein», unterbrach ihn aber Mohammed mit Ironie, «es ist nur der große Bestami, der nicht allein mit Worten ficht, sondern selbst mit dem Schwert sein Fetwa an dem Kral von Bosnien vollstreckte, ferner der Ebu Hanife unserer Zeit, Molla Chosrew.»

«Ein geborener Grieche», flocht Karamani ein.

«Auch ich bin ein Grieche», lächelte Amyrutzes etwas verkniffen. «Es kann nicht jeder aus Karaman sein, wie Eure Exzellenz.»

«Wohlgesprochen!» lobte Mohammed. «Meine Lehrer Chodchasade und Chatibsade sind auch dabei.»

«Aber nicht Molla Kurani!» wagte Karamani sich vor.

«Ich habe ihn gar nicht erst gefragt!» entgegnete der Padischah. «Kurani ist ein alter Querkopf. Wenn er erst merkt, daß ich eine Meinung habe, sagt er sicher das Gegenteil. – Du bist zu weichlich, Karamani. Dein Vater erzog dich so, der ja auch ein großer Gesetzesgelehrter, aber kein Gesetzgeber ist.»

«Es handelt sich um die allerhöchsten Söhne meines Kaisers.»

«Eben darum. Der stärkste mag herrschen. Oder der glücklichste. Soll der andere ihn darin stören?»

«Es handelt sich, wie wir hörten, um die Ruhe der Welt», verbesserte Jakub mit feinem Lächeln.

«Du sagst es, mein Jakub», bestätigte Mohammed. «Und hat nicht der große Darius, um einst Persien zu retten, mit fünfzig seiner Brüder den neunzigjährigen Vater umgebracht, worauf er diese Brüder samt Weibern und Kindern ebenfalls dem Schwert übergab? So weit gehe ich keineswegs, wie ihr zugeben müßt. Es wäre unziemlich, sich an Frauen zu vergreifen. Wir sind keine Barbaren.»

«Nach dem Römer Justinus», ließ Amyrutzes seine Gelehrsamkeit leuchten, «gehörte das Töten der Königsbrüder in Persien gleichsam zur Verherrlichung des Throns.»

«Ich rede nicht von den ungesitteten Völkern des christlichen Westens», fuhr Mohammed fort, «und nicht von den Alten, in deren Republiken und Gewaltherrschaften genug Beispiele zu finden wären. Doch auch mein eigener Ahnherr Osman durchpfeilte seinen Oheim, und Bajesid Jilderim stieß seinen Bruder ins Grab.»

Bei aller Freiheit der Rede hätte kein anderer als Mohammed gewagt, diese Tatsache oder gar des Padischahs eigenen Anteil am Brudermord zu berühren.

«Osman durchpfeilte den Oheim», griff jetzt jedoch Karamani den Satz auf; «aber Osmans Söhne, Orkhan und Alaeddin, gaben ein hohes Beispiel von Bruderliebe.»

«– das sich, soviel ich weiß, nicht wiederholte», fügte der Kaiser hinzu. «Und ganz gewiß bei meinen Söhnen nicht wiederholen wird.»

«Ich meine –», wollte Amyrutzes beginnen ...

«Sie, Kir Georgeos», schnitt ihm aber Mohammed das Wort ab, «haben dem Karamani bestimmt noch nicht die Bemerkung über die Griechen verziehen, und darum sind Sie für mich und gegen ihn. Lassen Sie lieber erst hören, was Schahin uns zu sagen hat.»

Als Eunuch war Schahin von allen der kühlste. Er hatte keine Söhne, und weder Dschem noch Bajesid standen ihm nahe. Das war der Grund, warum Mohammed ihn hören wollte.

«Auch eine kaiserliche Hoheit», erklärte der Aga nun, «bleibt immer ein Untertan. Und die Erhabenheit des Kaisers hat viele Untertanen. Was gilt nun mehr: das Leben weniger, wenn auch allerhöchster Geburt, oder das Leben Zehntausender, die – alle ebenfalls rechtgläubige Moslems! – einem Krieg der Prinzen geopfert würden?»

«Das Reich ist stark», fiel Karamani ein.

«Innerer Krieg schwächt jedes», gab Mohammed zurück. «Denk an die Söhne Jilderims! Nicht die gegen Timur verlorene Schlacht war das Unglück, sondern daß hinterher zu viele osmanische Prinzen Jilderim überlebten und daß sie fast alle zu begabt waren, um nicht nach der Herrschaft zu trachten. Diese Prinzenkriege haben damals mehr Blut gekostet als die große Schlacht bei Angora. Und viele Jahre dauerte es, bis mein Großvater das Reich wieder geeint hatte. Nein, Karamani», schloß er dann, «du hast verloren!»

Damit reichte Mohammed seinen Becher hin, was allen einzuschenken ein Zeichen war.

Für Karamani war in der Tat nichts mehr zu hoffen. Doch er besaß, wie sich jetzt wieder ergab, eine tapfere Beharrlichkeit.

«Es ist keine Mutter unter uns», sagte er also. «Eure Majestät hätten eine Frau fragen müssen.»

«Keine Mutter?» lächelte Mohammed, weil er an seine eigene dachte und wußte, was sie ihm antworten würde, nämlich – nichts. «Die Sultana Walide?»

«Oder Irün Sultana», erkühnte sich Karamani.

Dieser Name kam unerwartet und traf. Er zerriß einen Schleier, mit dem Mohammed vor sich selbst das eigene Tun verhüllt hatte.

Als Mißbilligung seines Verhaltens gegen Mahmud hatte der Kaiser Irenes Schweigen gedeutet. Doch solche Meinungsverschiedenheiten waren schon oft überbrückt worden. Dieses Mal aber war er, ohne sich der Hintergründe bewußt zu sein, in einer Stimmung des Trotzens ihr ferngeblieben. Er konnte sich vor sich selbst nicht rechtfertigen und fürchtete nicht nur ihre Bitte für den Abgedankten, sondern vor allem auch, daß sie ihm dabei mehr verraten würde, als ihm lieb sei.

Wohl war sie ihm in die Schlacht gefolgt, nachgeritten war sie ihm ins Getümmel, und das hatte ihn für Stunden berauscht. Überwunden war darum nicht, daß er gezwungen gewesen war, zweimal vom Thron zu steigen, um ihn erst nach dem Tode des Vaters behaupten zu können. Nie mehr und bei nichts fühlte er sich seit jener Zeit sicher. Das war der Urgrund seiner eifernden Sucht nach dem quälenden Zweifel, und auch bei Terdschan war der Rausch schnell vorüber gewesen.

Ob es denn schon gewiß sei, hatte er sich bald gefragt, daß Irenes Ritt ihm gegolten habe? Sei Mahmud nicht dagewesen? Von dessen Leibwache habe sie sich begleiten lassen, und vor dessen Augen großzutun, sei die Gelegenheit köstlich und selten gewesen.

Mohammed hatte Mahmud gestürzt.

Nun aber erst, beim Klang von Irenes Namen im Munde des Karamani, gestand er sich den wirklichen Grund, warum Mahmud nicht mehr sein Großwesir war. Langsam hob Mohammed die Augen.

«Du nanntest Irün?»

«Ich nannte die Sultana. Sie hatte einen Sohn, um den sie jetzt trauert.»

«Sie hat noch einen andern», mischte Amyrutzes sich ein, «und ich vernahm, sie sei im Begriff, ihn zu besuchen.»

«Wie?»

«Eure Majestät werden doch sicher unterrichtet sein», meinte, gerade weil er das Gegenteil annahm, der Protovestiarios, «unsere überallhöchstzuverehrende Sebasta will zu Sultan Dschem nach Larenda.»

«Mein lieber Kir Georgeos», lächelte Mohammed den großen Schriftsteller huldvoll an, «hohe Damen haben zuweilen ihre Launen.»

Sogar Schahin täuschte dies Lächeln über die Erbitterung des Herrn. Und Mohammed war erbittert!

Seine Sklaven wissen also wieder einmal mehr als er selbst? empörte er sich.

«Vielleicht will sie bei Sultan Dschem die Walide spielen», scherzte Schahin.

«Etwas verfrüht, sollte mich dünken», hielt der Kaiser noch an sich, «Jakub gibt mir noch einige Jahre.»

Die Warnung dieses Satzes schwang mehr im Ton, mit dem er gesprochen wurde, und auf den verstand Amyrutzes sich weniger gut als der lang vertraute Schahin. Georg von Trapezunt glaubte allen Ernstes, sich durch eine kleine Schufterei den Dank des Padischahs zu verdienen, und wenn er auch eigentlich nichts gegen Irene hatte, so war ihm dagegen der Gedanke, seinen Vorteil auf Mahmud Paschas Kosten wahrzunehmen, ein besonderer Genuß.

«Vielleicht reizt die Höchstzuverehrende noch eine andere Rolle», tastete er sich vor.

«In der Tat, Kir Georgeos?» lockte Mohammed.

Nein, Amyrutzes liebte den Vetter nicht. Dazu hatte er ihn zu oft beneidet.

«Warum sollte man es nicht sagen?» wiegte er sich auf den trügerischen Wogen einer kaiserlichen Gnade, die vielleicht gar nicht vorhanden war. «Schließlich ist die Sebasta Witwe. Und wenn man bedenkt, daß auch der Weg nach Mekka über Karaman führt –»

«Die griechische Kanzlei weiß viel, doch nicht alles», versuchte Schahin zu retten, was noch zu retten sein mochte, «Mahmud Pascha – falls Eure Exzellenz auf ihn anspielen wollen – hat gebeten, seine Pilgerfahrt bis Ägypten zu Schiff antreten zu dürfen.»

«Auch Karaman hat Häfen», beharrte aber Amyrutzes selbstgefällig, «und die Sebasta ist eine tapfere Dame. Wie nun, wenn sie sich ebenfalls einem Schiff anvertraute? Die Straßen des Meeres führen zu allen Küsten der Welt.»

«Wie meinst du das, mein Georgeos?» trug Mohammed die größte Unbefangenheit zur Schau. Und so sicher wie noch nie an diesem Hof fühlte sich in diesem Augenblick Amyrutzes.

Solle Mahmud, dessen Rolle hier ausgespielt sei, in die Christenheit entweichen, zum Vetter Bessarion gar, dem Kardinal? Und statt mit der einen kaiserlichen Hoheit, die er notgedrungen zurücklassen müsse, mit einer andern, nun gar der Sebasta? Immer auf die Füße solle der Glückspilz Mahmud fallen und er, Amyrutzes, es zugeben? Die Frage stellen hieß für Georg von Trapezunt sie auch verneinen.

«Man kann Mekka sagen», dehnte er die Silben, «und Irene meinen ...»

Weiter kam er nicht.

Er hatte die Macht zu erspüren geglaubt, aber nicht bedacht, daß sie sich gegen ihn selbst wenden könne.

Entsetzt sprang er auf.

Aber schon umkrallte Mohammed seinen Hals.

«Verleumder!» schrie er. «Weißt du, was der Prophet dem androht, der die Ehre einer Frau antastet? Achtzig Peitschenhiebe, und das ist zuwenig. Lies, Ungläubiger, ‹das Licht›, die vierundzwanzigste Sure: Diejenigen, welche züchtige Frauen verleumden, die geißelt mit achtzig Hieben! Beweise, was du gesagt hast, was du von Irene und Mahmud gesagt hast, beweise es – oder ich lasse dich schinden! Beweise!!»

Fast kugelten dem gepflegten Mann aus Trapezunt die Augen aus den Höhlen – so fest gruben sich Mohammeds Daumen in dessen Kehle. Als wolle der Wütende alles aus seinem Opfer herausschütteln, riß er es hin und her.

Angesichts des kaiserlichen Wutausbruches kam keiner dem Mißhandelten zu Hilfe. Zu gewaltig war Mohammeds Zorn. Er, der so wenig auf Frauen gab, wollte die eine, die er achtete, nicht erniedrigt sehen. Und erst als des Keuchenden Hände sich lockerten, war Amyrutzes befreit.

Der kluge Mann war zu klug gewesen, als er gedacht hatte, dem Kaiser mit einem Fluchverdacht gegen Mahmud einen Gefallen zu erweisen. Und nun war er auf das Sofa gesunken und rieb sich stöhnend den Hals.

Das genügte Mohammed, sich wieder zu fangen. Zu kläglich war der Anblick.

«Nun, Exzellenz», fragte der Kaiser, und der Satz wirkte bereits wie ein Hieb mit der Peitsche, «was haben Sie mir zu sagen?»

Aber das Schlimme war, daß Amyrutzes tatsächlich etwas zu sagen hatte.

Eines Tages war des Amyrutzes Gemahlin, die frühere Herzogin von Athen, bei Despina Annina zu Besuch gewesen, wo ihr eine junge Sklavin ausnehmend gefallen hatte, so sehr, daß dem Gaste das Mädchen von Annina zum Geschenk gemacht worden war. Und von dieser Sklavin hatte es die Herzogin und von der Herzogin deren Gemahl Amyrutzes erfahren: Es gab einen Geheimgang zwischen Mahmuds Gemächern und denen Anninas, so daß der Großwesir jeden Besuch seiner Frau nach seinem Gefallen unbemerkt sprechen konnte, auch jeden weiblichen Besuch. Irene aber war noch in letzter Zeit bei Annina gewesen. Jedermann wußte das und wie sehr Annina ihrem Mann ergeben war. Selbst die Enttäuschungen einer Ehe hatten daran nichts ändern können. Daß aber Annina als Geisel für den Gatten in Konstantinopel und bei ihrem Sohn bleiben mußte, verstand sich von selbst. Mahmuds Leben war bedroht, und keiner der Herren zweifelte, daß dessen Frau in alles andere, was ihr Mann von ihr noch verlangen mochte, ebenso einwilligen würde, sogar in seine Flucht mit Irene.

Auch Mohammed zweifelte nicht mehr.

«Die Kapidschi!» rief er und griff nach dem Ring an seiner Rechten, dem Ring des Todes.

Die Stummen stürmten davon.

Mohammeds Gäste jedoch drückten sich scheu an die Wände. Sie sahen seine Zähne, wie er sich in den Anblick des Ringes vertiefte.

Da war es Schahin, der Eunuch, der sich am mutigsten zeigte.

«Im Zorn zu richten ist nicht gut», sagte er.

«Und was sollte daran nicht gut sein, einen Verräter zu bestrafen?»

«Daß sein Verrat nicht bewiesen ist.»

«Nicht bewiesen? Du hörst alles und sagst: ‹nicht bewiesen›? Liebst du diesen Mahmud so viel mehr als mich?»

Schahin trat vor, doch so, wie selbst Mohammed ihn nicht kannte.

«Ich liebe ihn nicht», erklärte er, «du weißt es sehr wohl. Und Mahmud tat nichts, meine Gefühle zu ändern.»

«Vielleicht doch», meinte Mohammed. «Du hassest jeden, der mir nahesteht. Und jetzt steht er mir nicht mehr nahe, dein Mahmud. Das macht ihn dir wert.»

«Er steht dir näher, als du denkst. Dem Islam kann er abschwören. Wenn Amyrutzes das andeuten wollte, hat er recht. Aber Mahmud glaubt nicht an einen Sieg der Barbaren wider dich. Er wird sich nie mit ihnen verbinden. Denn zum Almosenempfänger ist er zu stolz. Er ist dein Andah, mein Padischah. Du hast mit keinem Unwürdigen dein Blut getauscht.»

«Mein Blutsbruder? Ich habe meinen leiblichen Bruder nicht verschont.»

Es war die Stunde, in der alles abfiel. Sonst hätte es Mohammed verschwiegen, und Schahin hätte nicht geantwortet.

«Nein, das tatest du nicht», bestätigte der Eunuch. «Es ging um die Ruhe der Welt. Aber mit Mahmud» – ganz dicht trat er an den Kaiser heran – «mit Mahmud», flüsterte er, «entledigst du dich nur eines Mannes, der dich verraten könnte.»

«Das würde genügen.»

«Wenn es sich um das Reich handelte. Doch das Reich verbietet es dir, Mohammed Khan.»

«Hältst du meine Gnade für unerschöpflich, Schahin?»

«Sie machte mich reich; aber sie war mir nur geliehen, und jetzt, da ich dir den ersten wahren Dienst erweise, nimmst du sie wieder von mir. Ich weiß es.»

Niemals hatte Mohammed den Vertrauten seiner Jugend so reden hören.

«Schahin –», wurde er unsicher ...

Und hätte Schahin noch gerechnet, so hätte er, wie sonst, seine Worte wirken lassen und wäre verstummt. Aber zum Abwarten war keine Zeit.

«Du hast viele Frauen», hauchte er, «doch diese eine gehört dir nicht. Um ihretwillen darfst du Mahmud nicht töten.»

«Was sagst du?»

Es war gut für Schahin, daß die Kapidschi jetzt kamen. Ihre Scharlachgewänder brannten vor dem sonnenbeflammten Fenster des Flurs. Dann schloß sich wieder die Tür, und nun standen vier Kämmerer da, vier Vollstrecker von Blutbefehlen, wenn es sich traf. Unter ihnen befand sich Jussuf Aga, ein bewährter Mann.

Mohammed winkte ihn zu sich.

«Nimm diesen Ring», befahl er, «und vergiß die Stummen nicht. Geh zu Mahmud.»

Der Aga erhob sich erblassend von seinen Knien und spähte zu Schahin hinüber, in dessen Augen er den Befehl zu lesen glaubte, sich nicht zu beeilen.

Denn Jussuf hatte den Todesbefehl für Mahmud erhalten. Der kaiserliche Ring war die Beglaubigung, und er durfte ihn nur mit der Meldung zurückgeben, daß das Urteil vollstreckt sei.

Jetzt führte er den Reif an die Stelle seines Herzens und an seine Stirn. «Hören ist Gehorchen.»

Wohl war die seidene Schnur der Stummen so etwas wie eine letzte Gnade für den Pascha. Sie war der ehrenvollste Tod, der sich denken ließ. Aber sie war der Tod. Und Jussuf Aga wünschte sehr, man würde ihm, was Schahins Blicke in Aussicht stellten, den Ring rechtzeitig wieder abfordern.

«Kümmere dich um deinen Dienst, Schahin», sagte Mohammed, als Jussuf gegangen war.

Das war ein Verweis und zugleich eine Verzeihung.

Doch wenn Schahin auch den Rücken beugte, nahm er Verweis und Verzeihung nicht an.

«Ich tue meinen Dienst», sprach er so, daß alle ihn hörten. «Dreißig Jahre sind es bald, als die Janitscharen bei ihrem Aufruhr in Adrianopel mein Leben verlangten, und ohne dir den Thron retten zu können, rettetest du mir damals meinen Kopf. Heute kann ich dir den Dienst erweisen, der deine Tat rechtfertigt. Durch diesen Rat kann ich es: Verkürze Mahmud das Leben nicht. Nicht aus Liebe zum Pascha sage ich es, sondern weil ich weiß, daß mein Padischah den Pascha noch brauchen wird.»

Es war das Stärkste, was zu sagen war; aber es war auch das, was Mohammed mehr aufreizte als alles andere. An jenes Tulpenfest der Sebasta mußte er denken. «Eure Majestät sind Herrscher», hatte Irene gemeint, und er hatte verstanden, daß sie ihn nicht für einen Feldherrn halte.

Und es sei gut, sich dessen zu erinnern, dachte er jetzt bei sich. Nicht er sei der Sinn ihres Rittes gewesen, als sie ihm nachgesprengt sei, sondern nur die Schlacht. Und die Schlacht, die für sie trotz allem immer nur «Mahmud» geheißen habe, sei nach ihrem Bedünken durch ihn, Mohammed, gefährdet gewesen. Er gedachte seines Rausches, wie er nach dem Sieg dahergebraust war, um sich vor ihr zu zeigen und – schämte sich grenzenlos. Offenbar glaubte eben keiner mehr an ihn, jeder nur an Mahmud. Seit einem halben Menschenalter sei ihm Schahin als sein unverlierbares Eigentum erschienen – und nun beginne auch dieser noch zu zweifeln.

«Schweig!» gebot er. «Und gib den Weg frei.»

Das war kein bloßer Verweis mehr und war auch kein Verzeihen.

Tollkühn war es, die Drohung zu mißachten. Aber Schahin befand sich in einer großartigen Erregung. Er liebte Mohammed aufrichtig, und der ständige Kleinkrieg mit seinem Herrn hatte vor allem diesem Gefühl gegolten, von dem er sich nicht hatte verschlingen lassen wollen. Gerade nun aber, da er sich gegen die Selbstaufgabe nicht mehr wehrte, war er überraschenderweise auf etwas ihm ganz Neues gestoßen, auf einen Edelmut nämlich, der schon seiner Seltenheit wegen gefährlich war. Er dachte nicht mehr, sondern handelte nur noch blind wie eine Mutter, die ihr Kind vor dem Absturz bewahren will. Er fiel dem Befehl zum Trotz auf die Knie und berührte vor Mohammeds Füßen den Boden.

«Mein Kaiser –»

Ganz kalt war Mohammed; aber er war in diesem Zustand mehr zu fürchten als eben noch, da er den Amyrutzes geschüttelt hatte.

«Eure Exzellenz wollen mir Gewalt antun? Ich bin nicht gesonnen, das zu dulden. Bringen Sie» – er wandte sich an die Kapidschi – «Seine Exzellenz zur Pforte des Bostandschi Baschi.»

Das war nicht mißzuverstehen.

Nur hohe Würdenträger gelangten zur Pforte der Bostandschi, und nur ein allerhöchster Befehl konnte sie dorthin entsenden.

Dagegen gab es für den Verhafteten zwei Möglichkeiten, wieder herauszukommen. Als Leiche oder zur Verbannung als Generalstatthalter einer entfernten Provinz. Die dritte Möglichkeit, in seine bisherige Stellung zurückzukehren, schien für Schahin nicht zu bestehen.

Er stand auf. Und während die Kapidschi ihm höflich unter die Achsel griffen – zu gleicher Zeit eine Ehrerweisung wie eine Verhaftung –, verließ er rückwärtsschreitend den Raum.

Mohammed starrte ihm nach. Dem Freund seiner Jugend hatte er den Henker geschickt und diesen andern in den Warteraum des Todes.

Und noch immer wollte sich nichts in ihm lösen. Immer wilder wurde der Krampf, der ihn zusammendrückte, ihm den Atem benahm. Zu versteinern schien er eher, als sich zu lösen.

Was seien auch Mahmud oder gar Schahin, grübelte er, wenn sie übrigbleibe, kühl und etwas geringschätzig auf ihn hinabzublicken? Künftig auch wohl mit Haß, sobald sie erst vom Tode Mahmuds vernommen habe. Hier gab er sich einen Ruck.

Kein Schahin war mehr da, die strenge Folge der Verrichtungen durchbrochen. Kein Schahin, kein Mahmud, überhaupt nichts als Irene.

«Pferde!» befahl der Padischah. «Ich reite.»

LVIII

Bei manchen Neubauten in Konstantinopel fehlten bereits die Ausgucktürme auf den Dächern, was von vielen als ein Verfall der Baukunst gedeutet wurde. Denn die älteren, sorgfältig errichteten Häuser besaßen sie fast alle, und der Palast Notaras hatte sogar mehrere.

Von diesen luft- und lichtdurchfluteten Dachreitern konnte der Kaufherr nach seinen Schiffen, der Liebende – vielleicht – nach dem Hause der Geliebten ausspähen, und immer war man einer weiten Schau über die erhabene Stadt sicher und über die Berge, Küsten und Meere, die sie umgaben.

Im Palast Notaras war der höchste der drei Türme jedoch mehr als eine kleine überdachte Plattform. Eine ganze Anlage von Zimmern, die sich zu den Loggien des höchsten saalartigen Raumes hinaufstuften, hatten zugleich mit ihm das Dach gesprengt. Offensichtlich waren diese Räume für größere Gesellschaften gedacht gewesen, um dort bei Mahl und Becher, Gesang und Laute an schwülen Sommerabenden der ersten nächtlichen Brise zu harren.

Neuerdings aber hatte der große offene Saal durch zahllose handgroße Stücke des teueren Glases ganze lichtdurchlässige Wände erhalten. So konnte man ihn auch bei schlechtem Wetter benutzen, und der Kälte war ebenfalls zu begegnen, was an den kunstreichen Tenduren, den Eisenkörben, zu sehen war, in denen die Holzkohlen glühten.

Der helle Saal war so warm, wie es eine kleine, aber wohlgestaltete Dame, die mit nichts als ihrer eigenen weichen Haut bekleidet war, füglich erwarten durfte.

Eine nackte Frau war da und dazu ein Mann mit Kohlestift, Pinsel und Farben, das gefirniste Brett, auf das er malte, nicht zu vergessen. Der höchste Ausguck im Palaste Notaras hatte sich anscheinend in eine Malerwerkstatt verwandelt. Diese Tatsache war nicht zu leugnen und eins der kleinen Geheimnisse eines großen Hauses.

Mehr noch als die Kleiderlosigkeit des Modells bedurfte die allzu bürgerliche Hantierung des vornehmen Mannes der Verschwiegenheit.

Allerdings gab es genug Beispiele, daß sogar byzantinische Basileen ihre Steckenpferde wacker getummelt, Miniaturen gemalt oder als Liebhaber irgendein Handwerk ausgeübt hatten. Doch das könne, wie gute Griechen vom Phanar tuschelten, diesen Fall nicht entschuldigen, dessen Peinlichkeit darin bestehe, daß der Mann aus guter Familie ganz in seiner Kunst aufgehe und durchaus ein Maler sein wolle. Und nur die leider recht freie Denkart der Sebasta, von der als kleinem Kind schon gesagt worden sei, daß sie alles immer anders wolle als die ordentlichen Leute, vermöge solche Ungebühr zu dulden, während jener Kreis, dem nichts mehr von dem, was so lange bestanden habe, heilig sei, natürlich wieder einmal den Skandal begrüße.

Unter diesen Umständen war es demnach ein Glück, daß nur die Vögel in die Fenster blickten. Denn bei Mann und Frau handelte es sich in einem Fall um ein berühmtes und im andern um ein ganz großes Geschlecht.

Der Maler trug den Namen des Palastes. Er war Marko Notaras, der jüngste und einzige Überlebende von Kir Lukas' sechs Söhnen. Und die Dame war Anna Komnena, die Frau des Saganos Pascha und die letzte von Kaiser Davids sonst ausgerotteter Familie.

Doch deswegen fühlte längst keiner von beiden mehr eine Verpflichtung zur Tragik. Beide waren Nachkommen, nichts als Nachkommen. Ihr Verdienst bestand darin, daß sie lebten, während die andern gestorben waren.

«Und ich sage dir», wiederholte die rothaarige kleine Anna, «ich werde kaufen, und zwar billig. Bei den Einfällen in diese Steiermark und in Kärnten – so nennen die Barbaren selbst ihre Länder – haben unsere Bege große Beute gemacht. Ich weiß es von Saganos. Ganze Säcke voll von Köpfen, Nasen und Ohren haben die Herren geschickt!»

Sorgfältig mischte Marko seine Farben.

«Seltsamer Geschmack», heuchelte er nebenbei ein Mißverstehen, «Ohren und Nasen zu kaufen!»

«Ich werde Nasen und Ohren kaufen, an denen alles andere noch dran ist», lachte Anna, «hübsche blonde Jungen und natürlich auch Mädchen!»

«Zweifellos», stellte Marko gelassen fest, «du hältst es auch mit Mädchen.»

«Es ist ein Geschäft, mein Lieber, ein ganz großes Geschäft! Und wenn für mich selbst etwas abfallen sollte –», träumte sie.

«Geschäft!» mißbilligte er. «Hast du immer noch nicht Geld genug? Dann bin ich reicher als du. Ich habe es nicht nötig, mit Sklaven zu handeln. Ich habe, was ich brauche.»

«Ach, du Armer!» bedauerte ihn Anna. «Sie hält dich wohl sehr knapp? Und dabei gehört der Palast doch eigentlich gar nicht ihr, sondern dir.»

Marko kniff, um schärfer zu sehen, ein Auge zu.

«Deine Hoheit sollte nicht solch ausgemachten Unsinn reden», ließ er dabei fallen. «Du weißt recht gut, daß der Kaiser mir nie den Besitz dieses Hauses erlauben würde. Außerdem kam es auch mit der Eroberung an die Pforte, und von der hat es Irene, keineswegs von mir. Es ist schon viel, daß sie mich hier wohnen läßt. Eine andere als unsere Göttliche dürfte das überhaupt nicht wagen.»

Im Grunde hegte er jetzt als ein Mann Mitte Dreißig noch den gleichen Respekt vor Irene wie in seiner Jugend. Mit ihr hätte er nie in demselben nachlässigen Ton gesprochen wie mit Despina Anna, im Ton eines gewissen Kreises vornehmer Griechen, die ihrem Glauben treu geblieben waren, sich aber für verschwundene Herrlichkeit dadurch glaubten entschädigen zu sollen, daß sie auch noch auf die unvergleichliche Haltung der Vorfahren verzichteten. Dieser Kreis machte – so anmaßend er Außenstehenden gegenüber auch auftrat – unter sich wenig Unterschiede und betrachtete sich als eine große Familie.

«Steht sie denn immer noch gut mit ihm?» ärgerte sich Anna.

Marko verstand sie sofort. Natürlich war von Mohammed und Irene die Rede.

Aber der Pinsel zwischen seinen Zähnen war ihm viel wichtiger als der Kaiser und seine Kusine.

«Glaub schon», murmelte er. «Ehe sie nach Karaman reist, will sie sich persönlich von ihm verabschieden.»

«Und was sagt sie von Mohammed?» fragte Anna.

«Gar nichts. Übrigens: an dein Geschäft glaube ich nicht. Selbstverständlich kann man Sklaven im Augenblick billig kaufen. Die Sache ist nur die, daß man sie schließlich noch geschenkt bekommen wird. Jetzt, da die Unsrigen mit der Belagerung von Skutari in Albanien beginnen! Daß die Venezianer alles aufbieten werden, die Stadt zu halten – daran zweifele ich nicht. Aber Skanderbey ist nun einmal tot, der alte Pferdedieb.»

«Skanderbey war ein Held», deklamierte Anna und hielt ihre Zehen über eines der Kohlenbecken.

«Gewiß war er ein Held», gab Marko unbewegt zu. «Aber außerdem war er ein Pferdedieb. Irenes makedonische Gestüte hat er dreimal völlig ausgeraubt, von denen des Kaisers und der andern nicht erst zu reden. Und wenn Skutari gefallen ist – meinst du, Mohammed läßt den Genuesern ihre Besitzungen auf der Krim? Kaffa, Tana? Und Italien? Wer will den Kaiser aufhalten? Er wird alles nehmen, was er haben will, und Sklaven werden so billig sein wie übriggebliebene Fische.»

«An Frieden glaubst du also nicht?»

«Nein.»

«Und wenn ich dir nun sage, daß venezianische Unterhändler bei Mara Sultana in Jassowo waren und vielleicht noch dort sind?»

Marko schüttelte den Kopf.

«Glaubst du, daß ich malen kann, wenn du so zappelst?»

«Und glaubst du, daß ich dir noch länger sitzen werde?» trumpfte die Dame auf. «Ob ich nackend bin oder nicht, ist dir doch gleichgültig. Und das Bild ist längst fertig!»

«Ein Bild ist nie fertig», murrte Marko.

«Ach was! Es ist durchaus nicht nötig, daß du mir jedes einzelne Härchen abguckst, um es aufs Brett zu pinseln. Du malst wie ein Buchhalter, Marko!»

Allerdings konnte Marko nie ein Ende finden.

«Ich male keine Ikonen und stocksteifen Heiligen», grollte Marko, «ich male die Wahrheit.»

«Die Wahrheit, die du malen sollst», meinte aber Dame Anna, «ist eine Wahrheit, die Manuel gefällt. Dir aber muß man, wie einem Wucherer die Zinsen, jedes Runzelchen und jedes kleinste Fältchen abhandeln. Am liebsten machtest du einige dazu!»

«Wenn Manuel dem Bild deinen Körper glauben soll», scherzte Marko, «dann darf dein Gesicht, das er kennt, nicht allzu unähnlich sein.»

«Keinen Strich mehr!» gebot Anna und riß ihm den Pinsel aus der Hand.

Sie hatte Hemd und Hose bereits übergestreift und stand nun hinter Marko, um das Bild zu betrachten.

So untadelig, wie ihr Busen und ihre Lenden immer noch waren, hatte Marko den Körper gemalt und dabei dem Gesicht die Vollreife erhalten, der sich ganz junge Männer im

Alter eines Manuel so leicht unterwerfen. Von der großen Dame freilich war nichts zu spüren und von der gefallsüchtigen Frau, die dem Saganos das Leben schwer machte, ebenfalls nichts. Das Bild war ein Verzeichnis aller ihrer körperlichen Eigenschaften und doch nicht einmal eine nackte Frau, sondern nur eine ausgezogene.

Gerade davon aber versprach die erfahrene Dame sich viel bei einem Jüngling wie Manuel. Und sehen würde der junge Mann das Bild. Dafür hatte Marko zu sorgen.

Marko und Manuel – die Lebensumstände der beiden Freunde schienen so ähnlich zu sein und waren doch nicht weniger verschieden als deren Persönlichkeiten.

Anfangs hatte Marko sich immer als die Ursache der Katastrophe seines Hauses gefühlt, bis es ihm klar geworden war, daß er selbst nur der Anlaß, die Ursache aber die Politik seines Vaters gewesen sei.

Lukas Notaras hatte Großwesir werden und dennoch Christ bleiben wollen. Blind war er gewesen, und an seiner Verblendung war er zugrunde gegangen. Was den Sohn nicht hinderte, den Vater als Märtyrer zu sehen. Zu verwundern war es darum nicht, daß Marko im geheimen noch immer dem Christentum anhing. Freilich nur im geheimen. Denn offen durfte er als Moslem sich nicht mehr zur Religion seiner Väter bekennen.

Unmittelbar nach der Katastrophe hatte man den jüngsten Notaras beschnitten und ins Pagenkorps gereiht. Mochte ihn der Kaiser dann später auch freigegeben haben, so hätte ihm die Majestät bei aller Duldsamkeit die Todesstrafe bei einem Abfall vom Islam nicht ersparen können.

Und das war Markos fressender Kummer: Er, der das nicäische Dogma von der göttlichen Natur Christi in seiner ganzen Tiefe zu erfassen glaubte, mußte seinen Glauben verleugnen! Wie die Dinge lagen, hätten sogar seine Kinder Moslems werden müssen.

So blieb er denn unvermählt. Und weil ihm Frauen nur wenig bedeuteten, empfand er diesen Verzicht nicht einmal als Verdienst. Ebensowenig hatte er sich um eine Pension bemüht, die ihm Mohammed zweifellos gewährt hätte. Marko nahm, was er brauchte, von Irene. Das war wenig genug.

Sehr im Gegensatz zu seinem Freunde Manuel hatte der letzte Notaras nur noch wenig Wünsche. Manuel Paläologos war aus Rom geflohen, um einem Leben zu entgehen, wie es Marko in Konstantinopel führte.

Keiner von beiden hatte je zu Mohammeds Lieblingen gehört – Marko nicht, weil der Kaiser unfrohe Erinnerungen scheuen mochte – Manuel nicht, weil sich an ihm kaiserliche Uneigennützigkeit vor aller Welt erweisen sollte.

Überhaupt hatte der Despotensohn Manuel mit der Flucht zu Kaiser Mohammed die höchste Karte seines Lebens im richtigen Augenblick ausgespielt. Ein Lehen freilich hatte er nicht bekommen. Er war Christ und Privatmann geblieben. Dafür aber besaß er einen seinem Range angemessenen Hofstaat, ein Stadtschloß, Landgüter und eine beträchtliche Jahresrente, die seiner Leidenschaft für Bücher und Bilder zugute kam.

Etwaigen politischen Neigungen hatte er dafür vollends entsagt. So jung er war, hütete er sich, dadurch Mohammeds Wohlwollen zu verscherzen, und ging lieber in seiner Vorsicht so weit, allzu hochgestellten Damen, wie Anna Komnena zu ihrem Bedauern bemerkt hatte, rechtzeitig aus dem Wege zu gehen.

«Und wann wird er kommen?» fragte Anna im Gedanken an diesen Manuel.

«Das ist schwer zu sagen», meinte Marko und packte als ein Mann, der Liebe zur Ordnung besaß, sorgfältig Farben und Pinsel zusammen. «Ich wundere mich, warum er nicht kam. Denn jetzt ist seine Stunde vorüber.»

«Und ich muß mich wundern, daß du einer Dame, die sich deiner Pinselei wegen ausgezogen hat, nicht wieder in ihre Kleider hilfst.»

Anna duldete es nicht, daß jemand in ihrer Gegenwart mit etwas anderem beschäftigt war als mit ihr. Und das war in diesem Fall gut. Denn kaum hatte sie mit Markos Hilfe ihre Stiefel wieder an, als der Bronzehahn auf dem Treppengeländer zu krähen und mit den Flügeln zu schlagen begann. Dabei vergaß das metallene Tier nicht einmal, den Kopf vorzustoßen und den Schweif zu senken. Recht natürlich sah es aus, und das war es, was Marko dabei am besten gefiel.

«Ich erhalte Besuch», sagte er.

«Wichtigen?» fragte Anna.

«Man würde ihn sonst nicht melden. Aber jetzt bist du ja angezogen, und so mag denn kommen, wer es auch sei.»

Damit holte er aus dem Leib des Hahns eine kleine blanke Kugel.

«Du bist doch fertig?» fragte er noch einmal.

Dann erst steckte er die Kugel in den Hahnenschnabel, und nach einer Weile antwortete ein dunkler, tiefer Ton: In einem der unteren Zimmer war die hinabgerollte in eine Wanne aus Erz gefallen.

«Und wenn es nun Manuel wäre?» kam Anna näher.

«Wovon träumte die Erretterin des Kapitols?» lachte Marko nicht sehr fein. «Vom Weizen! Von einem großen Feld mit vielem schönen grünen Weizen. Dein Weizen heißt Manuel!»

Ein heiteres Schmollen Annas war die Folge. Doch schließlich verwandelten sich Spott in Erstaunen, Schmollen in Triumph. Denn ob es nun die Stunde war oder nicht, es ließ sich nicht leugnen, daß der junge Mensch, der die Treppe heraufkam, der Paläologe war. Nur daß er nicht allein kam.

Manuel hatte sich wohl verspätet; dafür aber Irene endlich beredet, sich doch einmal die Malereien des Vetters anzusehen.

Bis jetzt war die Sebasta noch niemals bei Marko gewesen.

Ihr Schützling sollte das Gefühl haben, sich in seinem Eigentum zu befinden, und nicht glauben, daß sie irgendwelche Rechte in Anspruch nehme. Er wiederum hatte das

Kommen der Herrin aus deren eigenem Antrieb erwartet. Und auf diese Weise ergab sich eine nicht alltägliche Begegnung, bei der Annas Anwesenheit wie ein leichter Peitschenhieb wirkte.

Auch die Herren wußten um das Verhältnis der beiden Damen zueinander.

Die Form hätte natürlich keine verletzt, und war seit dem Zusammentreffen der Kusinen in Jassowo auch ein gutes Dutzend von Jahren verflossen, so hatten die Hoheiten ihre gegenseitigen Pflichtbesuche doch gewissenhaft ausgetauscht.

Zu einem freundschaftlichen Verkehr war es allerdings nicht gekommen.

Anna beneidete die Kusine um die große Stellung, die der Sebasta von den Griechen des Phanars so gut wie am kaiserlichen Serail eingeräumt wurde. Irene dagegen hätte vielleicht den Anteil verziehen, den Anna durch ihren Starrsinn am Untergang der Trapezuntier gehabt hatte, wenn von Kaiser Davids Tochter nicht jeder Gedanke an Schuld mit aufreizendem Unverständnis abgewehrt worden wäre. So war denn der Unterschied zwischen Kaiserin Helena auf dem Felde der Verdammten und der verspielten Lebedame zu groß. Immer wenn Irene die rote Anna sah, mußte sie daran denken, wie die Mutter des Geschlechtes die Söhne ihres Schoßes begraben hatte. Das Gefolge der Herrschaften war selbstverständlich unten geblieben, Marko gewährte nur wenigen Vertrauten die Erlaubnis, ihn in seiner Werkstatt zu besuchen. Über Irenes Kommen aber freute er sich aufrichtig.

So konnte sich Anna denn so gut wie allein mit Manuel unterhalten, und das überwog den Ärger über den Besuch der Kusine.

«Die Tante!» flüsterte sie dem jungen Mann spöttelnd zu, um ihn auf den Unterschied zwischen einer aufgeschlossenen Dame wie sie selbst und einer Irene aufmerksam zu machen. Und trotz des gleichen Alters mit Marko fühlte sich Irene auch tatsächlich noch immer als dessen

Beschützerin, und ihr Interesse für die Bilder war darum durchaus nicht geheuchelt.

Freilich erkannte sie auch nach kurzer Betrachtung, daß des Künstlers Stärke mehr im malerischen Erfassen der Architektur und weniger des menschlichen Körpers bestehe, zu dem es ihn gerade deswegen immer wieder hinzog. Auf Irenes Meinung legte er jedoch den größten Wert. Und obwohl er sich nur ungern von seinen Malereien trennte, bot er ihr fast schüchtern jedes Bild an, das ihr etwa gefallen möge.

Dies Anerbieten aber abzulehnen wäre eine Kränkung gewesen.

Schwarz und schlank trat jetzt auch Manuel näher.

Genau wie auf jener Wasserfahrt zum Fest der Tulpen und Lampen trug er wiederum die knappe Tracht eines jungen italienischen Edelmannes, und nicht zuletzt wegen seiner knabenhaften Formen hatte sich Anna in ihn verliebt. Sogar auf die Bilder war sie eifersüchtig, die er als des Malers Anwalt Irene anpries. Zugleich aber wurde ihre Spannung mit jedem neuen Gemälde größer, mit jedem Schritt, der ihn ihrem verhüllten Bild auf der Staffelei näherte.

Falls er das Tuch heben sollte, dachte sie, würde sie – ehe sie das Bild der weiteren Betrachtung entzöge – ihm schon einen Blick auf die Tafel vergönnen. Sich vor Irene bloßzustellen verschlug ihr gar nichts. Dieser Gedanke reizte sie nur. Und in dem Jüngling, so hoffte sie, würde dabei wohl endlich der Wunsch erwachen, das Original zu schicklicher Zeit in den gleichen Zustand zu versetzen, wie das Bild ihn zeige.

Alle diese Träumereien der Begehrlichen wurden dennoch zunichte, als Irene, während der Jüngling noch völlig in ein Hafenbild vertieft tat, selbst die Verhüllung hob.

Marko lächelte verlegen.

Was ihm unter dreien ein Spiel gewesen wäre, war ihm Irene gegenüber peinlich. Anna dagegen lauerte nur auf einen Laut der Überraschung oder eine Bemerkung der Kusine.

Doch Irene ließ den Blick ruhig vom Werk zum Modell

hinüberschweifen, um dann die Malerei in demselben Augenblick zu verdecken, als Manuel näher trat. Ohne Hast tat sie das.

«Nicht alles zu sehen ist uns erlaubt, mein Manuel», sagte sie dabei. «Auch der Maler hat seine Geheimnisse, in die einzudringen wir uns versagen müssen.»

Und Anna fand es empörend, mit welcher Selbstverständlichkeit der junge Mann, der ihr selbst gegenüber nur wenig Rücksicht bezeigte, sich vor Irene gehorsam verneigte.

«Wie Sie befehlen, Kusine.»

Mit Hinblick auf seinen gefallenen Vetter Chaß nannte er sie so.

Überaus kränkend fand es Anna, wie der Umworbene nun, als sei es eine beliebige Tafel, ihr eigenes Bild unangeschaut an die Wand lehnte. Dazu habe sie sich nicht auszuziehen brauchen! dachte sie. Aber diese Irene sei eine neidische Schlange, an der sie bei Gelegenheit schon Vergeltung üben werde.

Da hörte sie Tritte. Ein Herr kam die Treppe herauf.

«Ich meinte, wir seien hier unter uns», tadelte sie Marko, froh, jemanden zu haben, an dem sie ihren Zorn auslassen konnte; «aber du scheinst hier einen offenen Laden zu halten!»

Ein Kammerherr von Irene war erschienen, und dem glaubte sich Despina Anna nicht zu Takt verpflichtet.

Allerdings war die Störung so ungewöhnlich wie die Botschaft.

Chisr ließ sie seiner Herrin zukommen.

Denn der Lala selbst hatte sich nicht bemühen können, und Irene vermochte sich vorzustellen, wie er mit einigen geflüsterten Sätzen ein fast lautloses Huschen bewirkte, bis dann zur rechten Zeit alles und jeder auf seinem Platz stehen würde.

Scheinbar war auch nicht viel Zeit zu verlieren.

«Seine Majestät ist auf dem Wege zu mir?» vergewisserte sich Irene.

«Zu Eurer kaiserlichen Hoheit», bestätigte der würdige Kammerherr. «Seine Vortrefflichkeit hat die sichersten Nachrichten.»

«Es ist gut.»

Chisrs Nachrichten waren immer zuverlässig. Mohammed konnte keinen Schritt tun, der, wenn er die Sebasta betraf, ihrem Hofmeister nicht gemeldet wurde.

«Es tut mir leid, Marko», sagte Irene, und dann umarmte sie Anna. «Ich hoffe dich bald bei mir zu sehen.»

Doch diese Liebenswürdigkeit war verschwendet.

Schmollend blickte Despina Anna ihrer Kusine nach, wie sie, von Marko und Manuel geleitet, die Treppe hinab nach unten verschwand. Anna blieb allein und war ein Gefäß des Ärgers.

Auch für Manuel empfand sie nichts als Zorn, und schon war sie im Begriff, Markos Bild von ihr mit einem kräftigen Fußtritt zu vernichten, als sie sich eines anderen besann.

Sorgsam stellte sie die Tafel wieder auf die Staffelei. Sie selbst aber fanden die rückkehrenden Freunde an einem der Fenster, als sei sie völlig in den Anblick der ewigen Stadt versunken.

Irenes Besuch war für Anna nur ein lästiger Zwischenfall gewesen. Jetzt war er vorüber, und sie begann von neuem ihr Spiel.

«Hat die Göttliche euch endlich fortgelassen?» fragte sie.

LIX

Überaus huldvoll und leutselig war die Majestät gewesen. Fast hätte Mohammed sogar Chisr getäuscht. Doch für dessen Wachsamkeit war der kaiserliche Entschluß zu plötzlich gekommen.

Seine Vortrefflichkeit witterte den besonderen Anlaß, ohne dennoch zu ahnen, worin er bestehe. Und während er lächelnd mit jedem einzelnen von Mohammeds wartendem Hofstaat Höflichkeiten austauschte und zugleich ein Auge darauf hatte, daß die Bewirtung mit Sorbets und Zuckerwerk dem hohen Range der Herrin entspreche, waren seine Gedanken sorgenbeschwert.

Das Ungewöhnliche weckte Chisrs Furcht. Und in der Tat war der Kaiser ganz gegen seine sonstige Gewohnheit mit allem Pomp erschienen – wobei es dann einem Manne wie Chisr um so mehr auffallen mußte, daß Schahin fehlte. An Stelle des Obersthofmeisters, der seinen Herrn außer auf die Jagd überallhin zu begleiten hatte, stand jetzt der Großtschausch Rustem, der Hofmarschall, vor Irenes Lala.

«Ich hoffe, Seine hohe Exzellenz erfreut sich der besten Gesundheit?» erkundigte sich Chisr nach dem Kapu Aga Schahin.

«Der allerbesten!» lachte der Tschausch Baschi. «Jedenfalls vernahm ich nichts, was dem widerspräche. Aber Sie wissen ja, mein Vortrefflicher, wie oft das Vertrauen unseres allerhöchsten Herrn den Kapu mit Aufträgen beehrt, von denen gewöhnliche Sterbliche wie wir nie etwas erfahren.»

Chisr bereute seine Unvorsichtigkeit.

Wahrscheinlich wußte der Hofmarschall selber nichts. Obwohl Exzellenz, gehörte er keineswegs zu Mohammeds Freundeskreis. Sicher war nur, daß er im andern Fall erst recht nichts verraten hätte. Die Frage war also vergeblich getan.

Auch sonst war er hilflos in seiner Besorgnis.

Hinter Irene und Mohammed hatten sich die Türen geschlossen, und niemand vermochte das Schicksal zu wenden, das etwa diese Stunde für beide barg.

Sehr gewählt war Mohammed gekleidet. Nur an der dreifachen Reiheragraffe des weißen Turbans funkelte aus einem Teppich von Juwelen der berühmte taubeneigroße Rubin aus Ceylon. Zu der grünen Kapanidsche mit Schwarzfuchs dagegen trug er den Säbel in einer Scheide aus einfachem rotem Samt.

Nach längerer Frist war es des Kaisers erster Besuch bei Irene. Ihm zu Ehren hatte sie ihre Trauergewänder mit dem steifen Ornat und dem Stirnreif einer Sebasta vertauscht.

Die Unterhaltung freilich war weniger feierlich.

Mohammed führte sie, und daß sein Kommen einen besonderen Anlaß hatte, ließ er in keiner Weise erkennen. Dagegen schien er sich sehr in der Rolle eines eleganten Tschelebi zu gefallen. Heiter und mit einer liebenswürdigen Ironie ohne Schwere hätte sein Lächeln eine Despina Anna bezaubert. Und ohne jenes Glitzern in seinen Augen wäre ihm auch Irene widerstandslos verfallen.

Auch so fühlte sie weniger Scheu als Mitleid. Ihr, die fest in sich ruhte, tat es weh, zu sehen, wie der Ruhelose sich mühte, wie dieser Kaiser zweier Erdteile sich durch Mißtrauen alle Wege zu einem menschlichen Glück verstellte.

«Schönes Götterbild», tändelte er, «selbst die Seitengehänge Hochdero Stirnbands sind wie herausquellende Stränge eines leuchtenden Gehirns. Alles ist bei euch Byzantinern Symbol, selbst den eigenen Körper macht ihr dazu. Man könnte zweifeln, ob unter dem starrenden Brokat noch ein Herz schlägt.»

«Es schlägt», sagte sie, und das war beinahe ein Geständnis.

«Für wen?» belauerte er sie. «Für Christos, für Gott – und für die Toten? Doch wohl kaum für einen besonders begünstigten Lebenden? Der Weg einer Sebasta zur Nonne und umgekehrt scheint mir nicht weit, und so glaube ich Sie über eine solche Schwäche erhaben.»

Er hatte Not, den leichten Ton und das Lächeln zu halten. Denn ihn quälte grausame Neugier, wie sich ihr Gesicht wohl verändern würde, wenn sie wüßte, welches Schicksal Mahmud inzwischen schon ereilt haben mochte. Welche Strafe ihn ereilt haben mochte – verirrten sich seine Gedanken –, die Strafe dafür, daß diese Frau mit so abgründiger Heuchelei hier vor ihm stehe.

«Falls Eure Majestät mir nicht die unerwartete Ehre Ihres Besuches gegönnt hätten», wechselte sie das Thema, «würde ich selbst um eine Audienz gebeten haben.»

«Welch eine Gunst ist mir da entgangen! Ich hoffe, daß mein Besuch mich ihrer nicht beraubt. Wenn ich aber schon jetzt Eurer Hoheit mit etwas zu dienen vermag?»

«Mit der Erlaubnis, mich zu Sultan Dschem zu begeben», wehrte sie seine Übertreibung ab. «Es ist lange her, daß ich ihn das letztemal sah.»

«So kann sich meine Unvollkommenheit damit trösten, daß ich wenigstens einen glücklichen Sohn habe», lachte er, um dann ernst zu werden. «Verzeihen Sie, Kusine», fügte er hinzu. «Dschem ist auch Ihr Sohn und fortab – Ihr einziger», schloß er sehr ernst.

Das aber war es, was sie ihm vor allem verband: die Überzeugung, daß er für Isa ein echtes Gefühl empfinde, weit mehr als für Bajesid oder Dschem, seine eigenen Söhne. Und Isa lebte! Einen Augenblick fühlte sie sich versucht, ihm den Zweck ihrer Reise zu gestehen. Doch zugleich verwarf sie diesen Gedanken. Sich selbst hätte sie ausgeliefert, nicht aber den Sohn.

Mohammeds erster Gedanke gelte immer der Macht, sagte sie sich, und der Machtgier würde auch seine Neigung für Isa erliegen, falls sich der Kaiser durch dessen Dasein bedroht fühlen sollte.

Nichts gestand sie.

«Darf ich Eurer Majestät Bemerkung als Gewährung meines Ersuchens auffassen?» fragte sie nur.

Er aber hatte ihr Zögern bemerkt und deutete es auf seine Weise. Für ihn war ihre Frage dasselbe, als hätte sie ihn gebeten, sich gemeinsam mit Mahmud außer Landes begeben zu dürfen. Ein bitterer Triumph war ihm das unfreiwillige Eingeständnis, das er ihr, wie er glaubte, entlockt habe. Immer mehr wolle er sie verstricken, nahm er sich vor, bis ihr zuletzt kein anderer Ausweg mehr bleibe, als ihm unter Tränen oder voll Haß – gleichviel wie immer – ihre Brunst für Mahmud zu gestehen.

Und dann werde es schön sein, ihr sagen zu können, daß sie ihre Liebe einem Toten geschenkt habe.

Sein Gesicht glättete sich. Nichts mehr von Spott und

Tändelei war in seiner Stimme. Wie der junge Mann am Bett der Eudoxia Notaras wurde er, und selbst seine Blicke hatte er so in seiner Gewalt, daß sie Irene nicht mehr zu warnen vermochten.

«Ich verstehe Sie, Kusine», begann er, «Sie haben noch Dschem. Es ist meine Schuld, wenn er mehr Ihr Sohn ist als der meine, obschon ich ihn zeugte. Ich war ihm ein schlechter Vater, Irene.»

«So sollten Eure Majestät nicht reden.»

Sie wußte zu viel von Mohammed, als daß er so schnell alle ihre Zweifel besiegt hätte.

«Es muß gesagt werden», erklärte er und war klug genug, keine Zerknirschung zu heucheln. «Wenn ich nicht irre, sprachen wir einmal darüber», fuhr er fort und spielte gelassen auf jene Nacht im Alten Serail an, in der er von ihr den Schlag empfing, den Schlag ins Gesicht. Er setzte jenes Gespräch, dessen er sich nur zu gut entsann, einfach fort.

Wie eine Geisterbeschwörung war das. Die Vergangenheit stand im Raum. Zwölf Jahre versanken.

Auch damals sei es um Mahmud gegangen, sagte er sich, und nur zu dessen Schutz – das wisse er heute – habe sie Chaß gewählt. Jetzt aber gebe es kein Entrinnen mehr. Chaß sei tot und ...

«Sie sprachen von Ihrem Vater», sagte Irene, «und daß Sie Ihren Söhnen mißtrauen, weil Sie selbst Sultan Murad Ihre kindliche Liebe versagt haben. Aber so unrecht Sie Ihrem Vater damit taten, so unrecht tun Sie auch Ihren Söhnen. Nichts geschah, deren Gefühle zu verwirren. Und wenn ich an Sultan Bajesids Sohnesliebe auch nicht zweifle – für Dschem verbürge ich mich.»

«Das ist Ihr Verdienst. Sie lehrten ihn, einen Vater zu lieben, der es wenig verdient.»

«Liebe läßt sich nicht lehren und geht auch nicht nach Verdienst», lächelte sie milde.

Und gerade so, schoß es ihm durch den Kopf, werde sie viele Male mit Dschem gesprochen haben.

«Doch!» widersprach er. «Dschem kennt mich durch Sie,

und vor ihm haben Sie mich mit Ihrer Güte bekleidet. Sie selbst sehen mich anders und – sicher auch richtiger. Würden Sie mich sonst verlassen?»

Einen Augenblick war ihr, als stocke ihr der Puls, weil sie sich plötzlich darüber klar wurde, wie wenig sie sich eine völlige Trennung von Mohammed vorstellen könne. «Ich verlasse Sie nicht», flüsterte sie.

«Ihr Fortgehen ist ein Urteil», beharrte er, «und das Urteil ist gerecht.»

«Ist es so erstaunlich, daß ich Dschem sehen möchte?»

«Sie hätten mich darum bitten können, ihn an den Hof zu berufen.»

«Welch eine Vermessenheit!» erschrak sie. «Wie würde Sultan Bajesid das aufnehmen? Und seine Mutter? Man würde sagen, daß ich Dschem die Thronfolge sichern wolle.»

«Wäre das nicht natürlich?»

So einfach fragte er, daß sie ihm glaubte. Doch antworten konnte sie nicht.

«Haben Sie nie daran gedacht?» meinte er darum. «Karamani und manche andere sind jedenfalls dieser Meinung. Warum auch nicht? Dschem ist begabt. Sein Hof zu Konia überstrahlt bei weitem den seines Bruders, und – er ist Ihr Sohn. Er ist es mehr, als hätten Sie ihn leiblich geboren. Sie und ich, Irene, wir haben diesen Sohn. Daran wenigstens sollten Sie immer denken.»

Sie fühlte etwas auf sich zukommen, von dem sie nicht wußte, ob sie sich danach sehne oder sich davor fürchte. Nur wehren konnte sie sich nicht, weder fliehen noch sich wehren. Und auch nicht reden.

«Chaß ist tot», sagte er. «Sie wissen, wie nahe er mir stand, und doch sage ich: Sie hätten ihn niemals heiraten dürfen. Chaß' Tod riß keine Lücke in Ihrem Herzen.»

Sie konnte nicht widersprechen, und sie wollte es auch nicht.

Noch schweige sie, dachte er. Aber gleich werde es kommen. Dann werde sie sich zu Mahmud bekennen. Oh, er wolle ihr den Namen schon entreißen!

Spiel und Wahrheit verschwammen.

«Irene», flackerte seine Stimme in der verhaltenen Glut eines reifen Mannes, «es ist meine Schuld, daß nicht geschah, was niemals hätte unterlassen werden sollen. Doch solange Chaß lebte, sage selbst, ob ich dich jemals mit einem Wort des Begehrens kränkte?»

«Mein Mohammed –», kam es endlich aus Irene, um gleich wieder zu versickern.

Das sei zwar kein Nein, doch ein Ja könne es niemals werden, war er überzeugt; er aber wolle ihr Nein, ihr kaltes, klares Nein. Hören wolle er es!

«Was auch zwischen uns stehe», begann er von neuem, «so darfst du doch nicht vergessen, daß ich kein Heiliger, sondern nur ein Kaiser bin, und ich bezweifle sehr, daß irgendeiner meiner Vorfahren über die blutigen Notwendigkeiten eines solchen Geschäftes sich jemals Gedanken machte. Auch ich habe nicht die Absicht, es zu tun. Und du, die Tochter der Cäsaren, hast ebensowenig Anlaß dazu. Wir gehören zusammen, Irene. Ich habe dich begehrt, eher – viel eher, als ich mir dessen bewußt ward. Und du –?»

Obwohl er sprungbereit der Abweisung entgegensah, der unvermeidlichen, wie er glaubte, so war er dennoch bezwingend in seinem echten Gefühl.

«Und du, Irene?» wiederholte er.

«Du kommst spät, Mohammed», sagte sie leise und schlug dann ihre Augen zu ihm auf, «doch du kommst.»

«Wie?»

Nichts verstand er. Und sie beglückte es, ihn so unsicher zu sehen. Wie er sie doch lieben müsse! dachte Irene und hatte keineswegs unrecht.

«Hast du den Ball vergessen?» fragte sie. «Als du ihn mir aufhobst, war ich ein kleines Mädchen.»

«Ein kleines Mädchen – der Ball –?»

«Verstehe doch, Mohammed, daß ich dir gut bin seit dieser Stunde!» Mit diesen letzten Worten hatte eine jubelnde Hingabe Verhüllungen abgeworfen. Mohammeds Boden jedoch war eifersüchtiger Haß gewesen.

Unverrückbar und fest hatte er auf ihm gestanden. Und nun entzog ihm dieser Jubel jeden Halt.

In einem abgrundtiefen Entsetzen erstarrte er.

Langsam nur erwachten seine gelähmten Gedanken: Durch Ströme von Blut seien sie getrennt gewesen. Doch möge Irene, was geschehen sei, auch verwerfen, so habe sie doch nie daran zweifeln können, daß jenes Blut nicht seinetwegen geflossen sei. Aber Mahmud! Wie einst der tulpenköpfende Knabe in den Gärten von Magnesia habe er, Mohammed, sich benommen. Nur daß es sich nicht um ein verwüstetes Blumenbeet, sondern um eine verratene Freundschaft, nicht um Blumenköpfe, sondern um den eines Blutsbruders gehandelt habe. Ein Kaiser zu sein, prahle er? Selbst Schahin sei kaiserlicher gesinnt als Murads ungeratener Sohn. Nie, niemals könne sie ihm vergeben! Über das Feld der Verdammten sei sie geschritten und doch endlich, endlich zu ihm gelangt. Und nun sie, stets begehrt und niemals besessen, sich ihm zuneige, stehe er als ein treuloser Freund und geiler Jüngling vor der Ersehnten.

«Nein!!» gurgelte er.

Seine Augen waren aufgerissen wie vor einem Gespenst.

Sein Gesicht war grau.

«Es darf nicht – es darf nicht –», keuchte er.

Doch da rannte er schon.

Und die Majestät verweile wieder einmal lange bei Ihrer Hoheit, war des Gefolges wohlverschwiegene Meinung. Doch selbst die strengste Zucht konnte nicht hindern, daß die Augen sich immer häufiger jener Tür mit den elfenbeinernen Intarsien zuwandten, hinter der man die Unnahbaren wußte.

Dies war die Stimmung in der Magnaura des Palastes der Sebasta, als das Unausdenkbare Ereignis wurde.

Kein Gong war erklungen zum Zeichen für die, deren Amt es war, die Flügel der Tür feierlich, langsam wieder zu öffnen. Nicht die Ahnung eines Gongs! Dafür aber hörten alle einen unvergeßlichen, schrecklichen Schrei.

Im gleichen Augenblick flogen die Flügel auf.

Mit ihren eigenen kaiserlichen Händen hatte die Majestät sie aufgerissen, und nun stützte Allerhöchstsie sich vornübergebeugt auf die Klinken. «Kapidschi! Rustem!!»

Ehe er selbst es dachte, lag der Kapidschi Baschi vor seinem Padischah.

«Mahmud! Der Ring!! Ich will ihn wiederhaben, den Ring! Warum bist du noch hier?! Bring mir den Ring!!»

Als Mohammed dann die Tür wieder schloß, lehnte er sich erschöpft an die Pfosten und bog langsam seinen Kopf der Geliebten entgegen. «Ich habe – ich bin –»

«Lieber», flüsterte Irene und ergriff voll Mitgefühl seine Hand.

«Wie stehst du eigentlich mit deiner Frau?» fragte Michael Abogowitsch seinen jüngeren Bruder Mahmud Pascha.

«Fandest du irgend etwas an ihr zu tadeln, Micha?» war Mahmuds Gegenfrage.

«Wie könnte ich!» meinte Michael fast unwillig. «Hoheit Annina ist musterhaft. Das weißt du sehr wohl, Matthäos! Und wenn ich dich fragte ...

Während Mahmud den Bojaren abgekürzt «Micha» nannte, gab dieser dem Bruder die ganze Feierlichkeit dessen Namens «Matthäos»; denn immerhin war Mahmud der Großwesir und auch noch als abgesetzter ehrfurchtgebietend. Dabei war das Familienoberhaupt der Abogowitsch – eben dieser Micha – keineswegs ein beliebiger serbischer Bojar. Nicht zuletzt ihm hatte die Pforte den Besitz Serbiens zu danken. Große Privilegien und Abtrennung ehemals königlicher Domänen waren der Lohn gewesen. Unter den mächtigen Dere Begen, den Talfürsten des Landes, war Mahmuds Bruder trotz allem Beharren am christlichen Glauben der mächtigste.

Aus unbedeutenden Anfängen hatten die Abogowitsch' eine große Stellung errungen, was sie vor allem ihrem unerschütterlichen Familiensinn zuschrieben. Die Beispiele im serbischen Königshaus waren freilich auch eine Warnung gewesen, wie sehr jeder Zwist alle Anverwandten schwächen mußte. So war Michaels Anwesenheit in Konstantinopel denn auch kein Zufall. Daß die Familie in Notzeiten zusammenzuhalten habe, war ihm eine Selbstverständlichkeit.

Jetzt machte er eine ungeduldige Bewegung.

Man sah es diesem ergrauten Manne mittlerer Größe an, wie gern er die langen, weiten Gewänder, in denen er sich dem Haushalt seines Bruders anbequemte, mit Säbel, Sporen und Schnürenrock vertauscht hätte.

«Du hast ganz recht», sagte Mahmud, «Annina ist nicht glücklich.»

«Eine andere Frau?» argwöhnte Micha. «Gabst du ihr Grund zur Eifersucht?»

«Wenn das jemals der Fall gewesen sein sollte, so ist es doch jetzt vorüber. Ich kenne Anninas Wert zu gut, um nach irgendeiner anderen Frau noch Verlangen zu haben.»

Da seine älteste Gemahlin gestorben war, konnte Mahmud, ohne den Anstand zu verletzen, auch so reden.

«Warum sagst du ihr das nicht?» fragte Micha. «Warum erfreust du dich ihrer nicht? Suche dir die schönsten und festesten unserer Schlösser aus –»

«Flucht?» unterbrach Mahmud. «Ich glaube nicht, daß wir sehr weit kommen, und noch weniger, daß wir beide dann unsere Köpfe auf den Schultern behalten würden. Nicht einmal Mohammed Bey, meinen Sohn, kann ich dir geben. Wir gehören dem Padischah. Der Familie wegen müssen wir bleiben, wo wir sind. Außerdem …»

«Außerdem?» drängte Micha.

«Bei Annina würde mir das gar nichts nützen. Sie ist unglücklich, weil sie den Mann, dem sie zugetan ist, für schuldig hält.»

Micha nickte. «Ich dachte es mir. – Höre, Matthäos», fuhr er dann fort, «wenn du unschuldig bist, mußt du reden.»

«Es gibt Dinge, mein Bruder, die nicht geschehen sein dürfen. Und von Niegeschehenem kann man nicht reden.»

Michael Abogowitsch war kein Bauer. Er hatte sich im großherrlichen Serail genauso bewährt wie in der ungarischen Königsburg zu Ofen.

«Alles bei euch ist Geheimnis», murrte er dennoch.

«Glaubst du, Konstantinopel könnte sich jemals ändern?» verwunderte sich Mahmud.

«Daß du diese Stadt kennst, ist meine Hoffnung», erklärte Micha. «Sie ist schwach genug, diese Hoffnung.»

«Was fürchtest du?»

«Den Kaiser fürchte ich!» rief der Bruder. «Es wäre nicht das erstemal, daß einer seiner Freunde durch ihn sein Leben verlor.»

In der Verhaltenheit dieser Atmosphäre wirkte das Wort wie ein Blitz.

«Mohammed –?» dehnte Mahmud zweifelnd die Silben. «Nein!» unterbrach er sich selbst. «Mohammed strafte immer nur die Treulosigkeit oder das, was er darunter verstand. Ich aber war ihm treu. Mag er sein, wie er will, Aufrichtigkeit und Freundschaft verriet er nie.»

Es machte auf Micha wie stets einen großen Eindruck, wenn der Bruder vom Kaiser wie von einem Menschen sprach.

«Du mußt es wissen», flüsterte er scheu.

Weich umhüllt von den im Kerzenlicht schimmernden Teppichen und Lackkrusten des gedunkelten Holzes saßen die Herren. Vor ihnen standen Weine, die Micha aus Ungarn erhalten und mitgebracht hatte.

«Was ist?» Mahmud wandte tadelnd den Kopf.

In der Tür stand ein Knabe in tiefer Verneigung.

Es war Mohammed Bey.

Als er sich wieder aufrichtete, zeigte er den Männern ein blasses Gesicht.

«Ich bin vorausgelaufen», sagte er hastig auf arabisch zum Vater, weil Micha das nicht verstand. «Niemand hat mich bemerkt. Ein Kapidschi ist da vom Kaiser. Es ist Jussuf Aga.»

Während Mahmud sich langsam erhob, zwang er ein Lächeln auf seine Lippen.

«Das freilich ist eine Botschaft des Heils», wandte er sich an Micha. «Seine Majestät sendet mir seinen Kämmerer.»

«Dann darfst du nicht säumen», sprang Micha auf. «Das kann doch nur deine Wiederberufung sein. Meinst du nicht auch?»

«Zweifellos», bestätigte Mahmud und segnete den Umstand, daß der Bruder mit den neueren Hofbräuchen nicht so sehr vertraut war. «Du gehst am besten durch diese Tür», sagte er und raffte den Vorhang. «Ham wird dich führen.»

«Ham» nannten Annina und er ihren Sohn.

«Vater!» rief der Knabe, und die Angst in seinen Augen riet Flucht.

«Bewahren Sie Ihre Haltung, mein Bey», mahnte Mahmud auf arabisch, um dann in griechischer Sprache voll Güte hinzuzufügen: «Zeig dem Oheim zu deiner Mutter den Weg.»

Darauf geschah alles, wie es zu geschehen hatte, bis die Vorhänge hinter dem Kapidschi wieder zusammenfielen.

Scharlachfarben stand der Aga vor Mahmud im Raum.

Sie waren allein.

Jussuf empfand Kummer und Verlegenheit. Mannigfach war er von Mahmud begünstigt worden.

«Wenn Sie nicht inzwischen zu fromm geworden sind», redete der Pascha ihn an, «dann versuchen Sie mit mir diesen Wein.»

Jussuf dachte an die Weisung, die er von Schahin erhalten zu haben glaubte. Außerdem wünschte auch er der Gnade des Kaisers so viel Zeit wie nur irgend möglich zu lassen.

Heucheln jedoch mochte er nicht.

«Eure Hoheit mögen mir verzeihen», sagte er darum, «aber ich bin nicht sicher, ob Euer Hoheit noch mit Ihrem unwürdigen Diener trinken möchten, wenn Hochsie dessen Auftrag kennten.»

«Laß das meine Sorge sein», beschwichtigte ihn Mahmud, «und schweige, wenn du mich liebhast, so lange, bis ich einige Zeilen aufgesetzt habe. Es wird nur kurze Zeit währen. Dann jedoch magst du reden und handeln nach deinem Befehl.»

Jussuf Aga beugte sich bis zur Erde.

«Hören ist Gehorchen, mein Gebieter.»

LX

«Lieber», hatte Irene zu Mohammed gesagt.

Jetzt saß sie in einem Armstuhl, die Hände über den Knäufen geschlossen. Kein Gebet entrang sich ihren geschlossenen Lippen. Hochaufgerichtet und ohne eine Bewegung saß sie da, nicht zu ergründen und rätselhaft wie das unaufhaltsame Schicksal. Denn das Schicksal ging mit jeder Schwingung der Uhr seinen Weg. Einmal her, einmal zurück schwangen die beiden goldenen Gewichte der Uhr. Den Klang von Mohammeds Schritten erstickte der dichte Teppich aus Samarkand. Alle Geräusche, außer dem unbeteiligten Ticken der Waage, schienen erloschen.

Es war die Uhr, die den Kaiser zwang, in ihrem Rhythmus zu schwingen.

Zeit war alles.

Jetzt versuchte er, sich dem Joch zu entreißen.

Er stand und lauschte.

Doch immer noch war nichts zu vernehmen.

Wo sein Bote jetzt sein möge, fragte sich Mohammed. Am Mehltor? Auf dem Weibermarkt? Oder wohl schon auf dem Hippodrom?

Er hörte, als sei er dabei, Geschrei und das Klatschen der Hetzpeitschen auf den Kruppen der Pferde, sah wie die Hufeisen den Steinen Funken entrissen, wie Gäule über umgestürzte Karren hinwegsetzten, hörte und sah die Flucht vor der wilden Jagd.

Nur die Uhr wußte nichts von Hast.

Jetzt erblickte er sie und starrte die Unerbittliche an. Einmal her, einmal zurück schwang die Waage, und erst wenige Minuten waren vergangen.

Folter wäre Wohltat gewesen gegen diese Qual.

Wie von der Pforte zur Verdammnis zog sich im Vorsaal alles von der elfenbeinernen Tür zurück.

Kaum einer wagte zu sprechen, und wenn er etwas sagte, so flüsterte er. Niemand jedoch berührte die Ursache der Beklemmung mit einem einzigen Wort.

Nur für Chisr reichte die Zeit, um von Schahins Verhaftung und von allem, was geschehen war, zu erfahren.

Als dann endlich die Kapidschi erschienen, machten alle stumm ihren Platz.

«Mein Ring!» schrie Mohammed.

Aber nicht der Kapidschi Baschi erschien als erster. Jussuf Aga warf sich vor Mohammed nieder. Er, der Todbringer, brachte den Ring zurück.

Das war die Antwort.

Der Baschi dagegen überreichte nur eine Schrift. Sie war Mahmuds Testament.

Alle seine Güter vermachte der Verstorbene dem Padischah und bat nur um dessen Wohlwollen für seinen Sohn.

Lautlos entfiel das Pergament der kraftlosen Hand des Kaisers, und das war das Zeichen, daß ihn die Kapidschi rückwärts gehend verließen.

Erst als die Tür sich wieder geschlossen hatte, sprach Irene.

«Mahmud ist tot.»

Als erste sprach Irene es aus.

«Du meinst – ermordet?» entrang es sich ihm.

Aber noch immer ging ihr Blick an ihm vorüber.

«Das eben weiß ich nicht», sann sie.

«Aber du möchtest es wissen?»

Die Frage war mächtiger als sein Wunsch, sie zurückzuhalten.

«Ich muß es wissen», flüsterte sie. «Fühlst du denn nicht, daß ich es wissen muß?!»

Aus der Qual ihres Zweifels flackerte eine bange Hoffnung. «Frage», murmelte er.

Jetzt erst wandte ihm Irene in halber Erlösung ihr Gesicht wieder zu.

«O Mohammed!» seufzte sie. «Erinnerst du dich unseres Gesprächs am Fest der Beschneidung meines Sohnes?» begann sie dann nach einer Pause von neuem. «Damals wolltest du Chaß zum Großwesir machen. Seine Niederlage am Euphrat und die Art, wie sie erfolgte, wird dich inzwischen gelehrt haben, daß es nicht sein durfte. Auch beriefst du dann Mahmud.»

«Du wolltest es so.»

Das war ein Geständnis.

«Du warst es, der es wollte», verbesserte ihn Irene, «und du hattest es nicht zu bereuen. Nun aber sage mir: Sprachst du dabei mit Mahmud über Chaß? Ich meine, daß du ursprünglich meinen Mann zum Großwesir hattest machen wollen?»

«Und du selbst», fragte er zurück, «du erwähntest es nie? Zu niemandem?»

«Nein!» kam es von Irene. «Nie und zu niemandem. Ich hütete mich wohl. Aber du? Denke nach, Mohammed. Hierauf kommt alles an. Wußte Mahmud, was du Chaß zugedacht hattest?»

Der Frage war nicht zu entrinnen. Doch es dauerte lange, ehe Mohammed die Antwort gab.

«Es sollte ihm ein Sporn sein», sagte er.

Neue Luft strömte in die gepreßten Lungen Irenes.

Sie stand auf und erstrahlte in Klarheit und Ernst.

«Dann, mein Mohammed, starb Mahmud zu Recht. Je schwerer es dir war, ihm den Tod zu senden, und je größer dein Kummer jetzt ist, um so höher steht deine Gerechtigkeit.»

«Also kein Mörder sei ich – das meinst du?»

«Du bist der Richter», hörte er Irenes sichere Stimme. «Und hätte ich nicht bedacht, daß er dein Blutsbruder war, dein fähigster Diener und ferner die Liebe meiner Freundin Annina zu ihm, so hätte ich selbst sein Leben von dir gefordert wegen Mord an Chaß, meinem Gatten», schloß sie wie ein Herold des Gerichts.

«So viel galt dir Chaß?» bebten Mohammeds Lippen.

«Er ist der Vater meines Kindes. Um Mahmuds willen aber nahm ich ihn zum Mann. Begreife nun, was ich empfand, als Chaß durch Mahmud fiel.»

«Um Mahmuds willen?» schnellte Mohammed auf. «Also Mahmud! Wenigstens damals in jener Nacht im Serail liebtest du ihn!»

Unbändig war seine Eifersucht. Und den glücklichen Nebenbuhler getötet zu haben – das hätte er verwunden.

Doch auch diese Verschanzung zerbrach ihm Irene.

«Es war Liebe», sagte sie innig; «aber Liebe zu dir, mein Mohammed. Auch damals. Um dir den Freund zu erhalten, tat ich es.»

Über Augen, die sich verdunkelten, fielen ihm die Lider herab. Und bis das Kinn die Brust berührte, sank sein Kopf.

«Weiter», bat er dann. «Wie meinst du, geschah dieser Mord?»

«Ich muß es dir sagen», überwand Irene ein Zaudern. «Mahmud wollte mich von dir erbitten. Als er im Garten seiner Mutter zu Adrianopel davon sprach, trat er damit keines andern Mannes Rechten zu nahe. Das geschah erst nach meiner Hochzeit mit Chaß.»

«Dann bin ich im gleichen Fall. Auch ich begehrte dich immer.»

«Aber du tötest nicht um meinetwillen.»

«Nicht?»

«Nicht meinen Freund Chaß – und niemanden –»

«Nicht deinen Freund Chaß – und niemanden –»

Es tat Irene weh, ihn so gebeugt zu sehen. «Laß dich doch überzeugen, mein Mohammed», bat sie, «und verwirre nicht meine Worte.»

Seine Hand hob sich zu einer beschwichtigenden Geste. «Sage mir deine Gedanken, Irene.» Noch einmal überflog sie alle Zusammenhänge; aber sie sah keine Lücke.

«Ich habe alles bedacht», begann sie dann, «und keinen Umstand unbeachtet gelassen, der zu Mahmuds Gunsten gesprochen hätte. Wer jedoch außer dir und mir wußte darum, daß ich meines Mannes Berufung zum Großwesir vereitelt habe? Außer uns beiden nur Mahmud. Und der» – sie zögerte, um dann mit Festigkeit fortzufahren – «der Gerichtete kannte Chaß fast besser als du. Zwar hattest du recht, daß mein Gatte viel auf mich gebe und zu lenken sei. Nur war auch seine Eitelkeit zu schonen. Das Wissen aber darum, daß ich ihn des höchsten Amtes nicht für fähig hielt, mußte einen Mann wie ihn dazu bringen, mich durch Taten beschämen zu wollen, die er ohne mein Zutun vollbringen würde. Mich und dich, uns beide wollte Chaß beschämen. Als wäre ich selbst dabeigewesen, kann ich dir, was geschah, erzählen. Kurz nach Beginn des Feldzugs begann es, und ich weiß noch den Tag. Chaß war offen und liebevoll wie stets. Denn ich mißgönnte ihm keineswegs, wenn er das, was von mir zu erwarten er sich hatte entwöhnen müssen, anderswo suchte. Längst war er mir fast wie ein älterer Sohn geworden, und auch dieses Mal war sein Abschied heiter, weil er nach einer Audienz bei dir das Nachtmahl bei Mahmud einnehmen sollte. Dies war der Tag, und dies war der Abend! Mahmud verriet dich an sein Opfer. Kurz zuvor noch hatte Chaß, ohne Kränkung zu zeigen, davon gesprochen, daß er seinen linken Flügel wohl unter Bajesid werde führen müssen, doch nach jenem Abend mit Mahmud war er verschwiegen und in sich gekehrt. Er, der mir sonst nichts verhehlte! Von Fremden erfuhr ich, daß er darum ersucht habe, sein Kommando mit dem Befehl über die Vorhut vertauschen zu dürfen – von Fremden, daß ihm seine Bitte gewährt worden sei.»

Irene beherrschte den Raum. Von der Wand her warf Mohammed ihr, ohne sich zu rühren, einen schrägen Blick zu.

«Vielleicht hatte Mahmuds Großmut Chaß für die entgangene Würde entschädigen wollen?» versuchte er sie.

«Oh, Mohammed, du bist ein guter Freund», sagte Irene

mit aufleuchtenden Augen. «Selbst jetzt gibst du den Schuldigen nicht preis.»

«Und weißt du auch», stieß er nach, «daß er Chaß an den Euphrat das Wort sandte, umzukehren? Hätte Chaß dem Befehl gehorcht, wäre ihm nichts widerfahren.»

«Aber der Mörder wußte, daß Chaß nicht gehorchen würde! So gut, wie ich das gewußt hätte. Er war ein feiger Mörder, der das tat. Hatte er das Opfer doch genügend aufgestachelt, um sicher zu sein, daß es unentrinnbar verstrickt sei. So konnte er den Befehl denn wagen, der Chaß obendrein noch zum Schuldigen machte.»

«Du bist furchtbar», stöhnte Mohammed.

Doch Irene riß alle Kräfte ihres Willens zusammen. Sie kämpfte voll Mut.

«Ich will nicht», rief sie, «daß du an dir zweifelst und an deiner Gerechtigkeit! Ich kann es nicht sehen, wie du dastehst und dich grämst. Keinen Blick hatte Mahmud für mich, als der Michaeloghlu nach der Schlacht dir Isas Tod berichtete. Mahmud wagte den Blick nicht, seine Augen hätten ihn verraten.»

«Hör auf!»

Auch Mohammeds Augen suchten den Teppich, und sein Schrei war ein Röcheln.

«Blick mich an, Mohammed», forderte Irene, «und erhebe dich über eine Reue, die dich erniedrigt! Nennst du mich hart, so bist du doch ebenso wissend wie ich. Du schaltest den Michaeloghlu und gebrauchtest deine Keule gegen ihn, aber – du setztest ihn nicht ab! Warum tatest du das nicht? Ich will es dir sagen: weil Ali Bey in Wahrheit den geheimen Befehl erhielt, nicht wieder mit seinen Akindschi zur Vorhut zu stoßen. Dem Beglerbey sollte jeder Rückzug unmöglich gemacht werden. Er sollte fallen. Und über zehntausend fielen mit ihm. Du aber, ihr Herr, der sie rächen sollte, trauerst um ihren Mörder?!»

Für einige Atemzüge entschwand es Mohammed, daß eine Frau vor ihm stand. Ihm war, als sei ihm Byzanz erschienen, dem er sich nicht minder entsprossen fühlte als der mongolischen Steppe. Wohl war da Irene, aber im starrenden Schmuck einer Sebasta.

Und doch auch wieder Irene trotz allem Schmuck! Es war die Frau, vor der er schwach war, weil vor ihr seine Lügen vergingen.

Für ihre Liebe freilich war jede seiner Lügen lauterste Wahrheit. Auch dachte Mohammed daran, schweigend seine Sehnsucht zu erfüllen.

Aber werde er damit Irene haben? standen seine Gedanken wider ihn auf. Einen andern Mann werde sie lieben, einen andern Mohammed, der er nicht sei. Finstere Eifersucht quoll in ihm empor. Mohammed wurde eifersüchtig auf sich selbst.

Nein! Er dürfe sich nichts erschleichen, knirschte er sich zu, nie würde sie es ihm verzeihen, wenn er sie jetzt täusche. Er aber wolle nicht verworfen werden bei der ersten Gewißheit, die Irene über Mahmuds Ende erlange.

Seine stärksten Waffen – Lüge, Verstellung – legte er nieder. Denn das war sein Wille: sie solle ihn sehen, wie er sei. Und was Mohammed auch empfinden mochte, als er sich jetzt straffte, so war er doch gefaßt und Herr über sich selbst.

«Blick mich an!» hatte sie gesagt? Jetzt sah er in ihre Augen.

«Es ist alles wahr, Irene», sprach er, «Wort für Wort wahr, wie du es sagst. Nur das eine ist falsch: Was du Mahmud aufbürdest, tat ich selbst.»

Am übernächsten Tag ließ der hochwürdige Herr Bardanes sich bei Ihrer kaiserlichen Hoheit melden.

Er wurde empfangen und saß nun einer schwarz verhüllten Gestalt gegenüber. Die Gestalt war die Panhypersebasta.

Ein so ehrgeiziger Kleriker wie Bardanes hatte die Jahre seit seiner ersten Verbindung mit Irene natürlich nicht vertan. Heute war er Erzpriester und Großekklesiarch der Hohen Kirche von Konstantinopel, und nachdem er nun gar zum Kaiser ins Neue Serail beschieden worden war, sah er alle Schranken, die ihn vom Thron der Patriarchen noch trennten, schon so gut wie fortgeräumt.

Der kaiserliche Ruf hatte ihn auch keineswegs nur von ungefähr getroffen. Schon seit Jahren war Bardanes mit Zähigkeit bestrebt gewesen, seine guten Beziehungen zu den Großeunuchen des Serails auf dem Weg über Chisr Aga zu vertiefen und zu erweitern. Nun freilich hing alles von der hohen Dame ab, die sich gegen seinen Auftrag mit einer Kutte gewappnet hatte.

Doch Bardanes traute sich nicht weniger als einst in Kartuza zu. Denn wenn er es auch mit Rücksicht auf einen so wichtigen Mann wie Chisr taktvoll verschwieg, so war er innerlich doch fest davon überzeugt, daß nur er es gewesen sei, der die Überallhöchstzuverehrende aus dem Kloster der besessenen Nonnen errettet habe.

Daran erinnerte er sie jetzt.

«Vergiß nicht, was du der heiligen Kirche, deiner Mutter, schuldest, und vergiß den Gehorsam nicht, den sie von dir erwarten darf. Bedenke, von wie großem Nutzen du ihr an der Seite eines wenn auch ungläubigen, so doch hinfort wohlgesinnten Kaisers sein kannst. Erblicke in nichts eine Befleckung, was du seinen Lüsten gewährst. Die heilige Kirche spricht dich im voraus von allen Sünden frei, die du begehen könntest, um dir seine Liebe zu erhalten, und sie segnet das Bett, als bestiegest du es, um dich an die Seite eines christlichen Gatten zu legen.»

Irenes Schweigen ließ Bardanes durchaus nicht verzagen, wußte er sich doch im Besitz einer Nachricht, die Irene nicht gleichgültig lassen konnte. Als erster brachte er sie ihr. Dies aber war geschehen:

Vierzigtausend seiner Sklaven, Knaben und Mädchen, aus allen Himmelsrichtungen zusammengeraubt, gab Mohammed frei.

«Wenn ich, obwohl ein Unwürdiger», fügte Bardanes hinzu, «mich Eurer überallhöchstzuverehrenden kaiserlichen Hoheit mit dieser Kunde nahe, so wird es mir vielleicht gestattet sein, auf die bedeutsame Tatsache hinzuweisen, daß dieser Akt kaiserlicher Gnade an einem einzigen Tag erfolgte. Eurer kaiserlichen Hoheit zu Ehren geschah er, und vierzigtausend befreite Menschen danken Eurer Hoheit nebst Gott. Wollen Eure kaiserliche Hoheit die Quelle versiegen lassen, die noch vielen Mühseligen und Beladenen so köstliche Erquickungen zu bieten vermag? Oh, Irina Komnena, verhärten Sie nicht Ihr Gemüt. Ich sprach die Erhabenheit. Welch ein Mann! Von welcher Klarheit und gütigen Gesinnung! Wenn wir uns nicht der unerforschlichen göttlichen Weisheit zu beugen hätten, müßten wir staunen, daß Gott Mohammed Osmanos nicht als Christ geboren werden ließ. Ihnen aber, meine fromme Tochter, ist es vergönnt, den Makel seiner Ungläubigkeit zu tilgen und den Gebieter seinen christlichen Untertanen günstig zu stimmen. Weisen Sie diese hohe Aufgabe nicht von sich.»

Vom Klang seiner eigenen Worte erschüttert, ließ Bardanes die Zeit einiger Atemzüge verstreichen.

Dann blickte er auf.

«Welche Antwort darf ich der allerhöchsten Majestät überbringen?» Irenes Lider blieben gesenkt, doch endlich öffneten sich ihre Lippen.

«Sagen Sie dem Kaiser», kamen die Worte unerbittlich und leise, «ich will für ihn beten. Für ihn und für mich.»

Bardaues aber verabsäumte eine tiefe Verneigung.

Alles vergaß er.

So gebannt starrte er der Erscheinung nach, wie eine göttliche Sebasta sich allen Forderungen der Welt schattengleich durch die sich öffnende Tür entzog ...

Epilog

Eine frische Südwestbrise milderte die Wärme dieses Junitages und gab den dreieckigen Hilfssegeln von Irenes Galeere den erwünschten Preß zur Fahrt in die Propontis.

Backbords ließ das Ruderschiff die Inseln hinter sich, während es steuerbords an den mit Wein und Laubbäumen bestandenen Hügeln des asiatischen Festlandes dahinrauschte und dazu an einsamen Felsen, deren einer einen alten Altar trug.

Die Jacht lag auf dem Kurs nach dem Meerbusen von Nikomedia oder Isnikmid, wie man neuerdings sagte, und auf halbem Wege mußte sie ihr Ziel erreichen: die Halbinsel von Daridsche.

Wie ein Dreizack lag diese Halbinsel im Marmarameer. Ihren Namen trug sie nach dem alten Städtchen, das die Griechen Ritzion genannt hatten. Irene aber liebte es, den drei Kaps die Namen ihrer Kinder zu geben.

Auch Leila zählte nunmehr zu ihren Kindern. Denn nach Isas Heimkehr war dessen Hochzeit mit der kleinen Sultana von Mohammed einfach befohlen worden. Der Kaiser mußte der mütterlichen Zustimmung danach sehr sicher gewesen sein, und jedenfalls befanden sich Mutter und Schwiegertochter nunmehr in Ritzion, wie die Sebasta ihre Villa nach dem alten Stadtnamen genannt hatte.

Über den Lorbeerbüschen der nordwestlichen Bucht erhob sich der helleuchtende kuppelbekrönte Bau weithin sichtbar ins Blaue.

Außer ihm gehörte fast die ganze Halbinsel der Sebasta, nur die südliche Landzunge wurde von einem Meierhof des Großherrn eingenommen, und nicht von ungefähr unterhielt die Pforte an dieser Stelle einen Hof.

Die weiten Gefilde der Chunkiartschairi, der Kaiserwiese, waren nicht fern. Dort pflegten die Großherren vor einem Feldzug ihren Tugh aufzupflanzen; denn dort, in der Nähe der Hauptstadt und des bosporonischen Skutari, sammelten und entließen sie ihre Heere. So war es demnach gut, in nicht zu weiter Entfernung vom Kaiserzelt eine Domäne zu haben.

Denn oft genug erfüllten Lärm und Getümmel nordwärts die Gegend – wie vor sechs Wochen so auch jetzt. Was sich heute folgenschwer auswirkte, war vor sechs Wochen geschehen.

In seinem fahnenumstandenen Zelt war Sultan Mohammed Khan am vierten Rebiul-ewwel des achthundertsechsundachtzigsten Jahres der Hedschra oder am dritten Mai 1481 verschieden. – Bei der Stadt Gebise, in nächster Nähe von Hannibals Grab.

Einundfünfzig Jahre war Mohammed alt geworden.

Der Kaiser war tot, und jetzt hatte das Reich für den einen zwei andere bekommen.

Sultan Bajesid war in neun Tagen von Amasia nach Konstantinopel geritten und hatte sich dort mit Hilfe der Janitscharen des Thrones bemächtigt.

In den Vorstädten Brussas jedoch waren Bajesids Truppen von denen seines Bruders Dschem geschlagen worden. Und drei Tage später hatte diese ältere Hauptstadt des Reiches unter großem Jubel dem jüngeren der beiden Thronerben die Tore geöffnet.

Grund genug, daß Bajesids Heere die Kaiserwiese füllten.

Grund genug auch für die Anwesenheit der Sebasta mit Schwiegertochter in Ritzion.

Isa hatte nämlich die Reiterei von Bajesids geschlagenen Truppen geführt.

Und nun war Isa verschwunden.

Als Gefangener hätte er bei seinem Pflegebruder Dschem einer großmütigen Aufnahme sicher sein können. Aber er befand sich, wie der junge Fürst seine Adoptivmutter sofort hatte wissen lassen, eben nicht unter den Gefangenen, und die beiden Frauen waren nach Ritzion gegangen, um den Nachrichten näher zu sein, die sie über Sohn und Gatten noch zu erlangen hofften. Denn daß man Isa nicht unter den Toten gefunden hatte, war bis jetzt der einzige Lichtblick. Zu allem übrigen verband Irene und Leila also auch noch die gemeinsame Sorge um Isa. Und jetzt waren sie allein mit ihrer Trauer. Daß die Sebasta dem Schwarz ihrer Witwenschaft für jenen einzigen Abend zugunsten Mohammeds entsagt hatte – davon war Leila nie etwas bekannt geworden. Sie war immer der Meinung gewesen, Irene sei dem Kaiser seit dem Tode des Chaß nie mehr begegnet. Und schließlich hatte sich Irenes Zusammensein mit Mohammed dann selbst noch bei der Hochzeit der Kinder auf das Unerläßliche beschränkt.

Leila hatte ihren Vater geliebt, und für sie bedeutete es mehr als eine Pflicht, wenn sie jetzt ebenso Trauer trug wie Irene in all diesen Jahren.

Zwei schwarze Gestalten glitten durch den Mittagsglanz.

Noch immer ließ der Seewind die Fluten weiß gegen Kap Isa anrollen. Und wie stets beim Anblick des Meeres regte sich auch heute in Irene etwas von dem Thalatta-Jubel, mit dem die Griechen des Xenophon einst den Pontus begrüßt hatten. Lockend wogte und spritzte es von unten grün zu Irenes Felsen hinan. Doch die Sorge um Isa fand sie auch hier. Sie fesselte ihre Hände, diese Sorge, und fraß ihre Wünsche. Ein Schrei wie Möwengekreisch scheuchte die Grübelnde auf. Sie hob die Augen.

Meerverwandt war auch Leila. Als Tochter einer Inselprinzessin hatte sie der Versuchung nicht widerstehen können, mit den Kleidern für eine Weile ihre Angst abzustreifen.

Schwarz blähten sich nun der jungen Sultana Hüllen auf dem Strand. Dazwischen verriet ein Untergewand Verschwiegenes mit weißem Blitzen. Leila selbst dagegen, allem, was dalag, entstiegen, trieb auf windverwehten Wellen gleich einer schimmernden Blüte.

Irene empfand ganz wie die kindliche Frau, die trotz Brandung und Gischt mit ihren Beinen die Wogen zerschäumte. Auch Irene war sich ihres noch immer straffen Körpers nie so beseligend bewußt wie nackend in der kraftvollen und weichen Umarmung des Meeres. Die große Vermählung war das, jedem Schicksal fühlte sie sich dann entrückt, es war ihr stets ein Gefühl wie sonst nur in Sternenglanz ein Versenken.

«Oh, liebe Mutter!»

Die Schwiegertochter rief, und da kamen Irenes und Leilas Mädchen auch schon gelaufen.

Denn oben, über dem Strand, waren zwei Männer erschienen, ein älterer und ein ganz junger.

Eigentlich vertrauenerweckend sah der junge ja nicht gerade aus, reichlich abgerissen vielmehr. Aber die Entfernung milderte vieles. Und die roten Stiefel der Reitergeneräle trug er auf jeden Fall. Die wenigstens hatte Isa schnell wieder übergestreift. Denn daß der Winkende Isa war – davon hatte sich nun auch Irene überzeugt. Rote Stiefel trug der Junge, wie sie seiner Mutter zukamen, und als Schwiegersohn des Eroberers war er wenn auch kein Sebastos, so doch immerhin General geworden. Weder Atike noch Tamar, seine Kusinen, hatten ihn bekommen, sondern Leila.

«Oh, Leila!»

Und das war noch jung und vergaß sich in dieser gesegneten Stunde vor den Ohren seiner überallhöchstzuverehrenden Frau Mutter bis zu einem gellenden Juchzer. War ihm doch die Flucht von Brussa über Kemlik und den Ssamanli bis hierher geglückt! Das letzte Stück des Weges – drei Nächte und zwei Tage – in einer Fischerbarke.

Kaum daß Leila sich einen Mantel umlegen ließ.

«Isa, Isa!» rief uneingedenk aller kaiserlichen Erziehung nun auch sie.

Doch als sich dann die Gestalt des Jünglings im verdreckten Schnürenrock von der des gepflegten Begleiters löste, hätte Leila vor Eifersucht morden können.

«Nicht doch!» sagte Isa nämlich, als sie sich in seine Arme stürzen wollte, und begrüßte zuerst seine Mutter.

Leila und Isa waren beide noch Kinder. Er war achtzehn, sie war vierzehn Jahre alt.

Doch in der Schwiegertochter eifersüchtigem Zorn erkannte Irene Mohammed wieder. Mit liebevollem Verstehen umfing sie die Kleine, und nun war es Leila, die Irene nicht mehr lassen wollte und überhaupt kein Verlangen mehr nach Isa zu tragen schien – worauf Irene sich an den Begleiter ihres Sohnes wandte, völlig gewiß, daß die Jungvermählten ihrer jetzt nicht bedurften.

«Verzeihen Sie, Jakub», sagte sie, ohne mehr hinzufügen zu können.

«Ich fühle mich gar nicht vernachlässigt», erhob der Jude, der im Sinne der Thora gar kein Jude mehr war, sich lächelnd aus seiner Verneigung.

Jakub, der Arzt, hatte dem Glauben seiner Väter entsagt, war Moslem, war Defterdar und schließlich Wesir der Kuppel geworden. Das Amt des Leibarztes hatte er freilich behalten, und manche Leute meinten, Mohammed würde noch leben können, wenn Karamani ihn nicht beredet hätte, außer Jakubs Arzneien auch noch die des Persers Lari zu nehmen.

Aber Karamani, der langjährige Mitarbeiter am Kanunname und letzter Großwesir Mohammeds, lebte selbst nicht mehr. Weil er Sultan Dschem begünstigt habe, hatten ihn die Janitscharen nach dem Tode seines Herrn erschlagen.

«Ich empfange meinen Sohn zum zweitenmal», entschuldigte Irene ihre Bewegung.

«Zum drittenmal», verbesserte der Arzt und spielte damit auf Isas Flucht aus dem Irak an, und die war dem Jüngling erst beim Tode Usun Hassans geglückt. Damals war es geschehen, daß Mohammed dem Sohn der Irene die Tochter gegeben hatte.

Für ein Wunder hielt der Hakim das noch heute. Er hatte Mohammed zu gut zu kennen geglaubt, um für das Leben eines jungen Prinzen, dem die Rolle eines Thronnebenbuhlers zugedacht gewesen war, auch nur noch einen Asper zu geben.

«Der junge Herr hatte es eilig», erläuterte er jetzt im Weiterschreiten sein eigenes formlos unangemeldetes Erscheinen, «nicht anders, als er aus der Barke stieg, ist er vor Eure Hoheit getreten.»

«Und Sie hatten es ebenfalls eilig, Exzellenz», meinte Irene, «gestehen Sie es nur.»

«Jede dieser Minuten wiegt schwer für uns alle, auch für Bajesid», erwiderte Jakub. «Das Heer ist im Aufbruch, und Seine allerhöchste Majestät ...»

«Sultan Bajesid?» fragte sie.

Den Majestätstitel auf einen anderen als Mohammed angewandt zu hören war ihr noch neu.

Jakub jedoch verstand die Frage anders.

«Es wäre begreiflich», meinte er, «wenn kaiserliche Hoheit lieber Sultan Dschem, den eigenen Sohn, als Kaiser ansprächen. Ganz abgesehen davon, daß die Stellung der Ersten Dame des Reiches damit Ihnen zufiele.»

Mit diesen Worten traten sie aus den Büschen. Von dem Wegstück, das sie jetzt beschritten, konnten sie die nördliche Bucht in deren ganzer Ausdehnung überblicken.

Irene blieb stehen und zog die Augenbrauen hoch. Das war zuerst alles, aber es sagte genug.

In der Bucht ankerte ihre Jacht. Am Ausgang aber erschien ein neues Segel, und Irene zweifelte nicht, daß es ein Kriegsschiff sei, um ihrer Jacht den Weg zu verlegen.

«Sultan Bajesid läßt es sich anscheinend einiges kosten», lächelte sie nach einer Weile, «daß ich Seineb Sultana, seiner erhabenen Mutter, den Titel der Walide nicht streitig mache.»

Als einen der mächtigsten Herrscher des Morgen- und des Abendlandes unbestreitbar allermächtigsten hatte man Mohammed neben seiner Mutter Aalime in der für ihn erbauten Turbe der Mohammedije zur Ruhe gebettet.

Ebenso unbestreitbar wie Mohammeds Macht war aber auch das Fehlen eindeutiger Siege nach dem Tode seines Großwesirs Mahmud.

Das Land Karaman zwar war noch als Auswirkung von Mahmuds Sieg bei Terdschan wieder osmanisch geworden, und die Städte Kaffa auf der Krim und Asow hatte Kedük Ahmed Pascha, Mahmuds Nachfolger im Großwesirat, gerade noch nehmen können. Dagegen waren die Moldau, Ungarn und die Steiermark die Schauplätze schwerer türkischer Schlappen geworden.

Dann allerdings hatte die Pest als Mohammeds Verbündete Venedig geleert.

Das Piavewasser war Mohammeds Rennern und Brennern zur Roßtränke geworden, und von den Türmen der Lagunenstadt waren die Türkenbrände zu sehen gewesen.

Aber wenn christliche Mächte wie der Papst, Ungarn und Neapel die hochmütige Stadt nicht im Stich gelassen hätten, wäre sie dennoch nicht gezwungen gewesen, um Frieden zu bitten.

So jedoch hatte Skutari in Albanien übergeben werden müssen, und der erste Eindruck war gewesen, als würde dieser Friede der Anfang vom Ende des Abendlandes sein.

Nach Italien überzusetzen und Otranto zu nehmen war den Türken auch wirklich gelungen.

Jetzt, wenige Wochen nach Mohammeds Tode, war es den Einsichtigen allerdings klar, daß Otranto nur mit unverhältnismäßig großen Opfern zu halten sei, Opfern, die nur durch die Eroberung ganz Italiens zu rechtfertigen wären. Und die war schwieriger geworden denn je.

Das Fetwa Ali Bestamis, daß man Ungläubigen keine Treue schulde, hatte nicht nur dem König von Bosnien den Kopf gekostet. Es hatte sich zuletzt gegen das Reich selbst gewandt, zu dessen Gunsten es gefällt worden war. Denn mehr noch als Bürgerkrieg hemmte moralischer Zusammenbruch jeden weiteren Erfolg der türkischen Außenpolitik.

Keiner von Mahmuds Nachfolgern hatte sich dem Fetwa widersetzt, Kedük Ahmed, der Eroberer von Kaffa, Asow und Otranto, am allerwenigsten.

So hatten Schrecken und Treulosigkeit die Widerstände

verstärkt und schließlich das kleine Rhodos am Rande der Ägäis zu einer schweren Niederlage werden lassen.

Nicht hundertsechzig Schiffe, nicht über hunderttausend Mann, nicht einmal eine große, schwere Artillerie hatten den Sitz des Ordens vom heiligen Johannes bezwingen können.

Als ein Geschlagener war Mohammeds Feldherr zurückgekehrt, und während der Vorbereitungen zu einem Rachefeldzug war der Kaiser gestorben.

«Du hast recht behalten, Schahin, ich hätte Mahmud nicht töten dürfen», waren Mohammeds letzte zusammenhängende Worte gewesen. Die aber hatte nur noch Jakub vernommen. Schahin selbst war seinem Herrn im vollen Glanze wiedererlangter Gnade vorangegangen.

«Sultan Bajesid gibt seines Bruders Statthalterschaft meinem Sohn?» erstaunte Irene.

«Seine Hoheit werden Pascha von Karaman», bestätigte Jakub.

«Sultan Dschem», lächelte Chisr, «braucht Karaman nicht mehr. Er wird alle Statthalterschaften haben oder keine einzige.»

Es wurde still im Seezimmer zu Ritzion.

Schwarz stand Irene vor dem Meer, das durch die hohen und weiten Fenster hell in den Saal hereinglänzte. Friedlich ankerten zwei Schiffe in der Bucht. Mit dem zuletzt erschienenen war Chisr gekommen.

Mit den beiden Exzellenzen war Irene allein. Denn auch Chisr hatte mit seiner Erhebung zum Kislar Aga den Rang eines Paschas von drei Roßschweifen erhalten und war jetzt eine hohe Exzellenz. Daß man Chisr gesandt habe, überlegte Irene gerade, bedeute, falls so etwas überhaupt beabsichtigt sei, die rücksichtsvollste Form einer Verhaftung oder lasse gar auf die Absicht schließen, mit ihr zu verhandeln. Sie wandte sich dem Meere zu, und Chisr verstand dieses Spähen.

«Eure Hoheit kennen das Fahrzeug nicht, mit dem ich kam. Es ist kein Pfortenschiff, sondern das Eigentum eines smyrniotischen Geschäftsfreundes. – Eure überallhöchstzuverehrende kaiserliche Hoheit», begann er dann mit größter Behutsamkeit von neuem, «fehlten am dreiundzwanzigsten Rebbiul-ewwel bei der Gratulationscour im Serail.»

«Ich bin Sultan Dschems Mutter.»

«Und die Mutter des neuen Paschas von Karaman.»

«Es ist mir nicht lieb, daß Isa seinen Stiefbruder Dschem bei dessen Lebzeiten beerben soll.»

«Er soll etwas ganz anderes», nahm Jakub dem Eunuchen die Erwiderung ab. «Die Janitscharen haben Bajesid auf den Thron gesetzt, dafür sind die Akindschi wieder Sultan Dschem zugetan, und bei den Akindschi steht Isa Pascha in hohem Ansehen. Seines verstorbenen Vaters wegen, und weil er selbst einst bei ihnen diente. Ein Kind der Akindschi nennen sie ihn. Unser junger Pascha wäre also sehr geeignet, Dschems Reiterei zum Übertritt zu verführen.»

Im Ton eines Unbeteiligten trug Jakub das vor. Aber das könne nicht alles sein, dachte Irene.

Warum seien die beiden mächtigen Männer einer zu Land, der andere zu Schiff gekommen? Warum seien überhaupt zwei gekommen? Einer hätte genügt.

«Isa ‹soll›, sagen Sie? Von wessen Willen sprechen Sie?»

«Von Sultan Bajesids Absichten», sagte Jakub. «Er läßt Eurer überallhöchstzuverehrenden Hoheit seine Ergebenheit zu Dero ambraduftenden Füßen niederlegen.»

«Sie waren immer ein Tschelebi, Jakub; aber nicht eigentlich höfisch?» wog Irene die zierlichen Worte.

«Wenn der Gegenstand es verlangte, bemühte ich mich stets», war die Antwort. «Sultan Bajesid also», fuhr er dennoch etwas einfacher fort, «läßt Eure kaiserliche Hoheit bitten, ihm ebenso Beraterin zu sein wie einst seinem in Allah ruhenden gottseligen Vater.»

«Sonst –?» fragte Irene.

Denn es gebe doch ein Sonst, war sie überzeugt. Dabei stellte sie sich Bajesids fleischiges, fettes Gesicht vor, wie es sich über seine Liebhabereien beugte, über feine Silber-

und Drechslerarbeiten. Nein, Bajesid sei nicht schrecklich und nicht grausam, sondern nur abergläubisch und halsstarrig – ein melancholischer Frömmler, gelehrter Theologe und Nekromant.

Und Dschem? Sei Dschem stärker, stark genug, den Leiden der Völker ein Ende zu machen, ihren törichten Kriegen, den nichtigen Streitereien ihrer Gewaltherren? Schließlich habe Dschem doch als erstes selbst einen Bürgerkrieg entfesselt.

«Sonst –?» nahm Jakub ihre Frage auf.

Sonst werde sich Mohammeds Ältester zu seinem Bedauern genötigt sehen, Ihre kaiserliche Hoheit in Höchstdero Bewegungsfreiheit zu beschränken.

«Gewalt also», stellte Irene gelassen fest. «Das war zu vermuten.»

«Hatten Hoheit eine Bestechung erhofft?» konnte Jakub sich nicht enthalten zu witzeln.

Und tatsächlich erklang auch ein dreistimmiges Lachen im Saal. Schon Mohammed hatte sich über den Geiz seines Sohnes Bajesid oft genug geärgert.

Von seiner Frau Mutter habe Bajesid das geerbt, fügte Jakub ganz unbefangen hinzu, als sei er nicht dessen Abgesandter.

«Ich soll also Dschem aufgeben?»

«Das ist der Wunsch, Hoheit.»

«Und wenn ich mich weigere? Dann» – sie wandte sich an Chisr – «wird mich der Kislar Aga wohl in Verwahr nehmen?»

Jakub schüttelte den Kopf. Aus eigenem Antrieb habe der Kislar Aga sich eingeschifft und ohne Auftrag.

Für Irene war die Antwort eine Bestätigung. Die beiden Herren haben demnach vermeiden wollen, daß ihr gemeinsames Hiersein bemerkt werde. Bei diesem Gespräch handle es sich also um eine geheime Unterredung, die der Pforte fremd bleiben solle, wenigstens der Pforte Sultan Bajesids.

«Eine Verhaftung», fuhr Jakub indes fort, «wäre so gut,

als würde man öffentlich bekanntmachen, daß kaiserliche Hoheit den Ansprüchen Sultan Bajesids nicht gewogen seien. Das aber läge ganz und gar nicht in Bajesids Wünschen. Andererseits könnte die Nähe der Chunkiartschairi zu Bedenken Anlaß geben.»

«Man würde mich entfernen?»

«Oder Hoheit würden sich selbst entfernen. Die moralische Wirkung von Eurer Hoheit Entscheidung wird auch von Bajesid nicht unterschätzt.»

Jakub hatte den Takt oder was es sonst sein mochte, von Bajesid kein einziges Mal mehr als von einer «Majestät» zu sprechen.

«Eure Hoheit werden begreifen», meinte er jetzt, «daß gerade dieser Krieg am wenigsten mit blanken Waffen geführt wird. So sind Seldschuk Chatun Sultana, des ersten Mohammed ehrwürdige Tochter, hier als Vermittlerin zwischen ihren beiden Großneffen erschienen.»

«Ich weiß», warf Irene ein, und obwohl sie seit Jahren in tiefster Zurückgezogenheit lebte, blieb ihr in der Tat wenig verborgen.

«Was Eure Hoheit aber nicht wissen dürften, ist die Entscheidung Jakob ben Aschtins, des Obersthofmeisters Sultan Dschems. Ich sage: Entscheidung. Denn im gegenwärtigen Zustand des Reiches hat jeder Sklave das Recht zu wählen. Jakob ben Aschtin wählte Bajesid. Er wird mit Dschems Kerntruppen in der Schlacht zu Bajesid übertreten.»

«Und was bekommt Jakob ben Aschtin für seinen Verrat?»

«Die Generalstatthalterschaft Anatoli.»

«Und was bekommen Sie für Ihre Treue?»

«Nichts; denn dem Strick hoffe ich zu entgehen. Nichts also, oder – das Großwesirat.»

«Mir sagte man, Sultan Bajesid habe Ischak Pascha ernannt, mit dem der verstorbene Kaiser so übel zufrieden war?» fragte Irene, ohne den Strick zu erwähnen.

Sie mußte an das Fest von Isas Beschneidung denken und an ihr Gespräch mit Mohammed in den Tulpen.

Unverwandt blickte sie Jakub dabei an.

«Ich dachte weniger an meine Treue zu Bajesid», enthüllte sich mit einem Lächeln der Wesir, «sondern vielmehr an meine Treue zu Sultan Dschem.»

Es war gesagt.

Irene hatte etwas Ähnliches erwartet, und daß Jakub sich vor Chisr keinen Zwang auferlegte, bewies beider Einigkeit.

Chisr verneigte sich tief; denn nun war er es, der sprach.

Karamani sei tot und unter dem Jubel der Janitscharen an seine Stelle Ischak getreten. Unter dem zustimmenden Jubel von Karamanis Mördern sei das also geschehen. Ischak selbst, wenn auch der Gatte einer erlauchten Fürstin, sei ja freilich ebenfalls Janitschar, wenn auch ein ehemaliger, und mit ihm erhebe, wie Morde und Plünderungen erwiesen haben, die Hydra einer Soldatenherrschaft die schreckenerregenden Häupter. Wo aber sei nun der starke Herrscher, solchem Unheil zu wehren? Sultan Bajesid habe die Übeltäter, statt sie zu bestrafen, beschenkt. Nicht genug demnach, daß ein großer Kaiser gestorben sei, beginne man jetzt auch noch, sein Werk zu zerstören.

Kein Zweifel bestand mehr.

Die Herren waren durchaus nicht für Bajesid. Sie waren für den Sieger von Brussa.

Also Dschem.

Vor dem Waffengang mit Rhodos waren die Verhandlungen nicht durch den Kaiser selbst, sondern durch Dschem als dem Statthalter von Karaman gepflogen worden. Bei dieser Gelegenheit hatte einer der abendländischen Unterhändler dann auch über den Kaisersohn an das Ordenskapitel berichtet. Eine Abschrift war in Irenes Hände gelangt.

Dschem sei stämmig und von mittlerer Größe, hieß es dort über den Dreiundzwanzigjährigen, doch seine Gewandtheit verhindere, daß er, obwohl ein Fresser, eigentlich dick wirke. Er habe hübsche kastanienbraune Haare und dunkelblaue Augen. Von zusammengewachsenen buschigen Brauen seien sie beschattet. Die linke dieser Brauen pflege er über halb geschlossenem Auge zu heben, die rechte zu senken, um so seine Umgebung mit trotzigem Gesicht zu mustern. Die fülligen Lippen des kleinen schnurrbärtigen Mundes ziehe er gern nach links zusammen; sein väterliches Erbteil aber, die Adlernase, besitze in der Mitte einen Knick, die Spitze sei etwas nach links gewandt. – Ein guter Bogenschütze und Schwimmer, liebe Dschem es, Zuschauer zu haben, wenn er sich nackt in den Wellen tummele. Dennoch halte der junge Sultan sehr auf seine fürstliche Würde und auf prächtige und geschmackvolle Kleidung. Jähzornig von Charakter, wisse er sich in Anwesenheit ehrfurchtheischender Persönlichkeiten ein bescheidenes Ansehen zu geben und sei auf seine Kunst, sich zu verstellen, sogar etwas stolz.

Es war nicht alles rühmlich, was der Mann aus dem Westen über Dschem zu berichten wußte; aber dessen Frömmigkeit und Enthaltsamkeit mußte er zugeben, um dafür von Dschems Eßlust desto mehr Wesens zu machen.

Bereits als Kind hatte Dschem seine erste Statthalterschaft erhalten, und so kannten ihn nur wenige Angehörige der Hohen Pforte persönlich.

Jakub war ihm nicht einmal als Arzt nähergetreten, und sogar Chisrs Kenntnisse von ihm waren sehr bedingt. Hofmeister des Prinzen Dschem war der Kislar Aga nur in dessen Kindheit gewesen.

Von den dreien hatte allein Irene den jungen Prinzen als Mann erlebt. Über ein Jahr war sie, um Isas Flucht aus dem Irak zu unterstützen, bei ihrem Adoptivsohn Dschem in Konia gewesen.

Jetzt fragten Jakub und Chisr und blickten sie an. Aber nicht nur sie erhoben ihre Augen zu Irene. Denn Mohammeds Dichter und Gelehrte und damit die überaus wichtigen Ulema, die Hofleute und Generäle des Dahingeschiedenen, diese ganze Fülle von Talent und Erfahrung hatte sich gegen die herandrängende Mittelmäßigkeit erhoben und sprach jetzt durch Chisrs und Jakubs Mund.

In diesem Augenblick hatte Irene ein Weltreich zu vergeben.

Die Männer überließen sie ihrer Versunkenheit und geduldeten sich einstweilen. Irenes Gedanken aber, obwohl sie mit aller Kraft das Vergangene zu durchdringen versuchten, faßten nur mehr das Einfache.

Sie habe Byzanz geliebt und sich ihrem Onkel Notaras widersetzt. Sie habe Gott gesucht und sei über den Patriarchen Gennadios hinweggeschritten. Es habe Mohammeds bedurft, um sie, die Verlorene, zu retten, und an Mohammed sei sie zum Schlusse gescheitert. Das sei ihr Leben gewesen.

Mohammed der Eroberer! Immer neue Kriege, um die Grenzen durch Eroberungen vor Krieg zu schützen – das ergebe keinen Sinn. Das Vielerlei von Kleinkriegen im Inneren freilich sei verschwunden, der Landfriede im osmanischen Byzanz eine Tatsache geworden, und wenigstens habe Mohammed die Möglichkeit eines Weltfriedens nicht geleugnet.

Was jedoch sei von der alten Großtante vorgeschlagen worden, von ihren frommen und berühmten Scheichs und von der ehrwürdigen Ahne selbst? Das Reich zu zerschlagen, habe sie in Dschems Namen verlangt. Für Bajesid Konstantinopel und Europa – für Dschem Asien mit Brussa. Als wenn dieses Reich ein Hausbesitz der Osmanoghli sei und nicht das unvergängliche Byzanz. Als wenn dieses Byzanz nicht die Klammer sei, die Brücke zwischen den Erdteilen.

Die Reiche zweier Brüder würden ein Reich sein, habe die alte Dame versichert.

Bajesids Antwort aber sei ein arabischer Spruch gewesen: «Es gibt keine Blutsverwandtschaft unter den Königen.»

Eine neue Grenze also und um ihretwillen neue Kriege, bis dann die Grenze im besten Fall wieder verschwunden sein werde und man von neuem beginnen könne.

Weil der Weltfriede noch weit sei, auch den Landfrieden

preisgeben? Und wofür? Um das Herrschbedürfnis eines jungen Mannes zu befriedigen?

Von Dschems fürstlicher Würde habe jener Abendländer dem Ordenskapitel nach Rhodos berichtet; aber es scheine, daß hier eine fürstliche Würde ein Land und eine Herrschaft um des Herrschens willen brauche, daß sie brauche und nicht gebraucht werde.

Chisrs und Jakubs Augen fanden sich.

Einen Namen solle die Sebasta nennen. Nichts als das. Und sie beide und mit ihnen viele bedeutsame Männer würden dem Namen huldigen. Aber Irene nannte den Namen nicht.

Sie wandte den Kopf auf die Seite.

«Vieles trennt uns – Sie, den jüdischen Arzt, von mir, der Prinzessin von Trapezunt. Mehr jedoch als alles, was uns trennen mag, verbindet uns dies eine: Beide sind wir Kinder unseres Byzanz. – Chisr aber mag mit dem ungetrübten Blick des Vorurteilslosen entscheiden, wenn wir Kinder des Hauses uns unsere Gedanken vertrauen.»

Jakub verbarg kaum seine Skepsis.

«Hoheit halten die Frage Dschem oder Bajesid für ein byzantinisches Problem?»

«Gibt es andere als byzantinische Probleme für uns?» gab Irene zurück. «Das Bestimmende ist, daß sie allumfassend sind. Byzanz ist nicht nur von Europa nach Asien, es ist auch zur Welt eine Brücke. Wenn wir vom Frieden reden, und das möchte ich, so war das für unsere Kosmokratoren immer der Friede der Welt.»

«Der ewige Friede –?» stockte beinahe Jakubs Zunge.

«Der ewige Weltfriede, jawohl!» gestand Irene dennoch mit unerschütterlicher Tapferkeit. «Der Umstand, daß er noch sehr, sehr weit entfernt zu sein scheint, darf uns nicht verführen, auch nur das geringste zu tun oder zu lassen, was sein Erscheinen verzögern könnte. Aber ich vergaß! Ein Priester meiner eigenen Kirche nannte mir gegenüber diesen Gedanken einmal eine Utopie. Vielleicht sind die Herren derselben Meinung?»

«Keineswegs», sagte Jakub, «wenigstens was mich betrifft, ist der Gedanke das nicht. Im Gegenteil! Nur der Friede ist selbstverständlich, Utopie ist der Krieg, der nackte Unsinn ist er! Dabei denke ich nicht etwa an die Besiegten, sondern gerade an die Sieger. Die Kriege des alten Roms endeten – um nur ein Beispiel zu nennen – geradezu vorschriftsmäßig mit Sieg, nur nicht für die Sieger selbst, nicht für die Herren Legionäre. Diese braven Leute gerieten zuerst in Schulden und wurden dann aus achtbaren Freibauern besitzlose Proletarier, im besten Fall Stimmvieh. Was aber, wie alle anderen Erfolge dieser Art, durchaus nicht hinderte, daß bis jetzt noch jeder Ansatz zu einer höheren Rechtsordnung kläglich scheiterte, während die organisierte Unordnung des Krieges die größten Triumphe feierte.»

«Ja», seufzte Irene, «das hatte ich zu hören erwartet. Sie sagen dasselbe wie jener Priester, nur sagen Sie es klüger.»

Auch den Wesir machten seine Überzeugungen nicht glücklicher; aber – er hatte keine anderen.

«Mein untertänigster Rat ist der», versuchte er der scheinbaren Unfruchtbarkeit des Gespräches ein Ende zu machen, «unsere Panhypersebasta wolle sich mit der Erkenntnis begnügen, daß menschliche Bosheit und menschliche Dummheit unüberwindlich sind.»

Irene machte eine Bewegung, die der Bemerkung des Juden die Endgültigkeit nahm.

«Ich muß an den Kaiser denken», erklärte sie – «ich meine natürlich den verstorbenen. Ihm war es nicht entgangen, daß alle Eroberungen, wenn auch wohl fast stets unbewußt, auf den Weltfrieden abzielen. Ein Hirte, eine Herde und ein ewiger Friede. Um des Weltfriedens willen die Herrschaft des einen über die Welt. Das ist die Idee von Byzanz. Kosmokratoren nannten sich unsere Basileen – Weltherrscher.»

«Was folgerichtig dazu führen müßte, daß zuletzt nur wenige Großreiche übrigblieben, zwischen denen die Kriege nur immer noch härter würden.»

«Oder die Verständigung um so leichter und im

schlimmsten Fall dieselbe Situation wie nach dem Tode eines osmanischen Herrschers. Einer bleibt zuletzt übrig.» Sie streckte ihre Hände aus: «Oh, Jakub», flehte sie, «sollte nicht einmal der Tag kommen, da die Menschen unmittelbar zueinander den Weg fänden, ohne Vermittlung von Gewaltherren, Volksrednern und anderen Leuten, die alle, alle immer nur vom Unfrieden leben?»

Nahezu leidend sah Jakub aus, so sehr empfand er mit Irene, und so gerne hätte er bejaht.

Statt dessen sagte er etwas ganz anderes.

«Vielleicht», sagte er.

«Gewiß!» warf ihm Irene mit bebenden Lippen entgegen. «Man muß den Mut haben zu glauben. Einmal war alles, was wurde und heute selbstverständlich ist, nur ein Glaube. Man muß an das Selbstverständliche glauben, wie Byzanz es tat, ohne jemals aufzugeben, was es für recht erkannt hatte. Und nun frage ich Sie: Ist das Zerschlagen eines großen Reiches der Weg zum Frieden? Die Braut des Reiches sei nicht zu teilen, hat Bajesid gesagt. Hat er mit dieser Antwort nicht mehr Erkenntnis oder doch mehr Gefühl für das, was not tut, verraten als Dschem mit seinem Begehren?»

«Aber die Janitscharen», zögerte Jakub.

«Ist Dschem der Mann, sie zu bändigen?» fragte, um auch gleich schon die Antwort zu geben, Irene. «Meine lieben Exzellenzen», fuhr sie nämlich fort, «Sie denken an einen jungen Herrscher, einen Dichter und Freund der Dichter wie Kaiser Mohammed, unter dessen Wesiren wir sieben Schriftsteller zählen. Sie denken an Dschems Hof, der sicher glänzender ist, als es der von Bajesid je sein wird. Auch könnte das Vordringen von Seldschuk Sultana lediglich schlechte Diplomatie gewesen sein. Schlechte, sage ich. Denn es gibt Worte, die nie gesagt, Gedanken, die nie gedacht werden dürfen. Doch alles andere verschwindet neben dem einen: Bajesid befindet sich auf der Kaiserwiese, und Sie sprachen von seinem Aufbruch. Dschem dagegen lebt seiner fürstlichen Würde. Aufbrechen aber wird er, wenn er von seines Bruders Annäherung erfährt.»

Mit dieser Antwort hatten Chisr und Jakub trotz allem nicht gerechnet.

«Kaiserliche Hoheit nehmen Sultan Bajesids Erbieten an?» verschlug es Jakub fast die Rede.

«Für Isa nehme ich an», antwortete Irene. «Er mag ein Pascha seines Schwagers Bajesid sein, obwohl es, wenn er mehr als ein Sandschak bekommt, gegen das Kanunname verstößt.»

Wiederum ein Rätsel für die Herren. Von sich sagte sie nichts.

«Und selbst werden sich Hoheit dem Pascha nicht anschließen?»

«Ich werde tun, was Sie für möglich hielten, Jakub: Ich werde mich entfernen. Zu Schiff entfernen!»

«Also doch nach – Satalia?»

«Das wäre der nächste Hafen, um Dschems Hauptstadt in Karaman zu erreichen. Das meinten Sie doch? Und mit dieser Frage gaben Sie die Schlacht für Mohammeds jüngeren Sohn bereits verloren. Ich aber will nicht nach Konia, meine Freunde. Bajesid ist kein Eroberer und wird wegen seines Bruders Dschem den Sultan von Ägypten nicht angreifen. So werde ich meinen Adoptivsohn denn im ägyptischen Syrien erwarten. In Haleb, um es genau zu sagen.»

«Hoheit gehen ins Ausland», bemühte sich Jakub mit letztem Bedenken um eine Sicherheit, die er nicht mehr besaß.

Jetzt schlug Irene ihre Augen auf.

«Begreifen Sie nicht, Jakub ben Zohair, daß mich von meinen beiden Söhnen Mohammeds Sohn jetzt am nötigsten hat?»

Da schließlich verstummte der Arzt.

Chisr jedoch wollte es bedünken, als wenn all sein Planen um Mohammed und Irene nicht vergeblich gewesen sei.

So trat er denn zu ihr, die, wohin sie auch ginge, immer seine Herrin sein würde.

Er kniete nieder und küßte den Saum ihres Gewandes.

Faszination der Geschichte

Tralow hat sich in Jahrzehnten rastloser Tätigkeit, die von Jugend an durch verschiedene Bildungsreisen unterbrochen wurde, ein Fundament geschaffen, auf dem er bis ins höchste Alter hinein weiterbauen konnte. Einige seiner wichtigsten Bücher sind gerade in den letzten Lebensjahren entstanden. Beweis für seine ungebrochene Schaffenskraft und sein unvermindertes Interesse an der Gestaltung historischer Stoffe ist die Tatsache, daß er sich noch bis zuletzt neuen Themen zuwandte, um so zu neuen Deutungen vorzustoßen und unsere Gegenwart und ihre Zielsetzungen von der Plattform eines jahrtausendelangen Kampfes um Frieden, Fortschritt und Völkerverständigung zu beleuchten.

Wir deuteten schon an, daß Tralow zuweilen kühne Mittel und Formen benutzt, um seine Ziele zu erreichen. Die Gleichberechtigung der Frau verficht er nicht nur durch eine ausgewogene Charakterisierung weiblicher Hauptpersonen (Malchatun, Aischa, Irene von Trapezunt, Elinor Lennox), sondern vor allem durch Ironisierung der männlichen Partner und nicht selten durch eine gewagte Konzipierung erotisch und homoerotisch bestimmter Szenen («Aufstand der Männer»: Osmanische Tetralogie). Allerdings wird die Fabelführung durch Einbeziehung familiärer und anderer intimer Spannungsverhältnisse in amüsanter Weise aufgelockert und meist bereichert. Besonders die dem Leser fremde, exotische Welt des Vorderen Orients erscheint dadurch farbig und wirklichkeitsnah.

Legitimerweise kann der Dichter auf diese Weise Geschichte darstellen, vor allem die ohnehin nur trümmerhaft überlieferte Historie einer weit zurückliegenden Epoche. Man wird ihm das um so eher zugestehen, als er, wie es Feuchtwanger einmal formuliert hat, «historische Romane für die Vernunft ..., gegen Dummheit und Gewalt, gegen das, was Marx das Versinken in die Geschichtslosigkeit nennt», zu schreiben, gewillt ist.

In Frage zu stellen ist jedoch, ob der Romancier so völlig frei mit der Historie schalten darf, wie es Tralow zuweilen – vielleicht auf der Grundlage der Feuchtwangerschen Erkenntnis – getan hat. Auch die Osmanische Tetralogie setzt teilweise Akzente, die bedenklich stimmen. Daß hier in deutlichem Engagement – in der Form herrscht oft eine gekonnte Ironisierung vor – mit jeder Form der Kreuzzugsideologie und des Eurozentrismus abgerechnet wird, erfüllt den Leser mit Befriedigung. Die sehr sorgsame Herausmodellierung der Hauptgestalten sowie der spätbyzantinischen und frühen seldschukisch-türkischen Gesellschaft Kleinasiens ist historisch wie literarisch ebenfalls ausgewogen. Gegenüber der positiven Phase des osmanischen Reiches treten jedoch die negativen Aspekte der späteren feudalabsolutistischen Entwicklung mit ihren zahlreichen Krisenzeichen (Bauernkriege; Vorherrschaft der Spahis und der Janitscharen) zu sehr zurück, obwohl der «Eunuch» einen passenden Rahmen für diese Entwicklung abgegeben hätte.

Solche Linien könnten weiter gezogen werden. Sie vermögen jedenfalls zu zeigen, wie kompliziert die literarische Umsetzung historischer Sachverhalte ist und wie schwer es gerade der historische Roman hat, wenn er eine überzeugende Fabelführung und Personengestaltung auf einer zuverlässigen historischen Grundlage basieren lassen will. Eine Grundregel für die gültige Synthese dürfte es kaum geben. Der Schriftsteller wird, wie wir es bei Tralow sehen, von Fall zu Fall entscheiden müssen, und je nachdem einer sachlich strenger gebundenen oder einer freieren Gestaltung, in der das Literarische das Historische weithin überlagert, gelegentlich sogar eliminiert, den Vorzug geben. Insofern der historische Roman «gegen Dummheit und Gewalt» und «für die Vernunft» geschrieben wird, muß er manches an der Vergangenheit auch so deutlich korrigieren, damit seine ästhetisch-künstlerischen Intentionen letztlich mit den ethisch-humanitären Postulaten unserer Gesellschaft übereinstimmen. Auf diesem Wege aber setzt, wie uns scheint, nicht nur Feuchtwanger, sondern auch Tralow einen Meilenstein.

Hans-Joachim Diesner

Der vorstehende vom Verlag auszugsweise wiedergegebene Aufsatz von Hans-Joachim Diesner ist der «Neuen Deutschen Literatur» (Heft 11, November 1972) entnommen, die ihn anläßlich des 90. Geburtstages von Johannes Tralow unter dem Titel «Historie im Zeitverständnis» veröffentlicht hat.

Die Erzählerbibliothek

Henry Miller
Der Engel ist mein Wasserzeichen
Sämtlicher Erzählungen
Deutsch von Kurt Wagenseil und
Herbert Zand
352 Seiten. Gebunden

Robert Musil
Frühe Prosa aus dem Nachlaß
zu Lebzeiten
384 Seiten. Gebunden

Vladimir Nabokov
Der schwere Racuh
Gesammelte Erzählungen
Herausgegeben und mit einem Nachwort
von Dieter E. Zimmer
Deutsch von Wassili Berger, René
Drommert, Renate Gerhardt u.a.
352 Seiten. Gebunden

Jean-Paul Sartre
Die Kindheit eines Chefs
Gesammelte Erzählungen
Deutsch von Uli Aumüller
256 Seiten. Gebunden

John Updike
Werben um die eigene Frau
Gesammelte Erzählungen
Deutsch von Maria Carlsson, Susanna
Rademacher und Hermann Stiehl
320 Seiten. Gebunden

C 2329/2 a

Literatur für Kopf Hörer

Produziert von Bernd Liebner

Eine Auswahl

Rowohlt Cassetten

C 2321/3

«Es ist eines, ein Buch zu lesen. Es ist ein neues und recht andersartiges Erlebnis, es von einem verständigen Interpreten mit angenehmer Stimme vorgelesen zu bekommen.»
Rudolf Walter Leonhardt, DIE ZEIT

Erika Pluhar liest Simone de Beauvoir
Eine gebrochene Frau
2 Tonbandcassetten im Schuber
(66012)

Bruno Ganz liest Albert Camus
Der Fall
Deutsch von Guido Meister.
3 Tonbandcassetten im Schuber
(66000)

Elisabeth Trissenaar liest
Louise Erdrich
Liebeszauber
2 Tonbandcassetten im Schuber
(66013)

Erika Pluhar liest Elfriede Jelinek
Oh Wildnis, oh Schutz vor ihr
Keine Geschichte zum Erzählen
1 Tonbandcassette im Schuber
(66002)

Hans Michael Rehberg liest
Henry Miller
Lachen, Liebe, Nächte
Astrologisches Frikassee
2 Tonbandcassetten im Schuber
(66010)

Literatur für Kopf Hörer

Produziert von Bernd Liebner

Eine Auswahl

Rowohlt Cassetten

C 2321/3 a

Armin Müller-Stahl liest
Vladimir Nabokov
Der Zauberer
Deutsch von Dieter E. Zimmer
2 Tonbandcassetten im Schuber
(66005)

Walter Schmidinger liest
Italo Svevo
Zeno Cosini
Das Raucherkapitel
1 Tonbandcassette im Schuber
(66007)

Uwe Friedrichsen liest
Kurt Tucholsky
Schloß Gripsholm
3 Tonbandcassetten im Schuber
(66006)

Christian Brückner liest
John Updike
Der verwaiste Swimmingpool
Der verwaiste Swimmingpool,
Wie man Amerika gleichzeitig liebt und verläßt
Deutsch von Uwe Friesel und Monika Michieli.
1 Tonbandcassette im Schuber
(66004)

Christian Brückner liest
Jean-Paul Sartre
Die Kindheit eines Chefs
Deutsch von Uli Aumüller
3 Tonbandcassetten im Schuber
(66014)